17-3.1994

Für Erinn[...]

Esstischfreunde im Kultfilm Altgehen

Daniela Kopp Polz

Reader's Digest
Auswahlbücher

493 (189)
Printed in Germany
ISBN 3 87070 457 8

Reader's Digest Auswahlbücher

Verlag Das Beste
Stuttgart · Zürich · Wien

FREDERICK FORSYTH Seite 7

McCREADYS DOPPELSPIEL

Der Engländer Sam McCready, genannt „der Täuscher", ist ein Agent der Spitzenklasse: Niemand beherrscht die tausend teuflischen Tricks der Spionage besser als er, wenn es darum geht, dem KGB ein Schnippchen zu schlagen. Doch inzwischen ist der kalte Krieg zu Ende, und McCready soll auf einen Verwaltungsposten abgeschoben werden. Begeht der britische Geheimdienst seinen schwersten Fehler?

MARY STEWART Seite 191

GEHEIMNISVOLLE GÄSTE

Die Ferien auf einer kleinen schottischen Insel hat sich die junge Universitätsdozentin Rose Fenemore ganz anders vorgestellt. Eigentlich wollte sie in aller Ruhe an einem Roman schreiben. Statt dessen findet sie sich in kurzer Zeit in ein Netz von sonderbaren Geschichten verstrickt, das zwei junge Männer, die aus dem Nichts auftauchen, um sie spinnen.

DIE LERCHE FLIEGT IM MORGENGRAUEN

1991. Der Golfkrieg ist in vollem Gang. Da beschließt Saddam Hussein, der Welt zu zeigen, wie gefährlich er ist. Sean Dillon, ein erfahrener, eiskalter Profikiller, soll mit einem aufsehenerregenden Attentat diesen Beweis antreten. Und Dillon entscheidet sich, etwas schier Unmögliches zu wagen: einen Anschlag auf den Sitz des britischen Premierministers!

EINSAMES BLOCKHAUS

Robert und Kathrene Pinkerton hatten den Mut, sich in ein Abenteuer zu stürzen, von dem andere nur träumen: ein Leben inmitten der endlosen Wälder der kanadischen Wildnis. Ihre Erlebnisse auf Kajakausflügen und Schlittenhundfahrten, beim Blockhausbau und Fallenstellen zeugen vom eisernen Durchhaltevermögen wahrer Pioniere.

McCreadys Doppelspiel

Eine Kurzfassung des Buches von

Frederick Forsyth

Nach der Übersetzung von
Christian Spiel und Rudolf Hermstein

Ein Anhörungsverfahren als letzte Chance für Großbritanniens eigenwilligsten Agenten, seine drohende Versetzung abzuwenden . . .

Sam McCready stellt sich der Herausforderung, der Untersuchungskommission zu schildern, wie es wirklich war, damals in den „guten alten Zeiten" der Spionage. Wird es ihm gelingen, jene Tage noch einmal heraufzubeschwören? Seine schwierigsten Einsätze, die Augenblicke äußerster Gefahr? Wer Sam McCready kennt, weiß, daß sich der alte Fuchs nicht so ohne weiteres in die Wüste schicken läßt.

Prolog

IM SOMMER des Jahres 1983 hob der damalige Chef des britischen Geheimdienstes SIS eine neue Abteilung aus der Taufe; sie sollte umfassende Kompetenzen erhalten, die in andere Zuständigkeitsbereiche eingriffen. Den Hauptanstoß für diese Entscheidung lieferte der Umstand, daß Juri W. Andropow, fünfzehn Jahre lang KGB-Chef, in die höchste Machtposition gelangt war, als er Generalsekretär des Zentralkomitees der Kommunistischen Partei der Sowjetunion wurde. Unter Andropow, der seinem alten Geheimdienst die Gunst bewahrte, weitete der KGB seine aggressiven Spionagemaßnahmen gegen den Westen stark aus. Andropow bevorzugte das Mittel der Desinformation: Lügen, demoralisierende Propaganda, gezielte Irreführung.

Margaret Thatcher schickte sich zu jener Zeit an, ihrem (von sowjetischer Seite verliehenen) Titel der „Eisernen Lady" gerecht zu werden. Sie vertrat die Ansicht, daß man den Spieß umdrehen müsse: Der SIS, Englands Geheimdienst, sollte den Sowjets auf diesem Gebiet Kontra geben.

Die neue SIS-Abteilung erhielt einen höchst gewichtigen Namen: *Deception, Disinformation and Psychological Operations* (Täuschung, Desinformation und psychologische Kriegführung). Diese Bezeichnung wurde natürlich rasch auf „DD" verkürzt. Dem neuen Chef von DD wurde der Spitzname „der Täuscher" verpaßt.

Die Wahl war nicht auf einen Karrierebeamten aus der Chefetage gefallen, der als guter Staatsdiener vermutlich hätte Umsicht walten lassen, sondern auf einen ehemaligen Außenagenten. Der Mann hieß Sam McCready, und er leitete die neue Abteilung sieben Jahre lang. Aber alle guten Dinge gehen einmal zu Ende. Im späten Frühjahr 1990 fand im Herzen des Regierungsviertels Whitehall ein Gespräch statt . . .

DER JUNGE Sekretär erhob sich mit einem Routinelächeln hinter seinem Schreibtisch im Vorzimmer. „Ah, Sir Mark. Der Herr Staatssekretär hat Weisung erteilt, Sie sofort zu ihm zu führen." Er öffnete die Tür zum Privatbüro des Staatssekretärs im Außen- und Commonwealth-Ministerium und ließ den Besucher eintreten.

Der Staatssekretär, Sir Robert Inglis, begrüßte seinen Gast betont freundlich. „Sir Mark, Verehrtester, wie nett von Ihnen, daß Sie gekommen sind."

Sir Mark machte sich auf ein heikles Gespräch gefaßt. Er war zwar erst kurz im Amt, aber er wäre nicht Chef des SIS geworden, hätte er nicht ein gewisses Mißtrauen an den Tag gelegt, wenn ihm ein Mann, den er kaum kannte, mit solcher Herzlichkeit entgegentrat.

Der Staatssekretär, der höchste Beamte im Außenministerium, setzte sich, öffnete die abgenutzte Kuriertasche, die auf seinem Schreibtisch lag, und entnahm ihr eine rote Mappe. „Ich habe", begann er, „Ihre Vorschläge zum Thema ‚Der SIS in den neunziger Jahren' gelesen. Diese scheinen den Anforderungen vollkommen zu entsprechen."

„Danke, Sir Robert", erwiderte der SIS-Chef. „Ich darf also mit der Unterstützung des Außenministeriums rechnen?"

Mit seinem strahlenden Lächeln hätte der Politiker, ein „gelernter" Diplomat, in jeder amerikanischen Quizsendung einen Preis errungen. „Mein lieber Sir Mark, wir haben keine Schwierigkeiten mit dem Tenor Ihrer Vorschläge. Aber einige wenige Punkte würde ich doch gern mit Ihnen durchsprechen."

Aha, jetzt kommt's, dachte der SIS-Chef und schwieg.

„Ich weiß nicht, wie Sie zur Personalproblematik stehen", fuhr Sir Robert fort, „aber wir sehen uns gewissen Schwierigkeiten gegenüber, was den gestiegenen Personalbedarf für den diplomatischen Dienst betrifft, der sich als Folge der Beendigung des kalten Krieges und der Befreiung von Ländern in Mittel- und Osteuropa ergeben wird. Sie verstehen, was ich meine?"

Sir Mark wußte genau, worauf der Staatssekretär abzielte. Vom Zusammenbruch des Kommunismus während der beiden vergangenen Jahre erhofften sich die britischen Diplomaten ein erweitertes Betätigungsfeld überall in Mitteleuropa, Osteuropa und auf dem Balkan. Sir Robert gab ihm zu verstehen, daß auf ihn und seine Kollegen vom Geheimdienst nun, da der kalte Krieg ausgedient hatte, genau das Gegenteil zutraf.

Der Staatssekretär lächelte nicht mehr, sondern beugte sich mit ernster Miene vor. „Was ich mit Ihnen besprechen wollte: Es geht um die Zuteilung von Räumen in unseren Botschaften."

Das Außenministerium hat doch immer eine Trumpfkarte in der Hinterhand, dachte Sir Mark, innerlich aufseufzend. Die Mehrzahl der

Geheimdienstmitglieder im Ausland arbeitet unter dem Schutz der Botschaften. Stellt die britische Botschaft des jeweiligen Landes jedoch keine Räume zur Verfügung, kann der SIS niemanden hinschicken.

Sir Robert sprach unterdessen weiter. „In Zukunft, fürchte ich, werden wir nicht mehr in der Lage sein, einigen Ihrer . . . exotischen Mitarbeiter Stellungen anzubieten. Verstehen Sie, es geht um Beamte, die eindeutig enttarnt worden sind. Die mit der Berufsbezeichnung ‚Agent' auf dem Türschild. Im neuen Europa würden sie nur Anstoß erregen."

Natürlich gab es auch „illegale" Agenten; diese arbeiteten nicht unter dem Schutz der Botschaft und interessierten daher Sir Robert nicht. Die meisten Geheimdienstler, deren Wirkungsbereich innerhalb der Botschaft lag, galten als „legal", das heißt, ihre wirkliche Tätigkeit war weithin bekannt. In der Vergangenheit wußten überall in der kommunistischen Welt Dissidenten und Unzufriedene, wem sie ihre Kümmernisse anvertrauen konnten wie einem Beichtvater. Eine reiche Ernte an Informationen wurde auf diese Weise eingefahren, so mancher prominente Überläufer zum Absprung veranlaßt. Sir Mark entnahm den Worten des Staatssekretärs, daß dieser auf die Dienste solcher Agenten künftig verzichten wollte.

„Lieber Sir Robert, Ihre Andeutungen in allen Ehren, aber ich werde meine Amtszeit nicht damit beginnen, Beamte, die dem SIS lange und treu ergeben gedient haben, ihrer Posten zu berauben."

„Suchen Sie andere Posten für sie", schlug Sir Robert vor. „Verwaltungsarbeit, hier, zu Hause in England."

„Sie meinen, was man so als ‚Schreibstubenjob' bezeichnet?" entgegnete der SIS-Chef. „Die meisten würden so etwas nicht akzeptieren."

„Dann müssen sie sich eben mit ihrer Frühpensionierung abfinden." Wieder beugte sich der Diplomat vor. „Sir Mark, in diesem Punkt gibt es nichts zu verhandeln. Ich werde den Kontrollausschuß auf meiner Seite haben, lassen Sie sich das gesagt sein. Ich gehöre ihm schließlich selbst an. Wir werden uns gewiß bereit finden, ansehnliche Entschädigungen . . ."

Dem Kontrollausschuß gehörten die Staatssekretäre von fünf wichtigen Ministerien und Ämtern an, und er war mit einer enormen Machtfülle ausgestattet.

Sir Mark war zwar todunglücklich, aber er wußte, daß er nachgeben mußte. „In Gottes Namen, aber ich brauche dazu eine Empfehlung, wie ich vorzugehen habe."

Er wollte damit sagen, daß er, um bei seinen Mitarbeitern nicht das Gesicht zu verlieren, den Eindruck erwecken wollte, man habe sich einfach über ihn hinweggesetzt.

„Die Empfehlung bekommen Sie in Kürze", antwortete Sir Robert. „Ich werde meine Ausschußkollegen um eine Anhörung ersuchen, und wir werden neue Richtlinien für die veränderte Situation festlegen. Mein Vorschlag geht dahin, daß Sie einen Präzedenzfall schaffen, der dann für Ihre gesamte Abteilung gültig sein wird."

„Meine Leute sollen also als Sündenböcke herhalten?"

„Das ist unfreundlich ausgedrückt. Von einem Sündenbock kann schwerlich die Rede sein, wenn jemand mit ansehnlichen Bezügen in den Vorruhestand geschickt wird. Sie suchen sich einen Beamten aus, bei dem Sie sich vorstellen können, daß er sein vorzeitiges Ausscheiden aus dem Dienst ohne Widerspruch schluckt, halten eine Anhörung ab und haben damit Ihren Präzedenzfall geschaffen."

„Denken Sie dabei schon an einen bestimmten Mann?"

Sir Robert legte die Fingerspitzen aneinander und schaute sinnend zur Decke hinauf. „Nun ja, Sam McCready wäre ein solcher Kandidat."

Natürlich, der Täuscher. Sir Mark wußte, daß man McCready im Außenministerium als eine Art „Rambo" der Geheimdienstbranche betrachtete. Wirklich sonderbar, dieser . . . zerknautschte Typ.

SIR MARK war sehr nachdenklicher Stimmung, während ihn der Chauffeur über die Themsebrücke in sein Amt zurückfuhr. Ihm war klar: Der Staatssekretär im Außenministerium hatte nicht nur vorgeschlagen, daß Sam McCready aus dem Dienst ausscheiden sollte – er *bestand* darauf. Sir Robert hätte keine heiklere Forderung stellen können, dachte Sir Mark. Nun hieß es Führungsqualitäten zu zeigen.

1983, als McCready zum Leiter der neuen Abteilung ernannt worden war, hatte Sir Mark, wie viele andere auch, angenommen, daß er sich nicht lange würde halten können. Der Täuscher, so die allgemeine Ansicht, ein Mann mit einer rauhen Schale, würde mit der „Innenpolitik" der SIS-Zentrale nicht so leicht zurechtkommen.

Zu seiner Überraschung hatte Sir Mark festgestellt, daß Sam McCready offensichtlich bestens zurechtkam. Anscheinend gelang es ihm rasch, die Loyalität seiner Leute zu gewinnen. Er konnte sich mit den anderen Agenten, wenn sie auf Heimaturlaub waren oder zu einer Einsatzbesprechung nach Hause kamen, in der Umgangssprache der Agenten unterhalten und brachte das Kunststück fertig, daß sie ihn mit einer Fülle an Informationen versorgten, die sie eigentlich hätten für sich behalten sollen.

Er traf sich gern mit den Spezialisten zum Bier, den Männern und Frauen der Praxis – eine Kameraderie, die den hohen Beamten nicht immer zu Gebote stand. Doch auf diese Weise kam er an eine Wanze für ein bestimmtes Telefon, eine aufgefangene Funkmeldung oder einen gefälschten Paß, während andere Abteilungsleiter noch damit beschäftigt waren, Formulare auszufüllen.

All dies und so manche Marotte – der unbekümmerte Umgang mit Vorschriften etwa oder die Tatsache, daß er kam und ging, wie es ihm paßte – waren schwerlich dazu angetan, ihn höheren Orts beliebt zu machen. Aber er behielt seinen Posten, und der Grund dafür war einfach: Er lieferte stets das gewünschte Material. Also war er geblieben . . . bis jetzt.

Sir Mark seufzte. Fürs erste brauchte er nichts zu unternehmen. Sir Robert Inglis würde sich mit seinen Kollegen besprechen und die neuen Richtlinien formulieren, die es ihm als „bekümmertem" SIS-Chef ermöglichen würden, wahrheitsgemäß und schweren Herzens zu erklären: „Mir bleibt nichts anderes übrig."

ERST Anfang Juni traf aus dem Außenministerium die angeforderte Empfehlung oder vielmehr der Erlaß ein, und Sir Mark berief seine beiden Stellvertreter zu sich, Basil Gray und Timothy Edwards.

„Das ist ja ein starkes Stück!" empörte sich Basil Gray. „Können Sie sich nicht dagegen wehren?"

„In diesem Fall nicht", meinte Sir Mark. „Inglis hat Blut geleckt und die anderen vier Ausschußmitglieder auf seiner Seite."

„Nun ja . . ." Timothy Edwards seufzte. „Man muß wohl zugeben, daß wir in Osteuropa nicht mehr soviel zu tun haben wie früher und auch weniger Personal dort brauchen."

„Vielen Dank für Ihr Verständnis", sagte Sir Mark lächelnd. Basil Gray hatte er selbst befördert, seine erste Amtshandlung, nachdem er im Januar Chef geworden war. Timothy Edwards hatte er von seinem Vorgänger übernommen. Er wußte, daß Edwards darauf brannte, in drei Jahren selbst im Chefsessel zu sitzen; und er wußte auch, daß er selbst keineswegs gesonnen war, Edwards zu empfehlen.

„Was passiert also jetzt?" fragte Edwards.

„Wir müssen einen Präzedenzfall schaffen", erwiderte Sir Mark, „der für die übrigen Betroffenen den Weg in den vorzeitigen Ruhestand frei macht."

„Denken Sie da an jemand Bestimmten?"

„Ich weniger, aber Sir Robert schon. An Sam McCready."

Basil Gray blieb vor Überraschung der Mund offenstehen. „Chef, Sie können McCready doch nicht an die Luft setzen!"

„Niemand setzt ihn an die Luft", antwortete Sir Mark und griff dann Sir Roberts Worte auf. „Von einem Sündenbock kann schwerlich die Rede sein, wenn jemand mit ansehnlichen Bezügen in den Vorruhestand geschickt wird."

„Es ist natürlich traurig, weil wir McCready alle sehr gern haben", fügte Edwards hinzu. „Aber als Chef müssen Sie zusehen, daß der Laden läuft."

„Genau. Ich danke Ihnen."

„Wir müssen ihm drei Ersatzstellen anbieten", erklärte Gray. „Vielleicht nimmt er eine davon an."

„Vielleicht." Sir Mark schlug einen Aktendeckel auf. „Drei Positionen stehen zur Verfügung: im Schulungszentrum, in der Rechnungsabteilung oder der Dokumentenabteilung."

Edwards lächelte schwach. Das müßte eigentlich hinhauen, dachte er.

ZWEI Wochen später ging der betroffene Abteilungsleiter in seinem Büro auf und ab, während sein Stellvertreter, Denis Gaunt, düster auf das Blatt starrte, das vor ihm lag. „So schlimm ist es auch wieder nicht, Sam", begann Gaunt. „Schließlich läßt man dich ja am Leben. Es geht nur darum, in welcher Position."

„Irgend jemand will mich hier loswerden", meinte McCready mit ausdrucksloser Stimme.

London wurde in diesem Sommer von einer Hitzewelle heimgesucht. Das Fenster stand offen, und beide Männer hatten ihre Sakkos ausgezogen. Gaunt bemerkte, daß McCready sein Hemd falsch zugeknöpft hatte, so daß die rechte Seite höher stand als die linke. Bis zum Mittag, dachte Gaunt, wird sicher irgendeine Sekretärin die Schlamperei behoben haben. Die Frauen in den DD-Büros warteten anscheinend nur darauf, Sam McCready umsorgen zu können.

Für Gaunt war McCreadys Wirkung auf Frauen ein Rätsel. Sein Vorgesetzter war nur mittelgroß, hatte schütteres Haar, und die Sachen, die er trug, sahen immer aus, als hätte er darin geschlafen. Seit einigen Jahren war McCready Witwer, hatte nicht mehr geheiratet und zog es anscheinend vor, in seiner kleinen Wohnung in Kensington ein Einsiedlerdasein zu fristen.

Es muß doch jemanden in seinem Leben geben, sinnierte Gaunt. Aber nach persönlichen Umständen fragte in diesen Räumen niemand, und von sich aus sprach McCready auch nicht darüber.

„Du könntest natürlich eine der drei Stellen annehmen", erklärte Gaunt. „Damit würdest du ihnen den Wind aus den Segeln nehmen."

„Denis", antwortete McCready sanft, „ich bin kein Schulmeister, ich bin kein Buchhalter, und ich bin kein vertrottelter Bibliothekar. Richte diesen Typen aus, daß ich um eine Anhörung nachsuche."

DIE ANHÖRUNG fand an einem Montagvormittag im „Century House", dem SIS-Hauptquartier, statt, im Sitzungssaal eine Etage unter den Diensträumen des Direktors. Den Vorsitz führte der stellvertretende Direktor, Timothy Edwards. Rechts und links von ihm hatten die Einsatzleiter der Abteilungen „Inlandsoperationen" und „Westliche Hemisphäre" Platz genommen. An der Seite saß ein junger Mann der Dokumentenabteilung, der vor sich einen umfangreichen Stapel Aktendeckel hatte.

Sam McCready setzte sich auf den Stuhl, der dem Tisch gegenüberstand. Mit seinen einundfünfzig Jahren war er noch immer schlank und wirkte fit. Aber er war vom Typ her ein Durchschnittsmensch, dem es nicht schwerfällt, unbemerkt zu bleiben. Diesem Umstand – und natürlich auch seiner überragenden Intelligenz – verdankte er seinen außerordentlichen Erfolg.

Sie kannten alle die Spielregeln. Wurden drei Planstellen abgelehnt – und seien sie von noch so geringem Reiz –, konnte die Anhörungskommission von einem Agenten verlangen, sich pensionieren zu lassen. Aber McCready hatte immerhin Anspruch auf diese Anhörung, bei der er für eine Ausnahmeregelung plädieren konnte.

Er hatte als Sprecher in seiner Sache Denis Gaunt mitgebracht. Gaunt mit seinem strahlenden Lächeln und seiner eleganten Krawatte würde mit den hohen Herren besser umgehen können als er.

Edwards gebot Stille. „Schön, wir sind hier, um uns mit McCreadys Antrag zu befassen, eine Anweisung aus der Zentrale abzuändern. Gaunt, ich nehme an, daß Sie für McCready sprechen wollen?"

Denis Gaunt erhob sich. „Wir kennen doch alle die Regeln. Und wir kennen alle die Realität. Es stimmt, daß Sam McCready darum bittet, nicht dem Schulungszentrum, der Rechnungs- oder der Dokumentenabteilung zugeteilt zu werden. Weil er ein Mann für den Außeneinsatz ist. Und einer der besten dazu, wenn nicht überhaupt der beste."

„Unbestritten“, murmelte der Einsatzleiter der Abteilung „Westliche Hemisphäre“. Edwards warf ihm einen warnenden Blick zu.

„Die Sache ist die“, fuhr Gaunt fort, „wenn der SIS wirklich wollte, ließe sich wahrscheinlich etwas für Sam finden. Ich schlage vor, daß Sie sich um eine reizvollere Position für ihn bemühen, weil er dem SIS jahrelang loyal gedient hat, oft unter sehr unerquicklichen, manchmal auch unter höchst gefährlichen Umständen. Ich schlage vor, daß wir uns einige Fälle ansehen, mit denen Sam in den letzten sechs Jahren befaßt war. Beginnen wir mit diesem hier . . .“

Der Mann, über dessen berufliche Zukunft hier verhandelt wurde, saß reglos auf seinem Stuhl im Hintergrund. Keiner im Raum konnte die Enttäuschung nachempfinden, die diese Anhörung in ihm hervorrief. Aber das war nicht verwunderlich, denn er verstand es hervorragend, sich seinen Ärger nicht anmerken zu lassen.

„Ich glaube, wir erinnern uns alle daran“, fügte Gaunt hinzu. „Die Geschichte mit dem sowjetischen General, Jewgeni Pankratin . . .“

Grenzgänger

1

DER RUSSISCHE Oberst trat langsam und vorsichtig aus dem Schatten. Begegnungen mit seinem britischen Führungsoffizier waren gefährlich und daher tunlichst zu vermeiden. Um das heutige Treffen aber hatte er selbst gebeten. Er mußte ihm Dinge sagen, Forderungen stellen, die nicht in Form einer schriftlichen Nachricht in einen toten Briefkasten geworfen werden konnten. Ein Stück Blech auf dem Dach eines Schuppens weiter unten am Bahngleis flatterte geräuschvoll scheppernd, als es vom Maiwind des Jahres 1983 erfaßt wurde.

„Sam!“ rief der Russe leise.

Sam McCready lag schon auf der Lauer. Bereits seit einer Stunde wartete er im Dunkeln auf dem aufgelassenen Rangierbahnhof am Stadtrand von Ostberlin. Er hatte gesehen oder vielmehr gehört, wie der Russe eintraf, aber trotzdem gewartet, um sich zu vergewissern, daß auf dem staub- und schuttbedeckten Gelände keine anderen Schritte zu vernehmen waren. Nachdem er zu der Überzeugung gelangt war, daß sich außer ihnen beiden niemand hier aufhielt, hatte er mit dem Daumennagel ein Zündholz angerissen, so daß es einmal kurz aufflammte und dann verlosch. Der Russe hatte das Signal gesehen und war hinter dem alten Bahnwärterhäuschen zum Vorschein gekommen. Die beiden Männer hatten allen Grund, in der Dunkelheit zu operieren, denn der eine war ein Verräter und der andere ein Spion.

McCready trat aus seinem Versteck, damit der Russe ihn sehen und sich vergewissern konnte, daß auch er allein war. Dann ging er auf den Russen zu. „Jewgeni! Lange nicht gesehen, alter Freund!“

McCready umarmte den Russen nicht, gab ihm nicht einmal die Hand. Jewgeni Pankratin, Oberst der Roten Armee, war eine Fischnatur, reserviert, verschlossen. 1980 war er zum erstenmal in Moskau einem Attaché an der britischen Botschaft aufgefallen. Auf einem diplomatischen Empfang inmitten unverfänglicher Konversation ließ der Russe plötzlich eine beißende Bemerkung über die Gesellschaft seines Landes fallen. Zwei Monate danach war ein erster tastender Annäherungsversuch unternommen worden. Oberst Pankratin hatte nicht abweisend reagiert. Dann war er versetzt worden, nach Potsdam, zur Westgruppe der sowjetischen Streitkräfte; diese zählte 330 000 Mann und sorgte dafür, daß die Ostdeutschen botmäßig blieben, die Westberliner in Furcht lebten und die NATO gezwungen war, sich gegen einen russischen Vormarsch durch die Norddeutsche Tiefebene zu wappnen.

McCready hatte den Fall übernommen; es war sein Revier. 1981 unternahm er selbst einen Annäherungsversuch, und Pankratin wurde für den Westen gewonnen. Menschen verraten das Land ihrer Väter aus vielerlei Motiven; Pankratin jedoch handelte aus rein materiellen Beweggründen, ihm ging es nur ums Geld. Eines Tages, sagte er, werde er überlaufen, aber dadurch wolle er ein reicher Mann werden. Er hatte das Treffen vereinbart, um mehr herauszuschinden.

Pankratin griff in seinen Trenchcoat und zog einen dicken braunen Umschlag heraus. Nüchtern beschrieb er dessen Inhalt, während McCready das Päckchen in seiner dicken Jacke verstaute: Namen, Örtlichkeiten, Gefechtsbereitschaft einzelner Divisionen, Truppenbewegungen, Verbesserungen von Waffensystemen. Am wichtigsten war natürlich, was Pankratin über die SS-20 beizusteuern hatte, die schreckenerregenden Mittelstreckenraketen auf mobilen Abschußrampen, jede mit drei nuklearen Sprengköpfen bestückt. Pankratin zufolge rückten sie zu dieser Zeit näher zur Grenze hin vor.

„Noch etwas“, sagte der Russe. „Soviel ich weiß, bin ich für eine Beförderung zum Generalmajor vorgesehen. Und für eine Rückversetzung nach Moskau.“

„Gratulation. Und was sollen Sie dort werden, Jewgeni?“

Pankratin legte eine Pause ein, um seine Eröffnung wirken zu lassen.

„Stellvertretender Direktor des gemeinsamen Planungsstabs im Verteidigungsministerium."

McCready war beeindruckt. In Moskau, in der Frunsestraße Nr. 19, einen Mann zu haben, das war einzigartig.

„Und wenn ich hinüberkomme, möchte ich eine Wohnanlage haben. In Kalifornien. Auf meinen Namen im Grundbuch eingetragen. Vielleicht in Santa Barbara. Dort soll es sehr schön sein."

„Das stimmt", sagte McCready. „Eine Wohnung, das ließe sich einrichten."

„Keine Wohnung, eine Wohnanlage. Damit ich von den Mieteinnahmen leben kann."

„Jewgeni, Sie stellen Forderungen im Bereich von fünf bis acht Millionen US-Dollar. Ich glaube nicht, daß meine Leute eine solche Summe aufbringen können. So wertvoll kann nicht einmal Ihr Material sein."

Unter dem militärisch korrekt gestutzten Schnauzbart blitzten die Zähne des Russen auf. „Sobald ich in Moskau bin, werde ich Ihnen Material liefern, das Ihre kühnsten Erwartungen übertrifft. Sie werden das Geld schon auftreiben."

BRUNO MORENZ klopfte an die Tür und trat ein, als er das joviale „Herein!" hörte. Sein Vorgesetzter war allein in dem Büro, er rührte gerade genüßlich seine erste Tasse Kaffee an diesem Tag um.

Wie Morenz ging auch der Direktor auf die Fünfzig zu, doch beschränkten sich ihre Gemeinsamkeiten auf das Lebensalter. Dieter Aust war klein, rundlich, sorgfältig rasiert und gekleidet. Morenz war größer, kräftig, grauhaarig. Aber er hielt sich schlecht, schlurfte beim Gehen und sah in seinem Tweedanzug stets ein wenig schlampig aus. Außerdem war er im Gegensatz zu Aust, dem Chef der Kölner Außenstelle des Bundesnachrichtendienstes (BND), ein kleines Licht.

Morenz folgte Austs Aufforderung, Platz zu nehmen, und überlegte, was er, wenn überhaupt, falsch gemacht haben könnte. Die Antwort lautete: nichts.

„Mein lieber Morenz, ich will nicht lange um den heißen Brei herumreden. Nächste Woche tritt unser Kollege Dorn in den Ruhestand. Seine Pflichten übernimmt sein Nachfolger. Er ist viel jünger. Eine wichtige Aufgabe aus seinem Bereich verlangt jedoch einen Mann in reiferen Jahren. Ich hätte gern, daß Sie sie übernehmen."

Morenz nickte, als hätte er verstanden, was keineswegs der Fall war.

„Hin und wieder treffen bei uns Gäste ein, ausländische Politiker, die nach einem verhandlungsreichen Tag das Bedürfnis nach Zerstreuung . . ., nach Unterhaltung verspüren. Unter unseren Gästen gibt es einige, die sich lieber in weiblicher Gesellschaft entspannen. In bezahlter weiblicher Gesellschaft."

„Callgirls", sagte Morenz.

„Wenn Sie so wollen, ja. Um zu vermeiden, daß wichtige ausländische Besucher die Dienste von Hotelportiers in Anspruch nehmen, wenn sie den Rotlichtbezirk aufsuchen möchten, bietet ihnen die Bundesregierung eine bestimmte Telefonnummer an."

Aust nahm drei Akten von seinem Schreibtisch und reichte sie Morenz. „Es handelt sich um drei junge Frauen. Vom Typ her ganz verschieden. Ich bitte Sie, diese Sache zu übernehmen, weil Sie ein reifer, verheirateter Mann sind. Beaufsichtigen Sie die drei jungen Damen mit väterlichem Blick. Sorgen Sie dafür, daß sie sich regelmäßig ärztlich untersuchen lassen und auf ihr Äußeres achten. Kontrollieren Sie, ob sie sich in der Stadt aufhalten, ob sie krank oder auf Urlaub sind. Wirklich keine beschwerliche Aufgabe. Sie dürfte Ihre übrigen Pflichten kaum beeinträchtigen."

Morenz, die Akten in der Hand, erhob sich schwerfällig. Toll, dachte er, als er das Chefbüro verließ, da habe ich dem BND dreißig Jahre treu gedient und bin so tief gesunken, daß ich schon die Nutten der Ausländer betreuen muß, die eine Nacht lang über die Stränge schlagen wollen.

IN DIESEM Herbst saß Sam McCready in einem abgedunkelten Kellerraum des Century House in London, der Zentrale des britischen Geheimdienstes SIS, von Insidern auch „die Firma" genannt. McCready blickte auf einen flimmernden Bildschirm, auf dem die geballte militärische Macht der UdSSR in endloser Formation über den Roten Platz zog. Die Parade zur Feier der Großen Oktoberrevolution fand, wie immer, am 7. November statt.

Die Kamera schwenkte von den Kolonnen rasselnder Panzer zu den Gesichtern auf der Tribüne in der Nähe des Leninmausoleums. Der Generalsekretär selbst war abwesend: Juri W. Andropow, der Ende 1982 das Amt angetreten hatte, dämmerte bereits in der Politbüroklinik draußen in Kunzewo langsam dem Tod entgegen. Tschernenko (der ein paar Monate später Andropows Nachfolger wurde) stand oben auf der Tribüne, zusammen mit dem Verteidigungsminister Ustinow und den anderen betagten Sowjetführern.

„Moment", sagte McCready. Augenblicklich wurde der Videofilm angehalten. „Der dort, der dritte von links. Kann ich den deutlicher haben, bitte? Können Sie ihn ranholen?"

Der Techniker vergrößerte den Bildausschnitt. Der Offizier, den McCready gemeint hatte, war durch einen General halb verdeckt, aber sein Schnauzbart, bei sowjetischen Offizieren etwas Unübliches, kennzeichnete ihn. Die Schulterstücke auf dem Offiziersmantel wiesen ihn als Generalmajor aus.

„Donnerwetter", flüsterte McCready, „er hat es geschafft!" Dann wandte er sich dem Techniker zu, der ihn mit unbewegter Miene ansah. „Jimmy, wie zum Teufel kommen wir an eine Wohnanlage in Kalifornien ran?"

„NUN, DIE Antwort ist kurz, lieber McCready", sagte Timothy Edwards zwei Tage später. „Das schaffen wir nicht. Er ist uns zu kostspielig."

„Aber das Material dieses Mannes ist von unschätzbarem Wert!" entgegnete McCready.

„Das ist unbestritten", meinte Edwards ruhig. Er war zehn Jahre jünger als McCready und bereits Stellvertreter des Chefs, ein Erfolgstyp mit einem guten Universitätsdiplom, der außerdem aus begüterter Familie stammte. „Sehen Sie", fuhr Edwards fort, „der Chef war gerade in Washington. Er hat Ihren Mann erwähnt, für den Fall, daß der Russe wirklich befördert wird. Unsere amerikanischen Kollegen haben immer sein Material bekommen, seit Sie ihn an Land gezogen haben. Sie waren durchweg begeistert. Und jetzt hat es den Anschein, daß sie ihn mit Freuden übernehmen und auch die Kohle rausrücken werden, die er verlangt."

„Er kennt mich. Vielleicht will er für niemand anderen arbeiten."

„Aber, aber, McCready! Sie geben doch zu, daß es ihm nur ums Materielle geht. Diesen Menschen lockt doch nur das Geld. Und wir bekommen ja das Material. Sorgen Sie bitte dafür, daß die Übergabe glatt über die Bühne geht." Er legte eine Pause ein und strahlte McCready mit seinem gewinnenden Lächeln an. „Übrigens, der Chef möchte Sie sehen. Morgen früh um zehn. Ich denke nicht, daß ich meine Kompetenzen überschreite, wenn ich Ihnen verrate, daß er an eine neue Aufgabe für Sie denkt. Ein Schritt nach oben, McCready. Vielleicht bekommen Sie sogar eine Abteilung."

„Ich bin ein Mann für die Front", entgegnete McCready.

„Warum hören Sie sich nicht erst einmal an, was der Chef Ihnen erzählen wird?"

Vierundzwanzig Stunden später wurde Sam McCready zum Chef von „DD" ernannt. Die Betreuung, Führung und Bezahlung von General Jewgeni Pankratin übernahm der CIA.

IN DIESEM Juli 1985 war es in Köln sehr heiß. Wer es sich leisten konnte, hatte Frau und Kinder an die See oder ins Gebirge geschickt und plante, später nachzureisen. Bruno Morenz besaß kein Feriendomizil. Er war ein unermüdlicher Arbeiter. Sein Gehalt war nicht hoch und würde vermutlich auch nicht mehr steigen, da er nur noch drei Jahre bis zu seiner Pensionierung hatte.

Er saß auf der Terrasse eines Restaurants, trank in kleinen Schlucken aus seinem Bierglas und starrte mißmutig auf die Passanten auf dem Gehsteig.

Obwohl Bruno Morenz meist versuchte, sich nichts anmerken zu lassen, war er ein todunglücklicher Mensch. Die Ehe mit seiner Frau Irmtraud war seit langem eine Farce. Irmtraud, ein Wesen von abgrundtiefer Torheit und dem Aussehen einer Vogelscheuche, hatte es sich im Laufe der Jahre sogar abgewöhnt, über sein kärgliches Gehalt und die ausgebliebenen Beförderungen zu jammern. Was seinen Beruf betraf, wußte sie nur, daß er in einer staatlichen Dienststelle arbeitete. Immerhin sorgte sie dafür, daß ihre kleine Wohnung in einer grauen Seitenstraße im Kölner Vorort Porz halbwegs in Schuß war, und wenn er abends nach Hause kam, stand zehn Minuten später sein Abendessen auf dem Tisch; wenn er verspätet eintraf, blieb die Küche kalt.

Bruno Morenz hatte fleißig gearbeitet, seine Steuern gezahlt und selbst herzlich wenig vom Leben gehabt. In drei Jahren würde man ihn aufs Altenteil schicken. Im Büro würde es eine kleine Feier geben, Aust würde eine Rede halten, und dann ginge er seiner Wege. Wohin? Er würde seine Pension beziehen, aber auch auf die Ersparnisse aus seiner „anderen Arbeit" zurückgreifen können, die er in mehreren deutschen Städten auf verschiedenen Konten gehortet hatte. Es reichte, um ein Heim für seinen Lebensabend zu kaufen und endlich das zu tun, was ihm wirklich Spaß machte.

Was niemand vermutete: Privat wie dienstlich hatte Bruno Morenz Geheimnisse. Er hatte weder Aust noch sonst jemandem in der Organisation von der „anderen Arbeit" erzählt – es war schließlich eine streng verbotene Tätigkeit. Irmtraud wußte erst recht nichts über diese Arbeit und über seine geheimen Ersparnisse.

Er wollte frei sein, noch einmal von vorne anfangen. Denn Bruno Morenz, ein Mann in vorgerückten Jahren, hatte sich verliebt. Und das Wunderbare daran war, daß Renate, seine phantastische Renate in ihrer jugendlichen Schönheit, auch in ihn verliebt war.

Dort, auf dieser Terrasse an diesem Sommernachmittag, faßte Bruno endlich seinen Entschluß. Er mußte es tun, er mußte es Renate sagen: Denn er hatte vor, Irmtraud – wohlversorgt – zu verlassen und in Frühpension zu gehen. Renate würde er mitnehmen, mit ihr würde er ein neues Leben beginnen, in dem Traumhaus, das er sich oben an der Nordseeküste, seiner Heimat, zuzulegen gedachte.

RENATE HEIMENDORF war sechsundzwanzig, wohlproportioniert, brünett und mit ihren einsfünfundsiebzig ziemlich groß. Mit achtzehn Jahren war sie die Geliebte eines wohlhabenden Unternehmers geworden, der dreimal so alt gewesen war wie sie, und dieses Verhältnis hatte fünf Jahre gedauert. Als ihr Liebhaber an einer Herzattacke verschied, war es ihr gelungen, die Ausstattung ihres teuer eingerichteten Liebesnestes zu verscherbeln, die zusammen mit dem Schmuck, den er ihr im Laufe der Jahre geschenkt hatte, bei einer Versteigerung eine ansehnliche Summe erbrachte.

Sie hatte damals beschlossen, ins Geschäftsleben einzusteigen. Angesichts ihrer Begabung, aus einem übergewichtigen älteren Mann ohne jede Kondition eine gewisse Erregung herauszukitzeln, gab es eigentlich nur eine einzige Branche, in der sie sich etablieren konnte. Sie mietete sich im ruhigen, bürgerlichen Kölner Vorort Hahnwald eine Wohnung mit Wohnzimmer, Küche, Bad, zwei Schlafzimmern und Diele. Das größere der beiden Schlafzimmer befand sich am Ende des Flurs, das Badezimmer lag zwischen den Schlafzimmern. Den Flur beherrschte ein zwei Meter breiter Einbauschrank, der im Badezimmer etwas Platz wegnahm.

Renate schlief in dem kleineren Schlafzimmer und benutzte das größere als Arbeitsstätte. Dessen Wände hatte sie mit einer Schallisolierung versehen lassen, so daß aus dem Zimmer keine Geräusche nach außen drangen, die die Nachbarn störten. Der Raum mit seiner ungewöhnlichen Ausstattung war immer sorgfältig verschlossen.

Sie war eine Nutte, die etwas von ihrem Handwerk verstand, und das war auch ihr Erfolgsgeheimnis. Viele ihrer Kunden kamen regelmäßig wieder. Sie war seit drei Jahren in der Branche tätig und beabsichtigte, sich nach zwei weiteren Jahren zurückzuziehen. Zuvor wollte sie ordentlich absahnen, um eines Tages irgendwo weit weg ein Leben im Luxus führen zu können.

An diesem Nachmittag klingelte es an der Wohnungstür. Ein Blick durch das Guckloch zeigte das zerzauste graue Haar von Bruno Morenz, ihrem väterlichen Betreuer aus dem Ministerium. Sie seufzte, setzte ein ekstatisches Willkommenslächeln auf und öffnete die Tür. „Hallo, Bruno, mein Schatz . . ."

ZWEI Tage später wurde Sam McCready von Timothy Edwards zum Mittagessen in den „Brook's Club" in London ausgeführt. Beim Kaffee in der Bibliothek kam Edwards zur Sache. „McCready, jetzt bricht eine neue Ära an. Eine Ära, die unter dem Leitmotiv ‚Immer äußerst korrekt' stehen muß. Es geht darum, daß wir ein paar von den alten Methoden, zum Beispiel das Umgehen von Vorschriften – wie soll ich mich ausdrücken? –, einmotten müssen."

„Einmotten ist sehr gut ausgedrückt", pflichtete McCready bei.

„Nun, wenn man die Unterlagen durchblättert, zeigt sich, daß Sie nach wie vor gewisse Mitarbeiter einsetzen, die wirklich nicht mehr von Nutzen sind. Gute alte Bekannte, die von ihren eigentlichen Arbeitgebern enttarnt werden und die Firma in ernste Schwierigkeiten bringen könnten."

„Nennen Sie ein Beispiel", bat McCready.

„Der Mann mit dem Decknamen ‚Poltergeist'. Er ist festangestellter Mitarbeiter beim BND. Es gäbe einen Riesenskandal, sollte man in Pullach irgendwann dahinterkommen, daß er schwarz für Sie gearbeitet hat. Er verstößt gegen sämtliche Vorschriften. Wir führen niemals Angehörige befreundeter Dienste. Streichen Sie ihn von der Gehaltsliste. Lassen Sie die Finger von ihm, McCready. Und zwar umgehend."

„Er ist ein alter Kumpel von mir", erwiderte McCready. „Wir kennen uns schon sehr lange. Seit dem Bau der Berliner Mauer. Er hat damals gute Arbeit geleistet, gefährliche Aufträge für uns durchgeführt."

Edwards stand auf. „Lassen Sie die Finger von ihm, Sam. Es tut mir leid, aber das ist ein Befehl."

MAJORIN LUDMILLA WANAWSKAJA seufzte, streckte sich und lehnte sich zurück. Sie war müde. Es war eine ziemliche Plackerei gewesen. Sie griff nach ihrem Päckchen Marlboro aus sowjetischer Produktion, bemerkte, daß der Aschenbecher überquoll, und drückte auf einen Klingelknopf an ihrem Schreibtisch. Ein junger Leutnant erschien. Sie deutete nur kurz auf den Aschenbecher. Er nahm ihn rasch weg, verließ das Büro und brachte ihn ein paar Sekunden später gesäubert zurück. Sie nickte. Der junge Mann ging wieder hinaus und schloß die Tür hinter sich.

Kein Wort war gefallen, schon gar kein anzügliches. Majorin Wanawskaja ließ Männer gern abblitzen. In früheren Jahren hatten sich ein paar von den jungen Schürzenjägern beim Anblick ihres glänzenden, kurzgeschnittenen Blondhaars, ihrer frischen Dienstbluse und des engen grünen Rocks zu kecken Bemerkungen verstiegen. Keiner war bei ihr zum Zug gekommen. Heute, mit fünfunddreißig, trug sie keine Uniform mehr, sondern ein strenges, maßgeschneidertes dunkelgraues Kostüm und darunter eine weiße Bluse mit einer schlaff herabhängenden Schleife am Hals.

Manche machten sich immer noch Hoffnungen, sie könnten bei ihr landen; meist genügte es, wenn sie diese Herren mit einem strengen Blick bedachte. Im KGB – wo man ohnehin nicht zimperlich miteinander umging – stand Majorin Wanawskaja im Ruf einer Fanatikerin. Und Fanatiker wirken einschüchternd.

Der heilige Zorn der Majorin galt Verrätern. Als treue Kommunistin, von keinerlei ideologischen Zweifeln angefochten, haßte sie diese Treulosen von ganzem Herzen. Im unabhängigen Dritten Direktorat, das auch Streitkräftedirektorat genannt wurde, bekleideten Verräter höhere Ränge und waren gefährlich. Zwei Jahre Arbeit waren in die Akte eingegangen, die jetzt vor ihr lag. Zwei Jahre, in denen sie Spuren geprüft und noch einmal überprüft, winzige Informationssplitter zusammengefügt hatte, bis sich allmählich ein Bild ergab. Sie war überzeugt, daß jemand in der Armee Geheimnisse verriet. Und der Betreffende war ein ranghoher Offizier.

Auf dem ersten Blatt ihres Dossiers stand eine Liste mit acht Namen. Fünf davon waren durchgestrichen. Hinter zweien stand ein Fragezeichen. Aber ihr Blick fiel immer wieder auf den achten Namen, der nicht gekennzeichnet war. Sie hob einen Telefonhörer ab und wurde mit einem Major verbunden, dem Sekretär von General Schaljapin, Chef des Dritten Direktorats.

„Ja, Majorin. Ein persönliches Gespräch? So . . . Nun, leider befindet sich der Genosse General im Fernen Osten . . . Nicht vor nächsten Dienstag. Also schön, wenn es sein muß, nächsten Dienstag."

Majorin Wanawskaja legte auf. Vier Tage. Na ja, sie hatte zwei Jahre gewartet, da konnte sie sich auch noch weitere vier Tage gedulden.

„ICH GLAUBE, ich habe die Katze im Sack", sagte Bruno Morenz am folgenden Sonntag vormittag mit kindlicher Begeisterung zu Renate. „Die Kaufsumme habe ich beisammen und noch ein bißchen Geld für die Malerarbeiten und die Ausstattung. Es ist eine hübsche kleine Bar."

Sie lagen in ihrem privaten Schlafzimmer im Bett – es war eine Gunst, die sie ihm manchmal gewährte, weil ihm das „Arbeitsschlafzimmer“ ebensosehr verhaßt war wie ihr „Beruf“.

„Erzähl mir noch einmal davon“, flüsterte sie ihm zärtlich ins Ohr. „Ich hör es zu gern.“

Er lächelte. „Also – die Bar heißt ‚Zur Laterne‘, und unter dem Kneipenschild hängt eine alte Schiffslaterne. Sie befindet sich unmittelbar am Kai von Bremerhaven. Innen steht ein Tresen mit einer altmodischen Messingplatte – dort bedienen wir einmal unsere Gäste –, und oben ist eine hübsche, gemütliche Wohnung. Ich habe schon eine Anzahlung geleistet. Ende September ist alles fertig. Dann kann ich dich hier rausholen.“

Renate mußte es sich verkneifen, laut herauszulachen. Sie hatte nicht die Absicht, sich „herausholen“, geschweige denn an einen öden Kai in Bremerhaven schleppen zu lassen. Aber es machte ihr Spaß, ihn in seinen Wahnideen zu wiegen, damit das Erwachen für ihn um so grausamer wurde.

EINE Stunde später nahm in England eine Jaguar-Limousine eine Autobahnausfahrt und glitt dann über die ruhigen Landstraßen von Hampshire. Es war Timothy Edwards' Privatwagen, und gesteuert wurde er vom Dienstchauffeur des stellvertretenden Geheimdienstchefs. Im Fond saß Sam McCready, den Edwards telefonisch zu einem Treffen gebeten hatte.

Die Limousine rollte auf den kiesbedeckten Vorhof eines ansehnlichen Landhauses aus dem frühen 18. Jahrhundert und kam zum Stehen. Timothy Edwards hatte die Tochter eines Herzogs geheiratet, der entgegenkommenderweise schon in mittleren Jahren das Zeitliche gesegnet und Lady Margaret drei Millionen Pfund hinterlassen hatte.

„Ich soll Ihnen ausrichten, daß die Herrschaften auf der Terrasse anzutreffen sind“, sagte der Chauffeur zu seinem Fahrgast.

Vier Korbsessel bildeten einen Kreis, drei davon waren besetzt. Zwei Herren erhoben sich aus ihren Sesseln, während die Dame sitzen blieb.

„Sieh an, McCready“, begann Edwards, „freut mich, daß Sie kommen konnten. Ich glaube, Sie kennen Chris Appleyard noch nicht“, fügte er hinzu, als der hochgewachsene Amerikaner McCready die Hand entgegenstreckte.

„Schätze, eher nicht“, meinte Appleyard, der aussah wie ein texanischer Cowboy. „Freut mich, Sie kennenzulernen. Ihnen eilt ein ausgezeichneter Ruf voraus.“

McCready kannte den Amerikaner immerhin dem Namen nach; auch an ein Foto konnte er sich erinnern: Appleyard war der stellvertretende Chef der Europaabteilung des CIA.

Nun schüttelte ihm auch die Frau in dem dritten Korbsessel die Hand. „Hallo, McCready, wie geht's Ihnen denn so in letzter Zeit?" Claudia Stuart, noch mit vierzig eine sehr gut aussehende Frau, schaute ihm ein paar Sekunden länger als nötig in die Augen.

„Danke, einfach großartig."

Jahre vorher hatten sie sich in Berlin getroffen. Damals gehörte Claudia der Westberliner CIA-Filiale an, und Sam warb gerade Oberst Pankratin an.

„Es tut mir leid, daß May gestorben ist", sagte Claudia.

„Danke." McCready dachte an May, seine Frau. Drei Jahre waren seit ihrem Tod vergangen. Sie hatte an multipler Sklerose gelitten, einer Krankheit, die ganz rasch oder ganz langsam zum Tod führen kann. In Mays Fall war es rasch gegangen. Schon ein Jahr nach Ausbruch der Krankheit war sie an den Rollstuhl gefesselt gewesen, zwei Jahre später war sie gestorben. Seither lebte er in der Wohnung in Kensington allein.

Ein Butler erschien mit einem Glas Champagner auf einem Tablett. McCready runzelte die Stirn. Edwards flüsterte dem Butler etwas zu, der daraufhin verschwand und mit einem Glas Bier zurückkehrte. McCready nahm einen kleinen Schluck davon.

„Wir haben ein Problem, McCready", bemerkte Appleyard. „Claudia, erklären Sie es ihm doch bitte."

„Pankratin", sagte Claudia. „Erinnern Sie sich an ihn?"

McCready hielt den Blick auf sein Bierglas gerichtet und nickte.

„In Moskau haben wir ihn in der Hauptsache über tote Briefkästen gesteuert, sozusagen aus der Distanz. Sehr wenig Kontakte. Phantastisches Material gegen eine fürstliche Entlohnung. Jetzt behauptet er, er hätte ein nicht registriertes Exemplar des Aufmarschplans der sowjetischen Armee in die Hand bekommen. Für die Westfront in ihrer ganzen Ausdehnung. Wir brauchen diesen Plan, McCready, wir brauchen ihn unbedingt."

„Dann holt ihn euch doch", sagte McCready.

„Diesmal will Pankratin keinen toten Briefkasten benutzen. Er will das Papier nur jemandem übergeben, den er kennt und dem er vertraut. Ihnen, McCready."

„In Moskau?"

„Nein, in Ostdeutschland. Er tritt demnächst eine Inspektionsreise an. Die dauert eine Woche. Dienstag vormittag möchte er das Material in Thüringen übergeben. Wenn es nach ihm geht, auf einem Parkplatz."

„Ich glaube, ich sollte darauf hinweisen, daß McCready diese Aufgabe nicht übernehmen kann", mischte sich Edwards ein. „Er ist vom Staatssicherheitsdienst der DDR zum Abschuß freigegeben. Sie werden ihn umbringen."

Appleyard stieß einen Pfiff aus. „Sie müssen die ganz schön aufgescheucht haben."

„Man tut, was man kann", entgegnete McCready mißmutig. „Übrigens, wenn ich nicht in Frage komme, gibt es einen Mann, der die Sache übernehmen könnte. Edwards und ich haben letzte Woche im Club über ihn gesprochen."

Edwards verschluckte sich beinahe an seinem Champagner. „Poltergeist?" fragte er rasch. „Aber Pankratin hat doch erklärt, daß er das Material nur jemandem aushändigen wird, den er kennt."

„Er kennt Poltergeist", meinte McCready. „Anno 81, als ich ihn angeworben habe, mußte Poltergeist auf ihn aufpassen, bis ich in der UdSSR ankam. Er mag Poltergeist übrigens. Er würde ihn wiedererkennen und ihm das Material aushändigen."

Edwards schob sein seidenes Halstuch zurecht. „Also in Gottes Namen, McCready. Aber das ist das letzte Mal."

„Die Sache ist gefährlich, höchst riskant. Ich möchte eine Belohnung für ihn. Zehntausend Pfund."

„Einverstanden", erklärte Appleyard, ohne zu zögern. Er zog ein Blatt Papier aus der Tasche. „Hier sind die Übergabemodalitäten. Zwei Treffpunkte müssen vereinbart werden, der zweite für den Notfall. Können Sie uns in vierundzwanzig Stunden die Parkplätze angeben, die Sie sich aussuchen? Wir werden ihn darüber informieren."

„Übrigens, dieser Dienstagvormittag – welcher ist damit gemeint?"

„Übermorgen in einer Woche", meinte Appleyard. „Also Dienstag in acht Tagen."

2

SAM McCREADY brütete den größten Teil des folgenden Tages, Montag, über Landkarten und Luftaufnahmen. Bis zum Nachmittag hatte er zwei geeignete Treffpunkte ausfindig gemacht. Der eine war ein schwer einzusehender Parkplatz an der Staatsstraße 7 in der DDR, zwischen der Industriestadt Jena und dem mehr ländlichen Weimar. Der zweite lag an derselben Straße, aber auf halbem Weg zwischen Weimar und Erfurt, keine fünf Kilometer von dem sowjetischen Militärstützpunkt in Nohra entfernt.

Um fünf Uhr berichtete McCready telefonisch Claudia Stuart in der amerikanischen Botschaft am Grosvenor Square in London von den zwei Treffpunkten, die er ausgesucht hatte. Eine verschlüsselte Nachricht ging an die CIA-Zentrale in Langley im amerikanischen Bundesstaat Virginia, wo McCreadys Vorschläge gebilligt wurden. Anschließend wurde Pankratins Führungsoffizier in Moskau davon in Kenntnis gesetzt.

Noch vor Sonnenuntergang schickte McCready eine chiffrierte Nachricht an den Chef der SIS-Filiale in Bonn, der sie las und sofort vernichtete. Inzwischen hob McCready den Telefonhörer zu einem Ortsgespräch ab.

Bruno Morenz saß gerade beim Abendessen, als seiner Frau plötzlich etwas einfiel. „Dein Zahnarzt hat angerufen. Er hat gesagt, er muß sich diese Plombe noch mal ansehen. Morgen um sechs sollst du in die Praxis kommen."

Bruno konnte nur hoffen, daß sie die Nachricht richtig verstanden hatte. Es gab zwei Kneipen, wo sich McCready möglicherweise mit ihm treffen wollte. Die eine hieß „Praxis", die andere „Klinik". Und sechs bedeutete ein Uhr mittags.

Am Dienstag früh nahm McCready die Morgenmaschine nach Köln. Fünf Minuten vor zwölf betrat er die altdeutsch eingerichtete Kneipe in der Krebsgasse. Die kleinen Buntglasfenster sorgten dafür, daß es im Innern düster war. Er setzte sich an einen Ecktisch, bestellte ein Glas Dortmunder Bier und wartete. Fünf Minuten später ließ sich Bruno Morenz auf dem Stuhl gegenüber nieder. Der Kellner brachte ungefragt ein zweites Glas Bier

„Lange nicht gesehen, alter Freund", begann McCready.

Morenz nickte. „Was willst du denn von mir?"

McCready sagte es ihm.

Morenz schüttelte den Kopf. „Ich bin jetzt zweiundfünfzig und gehe bald in Pension. Früher war das anders, aufregend. Jetzt aber, wenn ich ehrlich bin, machen mir die Typen da drüben angst."

„Du bekommst zehntausend Pfund, bar auf die Hand."

Morenz starrte ihn an. „Warum gerade ich?"

„Er kennt dich. Er mag dich. Es fällt mir sehr schwer, dich darum zu bitten, aber es ist wirklich sehr wichtig für mich. Das letzte Mal, ich schwöre es dir. Tu's in Erinnerung an die alten Zeiten."

Bruno Morenz trank sein Glas aus und stand auf. „Also gut, Sam, dir zuliebe. Wegen der alten Zeiten. Aber danach steige ich aus, verlaß dich drauf. Endgültig."

Sie verabredeten, sich am folgenden Montag im Morgengrauen wieder zu treffen.

ZWEI Zeitzonen weiter östlich, in Moskau, wurde Majorin Ludmilla Wanawskaja von General Schaljapin zum Gespräch empfangen. Der General saß hinter seinem Schreibtisch und las ihr Dossier sorgfältig, dann schob er ihr das Schriftstück wieder zu. „Das sind lediglich Indizien", meinte er kühl.

„Bislang schon, Genosse General", räumte Ludmilla Wanawskaja ein. „Aber eine Fülle von Indizien. Die SS-20-Raketen in Ostdeutschland vor zwei Jahren – die Amis haben zu rasch davon Wind bekommen. Ebenso die Bewegungen der Roten Flotte, die in den Ostseehäfen liegt. Die Imperialisten wissen offenbar immer . . ."

Schaljapin mußte über den Eifer der jungen Frau lächeln. „Vielleicht gibt es eine undichte Stelle", meinte er. „Oder auch mehrere. Nachlässigkeit, Klatsch, eine Gruppe kleiner Agenten. Aber Sie glauben, es handelt sich um einen bestimmten Mann . . ."

„Um diesen Mann." Sie tippte mit dem Zeigefinger auf das Foto, das oben auf dem Dossier befestigt war.

General Schaljapin beugte sich über den Schreibtisch und sah der Majorin, deren Gesicht sich gerötet hatte, in die Augen. „Ich kann aufgrund dieses Materials nicht die Verhaftung eines ranghohen Stabsoffiziers anordnen. Das genügt nicht. Dazu brauche ich schon etwas Handfestes, einen echten Beweis!"

„Erlauben Sie, daß ich ihn überwachen lasse", drängte Ludmilla Wanawskaja.

„Diskret überwachen."

„Gut, Genosse General, diskret überwachen."

„Dann bin ich einverstanden. Ich werde Ihnen Leute zur Verfügung stellen."

„NUR EIN paar Tage, Herr Direktor. Ich würde gern mit meiner Frau übers Wochenende bis einschließlich Mittwoch wegfahren."

Es war Mittwoch morgen, und Dieter Aust zeigte sich in Gönnerlaune. „Fünf Tage? Kein Problem. Ich ändere den Dienstplan."

Als Bruno Morenz am Abend nach Hause kam, erzählte er seiner Frau, er müsse eine fünftägige Dienstreise antreten. „Der Direktor möchte, daß ich ihn begleite."

„Das ist aber nett." Irmtraud starrte gebannt auf den Fernsehschirm.

In Wahrheit plante Morenz, ein langes, genußreiches, romantisches Wochenende mit Renate zu verbringen, sich am Montag von Sam McCready in seine neue Aufgabe einweisen zu lassen und am Dienstag in die DDR einzureisen. Selbst wenn er wegen eines eventuell notwendigen zweiten Treffens die Nacht dort verbringen mußte, würde er am Mittwoch abend wieder im Westen sein und konnte am Donnerstag rechtzeitig an seinen Arbeitsplatz in Köln zurückkehren. Dann würde er einen Antrag auf Frühpensionierung stellen, im Lauf des Septembers seinen Schreibtisch räumen, sich von seiner Frau trennen und mit Renate nach Bremerhaven übersiedeln.

Am Donnerstag knallte Majorin Wanawskaja den Hörer auf die Gabel. Ihr Beschattungsteam war jetzt einsatzbereit. Zunächst einmal mußte sie jedoch wissen, wie der übliche Tagesablauf des Offiziers aussah. Um das herauszufinden, hatte sie Kontakt zu einem der zahlreichen Spitzel des Dritten Direktorats des KGB innerhalb des GRU, des militärischen Nachrichtendienstes, aufgenommen.

„Tut mir leid, Majorin", hatte der junge KGB-Mann zu ihr am Telefon gesagt. „Der fragliche Offizier tritt morgen eine Inspektionsfahrt zu unseren wichtigsten Garnisonen in Deutschland an. Ja, ich habe seinen Terminplan hier."

Er hatte ihn ihr diktiert, ehe sie auflegte. Eine Weile saß sie in Gedanken versunken da, und dann kam sie selbst um die Genehmigung ein, die KGB-Zentrale in Ostberlin besuchen zu dürfen. Sie plante, am Samstag vormittag nach Deutschland zu fliegen.

Bruno Morenz brachte seine Arbeit am Freitag rasch hinter sich, um früh aus dem Büro loszukommen. Da er seinen Pensionierungsantrag einreichen wollte, sobald er Mitte der kommenden Woche zurückgekehrt war, räumte er sogar bereits ein paar Schreibtischschubladen aus. Zuletzt wandte er sich seinem kleinen Bürotresor zu und sortierte die wenigen Papiere, die darin lagen. Zuunterst fand er seine Dienstwaffe, eine automatische Pistole vom Typ Walther PPK. Sie war derart verstaubt, daß er sich entschloß, sie zu reinigen, bevor er sie in der kommenden Woche zurückgab. Seine Reinigungsutensilien befanden sich allerdings bei ihm zu Hause in Porz. Zehn vor fünf steckte er die Waffe in eine Seitentasche seines Leinensakkos und verließ das Büro.

Er machte ein paar Einkäufe in der Innenstadt, bevor er nach Hahnwald hinausfuhr – mit zwei Kalbsschnitzeln, frischem Gemüse und einer Flasche Bordeaux. Er würde für Renate und sich ein schnuckeliges Abendessen kochen. Sein letzter Einkauf war ein riesiger Blumenstrauß.

Er parkte seinen Opel Kadett um die Ecke und ging zu Fuß zu ihrem Haus. Seinen Besuch hatte er ihr nicht angekündigt, denn er wollte sie überraschen. Vor allem der Blumenstrauß würde ihr Freude machen. Er hatte einen eigenen Schlüssel zu ihrer Wohnung. Leise schloß er auf, um die Überraschung perfekt zu machen. In der Diele herrschte Stille. Er wollte schon ihren Namen rufen, als er hörte, wie sie schallend lachte. Das Gelächter kam vom Schlafzimmer her. Er fuhr zusammen. Vielleicht war ein Kunde bei ihr? Doch dann wurde ihm klar, daß sie Freier im sogenannten Arbeitsschlafzimmer empfing, wobei sie stets die Tür schloß. Schon wollte er eintreten, als er erneut jemanden lachen hörte, einen Mann. Morenz näherte sich leise ein paar Schritte.

Die Tür zum Privatschlafzimmer stand einen Spaltbreit offen, doch konnte er nicht hineinsehen, da die Türen des Einbauschranks ebenfalls offenstanden.

„Was für ein Vollidiot!" rief der fremde Besucher gerade. „Bildet der sich wirklich ein, daß du ihn heiraten wirst?"

„Ein Blödmann! Schau ihn dir nur an." Das war ihre Stimme.

Morenz legte die Blumen und die eingekauften Lebensmittel auf den Boden und schob die Schlafzimmertür vorsichtig mit dem Fuß weiter auf.

Renate saß am Rand des riesigen Betts und rauchte eine Marihuanazigarette. Auf dem Bett räkelte sich ein Mann, den Morenz nie zuvor gesehen hatte, jung, hager, sportlich, in Jeans und einer ledernen Motorradjacke. Die beiden bemerkten, daß die Tür sich bewegte, und sprangen vom Bett hoch. Der Fremde hatte brutale Gesichtszüge und strähniges blondes Haar. Er war offenbar Renates Zuhälter, ein widerlicher Kerl.

Morenz verfolgte noch immer fassungslos den Videofilm, der auf dem Fernsehapparat am Fußende des Bettes lief. Kein älterer Mann wirkt in einer Bettszene sehr würdevoll. Mit wachsender Scham und Verzweiflung beobachtete er sich auf dem Fernsehschirm. Renate war ebenfalls zu sehen, sie machte hin und wieder geringschätzige Gesten in die Kamera.

Renate erholte sich sehr schnell von ihrer Überraschung. Ihr Gesicht rötete sich vor Wut. „Was hast du denn hier zu suchen?"

„Ich wollte dir eine Überraschung bereiten", murmelte er.

„Ja, das hast du geschafft. Und jetzt verpiß dich! Fahr nach Hause zu deiner langweiligen Schlampe in Porz, du fetter, alter Idiot!"

Er schlug zu, mit der flachen Hand. In seinem Kopf brannte eine Sicherung durch, und er ohrfeigte sie noch einmal. Morenz war ein kräftiger Mann, und die Wucht des Schlages streckte sie zu Boden. Der Zuhälter griff in seine Jacke, offenbar war er bewaffnet. Morenz riß die Walther aus dem Hosenbund. Eigentlich wollte er den Kerl nur einschüchtern, seinen eigenen Rückzug sichern. Aber der Zuhälter nestelte noch immer an der Innentasche seiner Jacke herum. Morenz drückte ab. Mochte die Walther auch verstaubt sein – sie funktionierte.

Die Kugel traf den Zuhälter direkt ins Herz. Sie riß ihn herum, ungläubig starrte er Morenz an. In seiner Rechten hielt er jetzt eine Beretta – mit der er auf den Eindringling zielte. Da feuerte Morenz noch einmal. Ausgerechnet in diesem Augenblick rappelte sich Renate vom Boden hoch. Sein zweiter Schuß traf sie in den Hinterkopf.

Morenz war wie betäubt. Nach ein paar Schrecksekunden verließ er das Zimmer und zog die Tür hinter sich ins Schloß. Auf dem Weg zur Eingangstür fragte er sich, warum die Schranktür offenstand. Er blickte in den Schrank und bemerkte, daß die Rückwand locker war. Er schob sie zur Seite . . .

Als Bruno Morenz die Wohnung verließ, nahm er das Videoband, das ihn mit Renate zeigte, die eingekauften Lebensmittel, die Blumen und eine Leinentasche mit, die ihm nicht gehörte. Drei Kilometer von Hahnwald entfernt, warf er die Lebensmittel und die Blumen jeweils in eine andere Mülltonne am Straßenrand. Dann fuhr er beinahe eine Stunde weiter, schleuderte das Videoband und seine Waffe von der Severinsbrücke in den Rhein. Die Leinentasche deponierte er in einem Schließfach am Flughafen, ehe er nach Hause fuhr.

„Meine Reise mit dem Direktor ist verschoben worden", sagte er zu Irmtraud. „Ich werde statt dessen ganz früh am Montag morgen wegfahren."

An diesem Abend betrank sich Bruno Morenz. Er bemerkte, daß seine Hände heftig zitterten, und immer wieder brach ihm der Schweiß aus. Eine Sommergrippe – anders konnte er sich diese Symptome nicht erklären. Er war kein Psychologe, und er kannte auch keinen, den er hätte konsultieren können, und so entging ihm, daß er einem schweren Nervenzusammenbruch entgegensteuerte.

MAJORIN WANAWSKAJA traf am Sonnabend in Ostberlin ein und wurde zur KGB-Zentrale gefahren. Sie erkundigte sich sofort nach dem Aufenthaltsort des Mannes, den sie im Visier hatte. Er befand sich in Cottbus und war mit einer Gruppe von Armeeoffizieren in einem Militärkonvoi auf dem Weg nach Dresden – für sie unerreichbar. Ihr Überwachungsauftrag schloß die DDR nicht ein. Er konnte zwar erweitert werden, aber dazu mußte sie einen Antrag stellen. Immer dieser elende Papierkram, dachte sie ärgerlich.

SAM MCCREADY besprach sich während des folgenden Tages mit dem Chef der Bonner SIS-Filiale. Am Abend nahm er einen BMW in Empfang und fuhr nach Köln. Im Holiday Inn Hotel am Flughafen nahm er sich ein Zimmer für zwei Nächte und zahlte im voraus.

GEGEN sieben Uhr an diesem Montag morgen besuchte Bruno Morenz McCready in seinem Zimmer im Holiday Inn. Der Engländer bestellte beim Zimmerservice Frühstück, und als der Kellner gegangen war, breitete er eine riesige Autokarte von Deutschland aus.

„Schauen wir uns zuerst die Route an", begann er. „Du fährst morgen früh um vier Uhr von hier ab. Nimm die Autobahn über Frankfurt und Würzburg bis zur DDR-Grenze. Die Fahrt bis zum Grenzübergang Hirschberg dauert etwa sechs Stunden. Du solltest gegen elf dort sein. Ich werde vor dir eintreffen und aus einer verdeckten Position alles beobachten. Fühlst du dich nicht wohl?"

Morenz schwitzte, obwohl er den Sakko abgelegt hatte. „Es ist heiß hier im Zimmer", sagte er.

McCready stellte die Klimaanlage kühler ein.

„Hinter der Grenze fährst du weiter über Rudolstadt nach Weimar. Sechs Kilometer hinter Weimar in Richtung Jena ist rechts ein Parkplatz . . ."

Mit akribischer Sorgfalt unterwies ihn McCready in den Richtlinien, an die er sich halten sollte, und erläuterte ihm, wie und wo er, sollte der erste Übergabeversuch scheitern, die Nacht verbringen und wann und wo er sich zum zweiten Treffen mit Pankratin einfinden sollte.

UM NEUN Uhr an diesem Vormittag erschien die Putzhilfe, Frau Popovic, zur Arbeit in der Wohnung in Hahnwald. Sie wußte, daß Fräulein Heimendorf gern lange schlief, also schloß sie immer selbst die Wohnungstür auf und nahm sich alle Zimmer vor, das Arbeitsschlafzimmer zuletzt. Den abgeschlossenen Raum am Ende des Flurs betrat sie nie. Man hatte ihr gesagt, daß dort Möbel abgestellt seien, und sie hatte keinen Grund, daran zu zweifeln.

Sie war damit beschäftigt, im Flur bis zu der Tür am Ende staubzusaugen, als sie auf der Schwelle dieses Zimmers einen großen braunen Fleck bemerkte. Sie holte Wassereimer und Bürste. Auf den Knien schrubbte sie den Boden, wobei sie plötzlich gegen die Tür stieß. Überraschenderweise ging die Tür auf. Sekunden später rannte Frau Popovic schreiend die Treppe hinunter, hämmerte gegen die Tür der Parterrewohnung, um den pensionierten Buchhändler zu alarmieren, der dort wohnte. Er rief unter der Nummer 110 die Polizei an.

Zuerst traf ein Streifenwagen mit zwei uniformierten Polizisten ein. Den Vorschriften gemäß benachrichtigte einer der Beamten als erstes den Notarzt, der nur noch den Tod der beiden Personen in dem Raum feststellen konnte. Dann rief der Beamte das Polizeipräsidium an und schilderte kurz den Sachverhalt. Die Nachricht wurde an die Mordkommission im zehnten und elften Stockwerk des Betongebäudes am Waidmarkt weitergeleitet. Ein Kommissar und zwei Polizeimeister wurden mit der Klärung des Falles beauftragt. Die drei Beamten trafen in der Wohnung ein, als der Notarzt gerade wegfahren wollte.

Kommissar Peter Schiller begegnete dem Arzt im Hauseingang. Schiller kannte ihn. „Und?“ fragte er. „Womit haben wir es zu tun?“

„Zwei Leichen. Eine männliche, eine weibliche. Todesursache: Schußverletzungen, würde ich sagen.“

„Tatzeit?“

„Ein bis drei Tage, vermute ich. Die Totenstarre ist schon deutlich fortgeschritten.“

Schiller stieß einen leisen Pfiff aus, als er das Bild sah, das sich in dem Schlafzimmer bot. Renate Heimendorf lag halb nackt auf dem Boden in der Nähe der Tür, über deren Schwelle das Blut aus ihrer Kopfwunde gesickert war. Der Zuhälter war mit dem Rücken gegen das Fernsehgerät gesunken.

Schiller bewegte sich vorsichtig und öffnete mehrere Schränke und Schubfächer. „Eine Nutte“, schloß er, „ein Callgirl oder so etwas Ähnliches.“

„Ich habe den Kerl schon mal gesehen", meinte einer der Polizeimeister, der Wiechert hieß. „Hoppe. Bernhard Hoppe. Hat vor ein paar Jahren 'ne Bank ausgeraubt, glaube ich."

ZU DIESER Stunde trank Sam McCready seine zweite Tasse Kaffee aus und faltete die Landkarte zusammen. Er hatte Morenz das neueste Foto von Pankratin gezeigt und dargelegt, daß der Mann in der nicht besonders schmucken Arbeitsuniform eines sowjetischen Armeekorporals stecken und einen Jeep fahren würde.

„Leider nimmt Pankratin an, daß er sich mit mir treffen wird", fügte McCready hinzu. „Wir können nur hoffen, daß er sich an dich aus Berlin erinnert und das Material trotzdem übergibt. So, und jetzt zu deinem Wagen. Es ist ein BMW, schwarz, mit Würzburger Kennzeichen. Unter der Batteriehalterung befindet sich ein flaches Fach. Es ist groß genug für das Buch, das Pankratin dir übergeben wird. Du bist Hans Grauber, fünfzig Jahre alt, verheiratet, drei Kinder. Dein Arbeitgeber ist die Firma BKI, Optische Werke in Würzburg – das Unternehmen gibt es wirklich, und bei dem Wagen handelt es sich um ein Firmenfahrzeug. Du hast einen Termin beim Leiter für Auslandsverkäufe der Carl-Zeiss-Werke in Jena. Wenn alles glattgeht, schließt du mit ihm einen Auftrag über die Lieferung von Präzisionslinsen ab und kehrst am selben Abend in den Westen zurück. Sollten weitere Gespräche notwendig werden, mußt du vielleicht über Nacht bleiben. Das ist nur für den Fall, daß die Grenzpolizisten dich ausquetschen."

Bruno Morenz nickte.

„So, hier sind dein Paß, Bilder von deiner Frau und den Kindern, Kreditkarten, Führerschein und ein Schlüsselbund", fuhr McCready fort. „Du brauchst nur eine Aktentasche und eine Reisetasche, die du von mir bekommst. Mach dich vor allem mit dem Inhalt der Aktentasche vertraut. Die Papiere haben alle mit dem Auftrag zu tun, Zeiss-Produkte für deine Firma zu kaufen. Alle Kleider und das Necessaire wurden in Würzburg gekauft. So, alter Freund, und jetzt wird zu Mittag gegessen."

Während des Essens, das ihnen auf dem Zimmer serviert wurde, sprach Morenz dem Wein zu. Seine Hände zitterten.

„Fühlst du dich nicht wohl?" fragte McCready noch einmal.

„Doch. Es ist nur diese verflixte Sommergrippe. Und ein bißchen Nervosität. Aber das ist ja normal."

Stimmt, dachte McCready, Nervosität ist etwas Normales bei Agenten vor einem illegalen Ausflug in den Ostblock.

IN HAHNWALD wurden die Toten in Leinensäcke gepackt und zur Obduktion weggebracht. Die Fingerabdrücke von neunzehn verschiedenen Personen waren in der Wohnung gefunden worden. Drei davon schieden aus, die der beiden Toten und von Frau Popovic. Damit blieben sechzehn übrig.

„Vermutlich alles Freier", murmelte Schiller.

„Und was ist mit dem Mörder?" fragte Wiechert.

„Der hat vermutlich Handschuhe getragen."

Schiller überlegte. Das Hauptproblem bestand nicht im Fehlen des Motivs, sondern darin, daß es zu viele Tatgründe gab. War das Callgirl die Person, auf die man es abgesehen hatte? Und der Täter? Ein empörter Freier, ein Exgatte, eine rachsüchtige Ehefrau, eine Rivalin aus der Branche? Oder war der Zuhälter das eigentliche Ziel gewesen? Es hatte sich bestätigt, daß es sich um Bernhard Hoppe handelte, einen Betrüger und Bankräuber, einen ganz üblen Gangster also. Schiller hatte das Gefühl, daß das ein haariger Fall werden würde.

Mit der Wohnung stimmte etwas nicht, aber Schiller kam nicht dahinter, was es war. Er stöberte eine Stunde lang herum, während Wiechert jammerte, daß er zum Abendessen zu Hause sein wolle. Kurz nach acht machte Kommissar Schiller für diesen Tag achselzuckend Schluß. Er versiegelte die Wohnungstür, ließ einen uniformierten Beamten unten am Hauseingang zurück für den Fall, daß der Täter zum Schauplatz des Verbrechens zurückkehrte, und fuhr nach Hause.

Um vier Uhr erwachte er neben seiner schlafenden Frau, und in diesem Augenblick wurde ihm klar, was ihm an der Wohnung in Hahnwald so großes Kopfzerbrechen bereitet hatte. Er ging ans Telefon, weckte Wiechert, der stocksauer war, und bat ihn, um sieben zu dem Haus in Hahnwald zu kommen.

UM FÜNF vor elf an diesem Dienstag vormittag befand sich Sam McCready in einem Kiefernwäldchen auf einer Anhöhe südlich der Saale. Er war von Johnson, einem Nachrichtenexperten von der SIS-Filiale in Bonn, mit einem Range Rover abgeholt worden. Der Range Rover war nun außer Sichtweite im Wald abgestellt. Vom Waldrand aus konnten sie unten im Tal in ungefähr einem Kilometer Entfernung den westdeutschen Grenzkontrollpunkt sehen. Dahinter, in einem Einschnitt zwischen zwei Hügeln, entdeckten sie die Dächer des DDR-Grenzkontrollpunkts, einen knappen Kilometer weiter.

Da die Ostdeutschen ihre Abfertigungsgebäude ein gutes Stück weit innerhalb ihres Territoriums gebaut hatten, befand sich ein Autofahrer sofort in der DDR, sobald er den westdeutschen Kontrollposten passiert hatte. Hier wurde die Autobahn einspurig, rechts und links begrenzten Maschendrahtzäune die Fahrbahn. Dahinter standen Wachtürme. Dieser Korridor innerhalb Ostdeutschlands war angelegt worden, damit DDR-Flüchtlinge, die den ostdeutschen Grenzposten durchbrachen, zwischen dem doppelten Maschendrahtzaun abgefangen werden konnten, ehe sie den Westen erreichten.

Zwei Minuten vor elf bekam McCready den BMW ins Blickfeld, der die Kontrollstelle auf westdeutscher Seite passierte. Dann fuhr er durch die Schleuse, dem Land entgegen, wo die am meisten gefürchtete Geheimpolizei des Ostblocks, der Staatssicherheitsdienst, das Sagen hatte.

3

„Das Badezimmer – das ist es", sagte Kommissar Schiller kurz nach sieben Uhr morgens, als er den verschlafenen Wiechert in die Wohnung führte.

„Ich kann nichts daran entdecken", knurrte Wiechert.

„Sehen Sie sich diesen Einbauschrank im Flur an. Er ist zwei Meter breit, stimmt's? Wenn Sie das Bad betreten und sich nach rechts drehen, müßte die Badezimmertür zwei Meter entfernt sein. Das entspräche der Breite des Einbauschranks draußen, stimmt's?"

Wiechert trat ins Bad. „Ein Meter", sagte er.

„Genau das hat mir Kopfzerbrechen gemacht. Es fehlt ein Meter."

Schiller untersuchte die Rückwand des Einbauschranks eine halbe Stunde lang, bis er den Auslösemechanismus fand, der in einem Astloch gut getarnt war. Als die Rückwand des Schranks aufging, tastete sich Schiller vor, fand einen Schalter und knipste das Licht an.

Das geheime Kämmerchen war drei Meter lang wie das Badezimmer, aber nur einen Meter breit. Rechts befand sich die Rückseite des Spiegels, der über dem Kopfende des Bettes nebenan hing. Es handelte sich um eine Spionglasscheibe, durch die man das ganze Schlafzimmer im Blick hatte. Auf einem Stativ vor der Mitte des Spiegels stand eine Videokamera. Am hinteren Ende des Kämmerchens waren vom Boden bis zur Decke Regalfächer angebracht, die numerierte Videokassetten enthielten.

Schiller rief Rainer Hartwig, seinen Chef, an und berichtete von seiner Entdeckung.

„Gute Arbeit", lobte Hartwig. „Bleiben Sie dort. Ich schicke zwei Fingerabdruckspezialisten hin."

Es war 8.15 Uhr, als Dieter Aust beim Rasieren die Morgennachrichten im Fernsehen hörte. Er achtete nicht weiter auf die Meldung von einem Doppelmord in Hahnwald, bis der Sprecher sagte: „Eines der beiden Opfer, das Callgirl Renate Heimendorf . . ."

In diesem Augenblick schnitt sich der Kölner BND-Chef tief in die Wange. Zehn Minuten später saß er im Wagen und fuhr in hohem Tempo zu seinem Büro, wo er eine Stunde zu früh eintraf.

„Morenz", sagte Aust zu seiner Sekretärin. „Er hat uns doch die Telefonnummer gegeben, unter der er im Urlaub zu erreichen ist. Suchen Sie sie bitte heraus, ja?"

Als er die Nummer wählte, hörte er die Ansage, der Anschluß sei vorübergehend gestört. Er versuchte es mit Morenz' Privatnummer, unter der sich zu seinem Erstaunen Frau Morenz meldete. Die Eheleute mußten vorzeitig nach Hause zurückgekehrt sein.

„Hier Aust. Könnte ich bitte Ihren Mann sprechen?"

„Aber er ist doch mit Ihnen unterwegs, Herr Direktor", antwortete sie. „Auf Dienstreise. Er kommt morgen spätabends zurück."

„Ach ja, schon recht, ich danke Ihnen, Frau Morenz."

Besorgt legte er den Hörer auf. Morenz hatte gelogen – was führte der Mann im Schilde? Aust ließ sich über eine abhörsichere Leitung mit Pullach verbinden und sprach mit Dr. Lothar Herrmann, dem stellvertretenden Direktor der Abteilung, für die sie beide arbeiteten.

„Das ermordete Callgirl und ihr Zuhälter – wie wurden sie getötet?" fragte Herrmann.

„Sie wurden erschossen."

„Hat Morenz eine Dienstwaffe?"

„Ich . . ., äh . . ., ja, ich glaube schon."

„Dann muß sie hier ausgegeben worden sein. Ich rufe Sie zurück."

Zehn Minuten später meldete sich Herrmann wieder. „Er hat eine Walther PPK. Sie stammt aus unserem Waffenlager und wurde auf dem Schießstand und im Labor getestet, bevor wir sie ihm gaben. Wo befindet sie sich jetzt?"

„Sie müßte in seinem Bürotresor liegen", antwortete Aust, der nervös geworden war. „Ich werde das überprüfen und zurückrufen."

Aust hatte den Hauptschlüssel für alle Tresore in der Dienststelle. Fünf

Minuten später sprach er wieder mit Dr. Herrmann am Telefon. „Die Pistole ist verschwunden. Könnte natürlich sein, daß er sie mit nach Hause genommen hat."

„Das ist streng untersagt. Verboten ist es auch, seinen Vorgesetzten anzulügen, gleich aus welchem Grund. Ich glaube, ich komme mal nach Köln."

BRUNO MORENZ steuerte den BMW an die ostdeutsche Grenzkontrollstelle und wurde in eine Inspektionsbucht gewinkt. Ein grün uniformierter Grenzpolizist erschien am Fenster der Fahrerseite. „Aussteigen bitte. Ihre Papiere."

Er stieg aus und hielt dem Polizisten seinen Paß hin. Andere Grenzpolizisten versammelten sich um den Wagen, was völlig normal war.

„Kühlerhaube und Kofferraum öffnen, bitte."

Sie begannen mit der Durchsuchung. Morenz zwang sich, nicht hinzusehen, als der Grenzpolizist die Batterie betrachtete.

„Der Zweck Ihres Besuches?"

Morenz erläuterte, daß er nach Jena unterwegs sei, um über den Ankauf optischer Linsen mit Zeiss zu verhandeln. Sie winkten ihn zur Zollabfertigung. Es ist alles ganz normal, sagte er sich. Sie filzten seine Aktentasche, sahen sich die zwischen Zeiss und BIK in Würzburg gewechselten Briefe an. Dann wurde seine Tasche geschlossen. Er trug sie zurück zum Wagen und stieg ein. In der Nähe stand ein Grenzpolizist mit einem riesigen Schäferhund. In diesem Augenblick ertönten ein Schrei und mehrere Rufe von den Fahrzeugen auf der anderen Seite der Betonwand herüber, die die Fahrbahnen voneinander trennte. Alle Leute reckten die Hälse, um etwas zu sehen. Auch Morenz starrte voll Entsetzen hin.

An der Spitze der Fahrzeugkolonne stand ein kleiner blauer Kombi mit westdeutschem Kennzeichen. Zwei Polizisten zogen eine junge Frau aus dem hinteren Teil des Wagens hervor; dort hatte sie unter dem doppelten Boden in einem Versteck gelegen. Sie schrie. Auch der Fahrer des Kombi wurde herausgezerrt und in einen Kreis von Grenzpolizisten mit schußbereiten Maschinenpistolen gestoßen.

„Los, weiter!" brüllte der Grenzpolizist, der neben Morenz' Wagen stand. Morenz nahm den Fuß von der Kupplung und gab Gas. Er blickte in den Rückspiegel und sah, wie der junge Mann und das Mädchen, noch immer schreiend, in einen Betonschuppen gezerrt wurden. Stark schwitzend fuhr er in nördlicher Richtung davon, er war mit den Nerven völlig am Ende.

McCready hatte durch das Fernglas verfolgt, wie Morenz auf die Kontrollstelle zugefahren war, ihn dann aber in einer Kurve hinter einem Hügel aus dem Blickfeld verloren. „Ich glaube, er ist durch", sagte er zu seinem Kollegen.

„Wollen Sie es Bonn oder London melden?" fragte Johnson.

McCready schüttelte den Kopf. „Beides würde nichts nützen", sagte er. „Im Moment kann ihm keiner helfen. Alles hängt an Poltergeist."

In der Wohnung in Hahnwald hatten die beiden Fingerabdruckspezialisten ihre Arbeit im Geheimkämmerchen beendet. Sie hatten die Fingerabdrücke von drei verschiedenen Personen gesichert.

Schiller trat in das Kämmerchen und inspizierte die Fächer mit den Kassetten. Er zog willkürlich eine heraus, ging in das Arbeitsschlafzimmer und schob sie in das Videogerät. Zwei Minuten später schaltete er den Apparat ab – sichtlich erschüttert.

Den Minister aus Baden-Württemberg hatten seine Wähler schon in vielen Posen erlebt – wie er Kindern übers Haar strich, kirchliche Feste eröffnete, Reden vor konservativen Wählerinnen hielt. Aber schwerlich hatten sie ihn so gesehen wie hier auf der Videokassette.

Morenz warf einen Blick auf seine Uhr – zwei Uhr nachmittags. Er war um einiges zu früh dran. Um zehn vor vier wollte er sich zu dem Treffen auf dem Parkplatz einfinden, nicht früher, um keinen Verdacht zu erwecken. Er beschloß, an Jena und Weimar vorbei bis kurz vor Erfurt weiterzufahren und dann in Richtung Weimar umzukehren.

Auf der linken Spur überholte ihn ein grün-weiß lackierter Wartburg der Volkspolizei. Die beiden uniformierten Polizisten starrten mit ausdruckslosen Mienen zu ihm herüber.

Er hielt das Lenkrad fest und kämpfte gegen die Panik an, die in ihm aufstieg. Die wissen Bescheid, sagte ihm eine innere Stimme immer wieder, es ist alles eine Falle. Der Russe ist aufgeflogen.

Sei nicht albern, erwiderte die Stimme der Vernunft. Aber dann dachte er an Renate, und zu seiner Angst gesellte sich tiefe Verzweiflung.

Hör zu, meldete sich die Stimme der Vernunft wieder, die Leichen werden erst nach Wochen entdeckt werden. Inzwischen bist du aus dem Dienst ausgeschieden und hast dich in ein Land abgesetzt, wo sie dich in Ruhe lassen. Gewiß wird man dich in Ruhe lassen – schon allein wegen der Videobänder.

Die Vopos im Wartburg drosselten das Tempo, um ihn zu beobachten. Erneut brach ihm der Schweiß aus. Die Angst wurde noch stärker und drohte ihn zu ersticken. Er konnte nicht wissen, daß sich die jungen Polizisten für westliche Autos begeisterten und die neue BMW-Limousine zum erstenmal sahen.

KOMMISSAR SCHILLER verbrachte eine halbe Stunde mit dem Chef der Mordkommission und legte ihm dar, was er gefunden hatte.

„Das wird eine vertrackte Geschichte", vermutete Hartwig. „Hatte sie schon mit Erpressungen angefangen, oder sollte das ihre Altersversorgung werden? Wir wissen es nicht." Er stand auf. „Kommen Sie, wir fahren hin. Ich möchte mir die Wohnung mal selber ansehen."

Hauptkommissar Hartwig hatte das Glück, das Notizbuch zu finden. Es war im untersten Fach der Videosammlung mit einem Klebestreifen befestigt. Hartwig ging die Namen in dem Notizbuch durch, die den Zahlen an den Videokassetten entsprachen. Manche waren ihm bekannt, andere nicht. Zu jenen, deren Namen er kannte, gehörten zwei Länderminister, ein Abgeordneter der Regierungspartei, ein Bankier aus Köln, drei Industrielle, ein Richter, ein prominenter Chirurg und ein bekannter Fernsehstar.

„Einundachtzig Namen", murmelte er. „Einundachtzig Bänder. Hier liegt bestimmt genug Material, um mehrere Landesregierungen zu stürzen."

„Eigenartig", meinte Schiller. „Es sind nur einundsechzig Bänder da."

Sie zählten sie beide und kamen tatsächlich auf einundsechzig.

„Sie hatten doch gesagt, hier wurden die Fingerabdrücke von drei Personen gesichert, nicht wahr?" fragte Hartwig.

„Jawohl."

„Angenommen, es handelt sich dabei um diejenigen der Heimendorf und dieses Herrn Hoppe, dann stammen die anderen vermutlich von unserem Mörder. Und ich werde das unangenehme Gefühl nicht los, daß er zwanzig Bänder mitgenommen hat. Kommen Sie, ich muß dem Polizeipräsidenten Bericht erstatten. Hier geht es um mehr als einen Mord, um viel, viel mehr."

DR. HERRMANN beendete gerade das Mittagessen mit seinem Mitarbeiter Aust. „Mein lieber Aust", erklärte er, „bislang wissen wir noch nichts. Wir haben allenfalls Grund zur Besorgnis. Es kann sein, daß die Polizei schon bald einen Gangster verhaftet, und es ist auch möglich, daß Morenz nach einem sündigen Wochenende mit seiner

Freundin pünktlich zurückkommt. Im Augenblick möchte ich nur, daß Sie versuchen, ihn aufzuspüren. Ich werde inzwischen feststellen, wie weit die Ermittlungen der Polizei gediehen sind."

Der Kölner Polizeipräsident, Armin von Starnberg, hörte sich mit nachdenklichem Gesichtsausdruck Schillers Bericht an. Rechts und links von ihm saßen Hauptkommissar Hartwig von der Mordkommission und Horst Fränkel, der Direktor des Kriminalamtes. Die beiden hatten es für angebracht gehalten, von Starnberg unverzüglich aufzusuchen.

„Sie werden vollkommenes Schweigen über diese Sache bewahren, Herr Kommissar", sagte von Starnberg zu Schiller, nachdem dieser geendet hatte. „Sie und Ihr Kollege Wiechert. Halten Sie sich daran, sonst ist Ihre Beförderung in Gefahr, verstehen Sie?" Er schickte Schiller hinaus und sah die beiden anderen Beamten an. „Wie weit sind Sie eigentlich schon gekommen?"

Fränkel nickte Hartwig zu, der mehrere große Fotos in Nahaufnahme auf den Tisch legte.

„Herr Präsident, wir haben jetzt die Projektile." Er tippte auf zwei Fotos. „Jetzt müssen wir die Waffe finden, aus der die Kugeln abgefeuert wurden. Und dann sind da noch die Fingerabdrücke. In der Kammer mit der Kamera haben wir die Abdrücke von drei Personen gefunden. Bei einer davon handelt es sich unserer Ansicht nach um den Killer. Wir sind auch der Meinung, daß er derjenige gewesen sein muß, der die zwanzig Kassetten gestohlen hat."

„Wo sind die übrigen einundsechzig Bänder?"fragte von Starnberg.

„In meinem Tresor", antwortete Fränkel.

„Lassen Sie sie bitte sofort hier heraufbringen. Niemand darf sie ansehen."

Als Präsident von Starnberg allein war, griff er zum Telefonhörer. An diesem Nachmittag kletterte die Zuständigkeit für die „Callgirlaffäre" die Leiter der Hierarchie rascher hinauf als ein Affe auf einen Baum, und sie landete schließlich beim Bundesjustizminister in Bonn. Am späten Nachmittag wurde der Ordnung halber das Bundesamt für Verfassungsschutz von der Angelegenheit in Kenntnis gesetzt. Ironischerweise hat das BfV seinen Sitz in Köln, wo die ganze unglückselige Geschichte ihren Ausgang genommen hatte. Das von mehreren Abteilungen erstellte Memorandum flatterte schließlich auf den Schreibtisch eines höheren Beamten in der Spionageabwehr, eines Mannes namens Johann Prinz.

Bruno Morenz fuhr auf der Staatsstraße 7 gemächlich nach Westen. Hinter einer Kurve lag der Parkplatz. Er schaute auf seine Uhr: acht Minuten vor vier. Die Straße war leer. Er drosselte das Tempo und fuhr auf den Parkplatz.

Morenz befolgte seine Anweisungen: Er stieg aus, öffnete den Kofferraum und holte den Werkzeugkasten heraus. Anschließend entriegelte er die Motorhaube und stellte sie hoch. Dabei hatte er ein flaues Gefühl im Magen. In seiner Einbildung sah er Stasi-Agenten, die in einem Versteck darauf lauerten, ihn und den Russen festzunehmen.

Er nahm einen Schraubenschlüssel, die richtige Größe, und steckte den Kopf in den Motorraum, um die Mutter an der Klemme zu lockern, mit der der Wasserschlauch am Kühler befestigt ist. Ein bißchen Wasser rann heraus. Er vertauschte den Schraubenschlüssel mit einem anderen, eindeutig die falsche Größe, und versuchte vergebens, die Mutter wieder anzuziehen.

Ein kurzer Blick auf seine Uhr: sechs nach vier. Wo, zum Teufel, bleibt der nur? fragte er sich. Beinahe im selben Augenblick war das leise Knirschen von Rädern auf Kies zu hören, als ein Fahrzeug neben dem BMW zum Stehen kam. Morenz wartete darauf, daß der Russe ausstieg und sagte: „Wenn Sie Schwierigkeiten haben, kann ich Ihnen vielleicht mit meinem Werkzeug aushelfen." Danach würde er ihm den flachen, hölzernen Werkzeugkasten aus seinem Jeep anbieten. Der sowjetische Aufmarschplan lag in einer roten Plastikhülle unter den Schraubenschlüsseln.

Schritte näherten sich auf dem Kies. Morenz richtete sich auf. Vier Meter weiter erblickte er einen Streifenwagen, und an der offenen Fahrertür wartete ein uniformierter Polizist. Der andere stand neben Morenz und schaute nach unten, in den geöffneten Motorraum des BMW.

Morenz war nahe daran, sich zu übergeben. Er spürte, wie ihm die Knie weich wurden.

„Haben Sie Probleme?" fragte der Polizist.

Natürlich war die hilfsbereite Frage eine Masche; gleich würde der Vopo losschreien und ihn vom Fleck weg verhaften.

„Ich habe den Eindruck, daß Wasser ausläuft", erklärte Morenz.

Der Polizist betrachtete prüfend den Kühler. Dann nahm er Morenz den Schraubenschlüssel aus der Hand, beugte sich nach unten und vertauschte ihn mit einem anderen. „Der hier paßt sicher", sagte er.

Morenz nahm das Werkzeug entgegen und zog die Mutter wieder an. Das Tröpfeln hörte auf.

Der Polizist schaute auf den Motor. „Schöner Wagen", meinte er. „Und was führt Sie hierher?"

„Ich wollte mir Weimar ansehen . . ., das Goethehaus."

„Da fahren Sie in der verkehrten Richtung. Weimar ist dort."

Der Polizist deutete an Morenz vorbei in die Gegenrichtung. In diesem Augenblick rollte ein sowjetischer Jeep vorbei. Der Fahrer, die Feldmütze tief in die Stirn gezogen, schaute zu Morenz herüber, einen Moment begegneten sich ihre Blicke; der Russe registrierte das geparkte Volkspolizeifahrzeug und setzte seine Fahrt fort. Die Übergabe war mißglückt. Pankratin würde sich jetzt bestimmt fernhalten.

„Ja", meinte Morenz rasch, „ich habe bei der Fahrt aus der Stadt die falsche Abzweigung erwischt. Ich wollte gerade nach einer Möglichkeit zum Wenden suchen, als ich bemerkte, daß mit dem Kühlwasser was nicht stimmt . . ."

Die Vopos beobachteten, wie er umkehrte, und fuhren ihm nach bis Weimar. Am Ortseingang gaben sie Gas und brausten davon. Morenz setzte seine Fahrt Richtung Jena fort und nahm sich im Hotel „Schwarzer Bär" ein Zimmer.

UM ACHT ließ Sam McCready auf dem Hügel über dem Saaletal sein Fernglas sinken. Die hereinbrechende Dämmerung machte es unmöglich, den ostdeutschen Grenzübergang und die Straße dahinter einzusehen. Irgend etwas war dort drüben hinter den Minenfeldern und dem Zaun mit dem rasiermesserscharfen Stacheldraht schiefgelaufen. Das Warten empfand er immer als das schlimmste. Warten zu müssen und nicht zu wissen, was schiefgegangen war.

DR. HERRMANN vom Bundesnachrichtendienst hatte einen Vertrauensmann beim Verfassungsschutz in Köln. An diesem Abend um sechs Uhr rief er dort an und ließ sich weiterverbinden.

„Prinz? Hier spricht Lothar Herrmann . . . Nein, ich bin hier in Köln. Ich dachte, es wäre schön, wenn ich Sie zum Abendessen einladen könnte. Ausgezeichnet. Hören Sie, ich übernachte hier im ‚Dom-Hotel'. Treffen wir uns doch in der Bar. Gegen acht? Ich freue mich."

Johann Prinz legte den Hörer auf und überlegte, was Herrmann wohl nach Köln geführt haben könnte. Eine kleine Inspektionsreise? Vielleicht . . .

ZWEI Stunden später saßen sie an einem Ecktisch und gaben ihre Bestellung auf. Bislang hatten sie nur sachte die Klingen gekreuzt. „Wie geht's so?" – „Alles in Ordnung . . ."

Nach dem Krabbencocktail ging Herrmann dann in die Offensive. „Ich nehme an, Sie sind über die Callgirl-Affäre informiert . . .?"

Prinz bejahte. „Ich habe die Meldung heute nachmittag auf den Schreibtisch bekommen."

„Scheußliche Geschichte", murmelte Herrmann, als das Steak serviert wurde.

„Und es kommt noch schlimmer", sagte Prinz. „Das wird denen in Bonn nicht gefallen, wenn diese Sexvideos wer weiß wo kursieren."

Herrmann ließ sich nichts anmerken, aber er hatte ein flaues Gefühl im Magen. Sexvideos? Himmel, was denn für Sexvideos? Er heuchelte Überraschung und goß sich Wein nach. „So weit hat sich die Sache also schon herumgesprochen", meinte er schließlich. „Ich war nicht im Büro, als die Einzelheiten durchgegeben wurden. Würden Sie mich bitte ins Bild setzen?"

Prinz kam der Bitte nach. „Die Kriminalpolizei hat die Anweisung erhalten, sämtliche Leute auf diesen Fall anzusetzen. Gesucht werden natürlich die Tatwaffe und der Mann, von dem die Fingerabdrücke stammen."

Nun verging Herrmann der Appetit völlig, er ahnte einen Skandal von katastrophalen Ausmaßen. „Ich frage mich, ob der Täter ein Ausländer sein könnte."

Prinz grinste. „Aha, jetzt verstehe ich. Unsere Auslandsaufklärung ist an dem Fall interessiert?"

Herrmann zuckte die Achseln. „Wir haben natürlich selbst einiges Material. Fingerabdrücke von Ausländern . . . Leider besitzen wir keine Kopien von den Abdrücken, die unsere Freunde von der Kripo gern hätten . . ."

„Sie könnten offiziell anfragen", meinte Prinz.

„Ja, schon, aber warum schlafende Hunde wecken? Nun, ich kann Ihnen – ganz inoffiziell, versteht sich, in Erinnerung an die alten Zeiten – versprechen, daß ich Sie sofort wissen lasse, wenn ich etwas herausbekomme. Gemeinsam erfahren die beiden Dienste gewiß mehr."

Prinz nickte. „Einverstanden, in Erinnerung an die alten Zeiten. Dies eine Mal."

Um ein Uhr nachts traf im Dom-Hotel ein versiegelter brauner Umschlag für Dr. Herrmann ein. Das Kuvert enthielt drei große Fotografien, zwei von verschiedenen 9-mm-Projektilen, eine von

Fingerabdrücken. Wenn sich Dr. Herrmanns Verdacht hinsichtlich der Abdrücke bestätigte, saß er in der Klemme. Wem sollte er davon berichten und wieviel? Wenn nur Morenz aufkreuzen würde ...

Um zehn Uhr morgens am Mittwoch erkundigte sich Majorin Wanawskaja in Berlin erneut danach, wo sich der Mann aufhielt, hinter dem sie her war. Er sei in der Garnison außerhalb von Erfurt, wurde ihr mitgeteilt. Um sechs Uhr abends werde er von dort nach Potsdam abfahren und am nächsten Tag nach Moskau zurückfliegen.

Und ich mit dir, du Schurke! dachte sie.

Um halb zwölf fuhr Morenz in mäßigem Tempo von Jena aus in westlicher Richtung auf Weimar zu. Der Parkplatz war größer als der vom Vortag. Er fuhr auf den Parkplatz, holte den Werkzeugkasten heraus und öffnete die Motorhaube. Zwei Minuten nach zwölf rollte der russische Jeep über den Kies und hielt an. Der Mann, der ausstieg, trug einen Drillichanzug und Schaftstiefel, dazu die Abzeichen eines Leutnants und eine tief in die Stirn gezogene Feldmütze.

„Wenn Sie Schwierigkeiten haben, kann ich Ihnen vielleicht mit meinem Werkzeugkasten aushelfen", begann er. Damit stellte er seinen hölzernen Werkzeugkasten auf den Zylinderblock und öffnete ihn. In dem Kasten lagen Schraubenschlüssel in einem wirren Durcheinander.

„Poltergeist. Wie geht's denn so?" murmelte Morenz. Sein Mund war wie ausgedörrt.

„Gut", erwiderte der Russe im Flüsterton. Er schob die Schraubenschlüssel auf die Seite. Darunter kam das Buch in der roten Plastikhülle zum Vorschein. Der Russe nahm einen Schraubenschlüssel zur Hand und zog die gelockerte Mutter an. Morenz holte das Buch heraus und versteckte es unter seinem Regenmantel, wobei er es sich unter den linken Arm klemmte.

Der Russe legte den Schraubenschlüssel in den Werkzeugkasten zurück und schloß ihn. „Warten Sie hier noch zehn Minuten", bat er Morenz. Er richtete sich auf, machte eine winkende Bewegung und ging zu seinem Jeep zurück.

„Danke!" rief Morenz ihm nach. Der Jeep fuhr davon.

Morenz hatte ein flaues Gefühl im Magen. Er würde später an den Straßenrand fahren und das Buch in dem Fach unter der Batterie verstauen. Aber jetzt brauchte er erst einmal einen tüchtigen Schluck. Er ließ den Kühlerdeckel zufallen, warf das Werkzeug in den Kofferraum, verschloß ihn und setzte sich hinters Steuer. Der Flachmann lag im Handschuhkasten. Morenz nahm einen langen, köstlichen Zug. Fünf Minuten später, als sein Selbstvertrauen wiederhergestellt war, fuhr er in Richtung Jena weiter.

Der Zusammenstoß in Stadtroda war nicht einmal seine Schuld. In der häßlichen Wohnsiedlung am Stadtrand von Jena kam ein Trabant aus einer Seitenstraße geholpert. Morenz trat mit aller Kraft auf die Bremse, aber seine Schrecksekunde hatte eine Spur zu lange gedauert. Der BMW zerquetschte das Heck des ostdeutschen Kleinwagens.

Morenz war am Ende. War er in eine Falle geraten?

Der Fahrer des Trabbi stieg aus, sah sich das eingedrückte Heck an und stürmte zu dem BMW hin. Mit verkniffenem Gesicht funkelte er Morenz an. „Was fällt Ihnen eigentlich ein?"

Morenz preßte das Buch unter dem linken Arm dicht an seinen Körper, stieg aus und zog einen Packen Geldscheine heraus. Ostmark natürlich. Schon näherten sich Passanten dem Unfallort.

„Hören Sie, es tut mir leid", sagte Morenz. „Ich werde Ihnen den Schaden ersetzen."

Der wütende Ostdeutsche sah das Geld an. „Darum geht's nicht", erwiderte er. „Ich habe auf diesen Wagen volle vier Jahre warten müssen."

In diesem Augenblick traf der Streifenwagen ein. Eine routinemäßige Kontrollfahrt, aber Morenz begann zu zittern. Die Polizisten stiegen aus. Einer sah sich den Schaden an. Der andere trat an Morenz heran. „Ihren Ausweis!" verlangte er.

Morenz holte seinen Paß mit der rechten Hand heraus, die zitterte.

Der Polizist sah auf Morenz' Hand, bemerkte seine getrübten Augen, das unrasierte Kinn. „Sie haben getrunken!" Er schnüffelte, sein Eindruck bestätigte sich. „Los, Sie kommen mit zum Revier! Vorwärts, steigen Sie ein . . ."

Jetzt drehte Morenz endgültig durch. Er riß den freien Arm heftig nach hinten und traf den Polizisten im Gesicht. Dann sprang er in den Streifenwagen, rammte den Gang hinein und raste davon. Er fuhr in die verkehrte Richtung, auf Jena zu. Dem anderen Polizisten, der wie vor den Kopf geschlagen war, gelang es, aus seinem Dienstrevolver vier Schüsse abzufeuern. Drei gingen daneben. Die vierte Kugel durchlöcherte den Tank des Streifenwagens.

4

Um ein Uhr mittags hob Dr. Lothar Herrmann, inzwischen wieder an seinem Schreibtisch in Pullach, den Hörer ab und nahm den lang erwarteten Anruf aus dem ballistischen Labor des BND entgegen. Der Techniker hatte die Kratzer an den beiden Musterkugeln, die zehn Jahre zuvor aus einer Walther PPK abgefeuert worden waren, mit den ihm zur Verfügung gestellten Fotos verglichen.

„Vollkommene Übereinstimmung? Aha. Danke Ihnen." Dr. Herrmann rief die Abteilung für Fingerabdrücke an und erhielt eine vergleichbare Antwort. Er atmete tief aus und griff wieder nach dem Hörer. Ihm blieb nichts anderes übrig; er mußte diese Angelegenheit dem Geheimdienstdirektor persönlich vorlegen.

Was folgte, war eines der schwierigsten Gespräche, die Dr. Herrmann im Laufe seiner Karriere zu führen gehabt hatte. Der Geheimdienstdirektor wachte wie besessen über die Effizienz seiner Organisation und deren Image, und die Nachricht, die Dr. Herrmann ihm brachte, wirkte auf ihn so niederschmetternd wie ein Faustschlag.

„Machen Sie ihn ausfindig", befahl er Dr. Herrmann. „Spüren Sie ihn so rasch wie möglich auf und ebenso diese Bänder!" Als Dr. Herrmann sich zum Gehen wandte, ließ der Direktor noch eine Bemerkung folgen. „Dr. Herrmann, unsere englischen Kollegen kennen eine Redewendung, die ich Ihnen ans Herz legen möchte: ‚Du sollst nicht töten, aber du brauchst dir auch nicht sämtliche Beine auszureißen, um gewisse Leute am Leben zu erhalten.'"

Das war die durchsichtigste Andeutung, die Dr. Herrmann in seinen langen Jahren beim BND zu Ohren bekommen hatte.

Um zwei Uhr stand Sam McCready noch immer auf dem Hügel, wo er und Johnson sich seit sieben Uhr morgens aufhielten. Morenz müßte beinahe jeden Augenblick auftauchen.

Johnson las gerade in einem Lokalblatt, das er an einer Tankstelle gekauft hatte, als sein Telefon leise klingelte. Er nahm ab, horchte und hielt dann McCready den Hörer hin. „Da sind unsere Abhörspezialisten aus Cheltenham dran", erklärte er. „Die möchten Sie sprechen."

Ein Freund McCreadys war am Apparat. McCready sprach mehrere Minuten lang mit ihm, und als er den Hörer auflegte, war er ganz blaß geworden. „Nach Ansicht unserer Abhörstation", berichtete er Johnson, „hat sich am Stadtrand von Jena ein Unfall ereignet. Ein bundesdeutscher Wagen, Marke unbekannt, hat einen Trabant gerammt. Der Westdeutsche hat einen der Vopos niedergeschlagen, die den Unfall aufnehmen wollten, und ist abgehauen – ausgerechnet mit dem Fahrzeug der Vopos. Es kann natürlich sein, daß es sich nicht um unseren Mann handelt."

Johnson nickte, aber daran glaubte er ebensowenig wie McCready. „Was machen wir jetzt?"

McCready setzte sich bei geöffneter Heckklappe auf die Ladefläche des Range Rover, den Kopf in die Hände gestützt. „Wir warten weiter", sagte er. „Was anderes bleibt uns ja nicht übrig."

UM VIER Uhr rief Dr. Herrmann in Köln bei Dieter Aust an. „Ich möchte, daß Sie persönlich Frau Morenz vernehmen", begann er. „Versuchen Sie ihr Hinweise zu entlocken, wohin ihr Mann unterwegs sein könnte – vielleicht eine Ferienwohnung oder das Haus eines Verwandten, was Sie eben so aus ihr herausbekommen. Setzen Sie sämtliche Mitarbeiter ein, wenn Sie den Angaben nachgehen, die sie Ihnen gegenüber macht. Melden Sie sich dann wieder bei mir."

Dr. Herrmann legte auf. Ihm war in Morenz' Dossier etwas aufgefallen, das ihn veranlaßte, einen verschlüsselten und als „dringlich" gekennzeichneten Funkspruch an Wolfgang Fietzer abgehen zu lassen, einen BND-Agenten, der dem Stab der deutschen Botschaft am Belgrave Square in London angehörte.

UM FÜNF Uhr klingelte erneut das Telefon, das auf der Ladefläche des Range Rover stand. McCready nahm den Hörer ab in der Erwartung, jemand aus London melde sich. Die Stimme klang heiser, als steckte dem Sprecher ein Frosch im Hals.

„Sam, bist du am Apparat?"

McCready erstarrte. „Ja", stieß er hervor, „ich bin's."

„Es tut mir leid, es tut mir furchtbar leid, Sam. Ich habe Mist gebaut . . ."

„Ist mit dir alles in Ordnung?" fragte McCready drängend. Morenz vergeudete kostbare Sekunden.

„Ich bin am Ende, Sam. Ich wollte doch niemanden umbringen. Schließlich habe ich sie geliebt . . ."

McCready knallte den Hörer auf den Apparat, womit er die Verbindung unterbrach. Niemand konnte aus einer Telefonzelle in der DDR eine Nummer im Westen anrufen. Doch der SIS unterhielt in der Region Leipzig einen Unterschlupf. Jeder Anruf bei dieser Nummer von DDR-Gebiet aus wurde per Funk zu einem Satelliten und von dort in die Bundesrepublik weitergeleitet. Doch die Anrufe durften nur vier Sekunden dauern, weil sonst die Ostdeutschen das Versteck orten konnten. Morenz hatte neun Sekunden beansprucht.

„Der Typ scheint völlig ausgerastet zu sein“, bemerkte Johnson.

„Können Sie mir das erklären? Ich habe es jedenfalls nicht begriffen. Was, zum Teufel, hat er damit gemeint? Daß er nicht vorgehabt hätte, sie umzubringen . . .“

Johnson sah nachdenklich drein. „Er stammt aus Köln, nicht wahr?“

„Das wissen Sie doch!“

Johnson nahm das Lokalblatt zur Hand und deutete auf die Titelseite. McCready las die Meldung, legte dann die Zeitung beiseite und blickte starr in Richtung Norden. „O Bruno, mein armer Freund, da hast du tatsächlich Mist gebaut.“

UM ZEHN Uhr abends meldeten sich die Abhörspezialisten zum letztenmal bei McCready. „Ich fürchte, das Spiel ist aus“, sagte der diensthabende Beamte. „Nein, erwischt haben sie ihn noch nicht, aber das kommt bald. Wie es scheint, haben sie im BMW etwas entdeckt. Intensiver verschlüsselter Funkverkehr zwischen Erfurt und Ostberlin. Ja, und sämtliche Grenzübergänge sind in voller Alarmbereitschaft – die Wachen wurden verdoppelt. Ein Mordstheater!“

Eine halbe Stunde später meldete sich Timothy Edwards. „Hören Sie, McCready, es tut uns allen sehr leid, aber der Coup ist so gut wie aufgeflogen. Kommen Sie sofort nach London zurück.“

„Sie haben ihn noch nicht erwischt. Es ist besser, wenn ich hierbleibe. Vielleicht kann ich ihm ja helfen. Die Aktion ist noch nicht vorbei.“

„Doch, das Ding ist gelaufen“, widersprach Edwards. „Hier gibt es wichtigere Dinge zu besprechen. Der Verlust des Päckchens, das wir erwartet haben, stellt ein viel größeres Problem dar. Unsere amerikanischen Vettern sind darüber nicht sehr erfreut. Nehmen Sie bitte die erste Maschine von München oder Frankfurt, von wo es eben am schnellsten geht.“

MAJORIN LUDMILLA WANAWSKAJA stand am Donnerstag nach alter Gewohnheit früh auf und machte ihre Fitneßübungen in ihrem Zimmer in der KGB-Kaserne. Ihre Maschine ging erst am Mittag, aber sie gedachte, noch einmal in der Ostberliner KGB-Zentrale vorbeizuschauen und sich den Reiseplan des Mannes anzusehen, dem sie auf den Fersen war.

Sie wußte, daß er am Abend des vorigen Tages in einem Fahrzeugkonvoi aus Erfurt nach Potsdam zurückgekehrt war und die Nacht dort verbracht hatte. Von Potsdam sollte sie mit derselben Militärmaschine wie er am Mittag nach Moskau abfliegen. Sie würden einander nicht unmittelbar begegnen, da sie sich als bescheidene Stenotypistin tarnte.

Um acht Uhr betrat sie das Gebäude, in dem die KGB-Zentrale untergebracht war, und suchte die Fernmeldezentrale auf. Die Leute dort konnten in Potsdam anrufen und sich vergewissern, daß der Abflug nicht verschoben worden war. Während sie auf diese Auskunft wartete, trank sie in der Kantine eine Tasse Kaffee an einem Tischchen, das sie mit einem jungen Leutnant teilte, der einen stark übermüdeten Eindruck machte.

„Nicht geschlafen heute nacht?" fragte sie.

„Nein, Nachtschicht. Die Deutschen waren die ganze Nacht in heller Aufregung."

„Wieso denn das?" fragte sie.

„Oh, sie haben einen westdeutschen Wagen in Jena abgefangen und darin einen geheimen Hohlraum in der Batteriehalterung entdeckt. Vermutlich saß ein Westagent am Steuer."

Am anderen Ende der Kantine hing eine Wandkarte. Die Russin stand auf und betrachtete die Karte. Jena, Weimar, Erfurt . . . lauter Orte auf einer Linie, und dieser Linie war der Konvoi des Mannes gefolgt, den sie verfolgte . . . Gestern Erfurt. Und vierzig Kilometer davon entfernt Jena. Nahe, verdammt nahe!

UM NEUN Uhr Londoner Zeit nahm McCready seinen Platz an dem Tisch im Konferenzsaal im Century House ein. Claudia Stuart saß ihm gegenüber und sah ihn vorwurfsvoll an. Chris Appleyard, der nach London geflogen war, um den sowjetischen Aufmarschplan persönlich in die USA nach Langley zu bringen, rauchte eine Zigarette und starrte zur Decke hinauf. Er schien sich zu sagen: Ihr habt die Sache verpfuscht, jetzt bringt sie wieder in Ordnung.

Timothy Edwards nahm den Platz am Tischende ein. „Schön", sagte er, „wie es aussieht, hat Ihr Mann mit dem Decknamen Poltergeist die Nerven verloren, wodurch das Unternehmen geplatzt ist. Wollen wir mal sehen, ob wir noch etwas retten können."

„Das Dumme daran ist", fügte Claudia Stuart aufgebracht hinzu, „daß er Pankratin getroffen hat. Wenn die Stasi Poltergeist erwischt und durch die Mangel dreht, wird er plaudern. Und ebenso haben wir Pankratin verloren."

„Wo ist Pankratin jetzt?" fragte Edwards.

„Nach meinem Zeitplan steigt er ungefähr in diesem Augenblick in Potsdam in eine Militärmaschine, um nach Moskau zurückzufliegen."

„Können Sie ihm denn keine Warnung zukommen lassen?"

„Verdammt noch mal, nein! Nach seiner Landung in Moskau macht er eine Woche Urlaub auf dem Land. Wir können ihm unseren Notwarncode erst zukommen lassen, wenn er nach Moskau zurückkehrt – falls er überhaupt noch so weit kommt."

„Was ist mit dem Aufmarschplan?" wollte Edwards wissen.

„Ich denke, den hat Poltergeist bei sich", vermutete McCready.

Alle blickten ihn aufmerksam an. Appleyard drückte seine Zigarette aus. „Wie kommen Sie darauf?"

„Wegen des Zeitablaufs", antwortete McCready. „Das Treffen fand um zwölf statt. Nehmen wir an, Poltergeist fuhr gegen zwölf Uhr zwanzig von dem Parkplatz weg. Der Unfall ereignete sich um halb eins, also zehn Minuten später und acht Kilometer entfernt auf der anderen Seite von Jena. Ich nehme an, er hatte die Dokumente bei sich, unter seinem Sakko vielleicht. Deswegen ist er getürmt."

„Wohin könnte er sich gewandt haben?" fragte Edwards. „Hat er dort in der Gegend Freunde? Ein Versteck oder so etwas?"

McCready schüttelte den Kopf. „In Ostberlin gibt es einen Unterschlupf, den er von früher kennt. Ich hab's dort versucht, kein Kontakt. Im Süden kennt er niemanden. Er war auch nie dort."

„Könnte er sich irgendwo in den Wäldern versteckt haben?" fragte Claudia Stuart.

„Die Gegend ist nicht wie der Harz mit seinen dichten Wäldern. Offenes, hügeliges Ackerland, kleine Städte und Dörfer, vereinzelte Bauernhöfe . . ."

„Dann können wir ihn abschreiben", sagte Claudia Stuart. „Ihn, den Aufmarschplan und Pankratin."

Das Treffen ging mit dieser düsteren Prophezeiung zu Ende. Als die Amerikaner fort waren, hielt Edwards an der Tür McCready auf. „Ich weiß, es ist aussichtslos, aber Sie bleiben an der Sache noch dran, ja? Wenn Poltergeist erwischt wird, und dazu muß es ja unvermeidlich kommen, möchte ich sofort informiert werden. Wir müssen unsere amerikanischen Kollegen irgendwie besänftigen."

MAJORIN LUDMILLA WANAWSKAJA setzte sich im Büro von Oberst Voß in der SSD-Zentrale, Normannenstraße 22, im Ostberliner Stadtteil Lichtenberg auf einen Stuhl.

„Was kann ich für Sie tun, Genossin Major?" fragte Voß höflich. Er wußte nur zu gut, wer Herr im Haus der Deutschen Demokratischen Republik war.

„Sie beschäftigen sich derzeit mit einem Fall in der Gegend von Jena", begann Ludmilla Wanawskaja. „Ein westdeutscher Agent, der nach einem Unfall getürmt ist und seinen Wagen zurückgelassen hat. Könnten Sie mir sagen, welche Einzelheiten bisher bekannt sind?"

Voß schilderte ihr den genauen Hergang, der in dem Lagebericht, den die Russin bereits bekommen hatte, nicht enthalten war.

„Nehmen wir mal an", sagte die Majorin, als Voß fertig war, „daß dieser Agent hierhergefahren ist, um etwas abzuholen oder abzuliefern . . . Wurde in dem Wagen oder in dem geheimen Hohlraum etwas gefunden, das dafür in Frage kommt?"

„Nein, nichts. Die sichergestellten Papiere dienten nur dazu, ihm eine ‚Legende' zu verschaffen. Falls er etwas über die Grenze gebracht hatte, war es bereits abgeliefert. Falls er etwas hinausschmuggeln wollte, hatte er es noch nicht abgeholt . . ."

„Oder er trug es bei sich."

„Möglich, ja. Wir werden es erfahren, wenn wir ihn verhören."

„Haben Sie Grund zu der Annahme, daß er persönlichen Kontakt aufnehmen wollte? Oder meinen Sie, daß er nur in einem toten Briefkasten etwas abholen oder deponieren sollte?"

„Wir glauben, daß er zu einer persönlichen Begegnung hierhergekommen ist", antwortete Voß. „Der Unfall hat sich gestern mittag um halb eins ereignet, aber der Agent hat die Grenze bereits am Dienstag um elf passiert. Hätte seine Aufgabe nur darin bestanden, eine Nachricht in einem toten Briefkasten zu hinterlassen oder daraus eine zu entnehmen, hätte er es bei Einbruch der Nacht am Dienstag erledigen können. So aber hat er die Nacht von Dienstag auf Mittwoch im Schwarzen Bären in Jena verbracht."

Die Majorin jubelte insgeheim. Ein persönliches Treffen an einer Straße irgendwo in der Region Jena–Weimar, genau zu dem Zeitpunkt, da der von ihr verfolgte Sowjetoffizier dort unterwegs gewesen war.

„Haben Sie den Agenten identifizieren können?" fragte sie Voß.

Stolz schlug Voß einen Aktendeckel auf und reichte ihr eine Phantomzeichnung. Sie war mit Hilfe des Personals des Schwarzen Bären angefertigt worden und sehr gut gelungen. Wortlos reichte ihr Voß dann eine große Fotografie. Die beiden Konterfeis stimmten überein. „Er heißt Morenz“, erklärte der Ostdeutsche. „Bruno Morenz. Agent des BND, operiert von Köln aus.“

Ludmilla Wanawskaja war überrascht. Also war es eine westdeutsche Spionageaktion. Sie hatte immer vermutet, der Mann, dem sie nachspürte, arbeite für den CIA oder für die Engländer. „Sie haben ihn noch nicht erwischt?“

„Nein, Genossin Major. Ich gebe zu, ich wundere mich auch, daß es so lange dauert. Aber er wird uns in die Falle gehen. Gestern wurde spätabends das Polizeifahrzeug in der Nähe von Apolda, nördlich von Jena, verlassen aufgefunden. Der Tank hatte einen Einschuß. Also ist unser Mann jetzt zu Fuß unterwegs. Der Ärmste hat keine Papiere, spricht mit rheinländischem Akzent und ist körperlich nicht in guter Verfassung. Er fällt auf wie ein Kuhfladen auf der Autobahn.“

„Ich möchte bei der Vernehmung dabeisein“, sagte Ludmilla Wanawskaja. Sie hatte schon häufiger Verhören beigewohnt und war in diesen Dingen nicht besonders empfindlich.

„Dann bleiben Sie in der Nähe, Genossin Major. Wir werden ihn vermutlich bis Mittag haben.“

Ludmilla Wanawskaja kehrte zur KGB-Zentrale zurück, stornierte ihren Flug nach Moskau und rief General Schaljapin an. Er erteilte sein Einverständnis.

5

Majorin Wanawskaja konnte in der Nacht von Donnerstag auf Freitag nicht einschlafen. Hellwach lag sie im Dunkeln und beschäftigte sich mit der Frage, wie ein Mann wie Morenz den Ostdeutschen, die doch, wie es hieß, ihre Bevölkerung fest im Griff hatten, in einem dreißig Quadratkilometer großen Gebiet durch die Lappen gehen konnte. Irgend etwas fehlte, ein kleines Teilchen aus dem Puzzle von Morenz’ Flucht.

Um vier stand sie auf und machte wieder einen Besuch in der KGB-Zentrale, wo sie das Personal, das Nachtschicht hatte, mit ihrer Forderung nach einer abhörsicheren Verbindung zur SSD-Zentrale verstörte. Als der Kontakt hergestellt war, bekam sie Oberst Voß an den Apparat, der keinen Schritt aus seinem Büro getan hatte.

„Dieses Foto von Morenz – woher haben Sie es?“ fragte sie.

„Von der HVA“, sagte Voß.

Natürlich von der HVA, der Hauptverwaltung Aufklärung, dem Auslandsnachrichtendienst der DDR, der sich darauf spezialisiert hatte, Agentennetze in der BRD zu steuern. Ihr Chef war der legendäre Generaloberst Markus Wolf. Ihm waren ein paar spektakuläre Coups gegen die Westdeutschen gelungen, besonders als er Bundeskanzler Brandt einen DDR-Agenten ins Nest setzte. Majorin Wanawskaja holte mit einem Anruf den Berliner Chef des Dritten Direktorats aus dem Bett und brachte ihr Verlangen vor, wobei sie General Schaljapins Namen fallenließ. Der Oberst sagte, er werde sehen, was er tun könne. Eine halbe Stunde später rief der Mann zurück. „General Wolf ist anscheinend ein Frühaufsteher", meinte er. „Sie haben um sechs einen Termin in seinem Büro."

Majorin Wanawskaja wurde in das Amtszimmer von Markus Wolf geführt, zwei Etagen über dem von Oberst Voß. Der DDR-Spionagechef, Deckname „Mischa", hatte für Uniformen nichts übrig und trug einen gutgeschnittenen dunklen Anzug. Er trank lieber Tee als Kaffee und ließ sich regelmäßig eine besonders gute Mischung aus dem Delikatessenparadies Fortnum & Mason in London schicken. Sogleich bot er der Sowjetmajorin eine Tasse an.

„Genosse General, dieses in jüngerer Zeit aufgenommene Foto von Bruno Morenz – es kam von Ihnen."

Markus Wolf betrachtete sie über den Rand seiner Teetasse hinweg. Er schwieg, denn er war nicht gesonnen, dieser fremden Person zu bestätigen, daß er in der Führungsschicht der BRD Spitzenleute als Agenten sitzen hatte.

„Könnten Sie vielleicht eine Kopie von Morenz' Lebenslauf beschaffen?" fragte sie.

Markus Wolf ließ sich ihr Ersuchen durch den Kopf gehen. „Wofür möchten Sie die denn haben?"

Sie legte es ihm dar. In allen Einzelheiten. „Ich weiß, es ist nicht mehr als eine Mutmaßung", erklärte sie schließlich. „So ein dumpfes Gefühl, daß ein Glied in der Kette fehlt. Vielleicht etwas aus seiner Vergangenheit."

Wolf stimmte ihr zu. Ihre assoziative Denkweise gefiel ihm. Er stand auf, trat an einen Aktenschrank und zog einen dünnen Hefter mit acht Blättern heraus. Es handelte sich um Bruno Morenz' Lebensgeschichte. Ludmilla Wanawskaja verlieh ihrer Bewunderung Ausdruck. Wolf lächelte.

Die Majorin las die Seiten. „Er hat eine Schwester", bemerkte sie.

Wolf bejahte. „Sie denken, daß sie etwas weiß?"

„Es ist nur eine Möglichkeit von vielen“, antwortete die Russin. „Wenn ich sie aufsuchen könnte . . . Aber ich dürfte nicht als Russin oder Ostdeutsche auftreten . . .“

„Ich habe ein paar Legenden, die benutzt werden können. Selbstverständlich. So etwas gehört ja zu unserem sonderbaren Metier . . .“

Um 10 Uhr startete vom Flughafen Berlin-Schönefeld die polnische Maschine mit der Flugnummer LOT 104. Sie wurde zehn Minuten länger als üblich am Boden festgehalten, damit Majorin Ludmilla Wanawskaja noch an Bord gehen konnte. Ihren Papieren nach war sie eine polnische Lehrerin, die eine Verwandte besuchen wollte.

KURZ vor Mittag klingelte das Telefon auf McCreadys Schreibtisch. „Da ist eine Kurzmeldung durchgekommen“, berichtete ein Mitarbeiter aus der NATO-Dienststelle des Century House. „Kann sein, daß Sie nichts damit anfangen können, dann werfen Sie sie einfach weg. Ich schicke Ihnen eine Kopie rauf.“

Fünf Minuten später war die Kopie da. Als McCready sie und die Zeitangabe darauf sah, stieß er einen lauten Fluch aus. Die Horchstation in Cheltenham, die den ostdeutschen Funkverkehr abhörte, war angewiesen worden, alles, was sie herausbekam, unverzüglich an McCready weiterzumelden. Niemand hatte daran gedacht, die Kollegen zu benachrichtigen, die den Funkverkehr auf seiten der westlichen Verbündeten abhörten.

Die Nachricht, die er in der Hand hielt, war am Mittwoch nachmittag um 16.22 Uhr abgesetzt worden. Sie lautete:

> Absender: Herrmann
> An: Fietzau
> Dringlichst! Kontaktieren Sie Mrs. A. Farquarson, geborene Morenz, vermutlich wohnhaft London. Erkundigen Sie sich, ob sie in den letzten vier Tagen ihren Bruder gesehen oder etwas von ihm gehört hat.

Er hat mir nie etwas davon gesagt, daß er in London eine Schwester hat, dachte McCready und zog ein Telefonbuch aus einem Regalfach. Vierzehn Farquarsons waren verzeichnet, aber keine „Mrs. A. Farquarson“. Er rief die Nummern der Reihe nach an. Bei der achten, die unter einem gewissen Robert A. Farquarson eingetragen war, hatte er Glück. Eine Frau kam an den Apparat. „Ja, hier spricht Mrs. Farquarson.“

„Mrs. Farquarson, ich arbeite in der Einwanderungsabteilung in Heathrow. Haben Sie zufällig einen Bruder namens Bruno Morenz?“

Eine lange Pause. „Ist er dort? In Heathrow?“ fragte die Frau dann.

„Ich bin nicht berechtigt, Ihnen diese Auskunft zu geben. Es sei denn, Sie sind seine Schwester.“

„Ja, ich bin Adelheid Farquarson. Bruno Morenz ist mein Bruder. Könnte ich mit ihm sprechen?“

„Im Augenblick leider nicht. Sind Sie in ungefähr einer Viertelstunde anzutreffen? Die Sache ist ziemlich wichtig.“

„Ja, ich bin hier.“

Es war eine große Atelierwohnung im obersten Geschoß einer Villa in Primose Hill. Mrs. Farquarson empfing McCready in einem Malerkittel und führte ihn in ein Atelier mit Bildern auf Staffeleien und überall auf dem Boden verstreuten Skizzen.

Sie war eine stattliche Frau und hatte graues Haar wie ihr Bruder. Nach McCreadys Schätzung war sie Ende Fünfzig, älter als Bruno. Sie machte Platz, damit er sich setzen konnte, und sah ihn ruhig an. McCready entdeckte auf einem Tischchen zwei Kaffeetassen, beide leer. Er bewerkstelligte es, unbemerkt eine davon zu berühren, während Mrs. Farquarson sich setzte. Die Tasse war warm.

„Was kann ich für Sie tun, Mr. . . .?“

„Jones. Ich würde Ihnen gerne ein paar Fragen über Ihren Bruder stellen, Bruno Morenz.“

„Warum das?“

„Es handelt sich um eine Paßangelegenheit.“

„Sie lügen, Mr. Jones. Mein Bruder ist nicht auf dem Weg hierher. Sind Sie von der Polizei?“

„Nein, Mrs. Farquarson. Aber ich bin ein Freund von Bruno. Seit vielen Jahren schon. Ich bitte Sie, mir das zu glauben.“

„Er steckt in der Bredouille, nicht wahr?“

„Ja, leider Gottes. Ich würde ihm gern helfen. Wie es aussieht, hat er seine Geliebte umgebracht und sich dann aus dem Staub gemacht.“

Sie stand auf, ging ans Fenster und starrte hinaus auf das spätsommerliche Laub des Primose Hill Park. „O Bruno, du Idiot! Mein armer, unglücklicher Bruder.“ Sie drehte sich um und sah ihn an. „Gestern vormittag kam ein Mann von der deutschen Botschaft vorbei. Er hat mir nichts von alledem gesagt, was Sie mir gerade berichtet haben, nur gefragt, ob Bruno sich hier gemeldet hätte. Das hat Bruno nicht getan. Ich kann also auch Ihnen nicht weiterhelfen, Mr. Jones. Ist Ihnen bekannt, wo er sich jetzt aufhält?“

„Das ist ja das Problem. Ich glaube, daß er in die DDR gereist ist. Irgendwo in die Nähe von Weimar. Vielleicht, um bei Freunden unterzuschlüpfen. Aber soviel ich weiß, kennt er sich in dieser Gegend überhaupt nicht aus."

„Wie kommen Sie darauf? Er hat zwei Jahre bei Weimar gelebt."

McCready war verblüfft. „Das ist mir neu. Er hat mir nie etwas davon erzählt."

„Das kann ich mir denken, schließlich hat er dort die unglücklichsten Jahre seines Lebens verbracht. Er hat nie darüber gesprochen."

„Ich dachte, Sie und Ihre Verwandten stammten aus Hamburg und wären dort geboren und aufgewachsen."

„Schon, aber wir sind dort nur bis 1943 geblieben. Damals wurde Hamburg von der britischen Luftwaffe zerstört. In der Nacht des Großangriffs wurden Bruno und ich zu Waisen. Als alles vorüber war, wurden wir von den Behörden evakuiert. Damals war ich fünfzehn, Bruno zehn. Wir wurden getrennt: Ich wurde bei einer Familie einquartiert, die außerhalb von Göttingen lebte, Bruno auf einen Bauernhof in der Nähe von Weimar geschickt. Nach dem Krieg haben wir uns wiedergefunden. Wir sind nach Hamburg zurückgekehrt. Schwere Zeiten, das kann ich Ihnen versichern!"

McCready nickte. „Das tut mir leid."

Sie zuckte mit den Achseln. „Der Krieg war daran schuld. Jedenfalls lernte ich 1947 einen britischen Feldwebel kennen, Robert Farquarson. Wir haben geheiratet und sind dann hierhergezogen. Mein Mann ist vor acht Jahren gestorben. Ich habe Bruno seither nur drei- oder viermal gesehen – in den vergangenen zehn Jahren überhaupt nicht mehr."

„Haben Sie das dem Mann von der Botschaft erzählt?"

„Diesem Herrn Fietzau? Nein, er hat nicht nach Brunos Kindheit gefragt. Aber der Dame habe ich davon erzählt."

„Der Dame?"

„Ja. Sie hat gesagt, daß Bruno noch immer in seiner alten Branche arbeitet, der optischen Industrie, und zwar bei einer Würzburger Firma namens BKI. Aber anscheinend ist jetzt ‚Pilkington Glass of Britain' die Eigentümerin von BKI, und da Brunos Pensionierung näher rückt, brauchte sie biographische Angaben für die Berechnung seiner Ansprüche. Kam sie etwa nicht von Brunos Arbeitgeber?"

„Das bezweifle ich sehr."

„Es tut mir leid. Ich habe mich anscheinend sehr töricht verhalten."

„Sie konnten es ja nicht wissen. Hat die Dame gut Englisch gesprochen?"

„Ja, perfekt. Mit einem leichten Akzent, vielleicht polnisch."

McCready war sich ziemlich sicher, woher die Dame gekommen war. Er stand auf. „Bitte überlegen Sie einmal ganz genau, wovon er in diesen Nachkriegsjahren gesprochen hat. Gibt es einen Menschen, bei dem er in dieser Stunde der Bedrängnis unterschlüpfen würde?"

Sie überlegte lange und angestrengt. „Er hat tatsächlich einen Namen erwähnt, den einer Frau, die nett zu ihm gewesen war. Seine Volksschullehrerin, Frau Neuberg . . ., nein, jetzt fällt es mir ein: Neumann. Aber vermutlich lebt sie inzwischen nicht mehr."

„Noch eine letzte Frage, Mrs. Farquarson: Haben Sie diese Frau gegenüber der Dame von der Glasfirma erwähnt?"

„Nein. Ich habe ihr nur erzählt, daß Bruno in den letzten beiden Kriegsjahren auf einem Bauernhof gelebt hat, nur ein paar Kilometer von Weimar entfernt."

Als McCready wieder im Century House war, lieh er sich von der Abteilung Ostdeutschland ein Weimarer Telefonbuch aus. Es enthielt mehrere Eintragungen mit dem Namen Neumann, aber nur einen, hinter dem „Lehrerin i. R." stand. Immerhin ein winziger Hoffnungsschimmer.

Sein nächster Besuch galt der Abteilung im Century House, deren Spezialität die Fälschung von Personalausweisen war. Dann rief er bei der Lufthansa an. Um 17.15 Uhr flog eine Maschine nach Hannover. Er bat seinen Stellvertreter, Denis Gaunt, ihn nach Heathrow zu fahren.

DIE MASCHINE der polnischen Fluggesellschaft LOT sollte planmäßig von Heathrow um 15.30 Uhr nach Warschau, mit Zwischenlandung in Ostberlin, abfliegen. Doch wegen einer schadhaften Magnetspule verzögerte sich der Start bis sechs Uhr. In der Abflughalle warf Majorin Wanawskaja einen Blick auf einen Bildschirm mit den Zeitangaben für die abfliegenden Maschinen, bemerkte die Verzögerung „aus technischen Gründen", stieß einen leisen Fluch aus und wandte sich wieder ihrer Lektüre zu.

MCCREADY wollte gerade sein Büro verlassen, als das Telefon klingelte. Am anderen Ende meldete sich Edwards. „McCready, aus der Fälschungsabteilung hat sich jemand bei mir gemeldet. Jetzt hören Sie mir mal zu: Sie bekommen auf gar keinen Fall die Erlaubnis, nach Ostdeutschland zu reisen! Ist das klar?"

„Völlig, Edwards, es könnte nicht klarer sein."

„Gut." Der Stellvertreter des Chefs legte auf.

Gaunt hatte Edwards' Stimme in der Leitung vernommen und ebenso mitgehört, was er gesagt hatte. „Sam, ich weiß, du hast dich schon in viel gefährlicheren Gegenden aufgehalten als ein Tierarzt mit seinem rechten Arm. Aber in Ostdeutschland stehst du auf der Abschußliste, und der Boß hat dir verboten, dich noch einmal in die Höhle des Löwen zu wagen."

„Verbieten ist eine Sache", erwiderte McCready, „verhindern eine andere."

Während er durch die Abflughalle des Terminals 2 schritt, warf er nicht einmal einen flüchtigen Blick auf die adrette junge Frau mit dem schimmernden Blondhaar, den blauen Augen und dem durchdringenden Blick, die zwei Meter von ihm entfernt saß und in einem Buch las. Auch sie blickte nicht zu dem mittelgroßen, ziemlich zerknautscht wirkenden Mann mit dem schütteren Haar hoch, der in einem grauen Regenmantel an ihr vorbeiging.

McCready landete um acht Uhr abends Ortszeit in Hannover. Majorin Wanawskaja landete um neun in Berlin-Schönefeld. McCready nahm einen Mietwagen und fuhr seinem Ziel in den Wäldern von Goslar entgegen. Ludmilla Wanawskaja wurde von einem KGB-Wagen abgeholt und in die Normannenstraße 22 gefahren. Sie mußte eine Stunde warten, bis Oberst Otto Voß sie empfangen konnte.

McCready hatte sich von London aus angemeldet und wurde erwartet. Sein Gastgeber trat ihm an der Eingangstür seines ansehnlichen Hauses entgegen, eines eindrucksvoll renovierten Jagdhauses, das auf einer Hügelkuppe stand und bei Tag einen weiten Ausblick über ein bewaldetes Tal bot. Nur sieben Kilometer entfernt flimmerten die Lichter von Goslar in der Dunkelheit. Der Mann, den McCready besuchte, hatte sich dafür entschieden, seinen behaglichen Lebensabend in Sichtweite jener Grenze zu verbringen, die ihm einst zu seinem Vermögen verholfen hatte.

Sein Gastgeber führte ihn in ein getäfeltes Wohnzimmer mit Hirschgeweihen und Wildschweinköpfen an den Wänden. In einem gemauerten Kamin prasselte ein Feuer; jetzt, Anfang September, waren die Nächte in dieser Höhe schon sehr kühl.

McCready fand seinen Gastgeber stark verändert. Früher war er gertenschlank gewesen, doch mittlerweile hatte er Fett angesetzt, und das runde, rosige Gesicht unter dem weißen, wie Zuckerwatte wirkenden Haar sah noch harmloser aus als früher. Bis man ihm in die Augen sah und seinen schlauen, ja verschlagenen Blick bemerkte. Einst war dieser Mann der ungekrönte König der Berliner Unterwelt gewesen.

Zwanzig Jahre lang, vom Bau der Berliner Mauer 1961 bis zu seinem Rückzug ins Privatleben 1981, war André Kurzlinger im wahrsten Sinn des Wortes ein Grenzgänger gewesen. Er verhalf Menschen aus der DDR in die Freiheit – für Geld. Berlin war zwar sein Hauptbetätigungsfeld, aber er hatte auch Fluchten über die innerdeutsche Grenze organisiert, die sich von der Ostsee bis zur Tschechoslowakei erstreckte.

„Na, alter Freund, wir haben uns ja lange nicht gesehen." Kurzlinger stand mit dem Rücken zum Kamin, ein wohlhabender Pensionär in einer samtenen Hausjacke. „Bist du inzwischen auch im Ruhestand, Sam?"

„Nein, André, ich muß noch immer mein Brot verdienen. Ich bin eben nicht so schlau wie du."

Das gefiel Kurzlinger. Er drückte auf eine Klingel, und ein Butler brachte einen spritzigen Mosel in Kristallgläsern.

Kurzlinger betrachtete durch sein Weinglas die Flammen im Kamin. „Und", sagte er, „was kann ein alter Mann wie ich für den mächtigen Geheimdienst Ihrer Majestät tun?"

McCready erklärte es ihm. Kurzlinger starrte noch immer ins Feuer, aber er schüttelte den Kopf. „Ich bin ausgestiegen, Sam. Und seit ich Privatmann bin, lassen mich die Agentenkreise in Frieden. Aber sie haben mich gewarnt. Wenn ich wieder anfange, holen sie mich ab. Ich habe ihnen ja zu meiner Zeit allerhand Schaden zugefügt."

„Ich weiß", sagte McCready.

„Und dann ändern sich auch die Zeiten. Meine Schleichwege wurden alle nach und nach entdeckt, meine Kontakte sind abgerissen. Es ist zu spät."

„Ich muß aber hinüber", erklärte McCready langsam, „weil einer unserer Leute drüben in der Patsche sitzt. Es geht ihm schlecht, sehr schlecht. Wenn ich ihn jedoch heraushole, wird das wahrscheinlich Otto Voß die Karriere ruinieren."

Kurzlinger machte keine Bewegung, aber in seinem Blick lag Eiseskälte. Vor Jahren hatte er, wie McCready wußte, einen sehr guten Freund gehabt. Der Mann war gefaßt worden, als er die Mauer überwinden wollte. Er hatte die Hände erhoben, um sich zu ergeben, wie sich später herausstellte. Aber Voß hatte ihn trotzdem erschossen.

„Komm, wir essen jetzt etwas", schlug Kurzlinger vor. „Außerdem möchte ich dich mit meinem Sohn bekannt machen."

Der gutaussehende blonde junge Mann, ungefähr dreißig, der sich während des Essens zu ihnen setzte, war nicht Kurzlingers leiblicher

Sohn, sondern ein Adoptivsohn. „Ich habe Siegfried aus der DDR herübergebracht", meinte Kurzlinger. „Er wußte nicht, wohin, und so . . . wohnt er jetzt eben bei mir."

McCready aß weiter. Er vermutete, daß mehr dahintersteckte.

Zum Nachtisch gab es Trauben. „Hast du schon einmal von der ‚Arbeitsgruppe Grenzen' gehört, Sam?" fragte Kurzlinger.

McCready kannte diese Abteilung. Hin und wieder wollten die Ostdeutschen einen Agenten auf eine Geheimmission in die Bundesrepublik schicken. Zu diesem Zweck legten sie einen Schleichweg an, der unter ihren eigenen Grenzbefestigungen hindurchführte. Dafür wurden die Fachleute der Arbeitsgruppe Grenzen (AGG) eingesetzt. Diese Männer, die mitten in der Nacht arbeiteten, gruben eine Vertiefung unter dem rasiermesserscharfen Draht, schlugen eine schmale Schneise durch das Minenfeld und hinterließen darin ebensowenig Spuren wie in dem gepflügten Streifen, wo ein wirklicher Flüchtling vermutlich von den Suchscheinwerfern erfaßt und aus MGs beschossen wurde. Und zuletzt kam der Zaun auf der westlichen Seite an die Reihe, in den die AGG-Leute einfach ein Loch für den Agenten herausschnitten und es hinter ihm wieder flickten.

„Siegfried war früher bei der AGG", erklärte Kurzlinger, der sich dann an seinen Adoptivsohn wandte. „Siegfried, unser Freund hier muß hinüber. Kannst du ihm helfen?"

„Früher hat es einen solchen Schleichweg gegeben", meinte Siegfried. „Ich habe ihn selber angelegt. Eine Angelschnur verläuft durch das Minenfeld, ihr müssen Sie folgen. Ich habe diese Fluchtroute selbst benutzen wollen, bin aber dann anders rausgekommen."

„Wo war das?" fragte McCready.

„Nicht weit von hier, zwischen Bad Sachsa und Ellrich."

„Um welche Zeit geht man am besten hinüber?" fragte McCready.

„Um vier Uhr morgens, bevor es Tag wird. Dann ist es am dunkelsten, und die Vopos sind müde. Wir brauchen aber Tarnkleidung für den Fall, daß uns die Scheinwerfer doch erfassen."

Sie sprachen noch eine weitere Stunde über Einzelheiten. Um ein Uhr nachts machten sich Siegfried und McCready auf und traten die zweistündige Fahrt durch den Harz an.

„Wenn Sie es bis hinter die Grenzanlage schaffen", sagte Siegfried, „marschieren Sie die fünfzehn Kilometer bis Nordhausen. Umgehen Sie Ellrich – dort würden die Hunde bellen. In Nordhausen nehmen Sie den Zug nach Erfurt und anschließend den Bus nach Weimar. Im Zug wie im Bus sitzen Arbeiter."

Sie fuhren durch das schlafende Bad Sachsa und parkten den Wagen am Ortsrand. Siegfried stand mit einem Kompaß und einer Minitaschenlampe im Dunkeln. Als er sich kurz orientiert hatte, begann er sich in östlicher Richtung durch den Fichtenwald voranzuarbeiten. McCready folgte ihm.

VIER Stunden vorher hatte Majorin Wanawskaja Oberst Voß in seinem Amtszimmer aufgesucht. Sie berichtete, daß Bruno Morenz während des Kriegs aufs Land evakuiert worden war.

„Ein Bauernhof?“ fragte Voß. „Aber welcher? In dieser Gegend gibt es Hunderte von Bauernhöfen.“

Sie wußte den Namen nicht. Nur daß er weniger als fünfzehn Kilometer von Weimar entfernt war. „Lassen Sie einen Ring bilden, Herr Oberst. Ziehen Sie genügend Soldaten zusammen. Dann werden Sie ihn noch heute erwischen.“

Oberst Voß rief die Abteilung XIII an, den Nachrichten- und Sicherheitsdienst der Nationalen Volksarmee, NVA. Bald glühten draußen in Karlshorst, im Hauptquartier der NVA, die Telefondrähte, und die ersten Lastwagen rollten nach Süden, in Richtung Weimar.

6

SIEGFRIED lag am Waldrand auf dem Bauch und betrachtete die dunklen Umrisse der Bäume, bei denen das Territorium der DDR begann. McCready lag neben ihm. Es war Sonnabend, drei Uhr.

Fünf Jahre vorher hatte Siegfried von einer hohen Kiefer auf DDR-Gebiet seinen Schleichweg an einem schimmernden weißen Felsen an einer Hügelflanke auf der westlichen Seite ausgerichtet. Sein Problem war jetzt, daß er in die andere Richtung gehen mußte. Hinter ihm ragte der Felsen auf, von Bäumen verdeckt. Zu sehen war er nur aus einer Position weiter draußen im Niemandsland. Er schätzte den Winkel ab, so gut er konnte, kroch vorwärts und begann, so leise wie möglich, mit einer Drahtschere den Maschendrahtzaun durchzuzwicken.

Als Siegfried ein Loch herausgeschnitten hatte, sah McCready, wie der junge Mann den Arm hob und ihm winkte. Er kroch aus der Deckung auf den Zaun zu. Siegfried hatte die Stelle gut ausgesucht – auf halbem Weg zwischen zwei Wachtürmen. Von einem der beiden Türme aus hätten die Grenzsoldaten mit dem Suchscheinwerfer das fragliche Gelände erfassen können, aber der Mann, der ihn bediente, war müde oder langweilte sich, denn der Scheinwerfer flammte oft minutenlang nicht auf. Das Licht des anderen Suchscheinwerfers verlor sich in den Bäumen.

Siegfried machte eine Kopfbewegung und kroch durch das Loch im Zaun. McCready folgte ihm und zog seinen Jutesack hinter sich her. Am liebsten hätte er den achtzig Meter breiten, gepflügten Streifen im Laufschritt überquert. Aber an vielen Stellen waren Stolperdrähte über den Boden gespannt, die mit Alarmvorrichtungen verbunden waren. Kriechen war sicherer, daher begannen sie zu robben. Auf der Hälfte des Weges flammte der Scheinwerfer rechts von ihnen auf. Die beiden Männer in ihren grünen Tarnjacken erstarrten und drückten die Gesichter auf den Boden.

Der bleiche Lichtkegel des Scheinwerfers breitete sich über sie, verharrte, schwenkte zurück und erlosch. Acht Meter weiter entdeckte Siegfried einen Stolperdraht und gab McCready ein Zeichen, damit dieser um ihn herumkroch. Nach weiteren dreißig Metern erreichten sie das Minenfeld. Hier standen die Disteln und Grashalme brusthoch. Niemand wagte es, hier zu pflügen.

McCready und der Deutsche blickten zurück: Hoch über den Bäumen konnten sie den weißen Felsen erkennen, der sich als heller Fleck vom dunklen Fichtenwald abhob. Siegfried schätzte ihre Position ab und kroch dann am Rand des Minenfelds entlang. Nach zwei Minuten hörte McCready, wie Siegfried ein triumphierendes Zischen ausstieß. Er hielt zwischen Zeigefinger und Daumen eine Angelschnur. „Folgen Sie der Schnur", wisperte Siegfried. „Sie führt Sie durch das Minenfeld zu dem Tunnel unter dem Stacheldraht. Der Pfad ist nur einen guten halben Meter breit. Wann kommen Sie zurück?"

„In vierundzwanzig Stunden", antwortete McCready. „Oder in achtundvierzig. Wenn ich bis dahin noch nicht da bin, können Sie mich abschreiben. Dann komme ich überhaupt nicht mehr."

An der Nylonschnur entlang robbte er durch das Minenfeld. Hin und wieder prüfte er, ob die Schnur straff gespannt war. Er wußte, daß die Minen unsichtbar waren. Hier lagen keine großen Tellerminen, die einen Lastwagen in die Luft schleudern konnten, sondern lediglich kleine Tretminen, die dafür allerdings bereits auf geringe Belastung reagierten. In vielen Fällen führten sie zu schwersten Verletzungen, an denen das Opfer qualvoll langsam starb.

McCready sah vor sich am Ende des Minenfelds Rollen aus tückischem Stacheldraht. Die Angelschnur leitete ihn zu einem flachen

Tunnel, der unter dem Drahtverhau durchführte. Der Engländer drehte sich auf den Rücken und schob sich mit den Fersen vorwärts. Zentimeter um Zentimeter rutschte er unter den Drahtrollen durch.

Als er auf der östlichen Seite den Drahtverhau hinter sich hatte, sah er das Ende der Nylonschnur. Sie war an einem kleinen Pflock befestigt, dessen Spitze gerade noch in der Erde steckte. Hätte er beim Vorwärtskriechen auch nur einmal an der Schnur gezogen, er hätte den Pflock vermutlich aus dem Boden gerissen, und das ganze Unternehmen wäre gescheitert.

Er blickte auf seinen Kompaß und entfernte sich in einem Winkel von 90 Grad, bis er zu einem Waldweg kam. Hier zog er seine Tarnjacke aus und rollte sie um den Kompaß zu einem Bündel zusammen, das er im Wald unter einem Haufen Kiefernzweige versteckte. Während er in östlicher Richtung weiterging, merkte er sich als Markierungen umgestürzte Bäume, Stämme und Wegbiegungen für den Rückmarsch. Nach anderthalb Kilometern stieß er auf eine Landstraße und sah ein Stück weiter vorn den Kirchturm von Ellrich. Er umging die Kleinstadt und marschierte über abgeerntete Weizenfelder, bis er nach einigen Kilometern die Straße nach Nordhausen erreichte.

Am Ortseingang von Nordhausen kam ihm das Glück zu Hilfe. Hinter dem Lattenzaun vor einem Haus, in dem kein Licht brannte, lehnte ein Fahrrad an einem Baum. Er nahm es an sich, schob es fünfzig Meter weit, stieg dann auf und fuhr zum Bahnhof. Es war fünf vor sechs. Der Frühzug nach Erfurt sollte in einer Viertelstunde von hier abgehen.

Auf dem Bahnsteig warteten mehrere Dutzend Arbeiter auf den Zug. McCready hoffte, seine abgetragene Matrosenjacke, die Cordhose und die Schirmmütze würden kein Aufsehen erregen. Er kaufte sich eine Fahrkarte, und bald darauf kam der Zug an, gezogen von einer altmodischen Dampflok, aber pünktlich. McCready hob sein Fahrrad in den Gepäckwagen und suchte sich einen Platz auf den hölzernen Sitzen. Um 6.41 Uhr fuhr der Zug in den Erfurter Bahnhof ein. McCready holte das Fahrrad und radelte nach Weimar.

Kurz nach halb sieben näherte sich ihm von hinten ein Traktor, der einen flachen Anhänger zog. Am Steuer saß ein alter Mann. „Steigen Sie da hinten man rauf!“ rief er McCready zu, wobei er das Fauchen des altersschwachen Motors übertönte. McCready winkte ihm zum Dank zu, hob das Fahrrad auf den Anhänger und kletterte hinterher. Der Lärm des Motors verhinderte eine Unterhaltung, was McCready nur recht war; er sprach zwar fließend deutsch, beherrschte aber nicht den thüringischen Dialekt.

Fünfzehn Kilometer vor Weimar sah McCready die Soldaten. Sie schwärmten auf den Feldern rechts und links von der Straße aus. Der Traktor wurde langsamer und hielt an der Straßensperre an. Ein Feldwebel brüllte zum Fahrer hinauf und verlangte den Ausweis des Alten. Nachdem er ihn überprüft hatte, gab er ihn zurück und trat auf den Anhänger zu, wo McCready saß. „Ihren Ausweis!" schnarrte er.

McCready reichte ihm seinen Personalausweis. Er war auf den Namen Martin Kroll ausgestellt, von Beruf landwirtschaftlicher Arbeiter.

Der Feldwebel gab auch McCready den Ausweis zurück und winkte den Mann am Steuer weiter. Fünf Kilometer vor Weimar bog der Traktor auf einen Feldweg ab. McCready sprang vom Anhänger, zog das Fahrrad herunter, winkte dem alten Bauern dankend zu und radelte weiter. Er hielt sich dicht am Randstein, um den Lastwagen auszuweichen, die Soldaten in graugrünen Uniformen absetzten.

In Weimar fuhr er auf der Erfurter Straße immer geradeaus auf das alte Zentrum zu. Auf dem Karl-Marx-Platz stieg er ab und begann mit gesenktem Kopf das Rad zu schieben, während in beiden Richtungen Fahrzeuge der Volkspolizei in raschem Tempo vorbeifuhren.

Das Haus in der Bockstraße 14 war alt und seit langem renovierungsbedürftig. Die Farbe blätterte ab, der Gips bröckelte, und die Namensschilder waren verblichen. Aber McCready erkannte doch an der Wohnung Nr. 3 den Namen Neumann. Er schob das Fahrrad durch das Haustor und ging die Treppe hinauf. Auf jeder Etage gab es zwei Wohnungen. Er nahm die Mütze ab, zog seine Jacke zurecht und drückte im ersten Stock auf den Klingelknopf. Es war zehn vor neun.

Nach zwei Minuten war ein Schlurfen zu hören, und die Tür ging langsam auf. Frau Neumann war eine hochbetagte weißhaarige Dame in einem schwarzen Kleid, die sich auf zwei Gehstöcke stützte. Sie blickte zu ihm auf. „Sie wünschen?"

Er lächelte, als hätte er sie wiedererkannt. „Ja, Sie sind es, Frau Neumann. Sie werden sich nicht an mich erinnern. Martin Kroll. Sie haben mich in der Volksschule unterrichtet, vor vierzig Jahren. Darf ich hereinkommen?"

Sie trat beiseite, und er ging an ihr vorbei. In der dunklen Diele, wo es modrig roch, blieb er stehen. Sie humpelte ihm voran in ihr Wohnzimmer. Er wartete, bis sie Platz genommen hatte, und setzte sich dann auf einen Stuhl.

Sie blickte ihn eindringlich an. „So, ich habe Sie vor Jahren in der alten Volksschule in der Heinrich-Heine-Straße unterrichtet? Wann war das?“

„Tja, muß wohl 1943 oder 1944 gewesen sein. Ich war in einer Klasse zusammen mit . . ., doch, ich erinnere mich an Bruno Morenz. Er war mein bester Kumpel.“

Sie zog sich an ihren Stöcken hoch, humpelte an ein Fenster und blickte hinunter. Ein mit Vopos besetzter Lastwagen holperte vorbei. „Immer diese Uniformen“, sagte sie leise, während sie sich vom Fenster abwandte. „Sie sind Engländer, nicht wahr?“

„Wie kommen Sie denn darauf?“ fragte er.

„Aus dreierlei Gründen. Ich erinnere mich an jeden Jungen, den ich während des Krieges und danach unterrichtet habe, und ein Martin Kroll war nicht dabei. Und die Schule war nicht in der Heinrich-Heine-Straße. Heine war Jude, und die Nazis hatten seinen Namen von allen Straßen und Plätzen entfernt.“

McCready hätte sich am liebsten einen Tritt versetzt. „Wenn Sie schreien oder sonstwie Alarm schlagen“, sagte er ruhig, „tue ich Ihnen nichts. Aber dann werde ich abgeholt und erschossen. Es liegt in Ihrer Hand.“

Zum erstenmal lächelte sie. „Junger Mann, wenn man achtundachtzig ist, können sie einem nichts antun, was unser Herrgott nicht in absehbarer Zeit ohnehin tun wird. So, und was führt Sie zu mir?“

„Bruno Morenz – erinnern Sie sich an ihn?“

„O ja, ich erinnere mich an ihn. Steckt er in Schwierigkeiten?“

„Ja, Frau Neumann, in großen Schwierigkeiten sogar. Er ist in meinem Auftrag hierhergekommen – doch dann wurde er krank, verlor die Nerven. Seither hält er sich irgendwo versteckt. Er braucht meine Hilfe.“

„Die Polizei, diese vielen Soldaten – sind die alle hinter Bruno Morenz her?“

„Ja. Wenn es mir gelingt, ihnen zuvorzukommen, kann ich ihm vielleicht helfen. Seine Schwester in London sagte, daß er hier sehr unglücklich war und nur zu seiner Lehrerin, Frau Neumann, Vertrauen hatte.“

Sie wiegte nachdenklich den Kopf. „Der arme Bruno“, meinte sie schließlich. „Er hatte immer so große Angst. Vor dem Gebrüll und den Schmerzen.“

„Warum hatte er denn solche Angst, Frau Neumann?“

„Bruno war bei einem Bauern auf dem Land untergebracht, einem brutalen Menschen, der viel trank und außerdem ein überzeugter Nazi war. Eines Abends muß Bruno etwas Abfälliges über Hitler gesagt haben, was er von seinem Vater, einem Sozialdemokraten, gehört hatte. Der Bauer hat ihn mit seinem Gürtel verprügelt und schlimm zugerichtet. Das hat er dann noch oft getan. Bruno ist immer wieder ausgerissen."

„Und wo hat er sich damals versteckt, Frau Neumann?"

„In einem Heuschober – den hat er mir einmal sogar gezeigt. Er hat sich hoch oben unter den Deckenbalken ein Versteck in das Heu gegraben. Da ist er jedesmal hineingekrochen und hat gewartet, bis der Bauer betrunken einschlief."

„Und wo genau war dieser Bauernhof?"

„Der Weiler heißt Marionhain. Er besteht nur aus vier Bauernhöfen und liegt zwischen Ober- und Niedergrunstedt. Fahren Sie aus der Stadt auf der Straße in Richtung Süden. Nach etwa vier Kilometern biegen Sie nach rechts auf eine unbefestigte Straße ab. Halten Sie nach einem Heuschober Ausschau, der zweihundert Meter abseits steht, am Ende einer großen Wiese. Glauben Sie, Sie können Bruno helfen?"

McCready stand auf. „Wenn er dort ist, Frau Neumann, werde ich's versuchen. Vielen Dank für Ihre hilfreiche Auskunft."

Die unbefestigte Straße zweigte genau dort von der Hauptstraße ab, wie es die alte Lehrerin gesagt hatte. Ein kleines Schild wies nach Niedergrunstedt. Er radelte einen knappen Kilometer bis zu einer Gabelung. Vor ihm lag Obergrunstedt. In der Nähe entdeckte er eine lange Kette von Menschen in graugrünen Uniformen. Rechts und links von ihm lagen Felder, auf denen der Mais anderthalb Meter hoch stand. Er beugte sich über den Lenker und radelte nach rechts weiter. Hinter Obergrunstedt stieß er auf einen noch schmaleren Weg, und nach einem weiteren Kilometer erblickte er eine Gruppe von Bauernhäusern und Scheunen: Marionhain.

Er versteckte das Fahrrad in einem Maisfeld. Rechter Hand, abseits von den anderen Gebäuden, stand eine hohe Scheune aus Ziegelsteinen und schwarzgeteerten Holzbalken. Am Horizont bewegte sich die Kette der grünen Uniformen langsam aus Niedergrunstedt heraus.

AUCH Dr. Lothar Herrmann war an diesem Samstag vormittag beschäftigt. Die Spur des flüchtigen Bruno Morenz war kalt geworden. Jetzt befand sich der BND-Mann in einer mißlichen Situation. Im Mordfall Heimendorf war noch niemand verhaftet worden.

Dr. Herrmann schlug das dicke Dossier auf, das die Niederschriften des grenznahen DDR-Funkverkehrs von Mittwoch bis Freitag enthielt. Eine ganze Menge. Irgend etwas hatte die Vopos im Bezirk Jena in helle Aufregung versetzt. Dann fiel sein Blick auf eine Bemerkung, die während des Gesprächs zwischen einem Streifenwagen der Volkspolizei und der Einsatzzentrale in Jena gefallen war: „Groß, grauhaarig, rheinländischer Dialekt ..." Er wurde nachdenklich. Das erinnerte ihn an etwas.

Einer seiner Mitarbeiter kam herein und legte dem Chef eine Kopie auf den Schreibtisch.

Die Kopie hatte das Bundesamt für Verfassungsschutz weitergegeben. Darin hieß es schlicht, daß einem aufmerksamen Beamten am Flughafen Hannover ein Mann aufgefallen war, der unter dem Namen Maitland mit einer Maschine aus London eingetroffen war. Der Beamte, der für das BfV arbeitete, hatte seine Unterlagen überprüft, den Betreffenden identifiziert und dies an die Zentrale in Köln durchgegeben. Der angebliche Mr. Maitland war Sam McCready.

Dr. Herrmann warf einen Blick auf die aufgefangene Funkmeldung aus Jena und auf die Kopie aus Hannover. McCready würde es nicht wagen, dachte er. Aber eine andere Stimme in ihm widersprach: Doch, er würde es sehr wohl wagen.

McCready verließ die Deckung, die ihm das Maisfeld gewährte, und ging rasch die paar Meter über die Wiese zu dem Heuschober. Das Tor knarrte in seinen rostigen Scharnieren, als er es aufstieß. Aus einem Dutzend Ritzen im Holz fielen Lichtstrahlen in die Düsternis und enthüllten ein wirres Durcheinander von alten Karren, Pferdegeschirren und Trögen. Er warf einen Blick nach oben. Der obere Teil des Schobers, über eine senkrechte Leiter zu erreichen, war mit Heuballen vollgestopft. Er kletterte die Leiter hinauf und rief leise: „Bruno?"

Keine Antwort. Er ging an dem aufgeschichteten Heu vorbei und entdeckte zwischen zwei Heuballen ein Stück von einem Regenmantel. Er nahm den oberen Ballen vorsichtig weg.

Bruno Morenz lag in seinem Schlupfwinkel auf der Seite. Seine Augen standen offen, aber er rührte sich nicht.

„Bruno, ich bin's. Dein Freund Sam. Schau mich an, Bruno."

Morenz wandte den Kopf und starrte McCready an. Sein Gesicht war fahl und unrasiert, sein Blick flackerte. „Sam?"

„Ja, Sam McCready."

„Verrat ihnen nicht, daß ich hier bin, Sam. Sie finden mich nicht, wenn du mich nicht verrätst."

„Ich verrate dich nicht, Bruno. Auf keinen Fall.“ Mit McCreadys Hilfe rappelte sich Morenz hoch und kauerte sich dicht an den Heuballen. „Wir müssen ganz fix machen, Bruno. Ich werde versuchen, dich hier rauszubringen.“

Morenz schüttelte teilnahmslos den Kopf. „Ich bleib hier, Sam. Hier bin ich in Sicherheit, hier kann mich keiner finden.“

Nein, dachte McCready, ein betrunkener Bauer würde dich natürlich nicht finden. Aber fünfhundert Soldaten schon. Er versuchte Morenz aufzuhelfen, aber dieser machte sich schwer und verschränkte krampfhaft die Arme über der Brust. Unter seinem Regenmantel hielt er etwas versteckt. McCready ließ ihn wieder ins Heu sinken. Er war sich darüber im klaren, daß keinerlei Chance bestand, Morenz zur Grenze bei Ellrich zu bringen, ihn unter dem Draht hindurch und über das Minenfeld zu schaffen. Morenz war am Ende.

Durch einen Spalt in der Wand erkannte er, wie sich die Männer in den graugrünen Uniformen die Bauernhäuser und Scheunen von Obergrunstedt vornahmen. Als nächstes kam Marionhain dran.

„Ich habe Frau Neumann besucht. Sie ist sehr nett.“

„Ja. Sie verrät mich bestimmt nicht.“

„Auf keinen Fall, Bruno. Sie hat gesagt, du hättest dein Hausaufgabenheft dabei. Sie will es korrigieren.“

Morenz zog unter seinem Regenmantel vorsichtig ein dickleibiges rot eingebundenes Handbuch hervor. Hammer und Sichel waren in Gold auf den Einband geprägt. Morenz hatte die Krawatte gelockert, sein Hemd stand offen. An einem Stück Bindfaden um seinen Hals hing ein Schlüssel. McCready nahm das Buch an sich.

„Ich habe Durst, Sam.“

McCready hielt Morenz einen kleinen silbernen Flachmann hin, den er aus seiner Gesäßtasche gezogen hatte. Morenz trank gierig den Whisky. McCready schaute durch den Spalt nach draußen. Soldaten näherten sich auf der schmalen Straße, andere schwärmten fächerförmig über die Felder aus.

„Ich werde hierbleiben, Sam“, erklärte Morenz.

„Ja“, sagte McCready, „das ist gewiß das beste. Leb wohl, mein alter Freund. Schlaf gut. Jetzt wird dir niemand mehr weh tun.“

„Niemand mehr“, murmelte Morenz und schlief ein. McCready zog ihm behutsam den Bindfaden mit dem Schlüssel über den Kopf, verstaute das Buch in seiner Tragetasche, flitzte die Leiter hinunter und setzte sich in das nahe gelegene Maisfeld ab.

Zwölf Stunden vergingen, bis er wieder die Grenze erreichte. Am Zaun erwartete ihn Siegfried.

Auf der Rückfahrt nach Goslar inspizierte er den Schlüssel, den er Bruno Morenz abgenommen hatte. Er war aus Stahl, und auf der Rückseite war FLUGHAFEN KÖLN-BONN eingraviert.

UM EIN Uhr an diesem Samstag nachmittag begrüßten die Soldaten Oberst Voß, der zusammen mit einer Dame in Zivil in einem Stabswagen eintraf. Die beiden stiegen die Leiter hinauf und sahen sich die Leiche im Heu an. Obwohl eine gründliche Suchaktion durchgeführt und der Heuschober beinahe auseinandergenommen wurde, fanden sie nichts Schriftliches, geschweige denn ein dickes Buch.

Ein Soldat zog dem Toten einen kleinen silbernen Flachmann aus der erstarrten Hand und reichte ihn Oberst Voß. Er schnüffelte daran und murmelte: „Zyankali." Majorin Wanawskaja nahm ihn ebenfalls und drehte ihn um. Auf der Rückseite stand „Harrod's London". Sie gab einen sehr undamenhaften Kraftausdruck von sich.

GEGEN Sonntag mittag kam McCready auf dem Köln-Bonner Flughafen an. Er buchte sein Ticket Hannover–London auf Köln–London um, checkte ein und spazierte dann zu den stählernen Schließfächern in der Abflughalle. Er holte den Schlüssel heraus und steckte ihn ins Schloß des Schließfaches Nr. 47. Darin befand sich eine schwarze Leinentasche.

„Ich denke, die Tasche nehme ich an mich. Vielen Dank, Mr. McCready." Er drehte sich um: Hinter ihm stand der stellvertretende Chef des BND. Zwei breitschultrige Herren hatten in respektvollem Abstand Stellung bezogen.

„Das ist aber nett, Sie wiederzusehen, Dr. Herrmann. Was führt Sie denn nach Köln?"

„Die Tasche . . ., wenn ich bitten darf, Mr. McCready."

McCready reichte sie ihm. Dr. Herrmann gab sie an einen seiner Begleiter weiter.

„Kommen Sie, Mr. McCready. Lassen Sie sich von mir zu Ihrer Maschine begleiten. Sie möchten sie doch nicht verpassen, oder?" Schon gingen sie auf die Paßkontrolle zu. „Übrigens, dieser Kollege von mir . . ."

„Er wird nicht zurückkommen, Dr. Herrmann."

„Ach, der Arme. Aber vielleicht ist es ganz gut so." Sie erreichten die Paßkontrolle. Jetzt erst lächelte Dr. Herrmann. „Wissen Sie, wir haben eben auch Spezialisten, die den Funkverkehr hinter der Grenze abhören. Gute Reise, Mr. McCready. Grüßen Sie mir London."

EINE Woche später traf die Nachricht in Langley ein. General Pankratin war nach Kasachstan versetzt worden, wo er eine Kaserne für militärische Strafgefangene befehligte.

Claudia Stuart erfuhr die Neuigkeit durch den Mann, den sie in die Botschaft in Moskau eingeschleust hatte. Sie sonnte sich noch wochenlang im Glanz der Lobreden, die von höherer Warte auf sie herabregneten, während die Analytiker die gesamte sowjetische Kriegsplanung studierten. Das Schicksal General Pankratins betrachtete sie dagegen eher nüchtern. „Er ist mit heiler Haut davongekommen und behält seinen Rang", bemerkte sie gegenüber Chris Appleyard. „Immerhin besser, als in Jakutien im Gulag zu schuften. Und was uns betrifft – nun ja, uns kommt diese Lösung billiger als eine Wohnanlage in Santa Barbara."

Zwischenspiel

DIE ANHÖRUNG ging am Vormittag des nächsten Tages weiter. Timothy Edwards blieb äußerlich die Höflichkeit in Person, hoffte aber insgeheim, die ganze Angelegenheit ließe sich mit einem Minimum an Zeitaufwand erledigen.

„Danke, Mr. Gaunt, daß Sie uns die Ereignisse aus dem Jahr 85 ins Gedächtnis gerufen haben", erklärte er. „Vom geheimdienstlichen Standpunkt aus gehört dieses Jahr allerdings einer anderen, ja, einer abgeschlossenen Epoche an, wie ich finde."

Das wollte Denis Gaunt nicht gelten lassen. Er wußte, daß er das Recht hatte, nach Belieben die Kabinettstücke aus der Karriere seines Abteilungsleiters Revue passieren zu lassen, um damit die Kommission vielleicht umzustimmen. Er stand auf, ging hinüber zu dem Beamten aus dem Archiv und bat ihn um ein anderes Dossier.

„Meine Herren, sicher ist es jetzt nützlich, wenn wir uns eine Reihe von Ereignissen aus dem Jahr 1986 vornehmen, die allein schon eine Überprüfung von Sam McCreadys vorzeitiger Pensionierung rechtfertigen könnten. Die Sache begann damals auf dem Truppenübungsplatz von Salisbury Plain . . ."

Die Mitgift

1

NEBELSCHLEIER lagen noch in der Ferne über dem Waldstück mit dem Namen Fox Covert – sie ließen ahnen, daß es ein klarer, warmer Tag werden würde. Auf der höchsten Erhebung des hügeligen Geländes, dem Fog Hill, bezogen Offiziere Position, um das bevorstehende Manöver zu beobachten. Die zwei Verbände wurden von britischen Soldaten gebildet und in „Blaue" und „Grüne" eingeteilt. Auf die sonst übliche Bezeichnung einer Seite als „die Roten" hatte man aus Rücksicht auf die Zusammensetzung der Offiziersgruppe auf dem Hügel verzichtet.

Über das offene Gelände waren Schiedsrichter verteilt, die am Schluß den Ausgang der Schlacht ermitteln sollten. Kein Soldat mußte an diesem Tag sterben.

Die Gruppe der Offiziere umringte einen ranghohen britischen General, den Befehlshaber des Oberkommandos Süd. Neben ihm stand sein persönlicher Gast, der ranghöchste General der Armee des Beobachterlandes. Hinter den beiden dolmetschte mit leiser Stimme ein intelligenter junger Offizier, der erst vor kurzem die Sprachschule absolviert hatte.

Die britische Offiziersgruppe – gut dreißig Mann stark – gab sich ernst und gesetzt, wie um zu zeigen, daß sie sich der Wichtigkeit dieser Veranstaltung durchaus bewußt war. Denn man schrieb das erste Jahr der Perestroika, und es war auch das erste Mal, daß sowjetische Offiziere als Gäste der britischen Armee nach England gekommen waren.

Die Russen gaben sich genauso ernst wie die Briten oder vielleicht noch ernster. Ihre siebzehn Offiziere waren sorgfältig ausgewählt worden. Vor allem auf fachliche Kompetenz hatte man geachtet.

Sie waren am Abend zuvor auf dem Armeestützpunkt bei North Tidworth eingetroffen. Das erste Abendessen im Offizierskasino war ziemlich steif verlaufen. Die Russen konnten sich denken, daß unter den Briten mindestens fünf Offiziere saßen, die sie beobachten mußten.

Keiner erwähnte dies gegenüber den Briten, von denen tatsächlich vier der Spionageabwehr angehörten. Aber im Gegensatz zu ihren russischen Kollegen waren die britischen Aufpasser nur dazu eingeteilt, die fremden Offiziere und nicht ihre eigenen Landsleute zu bespitzeln.

Die Briten hatten darüber hinaus zwanzig Mitarbeiter des Security Service ins Offizierskasino von Tidworth abgestellt. Diese pflegten jetzt die Rasenflächen und Blumenbeete, bedienten bei Tisch oder polierten Messinggegenstände, um das Kasinogebäude zu überwachen. Denn, wie der Chef des Generalstabs bei einer Besprechung gesagt hatte, wäre es „enorm wünschenswert, wenn keiner der Knaben verlorenginge".

Das Kriegsspiel begann pünktlich um neun Uhr und dauerte den ganzen Tag. Beim Absprung des 2. Bataillons des Fallschirmjägerregiments stand zufällig ein Major des Bataillons neben einem sowjetischen Luftwaffenoberst.

„Wie ich sehe", bemerkte der Russe, „bevorzugen Sie auf Kompanieebene immer noch den 5-cm-Mörser."

„Ein nützliches Gerät", entgegnete der Brite. „Wirkungsvoll und zuverlässig."

„Ich pflichte Ihnen bei", sagte der Russe langsam. Er sprach Englisch, wenn auch mit starkem Akzent. „Wir haben diese Waffe in Afghanistan eingesetzt."

„Ach ja? Wir auf den Falklandinseln", antwortete der Major.

An diesem Abend war das Dinner in der Kaserne von Tidworth nicht mehr so verkrampft. Der Wein floß in Strömen, auch Wodka war zu haben. Der Fallschirmjägermajor saß neben einem Major des Nachrichtendienstes der sowjetischen Streitkräfte, des GRU. Er beschloß, bei dieser Gelegenheit die paar Brocken Russisch anzuwenden, die er beherrschte. *„Goworite wy po-angliski?"* fragte er. „Sprechen Sie Englisch?"

Der Russe strahlte. *„Otschen malo"*, erwiderte er und sprach dann in stockendem Englisch weiter. „Sehr wenig, es tut mir leid. Ich versuche es mit Büchern zu Hause, aber mein Englisch ist nicht so gut."

„Bestimmt besser als mein Russisch", meinte der Fallschirmjäger. „Ach übrigens, ich bin Paul Sinclair."

Der Russe reichte ihm die Hand. „Pawel Kutschenko."

Es gab gutes Essen, und hinterher wurden in der Bar Lieder gesungen, bevor die beiden Gruppen sich um elf Uhr zurückzogen. Manch einer hatte nichts dagegen, daß man am nächsten Morgen bis um sieben Uhr ausschlafen konnte.

Major Kutschenko war jedoch schon um fünf Uhr wach und saß die nächsten zwei Stunden ruhig hinter zugezogenen Gardinen am Fenster seines Zimmers. Im Dämmerlicht konnte er drei Männer ausmachen, bei denen es sich offenbar um Aufpasser handelte. Außerdem sah er Punkt sechs Uhr Oberst Arbuthnot zu einer morgendlichen Joggingrunde aufbrechen. Am Vortag war genau dasselbe geschehen.

Es war unverkennbar Oberst Arbuthnot, denn der britische Offizier hatte den linken Arm verloren. Das war vor etlichen Jahren bei einem Einsatz in Oman passiert, wo kommunistische Aufständische den Sultan stürzen wollten. Inzwischen war Arbuthnot für den Betrieb des Offizierskasinos von Tidworth zuständig. Jeden Morgen joggte er acht Kilometer die Landstraße entlang und zurück, eine vertraute Gestalt in einem weißen Jogginganzug mit Kapuze, dessen schlaffer linker Ärmel säuberlich mit einer Sicherheitsnadel festgesteckt war. Major Kutschenko beobachtete ihn nachdenklich.

Auch der zweite Manövertag verlief ohne Zwischenfall, und schließlich einigten sich die Offiziere beider Länder darauf, daß die Schiedsrichter zu Recht den Grünen den Sieg zugesprochen hatten. Beim dritten Abendessen ging es hoch her: Man geizte nicht mit Trinksprüchen, und zu vorgerückter Stunde trug ein junger russischer Hauptmann von der Operationsabteilung das Lied „Kalinka" vor. Niemand hatte bemerkt, daß eine Person in Oberst Arbuthnots unverschlossenes Zimmer geschlichen war, die sich knapp eine Minute später wieder zu den anderen an der Bar gesellte.

AM NÄCHSTEN Morgen um zehn vor sechs trabte eine Gestalt in einem weißen Jogginganzug mit Kapuze, dessen linker Ärmel mit einer Sicherheitsnadel festgesteckt war, die Treppe am Vordereingang des Kasinos hinunter und wandte sich zum Haupttor. Ein Aufpasser hinter dem Fenster eines anderen Gebäudes machte sich eine Notiz, unternahm aber nichts.

Am Tor trat der diensthabende Posten aus der Wachstube und grüßte den Läufer, der die Hand hob, dann die gewohnte Richtung einschlug und in Richtung Tidworth davonjoggte.

Um zehn nach sechs sah der Posten auf, blinzelte und drehte sich dann zu seinem Unteroffizier um. „Gerade ist Oberst Arbuthnot vorbeigelaufen", erklärte er.

„Ja, und?" fragte der Unteroffizier.

„Schon zum zweitenmal", sagte der Posten.

Der Unteroffizier zuckte die Achseln.

„Wahrscheinlich hatte er etwas vergessen." Diese Bemerkung sollte der Posten noch bereuen.

Major Kutschenko schlug sich etwa nach einem Kilometer ins Gebüsch und streifte den gestohlenen weißen Jogginganzug ab. Als er zur Straße zurückging, trug er graue Flanellhosen und einen Tweedsakko mit Hemd und Krawatte. Seine Turnschuhe paßten nicht ganz dazu. Einen Kilometer hinter ihm kam ein verärgerter Oberst Arbuthnot gelaufen, der zehn Minuten vergeblich nach seinem weißen Jogginganzug gesucht hatte und dann zu dem Schluß gekommen war, daß seine Ordonnanz ihn wahrscheinlich in die Wäscherei gegeben hatte. Er trug jetzt seinen Reserveanzug. Bislang hatte er noch nicht gemerkt, daß ihm auch ein Hemd, eine Krawatte, ein Sakko und eine Hose fehlten.

Ein Auto kam auf Kutschenko zu, das auf sein Winken hin anhielt. „Tut mir schrecklich leid", begann der Russe, „aber mein Wagen hat den Geist aufgegeben. Dort hinten. Meinen Sie, ich finde in North Tidworth eine Werkstatt, wo man mir behilflich sein kann?"

„Ich kann Sie bis in den Ort mitnehmen", antwortete der Fahrer. „Steigen Sie ein."

Der Fallschirmjägermajor hätte nicht schlecht gestaunt, wenn er gehört hätte, wie gut Kutschenko plötzlich Englisch konnte. Ein leichter fremdländischer Akzent war allerdings unüberhörbar.

„Sie sind nicht von hier, oder?" fragte der Fahrer.

„Nein, ich bin aus Norwegen. Ich sehe mir hier auf der Insel Kathedralen an."

Der freundliche Autofahrer setzte Kutschenko um zehn vor sieben in dem verschlafenen Städtchen North Tidworth ab. Kutschenko fand eine Telefonzelle und wählte eine Londoner Nummer. Beim fünften Klingeln wurde abgehoben.

„Ich würde gern Mr. Joe Roth sprechen", erklärte Kutschenko.

„Ja, Joe Roth am Apparat", bestätigte die Stimme am anderen Ende.

„Wie schade", entgegnete Kutschenko. „Wissen Sie, ich hatte eigentlich gehofft, Chris Hayes würde sich melden."

In seiner kleinen, aber eleganten Wohnung in Mayfair schrillten bei Joe Roth sämtliche Alarmsirenen. Er war noch nicht lange wach. Als stellvertretender Ressortchef für Öffentlichkeitsarbeit in der amerikanischen Botschaft mußte er erst um zehn Uhr zum Dienst erscheinen. In Wirklichkeit arbeitete Joe Roth für den CIA. Aber er war nicht dem Chef der Londoner Abteilung des Geheimdienstes unterstellt, einem Mann namens Carver, sondern gehörte dem „Office of Special Projects" an, einem Büro, das erst sechs Jahre zuvor eingerichtet worden war. Wie der Name schon andeutete, betreute diese Abteilung Projekte und Maßnahmen, die nach Meinung der CIA-Zentrale in Langley zu heikel für den eigentlichen Geheimdienst waren. Bei eventuellen Pannen konnte der Chef der Londoner Abteilung hinterher jede Beteiligung bestreiten, selbst gegenüber Partnerländern Amerikas.

Alle CIA-Agenten haben einen richtigen Namen und einen Einsatznamen. In befreundeten Botschaften treten Agenten meist unter ihrem tatsächlichen Namen auf, so auch Joe Roth, der zu den „illegalen" Spitzeln zählte. Um sieben Uhr morgens am Telefon mit seinem Einsatznamen angeredet zu werden, noch dazu von einem Mann mit ausländischem Akzent, war für ihn ein eindeutiges Warnsignal.

„Tut mir leid", erwiderte er vorsichtig. „Hier ist Joe Roth. Wer spricht denn da?"

„Hören Sie mir gut zu, Mr. Roth oder Mr. Hayes. Ich heiße Pjotr Alexandrowitsch Orlow. Ich bin Oberst des KGB –"

„Also, wenn das ein Scherz sein soll –"

„Mr. Roth, daß ich Sie mit dem Decknamen anrede, ist für Sie kein Scherz. Und es ist für mich kein Scherz, daß ich mich in die USA absetzen will. Hier mein Angebot: Ich bin im Besitz einer ungeheuren Menge von Informationen, die für Ihre Behörde von größtem Wert wären. Aber Sie müssen sich rasch entscheiden, sonst kehre ich zurück, solange noch Zeit ist."

„Wo sind Sie jetzt genau, Herr Oberst?"

„In einer Telefonzelle in einer Kleinstadt in der Nähe von Salisbury. Ich war Mitglied einer Delegation sowjetischer Offiziere, die ein britisches Militärmanöver beobachtet hat. Wir waren in der Kaserne von Tidworth untergebracht. Ich bin dort als Major Pawel Kutschenko vom GRU aufgetreten. Vor einer Stunde habe ich mich von meiner Truppe entfernt. Wenn ich nicht innerhalb der nächsten Stunde wieder dort bin, gibt es für mich kein Zurück mehr. Bis zur Kaserne brauche ich eine halbe Stunde. Sie haben also genau dreißig Minuten Bedenkzeit, Mr. Roth."

„Na schön, Herr Oberst. Ich spiele mit – vorerst. Rufen Sie mich in einer Viertelstunde noch einmal an. Dann bekommen Sie eine Antwort."

„In einer Viertelstunde? Einverstanden, aber nicht länger!"

Roth legte auf und dachte angestrengt nach. Er war neununddreißig und seit zwölf Jahren beim CIA. So etwas war ihm noch nie vorgekommen. Die meisten Russen liefen erst nach vorsichtigen Annäherungsversuchen mit ihnen bekannten Geheimdienstleuten über. Im allgemeinen wurde ein potentieller Überläufer zunächst gebeten zu bleiben, damit er reichlich Informationen lieferte, bevor er sich endgültig in den Westen absetzte. Von der Menge des Materials, das er vor dem Überlaufen schicken oder aber mitbringen konnte, hingen später sein Status, seine Belohnung, sein Lebensstil ab. In der Branche wurde dieses Material als „Mitgift" bezeichnet.

Und jetzt dieser Mann, der behauptete, Oberst des KGB zu sein, und einfach so, an einem Frühlingsmorgen mitten in England, überlaufen wollte. Und zu den Amerikanern, nicht zu den Briten. Oder hatte er sich schon an die Briten gewandt? Und war abgewiesen worden? Fieberhaft spielte Roth alle Möglichkeiten durch, während die Minuten verrannen.

Es war fünf nach sieben Uhr morgens, also fünf nach zwei Uhr nachts in Washington. Eigentlich hätte er seinen Chef anrufen müssen, Calvin Bailey, den Leiter der Abteilung Sonderprojekte. Aber dazu blieb ihm keine Zeit. Roth öffnete einen Wandschrank, und sein Computer kam zum Vorschein. Rasch verschaffte er sich Zugriff zum Großrechner tief unter der amerikanischen Botschaft am Grosvenor Square, indem er den Geheimcode eingab. Dann wies er den Rechner an, nach ranghohen KGB-Offizieren zu suchen, die im Westen bekannt waren. Wer ist Pjotr Alexandrowitsch Orlow? erkundigte er sich schließlich.

Der CIA-Großrechner in London ist direkt mit der Zentrale in Langley in den USA verbunden, und auf die Anfrage hin leuchteten grüne Buchstaben auf Roths kleinem Bildschirm auf.

> PJOTR ALEXANDROWITSCH ORLOW: KGB-OBERST. SEIT VIER JAHREN MUTMASSLICH IM DRITTEN DIREKTORAT. SOLL SICH IM GEMEINSAMEN PLANUNGSSTAB DER ROTEN ARMEE IN MOSKAU ALS GRU-MAJOR AUSGEBEN. FRÜHER TÄTIG IN DER OPERATIONSPLANUNG DER MOSKAUER ZENTRALE UND IM ERSTEN HAUPTDIREKTORAT (ILLEGALENDIREKTORAT) JASSENEWO.

Roth stieß einen Pfiff aus und schaltete den Computer ab. Wenn Orlow wirklich vier Jahre lang als GRU-Major im gemeinsamen Planungsstab des sowjetischen Verteidigungsministeriums tätig gewesen war, mußte er ein wandelndes Lexikon sein.

Er sah auf die Uhr. Vierzehn Minuten nach sieben. Keine Zeit mehr für einen Anruf in Langley. Sechzig Sekunden Zeit, eine Entscheidung zu treffen. Das Telefon klingelte.

„Mr. Roth, ich kann gerade noch zurückkehren . . ."

Roth holte tief Luft. Ruhig, Junge, sagte er sich, jetzt nur nicht die Nerven verlieren. „Gut, Oberst Orlow, wir übernehmen Sie. Ich setze mich mit meinen britischen Kollegen in Verbindung, die bringen Sie innerhalb der nächsten halben Stunde in Sicherheit –"

„Nein." Orlows Stimme klang barsch, duldete keinen Widerspruch. „Ich laufe nur zu den Amerikanern über. Das ist Teil unserer Vereinbarung. Außerdem möchte ich, daß Sie mich persönlich abholen. In zwei Stunden auf dem Bahnhofsvorplatz von Andover. Von dort bringen Sie mich zum amerikanischen Luftwaffenstützpunkt Upper Heyford. Und Sie besorgen mir einen Flug nach Amerika. Auf etwas anderes lasse ich mich nicht ein."

„Also gut, Oberst. Sie haben gewonnen. Ich komme."

Roth brauchte zehn Minuten, um sich fertig anzuziehen, Paß, CIA-Ausweis, Geld und Autoschlüssel einzustecken und mit dem Lift in die Tiefgarage zu fahren.

UM ZEHN nach neun hielt er auf dem Bahnhofsvorplatz von Andover. Autos fuhren in ununterbrochenem Strom vor und wieder ab. Fahrgäste stiegen aus und verschwanden sofort in der Bahnhofshalle. Nur ein Mann rührte sich nicht vom Fleck. Er lehnte in Tweedsakko und grauer Hose an einer Mauer und blätterte eine Morgenzeitung durch.

Roth ging zu ihm hin. „Sie müssen der Mann sein, den ich abholen will", sagte er leise.

Der Zeitungsleser schaute auf – graue Augen, ruhiger Blick, scharf geschnittene Gesichtszüge, Mitte Vierzig. „Das hängt davon ab, ob Sie sich ausweisen können", sagte er. Es war dieselbe Stimme wie am Telefon.

Roth reichte ihm seinen CIA-Ausweis. Orlow nickte. Roth zeigte auf seinen Wagen, der mit laufendem Motor dastand. Orlow blickte sich um, als wollte er einer Welt, die er gekannt hatte, für immer Lebewohl sagen. Dann stieg er ein.

Zwei Stunden später fuhr Roth zum Büro des Fliegerhorstkommandanten der amerikanischen Luftwaffe in Oxfordshire. Es wurden zwei Telefongespräche mit Washington geführt, dann klärten die Verantwortlichen in Langley die Sache mit dem Pentagon, und von dort wiederum bekam der Kommandant des Fliegerhorsts seine Anweisungen. Ein Versorgungsflug von Upper Heyford zum Luftwaffenstützpunkt Andrews in Maryland an diesem Nachmittag um drei Uhr hatte zwei zusätzliche Passagiere an Bord.

Das war fünf Stunden nachdem die frohe Botschaft von Tidworth nach London und zurück gelangt war. Etwa um zehn vor neun fiel auf, daß Major Kutschenko fehlte. Eine Ordonnanz wurde auf sein Zimmer geschickt. Der Unteroffizier kam zurück und meldete, das Zimmer des Majors sei leer, aber seine Sachen seien noch darin. Eine gründliche Durchsuchung des Kasinogebäudes ergab nichts.

Ein Hauptmann des britischen Geheimdienstes schlich sich zu den unsichtbaren Aufpassern vom Security Service hinaus. Aus ihren Aufzeichnungen ging hervor, daß an diesem Morgen zwei Offiziere im Jogginganzug das Gelände verlassen hatten, aber nur einer zurückgekehrt war. Man holte den zum fraglichen Zeitpunkt diensthabenden Posten aus dem Bett. Er berichtete, er habe Oberst Arbuthnot zweimal vorbeikommen sehen, doch dieser bestritt entschieden, noch einmal zurückgekehrt und dann erneut losgelaufen zu sein. Der Hauptmann vom Geheimdienst besprach sich hektisch flüsternd mit dem ranghöchsten britischen General, der dann mit äußerst ernster Miene hinüberging und den ranghöchsten Russen bat, ihn in sein Büro zu begleiten.

Als der russische General zurückkam, war er bleich vor Zorn und verlangte, auf der Stelle mit einem Dienstwagen in seine Botschaft in London gebracht zu werden. Es war zehn Uhr. Die Telefonaktion begann.

In der Mittagsstunde trug der sowjetische Botschafter, Leonid Samjatin, im Foreign Office, dem britischen Außenministerium, einen geharnischten Protest vor; er sprach von Entführung und verlangte, auf der Stelle mit Major Kutschenko zusammengebracht zu werden. Der Protest wurde vom Foreign Office umgehend an sämtliche Geheimdienste weitergegeben, die in seltener Einmütigkeit ihre Unschuld beteuerten. Wir haben den Mann leider nicht, hieß es dort.

Nun war die Ratlosigkeit der Briten genauso grenzenlos wie die Wut der Russen. Die Art, wie Kutschenko (wie man ihn immer noch nannte) sich abgesetzt hatte, war höchst merkwürdig. Überläufer suchten Zuflucht an einem sicheren Ort, der im allgemeinen schon vorbereitet war. Da alle britischen Geheimdienste eine Beteiligung bestritten, blieb nur noch die Möglichkeit, daß ausländische Dienste auf britischem Boden tätig geworden waren.

Bill Carver, der CIA-Chef von London, saß in der Klemme. Er war aus Langley benachrichtigt worden. Die Amerikaner wußten, daß die Briten äußerst empfindlich reagierten, wenn hinter ihrem Rücken ein Russe aus England herausgeschmuggelt wurde. Carver hatte jedoch Anweisung bekommen, so lange nichts zu unternehmen, bis das amerikanische Transportflugzeug den britischen Luftraum verlassen hatte.

Er zog sich aus der Affäre, indem er sich den ganzen Vormittag verleugnen ließ und dann um drei Uhr nachmittags dringend um eine Unterredung mit Timothy Edwards nachsuchte.

Als Carver sich mit Edwards traf, erklärte er, Roth habe vor der Wahl gestanden, entweder Kutschenko/Orlow sofort zu übernehmen oder ihn zurückgehen zu lassen, und Orlow habe mit aller Entschiedenheit darauf bestanden, nur zu den Amerikanern überzulaufen. Edwards gestand sich insgeheim ein, daß er genauso gehandelt hätte wie Roth, wenn er die Möglichkeit gehabt hätte, einen so dicken Fisch an Land zu ziehen, aber er gab sich trotzdem stark verschnupft. Nachdem er Carvers Bericht formell entgegengenommen hatte, informierte er sofort das Außen- und das Verteidigungsministerium sowie den Security Service.

Eine Stunde später traf Botschafter Samjatin im Foreign Office ein und wurde sofort zu Sir Geoffrey Howe, dem Außenminister, gebracht. Dessen Ausführungen hörte er sich zwar mit gespielter Skepsis an, aber im Grunde war er bereit, Sir Geoffrey zu glauben, den er als einen äußerst aufrichtigen Mann kannte. Nachdem er seiner Empörung angemessen Ausdruck verliehen hatte, fuhr er in die Botschaft zurück und informierte Moskau.

In Washington saß der Direktor des CIA an seinem Schreibtisch und sprach mit dem Leiter der Abteilung Sonderprojekte, Calvin Bailey. „Ihr junger Mitarbeiter, dieser Mr. Roth, hat ja eine Lawine losgetreten", meinte der CIA-Chef. „Wir haben die Briten ganz schön vor den Kopf gestoßen. Wären Sie dasselbe Risiko eingegangen?"

„Ich weiß nicht", entgegnete Bailey abwartend. „Das läßt sich erst beurteilen, wenn wir mit Orlow geredet haben." Bailey legte keinen Wert auf persönliche Freundschaften innerhalb der Behörde, aber er verstand sein Handwerk.

Der Direktor nickte. In der Welt der Geheimdienste galt wie überall eine einfache Regel: Wer alles auf eine Karte setzt und großen Erfolg hat, gilt als gewiefter Bursche und Anwärter auf die höchsten Posten. Geht die Sache schief, bleibt immer noch die vorzeitige Pensionierung.

Als die Transportmaschine kurz nach 18 Uhr Washingtoner Zeit auf dem Stützpunkt Andrews landete, warteten fünf Limousinen des CIA auf dem Rollfeld. Die zwei Männer wurden aus der Maschine geholt und in die wartenden Wagen gebracht, deren Fenster vorsorglich verhängt worden waren. Bailey begrüßte Orlow mit einem kühlen Nicken und sorgte dafür, daß der Russe in die zweite Limousine stieg.

Er wandte sich Roth zu. „Sie haben ihn rübergebracht, Roth, also dürfen Sie ihn auch ausquetschen."

„Ich bin kein Befragungsexperte", erwiderte Roth. „Das ist nicht mein Fach."

Bailey zuckte die Achseln. „Sie bekommen jede Unterstützung – Dolmetscher, Analytiker, Spezialisten auf jedem Gebiet, das er erwähnt. Und natürlich den Lügendetektor. Fangen Sie mit dem Lügendetektor an. Fahren Sie mit Orlow zur Ranch – Sie werden erwartet. Und noch eins, Roth: Ich will alle seine Angaben aus erster Hand und sofort, nur für mich ganz persönlich."

Die Ranch war ein geheimer Stützpunkt des CIA, eine echte Farm unweit von Washington im Süden von Virginia, wo es viele Gestüte gibt. Sie lag gut versteckt im Wald, war nur über eine lange Zufahrt zu erreichen und wurde von durchtrainierten jungen Männern bewacht, die alle mit Auszeichnung eine Einzelkämpferausbildung in Quantico absolviert hatten.

Orlow wurde in ein komfortables Zimmer mit Bad und der üblichen Ausstattung eines guten Hotels – Fernseher, Videogerät, Kassettenrecorder, Polstersessel, Couchtisch – geführt. Essen wurde aufgetragen, seine erste Mahlzeit in Amerika, und Joe Roth leistete ihm Gesellschaft. Während des Flugs über den Atlantik hatten die beiden Männer vereinbart, daß sie sich mit Peter und Joe anreden würden.

„Es wird nicht immer leicht sein, Peter", sagte Roth, während er zusah, wie der Russe einen großen Hamburger verschlang. „Morgen müssen Sie sich einem Test mit dem Lügendetektor unterziehen. Wenn Sie den bestehen, müssen Sie mir . . . sehr viel erzählen. Alles, um genau zu sein. Alles, was Sie wissen oder auch nur vermuten."

Orlow lächelte. „Joe, Sie brauchen mir nicht alles" – er suchte nach dem richtigen Ausdruck – „haarklein zu erklären. Ich muß mich des Risikos würdig erweisen, das Sie auf sich genommen haben, um mich rauszuholen. Sie nennen das doch die Mitgift, stimmt's?"

Roth lachte. „Ja, Peter, die müssen wir jetzt von Ihnen bekommen. Die Mitgift."

IN LONDON ließ Timothy Edwards Sam McCready, den Täuscher, zu sich kommen. „Ich habe unseren amerikanischen Kollegen so hart zugesetzt, wie ich nur konnte", begann Edwards. „Den Beleidigten gespielt, meiner Empörung Ausdruck verliehen – Sie wissen schon. Bill Carver ist untröstlich. Er sieht seine Position hier gefährdet. Auf jeden Fall wird er Langley drängen, Orlows gesamtes Material an uns weiterzugeben, so, wie sie es von ihm bekommen. Ich möchte eine kleine Arbeitsgruppe einsetzen, die sich das Material ansieht. Sie sollen diese Gruppe leiten – in meinem Auftrag."

„Ich danke Ihnen", antwortete McCready. „Aber ich würde noch weiter gehen: Ich würde unmittelbaren Zugang zu dem Überläufer verlangen. Es könnte sein, daß Orlow Dinge weiß, die für uns besonders interessant sind. Diese Dinge werden in Langley nicht gerade höchste Priorität haben."

Edwards überlegte. „Das kann schwierig werden", meinte er. „Aber fragen kostet nichts."

„Ach, übrigens", fügte McCready hinzu, „ich würde Orlow gern überprüfen. Mit ‚Memory'."

Edwards sah McCready an. „Memory" wurde bei SIS gehütet wie ein Juwel. Er war ein Russe, der für die Briten arbeitete, aber eine hochgestellte Persönlichkeit war und deshalb so „geheim", daß nur vier Männer im Century House von seiner Existenz wußten. McCready war sein Führungsoffizier, der Mann, der ihn „leitete".

„Halten Sie das für klug?" wollte Edwards wissen.

„Ich glaube, es ist gerechtfertigt."

„Seien Sie vorsichtig."

Es GESCHAH am nächsten Vormittag: Der schwarze Wagen parkte eindeutig im absoluten Halteverbot, so daß der Verkehrspolizist keinen Augenblick zögerte, einen Strafzettel auszuschreiben. Er klemmte ihn gerade unter den Scheibenwischer, als ein schlanker, eleganter Mann im grauen Anzug aus einem Geschäft kam und protestierte. Es war eine alltägliche Szene, von der kein Mensch Notiz nahm, schon gar nicht in der Londoner Innenstadt.

Ein zufälliger Beobachter hätte aus einigem Abstand wahrgenommen, wie der Fahrer den Verkehrspolizisten am Ärmel zupfte, um ihn zu bewegen, sich das Kennzeichen anzusehen. Der Polizist sah das wohlbekannte CD-Schild des diplomatischen Corps neben dem Nummernschild. Aber er zeigte sich unbeeindruckt. Die Immunität mochte ausländische Diplomaten vor dem Bußgeld schützen, nicht aber vor dem Strafzettel. Um zu beweisen, daß er wirklich Diplomat war, brachte der Fahrer seinen Ausweis zum Vorschein und hielt ihn dem Ordnungshüter unter die Nase. Dieser sah ihn sich an, zuckte die Achseln und entfernte sich. Erbost zerknüllte der Fahrer den Strafzettel und warf ihn ins Auto, bevor er einstieg und davonfuhr.

Was der Beobachter nicht gesehen hätte, war ein Zettel im Ausweis des Diplomaten, auf dem stand: „Lesesaal, Britisches Museum, morgen 14 Uhr.“ Und er hätte auch nicht sehen können, daß der Fahrer im Auto den zerknitterten Strafzettel glättete und las, was auf der Rückseite stand: „Oberst Pjotr Alexandrowitsch Orlow ist zu den Amerikanern übergelaufen. Wissen Sie etwas über ihn?“

Der Täuscher hatte soeben Kontakt mit Memory aufgenommen.

2

WIE MAN einen Überläufer behandelt oder mit ihm verfährt, ist immer ein heikles und langwieriges Verfahren.

Der Überläufer muß zunächst in einer Umgebung untergebracht werden, die einerseits nicht bedrohlich wirkt, andererseits aber, oft zu seinem eigenen Besten, eine Flucht unmöglich macht. Der KGB zeigt sich bekanntlich äußerst unversöhnlich gegenüber Verrätern und setzt in der Regel alles daran, diese Leute aufzuspüren und sie nach Möglichkeit zu liquidieren. Je höher der Rang eines Überläufers, um so schwerwiegender der Verrat.

Von großem Interesse sind stets die Beweggründe des Überläufers. Warum haben Sie sich entschlossen, zu uns zu kommen? (Das Wort „überlaufen“ wird nie verwendet.)

Der weitaus häufigste Grund ist die Enttäuschung über das System. Aber manchmal sieht die Wahrheit anders aus. Deshalb wird alles geprüft; früher oder später kennen die Gastgeber den wirklichen Beweggrund, der Aufschluß gibt über die Bedeutung des Mannes.

Zunächst hört man ihm sehr verständnisvoll zu. Wenn schließlich die Rede auf Geheiminformationen kommt, werden dem Überläufer Fallen gestellt. Er muß Fragen beantworten, deren Antworten die Vernehmungsbeamten bereits kennen. Stellt sich heraus, daß der Überläufer falsche Aussagen zu Dingen macht, über die er Bescheid wissen müßte, macht er sich sofort verdächtig. In die unverfänglichen Fragen, deren Antworten bereits bekannt sind, werden auch solche eingestreut, deren zutreffende Beantwortung Gold wert ist. Kann dieser Überläufer Auskünfte über etwas geben, das noch nicht bekannt ist, und wenn ja, wie wichtig ist es?

Im Falle von Oberst Pjotr Alexandrowitsch Orlow, der jetzt den Decknamen „Sänger“ trug, kam die CIA innerhalb von vier Wochen zu der Überzeugung, daß man aus purem Zufall auf eine dicke Goldader gestoßen war. Das „Material“ dieses Mannes war phantastisch.

Er erzählte Joe Roth die Geschichte seines Lebens von seiner Geburt in der Nähe von Minsk unmittelbar nach Kriegsende bis zu dem Tag vor sechs Monaten, an dem er in Moskau endgültig zu der Überzeugung gekommen war, daß er das Regime, das er verachten gelernt hatte, nicht mehr ertragen könne. Er bestritt nie, daß er nach wie vor eine tiefe Liebe zu seinem Vaterland hegte, und ließ bei dem Gedanken daran, daß er es für immer verlassen hatte, seinen Gefühlen freien Lauf.

Er bestand drei verschiedene Lügendetektortests, die seine Herkunft, seine Laufbahn und seinen politischen Gesinnungswandel betrafen. Und er fing an, hochkarätige Informationen zu liefern. Drei Jahre hatte er im Zentralen Planungsstab des Armeehauptquartiers gearbeitet; von daher kannte er eine ganze Reihe ranghoher Militärs, die Einsatzpläne für die sowjetische Armee und Luftwaffe sowie für die Verbände der Marine. Er lieferte faszinierende Details über die Niederlagen der Roten Armee in Afghanistan.

Vor seiner Tätigkeit im Dritten Direktorat war Orlow beim Illegalendirektorat gewesen, jener Abteilung innerhalb des Ersten Hauptdirektorats, die für die Führung „illegaler“ Agenten in aller Welt zuständig ist. Die „Illegalen“ sind die geheimsten aller Agenten, die entweder als Einheimische gegen ihr eigenes Land spionieren oder in dem fremden Land im Untergrund leben.

Orlows Kenntnisse waren zwar schon vier Jahre alt, aber er hatte offenbar ein enzyklopädisches Gedächtnis und konnte die Spionagenetze verraten, an deren Aufbau und Führung er einst beteiligt gewesen war, vor allem in Mittel- und Südamerika, seinem damaligen Operationsgebiet.

EINEN Tag nachdem Joe Roth mit Oberst Orlow in South Virginia Quartier genommen hatte, trat Sam McCready unauffällig durchs Tor des Britischen Museums in London und schlug den Weg zu dem großen kreisrunden Lesesaal unter der hohen Glaskuppel ein.

McCready betrat den Saal mit einem Spezialausweis, ging zu einem der Lesetische und fragte den Mann, der dort saß, höflich, ob er ihn störe. Der Mann, der sich über ein dickes Buch beugte und sich ab und zu Notizen machte, wies wortlos auf den Stuhl gegenüber und las weiter.

„Wie geht's Ihnen, Witali?“ fragte McCready.

„Gut“, sagte der Mann leise und schrieb etwas auf seinen Block.

„Was gibt's Neues?“

„Nächste Woche bekommen wir Besuch. In der Residentur. General Drosdow persönlich."

McCready zeigte keinerlei Regung. Aber die Nennung des Namens hatte ihn überrascht. Drosdow war Chef des Illegalendirektorats und verließ nur selten die UdSSR. Daß er sich nach London in die Höhle des Löwen wagte, war höchst ungewöhnlich und konnte von größter Bedeutung sein. „Ist das gut oder schlecht?" fragte McCready.

„Ich weiß nicht. Es könnte etwas mit Orlow zu tun haben. Es hat seinetwegen einen Riesenstunk gegeben. Oder vielleicht –"

„Mögliche andere Gründe?"

Memory seufzte und blickte zum erstenmal auf. McCready sah ihm in die Augen. Er hatte sich im Laufe der Jahre mit dem Russen angefreundet, vertraute ihm, glaubte an ihn.

„Es ist nur so ein Gefühl", sagte Memory. „Nichts Konkretes, nur so eine Ahnung. Vielleicht haben sie einen Verdacht."

„Witali, das konnte nicht ewig so weitergehen. Das haben wir immer gewußt. Früher oder später werden sie es sich zusammenreimen. Möchten Sie jetzt aussteigen? Das läßt sich machen. Sie brauchen es nur zu sagen."

„Noch nicht. Vielleicht bald. Aber nicht sofort. Es gibt noch einiges, was ich euch schicken kann. Übrigens, macht Drosdow keine Schwierigkeiten. Wenn sie tatsächlich Verdacht geschöpft haben, würde er das als einen weiteren Beweis ansehen. Er kommt als Schweizer Geschäftsmann. Aus Zürich. British Airways. Dienstag."

„Ich sorge dafür, daß er in Ruhe gelassen wird", erklärte McCready. „Gibt's was Neues über Orlow?"

„Im Augenblick nicht. Ich weiß von ihm, bin ihm aber nie begegnet. Überrascht mich, daß er übergelaufen ist. Er hatte Zugangsberechtigung zur höchsten Geheimhaltungsstufe."

„Die haben Sie doch auch", bemerkte McCready.

Der Russe lächelte. „Warum interessieren Sie sich für ihn?"

„Kein konkreter Grund", antwortete McCready, „nur so eine Ahnung, wie Sie es nennen. Die Art, wie er rübergekommen ist – daß er Joe Roth keine Zeit für eine Überprüfung gelassen hat. Bei einem Seemann, der über Bord springt, ist das normal. Bei einem Oberst des KGB ist es seltsam. Er hätte sich teurer verkaufen können."

„Ganz meine Meinung", sagte der Russe. „Ich gebe mir Mühe."

Persönliche Treffen waren höchst riskant und deshalb selten. Für das nächste, das im Mai stattfinden sollte, einigten sie sich auf ein kleines, schmuddeliges Café in Shoreditch im Londoner East End.

ENDE April, bei einer Besprechung mit dem Direktor des CIA, äußerte sich der Präsident ungewöhnlich schmeichelhaft über den CIA. Berichte darüber, wie dankbar verschiedene staatliche Stellen für Orlows Informationen waren, hatten sogar das Weiße Haus erreicht. Als der CIA-Direktor nach Langley zurückgekehrt war, bat er Calvin Bailey zu sich, den Leiter der Abteilung Sonderprojekte.

„Man kann Ihnen nur gratulieren, Bailey", begann der CIA-Chef. „Die Leute von der Marine sind begeistert und warten gespannt, was noch alles kommen wird. Auch die Mexikaner freuen sich; sie haben gerade ein Netz von siebzehn Agenten zerschlagen."

„Ich danke Ihnen", erwiderte Calvin Bailey vorsichtig. Er war als zurückhaltender Mensch bekannt, der überschwenglichen Gefühlsäußerungen abhold war.

„Worüber ich mit Ihnen sprechen wollte", fuhr der CIA-Direktor fort, „wir alle wissen, daß Frank Wright Ende des Jahres in Pension geht. Ich brauche also einen neuen Einsatzleiter. Vielleicht, Bailey, vielleicht weiß ich schon, wer dieser neue Mann sein wird."

Baileys ruhiger, verschleierter Blick erhellte sich plötzlich durch einen ungewohnten Ausdruck der Freude. Seit drei Jahrzehnten ist der Direktor des CIA ein politischer Beamter. Ihm unterstehen die zwei Hauptabteilungen des Geheimdienstes: „Operative Maßnahmen", mit dem Einsatzleiter an der Spitze, und „Auswertung", ebenfalls von einem Hauptabteilungsleiter geführt. Diese beiden Positionen sind die höchsten, nach denen ein Spitzenagent vernünftigerweise streben kann.

Nachdem der Direktor seine Komplimente verteilt hatte, wandte er sich alltäglicheren Fragen zu. „Noch etwas – es geht um die Briten. Sie sagen, sie seien uns sehr dankbar für das umfangreiche ‚Sänger'-Material, das wir ihnen geschickt haben. Es habe sich im Hinblick auf die Zahl der sowjetischen Agenten in England bereits als nützlich erwiesen, sie weisen aber auch darauf hin, daß es ausschließlich Decknamen enthält. Nun fragen die Kollegen, ob ‚Sänger' sich nicht an echte Namen erinnern kann oder an Positionen – etwas, das es ihnen ermöglichen würde, einen feindlichen Agenten festzunageln."

Bailey dachte nach. „Die Briten haben alles bekommen, was sie auch nur im entferntesten betreffen könnte", sagte er schließlich. „Aber ich kümmere mich darum; Joe Roth soll Orlow fragen, ob er sich nicht doch an einen echten Namen erinnern kann."

„Schön, schön", erwiderte der CIA-Chef. „Und jetzt der zweite Punkt. Die wollen unbedingt selbst mit ihm sprechen. Drüben in

England. Ich bin ausnahmsweise bereit, ihnen ihren Willen zu lassen. Vielleicht sollten wir's wagen."

„Ich würde ihn lieber hierbehalten. Hier ist er in Sicherheit."

„Wir können dafür sorgen, daß er auch drüben in Sicherheit ist. Beispielsweise könnten wir ihn ja auf einen amerikanischen Luftwaffenstützpunkt bringen. Dort sollen die Kollegen mit ihm reden, natürlich unter Überwachung."

„Gefällt mir nicht", meinte Bailey.

„Ich habe schon zugesagt." Die Stimme des Direktors hatte einen eisigen Unterton. „Kümmern Sie sich um die Einzelheiten."

Calvin Bailey fuhr zu einem persönlichen Gespräch mit Joe Roth zur Ranch hinaus. Bailey fand, daß sein Mitarbeiter müde und angegriffen aussah. Die Befragung eines Überläufers ist Schwerarbeit.

„Die Herren in Washington sind sehr zufrieden", lobte ihn Bailey. „Alles, was er sagt, bestätigt sich. Die Einsatzpläne für Sowjetarmee, Marine und Luftwaffe, die Angaben über Waffenbestände, Einsatzbereitschaft, das Debakel in Afghanistan – im Pentagon ist man entzückt. Sie haben gute Arbeit geleistet, Roth. Sehr gute sogar." Dann berichtete er Roth von der Andeutung, die der Direktor über die Neubesetzung der Stelle des Einsatzleiters gemacht hatte. „Wenn das durchgeht, Roth, wird noch ein Posten frei, nämlich meiner. Und bei dessen Besetzung habe ich ein gewichtiges Wörtchen mitzureden. Ich werde Sie empfehlen."

Roth zeigte sich dankbar, aber nicht übermäßig begeistert. Es war nicht nur Müdigkeit. Noch etwas anderes machte ihm zu schaffen.

„Gibt es Schwierigkeiten mit dem Russen?" erkundigte sich Bailey. „Braucht er weibliche Gesellschaft? So was läßt sich arrangieren."

„Nein, das hab ich ihm auch schon angeboten. Er hat bloß den Kopf geschüttelt. Wir toben uns gemeinsam aus. Das hilft. Laufen durch die Wälder, bis wir kaum noch stehen können. Ich bin noch nie so fit gewesen. Er ist älter als ich, aber besser in Form, und genau das macht mir Sorgen: Er hat keine Fehler, keine Schwächen. Er ist ein absoluter Profi."

„Deswegen ist er ja der Beste, den wir je hatten. Suchen Sie jetzt bloß kein Haar in der Suppe. Seien Sie dankbar –"

„Chef, da ist noch etwas. Er verheimlicht uns etwas."

Calvin Bailey blieb ruhig. „Aus den Lügendetektortests geht das aber nicht hervor."

„Stimmt. Deswegen weiß ich auch nicht, ob ich recht habe. Es ist nur so ein Gefühl. Irgend etwas verschweigt er."

Bailey beugte sich vor und sah Roth in die Augen. „Gibt es einen Anhaltspunkt für die Annahme, daß er trotz aller Tests unecht sein könnte? Daß er uns vom KGB untergeschoben wurde?"

Roth seufzte. „Ich glaube es nicht, aber ich bin mir nicht sicher. Meinem Gefühl nach bleibt ein Restzweifel – vielleicht zehn Prozent. Ich weiß nicht, warum."

„Dann finden Sie es raus, Roth!" Calvin Bailey brauchte gar nicht auszusprechen, was sich von selbst verstand: Wenn mit Oberst Orlow tatsächlich etwas nicht stimmte, waren mit großer Wahrscheinlichkeit zwei Karrieren innerhalb des CIA gefährdet.

Roth traf Orlow in dessen Quartier; der Russe lag auf einem Sofa und hörte seine Lieblingsmusik – die Popsänger der sechziger und frühen siebziger Jahre. Jedesmal, wenn Roth den Russen aufsuchte, erklangen Lieder von Simon & Garfunkel, von den Seekers oder von Elvis Presley aus dem Kassettenrecorder.

„Sollen wir noch ein bißchen reden?" fragte Orlow.

Roth verneinte. „Bevor ich mich aufs Ohr lege, wollte ich nur noch einmal nachsehen, ob alles in Ordnung ist. Es war ein langer Tag. Übrigens, wir fliegen demnächst nach England zurück. Unsere britischen Kollegen sollen auch Gelegenheit kriegen, sich mit Ihnen zu unterhalten."

Orlow runzelte die Stirn. „Ich habe mich bereit erklärt hierherzukommen, aber nur hierher!"

„Keine Sorge, Peter. Wir werden auf einem amerikanischen Luftwaffenstützpunkt untergebracht. Ich komme mit, um Sie vor den großen bösen Briten zu schützen."

Orlow schwieg; er lächelte nicht einmal über Roths Scherz.

„Na, wie steht's?" fragte Roth. „Gehen Sie auch ins Bett?"

„Ich bleib noch ein bißchen auf", meinte der Russe. „Lesen, Musik hören."

DAS LICHT in Orlows Zimmer brannte bis halb zwei. Als das Mordkommando des KGB zuschlug, war es ein paar Minuten vor drei.

Wie man Orlow hinterher sagte, hatten die Eindringlinge zwei Wachen am Zaun mit einer starken Armbrust erledigt und waren unbemerkt über den Rasen hinter dem Haus geschlichen und durch den Küchentrakt ins Haus gelangt.

Zuerst hörten Roth und Orlow im ersten Stock, wie unten im Erdgeschoß eine Salve aus einer Maschinenpistole abgefeuert wurde, und dann Fußgetrappel, das die Treppe heraufkam. Orlow, augenblicklich hellwach, sprang aus dem Bett und war in drei Sekunden an der Tür. Er riß sie auf und sah aus den Augenwinkeln, wie die Nachtwache, einer der Männer aus Quantico, zur Haupttreppe rannte. Ein Maskierter in einem hautengen schwarzen Anzug, der schon halb die Treppe heraufgeeilt war, feuerte kurz. Der Amerikaner wurde in die Brust getroffen.

Orlow schlug seine Tür zu und lief zum Schlafzimmer. Er erreichte es, als der Mann in Schwarz vom Gang her durch die Wohnungstür gestürmt kam. Ein Amerikaner verfolgte ihn. Kurz zuvor hatte Orlow noch beobachtet, wie der KGB-Killer sich umdrehte und auch dem Amerikaner hinter ihm eine Salve verpaßte. Dadurch hatte Orlow Zeit, den Riegel vorzuschieben.

Aber es war nur ein kurzer Aufschub. Sekunden später wurde das Schloß zerschossen, und die Tür flog auf. Der KGB-Mann warf seine leere Maschinenpistole weg und zog eine großkalibrige Makarowpistole aus dem Gürtel. Er richtete sie mit beiden Händen auf Orlows Gesicht und zischte: „*Predatel!* – Verräter!"

Auf dem Nachttisch stand ein schwerer Aschenbecher aus geschliffenem Glas. Mit einer letzten Geste der Auflehnung packte Orlow ihn und schleuderte ihn mit aller Kraft nach dem Kopf des Russen. Dabei schrie er zurück: „*Padlo!* – Mistkerl!"

Der Mann in Schwarz wich dem schweren Gegenstand aus. Das kostete ihn einen Sekundenbruchteil. In diesem Augenblick trat der Leiter des Sicherheitsdienstes von Quantico ins Wohnzimmer und feuerte zweimal mit seinem schweren Colt. Der Russe wurde nach vorne geschleudert, und das Blut aus seiner aufgerissenen Brust bespritzte Teppich und Bett.

Kroll, der Mann, der geschossen hatte, war bleich vor Wut und atemlos. „Alles in Ordnung?" fragte er.

Orlow nickte.

„Die waren zu zweit", keuchte der Amerikaner. „Da muß etwas schiefgelaufen sein. Zwei von meinen Männern wurden erschossen, womöglich draußen auch noch welche."

Joe Roth kam herein, im Schlafanzug. „Mein Gott, Peter, tut mir leid. Wir müssen hier weg, und zwar so schnell wie möglich."

Nur etwa dreißig Kilometer von der Ranch entfernt war ein Armeestützpunkt. Zwei Stunden später belegten Roth, Orlow und die übriggebliebenen Mitglieder des Quantico-Teams dort eine ganze Etage in einem Wohnblock. Noch ehe es wieder Abend wurde, waren sie in einen anderen geheimen Stützpunkt der CIA in Kentucky umgezogen, der noch besser gesichert war.

WÄHREND sich Roth und Orlow mit ihrer Begleitung auf dem Armeestützpunkt befanden, fuhr Calvin Bailey erneut zur Ranch hinaus. Er wollte einen vollständigen Bericht von dem „Russen“ mit der schwarzen Maske, der Orlow auf kürzeste Entfernung gegenübergestanden hatte.

Der junge Offizier der Spezialeinheit „Green Berets“ rieb sich das Handgelenk, das er sich im Fallen verletzt hatte. Er hatte sich das falsche Blut abgewaschen, den schwarzen Gymnastikanzug ausgezogen und das Geschirr abgenommen, das die winzigen Sprengladungen enthalten hatte, mit deren Hilfe er die blutgefüllten Beutel auf seiner Brust zum Platzen gebracht hatte.

„Was meinen Sie?“ fragte Bailey.

„Er ist echt“, sagte der Offizier, der Russisch sprach. „Es sei denn, er macht sich nichts aus dem Sterben. Und das bezweifle ich. Die meisten Menschen hängen am Leben.“

„Er hat also keinen Verdacht geschöpft?“ hakte Bailey nach.

„Nein, Sir. Ich hab's ihm angesehen. Er hat geglaubt, er muß sterben. Aber er hat sich bis zum letzten Moment gewehrt. Ein toller Bursche.“

„Ich glaube, ich kann Entwarnung geben“, sagte Bailey später am Telefon zu Roth. „Der Mann ist in Ordnung, jetzt ist es amtlich. Sehen Sie zu, daß er sich an einen Namen erinnert – unseren britischen Kollegen zuliebe. Sie und der Sänger fliegen nächsten Dienstag hinüber.“

ZWEI Tage lang ging Roth mit Orlow die Namen der eingeschleusten sowjetischen Agenten in Großbritannien durch. Als Experte für Mittel- und Südamerika hatte sich Orlow nie besonders um Großbritannien gekümmert. Am Ende des zweiten Tages fiel ihm dann doch etwas ein: ein Beamter im britischen Verteidigungsministerium. Das Geld, so hatte es geheißen, sei immer auf ein Konto des Mannes bei der Midland Bank in der Croydon High Street eingezahlt worden.

„Viel ist das ja nicht“, sagte der Mann vom Security Service (MI5), als man ihm die Neuigkeit überbrachte. Er saß im Büro von Timothy Edwards im Century House. „Vielleicht hat er bei der Bank einen falschen Namen angegeben. Aber wir gehen der Sache nach.“

Er fuhr zurück in die Curzon Street in Mayfair und ließ die Maschinerie anlaufen. Die Suche führte erstaunlich schnell zum Erfolg. Nur ein einziger Mitarbeiter des Verteidigungsministeriums hatte ein Konto bei der Midland Bank in der Croydon High Street. Die Unterlagen über die Konten wurden angefordert. Der Mann wohnte immer noch an der angegebenen Adresse und hatte ein Girokonto und ein Sparkonto. Im Laufe des Jahres waren insgesamt 20000 Pfund Sterling auf sein Sparkonto eingezahlt worden, ziemlich regelmäßig und immer in bar. Der Mann hieß Anthony Milton-Rice.

An der Besprechung in Whitehall an diesem Abend nahmen der Direktor und der stellvertretende Direktor von MI5 sowie der für die Special Branch (Staatsschutzabteilung) zuständige Kriminalrat der Großlondoner Polizei teil.

Geleitet wurde die Konferenz vom Vorsitzenden des Koordinierungsstabes der Geheimdienste. Er begann mit der Befragung. „Wer genau ist dieser Milton-Rice?"

Der stellvertretende Direktor von MI5 blickte auf seine Notizen. „Ein Beamter der mittleren Laufbahn beim Beschaffungsamt."

„Also eher in untergeordneter Position?"

„Ja, aber durchaus vertrauliche Arbeit. Waffensysteme, Zugang zu Bewertungen neuer Rüstungsprojekte."

„Der springende Punkt ist doch, daß wir sehr wenig gegen ihn in der Hand haben", entgegnete der Direktor. „Das reicht nicht für eine Verurteilung. Der Mann kann jederzeit behaupten, daß er bei Pferderennen wettet und auf diese Weise zu seinem Bargeld gekommen ist."

Der Kriminalrat nickte zustimmend. Ohne ein Geständnis würde es ihm kaum gelingen, die Staatsanwaltschaft zur Eröffnung eines Verfahrens zu bewegen.

„Wir möchten ihn zunächst beschatten", sagte der Geheimdienstdirektor. „Rund um die Uhr. Wenn er auch nur einmal mit den Russen Kontakt aufnimmt, ist er dran, mit oder ohne Geständnis."

Man wurde sich einig. Die „Aufpasser", das bewährte Agententeam von MI5, erhielten den Auftrag, Anthony Milton-Rice von dem Augenblick an, da er sich am nächsten Morgen dem Verteidigungsministerium näherte, jeden Tag rund um die Uhr zu überwachen.

ANTHONY MILTON-RICE hatte feste Gewohnheiten. An Werktagen verließ er sein Haus in Addiscombe pünktlich um zehn vor acht und ging zu Fuß einen Kilometer bis zum Bahnhof East Croydon. Er stieg jeden Tag in denselben Pendlerzug ein und fuhr nach London, wo er am Victoria-Bahnhof ausstieg. Mit dem Bus legte er die kurze Strecke zum Verteidigungsministerium am Parliament Square zurück.

Am Morgen nach der seinetwegen abgehaltenen Konferenz tat er genau dies. Er bemerkte die Gruppe von Halbstarken, die in Norwood einstiegen, erst, als sie in seinen Wagen gestürmt kamen. Frauen kreischten, und Männer schrien empört, als die Jugendlichen in einer Orgie der Gewalt, die als „Steaming" bezeichnet wird, durch den Waggon schwärmten, den Frauen Handtaschen und Schmuck entrissen, von Männern mit vorgehaltenem Messer die Herausgabe ihrer Brieftaschen verlangten und jeden bedrohten, der sich weigerte oder gar Widerstand leisten wollte.

Als der Zug in den nächsten Bahnhof einfuhr, sprangen die Schlägertypen hinaus, stoben in alle Richtungen auseinander und verschwanden. Zurück blieben hysterische Frauen, entnervte Männer und frustrierte Bahnpolizisten. Alles war viel zu schnell gegangen.

Es kam zu Verspätungen, weil die Bahnpolizei die Aussagen der Reisenden aufnahm. Als ein Polizist einen Fahrgast in einem hellgrauen Regenmantel, der in einer Ecke am Fenster lehnte und offenbar döste, leicht anstieß, sackte der Mann langsam nach vorne auf den Boden. Wieder ertönten Schreie in dem Abteil, als die Fahrgäste sahen, wie Blut aus einer Stilettwunde in der Herzgegend der zusammengesunkenen Gestalt hervorsickerte. Anthony Milton-Rice war tot.

IVANS CAFÉ – ein passender Ort für ein Treffen mit einem Russen – war in der Crondall Street in Shoreditch. Als McCready in das Lokal ging, ließ er sich an der Theke eine Tasse Tee geben und schlenderte dann langsam zu der Wand hinüber, an der nebeneinander zwei Tische standen. Memory saß an dem Tisch in der Ecke und las eifrig in einer Sportzeitung.

McCready entfaltete seinen *Evening Standard* und begann ebenfalls zu lesen. „Na, wie war der gute General Drosdow?" fragte er leise, so daß seine Worte im Zischen der Teemaschine untergingen.

„Liebenswürdig und rätselhaft", antwortete der Russe. „Ich fürchte, er hat uns auf den Zahn fühlen wollen. Bald weiß ich mehr, falls die K-Linie sich zu einem Besuch entschließt." Die K-Linie ist die interne Abteilung für Sicherheit des KGB.

„Kommt Ihnen der Name Anthony Milton-Rice bekannt vor?" fragte McCready. „Beamter im Verteidigungsministerium?"

„Nie gehört. Material hatte ich von ihm auch keines in der Hand."

„Jetzt ist der Mann jedenfalls tot. Wäre es denkbar, daß er vom Illegalendirektorat direkt von Moskau aus geführt wurde?"

„Falls er tatsächlich für den KGB gearbeitet hat, ist das die einzige Erklärung", murmelte der Russe. „Warum ist er gestorben?"

McCready seufzte. „Jemand hat ihn verraten. Bei uns. Und dann war er tot."

„Wer hat ihn denunziert?“ erkundigte sich Memory. Er rührte seinen Tee um.

„Oberst Pjotr Orlow“, sagte McCready leise.

„Ach“, murmelte Memory. „Da hab ich ja was für Sie: Pjotr Alexandrowitsch Orlow ist ein äußerst loyaler, pflichtbewußter KGB-Offizier. Als Überläufer ist er so echt wie ein Dreidollarschein. Er wurde als Desinformationsagent eingeschleust, und er ist gut vorbereitet – und ein ausgezeichneter Mann!“

3

TIMOTHY EDWARDS hörte sich McCreadys Bewertung aufmerksam an. „Und Sie glauben Memory? Ganz ohne Zweifel?“ fragte er ruhig.

McCready hatte diese Frage erwartet. Memory arbeitete zwar schon vier Jahre für die Briten, doch mußte man immer mit der Möglichkeit rechnen, daß der Mann ein Doppelagent, also in Wirklichkeit moskautreu war. „Vier Jahre lang ist sein Material anhand aller erdenklichen Kriterien getestet worden“, sagte McCready. „Es ist echt.“

„Mag sein“, räumte Edwards ein. „Unsere amerikanischen Kollegen werden natürlich genau das Gegenteil behaupten – daß unser Mann lügt und ihrer echt ist.“

„Ich bin nicht dafür, daß sie etwas über Memory erfahren“, erwiderte McCready. „Memory argwöhnt, daß Moskau allmählich Verdacht schöpft und nach undichten Stellen sucht. Im Augenblick wäre es äußerst gefährlich, den Kreis der Mitwisser zu vergrößern.“

Edwards traf eine Entscheidung. „Ich stimme Ihnen zu. Aber ich muß mit dem Chef darüber sprechen. Melden Sie sich wieder.“

Zur Mittagsstunde, in der Edwards mit dem Chef in der obersten Etage ein üppiges Mahl zu sich nahm, landete eine Militärmaschine vom Typ Grumman Gulfstream II auf dem US-Luftwaffenstützpunkt Alconbury.

Als Roth, Orlow, Kroll und ihre Begleiter aus der Grumman stiegen, wurden sie in ein einstöckiges Gebäude geführt, das etwas abseits von den anderen stand und über Unterkünfte, eine Küche, Konferenzräume und einen Raum mit Abhöreinrichtungen für die Befragung von Oberst Orlow verfügte. Roth erwirkte beim Kommandanten die Genehmigung für das britische Team, am nächsten Morgen den Fliegerhorst zu betreten.

Um drei klingelte bei McCready das Telefon; Edwards wollte ihn erneut sprechen. „Vorschlag angenommen“, begann Edwards. „Wir bleiben bei unserer Einschätzung, daß Memory die Wahrheit sagt und die Amerikaner einem Desinformationsagenten aufgesessen sind. Aber welchen Auftrag Orlow hier erfüllen soll, wissen wir noch nicht. Es hat im Augenblick den Anschein, daß er gutes Material liefert, und das macht es unwahrscheinlich, daß die US-Kollegen uns glauben werden. Wie also sollten wir Ihrer Meinung nach vorgehen?“

„Überlassen Sie die Sache mir“, meinte McCready. „Joe Roth ist für den Russen verantwortlich. Ich kenne ihn, er ist kein Dummkopf. Vielleicht kann ich Orlow hart anfassen und so bei unseren US-Kollegen leise Zweifel wecken. Vielleicht freunden sie sich mit dem Gedanken an, daß der Russe doch nicht hält, was er verspricht.“

„Also gut“, sagte Edwards. „Sie machen das.“

Es klang so, als sei das seine eigene Entscheidung; tatsächlich hatte der Chef beim Mittagessen vorgeschlagen, McCready solle sich um Orlow kümmern.

McCready brach am nächsten Morgen frühzeitig mit dem Auto nach Alconbury auf. Denis Gaunt saß am Steuer. Edwards hatte auf McCreadys Anforderung erreicht, daß Gaunt an der Befragung des Russen teilnehmen durfte. McCready saß während der Fahrt schweigend da und ging im Geist noch einmal durch, was Memory ihm gesagt hatte: Memory war in London vor Jahren am Rande in die Vorbereitung eines Täuschungsmanövers einbezogen worden, das jetzt mit Orlow endgültig verwirklicht werden sollte. Die Operation lief unter dem Tarnnamen „Projekt Potemkin“.

„Die Operation ist gegen den CIA gerichtet“, hatte Memory gesagt. Er wisse nicht, wen oder was der KGB genau aufs Korn nehmen wolle und was im einzelnen geplant sei. „Aber es sieht ganz so aus, als sei die Operation Potemkin jetzt definitiv angelaufen. Dafür werden Sie einen doppelten Beweis bekommen. Zum einen wird keine Information von Orlow sowjetische Interessen nachweisbar schädigen. Zum anderen werden Sie einen enormen Niedergang der Moral innerhalb des CIA erleben.“

Das letztere ist bislang jedenfalls noch nicht eingetreten, überlegte McCready. Seine amerikanischen Freunde waren zur Zeit obenauf, großenteils dank des Juwels, das ihnen in den Schoß gefallen war. Er beschloß, sich auf das andere Gebiet zu konzentrieren.

Am Haupttor des Fliegerhorstes fragte McCready nach Joe Roth. Nach ein paar Minuten fuhr Roth in einem Jeep der Air Force vor. „Schön, dich wiederzusehen, Sam.“

„Schön, daß du wieder da bist, Joe. War ja ein ziemlich ausgedehnter Urlaub."

„Tut mir leid. Ich hatte keine Wahl und keine Zeit für lange Erklärungen."

„Schon gut", sagte McCready leichthin, „eine Erklärung haben wir inzwischen ja bekommen. Die Wogen sind geglättet."

Sie fuhren mit dem Jeep über das Stützpunktgelände zu dem alleinstehenden Gebäude, in dem das CIA-Team untergebracht war. Ein einziger Korridor, von dem Türen in die verschiedenen Zimmer abgingen, verlief vom einen Ende zum anderen. Roth führte die Engländer in einen Raum in der Mitte des Gebäudes. Die Fenster waren zu, die Läden geschlossen; elektrische Lampen waren die einzigen Lichtquellen. In der Mitte standen Sessel in einer gemütlichen Sitzgruppe; an den Wänden waren Stühle und Tische aufgereiht.

Roth bestellte Kaffee. „Ich werde jetzt den Sänger holen", erklärte er dann.

Als Roth gegangen war, bedeutete McCready Gaunt mit einem Nicken, daß er sich an einen der Tische an der Wand setzen solle. Das hieß: Halte die Augen offen, und laß dir nichts entgehen. Aus dem Korridor hörte McCready die eingängige Melodie von *Bridge Over Troubled Water.* Die Musik brach ab. Dann erschien Roth wieder. Vor ihm betrat ein untersetzter, energisch wirkender Mann in Turnschuhen, Hosen und Polohemd den Raum.

„Sam, ich möchte dir Pjotr Orlow vorstellen. Peter, das ist Sam McCready."

Der Russe musterte McCready mit ausdruckslosem Blick. Er hatte schon von ihm gehört. Den meisten ranghohen Mitarbeitern des KGB war der Name Sam McCready inzwischen bekannt. Aber er ließ sich nichts anmerken.

McCready ging mit ausgestreckter Hand auf ihn zu. „Mein lieber Oberst Orlow. Es freut mich sehr, Sie kennenzulernen." Er schenkte dem Russen ein gewinnendes Lächeln.

Der Kaffee wurde serviert, und sie setzten sich, McCready Orlow gegenüber, Roth etwas seitlich. McCready begann auf die sanfte Tour, und Orlow antwortete unbefangen und ohne zu stocken. Als eine Stunde vergangen war, wurde McCready immer ungeduldiger – so schien es zumindest.

„Das ist alles ganz phantastisches Material", sagte er. „Aber Sie haben uns jetzt immer nur Decknamen genannt. Da sitzt irgendwo im Außenministerium ein Agent namens ‚Wachtel' und bei der Marine einer, der ‚Specht' heißt. Nichts kann zu einer Enttarnung oder einer Verhaftung führen."

„Mr. McCready, wie ich schon mehrmals erklärt habe, war mein Gebiet beim Illegalendirektorat Mittel- und Südamerika. Ich hatte keinen Zugang zu den Akten von Agenten in Großbritannien oder in den USA."

„Ja, natürlich", erwiderte McCready. „Aber ich hatte eigentlich mehr an Ihre Zeit in der Operationsplanung gedacht. Nach unseren Vorstellungen bedeutet das die Ausarbeitung von Tarngeschichten, Legenden für Leute, die irgendwo eingeschleust werden sollen oder die gerade erst angeworben wurden. Außerdem Systeme für die Kontaktaufnahme, die Weitergabe von Informationen – die Entlohnung von Agenten. Dazu gehören die Banken, über die die Zahlungen laufen, die überwiesenen Beträge. Das alles haben Sie offenbar . . . vergessen."

„In der Operationsplanung war ich vor acht Jahren. Kontonummern haben acht Ziffern, so etwas kann man sich nicht merken." Orlows Stimme hatte einen gereizten Unterton. Er war in seiner Ehre gekränkt.

„Aber doch wenigstens eine Zahl", murmelte McCready vor sich hin, als ob er laut dächte. „Oder auch nur eine Bank."

Roth beugte sich vor. „Worauf willst du hinaus, Sam?"

„Ich versuche lediglich festzustellen, ob etwas, was ihr oder wir in den letzten sechs Wochen von Oberst Orlow erfahren haben, sowjetische Interessen wirklich spürbar und unwiderruflich schädigen wird."

„Was soll das heißen?" Orlow war wütend aufgesprungen.

Auch Roth hielt es nicht mehr auf seinem Stuhl. „Sam, kann ich dich mal sprechen? Unter vier Augen. Draußen."

Roth ging zur Tür. McCready stand auf und folgte ihm.

Der Amerikaner blieb erst auf der Wiese vor dem Gebäude stehen. „Sam, kannst du mir mal sagen, was das soll?"

McCready zuckte die Achseln. „Ich versuche nur festzustellen, ob man Orlow trauen kann", sagte er. „Deswegen bin ich ja hier."

„Damit das ein für allemal klar ist", entgegnete Roth mit gepreßter Stimme, „du bist *nicht* hier, um festzustellen, ob man dem Sänger trauen kann. Das ist längst geschehen. Bei uns. Du bist hier dank einer Gefälligkeit des CIA-Direktors, der euch euren Anteil an dem russischen Material zukommen lassen will. Das ist alles."

„Und was ist dieses Material deiner Meinung nach tatsächlich wert, Joe?"

„Sehr viel. Militärische Einsatzpläne der Sowjets, Waffensysteme, Planzahlen –“

„Alles Dinge, die man ändern kann“, murmelte Sam, „ganz schnell und mühelos.“ Er konnte nicht sagen, was Memory ihm in dem Café mitgeteilt hatte, aber er hörte doch dessen leise Stimme neben sich: *McCready, dieser neue Mann in Moskau, Gorbatschow – ihr wißt vorerst noch wenig über ihn. Aber ich kenne ihn. Diese „Perestroika“, von der er spricht, weißt du, was das bedeuten wird, mein Freund? In zwei Jahren, 1988 oder vielleicht 1989, werden diese militärischen Details allesamt unwichtig sein. Alles, was dieser Orlow den Amerikanern erzählt, taugt dann nur noch fürs Archiv. Aber wenn er uns jetzt die „Große Lüge“ auftischt, wird alles anders sein. Für ein ganzes Jahrzehnt, mein Freund. Warten Sie auf die „Große Lüge“!*

„Und was ist mit den Agentennetzen in Südamerika?“ wandte Roth ein. „Die haben -zig Sowjetagenten hochgenommen.“

„Alles vor Ort angeworbene Hilfskräfte“, erwiderte McCready. „Nicht ein gebürtiger Russe dabei. Ausgediente Organisationen, aufmüpfige Agenten, billige Informanten. Entbehrlich.“

Roth starrte ihn fassungslos an. „Du glaubst, er ist nicht echt? Ein Doppelagent? Wie kommst du dazu, Sam? Hast du eine Quelle, einen Informanten, den wir nicht kennen?“

„Nein“, entgegnete McCready brüsk. Es widerstrebte ihm, Roth zu belügen, aber er hatte seine Befehle. „Ich will ihn nur in die Enge treiben. Ich habe den Eindruck, er verschweigt uns etwas. Du bist doch nicht auf den Kopf gefallen, Joe. Ich bin überzeugt, du hast im tiefsten Herzen denselben Eindruck.“

Das saß. Roth nickte.

„Also gut. Machen wir ihm die Hölle heiß. Schließlich ist er hier nicht in der Sommerfrische. Und er ist ein zäher Bursche. Komm, gehen wir wieder hinein.“

Sie machten um Viertel vor zwölf weiter. McCready kam auf die Frage nach sowjetischen Agenten in Großbritannien zurück.

„Einen haben Sie schon von mir bekommen“, sagte Orlow. „Falls Sie ihn finden. Der ein Konto in Croydon hatte, bei der Midland Bank.“

„Wir haben ihn nicht ausfindig gemacht“, erwiderte McCready sachlich. „Er heißt – oder, besser gesagt, hieß Anthony Milton-Rice.“

„Wieso *hieß?*“ erkundigte sich Roth.

„Er ist gestern früh gestorben“, erklärte McCready. „Liquidiert, genau eine Stunde bevor wir unsere Beschatter auf ihn ansetzen konnten.“

Es herrschte betretenes Schweigen. Dann stürmte Roth in äußerster Erregung erneut hinaus, und McCready folgte ihm. Kurz darauf standen sie wieder draußen vor dem Gebäude.

„Verdammt noch mal, Sam, was spielst du hier eigentlich für ein Spiel?" brüllte er. „Das hättest du mir doch sagen können!"

„Ich wollte Orlows Reaktion sehen. Ich dachte, falls ich dich einweihe, wirst du es ihm verraten. Hast du seine Reaktion bemerkt?"

„Nein, ich habe dich angesehen."

„Er hat überhaupt nicht reagiert", sagte McCready. „Ich hätte erwartet, er würde ziemlich verblüfft sein, vielleicht sogar besorgt. Wann hat Orlow den Spion in unserem Verteidigungsministerium erwähnt?"

Roth sagte es ihm.

McCready überlegte. „Fünf Tage bevor wir es erfahren haben. Also Zeit genug –"

„Moment mal!" unterbrach ihn Roth.

„Es gibt drei Möglichkeiten", fuhr McCready unbeirrt fort. „Entweder es war ein bemerkenswerter Zufall. Oder bei euch gab es eine undichte Stelle. Oder aber es war ein abgekartetes Spiel. Ich meine, der Mord war für eine bestimmte Zeit an einem bestimmten Tag geplant. Kurz vor diesem Zeitpunkt fällt Orlow plötzlich der Mann wieder ein. Bevor die guten Jungs mitmischen können, ist der denunzierte Agent tot."

„Ich glaube nicht, daß wir im CIA eine undichte Stelle haben", erwiderte Roth trotzig. „Und ich glaube auch nicht, daß Orlow eingeschleust worden ist."

„Warum sagt er dann nicht, was er weiß? Komm, gehen wir wieder zu ihm."

Als sie zurückkamen, änderte McCready seinen Tonfall und gab sich erneut ganz sanft. „Oberst Orlow, Sie sind ein Fremder in einem fremden Land. Sie machen sich Sorgen über Ihre Zukunft. Deswegen wollen Sie bestimmte Sachen noch für sich behalten. Gewissermaßen als Sicherheit. Das verstehen wir. Doch ist man inzwischen beim CIA so von Ihnen überzeugt, daß solche Vorsicht überflüssig ist. Deshalb noch mal die Frage: Können Sie uns weitere echte Namen anbieten?"

Es war mucksmäuschenstill in dem Raum. Endlich nickte Orlow. Alle atmeten erleichtert auf.

„Remjanz", sagte Pjotr Orlow, „Gennadi Remjanz."

Roth war die Empörung ins Gesicht geschrieben. „Wir kennen diesen Remjanz." Er sah McCready an. „Repräsentant der Aeroflot in

Washington. Das ist seine Tarnung. Das FBI hat ihn vor zwei Jahren hochgenommen und umgedreht. Seitdem arbeitet er für uns."

Orlow schaute auf und verneinte. „Da irren Sie sich. Remjanz ist kein Doppelagent. Seine Enttarnung wurde von Moskau arrangiert. Remjanz ist KGB-Major im Illegalendirektorat und leitet vier verschiedene sowjetische Agentennetze in den USA."

Roth stieß einen leisen Pfiff aus. „Wenn das stimmt, ist es eine Sensation. *Wenn* es stimmt! Leute, ich muß nach London und mich mit Langley in Verbindung setzen."

Joe Roth bekam seine Direktverbindung mit Calvin Bailey um zwanzig Uhr Londoner Zeit, fünfzehn Uhr in Washington. Sie unterhielten sich ganz normal miteinander, doch ihre Worte klangen blechern, weil alles, was sie sagten, zur sicheren Übertragung über den Atlantik verschlüsselt und am anderen Ende wieder entschlüsselt wurde. „Sam McCready glaubt, der Sänger sei ein Schwindler, ein eingeschleuster Agent", begann Roth.

„So ein Schwachsinn! Der Sänger hat phantastisches Material geliefert. Was gefällt McCready daran nicht?"

„Wir haben zwei Gebiete behandelt. Über das militärische Material des Russen hat er gesagt, die können das in Moskau alles ändern, falls sie wissen, was der Sänger uns verraten hat."

„Und was hat McCready noch auszusetzen?"

„Er meint, die sowjetischen Agentennetze, die in Mittel- und Südamerika zerschlagen wurden, hätten ohnehin ausgedient."

„Hören Sie zu, Roth: Der Sänger hat ein Dutzend Spionagenetze auffliegen lassen, die Moskau in vier Ländern unterhielt. Er hat die Arbeit des KGB von Jahren da unten zunichte gemacht. McCready ist auf dem falschen Dampfer."

„Eins hat mir aber doch zu denken gegeben, Chef. Was sowjetische Agenten in Großbritannien angeht, hat der Sänger den Briten bis jetzt nur Decknamen geliefert. Nichts, womit sich auch nur ein einziger russischer Agent hier enttarnen ließe. Bis auf einen. Und der ist tot. Sie haben davon gehört?"

„Ja, sicher. Zu dumm. Ein unglücklicher Zufall."

„McCready glaubt nicht an einen Zufall. Er glaubt, unser Mann arbeitet direkt für die Zentrale in Moskau."

„Hat er dafür Beweise?"

„Nein. Ich habe ihn gefragt, ob er einen Agenten in Moskau hat, der den Sänger beschuldigt hätte. Das hat McCready verneint, aber ich denke, er hat einen Gewährsmann, und der lügt."

„Wenn sie tatsächlich einen Agenten in Moskau haben, lügt er wirklich", entgegnete Bailey. „Natürlich würde dann Moskau die Briten wissen lassen, daß unser vermeintlicher Überläufer ein Windei ist. Und die Briten würden drauf reinfallen, weil sie sauer wären, daß sie den Sänger nicht selbst bekommen haben."

„Einen Pluspunkt hat McCready allerdings verbucht", sagte Joe Roth. „Es ist ihm tatsächlich gelungen, dem Russen noch einen Namen aus der Nase zu ziehen: Gennadi Remjanz." Roth berichtete nun, daß nach Orlows Worten Remjanz in Wahrheit für Moskau arbeite. Zur Klärung dieser Frage solle man Remjanz auffliegen lassen.

Bailey schwieg. „Vielleicht ist was dran", meinte er schließlich. „Wir überlegen es uns. Ich spreche mit dem Einsatzleiter und dem FBI. Halten Sie unterdessen McCready vom Sänger fern. Gönnen Sie beiden eine Pause."

JOE ROTH lud McCready telefonisch für den nächsten Morgen zum Frühstück ein, zu sich in die Wohnung. „Wie wär's mit Orangensaft, Eiern, Waffeln und Kaffee?" fragte er.

McCready lachte am anderen Ende. „Für mich nur Orangensaft und Kaffee."

Als er kam, stand Roth in der Küche und demonstrierte stolz sein Talent für die Zubereitung von Eiern mit Speck. McCready wurde schwach und nahm auch etwas davon.

„Sam, ich wollte, du würdest deine Meinung über den Sänger revidieren", meinte Roth beim Kaffee. „Ich hab gestern abend mit Calvin Bailey telefoniert. Er ist ziemlich verärgert. Wo wir uns doch euch gegenüber so großzügig gezeigt haben. Wir glauben, daß euer Mann lügt – der, den es gar nicht gibt. Orlow hat schließlich drei Lügendetektortests bestanden. Das ist Beweis genug."

Statt einer Antwort zog McCready einen Zettel aus der Brusttasche und schob ihn Roth hin. Der Text lautete:

> Wir mußten leider feststellen, daß es Ostblock-Überläufer gibt, die gegen den Lügendetektor gefeit sind . . . In jenem Teil der Welt gibt es einzelne Personen, die über bestimmte Dinge ihr Leben lang die Unwahrheit gesagt haben und deshalb zu so gewandten Lügnern geworden sind, daß sie einen Test mit dem Lügendetektor bestehen.

Roth schnaubte verächtlich und schob den Zettel über den Tisch zurück. „Das kann nur ein Wissenschaftler geschrieben haben, der nie in Langley war."

„Im Gegenteil", antwortete McCready fast mitleidig, „das hat kein Geringerer als Richard Helms gesagt, und zwar vor zwei Jahren."

Richard Helms war Direktor des CIA gewesen, einer der ganz Großen im Geheimdienstwesen. Roth machte eine betretene Miene.

„Joe, die in Moskau wünschen sich von jeher sehnlichst, daß sich Briten und Amerikaner eines Tages an die Gurgel gehen. Im Augenblick sind wir auf dem besten Weg dazu, und dabei ist Orlow erst seit achtundzwanzig Stunden im Land. Denk mal drüber nach."

IN WASHINGTON hatten sich der CIA-Direktor und das FBI darauf geeinigt, daß die einzige Möglichkeit, Orlows Aussage über Remjanz zu überprüfen, darin bestand, den Russen hochzunehmen. Die Festnahme sollte noch am Abend desselben Tages stattfinden, sobald Remjanz das Aeroflotbüro in der Washingtoner Innenstadt verlassen hatte, voraussichtlich gegen siebzehn Uhr.

Der Russe kam aus dem Gebäude, ging die Straße entlang, ohne die sechs bewaffneten FBI-Agenten zu bemerken, die seine Verfolgung aufnahmen, als er auf dem Weg zum Parkplatz durch eine kleine Grünanlage ging. Die Grünanlage bestand aus zertrampelten, mit Abfall übersäten Rasenflächen und ein paar Bänken.

Die Agenten wollten den Russen beim Einsteigen in sein Auto verhaften. Es sollte eine schnelle, unauffällige Aktion werden. Niemand würde etwas bemerken. Auf einer der Bänke saßen ein Schwarzer und ein Kubaner, die gerade ein Rauschgiftgeschäft aushandelten. Beide Dealer hatten ihre Banden als Begleitschutz mitgebracht.

Die Schießerei begann, als der Kubaner einen Wutschrei ausstieß, aufsprang und ein Messer zum Vorschein brachte. Einer der Leibwächter des Schwarzen zog eine Pistole und schoß ihn nieder. Mindestens acht weitere Mitglieder der beiden Banden griffen daraufhin zu ihren Waffen und feuerten auf ihre Gegner. Die FBI-Agenten ließen sich auf den Boden fallen, rollten zur Seite und zogen ihre Waffen.

Remjanz wurde von einer Kugel in den Hinterkopf getroffen und schlug der Länge nach hin. Sein Mörder wurde sofort von einem FBI-Agenten erledigt. Die zwei Banden, die Schwarzen und die Kubaner, stoben in verschiedene Richtungen auseinander. Die ganze Schießerei hatte lediglich sieben Sekunden gedauert, aber zwei Todesopfer gefordert, einen Kubaner und den Russen, der in die Schußlinie geraten war.

Der Kubaner wurde später als Gonzalo Appio identifiziert; seine Fingerabdrücke waren beim FBI erfaßt. Er wurde als Drogenhändler und Profikiller geführt, und das FBI hegte den Verdacht, daß er in Wirklichkeit als Killer für die DGI gearbeitet habe, die vom KGB beherrschte Geheimpolizei Kubas.

Das FBI gab die Akte an Langley weiter, wo sie tiefe Besorgnis auslöste. Der Einsatzleiter, Frank Wright, nahm über Baileys Kopf hinweg direkt Kontakt mit Roth in London auf.

„Wir müssen es unbedingt wissen, Roth. Sobald wie möglich. Wenn an den britischen Vorbehalten gegenüber dem Sänger was dran ist, müssen wir das wissen. Ab jetzt wird ohne Bandagen gearbeitet: Lügendetektor, keine Rücksicht auf Verluste. Fahren Sie hin, Roth, und stellen Sie fest, warum immer wieder was schiefläuft."

OBERST PJOTR ORLOW spürte, daß ihm die Leute in seiner Umgebung anders begegneten, kaum daß Roth wieder in Alconbury eingetroffen war. Binnen zehn Minuten hatte sich die heitere Vertraulichkeit verflüchtigt. Die CIA-Mitarbeiter in dem Gebäude taten auf einmal förmlich und abweisend. Orlow wartete geduldig.

Als sich Roth im Befragungsraum Orlow gegenübersetzte, rollten zwei Ordonnanzen ein Gerät in den Raum. Orlow kannte es schon. Der Lügendetektor.

„Irgendwas faul, Joe?" fragte er leise.

„Ja, und wie!" In knappen Worten berichtete Roth dem Russen von dem Fiasko in Washington. In Orlows Augen blitzte etwas auf. Angst? Schlechtes Gewissen? Das Gerät würde es feststellen.

Orlow erhob keine Einwände, als die Techniker die Elektroden anbrachten. Roth begann mit einfachen Fragen über Orlows Werdegang, die der Feststellung einer „Normalreaktion" dienten, und die feine Nadel des Zeichengeräts glitt in sanften Hebungen und Senkungen langsam über das Papier, das von einer Rolle ablief. Dann ging Roth zu härteren Fragen über. „Sind Sie ein Doppelagent, der für den KGB arbeitet?"

„Nein."

Die Nadel pendelte weiter langsam auf und ab.

„Sind die Informationen, die Sie uns geliefert haben, wahr?"

„Ja."

„Gibt es eine wichtige Information, die Sie uns bisher vorenthalten haben?"

Er schwieg und umklammerte die Armlehnen des Sessels. „Nein."

Die Nadel schlug mehrmals heftig nach oben und unten aus.

„Tut mir leid, Peter, aber das war eine Lüge."

Es wurde still im Raum. Der Russe hatte die Augen niedergeschlagen. Schließlich schaute er auf. „Joe, mein Freund, kann ich mit Ihnen sprechen? Unter vier Augen?"

Roth nickte. „Nun?" fragte er, als sie allein und alle Geräte abgeschaltet waren.

Der Russe stieß einen langen Seufzer aus. „Joe, haben Sie sich jemals gefragt, warum ich so und nicht anders übergelaufen bin? So Hals über Kopf? Daß Sie keine Möglichkeit hatten, sich mit Washington abzustimmen?"

„Natürlich. Und ich war, offen gesagt, nie ganz mit Ihren Erklärungen zufrieden. Warum sind Sie auf diese Art übergelaufen?"

„Weil ich nicht wie Wolkow enden wollte."

Roth saß da, als hätte er einen Schlag in die Magengrube bekommen. Jeder in der „Branche" kannte den Fall Wolkow, der mit einem Desaster geendet hatte. Anfang September 1945 erschien Konstantin Wolkow, der sowjetische Vizekonsul in Istanbul, im britischen Generalkonsulat und erzählte einem fassungslosen Diplomaten, er sei in Wirklichkeit der stellvertretende KGB-Chef in der Türkei und wolle überlaufen. Er erbot sich, 314 sowjetische Agenten in der Türkei und 250 in Großbritannien zu verraten. Seine sensationellste Behauptung war jedoch, daß zwei britische Diplomaten im Foreign Office sowie ein weiterer hoher Beamter im britischen Secret Intelligence Service für die Sowjetunion arbeiteten.

Die Nachricht wurde nach London übermittelt, während Wolkow in sein Konsulat zurückkehrte. In London wurde die Angelegenheit dem Leiter der UdSSR-Abteilung übergeben, der nach Istanbul flog. Dort wurde Wolkow zum letztenmal lebend gesehen – eine Gestalt mit Verbänden am ganzen Körper, die hastig an Bord eines sowjetischen Transportflugzeugs geschafft und ausgeflogen wurde. Wolkow starb in Moskau, nachdem er im Lubjanka-Gefängnis fürchterlich gefoltert worden war. Der britische Leiter der UdSSR-Abteilung kam zu spät. Kein Wunder, denn er hatte von London aus Moskau informiert. Sein Name war Kim Philby. Er war ebenjener sowjetische Spion, der durch Wolkows Aussage enttarnt worden wäre.

„Was wollen Sie damit sagen, Peter?"

„Ich mußte so rüberkommen, weil ich wußte, daß ich Ihnen trauen konnte. Sie waren nicht ranghoch genug."

„Nicht ranghoch genug wofür?"

„Nicht ranghoch genug, um *er* zu sein." Der Russe sprach langsam und deutlich, als befreite er sich von einer Last, die ihm schon lange auf der Seele gelegen hatte. „Seit siebzehn Jahren hat der KGB einen Mann im CIA. Ich glaube, er ist inzwischen sehr hoch aufgestiegen."

4

WENN Orlows Behauptung stimmte, konnte allein die dadurch ausgelöste Hexenjagd den US-Geheimdienst in eine schwere Krise stürzen. Die Schadensermittlung würde Jahre dauern, ebenso die Umstellung von Tausenden von Agenten, Codes und Informationsnetzen. An wen, zum Henker, kann ich mich wenden? Mit dieser Frage schlug sich Roth herum, während er sich in dieser Nacht auf dem Bett wälzte.

Kurz vor Tagesanbruch rang er sich zu einem Entschluß durch, stand auf, zog sich an und packte eine Reisetasche. Bevor er ging, schaute er noch bei Orlow vorbei, der fest schlief. „Passen Sie gut auf ihn auf!" befahl er Kroll. „Keiner darf zu ihm hinein. Keiner darf raus. Dieser Mann ist jetzt unermeßlich wertvoll geworden."

Roth fuhr nach London, mied die Botschaft, ging in seine Wohnung und steckte sich einen Paß ein, der auf einen falschen Namen ausgestellt war. Er buchte einen Platz in der Maschine einer privaten britischen Fluggesellschaft nach Boston und erreichte auf dem Logan Airport einen Anschlußflug nach Washington. Es wurde schon dunkel, als er mit seinem Mietwagen Georgetown erreichte, das Auto abstellte und zu Fuß stadtauswärts ging, bis er in die unmittelbare Nähe der Georgetown University kam.

Das Einfamilienhaus, zu dem er wollte, war ein schönes Backsteingebäude, das sich von den Nachbarhäusern nur durch umfangreiche Sicherheitsvorrichtungen unterschied. Am Haupteingang zückte er seinen CIA-Ausweis und bat um eine Unterredung mit dem Mann, dem sein Besuch galt. Wenige Minuten später wurde er in eine holzgetäfelte Bibliothek geführt, in der es nach ledergebundenen Büchern und ganz leicht nach Zigarrenrauch roch. Er setzte sich und wartete. Dann ging die Tür auf, und der Direktor des CIA trat ein.

Der CIA-Chef war über siebzig, ein ungewöhnlich hohes Alter für diese Position, aber er war auch ein ungewöhnlicher Mann. Er hatte im Zweiten Weltkrieg beim OSS gedient und Agenten ins von den Nazis besetzte Frankreich und in die Niederlande eingeschleust. In Langley galt er als „zäher alter Hund". Er förderte talentierte und intelligente Mitarbeiter, stellte jedoch Loyalität über alles. Für Verräter hatte er nur abgrundtiefe Verachtung übrig.

Er hörte Roths Bericht aufmerksam an und ließ sich nicht anmerken, was er empfand, abgesehen von einem leichten Zucken seiner Kiefermuskeln. „Sie sind geradewegs hierhergekommen?" fragte er, als Roth geendet hatte. „Haben mit niemand anderem gesprochen?"

Roth schilderte, wie er sich sozusagen durch die Hintertür in seine Heimat eingeschlichen hatte.

Der alte Mann nickte. Er erhob sich und ging zu einem antiken Tischchen, wo er sich aus einer Karaffe ein Glas Brandy eingoß. Roth klopfte er aufmunternd auf die Schulter. „Gut gemacht, mein Junge", sagte er. „Siebzehn Jahre, sagen Sie?"

„Laut Orlow. Alle meine Vorgesetzten, bis hinauf zu Frank Wright, sind schon so lange beim CIA. Ich wußte einfach nicht, an wen ich mich sonst wenden sollte."

„Das glaube ich Ihnen." Der CIA-Direktor ließ sich wieder in seinem Sessel nieder und hing seinen Gedanken nach. „Frank ist zweifellos absolut loyal", erklärte er dann, „aber er ist schon fünfundzwanzig Jahre dabei. Er hat einen hochintelligenten jungen Mann als Stellvertreter. Ehemaliger Anwalt. Ich glaube nicht, daß der schon länger als fünfzehn Jahre bei uns ist."

Der CIA-Chef ließ einen Assistenten kommen und trug ihm mehrere Anrufe auf. Es bestätigte sich, daß Max Kellogg, der stellvertretende Leiter des OSS, einundvierzig war und vor fünfzehn Jahren kurz nach Abschluß seines Jurastudiums beim CIA angefangen hatte. Er wurde aus seinem Haus in Alexandria herbeizitiert und traf kurz nach Mitternacht ein, sichtlich aufgeregt und besorgt.

„Sagen Sie's ihm", forderte der CIA-Direktor Roth auf, der seinen Bericht wiederholte. Kellogg hörte sich alles an, ohne mit der Wimper zu zucken; er ließ sich nichts entgehen, stellte zwei ergänzende Fragen, machte sich keine Notizen.

„Ich habe entschieden, daß der Sänger in Alconbury bleibt", meinte der CIA-Chef. „Er ist dort wahrscheinlich genauso sicher wie hier, eher noch sicherer." Er sah auf die Uhr. „Sie beide fliegen morgen früh – heute früh mit einer Sondermaschine direkt nach Alconbury. Sie haben völlig freie Hand. Ich will möglichst bald zwei Dinge wissen: Stimmt die Behauptung des Russen, und wenn ja, wer ist der Maulwurf? Berichten Sie direkt an mich. Von jetzt an arbeiten Sie beide für mich, nur für mich."

ROTH und Kellogg versuchten, in der Militärmaschine, die sie vom Stützpunkt Andrews nach Alconbury brachte, ein bißchen zu schlafen. Müde kamen sie in England an; sie machten sich nur notdürftig frisch und gingen dann gleich in Oberst Orlows Zimmer. Beim Eintreten hörte Roth die vertraute Stimme Art Garfunkels vom Kassettenrecorder.

Orlow war durchaus entgegenkommend. Er hatte sich offenbar damit abgefunden, daß er jetzt das letzte kostbare Faustpfand aus der Hand gegeben hatte. Die Mitgift hatte er ganz eingebracht. Blieb nun noch die Frage, ob sich die Freier damit zufriedengeben würden.

„Seinen Namen habe ich nie erfahren", erklärte er im Befragungsraum. „Er wurde immer nur als ‚Sperber' bezeichnet und von General Drosdow persönlich geführt."

„Wo und wann wurde er angeworben?"

„In Vietnam, 68 oder 69. Ich war damals im Planungsstab, und wir hatten dort unten eine große Operation laufen, hauptsächlich in und um Saigon. Die im Land angeworbenen Agenten waren natürlich Vietnamesen, Vietcong. Aber wir hatten auch eigene Leute. Einer von ihnen berichtete einmal, die Vietcong hätten ihm einen Amerikaner gebracht, der unzufrieden sei. Unser örtlicher Resident nahm sich des Mannes an und drehte ihn um. Ende 1969 flog General Drosdow persönlich nach Tokio, um mit ihm zu sprechen."

„Woher wissen Sie das?"

„Es mußten Arrangements getroffen, Kommunikationswege aufgebaut, Gelder transferiert werden. Dafür war ich zuständig."

Sie sprachen eine Woche lang. Orlow erinnerte sich an Banken, bei denen im Laufe der Jahre die Beträge eingezahlt worden waren – oft wußte er sogar noch, in welchem Monat die Überweisungen stattgefunden hatten. Die Beträge waren im Lauf der Jahre immer höher geworden, wahrscheinlich weil der Agent befördert worden war und besseres Material geliefert hatte.

Max Kellogg notierte sich alles und hörte nachts immer noch einmal die Bänder ab.

„Es kann nur eine CIA-Laufbahn geben, auf die alle diese Behauptungen zutreffen", sagte er schließlich zu Roth. „Ich weiß nicht, wer der Mann ist, aber die Unterlagen werden es erweisen. Jetzt müssen jede Menge Gegenproben gemacht werden. Weil ich das nur in Washington im Zentralarchiv erledigen kann, muß ich zurück."

Er flog am nächsten Tag in die USA, traf sich mit dem CIA-Direktor und schloß sich dann mit den Unterlagen ein. Trotz der strikten

Geheimhaltung kehrte in Langley Unruhe ein. Offenbar war eine Haupt- und Staatsaktion im Gange, und sie hatte etwas mit inneren Angelegenheiten zu tun. Allgemeine Verunsicherung machte sich breit.

In Golders Hill am Nordrand von London gibt es einen kleinen Park mit einem Gehege, in dem Hirsche, Ziegen, Fasane und Enten gehalten werden. McCready traf sich dort mit Memory an dem Tag, an dem Max Kellogg nach Washington zurückflog.

„Die Dinge stehen nicht gut in der Botschaft", begann Memory, der an einem Teich Enten fütterte. „Die K-Linie hat Akten über Ereignisse angefordert, die Jahre zurückliegen. Ich habe den Eindruck, daß eine Sicherheitsüberprüfung eingeleitet wurde."

„Können wir Ihnen helfen?"

„Es könnte nicht schaden, wenn ich Moskau etwas Brauchbares anzubieten hätte, beispielsweise eine echte Neuigkeit über Orlow."

Für Überläufer wie Memory ist es wichtig, daß seine „neuen Herren" ihm echtes Material überlassen, das er dann nach Hause schicken kann, um zu beweisen, was für ein guter Agent er ist. Man vereinbarte, daß Memory zwei Tage später die Kopie einer Aktennotiz in Denis Gaunts Handschrift erhalten sollte, in der stand, daß Orlow jetzt in Alconbury versteckt gehalten werde und die Amerikaner inzwischen jedes seiner Worte für bare Münze nähmen – und die Briten nicht minder.

„Wie läuft's denn mit Orlow?" erkundigte sich Memory.

„Wir hören und sehen nichts mehr von ihm", erwiderte McCready. „Ich durfte mich einen halben Tag lang mit ihm unterhalten, aber das hat zu nichts geführt. Ich glaube, ich habe Joe Roth ein bißchen verunsichert. Er ist nach Alconbury zurückgefahren, hat erneut mit Orlow gesprochen und ist dann Hals über Kopf mit einem falschen Paß in die Staaten geflogen. Dachte, wir hätten nichts davon gemerkt. Ist noch nicht wiederaufgetaucht, jedenfalls nicht auf einem normalen Flughafen. Kann sein, daß er mit einer Militärmaschine direkt nach Alconbury geflogen ist."

Memory hörte auf, den Enten Brotkrumen hinzuwerfen, und wandte sich McCready zu. „Haben die Amerikaner Sie zu weiteren Gesprächen mit Orlow eingeladen?"

„Nein. Totale Funkstille, seit einer Woche."

„Dann hat er inzwischen die *Große Lüge* losgelassen, wegen der er herübergekommen ist. Deswegen ist der CIA so mit sich selber beschäftigt."

„Haben Sie 'ne Ahnung, was das sein könnte?"

Memory seufzte. „Es gibt zwei Dinge, die sich der KGB schon immer sehnlichst gewünscht hat. Das ist zum einen die Vorstellung, daß sich die britischen und die amerikanischen Geheimdienste in die Haare geraten könnten. Gibt es dafür schon Anzeichen?"

„Nein, die US-Kollegen sind ausgesucht höflich. Nur nicht gerade mitteilsam."

„Dann muß es das andere sein. Der zweite große Traum der Russen ist es, den CIA von innen heraus zu zerstören, die Moral zunichte zu machen. Dazu dient die ‚Operation Potemkin'. Orlow wird jemanden innerhalb des CIA als KGB-Agenten denunzieren. Achten Sie auf den Mann, den der CIA plötzlich zum Abschuß freigeben wird. Das ist der Angeschwärzte, und ich sage Ihnen, er ist unschuldig."

EDWARDS war entsetzt. „Moskau wissen lassen, daß Orlow jetzt in Alconbury sitzt? Wenn Langley dahinterkommt, gibt es Krieg. Wozu in aller Welt soll das gut sein?"

„Ein Test", meinte McCready. „Wenn Moskau nicht reagiert, nichts unternimmt, um Orlow auszuschalten, wäre das der Beweis. Das würden sogar die Amerikaner glauben. Sie wären natürlich gekränkt, aber sie könnten sich der Logik nicht entziehen."

„Und was geschieht, wenn der unwahrscheinliche Fall eintritt und die Russen Orlow doch liquidieren? Werden Sie es dann Calvin Bailey sagen?"

„Die Russen werden es nicht tun", antwortete McCready.

„Ach übrigens, Bailey kommt rüber. Auf Urlaub. Mit Frau und Tochter. Auf Ihrem Schreibtisch liegt eine Akte. Ich bin dafür, daß die Firma ihm eine gewisse Gastfreundschaft erweist. Er hat Großbritannien im Laufe der Jahre manchen Dienst erwiesen."

Mürrisch stiefelte McCready in sein Büro und sah die Akte durch. Denis Gaunt saß ihm gegenüber.

„Er ist ein Opernfan", las McCready aus der Akte vor. „Magst du Opern?"

„Sicher."

„Gut. Dann kannst du Mr. und Mrs. Bailey betreuen, solange sie hier sind. Besorge Karten für Covent Garden und Glyndebourne. Unter Timothy Edwards' Namen. Ein paar Vergünstigungen muß diese schreckliche Tätigkeit doch abwerfen, obwohl ich nicht wüßte, wann ich selbst mal in den Genuß einer solchen gekommen wäre."

Max Kellogg arbeitete und wohnte zehn Tage im Zentralarchiv. Als er ein paar Tage recherchiert hatte, wurden zwei Agenten nach Europa geschickt. Der eine fuhr nach Wien und Frankfurt, der andere nach Stockholm und Helsinki. Sobald sie alles hatten, was sie brauchten, kehrten sie nach Washington zurück und legten ihre Trophäen Max Kellogg auf den Schreibtisch.

Von ursprünglich über zwanzig CIA-Mitarbeitern, die in der fraglichen Zeit – und Kellogg hatte auch noch zwei Jahre vor und nach den von Orlow genannten Daten berücksichtigt – in Vietnam gedient hatten, konnte das erste Dutzend gleich ausgesondert werden. Dann wurden nacheinander die restlichen Namen auf der Liste gestrichen. Die Leute waren nicht zur richtigen Zeit in der richtigen Stadt gewesen, oder sie konnten Geheimnisse nicht verraten haben, weil sie nie in ihren Besitz gelangt waren. Bis auf einen.

Kellogg wußte, daß er den Maulwurf gefunden hatte. Als er fertig war, als er alles beisammenhatte, fuhr er zum Privathaus des CIA-Direktors in Georgetown.

Drei Tage vorher war Calvin Bailey mit Gattin und Tochter Clara von Washington nach London geflogen und hatte sich in einer Wohnung in Mayfair einquartiert, die der CIA für besondere Gäste bereithielt. Bailey fühlte sich sehr wohl in London; er liebte es, die alten Schlösser und stattlichen Herrenhäuser zu besichtigen und in den kühlen Kreuzgängen und Arkaden alter Klöster und Stätten der Gelehrsamkeit zu wandeln.

Am zweiten Abend kam Joe Roth auf einen Drink vorbei. Er hätte Bailey gerne erzählt, was für einen Wirbel Orlow mit seiner brisanten Behauptung ausgelöst hatte, aber die Befehle des CIA-Chefs waren eindeutig. Niemand, nicht einmal der Leiter der Abteilung Sonderprojekte, durfte etwas erfahren – jedenfalls vorerst. Also log Joe Roth. Er sagte Bailey, mit Orlows Befragung gehe es gut voran, wenn auch etwas langsamer. Begreiflicherweise, denn alles, woran Orlow sich noch gut erinnerte, habe er inzwischen gesagt. Jetzt müsse man ihm noch die letzten kleinen Einzelheiten aus der Nase ziehen.

Während Roth an seinem Drink nippte, klingelte McCready an der Wohnungstür. Er hatte Denis Gaunt dabei, und die Herren stellten sich vor. Bailey freute sich über die Karten für Opernaufführungen in Covent Garden und Glyndebourne. Sie würden der Höhepunkt des zwölftägigen Londonaufenthalts der Familie sein. „Und anschließend geht's wieder zurück in die Staaten?" fragte McCready.

„Nein. Dann stehen erst noch Stippvisiten in Paris, Salzburg und Wien auf dem Programm", erklärte Bailey. McCready nickte. Salzburg und Wien waren heilige Stätten für jeden Opernfreund.

MAX KELLOGG hielt sich zwei Nächte später mit dem CIA-Direktor in dessen Bibliothek auf, legte seine Akten und Notizen, Kopien von Bankformularen und Fotos vor und redete.

Der CIA-Chef saß ihm an dem alten Refektoriumstisch gegenüber, den er für die Unterlagen eigens in die Bibliothek hatte schaffen lassen. In sich zusammengesunken, sah er die Akten durch; er trug eine samtene Hausjacke, das Licht der Lampen spiegelte sich auf seiner Glatze.

„Keinerlei Zweifel?" fragte er, als Kellogg endlich fertig war.

Kellogg schüttelte den Kopf.

Der CIA-Direktor seufzte. „Fahren Sie nach Hause, Kellogg. Und bewahren Sie Stillschweigen. Ich lasse Sie wissen, wenn ich Sie wieder brauche. Nehmen Sie sich ein paar Tage frei, ruhen Sie sich aus."

Max Kellogg stand auf und ging. Der alte Mann blieb allein am Tisch sitzen und dachte an die alten Zeiten, an Freunde und Kollegen, intelligente, fähige junge Männer und Frauen, die er im Krieg hinter die feindlichen Linien geschickt hatte und die als Opfer eines Informanten, eines Verräters, umgebracht worden waren. Er sah auf das vor ihm liegende Foto. „Du Schwein!" entfuhr es ihm.

TAGS darauf kam ein Bote in Sam McCreadys Büro im Century House und legte eine Notiz aus der Dechiffrierabteilung auf den Tisch. Gaunt las die Mitteilung, stieß einen leisen Pfiff aus und reichte McCready den Zettel. Es war eine Mitteilung des CIA aus Langley: Während seines Urlaubs in Europa darf Calvin Bailey kein Zugang zu vertraulichem Material gewährt werden.

„Steckt Orlow dahinter?" fragte Gaunt.

„Wäre mein Tip", antwortete McCready. „Was kann ich nur tun, um die Amis zu überzeugen, verflixt noch mal?"

Er gab sich selbst die Antwort. Er benutzte einen toten Briefkasten, um Memory um ein sofortiges Treffen zu bitten.

NOCH am selben Abend nahm Joe Roth am Refektoriumstisch in der Villa des CIA-Direktors Platz. Der Direktor saß ihm gegenüber, Max Kellogg zu seiner Rechten.

Der alte Mann wirkte grimmig und entschlossen. „Beginnen Sie noch einmal ganz von vorn, Kellogg. Wiederholen Sie alles genau so, wie Sie es mir erzählt haben."

Kellogg streifte Roth mit einem Blick, rückte seine Brille zurecht und nahm das oberste Blatt von einem Stapel, der vor ihm lag. „Im Mai 1967 wurde Calvin Bailey als Unteroffizier nach Vietnam geschickt. Hier ist die Versetzungsanordnung. Er kam, wie Sie sehen, zur ‚Operation Phoenix'. Sie haben sicher schon davon gehört, Roth."

Roth nickte. Auf dem Höhepunkt des Vietnamkrieges hatten die Amerikaner eine Operation ins Leben gerufen, deren Zweck es war, der erfolgreichen Strategie entgegenzuwirken, mit der der Vietcong die einheimische Bevölkerung durch gezielte, äußerst grausame Mordanschläge einschüchterte. Der Grundgedanke war, den Terroristen mit Gegenterror zu begegnen und Vietcong-Aktivisten ausfindig zu machen und auszuschalten.

Die Vietnamesen fingen schon bald an, jeden zu denunzieren, mit dem sie eine private Rechnung zu begleichen hatten. In der Regel wurden diese Personen der südvietnamesischen Geheimpolizei oder Armee übergeben. Sie wurden Verhören unterzogen und dann umgebracht. „Es gab junge, frisch aus der Heimat herübergekommene Amerikaner, die dort unten Dinge sahen, die man keinem Menschen zumuten sollte", fuhr Kellogg fort. „Manche quittierten den Dienst, andere mußten sich in psychiatrische Behandlung begeben. Einer allerdings ließ sich zur Philosophie derjenigen bekehren, die er bekämpfen sollte. Dieser Mann war Calvin Bailey. Seine Erlebnisse bei der ‚Operation Phoenix' machten ihn zu einem Sympathisanten der Kommunisten. 1968 berichtete Bailey, er habe zwei vietnamesische Vettern angeheuert, Nguyên Van Troc und Vo Nguyên Can, und sie in den Geheimdienst des Vietcong eingeschleust. Bailey behauptete, er habe diese Männer zwei Jahre lang geführt. Orlow zufolge war es umgekehrt. Sie haben ihn geführt. Sehen Sie sich das an."

Er gab Roth zwei Fotos. Das eine zeigte zwei junge Vietnamesen, im Hintergrund war Dschungel zu sehen. Einer hatte ein Kreuz auf dem Gesicht, zum Zeichen, daß er inzwischen gestorben war. Das andere Foto, das viel später auf einer Veranda mit Rattanstühlen gemacht worden war, zeigte eine Gruppe vietnamesischer Offiziere beim Tee.

„Sehen Sie sich mal den Mann links von der Ordonnanz an."

Roth schaute auf das Foto und erkannte Nguyên Van Troc, zehn Jahre älter. Er trug die Schulterstücke eines ranghohen Offiziers.

„Er ist heute stellvertretender Leiter der vietnamesischen Spionageabwehr", sagte Kellogg.

„Ich verstehe."

„Als nächstes haben wir die Versicherung des Sängers, Bailey sei bereits damals in Saigon an den KGB weitergereicht worden. Der Sänger erwähnte einen inzwischen verstorbenen schwedischen Geschäftsmann als KGB-Residenten in Saigon im Jahr 1970. Die schwedische Spionageabwehr hat ihn 1980 enttarnt. Bailey konnte sich damals mit ihm treffen, wann er wollte. Nächste Station: Tokio. Der Sänger behauptet, Drosdow sei im selben Jahr, 1970, hingeflogen, habe Bailey übernommen und ihm dabei den Decknamen Sperber verpaßt. Bailey war zum genannten Zeitpunkt in Tokio. Hier ist sein Flugschein der Air America. Es paßt alles zusammen. Bailey kehrte 1971 als überzeugter KGB-Agent nach Amerika zurück."

„Nehmen Sie sich was zu trinken, Roth", brummte der CIA-Direktor, „es kommt noch schlimmer."

„Der Sänger hat vier Banken genannt, bei denen Moskau Bareinzahlungen für den Verräter vorgenommen hat. Hier sind die Konten: bei Banken in Frankfurt, Helsinki, Stockholm und Wien. Und das sind die Einzahlungsbelege – durchweg hohe Beträge und in bar. Und alle Einzahlungen erfolgten innerhalb eines Monats nach Kontoeröffnung. Vier Kassierern wurde ein Foto gezeigt; drei haben den Mann erkannt, der die Konten eröffnete. Es war diese Aufnahme."

Kellogg schob Roth ein Foto von Calvin Bailey hin. Roth starrte auf dessen Gesicht wie auf das eines Fremden. Er konnte es nicht fassen. Mit diesem Mann hatte er gegessen und getrunken, und er hatte seine Familie kennengelernt.

„Es sind insgesamt vierundzwanzig präzise Angaben, die wir Orlow entlockt haben, und einundzwanzig davon haben sich bestätigt. Bleiben noch drei aus der jüngeren Vergangenheit." Kellogg wandte sich an Joe Roth. „Als Orlow Sie seinerzeit in London anrief, mit welchem Namen hat er Sie da angeredet?"

„Hayes", erwiderte Roth.

„Ihr Einsatzname. Woher kannte er den?"

Roth zuckte die Achseln.

„Schließlich sind da noch die beiden Mordanschläge auf Agenten, die Orlow verraten hatte. Bailey hat Sie angewiesen, Orlows Material immer zuerst ihm zu schicken, persönlich und per Kurier, stimmt's?"

„Ja. Aber das ist ganz normal, daß er es als erster sehen wollte."

„Als Orlow diesen Briten verraten hat, Milton-Rice, hat das auch Bailey als erster erfahren?"

Roth nickte.

„Und die Briten erst drei Tage später?“

„Ja.“

„Milton-Rice war also tot, bevor die Briten ihn hochnehmen konnten. Dasselbe bei Remjanz. Tut mir leid, Roth, die Beweiskette ist lückenlos. Die Indizien sind einfach überwältigend.“

Kellogg klappte seinen letzten Ordner zu und ließ Roth das vor ihm liegende Material betrachten, die Fotos, die Bankbelege, die Flugtickets. Es war wie ein vollständig zusammengesetztes Puzzle, kein Teil fehlte. Sogar das Motiv, jenes grauenhafte Erlebnis in Vietnam, war plausibel.

Kellogg durfte nach Hause gehen. Der CIA-Direktor sah Roth über den Tisch hinweg an. „Was halten Sie davon?“ fragte er ihn.

„Sie wissen ja, die Briten glauben nicht, daß der Sänger ein echter Überläufer ist.“

Gereizt machte der CIA-Chef eine wegwerfende Geste. „Die Briten haben keine Beweise! Sie sind nur schlechte Verlierer und ärgern sich, daß sie den Sänger nicht selber bekommen haben. Das hier sind aber Beweise, Seiten um Seiten.“

Roth starrte wie benommen auf das belastende Material. Ihm war schlecht. „Was soll ich jetzt tun, Sir?“ fragte er leise.

Der Direktor erhob sich und ging in seiner gediegenen Bibliothek auf und ab. „Ich bin der Chef der Central Intelligence Agency“, begann er. „Ernannt vom Präsidenten der USA persönlich. Ich habe die Aufgabe, dieses Land zu schützen, so gut ich kann. Vor all seinen Feinden. Denen im Innern ebenso wie denen im Ausland. Es darf weder einen Skandal geben noch eine Verhaftung, noch ein Gerichtsverfahren, Roth. Das Verfahren hat hier stattgefunden. Das Urteil wurde gefällt. Die Strafe muß ich vollziehen, Gott helfe mir.“

„Was soll ich tun?“ wiederholte Roth.

„Für den Verräter kann es nur ein Urteil geben. Sie werden nach England zurückkehren, und bevor er nach Wien entwischen kann und von dort über die Grenze nach Ungarn, worauf er sich bestimmt vorbereitet hat, seit der Sänger übergelaufen ist, werden Sie tun, was getan werden muß.“

„Ich weiß nicht, ob ich dazu fähig bin, Sir.“

Der CIA-Chef beugte sich über den Tisch und sah dem jungen Mann in die Augen. „Sie werden es tun. Weil ich es Ihnen befehle und weil Sie es für Ihr Land tun werden. Kehren Sie nach London zurück, und tun Sie, was getan werden muß.“

„Ja, Sir“, antwortete Roth ergeben.

5

Die Barkasse legte pünktlich um drei vom Westminster Pier ab und begann ihre gemächliche Fahrt flußabwärts nach Greenwich. Als das Boot die Flußmitte erreicht hatte, stand ein Mann in einem hellgrauen Anzug auf, ging zum Heck und schaute auf das schäumende Kielwasser hinab. Nach einiger Zeit gesellte sich ein anderer Mann zu ihm. „Wie geht's in der Botschaft?" fragte McCready leise.

„Nicht so gut", erwiderte Memory. „Es hat sich inzwischen bestätigt, daß eine größere Spionageabwehroperation im Gang ist. Bis jetzt wurden nur meine Mitarbeiter unter die Lupe genommen. Wenn die Prüfer mit denen fertig sind, werden sie sich mit den höheren Rängen befassen – also auch mit mir."

„Was meinen Sie? Wieviel Zeit haben Sie noch?"

„Bestenfalls ein paar Wochen."

„Passen Sie auf, mein Freund. Seien Sie im Zweifelsfall lieber übervorsichtig."

„Keine Angst." Memory lächelte. „Und wie läuft's bei Ihnen?"

„Auch nicht gut. Wir sind überzeugt, daß Orlow Calvin Bailey beschuldigt hat."

Memory stieß einen Pfiff aus. „Sie müssen denen klarmachen, daß sie einem Schwindel aufsitzen, daß Orlow lügt. Ein Menschenleben steht auf dem Spiel."

„Sie glauben doch nicht wirklich –"

„O doch, und ob ich das glaube!" rief der Russe. „Der CIA-Direktor ist ein leidenschaftlicher Mensch. Er wird in seinem Laden gewiß für Ruhe sorgen wollen. Für immer. Aber es werden schon bald Gerüchte aufkommen, dafür wird der KGB sorgen. Orlow wird das Spiel gewinnen."

„Die Amis sind immer noch überzeugt, daß Orlows Material echt ist, pures Gold. Sie glauben ihm."

Der Russe starrte in das schäumende Wasser hinter dem Heck. „Habe ich Ihnen schon mal von meiner Aschenbechertheorie erzählt?"

McCready schüttelte den Kopf. „Ich glaube nicht."

„Als ich Dozent an der KGB-Schule war, habe ich meinen Studenten gesagt: Stellen Sie sich einen gläsernen Aschenbecher vor, der in drei Teile zerbrochen ist. Finden Sie eines der Teile wieder, wissen

Sie nur, daß Sie ein Stück Glas in der Hand halten. Finden Sie zwei, wissen Sie, daß Sie zwei Drittel eines Aschenbechers haben, können aber immer noch nicht Ihre Zigarette darin ausdrücken. Um wirklich etwas damit anfangen zu können, brauchen Sie alle drei Bruchstücke des Aschenbechers."

„Ja, und?"

„Orlow hat den Amerikanern keinen kompletten Aschenbecher geschenkt. Irgendeine Top-Secret-Sache, die die UdSSR nicht um alles in der Welt preisgeben will. Bitten Sie die Amerikaner, Orlow einem echten Härtetest zu unterziehen. Er wird ihn nicht bestehen. Aber wenn ich schließlich aussteige, bringe ich den ganzen Aschenbecher mit. Dann werden sie es glauben."

McCready dachte nach. „Was meinen Sie? Kennt Orlow den Namen des Fünften Mannes?" fragte er schließlich.

Memory überlegte. „Mit Sicherheit. Orlow war jahrelang im Illegalendirektorat. Wir waren beide in der Walhalla. Aber im Gegensatz zu mir dürfte er das Schwarze Buch gelesen haben."

Tief im Innern der KGB-Zentrale befindet sich die „Walhalla", die dem Andenken der KGB-Größen von einst gewidmet ist. Unter den dort aufgehängten „Heiligenbildern" sind auch die Porträts der Angehörigen des schlagkräftigen Spionagerings, den der KGB aus britischen Staatsangehörigen aufgebaut hat.

Die Anwerbungen fanden hauptsächlich Mitte bis Ende der dreißiger Jahre unter jungen Studenten der Universität Cambridge statt. Einer von ihnen war Donald MacLean, der nach seinem Studienabschluß in Cambridge zum Foreign Office ging. Ende der vierziger Jahre half er mit, Moskau Hunderte von Geheiminformationen über die neue Atombombe zuzuspielen. Ein anderer war Guy Burgess, ein Homosexueller, der als Mittelsmann für MacLean und als Drahtzieher von Moskau fungierte. Beide wurden 1951 enttarnt, konnten sich aber nach Moskau absetzen.

Der dritte war Anthony Blunt, ebenfalls homosexuell, ein Mann von überragender Intelligenz, der als Talentsucher für Moskau arbeitete. Als begabter Kunsthistoriker wurde er erst in den achtziger Jahren bloßgestellt und unehrenhaft entlassen.

Der erfolgreichste von allen war Kim Philby, der in den SIS eintrat und bis zum Leiter der sowjetischen Abteilung aufstieg. Bei der Flucht von Burgess und MacLean im Jahr 1951 fiel der Verdacht auch auf ihn; er wurde aus dem SIS entfernt.

Die Porträts aller vier Männer hingen in der Walhalla. Es gab aber noch einen fünften wichtigen KGB-Agenten, und an Stelle seines Porträts war dort nur ein leerer schwarzer Rahmen zu sehen. Die Briten wußten, daß der Fünfte Mann existierte, konnten aber nie nachweisen, um wen es sich handelte. Die wahre Identität des Fünften Mannes war im Schwarzen Buch vermerkt.

Jahrelang machte dieses Rätsel den britischen Geheimdiensten schwer zu schaffen. War der Fünfte Mann noch am Leben? Womöglich in hoher Position in der Regierung, im Staatsdienst oder in einem Geheimdienst? Man würde erst Ruhe haben, wenn der Fünfte Mann endlich identifiziert werden könnte. Der KGB hütete das Geheimnis natürlich wie seinen Augapfel.

„Sagen Sie den Amerikanern, sie sollen Orlow nach dem Namen fragen", meinte Memory. „Er wird ihn nicht preisgeben, aber ich werde ihn herauskriegen und den Fünften Mann auffliegen lassen, sobald ich mich endgültig absetze."

„Möglicherweise warten die Amis nicht mehr so lange, falls Sie recht haben, was die Reaktion des CIA-Direktors angeht."

„Gibt es denn wirklich keine andere Möglichkeit, sie zu überreden, mit ihrem Vorhaben noch zu warten?" fragte der Russe.

„Doch, aber dafür brauche ich Ihre Zustimmung."

Memory hörte mehrere Minuten lang zu. Dann nickte er. „Wenn uns dieser Roth sein Ehrenwort gibt, dann ja. Und wenn Sie überzeugt sind, daß er es halten wird."

ALS JOE ROTH am nächsten Morgen aus dem Flughafengebäude trat, nachdem er in der Nacht von Washington herübergeflogen war, stand McCready dicht neben ihm. Dieser Fuchs, dachte Roth. Er hat offenbar die ganze Zeit von meinem gefälschten Paß gewußt und die Passagierlisten in Washington überprüfen lassen.

„Steig ein", bat McCready, als sie beim Auto ankamen. „Ich bring dich nach Mayfair."

Warum nicht? sagte sich Roth. Allerdings fragte er sich, was McCready sonst noch wußte oder erraten hatte.

McCready sprach nur über unverfängliche Themen, bis sie die Außenbezirke von London erreicht hatten. „Wie hat der CIA-Direktor reagiert?" fragte er schließlich.

„Ich weiß nicht, wovon du redest."

„Also komm, Joe! Wir haben eine Mitteilung bekommen. Bailey darf keinerlei vertrauliches Material in die Finger kriegen. Also steht er unter Verdacht. Willst du mir wirklich weismachen, es läge nicht daran, daß Orlow ihn beschuldigt hat, ein sowjetischer Agent zu sein?"

„Reiß dich zusammen, Sam! Das geht jetzt nur noch den CIA was an."

„Joe, für solche Spielchen ist es schon fast zu spät. Orlow belügt euch, und ich fürchte, ihr macht einen schrecklichen Fehler."

Joe Roth verlor die Geduld. „Halt an!" schrie er.

McCready brachte den Wagen zum Stehen. Roth schnappte sich seine Reisetasche vom Rücksitz und öffnete die Beifahrertür. McCready packte ihn am Arm. „Joe, morgen nachmittag muß ich dir was zeigen. Ich hol dich um halb drei vor deiner Wohnung ab."

„Du kannst mich mal!" entgegnete der Amerikaner grob.

„Nur ein paar Minuten. Ist das zuviel verlangt?"

Roth stieg wortlos aus. Er entfernte sich rasch und hielt Ausschau nach einem Taxi.

DENNOCH stand Roth am nächsten Tag um halb drei auf dem Gehsteig vor seiner Wohnung. McCready saß bereits in seinem Jaguar und wartete, bis Roth eingestiegen war. Ohne ein Wort der Begrüßung fuhr er los. Sein Freund war immer noch verärgert und mißtrauisch. Sie fuhren nur knapp einen Kilometer und hielten in der Mount Street an.

Ungefähr in der Mitte der Mount Street liegt eines der besten Londoner Fischrestaurants, „Scott's". Auf die Minute genau um drei Uhr kam ein gepflegter Mann in hellgrauem Anzug aus dem Restaurant und blieb vor dem Eingang stehen. Eine schwarze Limousine der sowjetischen Botschaft näherte sich langsam und hielt direkt vor ihm.

„Du hast mich zweimal gefragt, ob wir einen Mann beim KGB in Moskau haben", erklärte McCready ruhig. „Ich habe das verneint. Das war nur zur Hälfte gelogen. Er sitzt nämlich nicht in Moskau, sondern hier in London. Da drüben steht er."

„Ich glaub, ich seh nicht recht", flüsterte Roth. „Das ist doch Nikolai Gorodow. Der Chef der KGB-Residentur in Großbritannien."

„Genau. Und er arbeitet für uns, schon seit vier Jahren."

„Beweis es", sagte Roth.

„Wenn Gorodow sich mit der rechten Hand ans linke Ohr greift, bevor er in den Wagen steigt, ist er unser Mann", meinte McCready.

Gorodow sah nicht zu dem Jaguar hinüber. Er hob nur die rechte Hand, griff sich ans linke Ohr, zupfte sich am Ohrläppchen und stieg ein. Die Limousine fuhr an.

Roth atmete mehrmals tief durch. „Das muß ich dem CIA-Direktor melden", murmelte er. „Persönlich. Ich kann ja zurückfliegen."

„Kommt nicht in Frage", widersprach McCready. „Ich habe Gorodow mein Wort gegeben. Ich erklär dir mal die Aschenbechertheorie." Er erzählte Roth, was Memory ihm auf der Themsebarkasse gesagt hatte. „Frag Orlow, wer der Fünfte Mann ist oder war. Er weiß es, aber er wird's dir nicht verraten. Memory dagegen schon, wenn er sich endgültig absetzt."

„Und wann wird das sein?"

„Bald, spätestens in ein paar Wochen. Moskau ist argwöhnisch."

„Eine Woche hat er Zeit", erwiderte Roth. „Bailey fliegt in einer Woche nach Salzburg und Wien weiter. Der CIA-Direktor glaubt, er will sich Richtung Ungarn aus dem Staub machen."

„Laß ihn nach Washington zurückbeordern. Gehorcht er, rechtfertigt das zumindest einen Aufschub. Weigert er sich, werfe ich das Handtuch."

Roth überdachte den Vorschlag. „Ich will es versuchen", sagte er dann. „Als erstes fahr ich nach Alconbury. Falls uns Orlow den Namen des Fünften Mannes nicht nennen will, schicke ich dem Direktor morgen nach meiner Rückkehr ein Telegramm; ich bitte ihn, Bailey sofort nach Langley zurückzubeordern. Als Test. Darauf wird sich der Direktor bestimmt einlassen. Es würde einen Aufschub von mehreren Wochen bedeuten."

„Das würde uns reichen. Bis dahin ist Memory rübergekommen, und dann können wir dem CIA-Direktor alles sagen. Verlaß dich auf mich."

ROTH kam kurz nach Sonnenuntergang in Alconbury an. Dort aß er mit Orlow zu Abend und brachte die Rede vorsichtig auf die Walhalla in Moskau.

Orlow nickte. „Sicher, ich war mal drin. Alle endgültig in den KGB aufgenommenen Offiziere werden da hineingeführt. Um die Helden zu sehen und sie zu bewundern."

Roth brachte das Gespräch auf die Porträts der „glorreichen Fünf".

Orlow, der gerade an einem Bissen Steak kaute, schüttelte den Kopf. „Vier", antwortete er. „Es sind nur vier Bilder. Burgess, Philby, MacLean und Blunt."

„Aber da hängt doch noch ein fünfter Rahmen, in dem nur schwarzes Papier ist", wandte Roth ein.

Orlow kaute jetzt viel langsamer. „Ja", antwortete er zögernd. „Ein Rahmen, aber kein Bild."

„Es gibt also doch einen Fünften Mann?"

„Es scheint so." Orlows Augen blitzten.

„Peter, wer ist oder war der Fünfte Mann? Den Namen bitte!"

„Ich weiß ihn nicht, mein Freund. Das schwöre ich Ihnen." Er lächelte. „Wollen Sie meine Aussage mit dem Lügendetektor überprüfen?"

Roth erwiderte das Lächeln des Russen. Nein, Peter, dachte er dabei, ich bin überzeugt, du kannst den Lügendetektor irreführen – wenn du willst. Er beschloß, am Morgen nach London zurückzukehren und sein Telegramm mit der Bitte aufzugeben, Bailey nach Washington zurückzubeordern. Wenn es noch die leiseste Spur eines Zweifels gab, würde Bailey dem Befehl des CIA-Direktors nicht gehorchen. Dafür war der Preis für ihn bereits zu hoch.

AM NÄCHSTEN Morgen kam die Putzkolonne. Roth saß mit Orlow in der Kantine beim Frühstück und versuchte, gegen den Lärm der Poliermaschine draußen auf dem Gang anzureden, bis Orlow sich entschuldigte, weil er auf die Toilette mußte. Sekunden nachdem er gegangen war, fiel Roth auf, daß sich das Geräusch der Poliermaschine verändert hatte. Er ging auf den Gang hinaus, um den Grund festzustellen. Die Maschine stand verlassen da, ihre Bürsten drehten sich, der Motor gab ein gleichbleibendes hohes Heulen von sich.

Er hatte die Putzfrau gesehen, als er zum Frühstück gegangen war, eine magere Frau in einem hellblauen Overall mit Lockenwicklern im Haar und einem Kopftuch darüber. Jetzt war sie verschwunden. Die Schwingtür zur Herrentoilette am Ende des Korridors pendelte noch leicht.

„Kroll!" schrie Roth und rannte den Gang entlang. Die Frau kniete in der Mitte der Herrentoilette, umgeben von Putzeimer, Scheuerlappen und Flaschen mit Reinigungsmitteln. In der Hand hielt sie die schallgedämpfte Sauer-Pistole, die sie zwischen den Putzlappen versteckt hatte. Am hinteren Ende des Raums ging die Tür einer Kabine auf, und Orlow kam heraus. Die kniende Gestalt brachte die Waffe in Anschlag.

Roth sprach kein Russisch, aber er kannte ein paar Worte. „*Stoi!* – Stehenbleiben!" brüllte er, so laut er konnte.

Die Frau drehte sich blitzschnell auf den Knien herum, Roth warf sich auf den Boden, ein leises „Pffft" ertönte, und Roth spürte den Luftzug der Kugel, die seinen Kopf knapp verfehlte. Er lag immer noch auf den Fliesen, als es hinter ihm krachte.

Kroll war in der Tür aufgetaucht, den Colt hielt er beidhändig im Anschlag. Ein zweiter Schuß war nicht nötig. Die Frau lag auf dem Rücken, ein dunkelroter Fleck breitete sich auf ihrem Overall aus. Später stellte sich heraus, daß die echte Putzfrau gefesselt und geknebelt in ihrer Wohnung in Huntington saß.

Orlow stand immer noch an der Kabinentür. Er war kreidebleich. „Schon wieder eines von euren Spielchen", keuchte er. „Ich hab allmählich genug von diesem CIA-Theater."

„Kein Spielchen", entgegnete Roth. „Das war der KGB."

Roth brauchte zwei Stunden, um für Orlow und das übrige Team einen Rückflug nach Amerika und den sofortigen sicheren Transport zur Ranch zu organisieren. Als die Militärmaschine in die USA startete, fuhr Roth nach London zurück. Er war zornig und verbittert.

Als er in der amerikanischen Botschaft ankam, wußte er, was er tun würde. McCready mußte, wenn er seine Theorie aufrechterhalten wollte, daß Gorodow ein echter Überläufer war und Orlow ein falscher, Gorodow sofort zur Flucht überreden, damit der CIA direkt mit ihm reden und die Sache ein für allemal klären konnte. Er ging an seinen Schreibtisch, um McCready im Century House anzurufen. In diesem Augenblick schaute der Londoner CIA-Chef zur Tür herein. „Ach, übrigens", berichtete Bill Carver, „gerade ist was vom Century House gekommen. Es scheint, unsere russischen Freunde in Kensington Palace Gardens lassen die Puppen tanzen. Ihr Resident, Gorodow, ist heute morgen nach Moskau geflogen. Die Meldung liegt auf Ihrem Schreibtisch."

Roth sparte sich den Anruf. Er saß wie vor den Kopf geschlagen an seinem Schreibtisch. Sie hatten recht behalten, er und sein Geheimdienst. Jetzt bestand kein Zweifel mehr, nicht einmal mehr der Schatten eines Zweifels. Der Direktor hatte recht: Man mußte immer erledigen, was erledigt werden mußte.

„Es tut mir leid, McCready", begann Timothy Edwards, „aber die ganze Geschichte scheint ein grauenhaftes Fiasko zu werden. Ich habe gerade mit dem Chef geredet, und wir müssen uns ernsthaft mit dem Gedanken vertraut machen, daß Memory die ganze Zeit für die Gegenseite gearbeitet hat."

„Unmöglich", erwiderte McCready nur.

„Das sagen Sie. Hat er Ihnen gegenüber irgendwie angedeutet, daß er vorhatte, nach Moskau zu fliegen?"

„Nein."

„Wann sollte er aufhören und sich endgültig absetzen?“

„In zwei, drei Wochen. Er wollte mir Bescheid geben, sobald die Lage für ihn zu brenzlig würde, und dann die Seite wechseln.“

„Tja, daraus wird wohl nichts. Er ist heimgekehrt. Wir müssen jetzt davon ausgehen, daß Moskau stets seine wahre Heimat gewesen ist. Und dann diese unmögliche Geschichte in Alconbury. Sie sagten, es sei ein Test. Schön, Orlow hat ihn glänzend bestanden.“

„Ich glaube immer noch nicht, daß Memory uns gelinkt hat. Er hat schon vor Jahren versprochen, noch eine letzte große Lieferung mitzubringen, wenn er aussteigt. Ich habe so ein Gefühl im Bauch, daß er deswegen rübergeflogen ist.“

„Gefühl im Bauch!“ ereiferte sich Edwards. „Damit erreichen wir gar nichts.“

„Kolumbus hat damit allerhand erreicht. Was dagegen, wenn ich mit dem Chef spreche?“

„Nur zu. Aber ich glaube nicht, daß Sie was ausrichten.“

Aber McCready richtete doch etwas aus. Sir Christopher hörte sich seinen Vorschlag aufmerksam an. „Und wenn er doch treu zu Moskau hält?“ fragte er schließlich.

„Dann weiß ich das binnen Sekunden.“

„Die Russen könnten Sie kurzerhand verhaften“, gab der Geheimdienstchef zu bedenken.

„Das glaube ich nicht. Gorbatschow wird sich keine diplomatischen Verwicklungen leisten wollen.“

„Es würde keine geben“, erklärte Sir Christopher nüchtern. „Wenn Sie rübergehen, dann tun Sie das auf eigene Gefahr.“

Also bereitete sich McCready darauf vor, unter diesen Bedingungen in die UdSSR zu fliegen. Er brauchte drei Tage, um die Planung abzuschließen.

Am zweiten Tag rief Joe Roth Calvin Bailey an. „Ich bin gerade von Alconbury zurückgekommen“, begann er. „Wir beide sollten uns mal unterhalten. Vielleicht darf ich Sie morgen abend zum Essen einladen? Ich kenne da ein herrliches altes Gasthaus an der Themse, ein Stück flußaufwärts, in Eton. Es heißt, daß Heinrich VIII. Anna Boleyn immer dorthin rudern ließ, um sich heimlich mit ihr zu treffen.“

„Wirklich? So alt ist das Gasthaus schon? Gut, aber wissen Sie, morgen abend sind wir in Covent Garden. Donnerstag abend wäre noch frei.“

„Das geht auch. Also abgemacht.“

Am Donnerstag kamen mit verschiedenen Flügen drei Männer in Moskau an. Als erster traf Rabbi Birnbaum aus Zürich ein. Der Beamte der Paßkontrolle musterte den Rabbi ausgiebig und sah sich dann seinen Paß an. Das Dokument wies seinen Besitzer als Norman Birnbaum aus, Amerikaner, Alter 56 Jahre.

Der Rabbi war untersetzt, hatte einen buschigen grauen Vollbart und trug zu einem schwarzen Anzug einen schwarzen Hut. Die Gläser seiner Brille waren so dick, daß die Pupillen nur unscharf zu erkennen waren. Unter der Hutkrempe hingen graue Korkenzieherlocken herab, das Kennzeichen aller orthodoxen Juden.

Das Visum war in Ordnung, ausgestellt vom sowjetischen Generalkonsulat in New York. „Was ist der Zweck Ihres Aufenthalts in Moskau?“ fragte der Offizier.

„Ich möchte meinem Sohn einen kurzen Besuch abstatten. Er arbeitet hier in der amerikanischen Botschaft.“

„Einen Moment bitte.“ Der Offizier stand auf und verschwand. Rabbis waren eine Seltenheit in einem Land ohne Religionsfreiheit.

Es wurden Telefongespräche geführt. Jemand in Moskau sah eine Diplomatenliste durch. Offenbar gab es einen Roger Birnbaum in der Wirtschaftsabteilung der amerikanischen Botschaft. In der Diplomatenliste stand allerdings nicht, daß sein Vater im Ruhestand in Florida lebte. Der Rabbi wurde durchgewinkt.

Trotzdem kontrollierte der Zoll seine Reisetasche. Sie enthielt Kleidungsstücke, Waschzeug und ein Exemplar des Talmuds in Hebräisch. Dann ließ auch der Zollbeamte den Rabbi durch.

Mr. Birnbaum fuhr mit dem Aeroflotbus in die Stadt und zog überall neugierige oder amüsierte Blicke auf sich. Von der Endhaltestelle ging er zu Fuß zum Hotel „National“ am Manegeplatz, suchte die Toilette auf und schloß sich in einer Kabine ein.

Als er wieder herauskam, trug er immer noch eine dunkle Jacke, aber die zweiseitig zu tragende Hose war jetzt mittelgrau. Der Hut war in der Reisetasche verstaut, zusammen mit den buschigen Augenbrauen und dem grauen Rauschebart. Sein Haar war nicht mehr grau, sondern kastanienbraun, und unter der Jacke leuchtete nun ein kanariengelber Pulli. Er nahm ein Taxi und ließ sich gegenüber dem Kreml vor der britischen Botschaft absetzen. In Wirklichkeit hieß er David Thornton, und er war einer der besten Maskenbildner der britischen Filmindustrie.

Der zweite Mann kam mit British Airways direkt aus London. Es handelte sich um Denis Gaunt, und er sah genauso aus wie immer, nur daß sein Haar grau war, was ihn fünfzehn Jahre älter machte. Er hatte – kaum sichtbar – einen schmalen Aktenkoffer am linken Handgelenk angekettet und trug die blaue Krawatte mit dem Windhundmotiv, das Erkennungszeichen des Kuriercorps der Königin.

Alle Länder haben diplomatische Kuriere, die ihr Leben damit zubringen, Dokumente in die Botschaften in allen möglichen Ländern zu befördern. Sie gelten als diplomatisches Personal, und ihr Gepäck wird nicht durchsucht. Eine Jaguar-Limousine stand bereit und brachte Gaunt unverzüglich zur Botschaft, wo er eine Stunde nach Thornton eintraf. Nun konnte er Thornton die Maskenbildnerutensilien übergeben, die er in seinem Koffer mitgebracht hatte.

Als dritter kam Sam McCready mit einer Maschine der Finnair aus Helsinki. Auch er hatte einen gültigen britischen Paß auf einen falschen Namen, und auch er war verkleidet. In dem gutgeheizten Flugzeug war allerdings etwas schiefgegangen: Seine rotblonde Perücke war ein bißchen verrutscht, so daß darunter eine dunklere Haarsträhne hervorschaute. Der Klebstoff, mit dem er seinen ebenfalls rotblonden Schnurrbart befestigt hatte, war an einer Ecke offenbar geschmolzen, so daß sich der Schnurrbart teilweise von der Oberlippe gelöst hatte.

Der Offizier an der Paßkontrolle musterte das Paßbild. Das Gesicht war dasselbe – Frisur, Schnurrbart, alles stimmte. Es ist nicht verboten, eine Perücke zu tragen, nicht einmal in Rußland; viele Männer mit Glatze tun das. Aber ein sich ablösender Schnurrbart? Der Offizier der Paßkontrolle wandte sich an einen Vorgesetzten, der daraufhin durch einen Spionspiegel blickte. Mehrmals klickte eine Kamera.

Als McCready aus dem Flughafengebäude kam, warteten dort schon zwei Moskwitsch ohne Kennzeichen. Auch er wurde mit einer Limousine abgeholt und zur Botschaft gebracht, allerdings verfolgten ihn dabei die beiden KGB-Fahrzeuge.

Am Spätnachmittag trafen die Fotos von dem seltsamen Besucher im „Dorf" in Jassenewo ein, der Zentrale der Auslandsabteilung des KGB, des Ersten Hauptdirektorats. Sie landeten auf dem Schreibtisch des stellvertretenden Leiters, General Wadim W. Kirbitschenko, nachdem im Fotolabor die Perücke und der Schnurrbart wegretuschiert worden waren. Als der General das Ergebnis sah, hätte er beinahe laut losgelacht. „Ich werd verrückt", murmelte er. „Das ist Sam McCready." Er befahl eine Beschattung rund um die Uhr. „Wenn er Kontakt zu einem Genossen aufnimmt, werden beide festgenommen, ebenso wenn er etwas aus einem toten Briefkasten holt."

In der britischen Botschaft aßen McCready, Gaunt und Thornton zu Abend. „Ich hoffe, es funktioniert", sagte Gaunt beim Kaffee. „Die Russen sind bekanntlich hervorragende Schachspieler."

„Schon", erwiderte McCready sachlich, „aber morgen werden wir mal sehen, wie gut sie beim Dreikartentrick sind."

6

An einem warmen Julimorgen pünktlich um fünf Minuten vor acht rollte eine nicht als Diplomatenfahrzeug gekennzeichnete Limousine des Typs Austin Montego langsam aus dem Tor der britischen Botschaft in Moskau und fuhr in Richtung Stadtmitte. Dem KGB-Bericht zufolge saß Sam McCready am Steuer. Außer ihm war niemand in dem Wagen. Perücke und Schnurrbart saßen jetzt wieder makellos, deutlich erkennbar für die Späher in ihren Autos. Es wurden in diesem Augenblick sowie noch mehrmals im Laufe des Tages Aufnahmen mit Teleobjektiven gemacht.

Der britische Agent fuhr langsam durch Moskau und hinaus zur „Ausstellung der volkswirtschaftlichen Errungenschaften der UdSSR" im Norden der Stadt. Nachdem er dort angekommen war, ließ er sein Auto stehen und ging zu Fuß weiter, auf allen Seiten von unsichtbaren Beobachtern umgeben.

Er kaufte sich ein Eis und saß fast den ganzen Vormittag auf einer Bank, tat so, als läse er in einer Zeitung, und sah immer wieder auf die Uhr, als warte er auf jemanden. Es kam niemand, bis auf eine alte Frau, die ihn nach der Uhrzeit fragte. Er zeigte ihr wortlos seine Armbanduhr, sie bedankte sich und ging weiter. Die Frau wurde prompt festgenommen, durchsucht und verhört, ebenso der Eisverkäufer.

Kurz nach zwölf nahm der Agent aus London ein Päckchen Sandwiches aus der Tasche und aß sie langsam auf. Als er fertig war, stand er auf und ließ das Einwickelpapier in einen Abfallkorb fallen. Der Abfallkorb wurde observiert, das Papier wurde später von den KGB-Leuten sichergestellt und anschließend einer gründlichen erkennungsdienstlichen Analyse unterzogen. Es wurde nichts gefunden. Die Experten stellten lediglich Spuren von Brot, Butter, Gurke und Ei fest.

Kurz nach dreizehn Uhr fuhr der Londoner Agent in seinem Wagen durch den Park und kehrte in die britische Botschaft zurück. Zehn Minuten später verließ er die Botschaft wieder, diesmal auf dem

Rücksitz eines Jaguar, an dessen Steuer ein Chauffeur der Botschaft saß. Als der Jaguar in Richtung Flughafen aus der Stadt fuhr, ließ sich der Leiter des russischen Observantenteams direkt zu General Kirbitschenko durchstellen.

„Er nähert sich jetzt dem Flughafengebäude, Genosse General."

„Hat er irgendwelche Kontakte aufgenommen?"

„Nein, Genosse General. Abgesehen von der alten Frau und dem Eisverkäufer, die beide festgenommen wurden, hat er mit niemandem gesprochen."

Seine Mission muß fehlgeschlagen sein, dachte Kirbitschenko. „Lassen Sie ihn weitermachen", sagte er. „Achten Sie auf einen Übergabeversuch innerhalb des Flughafengebäudes. Falls keiner stattfindet, behalten Sie ihn im Auge, bis er in der Maschine sitzt."

Später sah sich der General die Teleaufnahmen von McCready im Fahrzeug und im Park an. „Ihr verdammten Idioten", schrie er, „das ist nicht McCready!"

ZEHN nach acht Uhr morgens kam ein Jaguar, den Berry Martins lenkte, der Stationschef des SIS, aus der Botschaft und fuhr in gemessenem Tempo in das alte Stadtviertel Arbat. Ein einzelner Moskwitsch nahm die Verfolgung auf, aber das war reine Routine. Der Jaguar fuhr ziellos umher, und der Mann am Steuer hielt nach einer Weile rechts am Straßenrand, um auf den Stadtplan zu schauen.

Um zwanzig nach acht verließ eine Mercedes-Limousine das Botschaftsgelände. Am Steuer saß, mit blauer Uniformjacke und Mütze, ein Chauffeur der Botschaft. Keiner konnte wissen, daß im Fußraum des Fonds unter einer Decke ein zweiter Mann kauerte. Auch an diesen Wagen hängte sich ein Moskwitsch.

Im Arbat-Stadtviertel rollte der Mercedes an dem geparkten Jaguar vorbei. In diesem Augenblick hatte Martins offenbar gefunden, was er auf dem Stadtplan gesucht hatte, denn er fuhr unversehens los und setzte sich zwischen den Mercedes und den Moskwitsch, der ihn verfolgte. Der Konvoi bestand jetzt aus einem Mercedes, einem Jaguar und zwei Moskwitsch.

Der Mercedes bog in eine enge Einbahnstraße ein, ebenso der Jaguar, dessen Motor jedoch bald darauf zu stottern anfing, so daß der Wagen nach wenigen Metern zum Stehen kam. Die beiden Moskwitsch hielten ebenfalls an.

Der Mercedes bog am Ende der Einbahnstraße um die Ecke. Am Steuer des Mercedes ließ sich David Thornton von Sam McCready dirigieren, der ohne Verkleidung unter seiner Decke hervorgekrochen kam und Anweisungen gab.

Zwanzig Minuten später hielt der Mercedes auf einer einsamen, von Bäumen abgeschirmten Straße in der Mitte des Gorkiparks. McCready riß am Heck das CD-Schild ab und befestigte ein neues Nummernschild über dem britischen Kennzeichen. Thornton tat vorne am Wagen dasselbe. McCready holte Thorntons Make-up-Schachtel aus dem Kofferraum und setzte sich wieder auf den Rücksitz. Thornton vertauschte seine blaue Chauffeursmütze mit einer echt russisch wirkenden Ledermütze und nahm wieder am Steuer Platz.

Um achtzehn Minuten nach neun verließ Oberst Nikolai Gorodow seine Wohnung in der Schablowskistraße und ging zu Fuß auf den Dserschinskiplatz und die Zentrale des KGB zu. Er wirkte müde und blaß. Das lag an den beiden Männern, die bald hinter ihm auftauchten. Die beiden kamen aus einem Hauseingang und gaben sich erst gar keine Mühe zu verbergen, daß sie ihn beschatteten.

Er war ungefähr zweihundert Meter gegangen, als sich ein schwarzer Mercedes von hinten näherte und dicht am Rinnstein neben ihm herfuhr. Er hörte eine Stimme auf englisch sagen: „Guten Morgen, Herr Oberst. Kann ich Sie ein Stück mitnehmen?"

Gorodow blieb stehen. In dem Auto saß, wegen der Vorhänge vor der Heckscheibe für die beiden Beschatter unsichtbar, kein anderer als Sam McCready. Gorodows Gesichtsausdruck verriet eher Überraschung als stillen Triumph. Genau das, dachte McCready, wollte ich sehen.

Gorodow faßte sich. „Danke, Genosse, sehr freundlich", sagte er so laut, daß es die KGB-Leute hören konnten.

Er stieg ein, und der Wagen fuhr mit hoher Geschwindigkeit davon. Die beiden KGB-Leute zögerten. Sie zögerten deshalb, weil auf dem Nummernschild des Mercedes die Buchstaben MOC standen, die ausschließlich an Mitglieder des Zentralkomitees ausgegeben wurden, und ein KGB-Fußsoldat hätte schon sehr wagemutig sein müssen, um einen Wagen mit einem solchen Kennzeichen anzuhalten.

Gorodow lehnte sich zurück; jetzt hatte er alle Brücken hinter sich abgebrochen.

„Wenn Sie schon seit langem ein sowjetischer Maulwurf sind, bin ich tot", begann McCready. „Warum sind Sie nach Moskau geflogen?"

„Weil ich einen Fehler gemacht hatte", erwiderte Gorodow. „Ich hatte Ihnen etwas versprochen und mußte feststellen, daß ich es in London nicht beschaffen konnte. Dann wurde ich zu dringenden Beratungen nach Moskau beordert. Ich dachte, ich könnte für eine Woche hinfliegen, das Gesuchte finden und dann wieder nach London zurückkehren. Erst als ich ankam, erfuhr ich, daß es zu spät war. Ach, übrigens, ich habe etwas für Sie."

Er öffnete seinen Aktenkoffer und reichte McCready einen dünnen Ordner. Fünf Blätter waren darin, jedes mit einem Foto und einem Namen. Die ersten vier Fotos waren Porträts von MacLean, Burgess, Philby und Blunt. McCready blätterte zur fünften Seite um.

Das Foto war sehr alt. Es zeigte einen mageren jungen Mann mit strubbeligem, gewelltem Haar und großen, eulenhaften Brillengläsern. Unter dem Foto standen zwei Worte: John Cairncross.

McCready lehnte sich zurück. „So ein Mist, also doch der!" entfuhr es ihm.

Cairncross war während des Krieges und danach ein hoher Beamter gewesen. Er hatte auf den verschiedensten Posten gedient – beim Abhördienst, im Schatzamt und im Kriegsministerium. Ende der vierziger Jahre hatte er Zugang zu geheimen Informationen über Kernwaffen gehabt. Anfang der fünfziger Jahre war er unter Verdacht geraten, hatte aber kein Geständnis abgelegt und war rausgeekelt worden. Seit 1986 lebte er in Frankreich im Ruhestand. Der Fünfte Mann. Memory hatte sein Versprechen eingelöst.

David Thornton hielt erneut unter den Bäumen des Gorkiparks, tauschte dann den Platz mit einem der beiden Männer auf dem Rücksitz und waltete im Fond seines Amtes: Eine aufblasbare Unterziehjacke aus dünnem Material verlieh seinem schlanken Fahrgast die Leibesfülle des Rabbi Birnbaum. Darüber kamen das weiße Hemd sowie Hose, Krawatte und Sakko, alles in Schwarz. Thornton brachte den grauen Vollbart an und befestigte die grauen Schläfenlocken des orthodoxen Rabbi. Mit dem schwarzen Hut und der Reisetasche war Rabbi Birnbaum wiederauferstanden. Nur daß sich ein anderer Mann hinter seiner Maske verbarg. Zum Schluß wurde die Limousine wieder in ein Fahrzeug der britischen Botschaft zurückverwandelt.

Der falsche Rabbi wurde am Hotel National abgesetzt, wo er ausgiebig zu Mittag aß und dann ein Taxi zum Flughafen nahm. Er hatte einen Platz in der Nachmittagsmaschine nach London gebucht, mit Anschluß nach New York.

Thornton fuhr zurück aufs Gelände der britischen Botschaft, wobei sein anderer Fahrgast unter der Decke im Fond kauerte. Er machte sich dort unverzüglich wieder an die Arbeit, mit einer Perücke und einem Schnurrbart in rotblonder Färbung. Zehn Minuten nachdem Denis Gaunt, dem die Kopfhaut unter der ebenfalls rotblonden Perücke juckte, die er den ganzen Tag dem KGB zuliebe getragen hatte, in seinem Austin Montego zurückgekommen war, wurde der andere Fahrgast von einem echten Chauffeur der Botschaft in dem Jaguar zum Flughafen gebracht. Kaum eine Stunde später ließ sich Thornton, der sich inzwischen in den Kurier der Königin verwandelt hatte, seinerseits von Berry Martins fahren.

Der Rabbi zog auch diesmal neugierige Blicke auf sich, aber seine Papiere waren in Ordnung, und er kam anstandslos durch die Kontrollen. In der Abflughalle setzte er sich hin und las seinen Talmud, wobei er gelegentlich unverständliche Gebete murmelte.

Der Mann mit der rotblonden Perücke wurde beinahe bis zum Eingang der Abflughalle eskortiert, so sehr achteten die KGB-Leute darauf, daß er eine Nachricht oder ein Päckchen weder erhielt noch weitergab.

Als letzter traf der Kurier der Königin ein, mit dem am Handgelenk angeketteten Aktenkoffer. Thornton hatte sein kostbares Handwerkszeug in seinem Koffer verstaut, der nicht durchsucht werden durfte.

Denis Gaunt blieb in der Botschaft. Er sollte drei Tage später herausgeholt werden, als angeblicher Kurier.

Der British-Airways-Flug verließ um 17.15 Uhr den sowjetischen Luftraum. Kurz darauf erhob sich der Rabbi mühsam und ging nach hinten in den Raucherbereich.

„Nikolai, mein Freund, Sie sind jetzt im Westen“, sagte er zu dem Mann mit der rotblonden Perücke. Dann bestellte McCready Champagner für sie beide und den diplomatischen Kurier. Das Versteckspiel hatte funktioniert, und sie landeten kurz nach sieben in Heathrow.

Timothy Edwards hatte McCready erlaubt, Nikolai Gorodow für diesen Abend in seine Stadtwohnung in Kensington mitzunehmen. Kurz nach zehn erschien dort Joe Roth, den McCready angerufen hatte. Roth war überrascht, als er zwei „Gorillas“ vom SIS unten im Hausflur und zwei weitere auf dem Gang vor McCreadys bescheidener Wohnung erblickte. McCready öffnete, in Freizeithose und Pullover und mit einem Glas Whisky in der Hand.

„Danke, daß du gekommen bist, Joe. Ich habe jemanden hier, mit dem ich dich gerne schon viel früher bekannt gemacht hätte.“

Er ging voran ins Wohnzimmer. Der Mann am Fenster drehte sich um und lächelte. „Guten Abend, Mr. Roth", begrüßte Gorodow den Amerikaner. „Schön, Sie endlich kennenzulernen."

Roth stand da wie gelähmt. Dann ließ er sich in einen Sessel fallen und nahm das Glas Whisky, das McCready ihm reichte. Gorodow setzte sich Roth gegenüber.

„Sagen Sie es ihm selbst", meinte McCready zu dem Russen, „Sie wissen besser Bescheid als ich."

Der Russe nahm einen Schluck Whisky und überlegte, wo er anfangen sollte. „Projekt Potemkin begann vor acht Jahren", berichtete er. „General Drosdows Ziel war es, einen hohen CIA-Mitarbeiter als sowjetischen Agenten zu denunzieren, die Moral des Personals innerhalb des CIA zu untergraben und die guten Beziehungen zum SIS in Großbritannien nachhaltig zu schädigen. Die Wahl fiel auf Calvin Bailey. Dafür gab es zwei Gründe. Erstens wußten wir, daß er wegen seiner persönlichen Art innerhalb des CIA nicht besonders beliebt war. Zweitens hatte er in Vietnam gedient, einem Land, in dem eine Anwerbung leicht hätte stattfinden können. Drosdows Durchbruch kam, als er das amerikanische Material sichtete, das wir nach dem Fall Saigons 1975 von den Vietnamesen bekommen hatten. In einem Schriftstück wurde ein gewisser Nguyên Van Troc erwähnt, der für die Amerikaner gearbeitet hatte. Dieses Dokument wurde Van Troc zum Verhängnis. Er und sein Cousin wurden verhaftet. Sie hatten nicht fliehen können. Der Cousin wurde exekutiert, aber Van Troc wurde monatelang unter Folter verhört und dann in ein nordvietnamesisches Straflager gesteckt. Dort machte Drosdow ihn 1980 ausfindig. Unter Folter hatte er angegeben, daß er beim Vietcong für Bailey gearbeitet hatte. Van Troc wurde aus dem Lager geholt, er bekam gutes Essen und wurde in die Uniform eines vietnamesischen Obersts gesteckt. Dann wurde er fotografiert, wie er mit anderen Offizieren Tee trank."

„Wir haben eine Reproduktion des Fotos aus Gefälligkeit nach Langley geschickt", warf McCready ein.

„Drosdow wußte bereits, daß Bailey am Programm Phoenix beteiligt gewesen war", fuhr Gorodow fort. „Er war von unserem Residenten in Saigon entdeckt worden, einem Mann, der sich als Schwede und Importeur ausgab. Baileys Aufenthalt in Tokio 1970 war registriert worden – reine Routine. Drosdow brauchte Orlow nur aufzutragen, er solle behaupten, Drosdow sei auch zu dieser Zeit in Tokio gewesen. Pjotr Orlow wurde etwa 1981 zum Desinformationsagenten bestimmt; seitdem wurde er durch Schulungen und zahllose Prüfungen darauf vorbereitet, den Fallen auszuweichen, dem Lügendetektor zu widerstehen und Ihnen immer genau das zu sagen, was Sie hören wollten. Nachdem Drosdow sich ein Opfer auserkoren hatte, wurde Bailey auf Schritt und Tritt überwacht. Da er häufig nach Europa und in andere Länder flog, um die Außenstellen zu inspizieren, begann das Eröffnen der Bankkonten. Drosdow hatte einen Schauspieler, einen regelrechten Doppelgänger Baileys, der sofort zu Baileys Zielen flog und dort ein Konto eröffnete, so daß der jeweilige Bankbeamte Bailey später als Kontoinhaber identifizieren konnte. Erfolge, bei denen der KGB über den CIA triumphiert hatte, wurden ebenso Bailey zugeschrieben wie fehlgeschlagene CIA-Operationen. Und alles wurde zurückdatiert, so daß es so aussah, als wären wir in Geheimnisse schon zu einem Zeitpunkt eingeweiht gewesen, an dem sie uns – ohne CIA-Verräter – beim besten Willen nicht hätten bekannt sein können. Nach zwei Jahren fehlte Drosdow aber immer noch etwas. Er brauchte Füllmaterial, Decknamen aus Langley, die nur innerhalb des CIA bekannt waren – etwa wie Ihren Decknamen ‚Hayes', Mr. Roth. Da lief der CIA-Agent Edward Howard zu den Russen über, und Drosdow konnte die letzte Lücke schließen. Schließlich durfte Orlow sich in den Westen absetzen, und zwar auf so spektakuläre Weise, daß er später behaupten konnte, er habe befürchtet, abgefangen und von Sperber verraten zu werden, falls er eine andere Art des Überlaufens gewählt hätte. Er verriet zwei KGB-Agenten, unmittelbar bevor sie liquidiert wurden. Die Operation war von langer Hand vorbereitet worden, und alles deutete nun darauf hin, daß es in Washington eine undichte Stelle gab. Als Orlow sicher sein konnte, daß die Amis anbeißen würden, rückte er mit der Neuigkeit über den sowjetischen Maulwurf innerhalb des CIA heraus. So war's doch, nicht wahr?"

Roth nickte. Er wirkte verstört. „Dieser Mordanschlag auf Orlow in Alconbury – wozu sollte der dienen?" fragte er.

„Drosdow wollte ganz sichergehen. Er wollte noch einen draufsetzen. Die Agentin war eine der besten. Sie sollte ihn nur verwunden, nicht töten, und dann fliehen."

Keiner sagte etwas. Joe Roth starrte in sein Glas. Nach einer Weile stand er auf. „Ich muß jetzt leider gehen."

McCready begleitete ihn hinaus. Auf dem Gang klopfte er dem Amerikaner auf die Schulter. „Kopf hoch, Joe. In diesem Geschäft macht jeder mal einen Fehler. Sieh's doch von der positiven Seite. Du kannst jetzt in die Botschaft fahren und dem CIA-Direktor mitteilen, daß alles in Butter ist. Bailey ist entlastet."

Als McCready zu seiner Wohnung zurückging, saß Gorodow im Wohnzimmer und starrte fassungslos auf eine Meldung im *Evening Standard*. Wortlos schob er die Zeitung über den Tisch und zeigte auf einen längeren Bericht auf der fünften Seite.

> Polizeitaucher bargen heute an der Schleuse Teddington die Leiche eines amerikanischen Touristen aus der Themse. Nach Angaben eines Polizeisprechers wird angenommen, daß der Mann gestern abend in der Nähe von Eton in den Fluß gefallen ist. Der Tote wurde als Calvin Bailey identifiziert, ein hoher amerikanischer Beamter, der seinen Urlaub in London verbrachte.

McCready legte die Zeitung weg und starrte auf die Tür. „O du armer Hund", murmelte er. „Du ganz armer Hund, du."

Joe Roth nahm am Morgen die erste Maschine nach Washington und fuhr zu der Villa in Georgetown. Er reichte seine Kündigung ein, die nach vierundzwanzig Stunden wirksam wurde. Bevor er den Dienst quittierte, brachte er noch eine Bitte vor. Der CIA-Direktor gewährte sie ihm.

Roth erreichte die Ranch spät am Abend desselben Tages. Oberst Orlow war noch wach. Der Kassettenrecorder lief, Orlow hörte ein Album der Seekers aus dem Jahr 1965.

Kroll betrat den Raum als erster und stellte sich mit dem Rücken zur Wand. Unter seiner linken Achselhöhle zeichnete sich ein Höcker ab. Roth folgte ihm und schloß die Tür hinter sich.

Erstaunt blickte Orlow auf. Roth schenkte ihm nur einen eiskalten Blick. Die Verwirrung in Orlows Miene wich der Resignation: Der Russe wußte, welches Schicksal ihn erwartete. Keiner sprach ein Wort.

Kroll schaltete den Kassettenrecorder aus, und Stille trat ein. Orlow nahm Zuflucht zu seiner Muttersprache – erst zum zweitenmal, seit er in Amerika war. „*Kto?*" fragte er. „Wer?"

„Gorodow", erwiderte Roth.

Die Nachricht traf den Russen wie ein Faustschlag. Orlow schloß die Augen und schüttelte ungläubig den Kopf. Die Mitgift hatte der Freier angenommen, und dennoch würde es keine Hochzeit geben.

„Kommen Sie mit!" befahl Kroll und deutete mit seinem Revolver zur Tür.

Pjotr Alexandrowitsch Orlow, ein sehr tapferer Mann und ein Patriot, erhob sich und ging hinaus in die Dunkelheit, um vor Gott, den Allmächtigen, zu treten, der ihn geschaffen hatte.

Zwischenspiel

„DAS IST alles schön und gut, Gaunt, und auch höchst eindrucksvoll", bemerkte Timothy Edwards, als die Kommission am Mittwoch morgen wieder zusammentrat. „Aber wir müssen uns doch fragen: Werden wir diese bemerkenswerten Talente in Zukunft jemals wieder brauchen?"

„Ich glaube, ich kann Ihnen nicht ganz folgen, Mr. Edwards", erwiderte Denis Gaunt.

Sam McCready sah durchs Fenster zum strahlendblauen Himmel hinauf. Die Wirklichkeit dort draußen kam ihm vor wie eine andere Welt, eine Welt, in die er allerdings schon bald zurückkehren mußte. Wäre seine Frau noch am Leben gewesen, hätte er irgendwo in Devon oder Cornwall ein Häuschen am Meer gekauft und sich mit ihr ins Privatleben zurückgezogen. Er hatte manchmal von einem kleinen Fischerboot geträumt, mit dem sie von einem sicheren Hafen aus Fahrten hätten unternehmen können . . .

„Ich meine nur", erklärte Timothy Edwards gerade, „unsere Beziehungen zur UdSSR haben sich in ungeahnter Weise verändert; es wird keine Überläufer mehr geben, nur noch willkommene Gäste."

„Natürlich", entgegnete Gaunt, „Sam weiß genausogut wie jeder von uns, daß wir nicht mehr in der Vergangenheit leben können. Der springende Punkt ist aber, daß es heute andere Gefahren gibt, die unser Land bedrohen, und diese Gefahren nehmen ständig zu. Lassen Sie mich in diesem Zusammenhang" – er nahm von einem der Beamten der Dokumentenabteilung einen braunen Ordner entgegen – „an die Angelegenheit erinnern, die im April 1986 begann und im Spätsommer 1987 endete. Zu solchen Zwischenfällen wird es wahrscheinlich immer wieder kommen, und es wird auch künftig Aufgabe der ‚Firma' sein, sie zu vereiteln. Sam McCready vor die Tür setzen? Offen gesagt, meine Herren, das könnte uns teuer zu stehen kommen."

Die Einsatzleiter der Abteilungen „Westliche Hemisphäre" und „Inlandsoperationen" nickten, während Edwards sie finster anblickte.

„Am 16. April 1986 bombardierten Kampfflugzeuge, die von amerikanischen Flugzeugträgern in der Großen Syrte und von britischen Stützpunkten aus gestartet waren, die Privatresidenz von Oberst Gaddafi bei Tripolis", fuhr Gaunt fort. „Gaddafi schwor

Rache, den Briten ebenso wie den Amerikanern. Im Frühjahr 1987 erfuhren wir, auf welche Weise Gaddafi sich an Großbritannien rächen wollte, und der Fall wurde Sam McCready übertragen . . ."

Ein Kriegsopfer

1

PATER DERMOT O'BRIEN erhielt die Nachricht aus Libyen auf dem normalen Weg für eine erste Kontaktaufnahme – mit der Post.

Es war ein ganz gewöhnlicher Brief. Dem Poststempel nach kam er aus Genf, was auch stimmte; der Aufdruck neben der Briefmarke besagte, daß der Absender beim Weltkirchenrat beschäftigt war, aber das war nicht der Fall. Pater O'Brien fand den Brief eines Morgens im zeitigen Frühjahr des Jahres 1987 in seinem Fach in der Eingangshalle neben dem Refektorium, als er vom Frühstück kam.

Der Priester nickte freundlich zwei Amtsbrüdern zu, die ins Refektorium gingen, und begab sich in sein Zimmer im ersten Stock.

Der Brief begann mit „Mein lieber Dermot . . ." und war im Ton eines Geistlichen gehalten, der einem Amtsbruder schreibt, mit dem er seit Jahren befreundet ist. Zur Sache kam der Verfasser im dritten Absatz. Er schrieb, sein Bischof denke mit Vergnügen an eine frühere Begegnung mit Pater O'Brien zurück und würde sich gerne erneut mit ihm treffen. Die Unterschrift lautete schlicht „Dein Freund Harry".

Pater O'Brien schaute aus dem Fenster über die grünen Wiesen, die er so sehr liebte – mit der gleichen Inbrunst, wie er den großen Feind jenseits des Meeres haßte.

Der Brief hatte ihn in Aufregung versetzt. Es war lange her, fast zwei Jahre, seit er in Tripolis gewesen war, zu einer persönlichen Audienz bei Oberst Muammar Gaddafi, dem Großen Führer der libyschen Volksdschamahirija, dem Mann, der in dem Brief als „der Bischof" bezeichnet wurde. Die Begegnung war eine seltene Gelegenheit, ein Privileg gewesen, aber trotz der großartigen Versprechungen war letztlich nichts dabei herausgekommen. Kein Geld, keine Waffen für die Sache der Iren, eine einzige Enttäuschung. Immerhin hatte der Mann, der das Treffen eingefädelt hatte, Hakim al-Mansur, der Chef der Auslandsabteilung des libyschen Geheimdienstes, der jetzt als „Harry" unterschrieben hatte, sein Bedauern zum Ausdruck gebracht.

Und nun dies, eine Vorladung, denn darum handelte es sich im Grunde genommen. Das Problem war nur, daß Pater O'Brien eine gute Ausrede finden mußte, warum er schon wieder auf Reisen gehen wollte. Dabei hätte er ein paar Wochen Ruhe durchaus gebrauchen können. Erst vor drei Tagen war er aus Amsterdam zurückgekehrt, angeblich von einem Seminar über den Kampf gegen den Hunger in der Welt.

Häufiges Reisen war für Dermot O'Brien ein selbstverständlicher Teil seines Lebens. Sein Orden befaßte sich mit missionarischer und ökumenischer Arbeit, und er war der Auslandssekretär. Seine Tätigkeit gab eine perfekte Tarnung für den Kampf gegen die Engländer ab, seine Berufung und sein Lebensinhalt, seit er vor vielen Jahren den zerschmetterten Kopf eines jungen Mannes in Derry gehalten hatte, der im Sterben lag. Er hatte dem jungen Mann die Letzte Ölung gegeben und ein zweites, persönliches Gelübde abgelegt, von dem sein Orden nichts wußte.

Seit zehn Jahren war er nun der wichtigste international tätige Finanz- und Waffenexperte des Provisorischen Flügels der IRA. Er beschaffte Geld, besorgte Pässe und kümmerte sich um Beschaffung und Lagerung von Semtex-Sprengstoff. Mit seiner Hilfe hatten Bomben im Regent's Park und Hydepark junge Militärmusiker, Reiter und Pferde zerrissen und den Opfern eines zweiten Anschlags vor dem Kaufhaus Harrod's die Eingeweide zerfetzt und Gliedmaßen abgetrennt. Er bedauerte zwar die Notwendigkeit solcher Anschläge, wußte aber, daß sie der Gerechtigkeit dienten.

Zum Glück half ihm an diesem Frühlingsmorgen eine kurze Ankündigung in der *Dublin Press* aus der Klemme; die Zeitung lag noch auf seinem Bett. Er tätigte zwei Anrufe und erhielt beim zweiten eine herzliche Einladung, sich der Gruppe anzuschließen, deren Pilgerfahrt in der Zeitung angekündigt worden war. Dann ging er zu seinem Abt.

„Diese Reise würde mir guttun, Bruder Frank", erklärte er. „Ich brauche den Frieden, die Zeit zum Beten. Wenn Sie mich entbehren können, würde ich gerne mitfahren."

Der Abt sah sich die Reiseroute an und nickte. „Gehen Sie mit Gott, Bruder Dermot. Und beten Sie für uns alle."

Die Wallfahrt sollte in einer Woche beginnen. Pater O'Brien schickte einen Brief nach London und zahlte den Zuschlag für die Eilzustellung; so konnte er sich darauf verlassen, daß der Brief spätestens in drei Tagen das Libysche Volksbüro in London erreichen würde. Damit blieb Tripolis noch Zeit, die nötigen Vorkehrungen zu treffen.

Die Wallfahrt ging per Charterflug nach Lourdes am Fuß der französischen Pyrenäen. Hier setzte sich Pater O'Brien unbemerkt von der Pilgerschar ab und bestieg ein kleines Charterflugzeug, das auf dem Flugplatz von Lourdes auf ihn wartete. Vier Stunden später landete er in Valletta auf Malta, wo die Libyer ihn übernahmen. Der nicht gekennzeichnete Regierungsjet landete auf einem kleinen Militärflugplatz in der Nähe des libyschen Küstenstädtchens Surt. Hakim al-Mansur, weltmännisch und verbindlich wie immer, holte ihn ab.

Die beiden Männer unterhielten sich in einem Raum der Luftwaffenbasis, der von al-Mansurs persönlichen Leibwächtern gesichert wurde. Als sie fertig waren, flog der Ire über Malta nach Lourdes zurück. Er war begeistert. Sollte das, was man ihm gesagt hatte, Wirklichkeit werden, so würde dies einen gewaltigen Fortschritt für seine gerechte Sache bedeuten.

Hakim al-Mansur konnte dem Revolutionsführer drei Tage später Bericht erstatten. Gaddafi war an diesem Tag in „Beduinenstimmung", wie al-Mansur es hinter vorgehaltener Hand nannte – in einem weißen Kaftan ruhte er, ausgestreckt auf einem Berg Kissen, in einem großen, reichverzierten Zelt, seinem Wüstenlager. Er wirkte genauso schläfrig wie immer, während er einen Schluck Wasser trank und al-Mansur erzählen ließ.

Der Offizier erstattete Bericht, ohne Schnörkel oder Übertreibungen. Wie alle in der Umgebung des libyschen Staatschefs empfand er eine ehrfürchtige Bewunderung für Gaddafi. Der Mann war ein Rätsel, und ein rätselhafter Mensch flößt Männern immer ehrfürchtige Scheu ein, vor allem dann, wenn er mit einer Handbewegung anordnen kann, daß man auf der Stelle hingerichtet wird.

Al-Mansur war klar, daß viele Ausländer der Überzeugung waren, Gaddafi sei wahnsinnig. Er, al-Mansur, wußte, daß das nicht stimmte. Der Revolutionsführer hätte sich niemals achtzehn Jahre lang unangefochten an der Spitze dieses aufregenden, zerrissenen und gewalttätigen Landes halten können, wenn er geistesgestört wäre.

Gaddafi war ein durchaus geschickter, wendiger Politiker. Er hatte Fehler gemacht, und er gab sich Illusionen hin, besonders über die Welt außerhalb seines Landes. Auf diesem Gebiet war Hakim al-Mansur, der in England zur Schule gegangen war, der Experte. Al-Mansur wußte, daß er bei Gaddafi einen Stein im Brett hatte. Das kam nicht von ungefähr: Er, der Leiter der Auslandsabteilung des Geheimdienstes, hatte in jüngeren Jahren seine Loyalität bewiesen, indem er persönlich drei von Gaddafis politischen Gegnern in ihren europäischen Schlupflöchern liquidiert hatte.

An diesem Tag im April des Jahres 1987 berichtete Hakim al-Mansur dem Staatschef vom Besuch des irischen Priesters. Während der Offizier sprach, näherte sich einer der Leibärzte Gaddafis. Er verabreichte dem Revolutionsführer, der seit dem amerikanischen Bombenangriff auf seine Privatresidenz an Alpträumen litt, ein leichtes Beruhigungsmittel.

„Daß das Material zu gleichen Hälften geteilt wird – hat er das akzeptiert?" erkundigte sich Gaddafi schließlich bei al-Mansur.

„Der Priester wird diese Bedingung weitergeben", sagte der Geheimdienstmann. „Ich vertraue darauf, daß der Militärrat der IRA zustimmen wird."

„Und die Sache mit dem amerikanischen Botschafter?"

„Auch das."

Gaddafi seufzte wie jemand, auf dessen Schultern sämtliche Bürden der Welt lasten. „Das reicht nicht", meinte er träumerisch. „Wir brauchen noch mehr. In Amerika selbst."

„Die Suche geht weiter, Exzellenz. Die Werkzeuge Ihrer Rache werden gefunden werden."

Gaddafi nickte mehrmals und deutete dann mit einer Geste an, daß die Unterredung beendet sei. „Kümmern Sie sich darum", ordnete er leise an.

DAS SAMMELN geheimer Informationen ist ein merkwürdiges Geschäft. Nur selten bringt ein einziger Coup Antworten auf alle Fragen. In den meisten Fällen muß in geduldiger Arbeit ein Puzzle zusammengesetzt werden, Stück für Stück. Noch vor Ende April waren zwei Teile eines neuen Puzzles im Century House eingegangen.

Das eine kam von dem libyschen Arzt, der Gaddafi das Beruhigungsmittel gegeben hatte. Der Mann hatte einen Sohn gehabt, der in England studiert hatte, als der libysche Geheimdienst an ihn herangetreten war und ihm eingeredet hatte, falls er seinen Vater liebe, müsse er sich bereit erklären, eine Aufgabe für den Revolutionsführer zu erledigen. Die Bombe, die der Geheimdienst ihm gegeben hatte, war vorzeitig explodiert. Der Vater hatte seinen Schmerz verborgen, aber sein Herz war seither voller Haß. Er gab alle Informationen, die er sich dank seiner Stellung bei Gaddafi beschaffen konnte, an die Briten weiter.

Seinen Bericht über das Gespräch in dem Zelt, das er mitgehört hatte, hielt man für so wichtig, daß er sofort dem Chef des SIS vorgelegt wurde.

„*Was* will er tun?“ fragte der Geheimdienstchef ungläubig.

„Anscheinend hat er den IRA-Führern angeboten, ihnen Sprengstoff und Waffen zu schenken“, sagte Timothy Edwards.

„Wie wurde das Angebot gemacht?“

„Offenbar über einen irischen Priester, der nach Libyen geflogen ist.“

„Aha. Dann müssen wir herausfinden, wer dieser mysteriöse Geistliche ist. Ich frag mal bei der Box nach, ob die was darüber wissen.“

„Box 500“ ist der Insider-Spitzname für den MI5, die britische Spionageabwehr, die in Nordirland, das zu Großbritannien gehört, für die Terrorismusbekämpfung zuständig ist. Der SIS ist dagegen für geheimdienstliche Maßnahmen und Spionageabwehr im Ausland verantwortlich, einschließlich der Republik Irland. Zwei Tage später förderte eine MI-5-Operation ein zweites Teil des Puzzlespiels zutage.

Ein junger IRA-Mann mit einem Armalite-Gewehr im Kofferraum seines Fahrzeugs geriet in eine Straßensperre der nordirischen Polizei. Als das gestohlene Auto plötzlich beschleunigte, legte ein Beamter, der sich im Hintergrund gehalten hatte, sein Gewehr an und feuerte viermal auf den Wagen. Eines der Geschosse riß dem jungen Mann am Steuer die Schädeldecke ab.

Er war nur ein „Laufbursche“ gewesen, aber die IRA beschloß, ihm trotzdem ein Begräbnis mit militärischen Ehren auszurichten. Es fand in Ballycrana statt, dem Heimatort des getöteten jungen Mannes, einem kleinen Dorf in South Armagh. Die trauernde Familie, die ausschließlich aus fanatischen Republikanern bestand, willigte ein, daß der Gottesdienst von Pater Dermot O'Brien abgehalten wurde.

Begräbnisse von IRA-Leuten bieten den IRA-Führern immer wieder eine willkommene Gelegenheit zu Zusammenkünften und Besprechungen. Die IRA-Bosse können im Schutz der Sympathisanten gemeinsam planen, entscheiden, Informationen weitergeben oder Aktionen besprechen. So kann die IRA also selbst geheiligte Orte wie Friedhöfe zur Planung neuer scheußlicher Verbrechen nutzen.

Als die Briten Wind davon bekamen, überlegten sie nicht lange. Jemand hat einmal gesagt, ein englischer Gentleman müsse vor allem eins lernen: in welchem Augenblick er keiner mehr sein dürfe. Seither präparieren die Briten die Särge von IRA-Leuten mit „Wanzen“.

In der Nacht vor der Beerdigung brachen zwei Soldaten vom Special Air Service (SAS) in Zivil in die Leichenhalle ein, wo der leere

Sarg bereitstand. Der Tote war nach altem Brauch noch im Wohnzimmer der Familie aufgebahrt. Innerhalb einer Stunde war die „Wanze" ins Holz des Sarges eingepflanzt.

Aus gutgetarnter Stellung oberhalb des Dorfes beobachtete tags darauf der SAS die Beerdigung und fotografierte die Gesichter aller Anwesenden. Ein anderer Mann zeichnete die Geräusche auf, die das Abhörgerät im Sarg auffing.

Der Priester, dessen Soutane im Morgenwind wehte, sprach die letzten Worte am offenen Grab und warf eine Handvoll Erde auf den Sarg, während dieser hinabgelassen wurde. Das Geräusch der auf das Holz prasselnden Erde war so laut, daß der abhörende Soldat das Gesicht verzog. Pater Dermot O'Brien stand neben einem Mann, der nach Wissen der Briten der stellvertretende Stabschef des IRA-Militärrats war. Mit gesenktem Kopf und abgewandtem Gesicht begannen sie leise miteinander zu sprechen. Ihre Worte wurden auf dem Hügel auf Band aufgezeichnet. Bei der Abhöraktion hatte es sich nur um eine Routineangelegenheit gehandelt, doch das Ergebnis war Gold wert. Pater O'Brien hatte dem IRA-Militärrat Gaddafis Angebot in allen Einzelheiten unterbreitet.

„WIEVIEL?" fragte zwei Tage später in London Sir Anthony, der Vorsitzende des Koordinierungsstabes für die Geheimdienste.

„Zwanzig Tonnen, Sir Anthony. Das ist das Angebot." Der Direktor des MI5 nahm die Akte entgegen, die sein Kollege gerade gelesen hatte, und verstaute sie wieder in seinem Aktenkoffer.

„Und die Konditionen?" forschte Sir Anthony weiter. „Kein Zweifel möglich?"

Der MI5-Direktor verneinte. „Die zwanzig Tonnen werden aus den üblichen Sturmgewehren, Granaten, Mörsern, Pistolen, Zeitzündern und Panzerfäusten bestehen – darunter wahrscheinlich auch tschechische RPG 7. Außerdem zwei Tonnen Semtex. Davon muß die Hälfte für eine Serie von Bombenanschlägen in England verwendet werden, für gezielte Attentate, unter anderem auf den amerikanischen Botschafter. Anscheinend haben die Libyer darauf größten Wert gelegt."

„Ich möchte, daß Sie das alles dem SIS vortragen", erklärte Sir Anthony schließlich. „Es sieht alles nach einer Übersee-Operation aus. Sie werden dem SIS jede Unterstützung gewähren – das gilt für Sie und alle Ihre Untergebenen."

„Selbstverständlich", erwiderte der MI5-Direktor.

Am frühen Abend hatten der Chef des SIS und sein Stellvertreter Timothy Edwards an einer längeren Sitzung in der Zentrale ihrer Schwesterorganisation in der Curzon Street teilgenommen. MI5 würde die Überwachung des Mannes verstärken, der dem IRA-Militärrat angehörte. Solange Pater O'Brien im Norden blieb, galt dasselbe für ihn. Kehrte er in die Republik Irland zurück, würde ihn der SIS übernehmen. Eine verschärfte Überwachung wurde auch für eine andere Zielperson angeordnet, einen Mann, der in dem Gespräch am offenen Grab erwähnt worden und den britischen Sicherheitskräften auch durchaus bekannt war, den sie aber noch nie festgenommen hatten.

Als Sir Anthony ins Century House zurückgekehrt war, ließ er Sam McCready kommen. „Sie müssen diese Lieferung verhindern, McCready", meinte er am Schluß der Unterredung. „Entweder schon in Libyen oder danach unterwegs. Die zwanzig Tonnen Waffen dürfen auf keinen Fall nach Irland gelangen."

Sam McCready saß stundenlang in einem abgedunkelten Vorführraum und sah sich den Videofilm von dem Begräbnis an. Kein auch nur im entferntesten verdächtiges Wort fiel, bis der Priester mit gesenktem Kopf neben dem Mann vom IRA-Militärrat am Grabesrand stand. Der Priester hob den Kopf, um die weinende Mutter des erschossenen jungen Mannes zu trösten.

„Anhalten bitte! Vergrößerung! Optimal einstellen!"

Das Gesicht von Pater O'Brien füllte jetzt den ganzen Bildschirm aus; McCready sah es sich zwanzig Minuten lang genau an und prägte sich jede Einzelheit ein.

Später saß er in seinem Büro und schaute sich Fotos an. Auf einem war Hakim al-Mansur zu erkennen, wie er in Paris aus einem Auto stieg. Er trug einen tadellosen Maßanzug – ein weltgewandter, gebildeter, charmanter Mann und ein kaltblütiger Killer. Ein anderes Foto zeigte den Stabschef des IRA-Militärrats, wie er eine Rede bei einer Kundgebung in Belfast hielt. Ein drittes Bild lag vor McCready, das Porträt des Mannes, der am Grab erwähnt worden war. Ihm hatte die IRA wahrscheinlich die Leitung der Operation anvertraut. Der Mann war früher Kommandeur der Brigade „South Armagh" der IRA gewesen und war inzwischen zum Leiter der Abteilung Sonderprojekte befördert worden, ein hochintelligenter, sehr erfahrener und rücksichtsloser Killer namens Kevin Mahoney.

McCready versuchte sich vorzustellen, wie die Gehirne dieser Männer arbeiteten. Um dieses Spiel zu gewinnen, würde er sich in sie hineindenken müssen. Dabei hatte er zwei Vorteile: Er wußte, was sie planten, während seine Aktionen im verborgenen blieben. Und er würde sie erkennen und sie ihn nicht. Oder kannte al-Mansur sein Gesicht? Der Libyer hatte für den KGB gearbeitet. Die Russen führten McCready in ihren Akten.

Der Geheimdienstchef war nicht bereit, das Risiko einzugehen. „Tut mir leid, McCready, aber Sie übernehmen die Operation auf keinen Fall selbst. Und wenn die Wahrscheinlichkeit, daß die Libyer Ihr Konterfei archiviert haben, auch nur ein Prozent beträgt, bleibe ich trotzdem bei meiner Ablehnung. Sie müssen jemand anderen finden."

So ging McCready die Akten durch, Tag für Tag, er siebte und sortierte, erwog Möglichkeiten und verwarf sie wieder. Schließlich blieb der Name eines Mannes übrig, der für die Leitung der Operation in Frage kam. Mit seinem Vorschlag ging er zu Timothy Edwards.

„Sie sind verrückt, McCready!" rief Edwards. „Sie wissen doch, daß dieser Kandidat völlig inakzeptabel ist. MI5 haßt ihn wie die Pest. Wir versuchen, uns mit denen abzustimmen, und Sie schlagen mir diesen Abtrünnigen vor. Mit dem würden wir nie zusammenarbeiten."

„Eben deswegen", antwortete McCready ungerührt.

Edwards änderte seine Taktik. „Vermutlich würde auch er nicht mit uns zusammenarbeiten."

„Vielleicht doch."

„Nennen Sie mir einen einzigen Grund."

McCready tat es.

„Tja", sagte Edwards, „nach unseren Unterlagen ist der Mann ein schwarzes Schaf. Es besteht striktes Verbot, ihn einzusetzen. Aber wie ich Sie kenne, werden Sie sich wahrscheinlich nach Ihrem berühmten sechsten Sinn richten . . ."

McCready fuhr mit dem Auto durch die Kleinstadt Cricklade und über die Grafschaftsgrenze nach Gloucestershire. Das umgebaute landwirtschaftliche Gebäude stand, hinter Bäumen versteckt, in einer kleinen Nebenstraße, ein altes, aus Steinen gemauertes Haus, das früher einmal als Stallung und Scheune gedient hatte. Wer immer es in ein gemütliches Landhaus verwandelt hatte, hatte gute Arbeit geleistet. Es war von einer Mauer umgeben, an der alte Wagenräder lehnten, und im Garten blühten bunte Frühlingsblumen. Durch das Tor fuhr McCready in den Hof und hielt vor der Eingangstür.

Eine hübsche junge Frau, die ein Blumenbeet ausjätete, stellte ihren

Korb hin und stand auf. „Guten Tag", begrüßte sie ihn. „Kommen Sie wegen eines Teppichs?"

Aha, dachte McCready, der Hausherr handelt also nebenbei mit Teppichen. Vielleicht stimmt es doch, daß sich seine Bücher nicht allzugut verkaufen. „Nein, tut mir leid", antwortete er. „Ich wollte mich mit Tom unterhalten."

Ihr Lächeln erlosch, und ihre Miene bekam einen mißtrauischen Zug. „Er schreibt gerade. In seinem Holzhaus unten im Garten. Er ist ungefähr in einer Stunde fertig. Können Sie solange warten?"

„Ja, sicher."

In dem hellen Wohnzimmer mit Chintzgardinen an den Fenstern brachte sie ihm eine Tasse Kaffee, und sie warteten gemeinsam. Der Gesprächsstoff ging ihnen bald aus. Als die Stunde um war, näherten sich Schritte von der Küche her. Sie sprang auf.

„Nicki –" Tom Rowse kam zur Tür herein, sah den Besucher und blieb stehen. Er lächelte zwar, aber sein Blick blieb wachsam.

„Liebling, dieser Herr möchte dich sprechen. Wir wollten dich nicht bei der Arbeit stören. Möchtest du Kaffee?"

„Ja, sehr gerne."

McCready stellte sich vor, während er mit dem Hausherrn hinausging. Im benachbarten Zimmer setzte sich Rowse. In den Unterlagen stand, daß er dreiunddreißig war. Daß er äußerst fit wirkte, stand nicht drin. Das war auch überflüssig.

Tom Rowse war Hauptmann im Special Air Service Regiment gewesen, der britischen Antiterror-Spezialeinheit. Vor drei Jahren hatte er den Dienst bei der Armee quittiert, Nicki geheiratet und die Scheune gekauft. In monatelanger Arbeit hatte er das Gebäude eigenhändig umgebaut, um so seiner Wut Herr zu werden. Nachts hatte er geschrieben.

Es mußte natürlich ein Roman sein; ein Tatsachenbericht war ihm nach dem Gesetz über die Wahrung von Amtsgeheimnissen untersagt. Aber selbst als Roman hatte das Buch in der Zentrale des MI5 in der Curzon Street helle Empörung ausgelöst. Es handelte von Nordirland, aus der Sicht eines verdeckt arbeitenden Agenten, und es hatte die Erfolge der Abteilung MI5 bei der Spionageabwehr in Frage gestellt.

Für einen Erstling erzielte es eine recht beachtliche Auflage. Der Verlag hatte den Autor für ein zweites Buch unter Vertrag genommen, und daran arbeitete er jetzt. MI5 hatte verlauten lassen, Tom Rowse sei ein Abtrünniger, ein schwarzes Schaf, dem man keinerlei Unterstützung gewähren dürfe. Er wußte das, aber es war ihm mittlerweile piepegal. Er hatte sich in seinem neuen Haus mit seiner neuen Frau eine neue Existenz aufgebaut.

Nicki brachte den Kaffee, merkte, daß eine gedrückte Stimmung herrschte, und ging wieder hinaus. McCready sprach volle zehn Minuten, dann erst hatte er sein Anliegen vorgebracht.

„Ich bin raus, McCready“, erwiderte der ehemalige Soldat, „ein für allemal. Haben die Ihnen das in der Curzon Street nicht gesagt? Ich bin jetzt unangreifbar. Ein neues Leben, ein Haus und sogar ein bescheidenes Auskommen durch meine Bücher. Warum, zum Teufel, sollte ich wieder anfangen?“

„Ich brauche einen erfahrenen Mann, Rowse. Einen Insider. Einen, der sich mit einer guten Tarnung im Nahen Osten bewegen kann.“

„Suchen Sie sich einen anderen.“

„Die IRA hat beschlossen, wer den Coup leiten soll. Ich glaube, Sie kennen ihn. Er heißt Kevin Mahoney.“

Rowse war wie vom Donner gerührt. „*Der* wird das machen?“

„Wir glauben, daß er für die Aktion verantwortlich sein wird. Wenn er versagt, ist das sein sicheres Ende.“

Rowse blickte lange in die Landschaft hinaus, ehe er aufstand und hinausging. Nach einer Weile hörte McCready leise Stimmen und dann Nickis Weinen. Rowse kam zurück, um seine Reisetasche zu packen.

2

Die Einsatzbesprechung mit Rowse dauerte eine Woche und wurde von McCready persönlich geleitet. Sie hatten dazu eines der drei ruhig gelegenen Landhäuser bezogen, eine knappe Autostunde von London entfernt, die dem SIS für solche Zwecke zur Verfügung stehen.

Rowse sah sich das Video an und hörte die Bandaufnahme von der Beerdigung ab. Er prägte sich die Gesichter des irischen Priesters und des Mannes vom IRA-Militärrat neben ihm ein. Aber sein Blick kehrte immer wieder zu Kevin Mahoney zurück, dessen Züge äußerste Brutalität verrieten.

Vier Jahre zuvor wäre ihm der IRA-Killer um ein Haar ins Netz gegangen, als es ihm gelungen war, ihn aus seinem Unterschlupf in der Nähe von Dundalk im Süden nach Nordirland zu locken. Mahoney und sein Fahrer hatten in der Nähe von Moira an einer Tankstelle angehalten. Rowse hatte ihn in sicherem Abstand verfolgt und über Funk laufend Anweisungen von den Beobachtern an der Strecke bekommen. Er entschloß sich zum Eingreifen.

Als er an der Tankstelle ankam, hatte der IRA-Fahrer bereits getankt und saß schon wieder im Auto. Er war allein. Rowse wies seinen Partner an, den IRA-Fahrer im Auge zu behalten, und stieg aus. Während er sich an der Zapfsäule zu schaffen machte, ging die Tür zur Herrentoilette auf, und Mahoney kam heraus.

Rowse hatte sich eine grobgestrickte Wollmütze aufgesetzt, und er hatte sich mehrere Tage nicht rasiert. Als Mahoney auftauchte, ging Rowse in die Hocke, zog seine Waffe und brachte sie beidhändig in Anschlag. „Mahoney – keine Bewegung!"

In diesem Moment tauchte ein Volkswagen mit zwei alten Damen auf und fuhr genau zwischen Rowse an der Zapfsäule und Mahoney an der Wand hindurch. Das reichte dem IRA-Mann. Er bückte sich, benutzte einen geparkten Lastwagen als Deckung und rannte im nächsten Moment auf die Straße hinaus.

Der ältliche Fahrer eines Morris Minor trat voll auf die Bremse, um den davoneilenden Mann nicht anzufahren. Mahoney ging hinter dem Morris in Deckung, zerrte den Fahrer an der Jacke aus dem Auto, sprang hinter das Lenkrad und fuhr los.

Aber es war noch jemand in dem Auto. Der alte Mann war mit seiner Enkelin im Zirkus gewesen. Rowse mußte hilflos mit ansehen, wie die Beifahrertür aufflog und das Kind hinausgestoßen wurde. Das kleine Mädchen schrie, als es auf die Straße fiel, wo es von einem Lieferwagen erfaßt wurde.

„Sie wurde hinausgestoßen", erklärte Rowse bitter. „Ich habe Mahoneys Arm gesehen." Er machte eine kurze Pause. „Ist es ganz sicher, daß er diese Operation leiten wird?" fragte er dann.

„Alles deutet darauf hin. Wir wissen nicht, wo er auftauchen wird. Aber er wird die Operation leiten. Sie haben ja das Band gehört."

McCready instruierte Rowse auch über seine Legenden. Er würde zwei bekommen. Die erste Tarnung würde ziemlich durchsichtig sein. Mit etwas Glück würde die andere Seite die Täuschung durchschauen und auf die zweite Tarnung stoßen. Und an der würden die IRA-Oberen (auch hier etwas Glück vorausgesetzt) nichts Verdächtiges entdecken.

„Wo würden Sie denn gerne anfangen?" fragte McCready, als die Woche sich ihrem Ende näherte.

„Ein Autor, der den internationalen Waffenhandel für seinen nächsten Roman recherchiert, würde bald dahinterkommen, daß Antwerpen und Hamburg die zwei wichtigsten Umschlagplätze in Europa sind", meinte Rowse.

„Stimmt. Haben Sie in einer der beiden Städte eine Kontaktperson?"

„Ich kenne einen Mann in Hamburg, Uli Kleist. Ich hab ihm mal das Leben gerettet. In Mogadischu. Durchgedreht hat er erst später, damals, als jemand seinen Sohn drogensüchtig gemacht hat. Der Junge ist gestorben."

„Das kann einem an die Nieren gehen", bestätigte McCready. „Also gut, Hamburg. Ich werde Sie begleiten. Die ganze Zeit. Sie werden mich nicht sehen, aber ich werde dasein, mit zwei von Ihren früheren Regimentskameraden. Wir holen Sie raus, wenn's hart auf hart geht."

Rowse nickte. Er wußte, daß es gelogen war, aber es war eine nette Lüge. Denn als Agent besaß Rowse eine Eigenschaft, die bei Spionagebossen sehr beliebt war: Er war durch und durch entbehrlich.

ROWSE traf im Mai in Hamburg ein, quartierte sich in einem einfachen Hotel am Hauptbahnhof ein und mietete sich einen kleinen Wagen. Es galt, seiner Tarnung als mäßig erfolgreicher Romanautor, der für sein nächstes Buch recherchierte, gerecht zu werden. Nach zwei Tagen machte er Uli Kleist ausfindig; er arbeitete als Gabelstaplerfahrer im Hafen.

Der hochgewachsene Deutsche hatte gerade sein Arbeitsgerät abgestellt und kletterte vom Fahrersitz, als Rowse seinen Namen rief. Kleist fuhr herum, bereit, Rede und Antwort zu stehen, doch dann erkannte er Rowse. Über sein zerfurchtes Gesicht huschte ein Lächeln. „Tom! Tom, alter Freund!"

Er umarmte Rowse, als wollte er ihn erdrücken. Nachdem er ihn wieder losgelassen hatte, trat er einen Schritt zurück und betrachtete den ehemaligen Soldaten der Antiterrortruppe, den er 1977 auf einem glühendheißen Flughafen in Somalia kennengelernt hatte. Kleist war vierzig Jahre alt, wirkte aber älter.

Am 13. Oktober 1977 hatten vier palästinensische Terroristen eine Lufthansamaschine auf dem Flug von Mallorca nach Frankfurt mit sechsundachtzig Passagieren und einer fünfköpfigen Besatzung an Bord entführt. Der Jet war nacheinander in Rom, Larnaka, Bahrain, Dubai, Aden und schließlich in Mogadischu gelandet, der öden Hauptstadt Somalias.

Dort war die Maschine, die wegen Treibstoffmangels nicht hatte weiterfliegen können, am 18. Oktober fünf Minuten nach Mitternacht von Angehörigen der Bundesgrenzschutz-Elitetruppe GSG 9 gestürmt worden, die sich die britische Antiterroreinheit zum Vorbild genommen hatte und großenteils auch von ihr ausgebildet worden war. Die Operation in Mogadischu war für Oberst Ulrich Wegeners Jungs der erste Einsatz im Ausland. Die GSG-9-Truppe war ausgezeichnet vorbereitet, aber zwei britische Antiterrorspezialisten kamen trotzdem mit. Einer davon war Tom Rowse.

Nach acht Sekunden war alles vorbei. Als der GSG-9-Mann Uli Kleist bei der Erstürmung der Maschine in den Mittelgang vordrang, richtete sich eine Terroristin auf – sie hielt eine Handgranate in der Hand und wollte sie gerade abziehen. Kleist hatte noch nie aus so kurzem Abstand auf einen Menschen geschossen, und zu seinem Glück trat Rowse in den Mittelgang und erledigte das für ihn.

Jetzt, zehn Jahre später, stand Uli Kleist auf einem Hamburger Kai und musterte den schlanken jungen Mann, der vor so langer Zeit in dem engen Flugzeug die zwei Schüsse über seinen Kopf hinweg abgegeben hatte.

„Was führt dich denn nach Hamburg, Tom?"

„Ich schlage vor, ich lade dich zum Essen ein, und dann erzähl ich's dir."

In einem ungarischen Restaurant in einer Seitenstraße von St. Pauli aßen sie scharf gewürzte Speisen. Rowse redete, Kleist hörte zu.

„Ja, könnte eine ganz spannende Geschichte werden", sagte Kleist schließlich. „Über Terroristen und Waffenhändler und das Weiße Haus. Man kann also davon leben, wenn man Thriller schreibt?"

Rowse zuckte die Achseln. „So halbwegs."

Der Deutsche überlegte. „Nun, ich seh mal zu, daß ich jemanden finde, der dir bei deinen Recherchen weiterhelfen kann." Er lachte, wie um zu sagen: Ich weiß natürlich, daß da mehr dahintersteckt. „Anscheinend geht's dir gut, seit du der Armee den Rücken gekehrt hast. Was ich von mir nicht gerade behaupten kann."

„Ich hab von deinem Pech gehört", meinte Rowse.

„Ach was, zwei Jahre in einem Hamburger Gefängnis. Es war's mir wert."

Kleists Sohn war erst sechzehn Jahre alt gewesen, als ein Rauschgifthändler den Jungen erst süchtig gemacht und dann an härtere Drogen gewöhnt hatte. Er starb an einer Überdosis Heroin. In seiner Wut kannte Uli Kleist keine Rücksicht mehr. Nachdem er die Namen des kolumbianischen Großhändlers und des deutschen Dealers erfahren hatte, ging er in ein Restaurant, in dem die beiden beim Essen saßen, und knallte sie über den Haufen. Ein mitfühlender Richter gab ihm vier Jahre. Er hatte zwei Jahre abgesessen und war vor sechs Monaten entlassen worden. Man munkelte, er habe sich zu Spitzeldiensten verpflichtet.

Sie unterhielten sich bis Mitternacht, dann nahm Rowse ein Taxi zu seinem Hotel. Während der ganzen Fahrt folgte ein Mann auf einem Motorrad dem Taxi. Der Motorradfahrer sprach zweimal in ein tragbares Funkgerät.

Als Rowse aus dem Taxi stieg, tauchte McCready aus der Dunkelheit auf. „Sie werden im Augenblick nicht verfolgt", sagte er. „Wie wär's mit einem Schlummertrunk?"

Sie gingen auf ein Bier in ein Nachtlokal, und Rowse berichtete.

„Kleist hält also Ihre Geschichte von den Recherchen für ein Märchen?" fragte McCready.

„Zumindest hat er einen Verdacht."

„Sehr gut. Hoffen wir, er geht damit hausieren."

Rowse meinte, er fühle sich wie ein Stück Käse in einer Mausefalle.

„In einer funktionierenden Mausefalle", bemerkte McCready, „passiert dem Käse nichts."

„Sagen Sie das mal dem Käse!"

AM NÄCHSTEN Abend traf sich Rowse mit Kleist. Der Deutsche schüttelte den Kopf. „Ich hab mich umgehört", meinte er, „aber was du vorhast, ist ein paar Nummern zu groß für Hamburg. Solches Zeug ist auf dem schwarzen Markt nicht zu haben. Es gibt aber einen Mann, der dir vielleicht weiterhelfen kann."

„Hier in Hamburg?"

„Nein, in Wien. Der russische Militärattaché ist ein gewisser Major Witali Karjagin. Wie du bestimmt weißt, ist Wien Hauptumschlagplatz der tschechischen Firma Omnipol. Bei Exportgeschäften brauchen sie für manche Waren und manche Abnehmer grünes Licht aus Moskau. Der Mann, über den diese Genehmigungen laufen, ist Karjagin."

„Und warum sollte der mir helfen?"

„Privat hat er einen besonderen Geschmack. Anscheinend hat er eine Schwäche für Mädchen, die Sorte, bei denen ohne teure Geschenke nichts läuft. Also nimmt er selber Geschenke an, Scheine, im Umschlag. Ach übrigens, in diesem . . . Roman von dir, kommt da auch die IRA vor?"

„Wieso, wie kommst du darauf?" fragte Rowse.

Kleist zuckte die Achseln. „Die haben hier ein paar Leute, die sich in einem Lokal treffen, das von Palästinensern geführt wird. Sie unterhalten Kontakte zu anderen Terroristengruppen in verschiedenen Ländern, und sie kennen sich im Waffenhandel aus. Soll ich dich mit ihnen zusammenbringen?"

„Wissen diese Palästinenser, daß du mal mitgeholfen hast, vier von ihnen das Licht auszublasen?" wollte Rowse wissen.

„Wahrscheinlich ja. Aber ich besuche diese Kneipe trotzdem."

„Warum?"

„Macht Spaß, den Tiger am Schwanz zu ziehen."

Du bist verrückt, dachte Rowse.

„ICH FINDE, Sie sollten hingehen", sagte McCready am späten Abend zu Rowse. „Vielleicht sehen die Sie und fragen sich, warum Sie hier sind. Sie werden die Geschichte von dem recherchierenden Autor nicht glauben und messerscharf folgern, daß Sie tatsächlich Waffen kaufen wollen, die nach Amerika geschmuggelt werden sollen."

Am nächsten Abend zahlte Uli Kleist das Taxi, mit dem sie zur Reeperbahn fuhren; dort führte er Rowse in die Bernhard-Nocht-Straße. Vor einer Holztür mit Eisenbeschlägen blieb er stehen. Als er auf eine versteckte Klingel drückte, wurde ein kleiner Schieber geöffnet. Jemand sah ihn prüfend an, er hörte ein Flüstern, dann ging die Tür auf. Der Türsteher und der Mann im Smoking neben ihm waren beide Araber.

„Guten Abend, Herr Abdallah", grüßte Kleist fröhlich.

Abdallah sah Rowse an.

„Ach, der ist in Ordnung", fügte Kleist hinzu. „Ein Freund von mir." Der Araber nickte dem Türsteher zu, der daraufhin beide einließ. Kleist wirkte trotz seiner Größe eher schmächtig neben dem Türsteher, mit dem vermutlich nicht zu spaßen war.

Abdallah führte die beiden Männer an einen Tisch und rief einen Kellner herbei. Zwei vollbusige Bardamen, beide Deutsche, kamen hinter der Bar hervor und setzten sich an ihren Tisch. Kleist grinste. „Na, was hab ich gesagt? Keine Probleme."

Sie saßen am Tisch und tranken. Ab und zu tanzte Kleist mit einem der Mädchen. Rowse nippte an seinem Drink und sah sich im Lokal um. Trotz der finsteren Gegend, in der es lag, war es exquisit eingerichtet; die Musik war live, der Drink nicht verwässert. Sogar die Mädchen waren hübsch und gut angezogen.

Abgesehen von dem furchterregenden Türsteher entdeckte Rowse nichts, was darauf hingedeutet hätte, daß hier auch andere Gäste verkehrten als Geschäftsleute, die bereit waren, eine Menge Geld liegenzulassen, in der Hoffnung, eine der Bardamen abschleppen zu können.

ÜBER der Bar war ein großer Spionspiegel angebracht, dahinter befand sich – etwas erhöht – das Büro des Geschäftsführers. Zwei Männer standen dort und blickten hinunter.

„Wer ist denn das?" fragte der eine leise. Er sprach mit irischem Akzent.

„Ein Deutscher namens Kleist, kommt öfter hierher. War früher bei der GSG 9. Ist aber schon lange raus. Hat zwei Jahre wegen Totschlags abgesessen."

„Nicht der", meinte der Ire, „der andere, den er mitgebracht hat. Der Engländer."

„Keine Ahnung, Seamus. Ich sehe ihn zum erstenmal."

„Stell fest, um wen es sich handelt!" befahl der Ire. „Der kommt mir irgendwie bekannt vor."

ROWSE war auf die Toilette gegangen. Er wusch sich gerade die Hände, als die zwei Männer hereinkamen. Der größere baute sich vor Rowse auf. Der schlankere, gutaussehende Ire blieb an der Tür stehen. Er nahm einen kleinen hölzernen Keil aus seiner Jackentasche, ließ ihn auf den Boden fallen und schob ihn mit dem Fuß unter die Tür. Man wollte ungestört sein.

Rowse hatte das Geschehen im Spiegel beobachtet. Als der Größere sich kurz von ihm abwandte, wußte er Bescheid. Er drehte sich um, duckte sich unter dem ersten Faustschlag weg und trat dem Angreifer mit der Fußspitze in die empfindliche Sehne unterhalb der linken Kniescheibe.

Der große Mann knickte ein, so daß sein Kopf auf Hüfthöhe kam. Rowse riß das Knie hoch und traf seinen Gegner am Kinn. Der Kampf endete mit einem dritten Schlag: Mit gekrümmten Fingerknöcheln schlug er seinem Widersacher gegen den Kehlkopf. Dann wandte sich Rowse zur Tür.

„Sachte, mein Freund", meinte der Mann namens Seamus, der dort stand. „Er wollte nur mit Ihnen reden." Sein eisiger Blick verriet Wachsamkeit.

„*Qu'est-ce que se passe?* – Was geht hier vor?" fragte Rowse. Er hatte sich vorhin am Eingang des Lokals als Schweizer ausgegeben.

„Sparen Sie sich das, Mr. Rowse“, erklärte Seamus O'Keefe. „Erstens war Ihr Foto auf dem Umschlag Ihres Buches, das ich mit großem Interesse gelesen habe. Und zweitens waren Sie vor Jahren bei der Elitetruppe in Belfast. Mir war gleich so, als hätte ich Sie schon mal gesehen.“

„Na und?“ erwiderte Rowse. „Aus der Armee bin ich schon lange raus. Ich lebe jetzt davon, daß ich Romane schreibe. Das ist alles.“

„Stimmt, das habe ich auch gehört. Also gut, kommen Sie, ich lade Sie zu einem Drink ein. Auf die alten Zeiten!“

Er trat den Keil unter der Tür weg und hielt sie auf. Sein Begleiter hatte sich inzwischen aufgerappelt und saß benommen in der Hocke, Rowse ging durch die Tür. O'Keefe blieb zurück und flüsterte dem anderen etwas ins Ohr.

In der Bar saß Uli Kleist immer noch am Tisch. Der Geschäftsführer und der bullige Türsteher standen neben ihm. Die Mädchen waren nirgends zu sehen. Als Rowse an Kleist vorbeiging, blickte dieser ihn fragend an.

Rowse schüttelte den Kopf. „Schon gut, Uli“, sagte er. „Kein Grund zur Aufregung. Fahr nach Hause. Wir sehen uns noch.“

O'KEEFE nahm Rowse mit in seine Wohnung. Sie tranken irischen Whiskey mit Soda. „Erzählen Sie mir von Ihren Recherchen, Rowse“, bat O'Keefe.

Rowse beschrieb in groben Zügen die Handlung seines zweiten Buches.

„Also steht nichts über die Jungs in Belfast drin?“ fragte O'Keefe.

„Ich kann nicht zweimal über dasselbe schreiben. Diesmal geht's um Amerika.“

Sie redeten die ganze Nacht. Und tranken. Zum Glück vertrug Rowse große Mengen Whiskey. Bei Tagesanbruch ließ O'Keefe ihn gehen. Rowse kehrte zu Fuß zu seinem Hotel zurück, um wieder einen halbwegs klaren Kopf zu bekommen.

Die anderen bearbeiteten Kleist in dem verlassenen Lagerhaus, in das sie ihn gebracht hatten, nachdem Rowse das Lokal verlassen hatte. Der riesige Türsteher hielt ihn fest, und ein zweiter Palästinenser handhabte die Folterinstrumente. Kleist war sehr hart im Nehmen, aber kurz vor Tagesanbruch redete er. Sie ließen ihn sterben, als die Sonne aufging.

Der Große, der mit in der Herrentoilette gewesen war, sah und hörte zu. Als es vorbei war, erstattete er O'Keefe Bericht. Der Hamburger IRA-Chef nickte. „Hab ich mir gedacht, daß da mehr dahintersteckt als ein Roman", sagte er. Später schickte er ein Telegramm an einen Mann in Wien.

DER FLUG nach Wien ging über Frankfurt, und die Maschine startete pünktlich. Rowse saß in der ersten Klasse. Nach dem Start verteilte eine Stewardeß Zeitungen. Rowse sprach nur gebrochen Deutsch, die Schlagzeilen der *Morgenpost* verstand er allerdings auf Anhieb.

Der Tote auf dem Foto hatte die Augen geschlossen und war von Abfall umgeben. Die Schlagzeile lautete: MÖRDER DER DROGENBOSSE TOT AUFGEFUNDEN. Darunter stand, zwei Müllmänner hätten Kleists Leiche in einer Gasse im Hafenviertel neben einer Mülltonne gefunden. Die Polizei gehe davon aus, daß es sich um einen Racheakt innerhalb der Unterwelt handle.

ZU ROWSES Überraschung nahm Major Karjagin in der sowjetischen Botschaft schon beim ersten Läuten ab. Aber es war keine Seltenheit, daß der Russe in der Botschaft einen Anruf von wildfremden Menschen bekam, hatte er doch auch die Aufgabe, die zahllosen Lieferanfragen an den tschechischen Waffenhersteller Omnipol zu beantworten. Er erklärte sich bereit, sich am Abend mit Rowse im Restaurant des Hotels „Sacher" zu treffen.

Karjagin entsprach nicht der gängigen Klischeevorstellung von einem Russen. Er war gewandt, gepflegt, gut gekleidet. Man kannte ihn in den berühmten Restaurants. Der Oberkellner führte ihn an einen Tisch in einiger Entfernung vom Orchester und dem Stimmengewirr der anderen Gäste. Die beiden Männer setzten sich und bestellten Tafelspitz und einen leichten österreichischen Rotwein.

Rowse erklärte, welche Informationen er für seinen nächsten Roman brauche. Karjagin hörte ihm höflich zu. „Also, diese amerikanischen Terroristen . . .", sagte er, als Rowse geendet hatte.

„Es sind nur fiktive Terroristen", verbesserte ihn Rowse.

„Natürlich, diese fiktiven amerikanischen Terroristen, was würden die sich denn so vorstellen?"

Rowse reichte Karjagin eine getippte Liste, die er aus der Brusttasche gezogen hatte. Der Russe las sie durch und gab sie ihm zurück. Dabei schüttelte er den Kopf. „Unmöglich. Diese Liste enthält einige Posten, die man nicht mehr zur konventionellen Bewaffnung zählen kann. Aktenkoffer mit eingebauten Bomben, Claymore-Minen. Mein Land denkt nicht im Traum daran, solche Waffen zu verkaufen oder ihren Verkauf durch einen befreundeten Staat gutzuheißen."

„Und trotzdem gelangen diese Waffen in die Hände bestimmter Terroristengruppen", stellte Rowse fest. „Beispielsweise der Palästinenser."

„Schon möglich, aber ich habe nicht die leiseste Idee, auf welchem Weg."

„Ich weiß, es ist unbescheiden", fuhr Rowse fort, „aber ich würde mir die Authentizität meines Buches durchaus etwas kosten lassen." Er hob die Ecke seiner zusammengefalteten Zeitung hoch, die auf dem dritten Stuhl am Tisch lag. Ein schmaler weißer Umschlag steckte zwischen den Blättern.

Karjagin zog den Umschlag heraus und warf einen Blick auf die DM-Scheine, die darin waren. Er überlegte kurz und steckte dann den Umschlag in seine Innentasche. „Wenn ich an Ihrer Stelle wäre und den Wunsch hätte, bestimmtes Material zu kaufen, um es an eine Gruppe amerikanischer Terroristen zu verkaufen – natürlich alles fiktiv –, würde ich wahrscheinlich nach Tripolis reisen und mich um eine Unterredung mit einem gewissen Oberst Hakim al-Mansur bemühen."

„So weit, so gut", sagte McCready, als er neben Rowse in der Herrentoilette eines Nachtlokals unweit der Donau stand. „Ich finde, Sie sollten hinfliegen."

„Und woher kriege ich ein Visum?"

„Die besten Aussichten hätten Sie im Libyschen Volksbüro in Valletta. Wenn man Ihnen dort ohne Verzögerung ein Visum ausstellt, bedeutet das, daß Ihr Besuch angekündigt wurde."

„Sie meinen, Karjagin wird Tripolis informieren?"

„Allerdings. Sie haben die erste Hürde genommen. Die andere Seite kommt allmählich zu der Überzeugung, daß Sie ein Abtrünniger sind, der sich ein paar Dollar verdienen will, indem er für eine zwielichtige Vereinigung verrückter Amerikaner arbeitet. Al-Mansur wird natürlich noch viel mehr wissen wollen."

Rowse flog von Wien nach Rom und von dort in die Hauptstadt von Malta. Er beantragte beim Volksbüro ein Visum für Tripolis. Innerhalb von vierundzwanzig Stunden wurde ihm das Visum erteilt.

Am nächsten Morgen nahm Rowse die Maschine der Libyan Airways von Valletta nach Tripolis. Als jenseits des glitzernd blauen Mittelmeers die ockerbraune Küste von Tripolitanien in Sicht kam, dachte er daran, was McCready auf dem Flughafen Valletta zu ihm gesagt hatte: „Es tut mir leid, aber nach Tripolis kann ich nicht mitkommen. Von jetzt an arbeiten Sie ohne Netz.“

3

Rowse ging hinter den anderen Passagieren her, die Stufen hinunter in die gleißende Helligkeit des libyschen Vormittags. Er betrat die klimatisierte Ankunftshalle und stellte sich ans Ende der Schlange vor der Paßkontrolle.

Es dauerte zwanzig Minuten, bis er an die Reihe kam. Der grünuniformierte Offizier schlug seinen Paß auf und sah auf eine Notiz, die er unter dem Schalterfenster liegen hatte. Ausdruckslos blickte er auf und nickte einem Mann hinter Rowse zu. Rowse spürte, wie ihn jemand am Ellenbogen zupfte. Er drehte sich um. Noch ein Offizier in grüner Uniform, ein jüngerer, der höflich, aber bestimmt wirkte. Zwei bewaffnete Soldaten standen ein paar Schritte weiter hinten.

„Würden Sie bitte mitkommen?“ forderte ihn der junge Offizier auf. Er griff unter dem Schaltergitter durch und nahm Rowses Paß an sich. Der Engländer folgte dem Offizier durch die Halle, wobei ihn die beiden Soldaten eskortierten. Sie gingen einen Korridor entlang, an dessen Ende der Offizier eine Tür öffnete. Mit einer Geste forderte er Rowse auf einzutreten. Die Soldaten postierten sich beiderseits der Tür.

Der Offizier betrat hinter Rowse den Raum und schloß die Tür. Es war ein kahles, weiß gestrichenes Zimmer mit vergitterten Fenstern. In der Mitte stand ein Tisch mit zwei Stühlen, sonst war der Raum leer. Rowse setzte sich auf den einen Stuhl, der Offizier nahm ihm gegenüber Platz und sah sich seinen Paß an.

„Ich weiß überhaupt nicht, was Sie zu beanstanden haben“, sagte Rowse. „Mein Visum wurde gestern von Ihrem Volksbüro in Valletta ausgestellt.“

Der Offizier forderte ihn mit einer müden Handbewegung auf zu schweigen. Rowse gehorchte. Eine Fliege summte. Fünf Minuten vergingen, dann flog die Tür auf. Der Offizier erhob sich zackig und grüßte militärisch. Dann verließ er wortlos den Raum.

„Da sind Sie ja endlich, Mr. Rowse!“

Rowse drehte sich um. Er ließ sich nichts anmerken, aber er erkannte das Gesicht wieder, denn er hatte vier Stunden lang Fotos von diesem Mann betrachtet, während der Einsatzbesprechung mit McCready. Der Chef der Auslandsabteilung des libyschen Geheimdienstes war kaum älter als Rowse selbst. In dem Dossier hatte gestanden, er sei ebenfalls dreiunddreißig.

„Mein Visum ist absolut in Ordnung", brummte Rowse ungehalten. „Darf ich also fragen, was hier eigentlich vorgeht?"

„Aber gewiß, Mr. Rowse. Die Antwort ist einfach: Die Einreise nach Libyen wird Ihnen nicht gestattet."

„Und warum nicht? Ich will weiter nichts, als ein paar Details für meinen nächsten Roman recherchieren."

„Bitte spielen Sie nicht gleich den Beleidigten, Mr. Rowse. Sie sind ein ehemaliger Soldat der britischen Antiterrortruppe und erst seit ziemlich kurzer Zeit Schriftsteller. Kommen Sie, ich begleite Sie zurück zum Flugzeug."

Er rief einen Befehl auf arabisch, und die beiden Soldaten kamen herein. Einer hob Rowses Reisetasche auf. Al-Mansur nahm den Paß vom Tisch und führte Rowse hinaus in die Sonne. Die libysche Maschine war startbereit.

„Darf ich erfahren, mit wem ich das Vergnügen hatte?" fragte Rowse.

„Im Augenblick nicht, mein Bester. Nennen Sie mich einfach . . . Mr. Asis. Wohin werden Sie sich denn nun begeben, um Ihre Recherchen fortzusetzen?"

„Ich weiß nicht", antwortete Rowse. „Irgendwie bin ich mit meinem Latein am Ende."

„Dann machen Sie doch mal eine Pause", schlug al-Mansur vor. „Warum fliegen Sie nicht nach Zypern? Eine wunderschöne Insel. Mir persönlich hat es in dieser Jahreszeit besonders die kühle Luft des Troodosgebirges angetan. Nicht weit von Pedhoulas steht ein ganz reizendes altes Hotel namens ‚Apollonia'. Das kann ich Ihnen empfehlen. Meistens logieren dort sehr interessante Leute. Gute Reise, Mr. Rowse!"

ES WAR ein glücklicher Zufall, daß Rowse einem der SAS-Sergeants auffiel, die für McCready auf dem Flughafen Valletta „Dienst" taten. Die beiden Männer hatten ein gemeinsames Zimmer im Flughafenhotel und wechselten sich in der Ankunftshalle ab. Der Sergeant, der gerade Wache schob, las in einer Sportzeitschrift, als er Rowse durch den Zoll kommen sah. Ohne auch nur den Kopf zu heben, ließ er Rowse vorbeigehen; so beobachtete er, wie sich der Schriftsteller dem Schalter der „Cyprus Airways" näherte. Dann alarmierte er über Telefon seinen Kollegen im Hotel. Dieser wiederum rief McCready in der Innenstadt von Valletta an.

„Verflixt!" McCready war überrascht. „Wieso ist er schon wieder da?"

„Keine Ahnung, Boß", erwiderte der Sergeant, „aber Danny meint, er sei zum Schalter der Cyprus Air gegangen."

McCready überlegte fieberhaft. Wieso Zypern? Er mußte Kontakt mit Rowse aufnehmen und ihn fragen, was in Tripolis geschehen war. „Bill", sagte er ins Telefon, „richten Sie Danny aus, er soll ihm auf den Fersen bleiben. Wenn die Luft rein ist, gehen Sie zum Cyprus-Airways-Schalter und versuchen herauszukriegen, wo Rowse hinfliegt. Dann buchen Sie für Danny einen Platz in derselben und für uns zwei Plätze in der nächsten Maschine. Ich komme zum Flughafen, so schnell ich kann."

Als McCready endlich den Flughafen erreicht hatte, war die Abendmaschine nach Nikosia schon weg – mit Rowse und Danny an Bord. Die nächste Maschine ging erst wieder am Morgen. McCready nahm sich ein Zimmer im Flughafenhotel.

Gegen Mitternacht – McCready genehmigte sich gerade mit Bill einen Schlummertrunk – rief Danny an. „Hallo, Onkel. Wir sind im Flughafenhotel in Nikosia. Tante ist schon zu Bett gegangen. Unser Zimmer ist super. Wir haben Nummer 610."

„Na fein", antwortete McCready. „Wahrscheinlich nehme ich mir dort auch ein Zimmer, wenn ich komme. Wie läßt sich euer Urlaub sonst an?"

„Sehr gut. Tante hat für morgen ein Auto gemietet. Ich glaube, wir machen einen Ausflug in die Berge."

„Das wird bestimmt aufregend. Ich komme so bald wie möglich nach." McCready legte auf und wandte sich an den Sergeant. „Anscheinend fährt er morgen in die Berge. Was, zum Teufel, kann er nur bei seiner Stippvisite in Tripolis erfahren haben?"

„Morgen wissen wir mehr, Boß", meinte der Soldat. „Danny wird uns an der üblichen Stelle eine Nachricht hinterlassen."

McCREADYS Maschine aus Valletta landete kurz nach zehn auf dem Flughafen der zypriotischen Hauptstadt. Er hielt sich von Bill fern, obwohl beide aus derselben Maschine stiegen und im selben Flughafenbus ins Hotel fuhren. McCready setzte sich an die Bar in der Lobby, während Bill Zimmer 610 aufsuchte. Danny hatte seinen

Lagebericht an die Unterseite des Spülkastendeckels geklebt. Bill steckte ihn in seine Tasche und fuhr mit dem Aufzug wieder hinunter.

Er übergab McCready den Bericht in der Herrentoilette. McCready schloß sich ein und las, was Danny geschrieben hatte. Kurz nach Rowses Zollabfertigung in Valletta war offenbar dessen „ständiger Begleiter" aufgetaucht, ein mürrisch dreinblickender, dunkelhäutiger junger Mann in einem beigefarbenen Anzug. Der libysche Agent hatte Rowse beschattet, bis die Maschine der Cyprus Airways nach Nikosia startete, war aber selbst nicht mitgeflogen. Ein zweiter Beschatter hatte Rowse auf dem Flughafen Nikosia erwartet, war ihm zum Hotel gefolgt und hatte dort die Nacht in der Lobby verbracht.

Rowse hatte am Empfang gebeten, ihm für den nächsten Morgen um sieben Uhr einen Leihwagen zu besorgen. Wesentlich später hatte auch Danny einen bestellt. Rowse hatte sich außerdem eine Karte geben lassen und den Empfangschef nach der besten Route ins Troodosgebirge gefragt.

Im letzten Abschnitt seines Berichts schrieb Danny, er werde Rowse so dicht auf den Fersen bleiben wie möglich und im Hotel anrufen, sobald er Rowse aufgestöbert habe. Dort werde er nach einem Mr. Meldrum fragen.

McCready kehrte in die Lobby zurück und sprach von einer Telefonzelle aus kurz mit der britischen Botschaft. Wenige Minuten später sprach er mit dem SIS-Chef vor Ort. Er bekam gleich, was er wollte – einen unauffälligen Wagen mit einem Fahrer, der Griechisch sprach. Er würde in einer Stunde da sein.

Der Anruf für Mr. Meldrum erreichte ihn um zehn nach zwei. „Hallo, Onkel", berichtete Danny, „Tante und ich haben in einem tollen Hotel in den Bergen bei Pedhoulas zu Mittag gegessen. Es heißt Apollonia. Vielleicht bleiben wir eine Zeitlang hier, weil es uns so gut gefällt. Mit dem Auto hatten wir am Schluß ein bißchen Ärger, und ich habe es in eine Werkstatt in Pedhoulas bringen müssen. Der Besitzer heißt Dimitriou."

„Mach dir deswegen keine Sorgen. Wie sind die Oliven?"

„Hier oben gibt es keine Oliven, Onkel. Nur Apfel- und Kirschbäume. Oliven wachsen unten in der Ebene."

McCready legte den Hörer auf und ging zur Herrentoilette. Bill folgte ihm. Sie überprüften die Kabinen und redeten dann.

„Wie geht's Danny, Boß?" fragte Bill.

„Gut. Er ist Rowse zu einem Hotel oben im Troodosgebirge gefolgt. Der libysche Beschatter, der dunkelhäutige junge Mann, ist unten geblieben. Danny ist im Dorf, in einer Autowerkstatt, die einem gewissen Dimitriou gehört. Er wartet dort auf uns. Der Wagen wird gleich dasein. Nehmen Sie Ihre Tasche, und gehen Sie ungefähr einen Kilometer die Straße entlang. Warten Sie dort auf uns."

Nach dreißig Minuten fuhr „Mr. Meldrums" Wagen tatsächlich vor, ein Ford Orion. Der Fahrer hieß Bertie Marks und sprach fließend Griechisch. Sie ließen Bill einsteigen, der an der Straße stand, und fuhren auf das Gebirge zu. Es dunkelte schon, als sie in dem malerischen Dorf Pedhoulas ankamen, dem Zentrum des Kirschenanbaus im Troodosgebirge.

Danny erwartete sie im Café gegenüber der Tankstelle. Er zeigte ihnen das Hotel Apollonia und sah sich mit Bill in der Umgebung um. Die beiden entschieden sich für den Berghang auf der anderen Seite des Tals, gegenüber der herrlich gelegenen Terrasse des Hotels. Dann nahmen sie ihre Reisetaschen und verschwanden lautlos in den Kirschgärten. McCready und Bertie Marks fanden eine kleine, bescheidene Taverne und mieteten sich dort ein.

ROWSE war nach einer gemächlichen Fahrt vom Flughafenhotel in der Mittagsstunde eingetroffen. Im Apollonia war ein Zimmer frei, also blieb er dort. Vielleicht hatte al-Mansur dafür gesorgt, daß es frei war, vielleicht auch nicht. Es war ein schönes Zimmer mit einer überwältigenden Aussicht über das Tal hinweg auf einen mit Kirschbäumen bewachsenen Hang.

Zum Mittagessen wählte er Lammragout, dazu einen leichten Omodhos-Rotwein, als Nachtisch frisches Obst. Das Hotel hatte eine über den Hang gebaute Terrasse. Nur wenige Gäste waren zum Mittagessen erschienen. An einem Ecktisch saß ein älterer Mann mit pechschwarzem Haar, der mit dem Kellner leise englisch sprach; außer ihm waren noch ein paar Einheimische da, die wohl nur zum Essen gekommen waren.

Als Rowse auf die Terrasse hinaustrat, erblickte er eine auffallend hübsche junge Frau, die gerade ins Haus ging. Sie war sehr attraktiv und mit ihrem goldblonden Haar sicherlich keine Zypriotin.

NACH dem Mittagessen begab sich McCready auf sein Zimmer und machte ein Nickerchen. Die beiden Sergeants hatten an dem Hang gegenüber der Hotelterrasse inmitten der Kirschbäume ein kleines, aus Feldsteinen erbautes Häuschen entdeckt. Trotz der Entfernung von rund siebenhundert Metern konnten sie mit ihren starken Ferngläsern alle Vorgänge auf der Hotelterrasse verfolgen.

Es dämmerte schon, als sie per Funk McCready anriefen und ihm erklärten, wie er ihren Unterschlupf von der anderen Seite des Berges aus erreichen konnte. Marks fuhr diesen Instruktionen entsprechend bis an die Stelle, wo Danny sie erwartete. McCready ließ Marks beim Wagen zurück und stieg mit Danny zu dem Häuschen hinauf. Bill reichte McCready sein mit elektronischer Lichtverstärkung ausgestattetes Fernglas.

Unten auf der Terrasse im Tal gingen die Lichter an – Girlanden aus bunten Glühbirnen erstrahlten, und Windlichter wurden auf den Tischen entzündet.

„Für morgen brauchen wir zypriotische Bauernkleidung, Boß", erklärte Danny leise. „In unseren Klamotten fallen wir viel zu sehr auf."

McCready nahm sich vor, Marks aufzutragen, am Morgen Leinenkittel und Hosen zu kaufen, wie sie die einheimischen Landarbeiter trugen.

„Nanu", murmelte Bill, der sich sein Fernglas hatte zurückgeben lassen, „nicht übel!" Erneut reichte er den Feldstecher McCready.

Eine junge Frau war auf die Terrasse gekommen. Sie trug ein schlichtes, aber elegantes weißes Kleid auf ihrer goldbraunen Haut. Ihr blondes Haar hing bis auf die Schultern herab.

„Denkt lieber an eure Arbeit", brummte McCready. „Wo ist Rowse?"

Die Sergeants grinsten. „Ach ja, den gibt's ja auch noch. Die Fensterreihe oberhalb der Terrasse. Das dritte Fenster von links."

McCready hob das Glas. Er sah eine Gestalt aus der Dusche kommen – nackt bis auf ein um die Hüften geschlungenes Handtuch. Es war Rowse. McCready blickte auf die Uhr: Viertel nach sieben.

ROWSE zog sich an und ging hinunter, um etwas zu trinken. Die Sonne war schon hinter den Bergen verschwunden, so daß der Hang gegenüber der Terrasse in tiefen Schatten getaucht war; die Konturen der Berge erstrahlten als goldene Lichtsäume. Drei Leute befanden sich auf der Terrasse: ein dicker Mann, der allem Anschein nach aus einem Mittelmeerland stammte, der alte Knabe mit dem dünnen schwarzen Haar und die Frau. Sie saß mit dem Rücken zu ihm und schaute ins Tal. Ein Kellner kam. Rowse deutete auf den Tisch neben der Frau, vorn an der Brüstung der Terrasse. Der Kellner grinste und führte ihn beflissen an den Tisch.

Rowse bestellte Ouzo und eine Karaffe Quellwasser. Während er sich setzte, blickte er kurz zum Nebentisch hinüber. Er nickte und murmelte: „Guten Abend."

Sie erwiderte seinen Gruß, schaute dabei aber weiter auf das dunkler werdende Tal hinaus.

Sein Ouzo kam. „Darf ich einen Toast ausbringen?" fragte er nach einer Weile.

Sie war überrascht. „Einen Toast?"

Er wies mit dem Glas in der Hand auf die Berge jenseits des Tals. „Auf die herrliche Ruhe. Und auf die Schönheit."

Sie lächelte. „Auf die herrliche Ruhe", wiederholte sie und trank einen Schluck von ihrem Weißwein. Der Kellner brachte zwei Speisekarten. Sie bestellte Bachforelle.

„Das läßt sich allerdings nicht überbieten. Für mich bitte auch", sagte Rowse zu dem Kellner. Dann wandte er sich wieder an die junge Frau. „Sind Sie allein hier?" fragte er leise.

„Ja", antwortete sie zögernd.

„Ich auch. Und das bekümmert mich, denn ich bin ein gottesfürchtiger Mann."

„Was hat Gott damit zu tun?"

Sie hatte keinen britischen Akzent. Amerikanerin? Er zeigte mit ausgestrecktem Arm auf die Landschaft. „Die Aussicht, der Frieden, die Berge, die untergehende Sonne, der Abend. Er hat das alles geschaffen. Und bestimmt wollte er nicht, daß man allein zu Abend ißt."

Sie mußte lachen. Ihre schönen weißen Zähne blitzten in ihrem sonnengebräunten Gesicht auf.

„Darf ich mich zu Ihnen setzen? Nur zum Abendessen?"

„Warum nicht? Nur zum Abendessen."

Er nahm ihr gegenüber Platz. „Tom Rowse", stellte er sich vor.

„Monica Browne", erwiderte sie.

Sie unterhielten sich, das übliche belanglose Geplauder. Er erzählte ihr, er sei Autor und zur Zeit dabei, im Nahen Osten zu recherchieren. Er habe beschlossen, seine Rundreise mit einem kurzen Aufenthalt in diesem Hotel zu beschließen. „Und was machen Sie?" fragte er schließlich.

„Nichts so Aufregendes. Ich züchte Pferde. In Syrien habe ich gerade drei Vollbluthengste gekauft. Es dauert noch eine Weile, bis ich die Transportpapiere bekomme. Ich habe mir gedacht, das Warten wäre hier oben angenehmer als in der Hitze unten am Hafen."

Er erfuhr, daß sie mit einem Major verheiratet war, der viel älter war als sie. Gemeinsam betrieben sie ein Gestüt in Ashford. Sie stammte eigentlich aus Kentucky, wo sie ihre Kenntnisse über Pferde erworben hatte. Rowse kannte Ashford ein bißchen – eine Kleinstadt in Kent.

Die Forelle kam; sie war über Holzkohle gegrillt worden und sehr appetitlich angerichtet. Dazu tranken sie einen trockenen Weißwein aus dem Marathassatal. Durch die Terrassentür sah Rowse, daß sich drei Männer im Hotel an die Bar gesetzt hatten. Er wandte sich wieder an Mrs. Browne. „Wie lange werden Sie warten müssen?“ erkundigte er sich. „Auf die Hengste.“

„Sie müßten jetzt jeden Tag eintreffen. Die Reederei ruft mich an, sobald sie da sind, und ich kann dann ihre Verladung persönlich überwachen.“

Die Männer von der Bar wurden an einen Tisch auf der Terrasse geleitet. Dabei unterhielten sie sich leise, doch konnte Rowse hören, mit welchem Akzent sie sprachen. Unbeirrt führte er die Gabel mit einem Bissen Fisch zum Mund.

„Sagen Sie dem Barmann da drin, wir wollen noch eine Runde!“ rief einer der drei neuen Gäste schließlich dem Kellner in irischem Dialekt zu.

AUF DER anderen Seite des Tales war Danny plötzlich hellwach. „Chef, sehen Sie mal!“

McCready sprang auf, kam zum Eingang der Hütte und ließ sich von Danny den Feldstecher reichen. „Na, wer hätte das gedacht“, meinte er und gab Danny das Fernglas zurück. „Halten Sie hier die Stellung. Ich gehe mit Marks zurück, um die Vorderseite des Hotels zu beobachten. Bill, Sie kommen mit!“

EIN EINZIGER Blick auf die drei Männer hatte Rowse genügt. Zwei der Iren hatte er noch nie gesehen. Der dritte, eindeutig der Chef, war Kevin Mahoney.

Rowse und Monica Browne bestellten gleich nach dem Essen Kaffee. „Ein Nachtisch am Abend ruiniert selbst die beste Figur“, erklärte sie.

„Und das dürfen wir in Ihrem Fall doch nicht riskieren“, fügte Rowse hinzu, „es wäre wirklich jammerschade.“

Sie quittierte das Kompliment mit einem Lachen, sichtlich geschmeichelt. Dann beugte sie sich vor. „Kennen Sie diese Herren?“ fragte sie leicht befremdet.

„Nein, nie gesehen“, antwortete Rowse.

„Na, jedenfalls starrt Sie einer von denen ständig an."

Rowse hatte eigentlich keine Lust, sich umzudrehen und die Männer anzusehen. Aber nach Mrs. Brownes Bemerkung wäre es verdächtig gewesen, es nicht zu tun. Kurz musterte er Mahoney. Aus seinem Blick las Rowse Ratlosigkeit, Unbehagen. Es schien, als hätte der Ire das Gefühl, ihn schon einmal gesehen zu haben, ohne daß er darauf kam, wann und wo.

Schließlich drehte sich Rowse wieder um. „Nein, lauter Fremde", stellte er fest.

„Dann sind die Herren aber sehr unhöflich."

„Was glauben Sie? Woher stammen die – dem Akzent nach?" fragte Rowse.

„Irland", erwiderte sie. „Und zwar Nordirland."

„Woher kommt es, daß Sie solche Sprachnuancen unterscheiden können?"

„Ich war oft in Irland – bei Pferderennen natürlich. Aber jetzt müssen Sie mich entschuldigen, Mr. Rowse, ich möchte mich auf mein Zimmer zurückziehen. Danke für die nette Unterhaltung."

Sie stand auf, Rowse ebenfalls. „Ganz meinerseits", erklärte er. „Es war ein sehr schöner Abend. Ich hoffe, es ergibt sich noch einmal die Gelegenheit zu einem gemeinsamen Essen."

Sie schenkte ihm ein strahlendes Lächeln und entfernte sich. Rowse bestellte sich noch einen Kaffee, drehte den drei Iren den Rücken zu und schaute zu den dunklen Bergen hinüber.

„Ich habe Ihnen ja gesagt, daß es hier schön ist!" Eine volltönende, tiefe Stimme erklang plötzlich hinter seinem Rücken.

Hakim al-Mansur, wie immer in einem perfekt sitzenden, maßgeschneiderten Anzug, nahm auf dem freigewordenen Stuhl Platz und bestellte sich mit einer Handbewegung ebenfalls Kaffee. Auf der anderen Seite des Tals sprach Danny aufgeregt in das Funkgerät.

„Das stimmt, Mr. Asis", entgegnete unterdessen Rowse. „Aber wenn Sie mit mir sprechen wollten, warum haben Sie mich dann aus Libyen abgeschoben?"

„O bitte, nicht abgeschoben!" widersprach al-Mansur gedehnt. „Wir haben Sie nur nicht einreisen lassen. Und der Grund war – nun ja –, daß ich mich ganz ungestört mit Ihnen unterhalten wollte. Selbst in meiner Heimat gibt es viele Formalitäten. Hier aber finden Sie nichts als Ruhe und Frieden."

„Ich glaube, ich sollte mich bei Ihnen bedanken, daß Sie mich freundlicherweise bei meinen Recherchen unterstützen wollen."

Hakim al-Mansur lachte leise. „Nun, allmählich ist es an der Zeit, dieses Geplänkel zu beenden, Mr. Rowse. Sie müssen nämlich wissen, bevor diese . . . Schlächter Ihren Freund Kleist von seinen Leiden erlösten, ist er noch sehr mitteilsam geworden."

Rowse schob kämpferisch das Kinn vor. „In den Zeitungen hat gestanden, er sei von Drogenhändlern getötet worden. Ein Racheakt."

„Dem ist nicht so, leider. Das Interesse der Leute, die für das verantwortlich sind, was ihm zustieß, galt der Frage, was Sie tatsächlich in Hamburg vorhatten. Sie dachten, Ihr Freund wüßte es vielleicht. Oder hätte zumindest einen Verdacht. Und so war es auch. Seine Information, zusammen mit weiteren Nachrichten, die wir aus Wien erhielten, führte mich zu der Schlußfolgerung, daß Sie möglicherweise ein interessanter Mann sind, mit dem man sich einmal unterhalten muß. Ich hoffe aufrichtig, Sie sind es tatsächlich, Mr. Rowse, zu Ihrem eigenen Vorteil. So langsam sollten wir allerdings zum Geschäftlichen kommen. Aber nicht hier."

Zwei Männer hatten hinter Rowse Stellung bezogen. Sie waren groß und dunkelhäutig.

„Ich schlage vor, wir machen einen kleinen Ausflug", fügte al-Mansur hinzu.

„Einen Ausflug, von dem man auch wieder zurückkehrt?" erkundigte sich Rowse.

Hakim al-Mansur erhob sich. „Das hängt ganz davon ab, ob Sie in der Lage sind, ein paar simple Fragen zu beantworten."

McCready wartete auf der Straße vor dem Hotel – Danny hatte ihn über Funk benachrichtigt. Er beobachtete, wie sich der Wagen des Libyers, in dem Rowse zwischen den beiden Gorillas auf dem Rücksitz saß, vom Hotel entfernte.

„Verfolgen wir sie, Boß?" fragte Bill, der neben McCready stand.

McCready verneinte. „Ihnen ohne Licht nachzufahren wäre auf dieser Serpentinenstraße der reine Selbstmord. Und Scheinwerfer würden uns verraten. Wenn Rowse wiederkommt, wird er uns alles erzählen. Wenn nicht . . . Übrigens, Bill, können Sie sich in das Hotel schleichen, ohne daß Sie jemand sieht?"

Bill machte ein Gesicht, als sei er tödlich beleidigt worden.

„Schieben Sie Rowse das unter der Tür durch", trug McCready dem Sergeant auf und gab ihm einen Touristenprospekt.

DIE FAHRT dauerte eine Stunde. Zweimal hielt der Fahrer am Straßenrand, schaltete die Scheinwerfer aus und wartete fünf Minuten. Niemand fuhr vorbei. Kurz nach Mitternacht erreichten sie eine stattliche Villa. Rowse wurde unsanft aus dem Wagen befördert und durch die Tür gestoßen, die ein weiterer schwergewichtiger Libyer geöffnet hatte. Mit al-Mansur waren es also fünf. Eine Übermacht.

Und es wartete noch ein Mann auf sie in dem großen Wohnzimmer, ein untersetzter, dickbäuchiger Endvierziger. Er war eindeutig kein Libyer. Tatsächlich erkannte Rowse ihn sofort, obwohl er sich nichts anmerken ließ.

Frank Terpil war ein ehemaliger Angehöriger des CIA – die „Company" hatte ihn 1971 gefeuert. Bald darauf hatte er seine wahre und höchst lukrative Lebensaufgabe entdeckt: Er belieferte die radikalsten Terroristengruppen des Nahen Ostens mit den verschiedensten Waffen und sonstigen technischen Geräten, blieb dabei aber stets ein treuer Diener von Muammar Gaddafi. Er galt in Libyen als der Amerikaexperte schlechthin.

Rowse mußte sich auf einen Stuhl in der Mitte des Raumes setzen. Über ihm baumelte eine nackte Glühbirne. Al-Mansur ließ sich in einem brokatbezogenen Sessel nieder. Auf ein Nicken von al-Mansur hin baute sich Terpil vor Rowse auf.

„Also jetzt mal raus mit der Sprache, mein Junge. Du treibst dich in halb Europa rum und fragst überall nach Waffen. Ganz bestimmten Waffen. Was zum Teufel hast du wirklich vor?"

„Ich recherchiere für ein neues Buch. Das habe ich schon hundertmal gesagt. Über Soldaten, Spione, Terroristen – fiktive Terroristen."

Terpil schlug Rowse einmal ins Gesicht, mit verhaltener Kraft, aber immerhin stark genug, um ihm klarzumachen, daß dies erst der Anfang war, wenn er zu taktieren versuchte. „Für wen arbeitest du wirklich?"

Rowse ließ sich die Geschichte seiner Instruktion entsprechend nach und nach aus der Nase ziehen. Manchmal erinnerte er sich genau, dann wieder mußte er nachdenken.

„In welcher Zeitschrift?" fragte Terpil gerade.

„*Soldier of Fortune.* Aprilausgabe des letzten Jahres."

„Was hat in dem Inserat gestanden?"

„‚Waffenexperte, Europa, für interessante Aufgabe gesucht' oder so ähnlich. Unter Chiffre."

Dieses Inserat war tatsächlich im *Soldier of Fortune* erschienen.

McCready hatte es entdeckt, und mit ein paar Anrufen bei seinen Freunden von CIA und FBI hatte er erreicht – zumindest hoffte Rowse das inständig –, daß der echte Inserent nicht bestätigen würde, daß er nie eine Antwort von einem gewissen Mr. Thomas Rowse aus England bekommen hatte.

„Du hast dich also auf das Inserat gemeldet?"

„Genau."

Das Verhör ging weiter. Sie hatten ein Treffen ausgemacht. Wann? Letzten November. Wo? Im „George Cinq" in Paris. Konnte Rowse den Mann beschreiben?

„Jung, gut angezogen. Perfektes Englisch. Nannte sich Galvin Pallard. Mit Sicherheit ein falscher Name. Er hat sich als Repräsentant einer Gruppe von Ultraradikalen ausgegeben, die angeblich die Nase voll haben von der Regierung Reagan, von ihrer Feindseligkeit gegenüber den Sowjets und der dritten Welt. Vor allem aber sind sie empört darüber, daß amerikanische Flugzeuge und das Geld amerikanischer Steuerzahler im April desselben Jahres dazu mißbraucht worden waren, Bomben auf unschuldige Frauen und Kinder in Tripolis abzuwerfen."

„Und er hat dir eine Wunschliste übergeben?"

„Ja."

„Diese hier?"

Rowse warf einen Blick darauf. Sie stimmte mit der Liste überein, die er in Wien Karjagin gezeigt hatte.

„Ja."

„Claymore-Minen. Semtex-Sprengstoff. Aktenkoffer mit eingebauten Bomben. Das ist hochtechnisches Zeug. Wofür wollen diese Leute es haben?"

„Er sagte, er und seine Gruppe wollten es mal krachen lassen, und zwar richtig. Er hat das Weiße Haus erwähnt. Und den Senat."

„Warum hast du dich darauf eingelassen?"

„Ich soll zwanzig Prozent Provision bekommen, also hunderttausend Dollar."

Um vier Uhr morgens hielten Terpil und al-Mansur in einem Zimmer nebenan Kriegsrat. Rowse wußte es nicht, aber die Götter meinten es gut mit ihm in dieser Nacht. Al-Mansur brauchte etwas, womit er die Rachegelüste seines Staatschefs gegen Amerika befriedigen konnte, und Terpil mußte seinen Gastgebern beweisen, daß er immer noch ein unentbehrlicher Berater im Hinblick auf Amerika und den Westen war. Daher glaubten die beiden Männer Rowses

Geschichte schließlich aus dem Grund, aus dem die meisten Menschen glauben – weil sie es wollten.

Um halb fünf kehrten die beiden in das Wohnzimmer zurück. „Sie können gehen, Mr. Rowse", erklärte al-Mansur mit sanfter Stimme. „Wir werden Ihre Angaben natürlich überprüfen. Bleiben Sie im Apollonia, bis wir Kontakt mit Ihnen aufnehmen."

Die beiden Leibwächter, die ihn hergebracht hatten, fuhren ihn auch wieder ins Hotel zurück. In seinem Zimmer lag etwas auf dem Teppich. Es war ein Prospekt, in dem Touristen aufgefordert wurden, das historische Kloster Kykko zu besuchen und die Marienikone zu bewundern. An den Rand des Textes hatte jemand mit Filzstift „zehn Uhr" geschrieben.

4

KYKKO, das größte Kloster auf Zypern, wurde im 12. Jahrhundert vom byzantinischen Kaiser gegründet. Das riesige Bauwerk steht auf einer Erhebung westlich des Marathassatals. Nur eine einzige Zufahrt führt zum Klostertor hinauf.

Danny war in dem Häuschen gegenüber dem Hotel geblieben, während Bill auf einem Motorrad, das Marks ihm besorgt hatte, nach Kykko vorausgefahren war. Bei Tagesanbruch saß der SAS-Sergeant schon gut versteckt in den Pinien oberhalb der Klosterzufahrt. Er sah McCready ankommen, der sich von Marks hatte fahren lassen, und hielt Ausschau nach anderen auffälligen Besuchern. Aber es strömten nur die üblichen Touristen auf das Kloster zu.

In der Nacht hatte der SIS-Chef von Nikosia einen seiner jungen Mitarbeiter mit mehreren Nachrichten aus London und einem dritten Funksprechgerät nach Pedhoulas geschickt. Jetzt hatten außer McCready auch beide Sergeants ein solches Gerät.

Um zwanzig nach neun berichtete Danny, daß Rowse das Hotel verlasse. Um zehn vor zehn meldete Bill, Rowse sei in Sicht – er fahre die steile, gewundene Straße nach Kykko hinauf. McCready stand auf und ging in das Kloster; er staunte über die Kunstfertigkeit der frühen Meister, die die Fresken, mit denen der Innenraum ausgeschmückt war, in Blattgold, Scharlachrot und Blau gemalt hatten.

Rowse traf McCready vor der berühmten Ikone. Draußen überzeugte sich Bill, daß niemand Rowse gefolgt war, und meldete dies, indem er das Funksprechgerät zweimal hintereinander kurz piepsen ließ.

„Sieht so aus, als würden Sie nicht beschattet", murmelte McCready, als Rowse neben ihm auftauchte. Er erregte durch sein leises Sprechen keinen Verdacht, denn auch die anderen Touristen unterhielten sich nur im Flüsterton, als scheuten sie sich, den Frieden des Heiligtums zu stören. „Zuletzt haben wir uns gesehen, als ich Sie vor Ihrer Stippvisite in Tripolis auf dem Flughafen in Valletta verabschiedete. Schildern Sie mir also bitte alles, was seitdem passiert ist, und zwar in allen Einzelheiten."

Rowse begann von vorn. Manche Angaben konnte McCready anhand seiner eigenen und der Beobachtungen seiner Sergeants bestätigen. Rowse kam schließlich auf den Augenblick zu sprechen, in dem er Mahoney und seine beiden Kumpane zum erstenmal gesehen hatte.

„Moment mal, die Frau! Wer ist das?"

„Eine Pferdezüchterin, die auf drei Araberhengste wartet, die sie letzte Woche auf einer Auktion in Syrien erstanden hat. Monica Browne, schreibt sich mit ‚e' am Ende. Nicht weiter erwähnenswert, ich habe lediglich mit ihr zu Abend gegessen."

„Ist uns nicht entgangen", murmelte McCready. „Weiter."

Rowse berichtete von Mahoneys Auftauchen und dessen eindringlichen Blicken auf der Terrasse.

„Glauben Sie, er hat Sie wiedererkannt? Von dem Zwischenfall damals an der Tankstelle?"

„Nein, der würde jeden so anstarren, der dem Akzent nach Engländer ist. Er haßt uns alle, wissen Sie."

„Mag sein. Weiter."

McCready interessierte sich vor allem für den überraschenden Auftritt Hakim al-Mansurs und das Verhör durch Frank Terpil. Immer wieder unterbrach er Rowse, um Einzelheiten zu klären.

„So weit, so gut", meinte McCready schließlich. „Ihre Operation Waffentransport haben die IRA-Leute offenbar erst mal gestoppt, weil sie von irgendwo noch grünes Licht brauchen. Was wir rauskriegen müssen: Wann soll er stattfinden, wo und wie? Haben die Sie gefragt, wohin die Lieferung für Ihre amerikanische Terroristengruppe gehen soll, falls der Handel zustande kommt?"

„Ja, ich habe ihnen gesagt, irgendwohin nach Westeuropa."

„Und der Weitertransport in die Staaten?"

„Da habe ich mich an Ihre Instruktionen gehalten. Ich würde die Lieferung in ein Wohnmobil mit verborgenen Hohlräumen hinter den Wänden laden und zuerst nach Dänemark, dann mit der Fähre nach Schweden und weiter nach Norwegen fahren, um mich dort mitsamt dem Wohnmobil auf einem der vielen Frachter nach Kanada einzuschiffen. Als harmloser, an Naturbeobachtungen interessierter Tourist."

„Und? Haben diese Typen Ihnen das abgenommen?"

„Terpil schon. Er hält diesen Plan für narrensicher."

„Na gut. Wir haben unser Angebot vorgetragen. Jetzt müssen wir wohl abwarten, ob Sie die Herren überzeugen konnten. Und ob ihre Gier nach Rache an den Amerikanern sich gegen die natürliche Vorsicht durchsetzen wird. So was ist schon vorgekommen."

„Was geschieht nun?" wollte Rowse wissen.

„Sie fahren ins Hotel zurück. Wenn diese Herren endgültig anbeißen, wird al-Mansur Kontakt mit Ihnen aufnehmen. Mich sehen Sie erst wieder, wenn die Luft rein ist für einen neuen Lagebericht."

„Und wenn sie nicht anbeißen?"

„Dann werden sie versuchen, Sie zu beseitigen. Aber meine beiden Sergeants werden auf jeden Fall in Ihrer Nähe sein. Sie werden eingreifen, um Sie lebend rauszuholen."

Den Teufel werden sie tun, dachte Rowse. Damit hätten sie verraten, daß man in London Wind von der Sache bekommen hat. Die Iren würden das Weite suchen, und die ganze Sendung würde sie auf einer anderen Route zu einem anderen Zeitpunkt erreichen. Wenn al-Mansur ihm ans Leder wollte, wäre er ganz auf sich gestellt.

McCready mischte sich unter die Touristen. Er wußte natürlich genausogut wie Rowse, daß er nicht eingreifen konnte, falls diesem die Libyer oder die Iren tatsächlich den Garaus machen wollten. Für den Fall, daß al-Mansur, der libysche Fuchs, Rowse doch nicht glaubte, hatte McCready beschlossen, ein viel größeres Team von Beobachtern einzufliegen und Mahoney im Auge zu behalten. Sobald dieser sich bewegte, würde sich auch die Waffenlieferung für die Iren bewegen.

Rowse beendete seinen Rundgang durch das Kloster und trat hinaus in die grelle Sonne, um zu seinem Wagen zurückzugehen. Aus seinem Versteck in den Pinien oben auf dem Hügel beobachtete ihn Bill und gab Danny durch, daß ihre Zielperson den Rückweg angetreten habe. Zehn Minuten später fuhr McCready los, mit Marks als Chauffeur. Unterwegs nahmen sie einen Anhalter mit, der wie ein zypriotischer Bauer aussah, und so gelangte auch Bill wieder nach Pedhoulas.

Nach einer Viertelstunde, als sie ein Drittel des Wegs hinter sich hatten, knackte es in McCreadys Funkgerät. Danny meldete sich.

„Mahoney und seine Leute sind gerade in das Zimmer unserer Zielperson eingedrungen."

„Wenn ich schneller fahre, holen wir unseren Freund unterwegs vielleicht noch ein", schlug Marks vor.

„Zu spät", erwiderte McCready. „Das schaffen wir nicht mehr."

„Armer Tom", meinte Bill auf dem Rücksitz.

Bis Pedhoulas sprach keiner mehr etwas.

DER ZIMMERSCHLÜSSEL hing wie gewohnt am Empfang, als Rowse im Apollonia ankam. Er nahm ihn an sich – es war niemand an der Rezeption – und ging hinauf. Als Rowse eintrat, gab ihm der Mann, der hinter der Tür Stellung bezogen hatte, einen kräftigen Stoß, so daß er durchs Zimmer torkelte. Die Tür krachte ins Schloß, und der Mann trat hervor, um Rowse den Fluchtweg abzuschneiden. Es war Tim O'Herlihy, ein Killer aus Londonderry. Am Kamin stand ein rotblonder Ire namens Eamon Kane, ein Schutzgeldeintreiber aus Belfast. Mahoney saß im einzigen Sessel des Zimmers, mit dem Rücken zum Fenster, dessen Gardinen zugezogen waren.

Wortlos packte Kane den taumelnden Engländer und drückte ihn an die Wand. Mit flinken Fingern tastete er ihm rasch sein kurzärmeliges Hemd und beide Hosenbeine ab.

Im Zimmer herrschte ein furchtbares Durcheinander. Alle Schubladen waren herausgerissen und ausgeleert worden. Auch der Inhalt des Kleiderschranks lag über den Boden verstreut. Der einzige Trost für Rowse war, daß er nur Sachen dabeihatte, die zur normalen Ausrüstung eines recherchierenden Autors gehörten. Seinen Paß hatte er in der Gesäßtasche. Kane zog ihn heraus und warf ihn Mahoney hin. Mahoney blätterte ihn durch, erfuhr aber nichts, was er nicht schon wußte.

„Also, SAS-Mann, vielleicht sagst du mir, was du hier zu suchen hast."

„Ich weiß überhaupt nicht, wovon Sie reden", entgegnete Rowse ungehalten.

Kane holte zu einem Faustschlag aus, der Rowse in der Magengrube traf. Rowse stöhnte auf, krümmte sich und rang nach Luft.

„Was du nicht sagst!" Mahoney blieb im Sessel sitzen. „Ein Freund von mir hat dich wiedererkannt, neulich in Hamburg. Tom Rowse, ehemaliger Hauptmann des SAS, der komische Fragen stellt. Hat zwei

Einsätze in Irland hinter sich, und jetzt taucht er plötzlich in Zypern auf, ausgerechnet, wenn ich mit ein paar Freunden einen schönen, ruhigen Urlaub hier verbringen –"

„Also hören Sie", unterbrach ihn Rowse. „Gut, ich war bei der Elitetruppe. Aber ich hab den Dienst quittiert. Hab die Typen alle verflucht. Ich lebe jetzt davon, daß ich Romane schreibe."

Mahoney nickte O'Herlihy zu. Dessen Schlag traf Rowse von hinten in die Nieren. Er schrie auf und ging in die Knie.

„Du lügst mich an, SAS-Mann, und das kann ich nicht leiden! Diesen Quatsch mit den Recherchen für dein Buch hab ich schon mal gehört. Und der Gentleman aus dem fernen Land, mit dem du gestern abend geredet hast? Ist er einer von deinen Koautoren?"

„Das geht nur uns beide was an. Fragen Sie ihn doch selbst."

„Stell dir vor, SAS-Mann, das hab ich schon getan. Und er hat mich gebeten, dich im Auge zu behalten. Und das tu ich jetzt, Tag und Nacht, bis du verschwindest. Aber eine kleine Aufmerksamkeit unter alten Freunden muß schon erlaubt sein."

Kane und O'Herlihy machten sich ans Werk. Mahoney sah zu. Rowses Beine versagten den Dienst, er ging zu Boden und rollte sich zusammen, um Unterleib und Genitalien zu schützen. Er spürte, wie ihm die Schuhspitzen in Rücken, Schultern und Rippen krachten; der Schmerz schnürte ihm die Luft ab, und nach einem Tritt an den Hinterkopf umfing ihn barmherzige Dunkelheit.

Nach einer Weile kam er wieder zu sich. Er lag auf dem Gesicht und sah lediglich das Muster des Teppichs. Dann rollte er sich herum – die Bewegung verursachte höllische Schmerzen. Er betastete sein Gesicht; bis auf eine Schwellung unter dem linken Auge hatte es den tätlichen Angriff unbeschadet überstanden. Er versuchte sich aufzusetzen und zuckte zusammen. Jemand griff ihm unter die Arme und setzte ihn behutsam auf.

„Um Himmels willen, was ist denn hier passiert?" Monica Browne kniete neben ihm, einen Arm um seine Schultern gelegt. „Ich bin zufällig vorbeigekommen. Die Tür stand offen –"

„Ich muß ohnmächtig geworden sein und mich irgendwo gestoßen haben."

„War das, bevor oder nachdem Ihre Gäste Kleinholz aus dem Zimmer gemacht haben?"

Sie half ihm auf und führte ihn zum Bett. Er setzte sich. Sie drückte ihn behutsam auf die Kissen und hob seine Beine aufs Bett.

„Bleiben Sie hier", bat sie ihn. „Ich hole was aus meinem Zimmer."

Sie war gleich wieder da, schloß die Tür hinter sich und drehte rasch den Schlüssel um. Vorsichtig zog sie ihm das Hemd aus, nicht ohne mehrmals den Kopf zu schütteln angesichts der Quetschungen, die seinen Körper zierten. Dann entkorkte sie ein Fläschchen und rieb sanft eine Flüssigkeit auf die verletzten Stellen. Er stöhnte auf, weil es brannte.

„Das wird Ihnen guttun", meinte sie. „Es läßt die Schwellungen zurückgehen und mildert die Blutergüsse. Umdrehen." Sie rieb ihm auch die blauen Flecken auf dem Rücken ein. „Haben die Sie auch in die Beine getreten?"

„Ja, überall."

Sie knöpfte ihm den Hosenbund auf, öffnete den Reißverschluß und zog ihm ohne Umstände die Hose aus. Ein weiteres Dutzend blauer Flecken entdeckte sie auf seinen Oberschenkeln. Sie massierte auch hier ihr Mittel ein. Sobald das Brennen nachließ, spürte er dessen wohltuende Wirkung. Sie hörte auf und stellte das Fläschchen hin.

„Wo haben Sie gelernt, Prellungen zu verarzten?" fragte er.

„Daheim in Kentucky. Mein kleiner Bruder war Amateurjockey", erklärte sie. „Bei ihm habe ich oft Erste Hilfe geleistet."

Sie wandte sich ab und griff nach dem Reißverschluß am Rücken ihres cremefarbenen Kleides aus Schantungseide. Es glitt herab und fiel zu Boden. Sie drehte sich um. Rowse schluckte.

„Aber das habe ich nicht von meinem kleinen Bruder gelernt."

Er wollte die Hände auf ihre Hüften legen, aber sie packte seine Handgelenke und drückte sie auf das Kopfkissen zurück. „Du bleibst jetzt ganz still liegen", flüsterte sie. „Ein Verletzter darf sich nicht an den Erste-Hilfe-Maßnahmen beteiligen."

Kurz darauf ließ sie sich aber doch vom Gegenteil überzeugen.

Nach einer guten Stunde stand sie auf und zog die Gardinen zurück. Auf der anderen Seite des Tals stellte Sergeant Danny sein Fernglas scharf. „Tom, du verdammter Hund, du!" rief er nicht ohne Neid.

DIE AFFÄRE dauerte drei Tage. Die Pferde aus Syrien ließen ebenso auf sich warten wie die Nachricht für Rowse von Hakim al-Mansur.

McCready blieb mit Marks in der Pension in Pedhoulas und ließ sich noch ein paar Männer vom Büro in Zypern schicken. Solange Hakim al-Mansur keinen Kontakt mit Rowse aufnahm, mußte er sich an den Iren Mahoney und seine beiden Kollegen halten.

Zwei Tage nachdem Rowse und Monica zum erstenmal miteinander geschlafen hatten, waren McCreadys Leute auf dem Posten. Sie waren über die ganze Umgebung verteilt und behielten alle Straßen und Wege im Auge. Die Telefonleitung zu dem Hotel war angezapft worden. Abgehört wurden die Gespräche in einem anderen Hotel.

Am dritten Tag stand Rowse wie immer kurz nach Tagesanbruch auf. Monica schlief weiter, und Rowse nahm an der Tür das Frühstückstablett vom Zimmerkellner entgegen. Als er sich seine erste Tasse Kaffee eingießen wollte, sah er einen zusammengefalteten Zettel, der unter dem Kännchen gelegen hatte. Die Nachricht lautete: *Club Rosalina, Paphos, 23.00, Asis.*

Das stellte Rowse vor ein Problem. Wie sollte er Monica erklären, daß er in der Nacht ein paar Stunden nicht dasein würde? Es erledigte sich von selbst, als gegen Mittag ein Angestellter der Reederei bei Monica anrief, um ihr mitzuteilen, daß die drei Hengste an diesem Abend in Limassol eintreffen würden. Sie wurde gebeten, rechtzeitig zur Stelle zu sein, um den Empfang zu bestätigen und für die Unterbringung der Pferde in Ställen zu sorgen. Um vier Uhr nachmittags fuhr sie los.

Der Club Rosalina entpuppte sich als ein Kasino mitten in der Altstadt. Rowse betrat es kurz vor elf Uhr abends und sah sofort die schlanke Gestalt Hakim al-Mansurs an einem der Roulettetische. Neben ihm war ein Stuhl frei. Rowse nahm Platz. „Guten Abend, Mr. Asis. Welch angenehme Überraschung!"

Al-Mansur neigte ernst den Kopf. *„Faites vos jeux!"* sagte der Croupier. Der Libyer setzte mehrere hohe Chips auf eine Kombination höherer Zahlen. Das Rad drehte sich, und die weiße Kugel fiel in das Fach mit der Nummer 4. Dem Libyer war nicht der geringste Unmut anzumerken, als seine Chips weggeharkt wurden. Von dem Geld, das er bei diesem Spiel verloren hatte, hätte sich eine libysche Bauernfamilie einen Monat lang ernähren können.

„Schön, daß Sie gekommen sind", erwiderte al-Mansur. „Ich habe Neuigkeiten für Sie. Eine gute Nachricht, Sie werden erfreut sein. Unser ruhmreicher Führer hat Ihrer Bitte entsprochen. Die Ausrüstung, die Sie benötigen, wird Ihnen geliefert – ohne Abstriche."

„Ich bin erfreut", bestätigte Rowse. „Sicher werden meine Auftraggeber die Sachen – nutzbringend verwenden."

„Das wollen wir alle inständig hoffen. Schließlich ist das, wie ihr britischen Soldaten sagt, der Zweck der Übung."

„Und wie soll die Zahlung erfolgen?" wollte Rowse wissen.

Der Libyer machte eine wegwerfende Handbewegung. „Betrachten Sie die Lieferung als Geschenk der Volksdschamahirija, Mr. Rowse."

„Ich bin Ihnen sehr dankbar. Und der Dank meiner Auftraggeber ist Ihnen ebenfalls gewiß."

„Das bezweifle ich, denn Sie wären ein Narr, wenn Sie es ihnen sagten. Und Sie sind kein Narr. Ein Söldner vielleicht, aber kein Narr. Und da Ihre Provision nun nicht hunderttausend, sondern eine halbe Million Dollar betragen wird, könnten Sie ja vielleicht mit mir teilen. Wie wär's mit halbe-halbe?"

„Mr. Asis, Sir, wir sind uns einig. Wenn meine Klienten das Geld wirklich herausrücken, gehört die Hälfte davon Ihnen."

„Das hoffe ich", murmelte al-Mansur. Diesmal hatte er gewonnen, und ein Haufen Chips wurde ihm zugeschoben. Bei aller Souveränität konnte er seine Genugtuung nicht verbergen. Dann fügte er jedoch hinzu: „Mein Arm ist sehr lang."

„Ich brauche Angaben über die Lieferung. Wo ich sie abholen soll. Und wann."

„Die bekommen Sie. Schon bald. Sie hatten einen Hafen in Europa genannt. Ich denke, das läßt sich arrangieren." Er stand auf und gab Rowse ein paar Chips. „Bleiben Sie die nächsten fünfzehn Minuten noch im Kasino. Hier, machen Sie sich einen schönen Abend."

Rowse wartete eine Viertelstunde und löste dann die Chips ein. Er verließ das Kasino und schlenderte durch die engen Straßen der Altstadt. Als er sich seinem Wagen näherte, sah er einen alten Mann in einem blauen Overall und mit einem Käppi auf dem Kopf, der die Straße kehrte. „*Kali spera* – guten Abend", krächzte der Alte.

„*Kali spera*", erwiderte Rowse. Er entsann sich des Bündels Banknoten, das er für al-Mansurs Chips bekommen hatte, zog einen großen Schein heraus und steckte ihn dem Alten in die Brusttasche.

„Mein lieber Tom", flüsterte der Straßenkehrer, „ich hab schon immer gewußt, daß Sie ein gutes Herz haben."

„Nanu, was machen Sie denn hier, McCready?"

„Klimpern Sie weiter mit Ihren Autoschlüsseln, und erzählen Sie mir, was gewesen ist", bat McCready, ohne seine Arbeit zu unterbrechen. Rowse berichtete.

„Gut", meinte McCready schließlich. „Sieht nach einem Schiff aus. Das bedeutet wahrscheinlich, daß die Libyer Ihre kleine Ladung der viel größeren für die IRA zupacken. Steht schon fest, welcher Hafen?"

„Nein, nur Europa."

„Fahren Sie zum Hotel zurück, und tun Sie, was er sagt", ordnete McCready an.

Die Nachricht für Rowse kam vierundzwanzig Stunden später telefonisch. Am Apparat war nicht al-Mansur, sondern ein Fremder. „Fahren Sie heim, Mr. Rowse!“ befahl er. „Ihre Oliven werden auf einem Frachter in einem europäischen Hafen eintreffen. Einzelheiten über Ankunftszeit und Abholung wird man Ihnen persönlich mitteilen.“

McCready grübelte in seinem Hotel über den Text des abgehörten Gespräches nach. Hatte al-Mansur Verdacht geschöpft? Wenn der Libyer ahnte, wer Rowses tatsächliche Auftraggeber waren, konnte er sich denken, daß auch Mahoney und seine Leute observiert wurden. Wollte er also Rowse nach England zurückschicken, um Mahoney die Beschatter vom Hals zu schaffen? Möglich. McCready beschloß, zweigleisig zu fahren. Er würde gleichzeitig mit Rowse nach London reisen, aber die Beschatter würden bei Mahoney bleiben.

Rowse beschloß, es Monica am Morgen zu sagen. Er war vor ihr aus Paphos ins Hotel zurückgekehrt. Sie war freudig erregt aus Limassol wiedergekommen. Ihre Hengste waren in prächtiger Verfassung und in einem Stall außerhalb der Stadt untergebracht. Sie brauchte jetzt nur noch die Transportpapiere, um die Pferde nach England verschiffen zu können.

Rowse wachte früh am Morgen auf, aber Monica war schon aufgestanden. An der Rezeption hatte sie eine Nachricht für ihn hinterlassen, einen kurzen Brief in einem Umschlag des Hotels.

> Lieber Tom,
> es war wunderschön, aber es ist vorbei. Ich kehre zurück zu meinem Mann und meinem gewohnten Leben und meinen Pferden. Behalte mich in ebenso guter Erinnerung wie ich Dich.
>
> Monica

Er seufzte. Sie lebten in verschiedenen Welten. Ganz plötzlich bekam er heftige Sehnsucht nach Nicki.

5

ROWSE kam schon kurz nach Mittag in London an. Sein Auto stand auf dem Flughafenparkplatz. Als erstes aber rief er Nicki an. Sie war überglücklich, und ihre Stimme überschlug sich fast vor lauter Erleichterung. „Geht's dir gut, Liebling?“

„Ja, alles in Ordnung.“

„Und? Konntest du alles erledigen?“

„Ja, die Recherchen sind abgeschlossen bis auf ein paar Einzelheiten, die ich auch hier in England rauskriege. Und wie geht's dir?“

„Bestens. Rate mal, was passiert ist? Während du weg warst, ist ein Kunde gekommen. Er hat gemeint, er müsse eine große Firmenwohnung in London einrichten und sei auf der Suche nach Teppichen. Er hat alles gekauft, unseren ganzen Vorrat. Und bar bezahlt. Sechzehntausend Pfund. Liebling, wir sind reich!"

„Dieser Kunde – woher war der?"

„Mr. Da Costa? Aus Portugal. Warum?"

„Dunkle Haare, dunkler Teint?"

„Ja, ich glaub schon."

Also ein Libyer, dachte Rowse. Während Nicki draußen in der Scheune war, wo sie die Teppiche und Läufer lagerten, war höchstwahrscheinlich jemand ins Haus eingedrungen und hatte eine Wanze in der Nähe des Telefons angebracht. Al-Mansur dachte offenbar an alles.

„Na wunderbar!" rief er fröhlich. „Ist ja auch gleich, woher er war. Hauptsache, er hat bar bezahlt."

„Wann kommst du denn heim?" fragte sie aufgeregt.

„Ich bin schon auf dem Weg."

Rowse fuhr nach Gloucestershire zurück, um auf die versprochene Nachricht von Hakim al-Mansur zu warten. Sobald er den Bestimmungshafen des Waffenschiffes erfuhr, würde er die Nachricht an McCready weitergeben. Der SIS konnte das Schiff dann im Mittelmeer ausfindig machen und es mit Mahoney und seinen Leuten an Bord aufbringen, sobald es den Ostatlantik oder den Ärmelkanal passierte. So einfach war das.

Der Kurier kam sieben Tage später. Ein schwarzer Porsche rollte langsam in den Hof von Rowses Anwesen, und ein junger Mann stieg aus. Er war dunkelhaarig, blickte mürrisch drein und stammte vermutlich auch aus einem nordafrikanischen Land.

Rowse ließ sich keinerlei Regung anmerken. „Ja, bitte?" fragte er den Kurier freundlich.

„Mr. Rowse? Ich habe eine Nachricht von Mr. Asis." Sein Englisch war akzeptabel, aber er sprach jedes Wort ungenau aus. „Ihre Fracht wird in Bremerhaven eintreffen. Drei Kisten, deren Inhalt als Büromaschinen deklariert ist. Kai null neun. Lagerhaus Neuberg. Sie müssen die Ladung innerhalb von zwanzig Stunden nach Eingang abholen. Ist das klar?"

Rowse wiederholte die Adresse und prägte sie sich ein. „Moment noch. Wann? An welchem Tag?"

„Ach ja, Ankunft am vierundzwanzigsten, mittags."

Der junge Mann fuhr mit dem Porsche davon. Wenige Minuten später raste Rowse mit dem Auto ins Dorf, um von der öffentlichen Telefonzelle aus ein Ferngespräch zu führen.

„VERFLIXT noch mal, was soll das heißen, am vierundzwanzigsten?" McCready regte sich über die Nachricht auf. „Das ist doch schon in drei Tagen!"

„Ist Mahoney noch auf Zypern?" erkundigte sich Rowse. Er war auf McCreadys Drängen nach London gekommen und hatte sich in einer von der Firma angemieteten Wohnung in Chelsea mit ihm getroffen.

„Ja, der hängt nach wie vor an der Bar im Apollonia rum, hat seine Schlägertypen bei sich und wartet auf einen Anruf von al-Mansur."

Kein Frachter konnte in drei Tagen die Strecke Zypern–Tripolis–Bremerhaven zurücklegen. McCready hatte bei der Schiffahrtsauskunft von Lloyd's angerufen. Der Mann dort war sich seiner Sache ganz sicher gewesen: Es dauere mindestens sieben Tage, eher acht.

Also war es entweder ein Test für Rowse, um festzustellen, ob die Polizei das Lagerhaus Neuberg durchsuchen würde. In diesem Fall hätte al-Mansur noch Zeit gehabt, den Frachter umzudirigieren. Vielleicht war aber das Schiff schon auf See. Dann mußte es jetzt irgendwo westlich von Lissabon unterwegs sein, wenn es am vierundzwanzigsten in Bremerhaven eintreffen sollte.

Bei Lloyd's hatte McCready auch um die Auskunft gebeten, welche Schiffe aus einem Mittelmeerhafen am vierundzwanzigsten in Bremerhaven ankämen.

Das Telefon klingelte – der Experte von Lloyd's war am Apparat. „Am vierundzwanzigsten wird kein Schiff aus dem Mittelmeer erwartet", berichtete er. „Sie müssen falsch informiert sein."

Und das nicht von ungefähr, dachte McCready. In Hakim al-Mansur hatte er es mit jemandem zu tun, der das Spiel ebenfalls meisterlich beherrschte. Er wandte sich Rowse zu. „War in dem Hotel sonst noch jemand, der auch nur im entferntesten nach IRA aussah?"

Rowse schüttelte den Kopf.

„Tja, dann müssen wohl wieder mal die guten alten Fotoalben herhalten", meinte McCready. „Gehen Sie sie immer wieder durch. Wenn Sie irgendeine Person erkennen, der Sie in Tripolis, auf Malta oder Zypern begegnet sind, sagen Sie mir Bescheid."

McCREADY suchte den Chef des CIA-Büros am Grosvenor Square auf. Es war immer noch Bill Carver, und er hatte Bedenken gegen McCreadys Anliegen. „Na, ich weiß nicht, Sam. Einen Satelliten umzuprogrammieren ist nicht gerade ein Kinderspiel."

McCready überlegte: Seit Wochen versuchte er nun schon die Waffenlieferung an die IRA zu vereiteln. Nun ließ er die Bombe platzen, und er berichtete dem Londoner CIA-Chef von dem geplanten Attentat auf den amerikanischen Botschafter in London. Diese Nachricht hatte er von Gaddafis Leibarzt erfahren.

Daraufhin gab Carver doch seine Zustimmung. „Gut, Sie sollen Ihren Satelliten kriegen. Aber das nächstemal kommen Sie mit Ihren Sonderwünschen ein bißchen früher!"

ES WAR fast Mitternacht, als Rowse sich noch einmal das erste Album vornahm, das aus der alten Zeit. Neben ihm stand ein Projektor, mit dessen Hilfe die Bilder auf eine Leinwand geworfen und Änderungen an den Gesichtern vorgenommen werden konnten.

Kurz vor ein Uhr stutzte Rowse. „Der da!" rief er. „Können Sie den mal in den Projektor legen?"

„Völlig ausgeschlossen", sagte McCready. „Der ist seit Jahren aus dem Geschäft."

Das Gesicht erschien auf der Leinwand: müde Augen hinter einer dicken Hornbrille, eisgraues Haar, gefurchte Stirn.

„Nehmen Sie die Brille mal weg", bat Rowse den Fototechniker, „und verpassen Sie ihm braune Kontaktlinsen."

Der Techniker nahm die Veränderungen vor. Die Brille verschwand, die blauen Augen wurden braun.

„Das Haar ausdünnen, noch mehr Falten. Und ein Doppelkinn."

Der Techniker tat wie ihm geheißen.

„Jetzt färben Sie ihm das Haar schwarz." Rowse stieß einen Pfiff aus, als er das Ergebnis sah. „Der hat im Apollonia an einem Ecktisch auf der Terrasse gesessen, immer allein. Hat mit keinem Menschen geredet."

„Stephen Johnson war Stabschef der IRA, der *alten* IRA", erklärte McCready. „Hat vor zehn Jahren dem Laden den Rücken gekehrt, nach erbitterten Auseinandersetzungen mit der neuen Generation."

„Früher mal ein As, überwirft sich mit der Führung, zieht sich enttäuscht zurück, sitzt dann ein paar Jahre auf dem trocknen", sinnierte Rowse. „Erinnert Sie das an jemanden, den Sie kennen?"

„Dieser Halunke!" stöhnte McCready. „Ich glaube fast, er mischt wieder mit."

GEGEN zehn am nächsten Vormittag bekam McCready einen Anruf von Bill Carver, und kurz darauf ging er mit Rowse zur amerikanischen Botschaft hinüber. Carver geleitete die beiden in sein Büro im Keller, wo es auch einen Raum gab, in dem Fotoaufnahmen vorgeführt werden konnten.

Der Satellit hatte gute Arbeit geleistet. Er hatte sich hoch über dem Ostatlantik ein wenig um die eigene Achse gedreht und seine Spezialkameras so nach unten gerichtet, daß diese in einem einzigen Durchgang die portugiesischen, spanischen und französischen Küstengewässer auf einer Breite von mehr als hundertfünfzig Kilometern hatten aufnehmen können.

Aus den unzähligen Fotos hatte man einzelne herausgesucht, die die Schiffe zeigten, die unterwegs waren. „Das Ding fotografiert alles, was größer ist als eine im Meer schwimmende Coca-Cola-Flasche", bemerkte Carver stolz.

Annähernd die Hälfte aller Wasserfahrzeuge waren Fischkutter. McCready sonderte diese Bilder aus. Er konzentrierte sich auf die Frachter und ein paar große Privatjachten. Dadurch schmolz die Zahl der möglichen Kandidaten auf dreiundfünfzig zusammen.

Dann ließ er sich nacheinander jede der kleinen Nußschalen vergrößern, die da auf der riesigen Wasserfläche trieben, bis das jeweilige Schiff den Bildschirm ausfüllte. Die Männer im Raum achteten auf jedes Detail.

Um halb drei sah McCready etwas, was ihm verdächtig vorkam. „Der Mann da", sagte er zu Bill Carvers Techniker. „Der auf dem Brückennock. Können Sie den mal näher ranholen?"

„Wird gemacht", sagte der Amerikaner.

Das Schiff wurde auf dem Bildschirm immer größer, und trotzdem blieb die Auflösung gut. Bug und Heck des Schiffes wanderten seitlich aus dem Bild, während die Gestalt auf dem Brückennock näher heranrückte.

„Stopp!" rief Rowse. „Noch näher!"

Der Techniker vergrößerte das Gesicht, bis es schließlich unscharf wurde.

„Na bitte!" triumphierte McCready. „Das ist er. Johnson."

Müde Augen, Tränensäcke, dünnes pechschwarzes Haar – es war der alte Mann vom Ecktisch auf der Terrasse des Apollonia. Der vermeintliche IRA-Pensionär.

„Wir brauchen den Namen des Schiffes", sagte McCready.

Auf einem einzigen, aus ziemlich spitzem Winkel aufgenommenen

Bild war das Wort neben dem Anker zu erkennen: *Regina IV.* McCready griff nach dem Telefon und rief den Mann bei der Schiffahrtsauskunft von Lloyd's an.

„Das ist ausgeschlossen", meinte der Lloyd's-Angestellte, als er eine halbe Stunde später zurückrief. „Die *Regina IV* hat über zehntausend Bruttoregistertonnen und befindet sich vor der Küste von Venezuela. Sie müssen sich geirrt haben."

„Kein Irrtum", entgegnete McCready. „Der Frachter hat ungefähr zweitausend Bruttoregistertonnen und dampft nach Norden, inzwischen wohl vor Bordeaux."

„Das ist ein sehr verbreiteter Schiffsname, deswegen werden in der Regel römische Ziffern hinter die Namen gesetzt, damit man sie auseinanderhalten kann. Nun gibt es allerdings eine *Regina VI,* die in Limassol registriert ist und zur Zeit angeblich in Paphos liegt. Ungefähr zweitausend Bruttoregistertonnen. Deutscher Kapitän, griechisch-zypriotische Mannschaft. Eignerin ist seit kurzem eine Briefkastenfirma in Luxemburg."

Die libysche Regierung, dachte McCready. Es war ein simpler Trick. Aus dem Mittelmeer als *Regina VI* auslaufen, im Atlantik das I nach dem V überpinseln und ein neues davormalen. Ein guter Fälscher konnte die entsprechende Änderung in den Papieren vornehmen. Und wer würde darauf kommen, daß sich die echte *Regina IV* in Wirklichkeit vor der Küste Venezuelas befand?

IM MORGENGRAUEN des dritten Tages schaute Kapitän Holst von seiner Brücke auf die See hinaus, die allmählich heller wurde. Er hatte nicht den geringsten Zweifel, worum es sich bei der Leuchtrakete gehandelt hatte, die eben direkt vor ihm in den Himmel gestiegen war. Ein Notsignal. Im Zwielicht konnte er jetzt noch etwas anderes ausmachen – eine flackernde gelbe Flamme. Er befahl dem Maschinenraum „halbe Kraft voraus", nahm sein Funksprechgerät und rief einen der Passagiere aus seiner Koje unter Deck herbei. Schon kurz darauf stand der Mann neben ihm auf der Brücke.

Kapitän Holst zeigte durch die Brückenverglasung. Im ruhigen Wasser vor ihnen schlingerte hilflos ein etwa zwölf Meter langes Fischerboot. Offenbar hatte es eine Explosion im Maschinenraum gegeben; dunkler Rauch stieg aus dem Rumpf auf und verdeckte zeitweise die gelblich züngelnden Flammen. Das Oberdeck war verbrannt und rußgeschwärzt.

Johnson nahm sich das Fernglas des Kapitäns und richtete es auf das kleine Fischereifahrzeug. „*Fair Maid,* Whitby“, las er am Bug.

„Wir müssen anhalten, ihnen Hilfe leisten“, erklärte Holst auf englisch. „Das Seerecht verlangt es.“

Er wußte nicht genau, was er geladen hatte, und er wollte es auch nicht wissen. Er hatte seine Order und eine märchenhafte Entlohnung bekommen. Der Beweis dafür, daß er eine hochbrisante Ladung aufgenommen hatte, waren die sechs Passagiere – zwei aus Zypern und vier aus dem Mittelmeerhafen Surt in Libyen. Und natürlich die Veränderung des Schiffsnamens, kaum daß sie Gibraltar hinter sich gelassen hatten. Er rechnete damit, daß er in zwölf Stunden die Passagiere vom Hals haben würde. Dann würde er wieder Richtung Ärmelkanal schippern, auf hoher See seinem Schiff den richtigen Namen zurückgeben und als reicher Mann in seinen Heimathafen Limassol zurückkehren.

Johnson machte eine bedenkliche Miene. „Wir können nicht anhalten.“

Holst blieb beharrlich. „Wir müssen aber.“

Das Licht wurde besser. Sie sahen eine rußverschmierte Gestalt aus dem Ruderhaus des Fischerbootes kommen. Der Mann taumelte auf dem Deck vorwärts, versuchte – offenbar unter starken Schmerzen – zu winken und fiel der Länge nach hin.

Ein weiterer IRA-Mann war hinter Holst aufgetaucht. Der Kapitän spürte die Mündung einer Pistole im Rücken. „Einfach weiterfahren!“ befahl ihm der Ire gelassen.

Obwohl die Pistole auf ihn gerichtet war, wandte sich Holst wieder an Johnson. „Wenn die von einem anderen Schiff gerettet werden, melden die uns. Wir können ja Erste Hilfe leisten und dann die holländische Küstenwache alarmieren. Keiner wird an Bord kommen. Sobald ein holländischer Seenotrettungskreuzer auftaucht, fahren wir weiter.“

Johnson ließ sich von seinen Worten überzeugen. Er nickte. „Steck deine Pistole weg!“

Holst ließ die Maschinen auf „volle Kraft zurück“ schalten, und die *Regina* verlor rasch an Fahrt. Auf griechisch erteilte Holst seinem Rudergänger einen Befehl, dann verließ er die Brücke und ging zum Vorderdeck.

„Ahoi, *Fair Maid!*“ rief er und spähte angestrengt nach unten, während das Fischerboot immer näher kam. Der Schiffbrüchige auf dem Vorderdeck versuchte sich aufzurappeln, sackte aber besinnungslos zurück. Holst rief einem seiner Matrosen zu, er solle eine Leine an Bord der *Fair Maid* werfen.

Das war nicht mehr nötig. Als das Fischerboot an der Schiffsmitte der *Regina* entlangtrieb, kam der Mann auf dem Vorderdeck zu sich, sprang auf, packte mit erstaunlicher Behendigkeit einen Enterhaken, an dem ein Tau befestigt war, und schleuderte ihn über die Reling der *Regina.* Ein zweiter Mann trat aus der Kajüte des Fischerbootes und tat das gleiche am Heck. Damit war die *Fair Maid* an die *Regina* gekoppelt.

Vier Männer kamen aus der Kajüte gerannt, schwangen sich aufs Dach und sprangen über die Reling der *Regina.* Sie waren alle gleich gekleidet – schwarze Overalls, Gummistiefel und schwarze Wollmützen. Es waren Männer vom Special Boat Squadron (SBS), einer Marinespezialeinheit, die dem Special Air Service entsprach. Kapitän Holst bekam einen Faustschlag in die Magengrube und ging in die Knie.

Inzwischen standen vier zypriotische Mitglieder der Mannschaft auf dem Hauptdeck. Einer der Männer in Schwarz rief ihnen einen einzigen Befehl auf griechisch zu, und sie gehorchten. Sie legten sich mit dem Gesicht nach unten flach aufs Deck und rührten sich nicht mehr. Nicht so die vier IRA-Männer, die aus einer Seitentür des Deckaufbaus kamen. Sie hatten alle eine Feuerwaffe in der Hand.

Zwei von ihnen begriffen sofort, daß sie mit ihren Pistolen nicht viel gegen eine Heckler-&-Koch-Maschinenpistole ausrichten konnten. Augenblicklich ließen sie die Pistolen fallen. Die beiden anderen versuchten, ihre Waffe zu benutzen. Der eine kam vergleichsweise glimpflich davon: An beiden Beinen erwischte ihn eine Salve, die ihn für sein restliches Leben an den Rollstuhl fesseln würde. Der andere hatte weniger Glück, denn eine von vier Kugeln traf ihn mitten ins Herz.

Sechs SBS-Männer schwärmten über das Deck der *Regina* aus. Hinter ihnen kam Tom Rowse an Bord. Er rannte zu der Schiffstreppe, die zur Brücke hinaufführte. Als er das Brückennock erreichte, kam Stephen Johnson aus dem Brückenhaus. Sowie er Rowse sah, riß er die Arme hoch. „Nicht schießen, SAS-Mann!“ rief er. „Wir ergeben uns!“

Rowse trat beiseite und deutete mit dem Lauf seiner Maschinenpistole in Richtung Schiffstreppe. „Runter da!“ befahl er.

Der alte IRA-Mann begann, zum Hauptdeck hinunterzusteigen. Hinter Rowse bewegte sich etwas, jemand mußte durch die Tür des Brückenhauses gekommen sein. Er spürte eine Bewegung, drehte sich halb um und hörte einen Knall. Die Kugel streifte gerade noch an der Schulter den Stoff seines Anzugs. Er reagierte reflexartig und feuerte,

wie er es im Training gelernt hatte, zweimal schnell hintereinander, dann noch einmal.

Aus dem Augenwinkel sah er, wie die Gestalt an der Tür von seinen Kugeln getroffen wurde und gegen den Türpfosten prallte; dann erkannte er an ihrem wehenden goldblonden Haar, daß es sich um eine Frau handelte. Nun lag sie auf dem Deck, sie war tot. Ein bißchen Blut sickerte aus dem Mund, den er geküßt hatte.

„Sieh mal einer an. Monica Browne, mit einem ‚e' am Ende."

Rowse fuhr herum. „Sie Mistkerl!" schrie er. „Sie haben es gewußt!"

„Gewußt nicht, nur vermutet", verbesserte McCready. Er trug Zivilkleidung und war erst an Deck gekommen, als die Schießerei vorbei war. „Wir mußten sie überprüfen, nachdem sie mit Ihnen . . . Kontakt aufgenommen hatte", fuhr McCready fort. „Es ist – war tatsächlich Monica Browne, geboren und aufgewachsen in Dublin. Acht Jahre ihres Lebens hat sie in Kentucky verbracht, mit ihrem ersten Mann. Nach der Scheidung hat sie den wohlhabenden Major Eric Browne geheiratet, der einige Jahre älter ist als sie, aber bestimmt nicht die leiseste Ahnung hat, daß seine Frau eine fanatische Anhängerin der IRA war. Ach ja, sie hat tatsächlich ein Gestüt geleitet, aber nicht in Ashford in England, sondern in dem gleichnamigen Ort in der irischen Grafschaft Wicklow."

EINE der Ladeluken wurde geöffnet und die Fracht kontrolliert. Nach zwei Stunden erstattete der Leutnant, der den SBS-Kommandotrupp führte, McCready Meldung. „Nichts Verdächtiges dabei, Sir!"

„Was soll das heißen?"

„Jede Menge Oliven und ein paar Kisten, die laut Aufschrift Büromaschinen enthalten."

„Und was enthalten sie tatsächlich?"

„Büromaschinen, Sir. Allerdings befinden sich noch drei Hengste an Bord. Die Tiere sind ziemlich verstört."

„Was meinen Sie, wie verstört ich bin", entgegnete McCready grimmig. „Zeigen Sie mir alles!"

Der Leutnant führte ihn durch die vier Frachträume des Schiffes. Keine Kiste war ungeöffnet geblieben. McCready hatte ein flaues Gefühl in der Magengegend, das sich bei ihm immer einstellte, wenn er merkte, daß man ihn ausgetrickst hatte und das dicke Ende mit Sicherheit nachkommen würde.

Ein junger SBS-Mann stand neben ihnen in dem Laderaum mit den

Pferdeboxen. Er verstand anscheinend etwas von Pferden, denn er sprach beruhigend auf die Tiere ein. „Sir, warum werden diese Pferde eigentlich verschifft?"

„Oh, das sind Araber. Vollbluthengste, für ein Gestüt bestimmt."

„Von wegen Vollblüter!" widersprach der junge Mann. „Das sind ausgemusterte Klepper aus einem Mietstall. Hengste schon, aber nicht mehr wert als den Schlachtpreis."

Zwischen der Innen- und Außenwand der speziell angefertigten Transportboxen entdeckten sie einen gut dreißig Zentimeter breiten Hohlraum. Als einige Planken entfernt wurden, kamen übereinandergeschichtete Semtex-Pakete sowie säuberlich gestapelte RPG-7-Panzerabwehrraketen und tragbare Boden-Luft-Raketen zum Vorschein. In den anderen beiden Boxen waren schwere Maschinengewehre, Munition, Granaten, Minen und Mörser versteckt.

„Ich glaube, wir können jetzt die Marine rufen", sagte McCready.

DIE *FAIR MAID* war inzwischen gelenzt worden und hatte keine Schlagseite mehr. Die Rauchgranaten, die den Eindruck erweckt hatten, an Bord sei ein Brand ausgebrochen, waren längst ins Meer geworfen worden. Die Maschinen wurden angelassen, zwei der SBS-Männer machten die *Fair Maid* los, und das Fischerboot tuckerte davon. Auf der anderen Seite der *Regina* kam ein Marinekreuzer längsseits, und ein paar Offiziere und Seeleute kletterten an Bord.

Tom Rowse setzte sich im Frachtraum neben den zugedeckten Leichnam von Monica Browne. Ein Windstoß wehte das Laken beiseite. Rowse starrte auf das schöne Gesicht hinab, das im Tod so ruhig wirkte. Eine blonde Haarsträhne fiel der Toten in die Stirn. Er beugte sich vor und schob die Strähne wieder zurück.

Plötzlich setzte sich jemand neben ihn und legte ihm den Arm um die Schultern. „Es ist vorbei, Tom", meinte McCready. „Sie brauchen sich keine Vorwürfe zu machen."

„Wenn ich gewußt hätte, daß sie an Bord war, hätte ich sie nicht getötet." Rowses Stimme klang rauh.

„Dann hätte sie Sie umgebracht – vermutlich, ohne mit der Wimper zu zucken."

„Was geschieht jetzt?" fragte Rowse.

McCready schaute aufs Meer hinaus, dann zum Himmel, und seufzte. „Ich werde wohl ins Century House zurückkehren und weitermachen. Abends freue ich mich auf meine kleine Wohnung, höre Musik und esse Bohnen aus der Dose. Und Sie, mein Freund, gehen wieder nach Hause zu Ihrer Nicki, drücken sie ganz fest, schreiben Ihre Bücher und vergessen diese Operation so schnell wie möglich. Es ist vorbei."

„Warum hat sie es getan, Sam? Warum in aller Welt hat sie das getan?"

McCready beugte sich vor und zog das Laken wieder über Monica Brownes Gesicht. „Weil sie an etwas glaubte, Tom. Natürlich an die falsche Sache, aber sie glaubte daran." Er erhob sich und half Rowse auf. „Kommen Sie, wir fahren heim. Denken Sie nicht mehr dran, Tom. Sie ist auf eine Art ums Leben gekommen, wie sie es sich selbst gewünscht hat – als ein Kriegsopfer. Und das sind Sie letztlich auch, Tom; wir sind es alle."

Epilog

„ICH SPRECHE gewiß im Namen aller, wenn ich Denis Gaunt für seine ausgezeichnete Darlegung nachdrücklich danke", erklärte Timothy Edwards. „Da es so spät geworden ist, möchte ich vorschlagen, daß Sie, liebe Kollegen, und ich uns durch den Kopf gehen lassen, ob in diesem Fall eine Ausnahmeregelung möglich wäre. Morgen vormittag bitte ich Sie, Ihre Auffassungen dazu vorzutragen."

Denis Gaunt mußte dem Beamten von der Dokumentenabteilung das Dossier zurückgeben. Als er sich umdrehte, war Sam McCready verschwunden. Er hatte sich verdrückt, kaum daß Edwards sein letztes Wort gesprochen hatte. Gaunt spürte ihn zehn Minuten später in seinem Dienstzimmer auf.

McCready hatte den Baumwollsakko über die Stuhllehne gehängt, die Ärmel hochgekrempelt und kramte in seinen Schreibtischschubladen herum. Auf dem Boden standen zwei Weinkartons.

„Was machst du denn da?" fragte Gaunt. „Bist du denn verrückt? Wir haben es geschafft. Edwards konnten wir vermutlich nicht überzeugen, aber ganz gewiß die beiden Einsatzleiter."

McCready richtete sich auf und sah die beiden Kartons an. „Nicht gerade viel, wenn man bedenkt, daß ich dreißig Jahre dabei war", murmelte er.

„Aber, Sam, die Sache ist doch noch nicht entschieden. Vielleicht überlegen es sich die Herren . . ."

McCready drehte sich um und packte Gaunt an den Oberarmen. „Denis, du bist ein großartiger Junge. Du hast dich stets tapfer geschlagen. Und ich werde dem Chef nahelegen, daß er dir die Abteilung unterstellt. Aber du mußt lernen, das Unvermeidliche hinzunehmen. Es ist vorbei. Das Urteil wurde schon vor Wochen gesprochen, in einem anderen Büro und von einem anderen Mann."

„Was sollte dann die ganze Anhörung überhaupt, verflixt noch mal?" Denis Gaunt setzte sich mit trauriger Miene in den Sessel seines Chefs. „Außerdem kannst du ja auch einen der Posten annehmen, die sie dir angeboten haben."

„Denis, meine Zeit ist abgelaufen, ich habe mein Bestes gegeben, es ist zu Ende. Ich gehe meiner Wege. Draußen erwartet mich eine Welt voller Sonne, und in dieser Welt werd ich's mir gutgehen lassen."

Denis Gaunt sah ihn mit Leichenbittermiene an. „Der Chef will sicher eine Abschiedsparty für dich geben."

„Darauf verzichte ich. Ich mag keinen billigen Sekt, der schlägt mir auf den Magen. Und genauso geht's mir, wenn Edwards nett zu mir ist. Begleitest du mich hinunter zum Haupteingang?"

Auf dem Weg zum Aufzug, während der Fahrt hinab ins Erdgeschoß und in der gefliesten Eingangshalle grüßten die Kollegen und Sekretärinnen McCready. „Hallo, Mr. McCready – Tag, Sam." Sie sagten nicht „Leben Sie wohl, McCready", aber das war wohl dennoch gemeint. Ein paar von den Sekretärinnen blieben stehen, als würden sie ihm gern ein letztes Mal die Krawatte geraderücken. Er nickte, lächelte und ging weiter.

Am Haupteingang öffnete Sam McCready die Spiegelglastür, die zur Straße hinausführte. Ein Schwall heißer Sommerluft wehte herein. McCready drehte sich um, griff in seine Brusttasche und zog einen Umschlag heraus. „Gib ihnen das, Denis. Morgen vormittag. Das und nichts anderes wollen sie ja schließlich."

Denis nahm den Umschlag entgegen und starrte ihn an. „Du hast den Brief die ganze Zeit bei dir getragen!" meinte er erstaunt. „Du hast ihn doch schon vor Tagen geschrieben, alter Fuchs!" Aber seine Worte prallten von der Eingangstür zurück, die gerade zufiel.

McCready wandte sich nach rechts und ging gemächlich, den Sakko über die Schulter gehängt, in Richtung Westminster Bridge, die einen knappen Kilometer entfernt war. Es war einer der heißesten Julitage des Sommers 1990.

Heute ist es sicher schön da draußen auf dem glitzernden blauen Meer in der Sonne, dachte McCready. Vielleicht sollte ich mir doch ein Häuschen in Devon und ein kleines Fischerboot kaufen? Vor ihm ragte die Westminster Bridge auf, das andere Ufer wurde vom

Parlamentsgebäude beherrscht. Dessen Verfassung – und gelegentlich auch dessen Narretei – zu schützen, das war dreißig Jahre lang Ziel seiner Arbeit gewesen.

In der Brückenmitte stand ein Zeitungsverkäufer mit einem Stapel von Ausgaben des *Evening Standard,* an dem ein Zeitungsplakat lehnte. Darauf stand: BUSH/GORBI – ENDE DES KALTEN KRIEGES BESIEGELT. McCready blieb stehen, um sich das Blatt zu kaufen.

„Danke, Mister", meinte der Zeitungsverkäufer und deutete auf sein Plakat. „Endlich alles vorbei, was? Endgültig Schluß mit den politischen Krisen in der Welt."

„Eine schöne Vorstellung", pflichtete McCready ihm bei und ging weiter.

Vier Wochen später überfiel Saddam Husseins Armee Kuwait. Sam McCready hörte die Meldung beim Angeln in seinem Kofferradio, zehn Seemeilen vor der Küste von Devonshire. Er ließ sie sich durch den Kopf gehen und beschloß, einen anderen Köder zu nehmen.

Foto: Tracey Rowe

Frederick Forsyth

„Wann kommt denn der Film in die Kinos?“ Diese Frage hat Frederick Forsyth nach dem Erscheinen seines Buches *McCreadys Doppelspiel* wohl hundertmal gehört. Denn in der Vergangenheit waren fast alle seine spannenden Romane mit großem Erfolg verfilmt worden, darunter *Die Akte Odessa, Die Hunde des Krieges* und *Der Schakal,* das Buch, mit dem Forsyth beinahe über Nacht berühmt geworden war. Bei seinem neuesten Roman verhält es sich ausnahmsweise andersherum: Der Film war zuerst da. „Vor einigen Jahren“, berichtet der Autor, „bekam ich von einer englischen Fernsehgesellschaft das Angebot, die Drehbücher für sechs Folgen einer Thrillerserie zu schreiben. Damals rief ich die Gestalt Sam McCready ins Leben.“ Nach der Ausstrahlung aller Sendefolgen wählte Frederick Forsyth die packendsten Erlebnisse seines Agenten aus, schrieb sie für sein Lesepublikum um und verband sie mit einer Rahmenhandlung – fertig war *McCreadys Doppelspiel.*

Forsyth, Jahrgang 1938, lebt auf einem eindrucksvollen Landsitz in einer Grafschaft im Westen Englands. Bereits als Siebzehnjähriger war er zur britischen Luftwaffe gegangen, wo er eine Ausbildung als Kampfflieger erhielt. Später wurde er Journalist; als Auslandskorrespondent und Kriegsberichterstatter kam er in der ganzen Welt herum, ehe er sich als Autor von Spionageromanen, die den Ost-West-Gegensatz zum Hintergrund haben, einen Namen machte. Doch auch heute, nach dem Ende des kalten Krieges, befürchtet der Autor nicht, daß ihm der Stoff für neue Bücher ausgehen könnte. „Zunächst glaube ich, daß das Thema Spionage allein zum Schreiben eines guten Thrillers ohnehin nie ausgereicht hat“, meint der Autor. „Andererseits brauchen Sie nur in Ihre Tageszeitung zu sehen. Terroristenüberfälle, Geiselnahmen, das Pulverfaß Naher Osten – für einen Schriftsteller Material in Hülle und Fülle.“ Für Spannung à la Forsyth ist also auch weiterhin gesorgt.

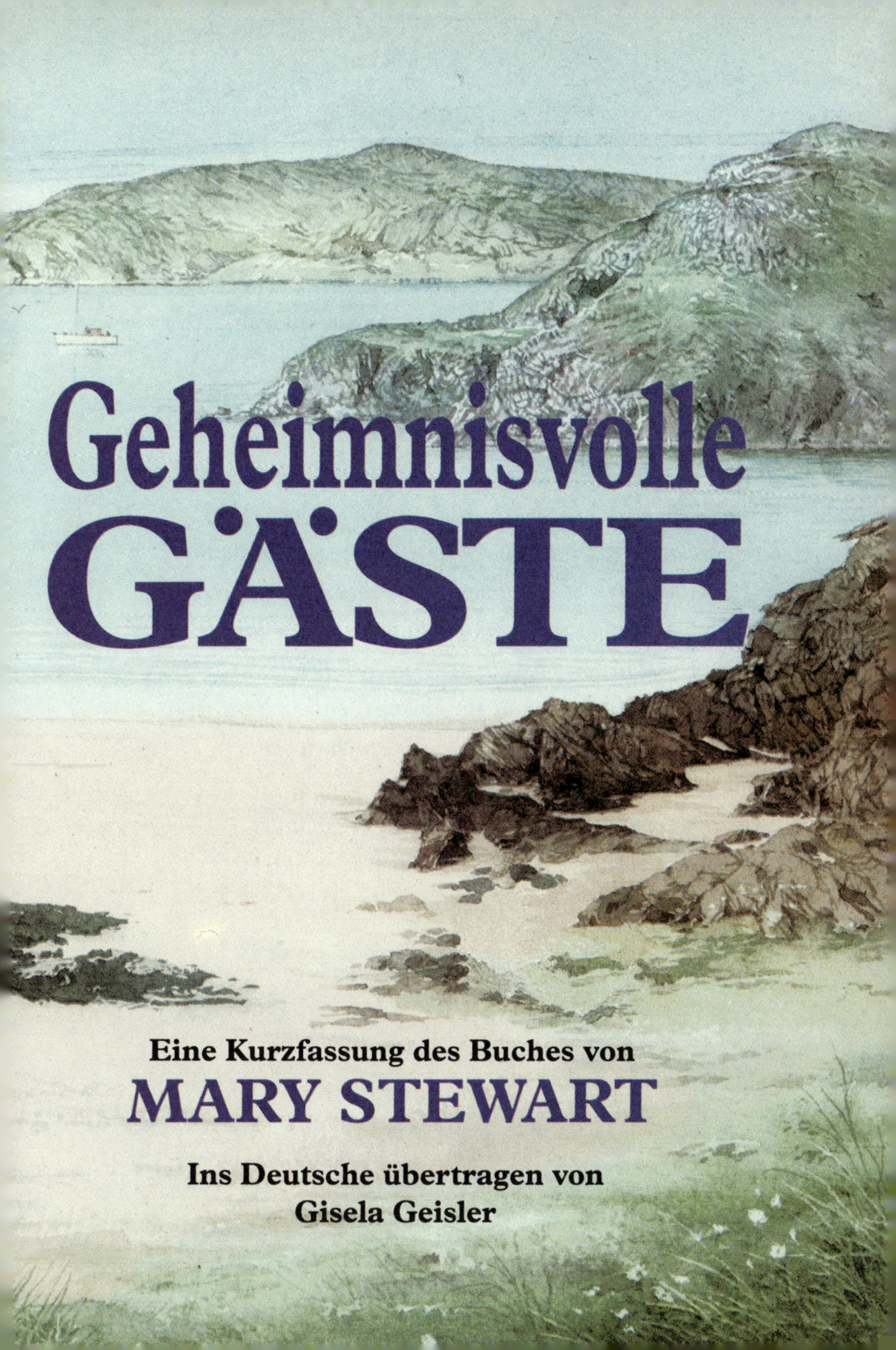

Geheimnisvolle GÄSTE

Eine Kurzfassung des Buches von

MARY STEWART

Ins Deutsche übertragen von

Gisela Geisler

Die Zeitungsannonce versprach genau das, was sich Rose Fenemore sehnlichst wünschte, um endlich einmal in aller Ruhe an einem Roman schreiben zu können: einen „Elfenbeinturm“ mit modernem Komfort auf einer kleinen, abgeschiedenen Hebrideninsel. Rose mietet dieses Ferienhaus und ist begeistert von der ruhigen Insel, die mit Blumen übersät und von Sturmschwalben bevölkert ist. Doch bereits in der ersten Nacht bekommt sie überraschenden Besuch von zwei jungen Männern, die vor einem tobenden Gewitter Zuflucht suchen. Die Geschichten, die beide über sich erzählen, widersprechen einander, und Rose verbringt ihren Urlaub damit, herauszufinden, was die beiden im Schilde führen.

Erstes Kapitel

WÄRE die folgende Geschichte erfunden, hätte ich nicht gewagt, sie mit einem „reinen Zufall" beginnen zu lassen. Zufälle, wie sie im wirklichen Leben täglich vorkommen, sind beim Leser von Romanen oder Erzählungen verpönt und werden deshalb vom Schriftsteller peinlichst vermieden. Aber, wie gesagt, es gibt sie. Jeden Tag. Und an diesem besonderen Tag ereigneten sich in meinem Fall gleich zwei.

Ich arbeitete in meinem Zimmer, als es an der Tür klopfte und kurz darauf vier junge Leute, die im vierten Semester waren, eintraten. Im allgemeinen sind mir Studenten willkommen. Sie gehören schließlich zu meinem Job. Als Dozentin für das Fach Englisch am Haworth College in Cambridge habe ich jeden Tag mit ihnen zu tun. Doch an diesem sonnigen Dienstag nachmittag im Mai wäre mir überhaupt kein Besucher willkommen gewesen, nicht einmal ein Hausdiener mit einem Einschreiben, in dem man mir einen saftigen Lotteriegewinn ankündigte. Ich war nämlich gerade damit beschäftigt, ein Gedicht zu schreiben.

Es heißt, mit dem Gedichteschreiben sei es nach dem dreißigsten Geburtstag oder mit dem Tag der Eheschließung vorbei, wobei die Reihenfolge belanglos ist. Tatsächlich scheint so mancher Dichter nach dem dreißigsten Geburtstag nicht mehr allzuviel Lesenswertes hervorzubringen. Zwar gibt es Ausnahmen, aber die bestätigen bekanntlich nur die Regel. Die Heiratsschwelle scheint mir übrigens nur für Frauen zu gelten, was eine ganze Menge über die Folgen der Ehe für sie aussagt. Doch an jenem Nachmittag traf weder die eine noch die andere Behauptung auf mich zu: Ich war siebenundzwanzig, unverheiratet und auch sonst gerade nicht fest gebunden, und ich ging völlig in meiner Arbeit auf.

Eigentlich hätte ich erfreut sein müssen, daß die Studenten so sehr daran interessiert waren, mit mir über George Darley zu diskutieren. Einer meiner Kollegen hatte diesen Poeten des frühen neunzehnten Jahrhunderts leider in seine Vorlesungsreihe aufgenommen, aber die intelligenteren unter den Zuhörern konnten Darley beim besten Willen nichts abgewinnen. Doch ich war, wie schon erwähnt, gerade von der Muse geküßt worden, was zu so einem verrückten Zeitpunkt im Semester selten genug geschah, und schrieb ein Gedicht. Ein gehaltvolleres als eines von George Darley? Auf jeden Fall ein besseres, aber das war nicht allzu schwierig.

Ich ließ die Studenten Platz nehmen, hörte ihnen zu, gab meine eigene Auffassung zum besten und wurde die Besucher endlich wieder los. Dann kehrte ich zu meinem Gedicht zurück. Die erste Strophe lag vor mir auf dem Schreibtisch, aber meine Eingebung war verflogen. Ich las das bereits Geschriebene, kämpfte minutenlang darum, die immer weiter entschwindende Idee wiedereinzufangen, und gab schließlich auf. Wütend knüllte ich das Blatt Papier zusammen, warf es in den leeren Kamin und sagte laut vor mich hin: „So einen richtig altmodischen Elfenbeinturm müßte man haben."

Ich stieß den Schreibtischstuhl zurück, ging zum offenen Fenster und schaute hinaus. Die Linden prunkten in ihrem frischen Grün, die Vögel sangen aus voller Kehle, und von der Clematis neben dem Fenster kamen Honigdüfte und „das Gesumm ungezählter Bienen". Tennyson. Der wenigstens, dachte ich, ist eine der wirklich nennenswerten Ausnahmen von der Dichter-Regel: Bis ins hohe Alter war er nie schwächer geworden, hatte nie versagt. Und ich? Ich war erst siebenundzwanzig und konnte nicht einmal ein Gedicht zu Ende bringen, das ich erst vor kurzem so zielstrebig angefangen hatte.

Ich war eben nicht Tennyson. Vermutlich nicht einmal ein George Darley. Ich lachte mich selber aus, fühlte mich gleich besser und setzte mich auf das Fensterbrett, um wenigstens noch das zu genießen, was von diesem Nachmittag übriggeblieben war. Die *Times* lag, erst halb gelesen, neben mir, und als ich sie wegschieben wollte, blieb mein Blick an einer kleingedruckten Anzeige hängen:

> Elfenbeinturm für kürzeren oder längeren Zeitraum zu vermieten: Einsam gelegenes Cottage auf kleiner Hebrideninsel vor der Küste von Mull. Ideal für ruhesuchenden Schriftsteller oder Künstler. – Moderner Komfort.

Dazu eine Chiffre.

Ein Elfenbeinturm mit modernem Komfort. „Das glaube ich nicht!" sagte ich laut.

„Was glauben Sie denn nicht, Dr. Fenemore?"

Eine der Studentinnen war zurückgekommen und stand unentschlossen in der offenen Tür. Es war Megan Lloyd, die Tochter eines walisischen Landarbeiters aus Dyfed, die auf Grund hervorragender

Prüfungsergebnisse als Stipendiatin ins Haworth College gekommen war. Megan war klein, ziemlich stämmig und hatte Sommersprossen, dunkles lockiges Haar und dunkle Augen. Sie sah so aus, als könne sie gut mit Pferden und Hunden umgehen – und das traf vielleicht sogar zu –, aber sie war auch hochintelligent und phantasiebegabt und unbestreitbar meine beste Studentin. Sie könnte eines Tages eine gute Schriftstellerin werden. Mir fiel ein, daß ich Megan versprochen hatte, mit ihr über ein paar Gedichte zu reden, die sie mir vor einiger Zeit ängstlich gespannt zur Lektüre vorgelegt hatte. Sie sah auch jetzt wieder ängstlich gespannt aus.

„O Megan, kommen Sie doch herein. Entschuldigen Sie meine Selbstgespräche. Ich war einen Augenblick lang in Gedanken versunken. Ja, ich habe Ihre Gedichte gelesen." Ich ging zu meinem Schreibtisch, nahm die Mappe mit den losen Blättern und lud Megan mit einer Handbewegung zum Sitzen ein. Ihre Augen wirkten doppelt so groß wie sonst, und ich sah, daß jeder Muskel ihres Körpers gespannt war. Ich wußte, wie ihr zumute war. Jedesmal wenn ein Fremder deine Gedichte liest, stirbst du für jedes Wort mehrere Tode.

Und deshalb kam ich rasch zur Sache. „Was Sie geschrieben haben, gefällt mir, Megan. Manches sogar sehr, anderes weniger."

Ich begann, die Gedichte einzeln zu besprechen, und Megan entspannte sich allmählich und sah nicht mehr ganz so unglücklich aus. Zu guter Letzt führte sie sogar ein munteres Streitgespräch mit mir.

Ich schloß die Mappe. „Das wär's. Wenn Sie den Versuch machen wollen, etwas davon zu veröffentlichen – nur zu und viel Glück! Egal, wie es ausgeht, Sie müssen weiterschreiben!"

Sie schluckte. Dann nickte sie stumm.

Ich übergab ihr die Mappe. „Ich habe jetzt genug dazu gesagt. Zu einzelnen Stellen habe ich ziemlich ausführliche Anmerkungen gemacht. Sie sollten sich damit noch einmal in Ruhe befassen. Falls Sie etwas nicht verstehen oder mit mir diskutieren wollen, können Sie gern wieder zu mir kommen. Sie brauchen keine Hemmungen zu haben. Einverstanden?"

„Ja, vielen Dank. Ich hatte Sie nur um Ihr Urteil gebeten, weil . . ., weil man sich selbst so schwer einschätzen kann."

„Ja, das weiß ich nur zu gut."

Sie lächelte, und dabei leuchtete ihr Gesicht plötzlich von innen her. „Natürlich wissen Sie das. Und darf ich Ihnen, sozusagen als Dank, auch einen Rat geben?"

„Und welchen denn?" fragte ich überrascht.

Sie richtete den Blick auf das Papierknäuel im Kamin, das sich schon ein wenig aufgerollt hatte. Selbst von Megans Platz aus war zu erkennen, daß auf dem Blatt Verse eines unvollendeten Gedichts standen.

„Egal, wie es ausgeht, Sie müssen weiterschreiben!" Megan wiederholte nicht nur meine Worte, sondern ahmte auch ein bißchen meinen Tonfall nach, aber mit einem Lächeln, das diesem Echo jeden Anflug von Frechheit nahm. Dann wurde sie wieder ernster und fuhr fort: „Es verdient bestimmt nicht, weggeworfen zu werden, Dr. Fenemore. Ihr letztes im *Journal* war einfach großartig."

Nach einer Pause sagte ich ziemlich befangen: „Vielen Dank. Aber während des Semesters . . . Leider kann man sich den Zeitpunkt für die Entstehung eines Gedichts nicht aussuchen."

Plötzlich war auch Megan verlegen. Sie griff nach der Mappe und stand auf. „Entschuldigen Sie vielmals. Ich weiß, es geht mich nichts an. Mein Blick ist einfach an dem Blatt Papier im Kamin hängengeblieben."

Nur, um ihr die Befangenheit zu nehmen, holte ich die *Times* und zeigte auf die Annonce. „Eine kleine Hebrideninsel. Hört sich an, als könnte man dort in Ruhe arbeiten. Hier ist sogar von einem Elfenbeinturm die Rede. Lesen Sie mal! Ich habe die Anzeige angestrichen."

Meg sah mich strahlend an. „Eine Insel vor Mull? Das ist ja phantastisch! Ann Tracy und ich werden in den Ferien nach Mull hinauffahren. Für vierzehn Tage. Ich kenne die Insel noch gar nicht, aber Anns Familie hat früher oft die Sommerferien da oben verbracht. Sie sagt, es kann unglaublich schön sein. Was für ein Zufall! Sieht aus wie eine Schicksalsfügung . . . Sie schreiben doch an die Leute?"

DAS SCHICKSAL hielt noch weitere Überraschungen für mich bereit: Noch am selben Abend rief mich mein Bruder Crispin an.

Crispin ist Arzt, Partner in einer Gemeinschaftspraxis in Hampshire. Er ist sechs Jahre älter als ich, verheiratet und Vater von zwei Kindern, die beide Internatsschulen besuchen. Er hätte die Kinder lieber zu Hause behalten, aber Ruth, seine Frau, hatte sich in dieser Angelegenheit durchgesetzt – wie in ziemlich vielen anderen auch. Nicht, daß Crispin ein schwacher Mensch wäre, aber er ist beruflich so stark beansprucht, daß er froh sein muß, die Familienangelegenheiten weitgehend seiner kompetenten Frau überlassen zu können. Die beiden sind miteinander verhältnismäßig glücklich, was zum Teil darauf zurückzuführen ist, daß sie ihre unterschiedlichen Interessen respektieren.

Eine dieser unterschiedlichen Neigungen betrifft den Urlaub. Ruth liebt Großstädte, schicke Geschäfte, Theater. Crispin sehnt sich, wenn er sich von seiner anstrengenden Tätigkeit endlich freimachen kann, nach Ruhe und weiten, stillen Landschaften. Mit mir teilt er die Liebe zu Schottland, und er setzt sich dorthin ab, sobald sich die Gelegenheit bietet. Dort oben erholt er sich beim Wandern, Angeln und Fotografieren. Seine größte Leidenschaft ist das Fotografieren von Vögeln, und im Laufe der Jahre hat er eine beachtliche Fotosammlung anlegen können. Wenn unsere Ferien in dieselbe Zeit fallen, fahren wir oft gemeinsam in den Norden und genießen beide die Einsamkeit und Stille des Hochlands.

Als mich Crispin nun an diesem Abend anrief und sagte, daß er Ende Juni vierzehn Tage Urlaub machen und gern mit mir nach Schottland fahren wolle, hatte ich tatsächlich das Gefühl, eine höhere Gewalt habe die Hand im Spiel.

„Das trifft sich wunderbar", sagte ich. „Ich hatte gerade dasselbe geplant." Crispin war begeistert, und ich ließ ihn zunächst mal von all den seltenen und herrlichen Vögeln schwärmen, die zweifellos nur darauf warteten, von ihm fotografiert zu werden. Dann erst stellte ich die übliche Frage: „. . . und Ruth?"

„Kommt nicht mit. Nein, diesmal nicht." Die übliche beiläufige Antwort. „Sie macht sich doch nichts aus Schottland, und sie hat auch momentan ziemlich viel zu tun. Wahrscheinlich fährt sie im Herbst irgendwohin ins Ausland – sobald John und Julie wieder im Internat sind. Ich fände es großartig, wenn du das Häuschen bekämst. Um diese Jahreszeit sind die meisten Jungvögel noch im Nest. Du solltest dich gleich darum bemühen, Rose. Hol nähere Auskünfte ein; wir reden dann noch einmal darüber."

Das tat ich. Ich antwortete noch am selben Abend auf die Annonce. Und ich bekam meinen Elfenbeinturm.

DIE INSEL MOILA liegt westlich der Küste der Insel Mull und ist nur mit der Fähre zu erreichen. Dieses vorgelagerte Inselchen ist etwa fünfzehn mal acht Kilometer groß und hat im Nordwesten eindrucksvolle Klippen. Die Grasdecke oben auf den Klippen wird von Schafen kurz gehalten. Von dort aus fällt das Gelände sanft in eine hügelumrahmte Mulde mit einem kleinen See ab. Dieser See, oder schottisch *loch,* speist das einzige nennenswerte Flüßchen, das ins Meer mündet.

Die Küste von Moila ist überwiegend steinig. Die Klippen sind aber, abgesehen von jenen an der Nordwestseite, nicht besonders hoch. Hier und da stoßen sie in die See vor und umschließen kleine halbkreisförmige, meist steinige Strände. An der Westseite dagegen gibt es Sandstrände, an die sich landeinwärts ein herrliches Wiesenland anschließt, das im Juni von blühenden Wildpflanzen und nistenden Vögeln überzuquellen scheint.

Meine erste Begegnung mit Moila fiel auf einen wunderschönen Tag in der letzten Juniwoche. Die Semesterferien hatten schon begonnen, und da Crispin erst ein wenig später Urlaub nehmen konnte, waren wir übereingekommen, getrennt zu reisen und uns erst auf Moila zu treffen. Jeden Montag, Mittwoch und Samstag fuhr eine Fähre von Oban aus nach Moila und zu den weiter westwärts gelegenen Inseln. Ich hatte entschieden, daß ein Auto auf Moila von geringem Nutzen wäre, und beschlossen, mit der Eisenbahn zu reisen.

Es war eine angenehme Reise. Ich nahm den Nachtzug nach Fort William und stieg dort in einen Bummelzug nach Oban um. Da die Inselfähre erst am nächsten Morgen um sechs Uhr abfuhr, mietete ich ein Zimmer im „Columba", einem Hotel an der Pier, und sah mich während des Tages in der Stadt um. Am nächsten Morgen ging ich um halb sechs an Bord des Fährschiffs, und damit begann die letzte Etappe meiner Anreise.

Als das Schiff gemächlich zwischen kleinen Inseln und burggekrönten Klippen aus dem Hafen hinausglitt, war die See ruhig. Große Schwärme von Seevögeln folgten uns, und Sommerdüfte überlagerten den Geruch von Salz und Seewind. Idyllisch! Die perfekte Kulisse für einen Elfenbeinturm!

Das hoffte ich jedenfalls. Keiner der Reisenden, mit denen ich mich im Zug und auf der Fähre unterhalten hatte, kannte Moila. Die Insel habe höchstens dreißig Einwohner, hieß es. Als wir in Tobermory anlegten, wies der Zahlmeister auf eine kleine, in der Ferne aus dem Wasser aufragende Gruppe von Felsen – jedenfalls hielt ich die Punkte dafür –, und ich bekam einen Anfall von Verzagtheit und fragte mich, worin wohl der „moderne Komfort" meines Ferienquartiers bestehen werde.

„Die große Insel da, das ist Moila", sagte der Zahlmeister.

„Und die anderen?"

„Ach, Namen haben die alle, aber ich kenne mich da nicht aus. Wohnt sowieso keiner drauf – abgesehen von den Vögeln."

„Kann man dahin übersetzen?"

„Ja, mit ein bißchen Glück, bei schönem Wetter. Es fahren immer mal Leute hin, die die Vögel filmen wollen.“

An diesem Punkt der Unterhaltung mußte der Zahlmeister weggehen und sich um die Waren kümmern, die an Bord gebracht wurden. Gut zwanzig Minuten später konnte ich mir selbst ein Bild von Moila machen.

Die Fähre war nicht groß, aber für Moilas Hafen waren ihre Ausmaße geradezu riesig, und so mußte sie weiter draußen vor Anker gehen. Passagiere und Waren wurden mit dem Beiboot an Land geschafft.

Das Dorf bestand, soweit ich sehen konnte, aus acht oder neun Häuschen. Sie standen wie aufgereiht an einer schmalen Straße, die um die Bucht lief. Das erste Gebäude neben dem Anlegesteg war Post und Lebensmittelgeschäft zugleich. Ein handgeschriebenes Schild teilte mit, daß der Betreiber des Ladens M. McDougall heiße und auch ein schlichtes Ferienquartier – *Bed & Breakfast* – anzubieten habe. Ein paar Meter entfernt davon stand ein weißgekalktes Haus, die Dorfschule, wie ich später herausfand. Ein Bach schlängelte sich am Postamt vorbei und wurde von einem jener malerischen buckligen Brückchen überspannt, auf denen garantiert jedes Auto Schaden nimmt, das die Überquerung wagt. Doch diese Sorge war überflüssig: Ich wußte ja schon, daß es hier keine Autos gab. Lediglich ein verbeulter Landrover stand vor dem Postamt, und am Schulhaus lehnten ein paar Fahrräder. Keine weiteren Transportmittel. Und soweit ich es überblickte, gab es hinter den letzten Häusern des Dorfes auch keine Straße mehr. Aber mein Häuschen, so hatte man es mir mitgeteilt, lag auf der anderen Seite der Insel!

Na schön, das hatte ich mir selber eingebrockt. Ich ließ mein Gepäck am Anlegesteg stehen und marschierte ins Postamt.

Da die Fähre die Post und die gesamten Vorräte für die Inselbewohner mitbrachte, herrschte in dem Lädchen Hochbetrieb. Die Posthalterin war vollauf damit beschäftigt, Briefe und Zeitungen zu sortieren und währenddessen mit dem Kapitän der Fähre die letzten Neuigkeiten auszutauschen – in gälischer Sprache. Für mich konnte sie nicht mal einen Blick erübrigen.

Der Laden war als Miniatursupermarkt eingerichtet, und so nahm ich mir einen Korb und beschäftigte mich damit, Vorräte für die nächsten Tage auszuwählen. Erst das Heulen der Schiffssirene machte mich darauf aufmerksam, daß sich der Laden inzwischen geleert hatte.

Jetzt endlich kam die Posthalterin angelaufen, um die Fremde zu begrüßen.

„Sie sind bestimmt die junge Dame, die *Camus na Dobhrain* gemietet hat? Miß Fenemore, wenn ich nicht irre?“

Sie war eine hagere Frau um die Fünfzig mit leicht ergrautem Haar und tiefblauen Augen. Sie trug einen geblümten Kittel und hatte, wenn man von ein paar Lachfältchen um die Augen absah, diese beneidenswert glatte Haut von Inselbewohnern. Ihr Blick drückte wohlwollende Neugier aus, und der sanfte Singsang ihrer gälisch gefärbten Sprechweise wirkte auf mich so herzerwärmend, als schiene die Sonne selbst noch in diesem dämmrigen, vollgestopften Lädchen.

„Ja, ich bin Rose Fenemore. Und Sie sind Mrs. McDougall? Guten Tag!“ Wir schüttelten uns die Hand. „Ich werde in dem Cottage wohnen, das das Harris-Reisebüro vermietet – falls Sie das gemeint haben. Ich verstehe leider kein Gälisch.“

„Wie könnten Sie auch! Ja, wir reden von ein und demselben Häuschen. Auf englisch heißt es ‚Otterbucht‘. Es ist das einzige Ferienhaus auf Moila, das man mieten kann.“ Sie lächelte und beschäftigte sich während des Redens mit meinen Einkäufen. „Wenn das Wetter so schön bleibt, werden Sie viele Spaziergänge machen können. Ich habe gehört, daß das Haus jetzt ganz ordentlich eingerichtet ist, aber einsam ist es dort schon. Sie sind ganz allein?“

„Bis Mittwoch. Dann kommt mein Bruder herauf. Wird die Fähre am Mittwoch zur selben Zeit wie heute eintreffen?“

„Ja. Ich sehe gerade, daß Sie keine Feueranzünder genommen haben. Damit bekommt man das Feuer viel leichter in Gang. Können Sie mit Torffeuerung umgehen?“

„Nein, aber ich werde es hoffentlich lernen. Und wie komme ich nun zu dem Häuschen, Mrs. McDougall? Soviel ich weiß, sind es drei Kilometer bis dorthin. Das ist zwar nicht zu weit, um meine Einkäufe hier bei Ihnen zu machen, aber heute habe ich mehrere Gepäckstücke bei mir . . .“

„Kein Problem! Archie McLaren bringt Sie mit dem Landrover hin. Vielleicht sollten Sie gleich noch ein paar Beutel Kohle mitnehmen. Damit bringt man das Feuer rascher in Gang. Augenblicklich ist das Wetter zwar schön, aber es wäre gut, wenn Sie sich einen kleinen Vorrat anlegten. Man weiß nie, was die nächste Woche bringt.“

„Ja, vielen Dank. Zwei Beutel Kohle also und die Feueranzünder. Und wie steht es mit Milch und Brot?“

„Bei schlechtem Wetter könnte Ihnen der Weg hierher ganz schön lang werden. Nehmen Sie lieber gleich zwei Tüten Milch mit. Das Brot kommt mit der Fähre. Soll ich Ihnen immer am Mittwoch und am Wochenende eins zurücklegen?“

„Ja, das wäre nett. Wieviel schulde ich Ihnen denn jetzt?“

Sie nannte die Summe, und ich bezahlte. Währenddessen war Archie McLaren hereingekommen, ein untersetzter junger Mann in marineblauem Pullover, Jeans und Gummistiefeln. Er trug die Kohlensäckchen zum Landrover hinaus und stellte sie neben mein Gepäck. Ich griff nach einer der beiden Tragetaschen, in die Mrs. McDougall meine Einkäufe gepackt hatte.

„In meinem Cottage gibt es sicher kein Telefon . . .?“ fragte ich im Hinausgehen.

„O nein. Auf ganz Moila gibt es bloß zwei Anschlüsse – einen hier und einen im großen Haus. Das ist alles. Aber der im großen Haus ist seit dem Tod der alten Dame stillgelegt.“

„Im großen Haus?“ Mrs. McDougalls Betonung des Namens ließ auf ein besonderes Haus schließen.

„Ach, wir nennen es bloß so. Von Ihrem Cottage bis dahin ist es nicht weit. Nur einen Kilometer. Sein richtiger Name ist *Taigh na Tuir*, und das bedeutet ‚Turmhaus‘. Direkt vor der Küste liegt nämlich eine winzige Insel mit der Ruine eines sehr alten Turms – *broch* nennt man den hier –, und der soll aus der Eisenzeit stammen. Ich nehme an, daß das Haus danach genannt wurde. Früher war es bloß ein Jagdhaus, aber dann haben es die Hamiltons gekauft und ständig darin gewohnt. Die alte Mrs. Hamilton, die Letzte der Familie, ist im Februar gestorben. Seitdem ist das Haus unbewohnt und wird es wohl auch bleiben.“ Sie lächelte. „Die Ruhe, die wir hier auf Moila haben, ist nicht jedermanns Sache.“

„Das kann ich mir vorstellen, aber ich bin fest entschlossen, sie zu genießen. Und das Telefon brauche ich nur, um von meinem Bruder zu hören, wann er eintrifft. Ich werde morgen herkommen und ihn anrufen, wenn Sie nichts dagegen haben. Um wieviel Uhr schließen Sie denn?“

„Um halb sechs, aber wenn Sie telefonieren wollen, brauchen Sie nur an meine Tür zu klopfen. Das stört mich nicht! Hier machen es alle so.“ Sie griff nach meiner zweiten Tragetasche und begleitete mich zur Ladentür. „Ich erwarte Sie morgen. Bis dann! Archie, kümmere dich um die Dame . . .“

Archie murmelte etwas, das nach Zustimmung klang. Ich kletterte in den Landrover, setzte mich neben Archie, und wir fuhren los. Das Auto hatte schon bessere Tage gesehen. Sobald die Dorfstraße hinter uns lag und wir über den Fußweg ratterten, der sich vom Dorf zum Torfmoor hinaufwand, wurde eine Unterhaltung mit dem Fahrer schwierig.

Der holprige, mit losen Steinen übersäte Weg stieg zunächst nur mäßig zwischen stoppligen Grasflächen bergan, die durch Schafe kurz gehalten wurden und auf denen hier und da Riedgräser, Disteln und Farnkraut wuchsen. Doch bald wurde der Weg steiler und kurvenreicher. Er führte nun durch Heideland, das, abgesehen von den hellen, lebhaft violetten Flecken der früh blühenden Glockenheide, noch dunkel wirkte. Der Ginster blühte allerdings schon in leuchtendem Gold, und wo immer eine Grasfläche auftauchte, war sie mit den winzigen gelben Blüten von Echtem Labkraut und Blutwurz bestreut. Rechter Hand sah ich die Wasserfläche des kleinen Sees schimmern.

Der Lärm des Automotors übertönte alle anderen Geräusche, aber ich beobachtete eine Lerche, die sich vom Heideboden erhob und himmelwärts schraubte, und als der Landrover eine Hügelkuppe überwunden hatte und in eine Senke eintauchte, stieg ein Bussard auf und kreiste gemächlich über uns. Dann ging die Fahrt an einem kleinen Wasserlauf entlang immer weiter bergab und auf das in der Ferne schimmernde Meer zu. In der Senke fand eine Gruppe großer, aneinandergedrängter Bäume hinreichend Schutz vor den atlantischen Stürmen. Es waren meist Eichen, aber auch Buchen und Eschen und ein paar Birken und Haselsträucher.

Der Weg wurde ebener, die Senke weitete sich, und auf einmal lag vor uns eine kleine Bucht mit steinigem Strand, der an großen rundgeschliffenen Felsblöcken endete, an denen dicke schwarze Bänder aus trockenem Seegras anzeigten, wie hoch die Flut hier zu steigen pflegte. Zu unserer Linken versperrte eine steile Klippe die Aussicht, während zu unserer Rechten eine nicht allzu hohe Landzunge ins Meer vorstieß. Die glitzernde Sonne zwang mich, die Augen zuzukneifen, aber ich erkannte auf der Landzunge einen Fußpfad, der von der Bucht her kam und westwärts führte.

Der Landrover hielt neben einem improvisierten Landesteg aus aufeinandergeschichteten großen Steinen, die mit Maschendraht zusammengehalten wurden. Und dort, ein wenig oberhalb vom Steg, im Schutz der Klippe, stand das Häuschen.

Zweites Kapitel

DAS COTTAGE war größer, als ich es mir vorgestellt hatte. Ursprünglich hatte man die Räume nach dem üblichen Muster aufgeteilt: eine winzige quadratische Diele mit zwei Türen, die in zwei Zimmer führten, und im Hintergrund eine steile Treppe zu zwei Schlafkammern im Obergeschoß. Doch irgend jemand mußte es vor verhältnismäßig kurzer Zeit umgebaut haben.

Die zwei Zimmer im Erdgeschoß waren zu einem großen, offenen Raum vereinigt, der nur von der darin aufragenden Treppe geteilt wurde. Die Wohnzimmerecke war mit einem hübschen offenen Kamin, zwei Sesseln und einem niedrigen Tisch ausgestattet, während ein wackelig aussehendes Sofa mit dem Rücken zum Treppensockel aufgestellt war. Die Eßecke auf der gegenüberliegenden Seite bestand aus den üblichen Geschirregalen und einem Tisch mit vier Stühlen am Fenster. Auf einer Arbeitsplatte standen ein elektrischer Wasserkessel und ein Toaster. Eine Tür im Hintergrund führte in eine schmale Küche, die über die ganze Rückseite des Hauses reichte. Unter dem einzigen Fenster befand sich ein modernes Spülbecken, und an der Wand daneben hing ein elektrischer Wasserboiler. Diese beiden Einrichtungsgegenstände und ein Gasherd bildeten den „modernen Komfort" des Hauses. Das tiefe, altmodische Becken zum Wäschewaschen am anderen Ende der Küche schien noch aus vergangenen Zeiten zu stammen. Kein Kühlschrank! Aber das Haus würde wohl immer kühl sein; auch im Sommer. Ich warf neugierig einen Blick aus dem Fenster und sah, daß es zwischen der Rückfront des Hauses und der Klippe früher einen Garten gegeben hatte. Jetzt umschloß eine brüchige Mauer nur noch einen Wust aus Brombeerranken und wilden Rosen, die einen Geräteschuppen fast überwucherten.

„Ich trage Ihre Sachen nach oben", sagte Archie.

„Nicht nötig . . ., das heißt, es wäre schon nett von Ihnen . . ."

Ich setzte die schweren Tragetaschen auf dem Küchentisch ab und begann, meine Einkäufe auszupacken. Archie stieg die Treppe hinauf, und es dauerte ein, zwei Minuten, ehe er wieder herunterkam.

„Hab mir's bloß mal ansehen wollen. Ich bin noch nicht wieder oben gewesen, seit die Schlafzimmer fertig sind. Ich weiß noch, wieviel Ärger das Badezimmer gemacht hat." Er schaute sich interessiert um. „Das sah alles anders aus, als die Familie noch hier wohnte.

Alastair Mackay meine ich. Er war Gärtner im großen Haus. Ist mit seiner Frau vor zwei Jahren aufs Festland gezogen, und danach hat Mrs. Hamilton das Haus hier umgebaut, weil sie es vermieten wollte."

„Ich wußte gar nicht, daß das Cottage auch Mrs. Hamilton gehört hat. Mrs. McDougall hat mir erzählt, daß sie vor kurzem gestorben ist."

„So ist es. War eine feine Frau, und ihr Mann, der war, solange er lebte, ganz versessen aufs Jagen und Fischen und Angeln. Der ist jedes Jahr zum Lachsfang oben im Norden gewesen, aber Mrs. Hamilton ist nie mitgefahren. Und als der Oberst dann tot war, ist sie überhaupt nicht mehr weggefahren. Nicht mal im Winter. Aber der letzte Winter war einfach zu hart für sie, die arme Frau."

„Haben Sie eine Ahnung, was jetzt mit dem großen Haus geschehen wird?"

„Weiß nicht. Ich glaube, irgendwo im Ausland gibt es einen Verwandten. Der wird es verkaufen wollen. Aber wer kauft schon so was?"

„Zum Beispiel jemand, der Ruhe und Frieden sucht."

„Einen Elfenbeinturm also."

„Einen was?" fragte ich verdutzt.

„Einen Elfenbeinturm. So hat Mrs. Hamilton ihr Haus immer genannt. Und das sollte heißen, daß man sie dort in Ruhe läßt."

„Ach so. Ob das Cottage auch verkauft werden soll? Vielleicht wollen es die Erben weiter vermieten?"

„Das Vermieten hat sowieso erst letzten Sommer angefangen, und dieses Jahr ist auch noch niemand außer einer Familie aus Cornwall hiergewesen. Glaube ich wenigstens. Die waren mit einem Boot hier und haben immer alles in Tobermory auf Mull eingekauft. Wir haben kaum was von ihnen gesehen."

„Nun, ein Boot wäre nicht schlecht, wenn man länger hierbleiben will . . . Haben Sie auch die Kohlen abgeladen, Archie?"

„Die sind schon hinter dem Haus. Da, wo der Torf liegt. Gleich neben der Hintertür. Trocknes Holz zum Anzünden gibt es genug am Strand."

„Vielen Dank, Archie." Ich bezahlte ihn, und er fuhr ab.

Ich schaute dem Landrover hinterher, der stöhnend und ächzend auf dem Fußweg davonratterte. Das Motorgeräusch verebbte bald, und dann herrschte Stille.

Stille? Die Wellen rauschten und zischten, wenn sie auf den Kieselstrand aufliefen. Die über der Bucht kreisenden Möwen stießen dann und wann schrille Schreie aus, und aus der Ferne hörte ich, undeutlich nur, das Heulen einer Schiffssirene: die Fähre war unterwegs zu den noch weiter westlich gelegenen Inseln. Es gab kein Bindeglied zum Festland mehr. Nur noch Einsamkeit. Totale, unwiderrufliche Einsamkeit.

Ich zog die Haustür behutsam von innen ins Schloß und stieg die Treppe hinauf, um nachzuschauen, was für Schlafgelegenheiten Mrs. Hamilton ihren Mietern zugedacht hatte.

Die Betten waren ganz ordentlich. Die winzigen Schlafzimmer hatten eine schräge Decke, aber sie waren hübsch hergerichtet mit weißem Anstrich, geblümten Tapeten und sparsamer Möblierung. Das schönste an diesen Räumen war jedoch die herrliche Aussicht nach Südwesten. Die ursprünglichen Hausbewohner waren gewiß oft und auch bei stürmischem Wetter mit ihrem kleinen Boot dort draußen auf dem Atlantik gewesen. An diesem Junitag war die See jedoch wunderbar still. Wenn eine Möwe plötzlich aus den Klippen herausschoß, blitzten im Sonnenschein weiße, schlagende Flügel über der seidenglatten Wasserfläche.

Es würde mir gefallen. Sehr gut sogar. Ich beschloß, meine Sachen auszupacken, das Abendessen vorzubereiten, einen Spaziergang zum Strand zu machen und trockenes Holz zum Feuermachen zu sammeln. Vielleicht war es ja am Abend ziemlich kühl im Haus.

Wie Archie gesagt hatte, gab es am Strand reichlich trockenes Holz. Ich hatte bald einen ganzen Armvoll eingesammelt und stieg ein Stück höher hinauf, dorthin, wo ich auf dem vom Salzwasser getränkten Torf, durch den sich der kleine Bach seinen Weg zum Meer bahnte, leichter als auf den groben Kieseln laufen konnte.

Allmählich wurde ich mir eines unangenehmen Stechens und Brennens im Gesicht und auf den Händen bewußt, ein Zustand, der mir plötzlich unerträglich vorkam. Mücken! An die Mücken hatte ich überhaupt nicht gedacht – den Fluch des schottischen Hochlands – den winzigen Feind – die Schlange im Paradies.

Ich klemmte mein Holzbündel unter den einen Arm, schlug mit dem anderen um mich und eilte zurück in mein Häuschen.

Der Abend blieb, nebenbei gesagt, mild, so daß sich das Feuermachen erübrigte. Ich aß zu Abend, wusch das Geschirr ab, beobachtete noch eine Weile vom „sicheren Hafen" meines Wohnzimmers aus den Anbruch der Nacht und ging früh zu Bett.

ALS ICH am nächsten Morgen aufwachte, erfüllte ein gleißendes perlmuttfarbenes Licht das Schlafzimmer, aber als ich ans Fenster trat, war die See nicht zu sehen. Überhaupt nichts war zu sehen. Die Welt war in watteähnlichen Nebel gehüllt; zwischen Sonne und Erde wallten weißliche Schleier. Ich konnte nicht einmal die Mündung des Bachs erkennen. Also kein Spaziergang an diesem Vormittag! Ich kannte mich noch nicht gut genug in der Umgebung aus.

Ich war durchaus nicht enttäuscht. Das versicherte ich mir jedenfalls mehrmals und ganz entschieden. Jetzt hatte ich, bis Crispin kam, die ersehnte Ruhe und Einsamkeit, einen ganzen Tag nur für mich und damit auch die moralische Verpflichtung, mich von neuem mit dem Gedicht zu befassen, das ich wegen meiner beruflichen Pflichten in Cambridge beiseite gelegt hatte. Bei diesem Nebelwetter würde mich hier wohl kaum jemand beim Dichten stören.

Es störte mich tatsächlich niemand. Der Tag verlief friedlich und still. Die einzigen Geräusche waren die dumpfen Schreie der Seevögel und das melancholische Piepen eines Sandregenpfeifers unten am Strand. Ich saß am Küchentisch, starrte hinaus in das weiße Nichts vor dem Fenster, und allmählich, wie ein klarer Quell, der aus dem Erdboden tritt, begann sich das Gedicht von neuem zu formen. Es stieg langsam und so unaufhaltsam wie die Flut in mir auf und erfüllte mich ganz und gar. Dieser Vorgang ist unbeschreiblich schön. Über die dichterische Eingebung wird alles mögliche gesagt, aber in solchen Momenten erkennt man genau, worin sie besteht: im plötzlichen Offensein für alle menschliche Erfahrung, im Begreifen dessen, was Schönheit, was Liebe ist.

Als ich endlich den Kopf hob, lagen die Klippen in einem strahlendhellen Nachmittagssonnenschein. Obwohl die Flut auf dem Höhepunkt sein mußte, schwappte das Wasser nur träge gegen die großen Felsblöcke im Hintergrund der Bucht. Der Himmel war klar und versprach einen schönen Abend – einen Abend mit einer frischen Brise, denn ich sah Bewegung in den Farnwedeln, die den Fußpfad säumten, und das bedeutete: weniger Mücken. Oben, auf dem Kamm der Landzunge, würde es sogar noch besser sein. Ich beschloß, mir einen Tee zu kochen und dann zum Postamt zu marschieren, um Crispin anzurufen.

MEINE Schwägerin Ruth war am Apparat. Sie sprach in dem üblichen Tonfall, in dem sie immer mit mir redet und der, beabsichtigt oder nicht, immer gereizt und vorwurfsvoll klingt. Es täte ihr leid, aber Crispin sei unterwegs – Krankenbesuche. Nein, sie hätte keine Ahnung, wann er zurückkäme. Sein Zug nach Schottland? Sie wisse lediglich, daß er auf der Anreise noch jemanden in Glasgow besuchen wolle und daß er für morgen einen Platz im Nachtzug reserviert habe. Demnach müsse er wohl Freitag in Oban sein und werde dann Samstag früh die Fähre nehmen. Ob das ungefähr stimmen könne?

„Ja", sagte ich, „das könnte stimmen. Ich hatte zwar gehofft, daß er schon morgen kommt, aber Samstag ist mir natürlich auch recht. Würdest du Crispin etwas ausrichten, Ruth? Das Boot fährt um sechs Uhr früh ab – das ist die Fähre nach Coll und Tiree . . . Ja, das sind zwei Inseln der Inneren Hebriden. Crispin kennt sich da aus. Ich habe im Hotel Columba übernachtet, gleich am Hafen. Ich möchte Crispin eigentlich nicht am Hafen von Moila abholen; die Fähre kommt schon um acht Uhr früh. Aber ich sorge auf jeden Fall für seinen Weitertransport zu unserem Häuschen. Hast du alles notiert?"

„Ja, aber wäre es nicht besser, er riefe dich nachher selbst noch einmal an?"

Ich lachte. „Das wäre schwierig. Ich bin gerade drei Kilometer bis zum einzigen Telefon der Insel gelaufen, und das befindet sich im Postamt. Aber ich gebe dir die Nummer" – ich diktierte sie –, „und falls Crispin eine Nachricht hinterlassen möchte, wird Mrs. McDougall sie entgegennehmen."

„Mrs. McDougall . . . Geht in Ordnung." Das war der professionelle Tonfall meiner Schwägerin, direkt und sachlich, ganz die Arztfrau. Dann wurde sie wieder persönlich: „Drei Kilometer bis zum nächsten Telefon! Großer Gott, Rose! Das klingt ganz so, als wäre es nach Crispins Geschmack."

„Ist es auch. Bestimmt. Ich finde es herrlich hier." Und vollkommen aufrichtig fügte ich hinzu: „Du solltest wirklich mitkommen, Ruth."

„Was, um alles in der Welt, könnte ich denn dort unternehmen?"

„Hm . . . Nichts!" Nichts – der ideale Zustand für den überarbeiteten Crispin und auch für mich nach den aufreibenden Examenswochen vor Semesterende.

„Für mich", sagte meine Schwägerin, „ist Untätigkeit einfach unerträglich. Ich fahre im September nach Marrakesch. Tolles Hotel, jede Menge Besichtigungstouren und phantastische Einkaufsgelegenheiten."

„Das klingt verlockend, Ruth. Ich rufe Donnerstag abend noch einmal an, um sicherzugehen, daß Crispin wirklich weggekommen ist. Auf Wiederhören!"

„Auf Wiederhören!" Sie legte auf.

Mrs. McDougall war in der Küche damit beschäftigt, ein Blech mit selbstgebackenen Broten aus dem Ofen zu ziehen. Ich bezahlte das Telefonat und erzählte, daß mein Bruder wohl erst am Samstag komme und vielleicht eine telefonische Nachricht für mich hinterlassen werde. „Er hat allerlei Gepäck", fügte ich hinzu. „Ob ihn Archie wohl an der Fähre abholen könnte?"

„Archie wird garantiert dasein. Er ist immer da, wenn die Fähre kommt. Die bringt ja jedesmal bestellte Waren für die Inselbewohner mit. Sie freuen sich wohl schon auf das Zusammensein mit Ihrem Bruder? Leider ist die Wettervorhersage für die nächsten Tage schlecht."

„O weh! So schlecht, daß die Fähre nicht verkehrt?"

„Da müßte es schon schlimm kommen. Keine Angst! Ihr Bruder wird pünktlich hiersein. Ich fürchte nur, daß das Cottage bei wirklich stürmischem Wetter ein bißchen zugig ist."

„Dann mache ich eben die Luken dicht", sagte ich. Sie lachte, und als ich endlich aufbrach, steckte in meiner Jackentasche eine Flasche mit einem Antimückenmittel, und in der Hand trug ich einen Beutel mit einem ofenwarmen selbstgebackenen Brot – ein Geschenk von Mrs. McDougall.

In klaren Juninächten wird es im schottischen Hochland nie ganz dunkel, und an der Küste hören die Seevögel dann auch nicht auf, herumzufliegen und zu schreien. Kurz vor dem Schlafengehen trat ich noch einmal ins Freie, um die Sterne zu betrachten. Am wolkenlosen zinngrauen Himmelszelt standen sie tief und strahlend und so dicht wie Gänseblümchen auf einer Wiese. Aber leider schlug das Wetter tatsächlich um.

Im Laufe der Nacht nahm der Wind noch zu, und der Morgen brach mit grauem Himmel, Windböen und schweren Regenschauern an. Ich war froh, genug trockenes Holz im Haus zu haben, und bald loderte im Kamin ein munteres Feuer.

Nach getaner Hausarbeit blieb mir nichts weiter übrig, als wieder zur Feder zu greifen. Und jetzt muß ich ein Geständnis ablegen. Ich darf mich wohl für eine einigermaßen gute Universitätsdozentin halten und habe auch schon als Lyrikerin ein wenig öffentliche Anerkennung erfahren, aber meine Schriftstellerei beschränkt sich nicht auf Gedichte und wissenschaftliche Artikel. Ich schreibe auch noch Science-fiction-Romane. Ich schreibe sie nicht nur, sie werden auch gedruckt – natürlich unter einem Pseudonym. Hugh Templars phantastische Gedankenflüge brachten Rose Fenemore ein hübsches Sümmchen ein.

Und so saß Hugh Templar an diesem häßlichen Junitag am Küchentisch und spann weiter an der abenteuerlichen Geschichte eines Raumfahrerteams, das gleich hinter der Sonne eine weitere Welt entdeckt hatte. Diese Welt war ein Spiegelbild unserer eigenen, wurde aber von fremdartigen Wesen bewohnt, die ganz merkwürdige und, so hoffte ich, für uns anregende Ansichten darüber hatten, wie man am besten mit seinem eigenen Planeten umgehen sollte.

Um zehn Uhr abends ging das Licht aus.

Die Sturmwolken, die schon während des Tages immer dicker geworden waren, sorgten für völlige Finsternis. Das Feuer war inzwischen zu einem Häufchen kalter Asche zusammengesunken, und ich tastete mich zum Kaminsims, auf dem ich vorher einen Kerzenleuchter gesehen hatte. Ich trat ans Fenster und spähte hinaus. Es war noch stürmischer geworden, und Regenschauer prasselten gegen die Scheiben. Eine wilde, scheußliche Nacht.

Ich beendete den Abschnitt, an dem ich tagsüber geschrieben hatte – ein Gedankengang, den man auf halbem Wege unterbricht, hat immer die Neigung, sich zu verflüchtigen –, und begab mich dann samt Leuchter frühzeitig hinauf in die Schlafkammer.

DIE WÄNDE des Häuschens waren dick genug, um das schlimmste Sturmgeheul zu dämpfen, und selbst das Ächzen der Türen und das Rütteln der Fenster konnten mich an diesem Abend nicht lange wachhalten. Aber irgendein ungewöhnliches Geräusch ließ mich aus dem ersten Tiefschlaf wieder hochfahren. Ich lauschte angestrengt.

Das Unwetter tobte immer noch. Die Brandungswellen schlugen krachend auf den steinigen Strand, und der Sturm heulte stoßweise. Aber das Geräusch, das mich geweckt hatte, war ganz anderer Art. Es kam aus dem Haus. Es war nicht besonders laut und doch trotz des Lärms draußen deutlich zu hören. Ich überlegte: eine Tür, die jemand zugemacht hat? Auf einmal drangen Geräusche aus der Küche: ein Wasserhahn, der aufgedreht wurde; ein Kessel, der gefüllt wurde.

Crispin? Sollte er wider Erwarten und trotz des Unwetters schon in dieser Nacht angekommen sein?

Ich war noch zu schlaftrunken, um mir das Unsinnige dieser Vermutung klarzumachen. Ich schlüpfte aus dem Bett, warf den

Morgenmantel über die Schultern und öffnete die Schlafzimmertür. Im Erdgeschoß brannte eine Lampe. Einen Augenblick lang dachte ich, nach dem Stromausfall hätte ich vergessen, das Licht auszumachen. Aber nein: Ich hatte es ganz bestimmt ausgemacht. Und ich hatte auch die Hintertür abgeschlossen. Ich rannte die Treppe hinunter.

Er stand am Abwaschbecken und drehte sich gerade um – den Kessel noch in der Hand: ein junger Mann, ziemlich groß, schlank, das Haar windzerzaust über einem blassen Gesicht – einem attraktiven Gesicht! Blaue Augen, gerade Nase, regennasse Wangen und ein schon deutlicher Anflug der Bartstoppeln des kommenden Tages. Er trug einen marineblauen Pullover, wie er für die hiesigen Fischer typisch ist, dazu Gummistiefel und einen triefendnassen schweren Anorak.

Ich hatte diesen Mann noch nie gesehen.

Ich blieb in der offenen Küchentür stehen. Er umklammerte den Kessel mit beiden Händen.

Wie aus einem Munde stellten wir beide dieselbe Frage: „Wer, um Himmels willen, sind Sie?"

ER SETZTE den Kessel mit einem Ruck ab. Offenbar war sein Schreck noch größer als meiner, und das machte mir Mut. In einem Tonfall, der mir einigermaßen gelassen vorkam, sagte ich: „Ich will Ihnen ja gern Schutz vor dem Unwetter gewähren, aber betreten Sie immer anderer Leute Häuser, ohne vorher anzuklopfen? Außerdem war die Tür abgeschlossen, wenn ich mich nicht irre."

„Anderer Leute Häuser?" So, wie er die Frage vorbrachte, klang sie nicht einmal töricht.

„Ja. Vorübergehend ist es mein Haus. Ich habe es für vierzehn Tage gemietet. Oh . . ., ich verstehe: Sie kennen die Besitzer, und Sie haben geglaubt, Sie könnten hier einfach so hereinschneien."

„Eigentlich habe ich geglaubt, es sei *mein* Haus. Ich bin hier aufgewachsen, verstehen Sie?" Er steckte die Hand in die Tasche und förderte einen Schlüssel zutage, der demjenigen aufs Haar glich, den ich hatte. „Ich wußte gar nicht, daß das Haus den Besitzer gewechselt hat. Entschuldigen Sie vielmals . . ."

„Wollten Sie damit sagen, daß Ihre Eltern hier gelebt haben? Daß das Cottage Ihr Elternhaus ist?"

„Ihre Vermutung trifft zu." Obwohl er keinerlei Dialekt sprach, konnte ich aus seinem Tonfall jetzt doch den unverkennbaren Singsang der Inselbewohner heraushören. „Mein Vater hat sich um den

Garten vom *Taigh na Tuir* gekümmert. Mein Ziehvater, um genau zu sein."

„Tja, wenn es so ist . . ." Ich schwieg, da mir nichts mehr einfiel.

Jetzt lächelte er zum ersten Mal, und dieses Lächeln verlieh ihm überraschend viel Charme. „Jedenfalls eine ganz schöne Überraschung, was?" meinte er.

„Man hat mir erzählt, daß Ihre Eltern schon vor zwei Jahren aufs Festland umgezogen seien. Davon wußten Sie wirklich nichts? Sie sind einfach mit dem Schlüssel hier hereinspaziert und haben geglaubt, Vater und Mutter lägen oben im Schlafzimmer im Bett?"

„Genau so ist es."

„Aber . . ., aber das ist ja schrecklich. Sie . . ." Wieder schwieg ich. „Sie scheinen das alles sehr gelassen hinzunehmen. Was werden Sie denn jetzt tun?"

„Was kann ich schon tun? Den Morgen abwarten!" Das Lächeln war noch da, aber es verdeckte eine leichte Unruhe. „Die Überraschung war übrigens nicht so groß, wie Sie vielleicht glauben. Ich wußte, daß die alte Dame – Mrs. Hamilton, meine ich – Anfang des Jahres gestorben war, und das konnte bedeuten, daß mein Vater seinen Job verlor und mit meiner Mutter wegziehen mußte. Aber wenn Sie sagen, die beiden seien schon vor zwei Jahren weggezogen . . ." Er verstummte. Kein Lächeln mehr. „Vielleicht ist mein Vater schon entlassen worden, als die alte Dame zu kränkeln anfing . . ." Sein letzter Satz klang wie eine Frage, und ich schüttelte den Kopf.

„Darüber weiß ich nichts. Ich habe nur das gehört, was ich Ihnen schon erzählt habe. Wieso hatten Sie denn vom Umzug Ihrer Eltern keine Ahnung?"

„Ich war im Ausland. Immer auf Achse. Da verliert man leicht die Verbindung. Ich bin erst seit kurzem wieder im Lande."

„Und trotzdem wußten Sie, daß Mrs. Hamilton tot ist?"

„Das erfuhr ich zufällig. Ich habe mir auf Faarsay ein Boot gemietet – das ist eine kleine Insel südlich von Mull –, und die Leute dort hatten von Mrs. Hamiltons Tod gehört. Aber sie kennen meine Familie nicht, und deshalb hat mir auch keiner gesagt, daß unser Haus vermietet ist."

Damit schien unser Gesprächsstoff erschöpft zu sein. Das Regenwasser tropfte stetig von seinem Anorak und bildete schon eine kleine Pfütze auf dem Fußboden. Der Mann sah blaß und müde und ziemlich ratlos aus. Ich sagte: „Ich glaube, Sie könnten etwas Heißes brauchen, und mir geht es, offen gestanden, genauso." Ich trug den Wasserkessel ins Wohnzimmer und steckte den Stecker in die Steckdose. „Ziehen Sie den nassen Anorak aus, und machen Sie schon das Feuer an. Ich kümmere mich inzwischen um die Getränke."

Er kam meiner Aufforderung nach und legte den Anorak neben der Hintertür ab. „Es ist sehr nett von Ihnen, die Sache so gelassen hinzunehmen", erklärte er. „Liegen die Kohlen noch immer draußen, hinter der Tür?"

„Ja, aber ich habe vorsichtshalber schon ein paar ins Haus geholt. Sie liegen im Eimer, zusammen mit dem Torf. Sie kennen sich wahrscheinlich mit der Torffeuerung aus. Dann könnten Sie mir gleich zeigen, wie man das macht. Was trinken Sie? Kaffee? Tee? Kakao? Alkoholische Getränke habe ich leider nicht im Haus."

„Wenn ich Kaffee haben könnte? Pulverkaffee genügt." Er trat aus der Küche ins Wohnzimmer. In der einen Hand trug er den Kohleneimer, in der anderen einen kräftigen Metallstab. „Wußten Sie von dem nichts?"

„Ein Feueranzünder mit Gaspatrone? Praktisch! Wo lag er denn?"

„Hinten im Geschirrschrank. Der ist eine große Hilfe beim Feuermachen!" Er kniete sich vor den Kamin und stapelte Kohlen und Torfstücke auf den Rost. Ich kochte Kaffee und Kakao und trug die gefüllten Tassen zu dem Tischchen am Kamin.

„Zucker . . .?"

„Ja, bitte." Er zog eine flache Reiseflasche aus der Tasche und goß sich einen kräftigen Schuß Alkohol in seinen Kaffee. Dann bot er mir die Flasche an, aber ich schüttelte den Kopf. Der Torf hatte inzwischen Feuer gefangen und verbreitete wohlige Wärme. Ich setzte mich in einen der beiden Sessel, nippte an meinem Kakao und hatte das Gefühl, in einem seltsamen Traum befangen zu sein.

„Ich heiße Rose Fenemore", sagte ich, „und komme aus Cambridge."

„Ewen Mackay . . . aus Moila. Aber ich bin, wie gesagt, schon lange nicht mehr hiergewesen. Ich bewundere Ihre Gelassenheit, Mrs. Fenemore. Nicht wenige Frauen wären die Treppe mit dem geschwungenen Feuerhaken heruntergekommen."

„Ich normalerweise auch, aber ich erwarte meinen Bruder, und ich war so schlaftrunken, daß ich mich nicht einmal gefragt habe, wie er mitten in der Nacht hierhergekommen sein könnte." Ich zeigte auf das Fenster. „Sind Sie tatsächlich bei diesem Wetter mit dem Boot herübergekommen?"

„Warum denn nicht? Am Kap Hoorn geht es schlimmer zu!" Er

lachte. „Richtig scheußlich wurde es erst, als ich zu Fuß über die Landzunge gekommen bin."

„Über die Landzunge? Liegt Ihr Boot nicht hier in der Otterbucht?"

„Nein. Die ist schon bei Flut gefährlich und erst recht bei solchem Sturm. Es gibt noch eine kleine Bucht auf halbem Weg zum großen Haus, zum Haus der Hamiltons, meine ich. Die ist bei jedem Wetter sicher und die nächstgelegene zu meinem Haus hier."

Seine letzten Worte klangen beunruhigend in diesem kleinen Zimmer. Ich trank einen Schluck Kakao und fragte mich, wann ich diesen Mann wohl wieder in die Nacht hinausschicken könnte. An den Fenstern rann das Regenwasser in Strömen herunter, und von Zeit zu Zeit ratterten Türen und Gebälk, als läge das Haus unter Beschuß. Jetzt, Rose Fenemore, dachte ich, hast du vielleicht Gelegenheit, deinen Erfahrungsvorrat ein bißchen zu erweitern. Mir fielen auf Anhieb drei Freundinnen ein, die diesem unleugbar attraktiven jungen Mann das Sofa als Schlafstatt für die Nacht angeboten hätten.

Er hatte eine Frage zum Haus der Hamiltons gestellt.

„Entschuldigung . . .?" sagte ich.

„Ich fragte, ob Sie das Haus schon kennen."

„Nein."

„Sie sollten mal hingehen. Der Fußpfad über die Landzunge ist ganz ordentlich, und die kleine Insel mit dem Turm ist an sich schon einen Besuch wert. Außerdem befindet sich unterhalb vom Haus noch eine hübsche, vollkommen geschützte Bucht. Aber mein Boot liegt, wie gesagt, in einer anderen Bucht, auf halbem Weg dorthin, und ich bin zu Fuß zum Haus hinaufgegangen. Ich mußte *Taigh na Tuir* einfach mal wiedersehen" – er warf ein paar Torfstücke auf das Feuer –, „obwohl ich wußte, daß niemand mehr da ist. Daß die Fenster dunkel waren, hat mich seltsam berührt. Ich kann wohl sagen, daß ich bei den Hamiltons genauso zu Hause war wie hier."

„Archie McLaren hat, glaube ich, erwähnt, daß Alastair Mackay – Ihr Vater – den Garten besorgt hat."

„Mein Ziehvater." Wieder dieser Nachdruck auf der Bezeichnung. „Ich bin adoptiert. Ja, er arbeitete im großen Haus – meine Mutter auch. Der Oberst und seine Frau waren kinderlos. Es gab bloß einen Bruder im Ausland, und, nun ja, ich wurde wie ein Sohn oder, richtiger, wie ein Enkel behandelt. Der Oberst hat mir das Schießen beigebracht, und ich fuhr auch immer mit ihm zum Fischen. Nach der Art, wie sie mit mir umgingen, habe ich mich manchmal gefragt, ob ich . . ." Er verstummte.

„Was haben Sie sich gefragt?“

„Ach, nichts.“ Er stocherte in den brennenden Torfstücken herum. Auf einmal war sein gälischer Akzent ganz unüberhörbar. „Jedenfalls ist es schon hart, in einer einzigen Sturmnacht feststellen zu müssen, daß man gleich doppelt heimatlos geworden ist.“

Spielte er jetzt die elegische Platte, damit ich ihn bemitleidete und ihm ein Bett anbot? Oder war das einfach seine gälische Art? Ganz versteckt machte er mir letzten Endes doch Vorwürfe, und das ärgerte mich. Ich wollte, daß er endlich ginge. Ich richtete mich in meinem Sessel auf. „Es tut mir leid . . ., ehrlich . . ., aber . . .“

Plötzlich lächelte er mich an; die blauen Augen strahlten förmlich. „Das war doch kein Wink mit dem Zaunpfahl! Sie sind sehr gastfreundlich gewesen, und ich habe schon schlimmere Nächte als diese in einem Boot verbracht. Aber ehe ich gehe, möchte ich noch das Geschirr abwaschen – bitte!“

„Nein, auf keinen Fall. Der Abwasch ist doch nicht der Rede wert. Geben Sie mir Ihre Tasse!“

Ich stand auf, und im selben Moment wurde energisch an die Haustür geklopft. Ewen Mackay sprang auf, und seine rechte Hand fuhr – allen Ernstes! – in Richtung Hosentasche. Es war eine Bewegung, die ich schon hundertmal im Fernsehen, aber noch nie im wirklichen Leben gesehen hatte.

Mackays Hand sank wieder herab, und ich sagte mit kläglicher Stimme: „Würden Sie mal nachsehen, wer da geklopft hat? Und falls es mein Bruder ist: Erschießen Sie ihn nicht gleich!“

Er lächelte nicht einmal. Er musterte mich nur mit einem schrägen Blick, der ein bißchen beunruhigend war, ging zur Tür und öffnete.

Ein scharfer Luftzug fegte ins Haus. In der Tür stand ein junger Mann, dem der Sturm die Anorakkapuze vom klatschnassen, üppigen braunen Haarschopf gerissen hatte. Mit der einen Hand umklammerte er den Griff einer Sporttasche.

Ewen Mackay trat einen Schritt zurück, um dem Fremden den Eingang freizugeben. „Kommen Sie herein. Das Teewasser kocht gleich. Mr. Fenemore, wenn ich mich nicht irre . . .?“ Er schloß die Tür hinter dem jungen Mann, der mit triefenden Kleidern und verblüfftem Gesichtsausdruck wie angewurzelt stehengeblieben war. „Ihr Bruder hat es tatsächlich noch geschafft!“ rief Ewen in meine Richtung, aber ich schüttelte den Kopf.

„Diesen Mann habe ich noch nie im Leben gesehen“, sagte ich.

Drittes Kapitel

„ES IST mir sehr peinlich, hier so hereingepoltert zu sein." Der Fremde ließ den Blick zwischen Ewen Mackay und mir hin- und herwandern. Verständlicherweise hielt er uns für ein junges Urlauberpaar, obwohl er sich doch fragen mußte, warum wir zu dieser Nachtzeit am Feuer saßen, ich in einem ziemlich uneleganten Morgenrock und Ewen in schmutzigen Jeans und Pullover. Ähnliche Überlegungen schien er allmählich auch anzustellen. Nach längerem Schweigen sagte er zögernd: „Mein Zelt ist mir nämlich weggeblasen worden und ein Teil meiner Sachen auch. Ich wollte noch hinterherlaufen, aber in der Finsternis war es sinnlos. Dann sah ich hier im Haus das Licht und habe, was noch übrig war, zusammengelesen und bin hergekommen. Ich würde das Ende des Unwetters gern bei Ihnen abwarten. Danach mache ich mich gleich auf die Suche nach meinen Habseligkeiten."

„Selbstverständlich bleiben Sie hier", sagte Ewen Mackay herzlich, noch ehe ich den Mund aufmachen konnte. Ich warf ihm einen erstaunten Blick zu, aber er nahm keine Notiz von mir und wendete sich gleich wieder dem Fremden zu. „So kommen Sie doch richtig herein, und ziehen Sie die nassen Sachen aus. Wir haben gerade etwas Heißes getrunken. Möchten Sie auch etwas?"

„Vielen Dank. Sehr freundlich von Ihnen. Ja, etwas Warmes schlage ich nicht aus." Während er sprach, befreite er sich von seiner nassen Kleidung, und sein Blick in meine Richtung machte deutlich, wer in die Küche laufen und für ihn den Kaffee holen sollte.

Da fand ich meine Sprache wieder. Ich bedachte Ewen Mackay mit einem eisigen Blick und erklärte: „Wenn Sie hier den Gastgeber spielen, kümmern Sie sich wohl auch um die Bewirtung. Sie wissen ja, wo der Kessel steht."

Der Fremde sah verblüfft aus, aber Ewen lächelte nur. „Selbstverständlich", antwortete er, und zu dem jungen Mann gewandt, fügte er hinzu: „Mein Name ist Mackay, wenn Sie gestatten, und die junge Dame hier heißt Rose Fenemore. Wäre Ihnen Kaffee recht?"

„Kaffee wäre wunderbar. Vielen Dank." Er stapelte sein nasses Zeug auf einem Stuhl und stellte sich vor das Kaminfeuer. „Mein Name ist Parsons. John Parsons." Er sprach über meinen Kopf weg in Ewens Richtung, der in der Küche den Kessel mit frischem Wasser füllte. Er hielt Mackay und mich offenbar immer noch für ein Paar, und die Verlegenheit über sein Eindringen in unsere Zweisamkeit drückte sich darin aus, daß er mich glatt übersah.

Ich überlegte angestrengt, warum Ewen Mackay unbedingt den Eindruck erwecken wollte, er sei sozusagen der Herr im Haus. Ein Anfall von männlicher Eitelkeit? Immerhin war er allein in einem einsam gelegenen Haus mit einer jungen Frau, die ihr Bruder einmal beschrieben hatte als „Universitätsdozentin, Gott sei's geklagt, aber verdammt attraktiv, wenn sie's drauf anlegt". Wollte er vor dem Fremden angeben? Oder hatte er doch schon angefangen, sich für die Nacht gewisse Hoffnungen zu machen, und benutzte nun dieses Spielchen, um den anderen Mann loszuwerden?

„Milch und Zucker?" Ewen, noch immer der charmante Gastgeber, goß heißes Wasser auf das Kaffeepulver.

Mr. Parsons stand mit leicht gebeugtem Rücken vor dem Kaminfeuer. „Ja, beides. Vielen Dank." Er nahm Ewen die dampfende Kaffeetasse ab und fragte: „Machen Sie hier Urlaub, oder leben Sie hier?"

Ewen Mackay nahm seinen Platz in dem zweiten Sessel wieder ein. Er sah ein bißchen reumütig aus. Und dazu hat er auch allen Grund! dachte ich. Ob er wirklich glaubte, ich würde sein Spiel mitmachen? Er streckte einen Fuß zum Feuer hin. „Ich habe vor Jahren in diesem Haus gelebt", sagte er. „Ich bin hier aufgewachsen. Aber im Augenblick teile ich Ihr Schicksal: ‚Vom Winde verweht.' Miß Fenemore hat auch mir Obdach angeboten."

„Ach so! Verstehe!" Mr. Parsons geruhte endlich, seinen Blick auf mich in meinem Sessel zu richten. Ich sah, wie seine anfängliche Befangenheit unter meinem ironischen Blick in eine neue Art von Verlegenheit überging. „Oh . . ., ich bin Ihnen sehr dankbar, Miß . . .; es ist mir peinlich, Ihnen so viele Umstände zu machen."

„Und wo hatten Sie Ihr Zelt aufgeschlagen, Mr. . . . äh . . .?"

Einen Augenblick lang dachte ich, ich wäre zu weit gegangen. In den grauen Augen, die mich fixierten, meinte ich ein Glitzern festzustellen. Amüsierte sich der Mann über mich, oder war er wütend? Doch das Glitzern in den Augen verschwand gleich wieder, und er sagte freundlich: „Auf dem *machair,* dem Wiesenland."

„Kann man von dort aus tatsächlich unser Licht sehen?" fragte ich.

Es entstand eine deutliche Pause, während der Mr. Parsons die Kaffeetasse auf dem Kaminsims abstellte und sich zu mir umdrehte. „Das glaube ich kaum", meinte er. „Aber als ich es sah, hatte ich mich schon bis zur Straße durchgeschlagen."

„Sie kampieren also in der Nähe des großen Hauses?“ fragte Ewen.
„Des großen Hauses?“
„Die Einheimischen . . ., wir nennen es so oder auch einfach nur ‚das Haus‘. Ich meine das Gebäude, vor dem die kleine Insel mit dem *broch* liegt, dem alten Turm.“
„O ja, natürlich. Ist es nicht das Haus der Hamiltons?“
„Sie kennen es? Sind Sie früher schon einmal auf Moila gewesen?“
„Ja, vor langer Zeit. Damals war ich noch Student.“
Während des Gesprächs hatte Ewen den Fremden scharf gemustert. Nun fragte er: „Könnte es sein, daß wir uns schon einmal begegnet sind?“
„Vielleicht. Ich glaube es aber nicht.“
„Und was führt Sie jetzt auf unsere Insel?“
„Ich bin Geologe.“ Mr. Parsons griff nach der Tasse und trank seinen Kaffee völlig entspannt. Er hatte sich von Ewen einen Schuß Alkohol einschenken lassen. „Ich habe mir gedacht, Moila wäre für mich eine interessante Urlaubsgegend. Ich arbeite in Australien; in Sidney. Auf der kleinen Insel mit dem Turm gibt es an einer bestimmten Stelle Magmatite mit Olivineinschlüssen. Ich habe vor, mein Zelt dort aufzuschlagen . . ., aber ich langweile Sie bestimmt . . .“
Für mich hatte das Gespräch schon längst aufgehört, interessant zu sein. Ich wünschte sehnlichst, wieder ins Bett gehen zu können. Ich stand auf, um auf der Kaminuhr nach der Zeit zu schauen, und dabei fiel mein Blick auf einen kleinen Stapel alter Briefe hinter der Uhr. Vermutlich war er von den früheren Hausbewohnern dort vergessen worden. Auf dem obersten Umschlag lautete die Anschrift:

Mr. J. R. Parsons,
Otterbucht
Insel Moila/Argyll

Bedeutete das, daß dieser „John Parsons“ hier gar nicht der richtige war? Als Ewen Mackay meinte, sie könnten sich schon früher einmal begegnet sein, hatte der Fremde für mein Empfinden plötzlich auffallend wachsam ausgesehen. Und auch Ewens Verhalten gab mir zu denken – trotz seines Charmes. Abgesehen von anderen Merkwürdigkeiten, war seine Hand, als „Parsons“ an die Tür klopfte, schließlich sofort Richtung Hosentasche gefahren.
Ich trug meine leere Tasse zum Spülbecken in der Küche, blieb noch einen Augenblick in der offenen Tür stehen und betrachtete die Männer. Keiner der beiden hatte von meinem Aufbruch Notiz

genommen – wenn man davon absah, daß John Parsons bereits in meinem Sessel saß. Das Thema ihrer Unterhaltung war jetzt der Lachsfang, und der, so dachte ich ironisch, bietet Lügnern allemal reichlich Stoff.

Den nächsten Zug würde ich machen müssen. Ewen Mackay hatte zwar gesagt, er werde in seinem Boot übernachten, aber er hatte nicht die geringste Andeutung gemacht, Parsons mitnehmen zu wollen. Vielleicht war das Boot auch zu klein für zwei Personen. Andererseits konnte ich Parsons bei diesem Wetter nicht gut an die Luft setzen. Daraus ergab sich nur eine Konsequenz: Ich würde beide zum Hierbleiben auffordern. Zwei waren immer noch sicherer als einer.

„Es ist schon nach drei, meine Herren", sagte ich. „Ich gehe schlafen. Ich werfe Ihnen ein paar Handtücher und Bettdecken herunter. Sie können knobeln, wer das Sofa bekommt und wer auf dem Fußboden schläft." Und dann fügte ich bloß noch hinzu: „Gute Nacht und angenehme Ruhe."

DER MORGEN brach mit schönem Wetter an, und die Sonnenstrahlen ließen das Wasser in der Bucht glitzern. Wie ein Nachhall des nächtlichen Unwetters liefen noch immer ziemlich hohe Brandungswellen mit langgezogenem Zischen auf den Kieselstrand auf, doch der Himmel war blau und wolkenlos. Aus dem Erdgeschoß drang kein Laut herauf. Ich schlüpfte aus dem Bett, zog den Morgenmantel an und tappte die Treppe hinunter.

In der Tat: Sie waren beide weg! Decken und Handtücher lagen ordentlich gefaltet auf dem Sofa. In der Küche lag am Spülbecken ein Zettel, auf dem stand: „Vielen Dank für Ihre Gastfreundschaft. Hoffentlich haben Sie gut geschlafen. Jetzt wird Jagd auf das Zelt gemacht. Sehen wir uns noch mal wieder?"

Keine Unterschrift. Der Hinweis auf das Zelt konnte bedeuten, daß „John Parsons" der Verfasser war und daß er mich wiedersehen wollte. Vielleicht hatten aber auch beide Männer Waffenstillstand geschlossen und waren gemeinsam losgezogen.

Ich legte die Hand prüfend auf den Kessel. Er war noch warm. Also hatten sie es fertiggebracht, sich eine Art Frühstück zu machen, ohne mich zu wecken. So viel Rücksichtnahme hätte ich vor ein paar Stunden keinem der beiden zugetraut. Ich füllte den Kessel mit frischem Wasser, steckte den Stecker in die Steckdose und ging nach oben, um mich anzuziehen.

Den Morgen verbrachte ich pflichtschuldigst auf Hugh Templars fremdem Planeten, und ich wurde sogar mit einem neuen Einfall für das nächste Kapitel der Geschichte belohnt. Ich machte mir Notizen dazu, bereitete mir Rühreier und beschloß, nach dem Frühstück zum Postamt zu gehen. Vielleicht hatte mein Bruder eine Nachricht für mich hinterlassen.

Mrs. McDougall, die gerade Kunden bediente, gab mir einfach durch ein Nicken zu verstehen, daß ich durch die Hintertür in ihre Privatwohnung gehen sollte, in der auch das Telefon stand.

Ich ging hinein und wählte die Nummer meines Bruders. Meine Schwägerin nahm augenblicklich den Hörer ab. Sie mußte unmittelbar neben dem Apparat gestanden haben. „Ja . . .? Ist dort das Krankenhaus?"

„Nein", sagte ich. „Hier spricht Rose. Erzähl mir bloß nicht, daß Cris wieder einmal nicht losfahren konnte, weil in letzter Minute etwas dazwischengekommen ist."

„O Rose!" Keine Spur von Gereiztheit in der Stimme meiner Schwägerin. Ich hörte, wie sie aufgeregt Luft holte.

Meine Hand schloß sich fester um den Hörer. „So rede doch, Ruth! Ist Crispin etwas zugestoßen?"

„Es geht ihm gut. Er ist verletzt, aber nur leicht. Der Knöchel. Zuerst dachten sie, er wäre gebrochen. Dann hieß es: eine schwere Verstauchung. Aber sie wollen ihn sicherheitshalber noch ein zweites Mal röntgen. Ich kann also nichts versprechen. Er hat versucht, dich anzurufen, aber die Verbindung kam nicht zustande. Er war in dem Zug, der letzte Nacht entgleist ist . . ., südlich von Kendal. Ich nahm an, du hättest davon im Radio gehört."

„Ich habe kein Radio. Erzähl weiter!"

„Einer der Waggons ist aus den Schienen gesprungen, aber er ist erst umgestürzt, als alle schon draußen waren. Keine Todesopfer, aber etliche Verletzte. Cris wollte natürlich helfen, aber als die Krankenwagen da waren, haben sie ihn gleich selber ins Krankenhaus geschickt. Und da ist er immer noch. Seine Stimme klang am Telefon ganz normal, als er zu Hause anrief – bloß ärgerlich wegen des verpatzten Urlaubs. Er hat versprochen anzurufen, sobald er das Ergebnis der zweiten Röntgenuntersuchung hat. Viel herumlaufen kann er natürlich nicht, aber er möchte trotzdem gern nach Moila weiterfahren."

Ihr letzter Satz klang so verständnislos, daß ich wider Willen lachte. „Ich lege jetzt auf", erklärte ich. „Es könnte doch sein, daß Cris dich gerade sprechen will. Ich rufe heute abend noch einmal an."

„Sprich selbst mit ihm", sagte Ruth. „Ich gebe dir seine Nummer." Ich notierte die Nummer. „Aber was wird aus dir, Rose?" fuhr meine Schwägerin fort. „Cris kann doch bestenfalls am Montag auf Moila eintreffen. Macht es dir nichts aus, so lange allein zu sein?"

Ich war überrascht und gerührt. „Ich komme gut allein zurecht. Das Häuschen ist ganz gemütlich, und ich brüte über einer neuen Geschichte. Meine Tage sind also ausgefüllt. Grüße Crispin sehr herzlich von mir. Ich rufe ihn heute noch an."

„Ich sag's ihm. Auf Wiederhören, Rose."

„Auf Wiederhören." Ich ging wieder in den Laden und suchte mir aus den Regalen zusammen, was ich für den Haushalt noch brauchte. Als ich zur Kasse kam, redeten Mrs. McDougall und ihre Kunden gerade über das Zugunglück. Mrs. McDougall nahm mir den Einkaufskorb mit besorgtem Blick aus der Hand.

„Sie haben hoffentlich keine schlechten Nachrichten, Miß Fenemore?"

„Mein Bruder war leider in dem Zug. Aber ihm ist nichts Ernsthaftes passiert. Sein Knöchel ist nur verstaucht und nicht einmal besonders schlimm. Das bedeutet allerdings, daß er noch nicht gleich weiterreisen kann."

Die Leute im Laden bekundeten mir ihr Mitgefühl. Dann zahlte ich und machte mich eilig davon. Ich hatte schon die Hälfte des Weges zurückgelegt, als mir einfiel, daß ich bei alldem Gerede über das Unglück vergessen hatte, Mrs. McDougall ein bißchen über Ewen Mackay auszufragen. Und über John Parsons. Vermutlich würde ich keinen der beiden jemals wiedersehen, aber es reizte mich, mehr über diese nächtlichen Besucher zu erfahren. Sie hatten sich doch gar zu seltsam aufgeführt.

Allein schon Parsons! Der war, daran zweifelte ich nicht, ein Schwindler, es sei denn, er hätte vor mir als Mieter in dem Cottage gewohnt und wäre aus irgendeinem Grund nach Moila zurückgekommen, wollte aber unerkannt bleiben. Auf jeden Fall hatte er gelogen, als er behauptete, das Licht im Haus gesehen zu haben. Das war ganz ausgeschlossen, wenn er dem davonfliegenden Zelt auf dem *machair* hinterhergerannt war. Das Wiesenstück lag ja im Westen der Insel, viel zu weit von der Otterbucht entfernt, um von dort ein Licht erkennen zu können. Also hatte er sich unter Vorspiegelung falscher Tatsachen in mein Häuschen eingeschlichen.

Und nun zu Ewen Mackay! Seine Behauptung, das Cottage sei sein Elternhaus, war leicht zu überprüfen. Er hatte gewußt, wo die Kohlen lagen und der Feueranzünder, und er hatte auch einen Schlüssel gehabt. Aber da blieb noch seine beunruhigende Reaktion auf das Klopfen an der Tür, und ganz unerklärlich war die darauf folgende Szene als Gastgeber und Herr des Hauses.

Ich blieb abrupt stehen. Am gegenüberliegenden Ufer des kleinen Sees bewegte sich etwas: ein aufgeblähter weißgrauer Gegenstand, der sich in einem Heidemyrtenstrauch verfangen hatte und im Wind hin und her flatterte. Das Zelt des angeblichen John Parsons?

Ich setzte meinen Einkaufsbeutel neben dem Weg ab und lief los. Vielleicht war dieser Gegenstand tatsächlich das davongewehte Zelt, und sein Besitzer wäre froh, es wiederzubekommen.

Es war nur ein alter Plastiksack. Ich fand einen längst verlassenen Fuchsbau und stopfte den Sack so tief hinein, daß er nicht mehr zu sehen war. Als ich mich wieder aufrichtete, merkte ich, daß ich mich oberhalb eines Einschnitts im Moor- und Heideland befand, durch den ich freie Sicht auf das jenseits liegende *machair* hatte.

Es war eine herrliche Landschaft: ganz vorn weißer Sandstrand, gleich dahinter das von Schafen kurz gehaltene Grasland und anschließend flache Wiesen, auf denen die weißen und gelben Blütenköpfe von Hundskamille und Habichtskraut wie farbige Schleier wogten. Linker Hand stand eine Gruppe mächtiger Bäume, aus der die Schornsteine eines Hauses hervorragten.

Vermutlich das Haus der Hamiltons, *Taigh na Tuir*. Ich ging noch ein paar Schritte weiter und reckte den Hals, um es besser sehen zu können. Keine Menschenseele in der kleinen Bucht mit ihrem Bootshaus und dem Anlegesteg.

Vom Strand nur durch ein schmales Wasserband getrennt, lag in der Bucht eine kleine Insel, ein winziges Eiland, genauer gesagt. Es war langgestreckt und, bis auf einen Buckel am Nordende, ziemlich flach. Gleich unterhalb des Buckels konnte ich die Umrisse eines Gebäudes ausmachen, vermutlich die Überreste vom *broch,* dem prähistorischen Steinturm. Und daneben ein leuchtender Fleck in aggressivem Orange: ein Zelt. Er hatte sein Zelt also schon wiedergefunden und war auf das Eiland mit dem *broch* umgezogen.

Egal, was hinter den Vorgängen der letzten Nacht steckte: Beide Männer schienen sich wieder mit ihren eigenen Angelegenheiten zu beschäftigen und würden mich wohl nicht mehr belästigen. Für mich hieß das: zurück an die Arbeit, an das nächste Kapitel meines Romans. Während ich um den kleinen See herum zur Straße zurückstapfte, sah ich einen Sterntaucher, einen großen graubraunen Vogel mit roter

Kehle. Er flüchtete vor mir mit einem unheimlich klingenden, klagenden Schrei in die Richtung der Bucht. Vielleicht brütet er irgendwo hier, dachte ich, und da sah ich sie auch schon, nur zwei Schritte vor mir: zwei große bräunliche Eier mit dunklen Flecken, die in einer flachen Mulde unmittelbar am Wasserrand lagen – ein gutgetarntes Gelege. Der geflüchtete Vogel beobachtete mich jetzt vermutlich aus der Ferne. Ich ließ sein Nest in Ruhe, kehrte zur Straße zurück und las meinen Einkaufsbeutel vom Wegrand auf.

AN DIESEM Abend war Mrs. McDougall nicht zu Hause. Sie ließ sich durch ein kleines, vielleicht zwölfjähriges Mädchen vertreten, das sich als Morag vorstellte. Ja, die Tante habe ihr gesagt, daß die Dame vom *Camus na Dobhrain* wahrscheinlich zum Telefonieren käme.

Ich fragte die Kleine, ob sie einen Ewen Mackay kenne, der wohl mal in der Otterbucht gewohnt habe. Sie schüttelte den Kopf. „Nein", sagte sie. „Da haben bloß Mr. Mackay und Mrs. Mackay gewohnt, aber die sind aufs Festland gezogen. Das weiß ich."

„Hatten die Leute Kinder?"

Sie zögerte, nickte schließlich. Ja, sagte sie, einen Sohn, aber das sei lange her, und sie sei ja noch klein gewesen und erinnere sich nicht an ihn. Die Tante würde mir mehr über ihn sagen können.

Mehr? Etwas über Ewen Mackays wahre Geschichte? Ich bedankte mich bei Morag und ging zum Telefon.

Über die Nummer, die mir Ruth genannt hatte, war ich direkt mit Crispin im Krankenhaus von Kendal verbunden.

„Was hat die zweite Röntgenuntersuchung ergeben?" fragte ich sofort nach der Begrüßung. „Ist es wirklich nur eine Verstauchung?"

„Ja, aber der Knöchel ist noch stark geschwollen. Sie haben mir eine Krücke gegeben, und ich könnte die Weiterfahrt nach Moila gleich antreten, aber wenn ich erst einmal auf der Insel bin, kann ich nicht viel anfangen, stimmt's? Wie ist es denn dort?"

„Herrlich. Das Cottage ist winzig, aber alles Nötige ist vorhanden. Die ganze Insel ist winzig, und es gibt nicht mal Autos. Nur einen Landrover, und der Besitzer wird dich herfahren. Das wäre also kein Problem. Du könntest mal richtig ausspannen. Aber vergiß das Ganze, falls du zu große Schmerzen hast. Um mich brauchst du dir keine Sorgen zu machen. Wenn es gar zu einsam wird, finde ich schon etwas anderes."

„Nein, bitte nicht! Weshalb denn? Ich hatte nur Bedenken, weil ich dir vielleicht zusätzliche Arbeit mache und den Urlaub verderbe."

„Mein Urlaub wäre eher verdorben, wenn du nicht kämst“, entgegnete ich. „Es ist wirklich wunderschön hier. Heute habe ich das Nest eines Sterntauchers entdeckt: wie aus dem Bilderbuch! Ein Gelege mit zwei Eiern – und ich hatte keine Kamera zur Hand!“

„Ich komme“, sagte Crispin. „Erwarte mich mit der Montagfähre.“

„Ärzte sind selbst immer die schlechtesten Patienten“, erklärte ich lachend und legte gutgelaunt den Hörer auf.

Viertes Kapitel

DER NÄCHSTE Morgen war sonnig, und vom Meer wehte ein frischer Wind, aber ich reiste pflichtschuldigst wieder ins Weltall und schlug mich mit den Problemen meiner Leutchen auf „Terra Secunda“ herum. Doch die Schwierigkeiten drohten ihnen – und demzufolge auch mir – sehr bald über den Kopf zu wachsen. In solchen Fällen halte ich es für ratsam, die Feder ein Weilchen aus der Hand zu legen. Das Unterbewußtsein besorgt sehr zuverlässig die Weiterarbeit, während die „bewußte“ Person etwas ganz anderes unternehmen kann, zum Beispiel einen Spaziergang zwecks Erkundung des Hamilton-Hauses.

Ich benutzte den schmalen Pfad, der aus der Otterbucht steil zum Kamm der Landzunge aufstieg und dann einen knappen Kilometer westwärts zu der Bucht führte, die ich tags zuvor gesehen hatte. Das große Haus stand vor einem Hintergrund schützender Bäume nicht allzuweit vom Wasser entfernt. Eine Mauer umschloß das etwa fünf Morgen große Grundstück, auf dem noch weitere Bäume mächtige blühende Rhododendronbüsche überragten. Auf der Seeseite gab es in der Mauer einen steinernen Torbogen mit einem hohen schmiedeeisernen Gitter, das den Eintritt zum parkartigen Garten vom *Taigh na Tuir* verwehrte.

Genau gegenüber vom Haus, in der Bucht, lag das Eiland mit der Turmruine. Da gerade Ebbe war, ragte der Verbindungsweg zwischen Strand und Insel ein wenig aus dem flachen Wasser. Er bestand nur aus großen Steinen mit glatter Oberfläche und schien selbst bei diesem niedrigen Wasserstand nicht ganz ungefährlich zu sein.

Ich stand nun auf der Klippe an der Südflanke der Bucht und sah unter mir ein Bootshaus mit Anlegesteg, der durch einen kleinen Stichkanal mit dem Meer verbunden war. Vom Steg aus führte ein unkrautüberwucherter Pfad zum Gartentor hinauf.

Ich stieg hinunter in die Bucht. Der Strand war hier makellos: ein gleißendheller Halbkreis aus feinstem perlmuttfarbenem Sand, auf dem nur die Wellen und, oberhalb der Wellenriffelung, die Krallen hin und her laufender Singvögel Spuren hinterlassen hatten. Ein unwiderstehlicher Anblick. Ich zog Schuhe und Strümpfe aus und genoß die herrliche Berührung meiner nackten Füße mit dem warmen Sand. Ich lief bis zum Wellensaum, aber das Wasser war kalt, und so trat ich den Rückzug an und schlüpfte wieder in die Schuhe und betrachtete die Insel.

Bis hinauf zum Turm nichts als grüne, sanft geschwungene Grasflächen und Farndickichte, aber das ganze Eiland schien vom Flügelschlagen und Kreischen der Seevögel zu vibrieren. Ich wäre gar zu gern hinübergegangen, wagte es aber nicht, solange ich den Gezeitenplan nicht genau kannte. Wo wohl John Parsons stecken mochte? Das Zelt am Fuß der Turmruine konnte ich gut erkennen. Sein Eingang war geschlossen.

Ich kletterte zum Gartentor hinauf und warf einen Blick durch die Gitterstäbe. Der Pfad setzte sich innerhalb des Gartens in geschwungener Linie zwischen den alten Rhododendronbüschen bis zum Haus hinauf fort. Ich zögerte. An der Rückfront des Hauses gab es sicherlich eine Wagenausfahrt, die zur Straße führte – für mich wahrscheinlich der unkomplizierteste Heimweg. Aber wenn ich außerhalb des Gartens dahin gelangen wollte, mußte ich mich durch das hüfthohe Brombeer- und Nesselgestrüpp am Fuß der Umfassungsmauer kämpfen. Also . . .? Ich stieß das Tor auf und trat in den Garten ein.

Über dem wilden Durcheinander der Rhododendren konnte ich vorerst nur den oberen Teil des Hauses sehen: graues Mauerwerk, unterbrochen von Schiebefenstern, darüber ein graues Schieferdach mit Schornsteinen, aus denen kein Rauch quoll. An den Fenstern hingen Gardinen. Demnach war das Haus wohl noch möbliert. Da Archie gemeint hatte, es werde sicher bald zum Verkauf ausgeschrieben, war es bestimmt nicht unstatthaft, einmal einen Blick hineinzuwerfen. Ich überquerte ein ungepflegtes Rasenstück, trat an das größte, bodentiefe Fenster im Erdgeschoß und spähte ins Hausinnere.

Das Wohnzimmer. Ein niedriger Kamin mit ziemlich häßlichem Gesims. Teppich und Gardinen ausgeblichen. Typische Familienporträts, ebenfalls verblichen. Tischchen mit tief hinabreichenden Tischdecken und darauf zahllose gerahmte Fotografien. Durchgesessene Lehnsessel. In einer Zimmerecke eine wirklich scheußliche Vase mit getrockneten Wedeln von Pampasgras.

Nebenan, im Eßzimmer, weitere Familienporträts – noch langweiliger, wenn das möglich war – und zwei abscheuliche Stilleben, auf denen tote Hasen und allerlei Geflügel dargestellt waren, genau das richtige, um den Appetit der Gäste anzuregen.

Kurz und gut: Das Hamilton-Haus war ein ganz durchschnittlicher Sommersitz, typisch für das schottische Hochland. Beheizt wurde das Haus offenbar über die Kamine. Eine wirklich aufregende Entdeckung machte ich erst, als ich mich auf die Rückseite des Hauses begeben hatte: Die Hintertür stand offen!

ICH KLOPFTE. Als niemand antwortete, trat ich in den Hausflur. Auf den Steinfliesen stand ein Kohleneimer, und an einem Garderobenhalter hing alte Gartenkleidung. Die Luft war feucht und abgestanden.

Rechter Hand lag die Küchentür. Ich stieß sie auf. Wieder Leere, Totenstille. Eine Küche ohne Essensgerüche und das typische geschäftige Treiben wirkt besonders deprimierend. Ich wendete mich schon zum Gehen um, als mein Blick an einem Schlüsselbrett hängenblieb. Es war noch mit Schlüsseln bestückt, über denen kleine Schilder die Zimmernamen angaben. Einer der Haken war allerdings leer: der Haken unter dem Schild C. NA DOBHRAIN. Mein Cottage in der Otterbucht!

Wenn ich bis jetzt wegen meines Umherstreifens in dem fremden Haus doch noch Gewissensbisse gehabt hatte, verspürte ich auf einmal bloß noch brennende Neugier. Wäre es möglich, daß sich mein nächtlicher Besucher hier, in diesem Haus, den Schlüssel zum Cottage besorgt hatte, den er mir dann als seinen alten Hausschlüssel vorzeigte? Und daß er dabei vergessen hatte, die Hintertür vom *Taigh na Tuir* zu schließen? Wenn er aber wirklich nur Schutz vor dem Unwetter gesucht hatte, wäre er doch hiergeblieben! Warum noch der beschwerliche Marsch über die Landzunge bis zur Otterbucht? Falls es im Zusammenhang mit Ewen Mackays Auftauchen in meinem Cottage irgendein Geheimnis gab, lag der Schlüssel dazu vielleicht hier, im *Taigh na Tuir*, das ihm angeblich zum zweiten Elternhaus geworden war.

Behutsam Fuß vor Fuß setzend, ging ich weiter bis in die vordere Diele, die nur durch ein fächerförmiges buntes Glasfenster über der Tür Licht bekam. In der Diele stand ein schwerer Eichentisch, auf dem ein Stapel alter Illustrierter und Zeitungen, zwei Taschenlampen und ein paar belanglose Schachteln lagen. Ferner gab es einen Messingständer für Spazierstöcke und eine Sitzbank mit hoher Lehne aus dunkler Eiche, auf die jemand einen Mantel und einen Anorak geworfen hatte. Daneben standen mehrere Paar Leder- und Gummistiefel.

Hier, in dieser Diele, hatte man den Eindruck, die Bewohner des Hauses seien nur gerade zu einem Spaziergang aufgebrochen. Plötzlich kam ich mir wieder wie ein Eindringling vor. Ich wendete mich zum Gehen um, und im selben Moment hörte ich ein Geräusch: Eine Tür hatte geknarrt! Im oberen Stockwerk!

Mein Herzschlag setzte aus, kehrte aber gleich wieder zum normalen Rhythmus zurück, als ich mir klarmachte, daß es auch in einem leeren Haus Durchzug gab, der Türen knarren und schlagen ließ. Trotzdem trat ich nun eilig den Rückzug an und stolperte dabei über einen Gummistiefel. Um nicht hinzufallen, griff ich nach der Sitzbank und stieß dabei mit dem Ellenbogen gegen die Armlehne. Im gleichen Augenblick kam etwas wie eine Lawine die Treppe heruntergedonnert. Ein kräftiger Arm packte mich von hinten, riß mich hoch, so daß ich nun tatsächlich den Boden unter den Füßen verlor, und drückte mich an seine breite, mit einem Shetlandpullover bekleidete Brust. Ich schrie auf.

„Nicht doch! Nicht schreien!“ rief John Parsons erschrocken. „Es tut mir furchtbar leid. Ich dachte, es wäre . . . Ich konnte nicht ahnen, daß Sie es sind.“

Ich rieb meinen Ellenbogen. John Parsons stand jetzt über mich gebeugt und sah keineswegs gefährlich aus. „Was machen Sie denn hier?“ fragte ich. „Ich weiß, daß Sie Ihr Zelt wiedergefunden haben, und vielleicht halten Sie dieses Haus hier für ein komfortableres Obdach als mein Cottage?“

„Ganz so ist es nicht. Ich . . . Um die Wahrheit zu sagen: Mein Zelt war überhaupt nicht verlorengegangen, aber . . .“

„Wo ist Ewen Mackay? Haust er vielleicht auch hier?“

„Nein. Wieso denn? Ist er nicht bei Ihnen?“

„Nein, das ist er nicht.“ Vor lauter Verlegenheit und Schuldbewußtsein reagierte ich ziemlich heftig. „Sie sind doch nicht etwa auf sein Theater hereingefallen? Ich hatte den Mann bis vorgestern nacht noch nie im Leben gesehen. Wahrscheinlich hat er sich den Schlüssel zu meinem Haus hier aus der Küche geholt. Aber warum ist er überhaupt zur Otterbucht gekommen? Und dieselbe Frage möchte ich auch Ihnen stellen. Sind Sie etwa auch hier eingebrochen?“

Er beantwortete nur eine einzige der vielen Fragen, die ich auf ihn abgefeuert hatte. „Nein, ich hatte einen Schlüssel.“

„Sie hatten einen Schlüssel?“ Die Wiederholung seiner Worte klang weiß Gott töricht, aber die ganze Situation war auch eine Wiederholung – nämlich gewisser Vorgänge in der vorletzten Nacht. „Sie auch?“ Ich holte tief Luft und fragte: „Hatten Sie vielleicht einen Termin, um das Haus zu besichtigen?“

„Eigentlich nicht. Das Haus gehört mir!“

„O nein! Nicht noch so ein Märchen!“ Ich muß, wenn das überhaupt möglich war, noch törichter als zuvor dreingeschaut haben. „Ihr Haus?“

Plötzlich lächelte er. „Ja, mein Haus. Ich war Tante Emilys einziger noch lebender Verwandter, und es war schon immer ausgemacht, daß ich das Haus erben würde. Ich bin Neil Hamilton.“

„Aha. Für diese Aufklärung bin ich Ihnen sehr verbunden, Mr. Parsons.“

„Für den ‚John Parsons‘ möchte ich mich entschuldigen“, sagte er reumütig, „aber das war unvermeidlich. Und jetzt will ich Ihnen gern die Zusammenhänge erklären. Wie wäre es, wenn wir uns in einer gemütlicheren Umgebung niederließen?“

Er öffnete die Tür zum Wohnzimmer und ließ mich eintreten. Dann ging er zu dem hohen Fenster und stieß die Flügel auf. Nach seinen letzten Eröffnungen war es nur natürlich, daß ich ihn aufs neue einer kritischen Musterung unterzog.

Er war groß und sonnenverbrannt, kein schöner Mann, aber attraktiv auf eine Art, die ich bisher immer abgelehnt, wenn nicht sogar verabscheut hatte. Das hier war nicht der hagere, knorrige Typ, dem im allgemeinen meine Bewunderung galt, sondern ein Mann mit eher schlichten Gesichtszügen, breitem Mund, dunklen, ein wenig stechenden Augen und einem unordentlichen dicken braunen Haarschopf, aus dem ein paar Strähnen in die breite Stirn fielen. Ich merkte, daß ich ebenfalls einer Prüfung unterzogen wurde. Was er jetzt registrierte, dachte ich, sieht etwa so aus: unauffällige junge Frau, ein bißchen zu ernst, Nase und Mund leidlich gut geschnitten, braunes Haar, graue Augen und – die einzigen Punkte, auf die ich mir etwas einbilden darf – gute Figur und helle, zarte Haut.

„Sie machen also allein hier Urlaub, Miß Fenemore? Oder möchten Sie lieber Mrs. Fenemore genannt werden?“

„*Missis!* Klingt wie das Zischen einer Gans. Unaussprechbar. Wenn Sie allerdings die korrekte, volle Form *Mistress* benutzen wollten, hätte ich nichts einzuwenden, zumal sie hier in Schottland so gebraucht wird. Entschuldigen Sie, aber in bezug auf Wörter und ihre Aussprache bin ich sehr empfindlich, und dieses *Missis* ist nun mal eine Zumutung für das Gehör. Im übrigen wäre Rose die einfachste Lösung des Problems."

„Sie beschäftigen sich mit Fragen der Sprache? Ein nettes Hobby."

„Hobby? Das ist mein Beruf! Ich unterrichte Englisch in Cambridge. Haworth College. Und im Augenblick habe ich in der Tat Ferien. Mein Bruder wollte diese Woche ebenfalls heraufkommen, aber der Zug, in dem er saß, ist verunglückt, und er mußte die Reise wegen einer Knöchelverletzung unterbrechen. Er wird wahrscheinlich am Montag eintreffen. Soviel über mich. Jetzt sind Sie an der Reihe, Mr. Hamilton-Parsons."

„Zugegeben: Der ‚John Parsons' war kein sehr geistreicher Einfall. Sie haben natürlich den Briefumschlag mit diesem Namen auf dem Kaminsims gesehen."

„Ja. Und warum haben Sie ihn benutzt?"

„Ich konnte meinen richtigen Namen nicht nennen, solange ich nicht wußte, in welcher Beziehung Sie zu diesem Burschen in Ihrem Haus standen. Aber setzen Sie sich doch. Ich möchte Ihnen die Geschichte von Anfang an erzählen."

Ich nahm Platz, während er selbst am Fenster stehen blieb.

„Ich bin, wie gesagt, Neil Hamilton, und Mrs. Hamilton war meine Großtante. Von Beruf bin ich Geologe – das wenigstens stimmt – und habe bis vor kurzem in Sydney gearbeitet. Dann erfuhr ich vom Tod meiner Großtante und bin nach England gekommen, sobald ich mich freimachen konnte. Ich bin der einzige Verwandte und habe sie sehr gern gehabt. Fast alle meine Schulferien habe ich in diesem Haus verbracht. Später bin ich nur noch selten und in den letzten fünfzehn Jahren gar nicht mehr hiergewesen. Von Onkel Fergus bekam ich zu meinem vierzehnten Geburtstag, der auch hier gefeiert wurde, ein Gewehr. Er gab die Hoffnung nicht auf, aus mir eines Tages einen passionierten Jäger zu machen, aber leider habe ich dem Totschießen nie etwas abgewinnen können." Er lächelte. „Nicht gerade der Idealtyp des schottischen Gutsherrn."

Während des Sprechens war er im Zimmer umhergewandert, hatte gedankenverloren vor diesem und jenem Porträt haltgemacht, hin und wieder eine der gerahmten Fotografien zur Hand genommen und in einem Buch geblättert. Ich mußte ihn auf das zurücklenken, was mich anging.

„Jetzt weiß ich aber immer noch nicht, weshalb Sie mitten in der Nacht in meinem Cottage erschienen sind und mir die Geschichte vom fortgewehten Zelt aufgetischt haben. Und was sollten all die Lügen wegen eines Ewen Mackay, den Sie gar nicht kannten und von dem Sie nicht wußten, daß er sich in meinem Haus aufhielt?"

Er drehte sich zu mir um. „Das waren in der Tat Lügen. Ich habe Ewen schon als Kind gekannt. Aber fünfzehn Jahre verändern einen Menschen, besonders wenn in dieser Zeit aus einem Jungen ein erwachsener Mann wird. Ich bezweifle auch, daß Ewen mich erkannt hat, obwohl es einen Augenblick lang ganz danach aussah."

„Wollen Sie damit sagen, daß Sie diese Scharade inszeniert haben, weil Sie von Ewen Mackays Hiersein wußten und ihm aus irgendeinem Grunde mißtrauten?"

Er nickte. „Er war schon als Junge . . ., sagen wir: unzuverlässig. Aber der eigentliche Grund war, daß ich ihn bereits vorgestern abend hier vor dem Haus meiner Tante beobachtet hatte. Sein Verhalten war so merkwürdig, daß ich unbedingt herausfinden wollte, was er zur Zeit auf Moila treibt."

„Wie? Sie waren also schon hier? Im Dorf hieß es doch, das Haus stehe leer."

„Es hat auch leergestanden. Ich bin erst vorgestern angekommen und bis jetzt noch nicht im Dorf gewesen."

„Wie sind Sie denn hergekommen?"

„Mit einem gemieteten Boot. Das Boot meines Onkels hatte Tante Emily verkauft. Ich bin von Oban herübergekommen, im Wettlauf mit dem Unwetter, und ich habe es gerade noch geschafft. Das Boot habe ich unten im Bootsschuppen gelassen, und dann bin ich zum Haus heraufgekommen. Den Schlüssel hatte ich auf der Herreise bei den Anwälten meiner Tante in Glasgow abgeholt. Alles, was ich hier zum Leben brauche, habe ich noch in Oban eingekauft, und so war es bei meiner Ankunft schon ziemlich spät. Ich bin auch gleich oben in meinem früheren Zimmer zu Bett gegangen, aber gegen Mitternacht wieder aufgestanden, um das Fenster zu öffnen. Und da sah ich jemanden von der Bucht her durch den Garten kommen."

Neil Hamilton ließ sich jetzt endlich mir gegenüber in einen Sessel fallen. Dann fuhr er fort: „Zuerst dachte ich, es sei jemand, der wegen des Unwetters in der Bucht vor Anker gegangen war und jetzt Schutz suchte. Der Mann hatte eine Taschenlampe. Auf dem Rasen hier vor dem Fenster blieb er zunächst stehen und starrte das Haus an – bei diesem Regen! Ich rannte ins Erdgeschoß hinunter. Die vordere Haustür war verschlossen; ich hatte seit meiner Ankunft die Hintertür benutzt. Vorsichtshalber machte ich kein Licht, und als ich in dieses Zimmer hier kam, war ich sehr froh darüber. Der Kerl machte sich schon an dem großen Fenster da zu schaffen."

„Immerhin tobte ein Unwetter, und wenn er doch annehmen mußte, das Haus sei leer . . ."

„Richtig, aber er probierte nicht nur aus, ob das Fenster vielleicht zufällig offen sei. Er hatte irgendein Werkzeug bei sich, mit dem er es auszuheben versuchte. Und ich stand wie ein Idiot da und schaute ihm zu. Dann dachte ich mir: Irgendwie mußt du jetzt mit ihm fertig werden, und das schaffst du am ehesten, wenn du dich, Regen hin, Regen her, nach draußen schleichst und ihn von hinten angreifst."

„Er war bewaffnet", sagte ich.

Neil Hamilton zuckte zusammen. „Tatsächlich?"

„Ich nehme es an. Aber reden Sie doch weiter."

„Ich bin kein Mann der Tat – jedenfalls nicht solcher Taten. Im Haus meines Onkels hatte es natürlich Waffen gegeben, aber bei meiner Ankunft war ich überhaupt nicht auf den Gedanken gekommen, nachzuschauen, ob sie noch da waren. Als ich bis zur Hinterseite des Hauses gelangt war, stand der Bursche schon unter dem Küchenfenster, doch aus irgendeinem Grunde machte er plötzlich kehrt und verschwand. Ich rannte nach oben in mein Schlafzimmer und versuchte, ihn im Blick zu behalten, soweit das in der Dunkelheit möglich war. Da er wieder die Taschenlampe benutzte, sah ich, wie er zuerst durch den Garten rannte und dann den Weg über die Landzunge einschlug, als wüßte er genau, wohin er gehen wollte. Daß dieser Pfad zum Cottage in der Otterbucht führt, war mir natürlich noch in Erinnerung. Die Anwälte hatten mir aber gesagt, daß das Häuschen an eine junge Frau vermietet sei. Natürlich fragte ich mich, was der Kerl dort zu suchen hätte, und ich beschloß, ihm zu folgen."

„Aber Sie hatten doch eine Sporttasche bei sich. War das eine Finte, damit man Ihnen die Geschichte vom fortgewehten Zelt glaubte?"

„Mehr oder weniger. Ich habe tatsächlich ein Zelt mitgebracht, denn ich will auf *Eilean na Roin* – das ist die ‚Seehundsinsel' mit der Turmruine – arbeiten und brauche dort einen Stützpunkt, der mich von den Gezeiten unabhängig macht. Ich habe das Zelt gestern morgen hinübergebracht."

„Ich weiß. Ich habe es gesehen. Aber daß Sie als Student hiergewesen sind, das war doch wieder eine Lüge? Wenn Ihnen Ewen Mackay damals begegnet wäre . . ."

„. . . hätte er mich jetzt selbstverständlich erkannt. Ja, das war gelogen. Jedenfalls habe ich ihn sofort erkannt, als er mir die Tür zum

Cottage öffnete. Da er mich aber nicht wiedererkannte, vermied ich alles, was auf eine Verbindung mit dem Haus der Hamiltons hinweisen konnte. Ich wollte doch erst einmal herausbekommen, was Ewen im Schilde führte."

„Und meine Rolle dabei interessierte Sie natürlich auch."

„Ja, die auch."

Ich lächelte. „Verständlicherweise. Aber ich bin Ihnen jedenfalls jetzt noch dankbar für Ihr Auftauchen im Cottage. Wenn Ewen Mackay tatsächlich etwas im Schilde führte, hätte die Lage für mich unangenehm werden können. Andererseits war ich nicht sonderlich beunruhigt."

„Das fiel mir auf, und gerade deshalb habe ich mich gefragt, ob Sie nicht mit Ewen unter einer Decke stecken." Neil Hamilton hielt inne und fuhr dann stirnrunzelnd fort: „Wenn ich bloß wüßte, was er vorhat."

„Was passierte denn gestern früh, als Sie zusammen losgingen, um Ihr Zelt zu suchen?"

„Nichts Besonderes. Wir sahen uns bloß flüchtig danach um, und dann ging er gleich zu seinem Boot und fuhr weg, wohin, weiß ich nicht. In Ihrer Nähe hat er sich doch nicht mehr sehen lassen?"

„Nein. Und was geschieht nun?"

„Nichts. Das hoffe ich wenigstens. Sie sollten nur die Augen offenhalten. Bis jetzt hat der Mann nichts getan, was wir bei der Polizei gegen ihn vorbringen könnten."

„Ich bin ganz Ihrer Meinung. Aber eine Kleinigkeit sollte ich doch noch erwähnen. Auf dem Schlüsselbrett in Ihrer Küche gibt es einen Haken für den Schlüssel zu meinem Cottage. Und gerade der fehlt, es sei denn, Sie hätten ihn selbst an sich genommen."

Neil Hamilton schüttelte den Kopf. „Wenn ihn Ewen weggenommen hat, war das vorgestern nacht nicht sein erster Besuch hier im Haus. Dann muß er schon früher einmal hiergewesen sein und . . ."

„. . .und hat die Vordertür unverschlossen gelassen, um beim nächsten Mal bequemer hereinkommen zu können", fuhr ich fort.

„Sie haben recht!" rief Neil Hamilton. „Bei meiner Ankunft war diese Tür tatsächlich unverschlossen. Ich habe sie selber verschlossen und mir nichts dabei gedacht, allenfalls, daß sie übersehen wurde, als das ganze Haus nach dem Tod meiner Tante abgeschlossen wurde. Ja, so kann es gewesen sein: Ewen kam zurück und erschrak, als er die Tür verschlossen fand."

„Er hat mir sogar erzählt, daß er hiergewesen ist", sagte ich, „aber natürlich nicht, daß er einbrechen wollte. Er deutete bloß an . . ." Ich hielt inne.

„Ja . . .? Was denn . . .?"

„Ach, nichts. Es war eher etwas Persönliches. Es hatte nichts zu tun mit seinen Absichten."

„Ehe wir seine Absichten nicht kennen, kann alles etwas damit zu tun haben. Also: Worum ging es?"

„Ich bezweifle, daß es wichtig ist. Ich möchte nicht . . ., ach, meinetwegen: Er deutete an, daß er irgendwie mit der Familie Hamilton verbunden sein könnte."

Zu meiner Erleichterung brach Neil Hamilton in Gelächter aus. „Natürlich! Ewen Mackay, ein Kind der Liebe meines Onkels Fergus, vom Gärtner adoptiert, vermutlich gegen ein Entgelt! Die Oper habe ich doch schon mal gehört und ein paar andere, noch abenteuerlichere auch. Selbst als kleiner Junge hat Ewen schon völlig grundlos gelogen. Hat er Ihnen noch mehr vorgeflunkert? Vielleicht sogar erzählt, wo er gewesen ist, seit er Moila verlassen hat?"

„Nur, daß er im Ausland war und . . ., o ja, daß er um Kap Hoorn gesegelt ist."

„Das glaube ich erst, wenn er mir sein Logbuch gezeigt hat", meinte Neil trocken. „Ich sehe jetzt nach, ob irgend etwas im Haus fehlt. Die Anwälte haben mir eine Inventarliste mitgegeben. Noch eine Frage: Sind Sie sicher, daß er eine Waffe bei sich hatte?"

„Sicher nicht, aber seine Hand fuhr sehr hastig zur Hosentasche, als Sie so laut anklopften."

„Hoffen wir, daß auch das nur wieder Theater war. Tja . . ." Er schien aufstehen zu wollen, fügte dann aber hinzu: „Wann soll Ihr Bruder eintreffen?"

„Montag. Das hoffe ich wenigstens."

„Bis dahin bleibt uns nichts anderes übrig, als die Augen offenzuhalten."

„Ich werde es bestimmt tun. Und Sie?"

„Sie wissen ja schon, daß ich mein Zelt auf der Insel aufgeschlagen habe. Ich werde drüben arbeiten, aber hier im Haus übernachten. Wenn Ewen das Zelt sieht, glaubt er, ‚Parsons' sei ihm nicht mehr im Wege, und wenn er wirklich hier im Haus etwas vorhat, wird er es ausführen, aber ich werde dasein und ihm das Spiel verderben."

Er stand endgültig auf, und ich folgte seinem Beispiel. Die Sonnenstrahlen fielen jetzt durch das offene hohe Fenster und enthüllten die ganze verblichene Schäbigkeit des Zimmers, aber die Baumwipfel draußen leuchteten grün, und die Bienen summten in den Rhododendronbüschen. Neil ging zur Vordertür in der Diele und machte sie auf.

„Kann ich Ihnen eine Tasse Tee anbieten, ehe ich Sie nach Hause bringe?"

„Tee gern, aber Begleitung brauche ich nicht."

„Wahrscheinlich nicht, doch ich komme trotzdem mit", sagte er fröhlich. „Wenn ich bitten darf: Hier entlang, Mistress Fenemore! Ach ja, meine Küche kennen Sie ja schon. Dann also: Nach Ihnen, Rose."

NACH dem Tee brachen wir auf. Wir durchquerten die Reste dessen, was einmal ein Garten gewesen war. Auf dem Pfad wuchs knöchelhohes Unkraut, und die uralten Rhododendren neigten die Zweige unter ihrer Blütenlast.

„Wir nehmen eine Abkürzung", erklärte Neil und führte mich durch eine Bresche im Gebüsch zu einem breiteren Grasweg. An dessen Ende gab eine Lücke zwischen den hohen Bäumen und dem dichten Unterholz den Blick auf die schimmernde See frei. Während ich zur Insel hinüberspähte, auf der der obere Teil des Turms zu erkennen war, achtete ich nicht auf meine Füße. Mein Zeh stieß gegen einen harten Gegenstand. Ich schimpfte, stolperte und wäre gefallen, hätte mich nicht eine kräftige Hand beim Ellenbogen gepackt.

„Haben Sie sich weh getan?" Neil stützte mich, während ich auf einem Bein stand und den Zeh massierte.

„Ist schon wieder gut. Vielen Dank." Er ließ mich los, und mit den Augen suchte ich den Boden ab. „Sehen Sie mal . . . hier!"

Tief im Gras lag, wie eine Schläferin auf grüner Matte, eine nackte Mädchenfigur: etwa einen Meter lang, aus einstmals strahlendweißem Marmor gearbeitet, jetzt aber von grünem Moos überzogen, die blinden Augen gen Himmel gerichtet. Immerhin erkannte man doch, daß diese Augen blind vor Tränen sein sollten.

„Wer ist denn das?" fragte ich.

„Ich glaube, das soll die Nymphe Echo sein." Neil bückte sich und schob Grashalme und Farnwedel auseinander. „Hier hat sie früher gestanden. Erkennen Sie den Sockel? Der gute Onkel Fergus hat die Figuren aus Italien mitgebracht. Sie waren sein ganzer Stolz. Vermutlich sind sie ziemlich wertvoll."

„Sie sagten ‚Figuren'? Gibt es mehrere davon?"

„Ja. Eine zweite war sogar ganz in der Nähe von dieser hier aufgestellt. Da ist sie ja!" Er hatte ein paar störrische Äste beiseite geschoben

und ein steinernes Bassin freigelegt, das mit schmutzigem Regenwasser halb gefüllt war. Ein marmorner Jüngling kniete am Rand und starrte auf sein Spiegelbild im Wasser.

„Narziß?"

„Ich nehme es an", antwortete Neil, „aber genau weiß ich es nicht. Am Ende dieses Weges müßten noch ein paar Figuren stehen. Die Bäume sind so gewachsen, daß man sie wohl kaum noch sieht."

Er drehte sich um und betrachtete das Haus, dessen Verfall in dem hellen Sonnenlicht besonders deutlich wurde. Irgend etwas in seinem Gesichtsausdruck ließ mich leise zitieren: „Schönheit schwindet, Schönheit vergeht, wie einzigartig sie auch sein mag."

„Wer hat das gesagt?"

„Walter de la Mare. Hier gibt es weiß Gott genug Schönheit; auch ohne die von Menschenhand geschaffene."

Neil schwieg und schaute immer noch zum Haus hinauf. Endlich sagte er, und es klang wie ein Selbstgespräch: „Ein Glück, daß ich zurückgekommen bin." Und dann, munterer, zu mir gewandt: „Vielleicht bringt es ja der Käufer wieder in Ordnung."

„Wollen Sie es tatsächlich verkaufen?"

„Ich muß es verkaufen. Ich kann doch nicht hier leben."

„Nun ja, als Ferienhaus wäre es wirklich ein bißchen weit von Sydney entfernt."

„Nicht Sydney. Ich wollte es Ihnen schon eher sagen: Ich werde im nächsten Semester in Cambridge sein. Lehrauftrag am Emmanuel College."

„Gratuliere! Darauf freuen Sie sich bestimmt sehr."

„Natürlich. Und jetzt noch mehr als sowieso schon!" Zum letzten Satz gab er keine nähere Erklärung ab. Statt dessen erzählte er mir noch mehr über seinen neuen Posten, und eine Weile plauderten wir über die Universität und die Stadt Cambridge und über Leute, die wir dort beide kannten. Er würde zuerst im College wohnen, sich aber bald nach einer eigenen Behausung möglichst außerhalb der Stadt umsehen.

Dieses Thema führte unser Gespräch zu dem Haus zurück, das Neil ja schon besaß: *Taigh na Tuir.* Es war noch gar nicht öffentlich zum Verkauf ausgeschrieben, und trotzdem schien es bereits einen Interessenten zu geben. Ein Londoner Makler hatte, ohne das Haus zu kennen, im Auftrag eines Kunden, der unbedingt auf Moila Eigentum erwerben wollte, ein gutes Angebot gemacht, und Neils Anwälte hatten geraten, darauf einzugehen. Neil war dem Rat gefolgt, und man hatte schon schriftliche Vereinbarungen getroffen, die wohl nach schottischem Recht bindend waren.

„Bindend für mich", erklärte Neil. „Soviel ich weiß, kann der Käufer immer noch einen Rückzieher machen, wenn er das Objekt sieht."

„Also besteht für Sie doch noch die Chance, es zu behalten?"

Er schüttelte den Kopf.

„Eigentlich nicht. Selbst wenn ich jetzt nicht einen Job am anderen Ende von England hätte, könnte mich der Besitz hier nicht ernähren. Früher gehörten vier Bauernhöfe dazu, aber die sind nach und nach verkauft worden." Er zuckte die Achseln, eine Geste, die Entschuldigung und zugleich ein Akzeptieren des Unvermeidlichen ausdrückte. „Und was nützte es denn, wenn die Höfe noch dazugehörten! Heute holt man aus einer Landwirtschaft kaum genug heraus, um davon leben zu können – ich schon gar nicht. Gehen wir . . ."

Unten am Landesteg legten wir eine Pause ein und schauten zur Insel hinüber. Zahllose Möwen kreisten darüber, und ihr Gekreisch hörte keine Sekunde auf. Doch plötzlich setzte sich gegen diesen Lärm die Stimme eines anderen Vogels durch: Wie ein Jagdflugzeug zwischen behäbigen Verkehrsmaschinen schoß ein Wanderfalke in dem Möwenpulk herum.

„Ich hoffe sehr, daß mein Bruder doch noch kommt", sagte ich. „Wegen der Vögel nähme ich ihn gern mal mit auf die Insel dort. Wie heißt sie noch?"

„*Eilean na Roin.* Das bedeutet ‚Insel der Seehunde', und sie heißt so, weil die Robben dort ihre Jungen zur Welt bringen. Natürlich müssen Sie die Insel kennenlernen. Aber achten Sie auf die Gezeiten. Der Fußweg ist nur zwei Stunden vor und zwei Stunden nach dem Tiefstand des Wassers sicher. Übrigens brauchen Sie zur Besichtigung keine besondere Erlaubnis. In Schottland gibt es kein ‚unbefugtes Betreten' von fremdem Besitz."

„Nicht einmal Ihres Hauses?"

Er lächelte. „Das war mir doch ein Vergnügen. Der ganze Besuch ist mir ein Vergnügen. Ich möchte ihn sogar verlängern und Sie zum Abendessen einladen. Aber . . ." Er machte eine beredte Geste: „Leeres Haus, leere Speisekammer."

„Sehr überzeugend", sagte ich, „meine Anerkennung! Aber gehen Sie nicht ein Risiko ein? Immerhin bin ich Universitätsdozentin. Wieso glauben Sie, daß ich außer einer pingeligen Expertin in Sachen ‚Wörter' auch noch eine gute Köchin sei?"

„Weil Sie nach Moila gekommen sind“, erwiderte Neil mit strahlender Miene. „Außerdem habe ich gestern früh in Ihrem Küchenschrank Eier und Käse und sonst noch allerlei Eßbares gesehen. Soll ich Ihre Bemerkung so verstehen, daß ich eingeladen bin, Mistress Fenemore?“

„Ja, natürlich. Nur lassen Sie um Himmels willen die Mistress weg. Mein Name ist Rose. Aber eines wüßte ich doch gern: Was hätten Sie denn getan, wenn wir uns heute nachmittag nicht begegnet wären? Möweneier geschlürft?“

„Ich wäre in der Otterbucht erschienen und hätte zum zweitenmal um Obdach gebeten. Noch Fragen?“

„Sie haben mir doch erzählt, Sie hätten in Oban Vorräte eingekauft. Gehe ich fehl in der Annahme, daß Ihr Boot randvoll mit Büchsen und Flaschen ist?“

„Flaschen! Natürlich! Wir nehmen gleich ein paar mit. Und was die anderen Vorräte angeht: Darf ich Sie für morgen abend zum Essen einladen?“

„Essen im großen Haus? Unter dem Kronleuchter oder bei flackerndem Kaminfeuer? Haben Sie Ihren Plan ganz und gar vergessen, Mr. Parsons?“

„Habe ich, in der Tat.“ Sein Tonfall war plötzlich gereizt. „Sie haben recht. Schieben wir meine Einladung um ein, zwei Tage auf. Aber jetzt begleite ich Sie nach Hause. Versuchen Sie nur nicht, mich abzuwimmeln. Ich bin am Verhungern! Und nennen Sie mich um Himmels willen Neil.“

„Schon gut.“ Es war merkwürdig: Plötzlich hatte unsere Beziehung einen ganz anderen Charakter bekommen. „Schon gut“, wiederholte ich. „Sie bekommen bei mir etwas zu essen, aber nur, wenn Sie die Flaschen holen, und zwar schnell. Ich bin nämlich auch halb tot vor Hunger.“

„Roten oder weißen? Gin oder Sherry?“ Er stand vor der Bootshaustür und zog den Schlüssel aus der Tasche. „Ach was, wir nehmen alles mit. Und ich verspreche auch, beim Abwaschen zu helfen.“

Fünftes Kapitel

SAMSTAG MORGEN. Wieder ein schöner Tag mit frischer Brise – so schön, daß ich mir Urlaub vom Schreiben genehmigte und gleich nach dem Frühstück die Einkäufe für das Wochenende machen wollte. Mrs. McDougall hatte mir ja versprochen, Brot und ein paar Tüten Milch von der Lieferung der Morgenfähre zurückzulegen.

Angesichts eines Himmels voller Lerchen und blühender Fingerhüte und Wildrosen an allen Wegrändern schienen mir die seltsamen Erlebnisse der vorletzten Nacht schon in weite Ferne gerückt zu sein. Unterwegs machte ich Pläne für das Abendessen am Montag. Dann würde mein Bruder hoffentlich eingetroffen sein, und Neil war auch schon eingeladen.

Als ich das Dorf fast erreicht hatte, sah ich auf dem Geländer der kleinen Brücke zwei junge Mädchen hocken. Eine der beiden winkte, und da erkannte ich sie: Megan Lloyd und Ann Tracy, meine beiden Studentinnen, die drüben auf der Insel Mull Ferien machten.

Ann war das vollkommene Gegenteil der dunkelhaarigen, gefühlsbetonten Waliserin Megan. Sie stammte aus Norfolk, war groß und hellhäutig und hatte dichte blonde Locken, die sich über ihre Schultern ringelten. Das ovale Gesicht mit den blauen Augen und roten Wangen wirkte sanft, aber das war eine Täuschung. Ann war ein kämpferischer Typ und beschäftigte sich mehr mit den sozialen Belangen der Studentenschaft, als ihren Studien förderlich war.

Nach der Begrüßung erzählten mir die beiden, daß sie schon ein paar Tage auf Mull in einer Bed-and-Breakfast-Pension gewohnt hätten und soeben nach Moila herübergekommen seien. Die Posthalterin könne sie für ein paar Tage beherbergen.

„Sie hat uns auch gesagt, wie wir zu Ihrem Cottage kommen. Unser Besuch bei Ihnen war für heute geplant." Das war typisch Ann.

„Daß Sie allein sind, wußten wir", warf Megan rasch ein. „Mrs. McDougall hat uns vom Unfall Ihres Bruders erzählt. Das tut uns sehr leid. Ist er ernsthaft verletzt?"

„Nein, er sagt, es sei nicht der Rede wert. Ich erwarte ihn am Montag. Ich würde Ihnen beiden wirklich gern mein Häuschen zeigen."

„Und was das Essen angeht" – Megan klopfte auf den Beutel, der neben ihr auf der Brüstung der Brücke lag –, „wir haben mehr als genug mitgebracht. Sie brauchen uns nicht durchzufüttern. Wir wollten nur mal bei Ihnen vorbeischauen und gleich auf die Insel mit der Turmruine weiterziehen."

„Dann haben Sie sich hoffentlich auch nach dem Gezeitenplan erkundigt", sagte ich. „Die Linie auf der Landkarte bezeichnet keine Brücke. Das ist nur ein kleiner Damm, der meist unter Wasser liegt. Heute ist er, glaube ich, erst kurz vor zwei Uhr begehbar. Der Plan hängt im Postamt. Schauen Sie ihn lieber noch einmal an."

Sie kamen mit mir mit, und während ich meine Einkäufe machte, befolgten die Mädchen meinen Rat. „Ebbe um sechzehn Uhr vier", stellte Ann fest. „Wenn wir nicht die ganze Nacht da drüben festsitzen wollen, müssen wir vor achtzehn Uhr wieder aufbrechen. Begleiten Sie uns doch, Dr. Fenemore – bitte! Megan kann uns alles über den *broch* erzählen. Sie hat sich schon tagelang mit dem Thema befaßt."

„Gern", antwortete ich. „Aber vorher besichtigen Sie mein Cottage und essen bei mir zu Mittag. Danach gehen wir zusammen zur Insel und trinken dort Tee – allerdings unter der Bedingung, daß Sie aufhören, mich Doktor Fenemore zu nennen. Cambridge ist so weit fort! Ich heiße Rose . . ."

Wir teilten getreulich unsere Vorräte – die Picknickbrote der Mädchen und das Obst, das ich bei Mrs. McDougall eingekauft hatte – und genossen während des Essens in der Küche den großartigen Ausblick auf die Bucht. Zu unserer großen Freude wurde uns sogar der Anblick der ursprünglichen Bewohner der Bucht zuteil: Ein ausgewachsenes Seeotterexemplar, wahrscheinlich ein Weibchen, dem zwei Jungtiere folgten, kam sehr dicht ans Ufer herangeschwommen. Das erwachsene Tier tauchte wieder weg, während die Jungen über die algenbewachsenen, glitschigen Felsbrocken schlitterten und etwa zehn Meter vor dem Cottage liegenblieben. Bald darauf kehrte die Mutter zurück. Sie brachte einen stattlichen Fisch mit, über den sich die Kleinen mit spielerischem Gezänk hermachten. Dann schwammen alle drei wieder davon.

Die Mädchen jammerten, daß sie keinen Fotoapparat zur Hand gehabt hatten, aber ich konnte sie trösten. „Falls die Otter wiederkommen, wenn mein Bruder hier ist, wird er für Sie ein paar Aufnahmen machen, einverstanden?"

„ÜBER die Bedeutung des schottischen *broch* sind sich die Forscher nicht einig", begann Megan im typischen Tonfall eines Universitätsdozenten. „Die eine Lehrmeinung besagt, es handele sich um eine Weiterentwicklung des südlichen Rundhaustyps, die andere hält dem entgegen, daß . . ."

„Spreche ich wirklich so?" fragte ich.

Megan schluckte und wurde feuerrot. „Ich habe . . . ich . . . ich wollte Sie nicht . . ." Dann sah sie mich lachen und sagte erleichtert: „Natürlich sprechen Sie nicht so. Ich habe bloß ziemlich viel über den *broch* gelesen und aus der Literatur zitiert."

„Ich dachte, es seien Verteidigungsanlagen", warf ich ein.

„Ja. Vermutlich hatten sie in der Eisenzeit eine ähnliche Aufgabe wie im Mittelalter die Burg, um die sich die Häuser der Dorfbewohner drängten. Hier am Fuß des Turms können Sie noch ein paar Stellen sehen, an denen sich wahrscheinlich Gebäude befanden. He, Ann! Sei vorsichtig!“

Ann hatte schon zur Hälfte eine primitive Treppe erklommen: flache Steine, die im oberen Teil des Turms wie Stufen aus der Innenwand vorsprangen. „Das ist ganz ungefährlich! Komm rauf!“ rief sie Megan zu.

Während die Mädchen hoch über mir begeistert die herrliche Aussicht kommentierten, ging ich am Fuß des Turms entlang bis zu einem Türdurchbruch. Dieser hoch aufragende westliche Teil des Bauwerks war erstaunlich gut erhalten. Die Steine lagen fest gefügt aufeinander, und selbst die Treppenstufen wirkten zuverlässig. Doch abgesehen von diesem Teil, erkannte man den Grundriß des Turms nur noch als grasbewachsene, ringförmige Bodenerhöhung, auf der hier und da Steinhaufen lagen.

„Ich mache jetzt einen Spaziergang und schaue mir die Vögel an!“ rief ich zu den Mädchen hinauf. Von Neil wußte ich, daß sich die Vogelkolonien vor allem an der Westseite der Insel befanden, dort, wo es in der Steilküste tiefe, teilweise senkrechte Einschnitte gab, deren Boden mit Felsgeröll gefüllt war. Ich wanderte über die Insel bis zum äußersten Punkt der Klippe, über der dichte Schwärme von Seevögeln kreisten, die bei meinem Näherkommen zu kreischen begannen.

Es war meine erste Begegnung mit einer so großen Vogelkolonie. Beides, der ohrenbetäubende Lärm und der Blick in den tiefen Abgrund, der vor schlagenden Flügeln zu brodeln schien, versetzte mich in Panik. Ich ließ mich vorsichtshalber auf dem Boden nieder.

Es waren keineswegs seltene Seevögel; nur so unglaublich viele. In jeder Nische der zerklüfteten Klippe klebte ein Nest; in jeder Vertiefung der Felsbank unter mir sah ich Möweneier oder Jungvögel, die sich aneinanderdrängten. Es gab auch kleine Dreizehenmöwen mit sanften, auffallend schwarzen Augen und, etliche Etagen unter ihnen, in den tiefen Felsspalten, häßliche Kormorane mit ihren noch häßlicheren Jungen, die den aprikosenfarbenen Schlund weit aufsperrten.

Endlich kamen die Mädchen atemlos und lachend bei mir an. „Ziemlich steil hier, wie?“ Das war wieder typisch Ann. „Hätten Sie was dagegen, wenn wir uns ein bißchen weiter hinten niederließen? Normalerweise macht mir Höhe nichts aus, aber das hier ist zuviel für mich.“

Wir zogen uns auf den Inselkamm zurück, und Megan packte eine Thermoskanne mit Tee und Kekse aus. Ihre Augen glänzten. „Ich finde es herrlich hier. Die vielen Vögel! Man hat das Gefühl, die ganze Insel würde gleich losfliegen."

„Wie die im *Gulliver*", sagte Ann, und damit begann eine Diskussion über *Gullivers Reisen*, die trotz meiner Ablenkungsmanöver beim Thema Science-fiction endete, glücklicherweise ohne daß das Gespräch für mich peinlich wurde. Als Megan den Namen Hugh Templar erwähnte, geschah es nur im Zusammenhang mit Arthur C. Clarke und Ursula Le Guin. Ann sagten alle drei Namen gar nichts, und sie lehnte es auch entschieden ab, sich mit einer Literaturgattung zu befassen, die sie als Kindermärchen abtat.

Danach schwiegen die beiden Mädchen und genossen wieder die Sonnenwärme und die wunderbare Aussicht.

Im Westen konnte ich gerade noch Tobermory auf Mull erkennen. Ann hatte ein Fernglas ausgepackt und schaute damit ostwärts. Sie stellte das Glas schärfer ein. „Möchte wissen, wer sein Zelt hier auf der Insel aufgeschlagen hat", sagte sie. „Ein ziemlich unbequemer Campingplatz. Man muß ja dauernd auf die Gezeiten achten."

„Das ist ein Geologe", erklärte ich. „Ich habe ihn kennengelernt."

Ann schaute auf ihre Armbanduhr. „Da wir gerade von den Gezeiten reden: Es ist jetzt halb fünf, und Mrs. McDougall erwartet uns um halb sechs zum Essen. Wir müßten wohl durch das Wiesenland hinter dem Strand dort drüben gehen. Wie hast du es genannt, Meg?"

„*Machair*", antwortete Megan und griff nach Anns Fernglas. „Das ist wirklich gut", meinte sie. „Ich erkenne sogar in Tobermory das Häuschen, in dem wir übernachtet haben und . . . warte noch einen Augenblick . . . tatsächlich: die *Sturmschwalbe*. Ganz bestimmt ist sie es."

„Was sagen Sie da?" Meine Stimme wurde schrill vor Aufregung. „Eine Sturmschwalbe? Wo?"

„Dort hinten. Sehen Sie es? Das Boot direkt vor Tobermory? Schau dir's auch mal an, Ann!" Sie gab das Fernglas an ihre Freundin weiter. „Habe ich recht?"

Ann war aufgestanden und suchte mit dem Glas die Küstenlinie ab. „Ich glaube, es ist bloß ein Fischerboot."

Ich streckte mich auf dem Rücken im Gras aus. „Ein Boot! Ich dachte, Sie meinten einen Vogel. Andererseits: Wie sollte man auch so ein winziges Ding auf so große Entfernung erkennen können. Also: Was hat es mit Ihrer *Sturmschwalbe*, diesem Boot, auf sich?"

„Ach, das gehört einem unheimlich netten jungen Mann, den wir auf Mull kennengelernt haben", sagte Ann. „Aber jetzt bin ich sicher, daß es gar nicht sein Boot ist."

„Vielleicht ist es auch besser so – nach allem, was uns Mrs. McDougall erzählt hat", meinte Megan.

„Worüber reden Sie eigentlich?" fragte ich.

„Nichts Wichtiges", entgegnete Ann. „Wir haben neulich auf Mull einen jungen Mann kennengelernt, den Besitzer der *Sturmschwalbe*. Er wohnt auf dem Boot. Na ja, wir haben uns ein paarmal getroffen. Ein interessanter Typ. Ist schon überall in der Welt herumgeschippert; sogar um Kap Hoorn."

„So? Tatsächlich?" Ich war jetzt ganz Ohr.

„Er hatte eine Menge zu erzählen. Und wie er es erzählt hat! Einmal hat er uns auch in seinem Boot mitgenommen. Er ist wirklich umheimlich nett. Stimmt doch, Megan . . .?"

„Jedenfalls haben wir ihn dafür gehalten."

Ich hatte mich aufgesetzt, und mein Blick wanderte zwischen den Mädchen hin und her. „Was hat Ihnen denn Mrs. McDougall erzählt, und weshalb sind Sie nun anderer Ansicht?"

„Was sie uns erzählt hat, ändert nichts an der Tatsache, daß der Typ umwerfend charmant ist", sagte Ann scharfsinnig. „Aber vielleicht ist dieser Charme sein . . . sein Kapital. Mrs. McDougall hat ihn früher mal gekannt – er stammt aus Moila –, und er war schon als Kind ganz groß im Flunkern."

„Ein pathologischer Schwindler ist er und ein Dieb!" Aus Megans nüchterner Stimme sprachen Generationen walisischer Methodisten.

„Mrs. McDougall war ein bißchen erschrocken, als wir ihr erzählt haben, daß er auf Mull ist", fuhr Ann fort. „Hier haben wohl alle gehofft, er ließe sich nie wieder blicken. Immerhin haben seine Leutchen die Insel verlassen, nachdem er ins Gefängnis gekommen war. Und sie haben auch Mrs. McDougall gebeten, ihm nicht ihre neue Adresse zu verraten."

„Er war im Gefängnis?" Ich fing Megans erstaunten Blick auf, aber Ann schien mein Interesse für ganz natürlich zu halten.

„Ja. Sie sagte, er sei wahrscheinlich vorzeitig entlassen worden. Er heißt Mackay. Es könnte ja sein, daß Sie ihm mal begegnen."

„Hat sie Ihnen erzählt, warum er im Gefängnis war?"

„Nein. Von diesem Thema hat sie abgelenkt, als wir sagten . . ."

„. . . daß Sie mich besuchen wollen?"

Die Mädchen, die schon begonnen hatten, ihre Sachen einzupacken, hörten damit auf und starrten mich an. „Ja", sagte Ann. „Das könnte der Grund sein, nicht wahr, Megan?"

„Schon möglich. Aber warum, Rose? Was haben Sie damit zu tun?"

Ich stand auf. „Nichts. Das hoffe ich wenigstens", antwortete ich forsch. „Es ist nur so, daß die Mackays in meinem Cottage gelebt haben."

„Aber nun wissen Sie, daß er draußen ist und sich in der Gegend aufhält", meinte Ann. „Macht es Ihnen nichts aus, bis Montag allein in Ihrem Haus zu sein?"

„Um mich brauchen Sie sich nicht zu sorgen. Und jetzt sollten Sie wirklich aufbrechen. Sonst kommen Sie zu spät zum Essen."

„Wollen Sie denn noch hierbleiben?" fragten beide wie aus einem Mund.

„Ein Weilchen. Die Flut hat ja noch nicht eingesetzt. Vielen Dank für den Tee. Sie besuchen mich doch noch einmal?"

„Wir haben Ihnen zu danken – für einen wunderbaren Ausflug!"

Ich schaute zu, wie sie den kleinen Damm überquerten. Drüben am Strand drehten sie sich noch einmal um und winkten. Bald darauf waren sie außer Sicht.

Was die Mädchen mir erzählt hatten, warf ein ganz neues Licht auf die Vorgänge der letzten Tage. Ich würde Neil sagen müssen, daß sein Bekannter aus alten Zeiten jetzt tatsächlich so etwas wie ein Krimineller war. Leider blieb mir keine Zeit mehr, ihn an seinem Arbeitsplatz irgendwo im Nordwestzipfel der Insel zu suchen und zu warnen. Ich lief zum Damm hinunter und überquerte ihn vorsichtig, Schritt für Schritt, denn selbst bei niedrigem Wasserstand waren die Steinplatten durch den Algenbewuchs gefährlich glatt. Dann ging ich zum Bootshaus und schaute durch das Fenster hinein.

Kein Boot. Der Schuppen war leer. Aber Neil würde bestimmt am Abend herkommen, um im Haus zu übernachten und Wache zu halten. Wenn ich ihn am nächsten Morgen warnte, war es wohl immer noch früh genug. Doch vorher wollte ich mit Mrs. McDougall reden. Vielleicht konnte ich ihr entlocken, was sie Megan und Ann verschwiegen hatte.

Ich ging nach Hause, bereitete mir sehr früh das Abendessen und machte mich danach auf den Weg zum Postamt.

DER LADEN war geschlossen, aber die Haustür stand offen. Die Mädchen waren nirgendwo zu sehen. Wahrscheinlich gingen sie nach dem Essen noch ein bißchen spazieren. Mrs. McDougall saß strickend neben dem Küchenherd. Sie begrüßte mich herzlich und lud mich mit einer Kopfbewegung ein, auf dem zweiten Stuhl am Herd Platz zu nehmen. Tomaten, die offenbar frisch geerntet waren, lagen auf dem Tisch.

„Tomaten? Jetzt schon?“ Ich wußte, ehrlich gesagt, herzlich wenig über die Erntezeit von Tomaten oder anderem selbstgezogenem Gemüse.

„Von meiner Schwester“, sagte Mrs. McDougall. „Duncan – das ist ihr Mann – verbringt fast seine ganze Zeit im Garten. Sie haben ein Gewächshaus.“ Sie war am Ende der Nadel angekommen, wendete die Arbeit – eine schafwollene Strickerei im Aran-Muster – und begann die nächste Reihe.

Ich weiß kaum noch, worüber wir plauderten, während das Wasser im Kessel dem Siedepunkt entgegensummte. Dagegen erinnere ich mich genau, wie ungezwungen die Unterhaltung war und wie gelassen die Gastgeberin auf meinen unerwarteten Besuch reagierte. Schließlich legte sie die Strickarbeit beiseite und bewirtete mich mit Tee, Gebäck, Butter und Honig. Während der ganzen Zeit hatte ich angestrengt überlegt, wie das Gespräch, das von Tomaten bis zur besten Wollsorte für Tweedstoffe reichte, auf mein Hauptanliegen zu lenken sei: den Fall Ewen Mackay.

Meine Sorgen waren überflüssig. Was ich hier erlebte, war eine für die Insel typische Teezeremonie. Sobald sich Mrs. McDougall mit einer weiteren Tasse Tee wieder auf ihrem Stuhl niedergelassen hatte, warf sie mir über den Brillenrand einen Blick zu und sagte: „Die Mädchen haben Ihnen sicher schon von Ewen Mackay erzählt.“

„Ja, das haben sie.“

„Und von Archie wissen Sie, daß Ewens Familie in Ihrem Cottage gelebt hat. Sie machen sich deswegen vielleicht Gedanken. Er könnte ja nach Hause kommen wollen.“

Ich zögerte, schüttelte aber schließlich den Kopf. „Richtig beunruhigt bin ich nicht. Aber ein bißchen mehr wüßte ich gern über den Mann, zum Beispiel, warum er im Gefängnis war. Hat er hier zu Hause etwas angestellt?“

„Nein. In London.“

„Aber zu dieser Zeit lebten seine Eltern noch hier?“

„Ja. Und natürlich kannte jeder auf der Insel die ganze Geschichte, ebenso wie jeder wußte, daß die armen Mackays alles nur Erdenkliche für den Jungen getan hatten, als sie ihn bei sich aufnahmen.“ Mrs. McDougall nippte an ihrem Tee. „Die Leutchen haben die Insel teils aus Scham verlassen – es wurde so viel über den

Fall geredet –, teils weil sie ein für allemal mit Ewen Schluß machen wollten. Der ist durch und durch verdorben."

„Warum ist er ins Gefängnis gekommen, Mrs. McDougall?" fragte ich geradeheraus.

Sie setzte die Tasse ab und nahm das Strickzeug wieder zur Hand. „Miß Fenemore, es heißt immer, wenn ein Mensch etwas verbrochen und die Strafe dafür abgesessen hat, dann sollte der Fall erledigt sein. Dieser Ewen ist ein schlechter Mensch, aber er hat zwei Jahre im Gefängnis verbüßt."

„Tja . . . Herzlichen Dank für die freundliche Bewirtung, Mrs. McDougall. Es war sehr nett bei Ihnen. Aber wenn ich noch nach Hause kommen will . . ." Ich stand auf.

Das Strickzeug lag jetzt in ihrem Schoß, und wieder musterte sie mich über den Brillenrand. „Setzen Sie sich noch einen Augenblick, meine Liebe." Meine Liebe! Nach der Miß Fenemore war das eine deutliche Beförderung. „Sie erkundigen sich doch nicht umsonst nach diesem Taugenichts. Ist es Ihnen unheimlich, allein in dem Cottage zu schlafen?"

„Nein . . ., bestimmt nicht. Das ist es nicht."

Sie nickte. „Also hatte ich recht: Es ist noch etwas anderes."

Eine Minute lang schwiegen wir beide. Dann sagte sie: „Na schön, ich werde Ihnen erzählen, was Sie wissen wollen. Ewen hat alte Damen bestohlen; das ist bei Gericht herausgekommen. Er hat immer die Todesanzeigen in den Zeitungen studiert, und wenn ein Mann gestorben war, hat er sich unter irgendeinem Vorwand bei der trauernden Witwe eingeschlichen. Er sah so anständig und so unschuldig aus, daß ihm die Frauen einfach alles glaubten, und er hat seine Opfer mit Charme und Lügen um alles betrogen. Eine der Frauen war fünfundachtzig Jahre alt, und er hat sie um ihre ganzen kümmerlichen Ersparnisse gebracht. Verstehen Sie jetzt, daß die alten Mackays aus Scham weggezogen sind?"

„O ja." Ich dachte angestrengt nach. Sollte ich Mrs. McDougall erzählen, daß Ewen Mackay bereits in meinem Cottage aufgetaucht war? Aber warum war er nach Moila zurückgekehrt? Nach Mrs. Hamiltons Tod gab es hier doch keine Witwe, die er betrügen konnte! Andererseits wußte er bestimmt, welche Wertsachen noch in ihrem Haus zu finden waren. Diesmal also kein Betrug? Nur ein schlichter Diebstahl? Doch er hatte Pech. Der neue Besitzer – keine alte Dame, sondern ein ziemlich kräftiger junger Mann – war schon vor ihm eingetroffen. Und dieser Mann kannte ihn!

Ich begriff, daß Neils Ankunft vor den Leuten auf Moila geheimgehalten werden mußte, wenn Ewen Mackay nichts davon erfahren sollte. Das wichtigste war jetzt, mit Neil selbst zu reden. Gleich am nächsten Morgen.

Ich bedankte mich nochmals bei Mrs. McDougall, ging zum Telefon und rief Crispin an.

Mein Bruder versprach, wie geplant am Montag morgen mit der Fähre einzutreffen. Sein fröhlicher Tonfall verriet, daß es ihm wirklich gutging.

Sechstes Kapitel

AM NÄCHSTEN Morgen, dem Sonntag, sah ich beim Aufwachen Kaskaden von Regentropfen an den Fensterscheiben herunterschießen. Als ich gefrühstückt hatte, regnete es weniger stark, aber immer noch so sehr, daß nur ausging, wer es unbedingt tun mußte.

Ich befand, daß in meinem Fall das Ausgehen nicht unbedingt nötig sei. Ich wußte ja, daß Neil ein wachsames Auge auf Ewen Mackay warf. Also konnte ich getrost das Ende des Regens abwarten, und da sonst nichts weiter zu tun war, widmete ich mich wieder meiner Geschichte.

Ich schrieb – ungefähr ein Jahr lang, oder doch nur eine Stunde? Jedenfalls hatte sich meine Phantasiewelt auf einmal selbstständig gemacht. Ich konnte wie ein Außenstehender in sie eintreten, und ihre Bewohner taten dies und das, bewegten sich hierhin und dorthin und sprachen miteinander, als hätte ich überhaupt nichts damit zu tun.

Als ich in die Wirklichkeit zurückkehrte, sah ich, daß die Fensterscheiben klar waren und die Sonne an einem blauen, saubergewaschenen Himmel stand. Ich bereitete mir eine Thermosflasche Tee, stopfte sie mit einem Paket Kekse in meine Tasche und ging los.

Auf meiner Uhr war es halb drei, als ich das Hamilton-Haus erreicht hatte. Ich ging zur Hintertür und klopfte an. Der hohle Widerhall des Geräuschs ließ nur den Schluß zu, daß das Haus leer war. Vielleicht arbeitete Neil drüben auf der Vogelinsel.

Ich umrundete das Haus und schaute durch das hohe Fenster ins Wohnzimmer. Niemand darin. Natürlich nicht. Das Zimmer sah genauso wie am Freitag aus. Offensichtlich war Neil darauf bedacht, mit keinem Zeichen seine Anwesenheit zu verraten. Aber seltsamerweise ärgerte mich dieses Manöver. Wozu diese Heimlichtuerei? dachte ich. Egal, was Ewen Mackay im Schilde führt: Neil braucht sich doch nicht darum zu scheren. Ewen gehört nicht mehr in dieses Haus; hat vielleicht nie hierhergehört.

Ich nahm mir vor, nicht weiter über die Probleme anderer Leute nachzudenken. Moila und mein Elfenbeinturm waren viel zu schön dafür. Dies war mein Urlaub, und morgen schon würde mein Bruder eintreffen, und mit einem Schlag würde für mich alles wieder normal sein.

Das Bootshaus, dessen Flügeltür offenstand, war leer. Ich ging bis zur Spitze des Anlegestegs und schaute zur Insel hinüber. Drüben war, abgesehen von den Vögeln, kein Lebenszeichen zu entdecken. Ich sah auf meine Armbanduhr. Das Wasser fiel immer noch, und demnach wäre der Damm für mindestens drei weitere Stunden begehbar. Ich ging hinüber.

Ich erklomm den Hang, auf dem Neil das Zelt aufgeschlagen hatte. Keine Spur von ihm zu sehen. Ich horchte. Auch keine Klopfgeräusche eines Geologenhammers. Also steuerte ich den Turm an und stieg wie tags zuvor die Mädchen die Stufen an der Innenwand hinauf. Sie führten bis zum zerfallenen oberen Rand. Von dort aus konnte ich den Küstenstreifen sehen, an dem Neil angeblich arbeiten wollte. Auch dort lag kein Boot.

Ich stieg die Treppe vorsichtig wieder hinunter und wollte mich am Fuß des Turms niederlassen, um meinen Tee zu trinken, aber das Gemäuer war von einer Kriechpflanze bedeckt, die einen sehr strengen Geruch ausströmte, der an scharfe Reinigungsmittel erinnerte. Außerdem gab es zu viele Mücken, und so wanderte ich weiter südwärts. Dort fiel die Insel in breiten, flachen Felsbänken zum Meer hin ab, und der Seewind reichte aus, um die lästigen Insekten zu vertreiben. Ich setzte mich hin und begann mit meinem Picknick.

Die Vogelschreie, das Meeresrauschen, die sanfte Brise und der Geruch von wildem Thymian und Glockenheide – all das zusammen hatte auf mich eine starke, berauschende Wirkung. Eigentlich waren Ort und Zeit wie geschaffen, um eine Idee, eine poetische Eingebung in mir aufkeimen zu lassen, aber das schiere körperliche Wohlbehagen, die Sonnenwärme, der Geruch der Seeluft und der ganz und gar irdische Genuß von Tee und Keksen ließen für Gedanken keinen Raum; ich konnte bloß noch fühlen. Ein Blick auf die See sagte mir, daß der Wasserstand noch niedrig war, die Flut aber wohl schon eingesetzt hatte. Die Zeiger meiner Uhr standen auf siebzehn Uhr zehn. Ich streckte mich im Gras aus, schloß die Augen und ließ mich von der Sonne bescheinen.

Fast unmerklich drang ein eigentümliches, sanft-melodisches Geräusch, das die ganze Luft erfüllte, in mein Bewußtsein. Es war, als sängen Meer und Wind gemeinsam ein Klagelied, noch dazu mit fast menschlicher, aber doch auch wieder gespenstisch-unirdischer Stimme. Ich setzte mich auf und horchte.

Lehre mich, den Gesang der Meerjungfrauen zu hören . . . Das Wunderbare an wahrhaft großer Dichtung ist, daß sie manchmal einem unserer Gedanken oder einer unserer Erfahrungen blitzartig erst den rechten Sinn gibt. Im selben Augenblick, als in meinem Kopf diese Gedichtzeile von John Donne herumgeisterte, konnte ich mir auch das Geräusch erklären. Neil hatte mir ja erzählt, dieses Eiland hier sei *Eilean na Roin*, die Seehundinsel. Wahrscheinlich waren die Tiere mit der Abendflut zurückgekehrt und „sangen“ nun. Ich verstand plötzlich, daß die Seeleute früherer Zeiten Meerjungfrauen zu hören glaubten, wenn diese beinahe menschlichen Stimmen aus einer Nebelwand über das Meer schallten.

Ich bewegte mich auf die Quelle des Geräuschs zu. Von einer Bodenerhebung aus konnte ich sie sehen, die „singenden Meerjungfrauen“. Die Robben lagen auf den Felsbänken, die Augen geschlossen, die geschmeidigen Körper entspannt, ganz und gar dem Genuß der schönen Spätnachmittagstunde hingegeben.

Für mich wurde es Zeit aufzubrechen. Widerstrebend verließ ich meinen Posten und richtete mich auf. Wieder schaute ich auf die Uhr. Siebzehn Uhr zehn.

Wie? Siebzehn Uhr zehn?

Es war doch schon vor einer ganzen Weile siebzehn Uhr zehn gewesen! Ich hielt die Uhr ans Ohr. Kein Ticken. Jetzt fiel mir plötzlich ein, daß ich mich gewundert hatte, wie rasch ich von meinem Cottage auf die Insel gelangt war, und daß mir auch der Aufenthalt hier ziemlich lang vorgekommen war. Es gab nur eine Erklärung: Meine Uhr war schon den ganzen Tag lang immer langsamer gegangen und schließlich stehengeblieben.

Ich rannte los.

Noch konnte ich den Damm erkennen; das Wasser war erst bis auf seine halbe Höhe gestiegen. „Aber die Flut kommt hier so unaufhaltsam wie eine Dampflok“ – so hatte Neil es beschrieben.

Und genauso war es auch. Selbst während der kurzen Zeit, die ich brauchte, um zum Damm hinunterzugaloppieren, war der Wasserspiegel schon wieder um dreißig Zentimeter gestiegen.

Ich blieb unentschlossen stehen. Das strudelnde Wasser sah gefährlich aus. Die nächste Welle kam, und vom Damm war nichts mehr zu sehen. Das war es dann wohl . . .

Kein Abendessen also in meinem Häuschen; keine gemütliche Stunde am Kaminfeuer. Ein paar Augenblicke lang verspürte ich Wut, aber die wurde bald von anderen Gedanken verdrängt: Neils Zelt oben am Turm würde mir genügend Obdach für die Nacht bieten und nicht nur das. Vielleicht konnte ich von dort aus Neil mit seinem Boot zum Anlegesteg am großen Haus zurückkehren sehen. Gelänge es mir, ihn auf mich aufmerksam zu machen, käme er bestimmt mit dem Boot herüber und holte mich ab.

Wieder stapfte ich zum Campingplatz hinauf. Das stabile kleine Zelt enthielt alles, was ich brauchte: einen sehr gut funktionierenden Campingkocher, einen Wasserkessel, Streichhölzer, Teebeutel und Milchpulver. Ich fand auch noch eine Büchse mit Bohnen, Sardinen und Knäckebrot. Einen Schlafsack gab es ebenfalls. Ich hatte nur wenig Grund, mich zu beklagen.

Die Seehunde sangen bis zum Sonnenuntergang. Dann schwiegen sie. Auch die Vögel verstummten. Das einzige stete Geräusch in dieser grauen nördlichen Hochlandnacht war das Meeresrauschen. Ich brachte den Campingkocher in Gang und bereitete mir eine Mahlzeit aus Bohnen, Tee und Keksen. Als drüben am Steg immer noch kein Boot angelegt hatte, kroch ich in den Schlafsack.

ICH WAR beim dumpfen, eintönigen Geräusch der Wellen eingeschlafen. Was mich weckte, war das Singen der Insel selbst, und das klang nicht weniger geheimnisvoll als der Meerjungferngesang der Seehunde. Leise, langgezogene Klagelaute wurden unterbrochen von kurzen Schreien. Es war, als verständigten sich unsichtbare Wesen über eine Leitung, die tief im Erdboden lag. Ich schlüpfte aus dem Schlafsack, öffnete den Reißverschluß des Zelteingangs und steckte den Kopf ins Freie.

Am halbdunklen Himmel schimmerten blasse Sterne. Die Mondsichel schien dicht über dem Horizont zu schwimmen und gab ein wenig zusätzliches Licht. Meine Welt – die Insel – sah seltsam farblos aus, aber jeder Gegenstand war scharf umrissen. Schwach nur, doch ununterbrochen ertönte das eigentümliche unterirdische Klagelied. Und plötzlich erkannte ich, daß die Luft von unzähligen schwirrenden Flügeln erfüllt war. Kleine schattenhafte Gestalten strichen über den Boden, schossen hin und her zwischen dem Turm und der See.

Sturmschwalben. Zarte, winzige schwarze Vögel, einsame Nachtschwärmer, die zum Brüten Klippen und Küstenstriche aufsuchen, die meiste Zeit ihres Lebens aber auf Futtersuche knapp über den Wellenkämmen dahinstreichen. Offenbar hatten sie sich als Nistplätze die alten Kaninchenlöcher im Grasboden unterhalb von Neils Zelt ausgesucht. Andere brüteten wohl im Gemäuer des Turms, womit auch plötzlich der strenge Geruch erklärt war, der mich von dort vertrieben hatte.

Wenn mein Inseltag noch einer Krönung bedurft hatte, dann war es dies: Hier zu sein, allein im Dämmerlicht der Hochlandnacht, und hautnah diese zauberhaften Geschöpfe zu erleben, die so scheu sind, daß sie nur selten ein menschliches Auge erblickt. Ich war vor das Zelt getreten, aber die Sturmschwalben nahmen keine Notiz von mir. Sie waren Vögel der Nacht, der Lüfte, des Ozeans, und für sie war ich wohl nur ein Bestandteil der Insel – nicht mehr als ein Felsblock oder ein Baumstumpf.

Ein Kälteschauer rann mir über den Rücken und brachte mich in die Wirklichkeit zurück. Irgendwann in den frühen Morgenstunden mußte ja wieder Ebbe sein, und dann würde ich die Insel verlassen und in mein Häuschen zurückkehren. Ich machte vorsichtig ein paar Schritte, aber sosehr ich auch den Hals reckte – der Wasserstand am Damm war nicht zu erkennen.

Plötzlich hörte ich das Brummen eines Bootsmotors; irgendwo östlich von der großen Klippe auf Moila. Neil kam endlich zurück, um seinen Wachtposten im großen Haus zu beziehen. Aber woher kam er um diese Zeit? Vom Fischen? Augenblicklich beherrschte mich nur noch eine Vorstellung: fangfrische Makrelen auf dem Frühstücksteller!

Ich schlüpfte wieder in das Zelt, zog Jacke und Schuhe an und machte mich auf den Weg zum Damm.

Er lag schon fast frei. Selbst wenn es mir nicht gelang, Neil auf mich aufmerksam zu machen, würde ich sicher bald nach Moila zurückkehren können.

Sosehr ich mich auch anstrengte – ich konnte das Motorgebrumm nicht mehr vom Rauschen und Klatschen der Wellen unterscheiden. Aber ich sah jetzt ein Licht. Nicht das übliche Ankerlicht eines Bootes. Dies war der kleine hin und her hüpfende Lichtkegel einer Taschenlampe, die sich auf dem Pfad um die große Landzunge bewegte. Auf dem Pfad, der von meinem Cottage her kam! Mir fiel die kleine Bucht ein, von der ein gewisser junger Mann gesprochen hatte und in der man bei jedem Wetter ankern konnte, um ins große Haus zu gelangen. Ein gewisser junger Mann, der aus bestimmten Gründen – vielleicht aus Furcht? – nicht wagte, am Steg vor dem Bootshaus der Hamiltons anzulegen? Nicht Neil, der natürlich nicht, sondern jemand, der vermeiden wollte, daß man von seinem Besuch im *Taigh na Tuir* erfuhr.

Die Makrele verschwand vom Frühstücksteller. Blitzartig wurde die Situation für mich wieder rätselhaft, umheimlich. Der Mann war Ewen Mackay. Seine Gestalt, die rasch auf den Bootssteg zulief, hob sich deutlich vom hellen Strand ab.

Ich hockte mich in den schwarzen Schatten, den ein großer Felsblock auf den Sand warf. Ewen war jetzt am Bootshaus. Die Taschenlampe blitzte auf. Er vergewisserte sich wohl, daß das Bootshaus leer war. Nun machte er eine Kehrtwendung, hob ein Nachtglas vor die Augen und überprüfte den Damm. Ich hockte noch hinter meinem Felsblock und erstarrte vor Schreck, aber das Fernglas war auf ein höher gelegenes Ziel, Neils Zelt, gerichtet. Ich saß vollkommen reglos da, bis sich Ewen, angesichts des geschlossenen Zelts offenbar beruhigt, wieder umdrehte und mit langen Schritten zum großen Haus hinauflief.

Selbst wenn der Damm jetzt bald wieder begehbar war, wollte ich lieber noch eine Weile auf der Insel bleiben. Ewen konnte ja gleich wieder aus dem großen Haus zurückkommen, und ich würde ihm in die Arme laufen. Ich wickelte mich fester in meine Jacke und wartete.

DIE ZEIT bis zu Ewens Wiederauftauchen kam mir recht lang vor. Als er endlich unter dem steinernen Bogen des Gartentors erschien, war der Damm schon gut sichtbar, und der Himmel war merklich heller geworden. Ewen hatte einen Gegenstand geschultert, der eine stark ausgebeulte Reisetasche sein konnte. Er verschwand damit hinter dem Bootshaus, tauchte binnen kurzem wieder auf – ohne die Tasche! – und lief nochmals zum Haus hinauf.

Ich richtete mich auf, um den Zustand des Damms besser sehen zu können, und dachte nach. Die Dammkrone lag jetzt zwar frei, doch die Steinplatten waren noch naß, so daß man bei diesem schwachen Licht leicht stürzen konnte. Lieber noch ein wenig warten . . .

Ein weiser Entschluß, denn Ewen kam diesmal schon nach ein paar Minuten zurück. Statt der Tasche hatte er jetzt einen flachen,

quadratischen Gegenstand bei sich, der offenbar schwer war. Wieder verschwand er damit hinter dem Bootshaus und kam mit leeren Händen zurück. Dann blieb er kurze Zeit vorn am Strand stehen, ließ den Blick prüfend über den Damm und die noch immer im nächtlichen Schatten liegenden Hänge der Insel streichen und reckte und streckte offensichtlich erleichtert die Arme.

Für diese Nacht war seine Arbeit wohl getan. Er verschwand nochmals hinter dem Bootshaus, und als er wieder in mein Blickfeld geriet, hielt er schon auf den Pfad zu, der zu der kleinen Bucht und schließlich zu meinem Cottage führte. Die ausgebeulte Tasche hing ihm jetzt über den Schultern. Ich sah ihn um die Landspitze verschwinden und rannte zum Damm hinunter.

Die Überquerung war nun ein Kinderspiel, und innerhalb weniger Minuten erreichte ich die Rückseite des Bootshauses. Der quadratische Gegenstand war noch da; er lehnte an der Hauswand: ein Ölgemälde in schwerem, geschnitztem Rahmen. Es stellte einen Mann in mittleren Jahren dar, der einen sportlichen Tweedanzug und über der Schulter ein Gewehr trug. Neben dem Mann stand ein Spaniel. Ich verstand zuwenig von Malerei, um auch nur annähernd den Wert des Porträts abschätzen zu können, aber für Ewen lohnten sich wohl die Mühe und die Gefahr, die mit der Entwendung des Bildes verbunden waren. Ich spielte mit dem Gedanken, nun meinerseits das Bild zu entwenden und irgendwo zu verstecken, aber es war fast zu schwer für mich, und ich hätte es bis zum Haus hinaufschleppen müssen, weil sich kein anderes Versteck anbot. Außerdem wäre dieses Manöver ziemlich sinnlos. Ewen würde sich auf die Suche machen – nicht nach dem Bild, sondern nach der Person, die es fortgetragen hatte.

Also lieber nicht! Ich atmete erleichtert auf, als ich wiederum einen Bootsmotor hörte, der aber gedrosselt wurde, als er sich der Bucht und dem Bootshaus näherte. Es war Neils Boot, das sich gleich darauf neben den Anlegesteg schob.

Ich rannte darauf zu und stolperte auf den unebenen Steinen des Stegs. Neil sprang aus dem Boot und packte meinen Arm, um mir Halt zu geben.

„Rose . . .? Tatsächlich! Was, um alles in der Welt, treiben Sie hier?"

„Pst! Er ist wieder hiergewesen. Ich habe beobachtet, wie er zum Haus hinaufgelaufen ist und . . ."

„So beruhigen Sie sich doch! Sie zittern ja."

„Es war wirklich Ewen Mackay. Ich habe ihn erkannt. Er hat ein paar Sachen aus dem Haus geholt und hier, hinter dem Bootshaus, versteckt. Dann ist er mit einer Reisetasche losgegangen. Der kommt bestimmt wieder."

„Haben Sie auch ein Boot gehört?"

„Ja. Er muß es in der kleinen Bucht hinter der Landzunge gelassen haben."

„Und Sie konnten ihn tatsächlich beim Einbrechen beobachten?"

„Nein; ich war drüben auf der Insel. Aber ich habe gesehen, wie er in das Bootshaus schaute, und als er wußte, daß Sie fort waren, ist er zum Haus hinaufgelaufen. Das erste Mal kam er mit der Tasche zurück und das zweite Mal mit einem Bild. Es steht noch hinter dem Bootshaus."

„Moment mal: ein Bild?"

„Ja, ein ziemlich großes."

„Im ganzen Haus hängt kein einziges Bild, das einen Diebstahl lohnte. Schauen wir es uns mal an." Er vertäute hastig das Boot am Steg und ging mit mir hinter den Schuppen. „Du lieber Himmel! Das ist ja mein Großonkel Fergus!"

„Wertvoll?"

„Du meine Güte, nein! Es ist nicht mal ein gutes Porträt, obwohl es Onkel Fergus sehr ähnelt. Tante Emily liebte es über alles. Sie hat immer gesagt, es sei das beste Stück im ganzen Haus." Während Neil sprach, schweifte sein Blick umher. „Und nun zu der Tasche", fuhr er fort. „Wäre es möglich, daß Gewehre darin waren?"

„Das glaube ich nicht. Gewehre? Sie wollen doch nicht andeuten . . ."

„Doch!" Neils Stimme wurde scharf. „Ich habe mich inzwischen im Haus umgesehen, und als ich feststellte, daß bestimmte Waffen meines Onkels fehlen, bin ich sofort zum Festland zurückgefahren und habe den Verlust gemeldet. Falls Ewen sie gestohlen hat, muß das schon vor meiner Ankunft auf Moila geschehen sein."

„Er könnte sie in seinem Boot versteckt haben", sagte ich. „Diesmal hat er jedenfalls das Bild gestohlen, und er wird wiederkommen, um es abzuholen."

Als ich schwieg, hörten wir, wie in der Ferne ein Bootsmotor gestartet wurde. Neil packte meinen Arm. „Schnell! Steigen Sie ein! Er hat mich bestimmt gehört und will sich davonmachen."

Im nächsten Augenblick saß ich schon im Boot. Neil warf den Motor an, wendete und nahm Kurs auf die offene See.

„Da ist er!" rief ich. „Dort hinten!" Ich versuchte, mich über den

Lärm des Motors hinweg verständlich zu machen, und zeigte auf ein graues Boot, das sich sehr schnell in derselben Richtung wie wir bewegte. Doch Neil schüttelte den Kopf. Ich wußte nicht, weshalb, und so blieb mir nichts anderes übrig, als die *Sturmschwalbe* zu beobachten und Neil weiter im Auge zu behalten, um zu sehen, ob ich irgendwie helfen konnte.

Die *Sturmschwalbe* raste nahezu parallel zu unserem Boot – dessen Namen *Seeotter* ich erst später entdeckte – an der zerklüfteten Küste entlang. Unsere eigene Bahn lag ein wenig weiter draußen, und Ewen versuchte zweimal, mit einer halben Wendung in die offene See auszubrechen. Als Reaktion darauf erhöhte Neil jedesmal unsere Geschwindigkeit und ging auf einen Kurs, der unweigerlich zur Kollision führen mußte. Die Drohung genügte. Die *Sturmschwalbe* schwenkte wieder auf ihren ursprünglichen Kurs ein.

Bis zur Otterbucht war es nicht mehr weit. Vor uns zeichneten sich, im zunehmenden Tageslicht deutlich erkennbar, die Umrisse der Landzunge ab. Ich sah auch, wie sich die Wellen mit weißen Schaumkronen an den schartigen Felsen brachen, die hier in großer Zahl kurz vor der Küste aus dem Wasser ragten. Ewen setzte sein Tempo herab und lavierte die *Sturmschwalbe* geschickt zwischen diesen gefährlichen Hindernissen hindurch. Hinter einem besonders hohen Felsen geriet er für uns vorübergehend außer Sicht, doch sobald er die Landzunge umrundet hatte und in die Otterbucht eingebogen war, drosselte er den Motor noch stärker, und dann tuckerte er ganz gemächlich auf den Landesteg unterhalb meines Cottages zu.

Ich drehte mich überrascht zu Neil um, aber der kehrte mir gerade den Rücken zu und zeigte auf eine Gischtwolke weiter draußen auf See. Sie wurde von einem ziemlich großen Schiff versprüht, das auf uns zuhielt und sehr offiziell aussah.

Als sich Neils *Seeotter* behutsam neben die *Sturmschwalbe* schob, war Ewen noch mit dem Festmachen seines Bootes beschäftigt. „Nanu! Miß Fenemore!“ rief er. „Sie waren mit Mr. Parsons draußen auf See?“ Mit den dunklen, windzerzausten Haaren, den geröteten Wangen und diesen strahlendblauen Augen sah er wieder einmal sehr attraktiv aus, aber sein Gesichtsausdruck veränderte sich schlagartig, als er sich Neil zuwendete und fortfuhr: „Oder sollte ich lieber Mr. Hamilton sagen? O ja, Neil, es hat ziemlich lange gedauert, bis mir ein Licht aufgegangen ist, aber jetzt machst du mir nichts mehr vor. Wir haben uns lange nicht gesehen, und du scheinst inzwischen verlernt zu haben, wie man mit einem Boot umgeht. Was, zum Teufel, hatte dein Zickzackkurs zu bedeuten? Um ein Haar hättest du mich gerammt, und dann hätte dir die Polizei ein paar unangenehme Fragen stellen müssen."

„Hier gibt es nur eine Frage, und die stelle ich!" Neil gab sich nicht die geringste Mühe, in umgänglichem Ton zu sprechen. „Wo sind die Gewehre, Ewen?"

„Die Gewehre?" wiederholte Ewen mit verständnisloser Miene. „Was für Gewehre?"

BINNEN kurzer Zeit war aus dem Wohnzimmer meines Ferienhäuschens die Bühne für den nächsten Akt des Dramas geworden. Angesichts der zahlreichen Akteure – Ewen Mackay, Neil Hamilton, zwei hochgewachsene, breitschultrige Kriminalbeamte und ich – erwies sich das Zimmer als ziemlich klein.

Ewen Mackay war ehrlich überrascht gewesen, als sich das große Schiff beim Näherkommen als Zollboot entpuppt hatte, das obendrein zwei Kriminalbeamte mitbrachte. Die Zöllner beabsichtigten, die *Sturmschwalbe* zu durchsuchen, und die Kriminalbeamten wollten Ewen ein paar Fragen stellen. Er hatte so erregt protestiert, wie es bei einem erst kürzlich entlassenen Häftling üblich ist: Wollte ihn denn die Polizei bis an sein Lebensende auf Schritt und Tritt verfolgen? Hatte er nicht das Recht, in seine Heimat zurückzukehren und seine Eltern zu suchen? Und so weiter und so fort – alles in einschmeichelndem Ton und mit diesem treuherzigen Blick, der an die Einsicht und Vernunft der Umstehenden appellieren sollte.

Die Kriminalbeamten verwahrten sich gegen den Vorwurf, Jagd auf Mr. Mackay zu machen. Sie hätten lediglich eine Information bekommen, die eine Durchsuchung des Bootes nötig mache. Er habe doch nichts dagegen? Gut. Dann könnten sich die Leute vom Zoll mit dieser Angelegenheit beschäftigen. Sie selbst wollten sich nun mit Mr. Mackay unterhalten – im Haus, sofern die Dame nichts dagegen einzuwenden habe – „Miß Fenemore, nicht wahr? Nach unseren Informationen haben Sie dieses Haus hier gemietet?"

Ich hatte ihre Vermutung bestätigt und sie zum Eintreten aufgefordert, woraufhin sie sich als Polizeihauptmeister Fraser und Polizeihauptwachtmeister Campbell vorstellten. Dann waren wir ins Haus gegangen, ich vornweg, hinter mir der achselzuckende, lächelnde Ewen, dem die beiden Beamten dicht auf den Fersen blieben. Neil hatte das Schlußlicht gebildet und hinter sich die Tür ins Schloß gezogen.

„Informationen?" wiederholte Ewen und ließ den Blick zwischen den Kriminalbeamten hin- und herwandern. „Was für Informationen und von wem? Und was hat dieser Unsinn mit den Zöllnern zu bedeuten? Was, zum Teufel, wird hier gespielt?“

Polizeihauptmeister Fraser blätterte in seinem Notizbuch. „Sie haben die *Sturmschwalbe* am fünfzehnten Juni von einem gewissen Hector McGillivray auf der Insel Faarsay gemietet?“

„Ja – und?“

„Wir haben Grund zu der Annahme, daß dieses Boot für illegale Geschäfte benutzt wird.“

„Illegale Geschäfte?“ Ewen sah einen Moment lang verblüfft aus. Dann lachte er los. „Hat der alte Hector etwa wieder unbefugten Lachsfang betrieben? Was habe ich damit zu tun?“

Hauptwachtmeister Campbell saß inzwischen in einem Sessel und machte sich Notizen.

„Es geht nicht um Lachs“, sagte Polizeihauptmeister Fraser. „Deswegen wären die Zöllner nicht hergekommen. Sie suchen Drogen.“

„Drogen?“ Ewen wurde kreidebleich und richtete sich in seinem Sessel kerzengerade auf. „Wollen Sie sagen, daß mich der alte Hector mit diesem Boot hereingelegt hat? Daß es . . .“ Er schwieg abrupt. Die beiden Beamten beobachteten ihn ungerührt. Ewen brachte ein klägliches Lächeln zustande. „Kein Wunder, daß ich die verdammte *Sturmschwalbe* so billig bekommen habe. Alles, was ich dazu sagen kann, ist dies: Ich habe mich wegen eines Bootes an Hector gewendet, weil ich ihn kannte. Und ich brauchte ein Boot, um hierherzukommen und meine Familie zu suchen. Von mir aus können es die Zöllner auseinandernehmen. Sie werden nichts finden.“

„Was das Boot angeht: Das ist Sache der Zöllner. Die Leute werden nachher noch mit Ihnen darüber sprechen. Sie haben uns übrigens mitgenommen, damit wir nicht erst auf die Fähre morgen früh warten müssen. Außerdem ersparen sie uns eine Menge Arbeit, wenn sie ohnehin schon Ihre *Sturmschwalbe* durchsuchen.“

„Wonach suchen *Sie* denn, wenn doch das Rauschgift, das ich angeblich transportiere, Sache der Zöllner ist?“

„Wir haben Grund zu der Vermutung, daß Sie vor kurzem ins *Taigh na Tuir*, das Haus, das Mrs. Hamilton gehörte, eingebrochen sind und daß Sie uns etwas über den Verbleib von zwei sehr wertvollen Gewehren sagen können.“

„Gewehre?“ wiederholte Ewen nun zum zweitenmal. „Was für Gewehre, und wer hat Grund zu der Vermutung gegeben, daß . . .?“

„Ich“, sagte Neil.

Ewen drehte sich zu Neil um: die Augen weit aufgerissen, tief verletzt, ungläubig. Neils Blick war eisig, und ich merkte, wie widerwärtig ihm diese Szene war. Und mir ging es nicht anders. Ich zog mich in die Küche zurück und füllte den Wasserkessel, um Tee zu machen.

„Na schön", meinte Ewen, zu Neil gewendet. „Verrätst du mir bitte, wann ich in das Haus eingebrochen sein soll und wieso du annimmst, ich wüßte etwas über diese mysteriösen Waffen?" Er lehnte sich, offensichtlich wieder entspannt, im Sessel zurück und schlug die Füße übereinander.

„Ich habe Hauptmeister Fraser schon mitgeteilt, was vorgefallen ist", erklärte Neil. „In der Nacht, als du in das Haus meiner Tante einzudringen versuchtest, war ich oben in meinem alten Schlafzimmer. Ich habe beobachtet, wie du vergeblich ausprobiert hast, ob sich die Terrassentür öffnen ließe. Dann mußtest du feststellen, daß auch die Hintertür des Hauses verschlossen war. Vermutlich warst du verunsichert und bist über den Klippenpfad zur Otterbucht gelaufen. Von meinen Anwälten wußte ich bereits, daß das Haus an eine junge Frau vermietet ist. Für den Fall, daß sie bloß ein Feriengast war und nichts mit dir zu tun hatte, hielt ich es für geraten, dich im Auge zu behalten. Und so bin ich dir gefolgt. Als ich hier ankam, hattest du Dr. Fenemore schon erzählt, daß du deine Eltern noch in diesem Cottage vorzufinden glaubtest. Das mag sogar wahr sein, aber im Augenblick ist das unwesentlich."

„Ich werde dir sagen, was unwesentlich oder, besser, unsinnig ist!" Ewen geriet in Fahrt. „Unsinnig ist deine ganze Geschichte vom unbefugten Eindringen in das Haus deiner Tante. Ich habe tatsächlich probiert, ob die Tür unverschlossen ist. Warum denn nicht? Ich bin im *Taigh na Tuir* immer genauso willkommen gewesen wie du."

„Nur war das nach dem Tod meiner Tante nicht dein erster Besuch im großen Haus", sagte Neil. „Ich weiß nicht, wann du zum ersten Mal dort warst, aber es kann noch nicht lange her sein."

Der Polizeihauptmeister nickte. „Wir wissen, Mr. Mackay, daß Sie nach der Entlassung aus dem Gefängnis nach Oban gefahren sind und bald darauf das Boot gemietet haben. Damit könnten Sie sehr gut nach Moila gekommen sein, was an sich noch nichts Verdächtiges ist. Aber dann entdeckte Mr. Hamilton das Fehlen wertvoller Waffen und unterrichtete uns darüber – wie auch über Ihren Versuch, Mittwoch nacht in das Hamilton-Haus einzudringen. Unsere Nachforschungen –"

„. . . werden ergebnislos verlaufen", fiel ihm Ewen ins Wort. „Sie wissen gar nichts. Über diese angeblich verschwundenen Gewehre kann ich alles sagen, was es darüber zu sagen gibt. Als der Oberst noch lebte, hat er mich immer zur Jagd mitgenommen. Er besaß eine ganze Menge Gewehre; ein halbes Dutzend war in der Waffenkammer. Mrs. Hamilton haßte sie." Er schaute zu Neil hinüber. „Und du auch. Ich war hier, als der Oberst starb. Die Gewehre wurden verkauft. Soviel ich weiß, ist die Waffenkammer seither leer."

„Du hast die Purdeys nicht erwähnt", warf Neil ein.

„Purdeys?"

„Sag bloß, du hättest nie von ihnen gehört! Onkel Fergus' Lieblingsgewehre; eine Extraanfertigung für seinen Vater aus dem Jahre 1906, als es noch die großen Jagdgesellschaften gab. Einmal war sogar König Edward dabei. Und das alles weißt du ganz genau. Onkel Fergus hat oft genug davon erzählt. Die Gewehre waren schon zur Zeit seines Todes wertvoll. Heute bringen sie astronomische Summen."

„Ja, und . . .? Natürlich erinnere ich mich an die Purdeys. Sie wurden mit den anderen Gewehren verkauft – oder nicht?"

„Nein. Meine Großtante hat sie nicht verkauft. Der Oberst wollte, daß sie in der Familie blieben. Aber Tante Emily scheute die lästigen Inspektionen, die die Behörden für den Besitz von Schußwaffen vorschreiben. Deshalb hat sie die Purdeys einfach in einer verschlossenen Truhe auf dem Dachboden aufbewahrt, aber sie hat die Gewehre und die Truhe in ihrem Testament erwähnt. Ich habe nach meiner Ankunft gleich nachgeschaut: Die Truhe war leer. Ich bin deshalb auf das Festland gefahren und habe bei den Behörden Meldung gemacht. Und bei Waffenhändlern und Auktionshäusern habe ich mich auch umgehört. Keine Spur von den Purdeys. Nach meiner Beschreibung schätzt man bei Christie's ihren Wert auf dreißigtausend Pfund."

„Und . . .?" Noch immer gab sich Ewen burschikos gelassen.

„Du hast vielleicht gewußt, daß mein Großonkel wegen dieser Gewehre eine besondere Verfügung getroffen hatte. Wenn ich mir dein Auftauchen am *Taigh na Tuir* und das Verschwinden der Purdeys zusammenreime . . ."

Ewen wandte sich empört an Polizeihauptmeister Fraser. „Haben Sie das gehört? Man verdächtigt mich auf Grund einer zusammengereimten Geschichte!"

Der Beamte antwortete nicht, denn im selben Augenblick ging die Tür auf, und einer der Zöllner trat ins Zimmer. Er tauschte mit Polizeihauptmeister Fraser einen Blick und schüttelte den Kopf. „Nichts. In dem Boot befindet sich nichts, was nicht darin sein dürfte."

Für mein Empfinden war dies der richtige Augenblick, um einen Szenenwechsel herbeizuführen. Ich trug das Tablett zum Eßtisch am Fenster. Draußen war es jetzt heller Tag.

„Möchte jemand etwas trinken?"

Siebentes Kapitel

ICH GOSS jedem der Anwesenden eine Tasse Tee ein und setzte mich. Ewen saß unter uns, als sei dies eine ganz harmlose Teegesellschaft. Für ihn war der Fall erledigt – eine Menge dummen Geredes, aber keine Beweise.

Der Polizeihauptmeister wandte sich an Neil. „Würden Sie uns jetzt bitte erzählen, was nach Ihrer Rückkehr vom Festland passiert ist? Immerhin sah es vorhin ziemlich gefährlich aus, als Sie Mr. Mackay mit Ihrem Boot verfolgt haben."

Da ich bemerkte, daß Ewen in seine Teetasse grinste, mischte ich mich in das Gespräch ein. „Herr Polizeihauptmeister, lassen Sie mich beschreiben, was passiert ist, ehe Mr. Hamilton nach Moila zurückkam."

Fraser sah überrascht aus. „Sie hatten Mr. Hamilton nicht auf das Festland begleitet?"

„Nein. Ich habe die Nacht auf der kleinen Insel mit dem Turm verbracht." Ich setzte meine Tasse auf dem Tisch ab.

Polizeihauptwachtmeister Campbell machte eifrig Notizen. Ich schaute Ewen nicht an, aber ich spürte förmlich, wie er erstarrte. Ich räusperte mich. „Nach dem Mittagessen bin ich zum *Taigh na Tuir* gegangen, weil ich Mr. Hamilton etwas mitzuteilen hatte. Er war fort, und das Bootshaus war leer, so daß ich annehmen mußte, er sei mit dem Boot unterwegs. Ich hatte außerdem beabsichtigt, die kleine Insel zu besuchen, weil ich von Mr. Hamilton wußte, daß es dort Seehunde gibt. Ich ging also auf die Insel und beobachtete die Robben. Im Laufe des Nachmittags merkte ich, daß meine Uhr stehengeblieben war und daß ich mich infolgedessen in den Gezeiten getäuscht hatte. Der Damm war nicht mehr begehbar, und so stieg ich zu Mr. Hamiltons Zelt hinauf und bereitete mir ein Abendessen." Ich warf Neil einen entschuldigenden Blick zu. „Sie sind mir doch deswegen nicht böse?"

„Keineswegs! Gern geschehen!"

„Und wozu dient dieses ganze Geschwätz?" fragte Ewen.

Fraser überhörte die Zwischenfrage. „Bitte, fahren Sie fort, Miß Fenemore."

„Ich hoffte immer noch, Mr. Hamilton werde mit dem Boot zur Insel herüberkommen und mich bemerken. Aber er kam nicht, und so ging ich schlafen. Bald darauf wachte ich wieder auf, weil ich das Geräusch eines Bootsmotors hörte. Natürlich dachte ich, Mr. Hamilton sei doch noch gekommen, und so lief ich zum Damm hinunter und sah, wie Mr. Mackay drüben, vom Klippenweg her kommend, zum Bootshaus ging."

Totenstille. Nie hatte mir bislang ein Vortrag in Cambridge so aufmerksame Zuhörer beschert. Hauptwachtmeister Campbell mischte sich ein.

„Sind Sie ganz sicher, daß es sich um Mr. Mackay handelte?"

„Ganz sicher. Die Wasserstraße ist schmal, und ich stand unmittelbar am Damm. Mr. Mackay ging geradewegs zum Bootshaus und schaute hinein, vermutlich, um festzustellen, ob es leer sei."

„Herr Polizeihauptmeister, können Sie zu dieser Nachtstunde, bei so schwachem Licht, eine Person zweifelsfrei erkennen?" fragte Ewen mit scharfer Stimme.

„Schweigen Sie lieber, und lassen Sie die Dame ausreden", entgegnete der Beamte. „Wenn ich bitten darf, Miß Fenemore, keine Vermutungen. Beschreiben Sie nur, was Sie wirklich gesehen haben."

Ich holte tief Luft. Einen präzisen Bericht in dieser hochgespannten Atmosphäre abzuliefern, das war, als müsse man gegen eine starke Strömung schwimmen. „Ich sah, wie Mr. Mackay ein Fernglas auf Mr. Hamiltons Zelt richtete. Dann ging er durch das Tor in den Garten der Hamiltons. Ein Pfad führt von dort aus direkt zum Haus hinauf."

„Konnten Sie das Haus von Ihrem Standpunkt aus sehen?" fragte Fraser.

Als ich nein sagte, nickte er, und ich setzte tapfer meinen Bericht fort. „Nach ungefähr einer halben Stunde kam Mr. Mackay zurück. Über der Schulter trug er eine Tasche – ungefähr von der Größe einer Sporttasche. Sie schien sehr schwer zu sein. Er ließ sie hinter dem Bootshaus zurück und ging dann wieder zum Haus . . . Entschuldigung, ich wollte sagen: Er ging dann wieder durch das Tor in den Garten."

„So", sagte Ewen, zu mir gewandt, „und jetzt machen Sie wohl besser Schluß mit Ihren Vermutungen." Seine Stimme klang spöttisch, aber in seinem Blick, den ich einen Moment lang auffing, lag alles andere als Spott. Er drückte vielmehr Angst, flehentliches Bitten und die Einsicht aus, daß jetzt etwas Nachprüfbares ins Spiel gekommen war: das Porträt von Fergus Hamilton, das noch hinten am Bootshaus lehnte. Es würde meine Geschichte bestätigen und die Polizei auf die Suche nach der Reisetasche schicken.

Mir fiel plötzlich ein, daß die *Sturmschwalbe* während unserer Verfolgungsjagd für eine Weile hinter einer hohen Felssäule dicht am Strand verschwunden gewesen war. Hatte er die Tasche dort irgendwo versteckt, um sie später abzuholen?

Der Augenblick, in dem sich unsere Blicke trafen, genügte, um mir alles in Erinnerung zu rufen, was ich in den letzten Tagen über diesen Mann erfahren und selbst beobachtet hatte. Ewen Mackay hatte stets auf die Freundlichkeit und das Mitleid anderer Menschen gesetzt und beides als Waffen benutzt. Emily Hamilton war nur eine weitere Witwe, die er berauben wollte – selbst noch nach ihrem Tod. Und an mir lag es jetzt, dafür zu sorgen, daß diese Rechnung nicht aufging.

„Als Mr. Mackay wieder beim Bootshaus erschien", fuhr ich fort, „hatte er ein großes Ölgemälde bei sich. Er stellte es ebenfalls hinter dem Gebäude ab. Danach ging er über den Klippenweg fort – mit der Reisetasche. Mr. Hamilton kam dann bald darauf in seinem Boot zurück, und als wir hörten, wie Mr. Mackay in der kleinen Bucht seinen Bootsmotor startete, nahmen wir die Verfolgung auf. Die Reisetasche . . ., ach, lassen wir das; es wäre wieder nur eine Vermutung. Aber das Bild ist noch da." Ich holte abermals tief Luft. „Mehr habe ich nicht zu sagen."

„Das will ich auch hoffen", knurrte Ewen. Er stand auf und streckte uns die Handgelenke mit bewußt theatralischer Geste entgegen. „Ich gebe auf . . . Ja, ich bin im Haus der Hamiltons gewesen, und ich habe das Bild mitgenommen. Aber das war kein Diebstahl. Es handelt sich um Oberst Hamiltons Porträt, und ich durfte annehmen, daß es mir zusteht. Der Oberst hat immer gesagt, ich sei für ihn wie ein Sohn, und Mrs. Hamilton hatte mir das Bild für den Fall ihres Todes versprochen – als Erinnerung an den Oberst."

„Ausgeschlossen", fauchte Neil. „Nie hat sie dich gemocht, und sie hat dir stets mißtraut."

„Was weißt du schon! Du warst doch höchstens mal in den Schulferien hier."

„Darüber weiß ich eine ganze Menge!" Plötzlich herrschte zwischen den beiden Männern offene Feindseligkeit.

„Dann erklär mir doch, warum ich so viele Mühen und Gefahren auf mich nehmen sollte – ja, auch die Gefahr der Entdeckung, denn ich habe das Bild während deiner Abwesenheit aus dem Haus geholt, weil ich voraussah, daß du es mir streitig machen würdest – warum also sollte ich mich so sehr um dieses Porträt bemühen, wenn man es mir nicht versprochen hätte?"

„Wahrscheinlich", sagte Neil in eisigem Tonfall, „wahrscheinlich, weil du immer wieder gehört hattest, wie meine Tante das Bild als das beste Stück im Haus bezeichnete."

„Und traf das zu?" fragte der Polizeihauptmeister.

„Du lieber Himmel, nein! Aber es sah meinem Großonkel sehr ähnlich, und deshalb schätzte es Mrs. Hamilton so sehr."

Auf einmal war ich der ganzen Geschichte überdrüssig. Ich stand auf. „Polizeihauptmeister Fraser, wenn Sie mich jetzt entschuldigen wollen . . . Es ist für mich eine sehr lange Nacht gewesen. Ich möchte ein Bad nehmen und mich umziehen. Sie können sich aber gern in diesem Haus aufhalten, solange es nötig ist." Ich ging hinauf in mein Schlafzimmer.

Ich trödelte absichtlich, in der Hoffnung, alles sei vorbei und die Polizei mitsamt Ewen Mackay verschwunden, wenn ich wieder hinunterkäme. Ich wußte nicht, ob man überhaupt eine Handhabe gegen Ewen hatte; das hing wahrscheinlich vom Auffinden der Sporttasche und von ihrem Inhalt ab. Beim Überqueren des kleinen Flurs zum Bad hörte ich, daß unten noch immer das Frage-und-Antwort-Spiel im Gange war. Ich schloß hinter mir die Tür, und im nächsten Moment übertönte das Rauschen des Badewassers alle anderen Geräusche.

Ich ging, immer noch betont langsam, ins Schlafzimmer zurück und zog mich an. Ein wohlbekanntes Gerumpel und Geratter draußen auf dem Pfad lockte mich ans Fenster. Archies Landrover hielt auf mein Häuschen zu.

Ich drehte mich hastig um und schaute auf den Wecker. Die Fähre würde frühestens in einer halben Stunde eintreffen, und ich hoffte auch sehr, die ganze unangenehme Geschichte sei so oder so vor der Ankunft meines Bruders bereinigt.

Der Landrover hielt vor meiner Haustür, und heraus hüpften Ann Tracy und Megan Lloyd. Die Mädchen traten ins Haus, und das Stimmengewirr im Wohnzimmer schwoll noch mehr an. Ich konnte mich nicht länger drücken; ich mußte wieder hinuntergehen.

„DA KOMMT sie ja! O Rose!" riefen Megan und Ann wie aus einem Munde. Sie saßen am Tisch vor dem Fenster. Archie McLaren hatte sich neben der Tür postiert. Er wollte sicher den Ausgang des Dramas miterleben, und die Passagiere der ankommenden Fähre mußten allein zurechtkommen.

Die Szene im Wohnzimmer ließ mehr denn je an ein Bühnenstück denken. Ewen saß immer noch im Sessel am Kamin und Hauptmeister Fraser ihm gegenüber im zweiten Sessel. Hauptwachtmeister Campbell blockierte mit seinem Stuhl den Durchgang zur Küche. Neil stand neben dem Kamin, in dem ein kräftiges Feuer brannte.

„Hallo, Ann, hallo, Megan. Guten Morgen, Archie." Meine Begrüßung der Neuankömmlinge strahlte nicht viel Begeisterung aus.

Ann begann sofort, atemlos draufloszureden. Sie sah nervös aus. „Wir haben von Archie gehört, daß die Polizei bei Ihnen ist, Rose, und da ist uns klargeworden, daß wir herkommen und erzählen müssen, was gestern passiert ist."

Ich setzte mich auf das Sofa und schaute Fraser fragend an.

Er nickte. „Ja, da besteht ein Zusammenhang. Während Sie noch auf der Seehundinsel waren, sind diese beiden jungen Damen hier am Haus gewesen und haben einen Vorgang beobachtet, der wichtig sein könnte. Vielleicht erzählen Miß Tracy und Miß Lloyd noch einmal, was vorgefallen ist."

Ich drehte mich zu den Mädchen um. Megan war rot angelaufen. Sie sah unglücklich aus und schüttelte den Kopf. Da ergriff Ann das Wort.

„Also . . ., wir sind gestern abend hergekommen, weil wir so gern noch einmal die Otter beobachten wollten. Da Dr. Fenemore nicht zu Hause war, gingen wir dort hinauf" – sie machte eine vage Handbewegung – „und fanden oberhalb vom Haus eine Stelle . . ., ein Versteck, von dem aus wir die Otter sehen konnten, ohne selber gesehen zu werden."

„Ann", mahnte Megan leise, „nicht so langatmig. Komm zur Sache!"

Ann holte Luft und fixierte Ewen Mackay. „Also . . ., da kam er. Sein Boot legte an dem kleinen Steg an. Er ging zum Haus hinauf und klopfte an die Tür. Als sich nichts rührte, betrat er das Haus. Er hatte einen Schlüssel. Er blieb nicht lange drin. Bloß so lange, als hätte er sich vergewissert, daß niemand da ist. Dann lief er zum Boot zurück." Ann legte eine Pause ein. „Ja, und danach kam er mit einem großen, länglichen Bündel wieder herauf und ging damit zum Schuppen an der Rückseite des Hauses. Er tauchte bald wieder auf – ohne das Bündel. Dann stieg er wieder in sein Boot und fuhr weg."

Ann schwieg, und Megan fügte in kläglichem Tonfall hinzu: „Wir wollten ja auf Sie warten, Rose, aber Sie sind nicht gekommen. Und da haben wir selber in den Schuppen geschaut. Dort war aber nichts zu sehen, und so sind wir nach Hause gegangen. Als wir vorhin beim Frühstück saßen, kam Archie und sagte, die Polizei und der Zoll seien bei Ihnen im Haus. Da wußten wir, daß irgend etwas an der Sache faul war, und ließen uns von Archie herfahren."

Fraser stand auf. „Sie haben richtig gehandelt, meine Damen. Und wenn Sie gestatten, Miß Fenemore, möchten wir uns jetzt gern selbst mal den Schuppen ansehen, es sei denn" – ein Blick in Ewens Richtung –, „es sei denn, Mr. Mackay will uns die Mühe ersparen."

Ewen lächelte. Keine Spur mehr von Empörung. „Gehen Sie nur in den Schuppen, und blamieren Sie sich." Er lehnte sich im Sessel zurück.

„Wie Sie wollen." Fraser wandte sich an seinen Kollegen. „Jimmy, Sie bleiben hier . . ., ach ja, und, Mr. McLaren: Die Fähre ist da. Haben Sie sie nicht gehört? Sie sollten lieber losfahren."

Archie zog sich mit einem flüchtigen Abschiedsgruß zurück. Er wußte ja, daß er gleich wieder hiersein würde – mit Crispin.

„Moment mal", rief Neil, als sich Fraser und einer der Zöllner zum Schuppen aufmachten. „Kann ich Sie begleiten?"

Ewen starrte Neil erschrocken an. Er war bleich geworden, und ich sah, wie er ein paarmal schluckte.

„Ich bezweifle, daß Sie etwas finden werden, Herr Polizeihauptmeister", erklärte Neil, „es sei denn, Sie legen den Schuppen in Stücke. Aber ich weiß, wo man nachschauen muß."

„Also gut", sagte Ewen plötzlich, „also gut." Er warf Neil einen schrägen Blick zu, der nach mürrischer Kapitulation aussah. „Zu dumm von mir! Daran hatte ich wirklich nicht mehr gedacht!"

„Woran?" fragte Hauptmeister Fraser.

Die Antwort lieferte Neil. „Ach, er hat mir in unserer Kindheit mal die Forellenangel gestohlen. Später sah ich ihn damit beim Fischen. Ich bin ihm zu seinem Elternhaus gefolgt und habe beobachtet, wie er die Angel in ein Versteck im Schuppen brachte, das er selbst angelegt hatte. In dem Versteck waren auch noch andere Sachen, von denen ich wußte, daß sie aus den Booten und Gärten der Inselbewohner gestohlen waren. Ich habe Ewen damals nicht verraten, so daß seine Eltern ahnungslos blieben. Ich habe einfach darauf gewartet, daß er die Angel wieder benutzte, und da habe ich sie ihm . . ., nun ja, ich habe sie ihm wieder abgenommen."

„Das war ein richtiger Kampf", erklärte Ewen. „Aber jetzt mach schon weiter. Geh und hol sie."

„Die Purdeys?" fragte Neil.

„Die Purdeys. Und ich wünsche dir, daß du für all die Jahre, die sie im illegalen Besitz deiner Tante waren, eine saftige Strafe bekommst."

Hauptmeister Fraser nickte dem Hauptwachtmeister zu, und dann gingen sie zusammen mit Neil und den Zöllnern aus dem Haus.

ICH FING einen Blick von Megan auf, und der war so unglücklich, daß ich aufsprang und Hauptmeister Fraser hinterherrief: „Mein Bruder ist wahrscheinlich mit der Fähre angekommen, und Archie wird ihn herbringen. Können die beiden Mädchen dann gleich mit dem Auto ins Dorf zurückfahren?"

„Selbstverständlich, Miß Fenemore."

„Und dürfen sie bis dahin draußen warten?"

Wieder sagte Fraser „selbstverständlich" und hielt uns auch gleich die Tür auf.

Megan drehte sich im Hinausgehen noch einmal zu Ewen um, der schon wieder ganz gelassen in seinem Sessel am Kamin saß. Sie räusperte sich, aber ihre Stimme war trotzdem heiser, als sie rasch noch ein paar Worte heraussprudelte: „Es tut mir leid . . ., ehrlich, aber ich habe doch bloß die Wahrheit gesagt."

Ewen lächelte, und in dieses Lächeln legte er wieder seinen ganzen überwältigenden Charme. „Natürlich haben Sie bloß die Wahrheit gesagt. Machen Sie sich darüber keine Gedanken mehr. Ich habe sowieso nie im Leben eine Chance gehabt. Auf Wiedersehen . . ., und noch schöne Ferien!"

Ich sah, daß Megan Tränen in die Augen schossen, und wünschte diesen verdammten Charmeur zur Hölle. Dann legte ich Megan den Arm um die Schultern und ging mit den Mädchen zum Strand hinunter.

Ann sprach energisch auf ihre Freundin ein. „Reg dich nicht so auf, Meg. Wir mußten doch die Polizei informieren, und unsere Vermutungen waren ja auch richtig. Schießlich hat er selber alles zugegeben. Der Mann ist nun mal ein Dieb und ein Lügner."

„Aber zu uns war er sehr nett, und wir beide haben ihm nicht das geringste vorzuwerfen. Natürlich war es unsere Pflicht, die Polizei zu informieren, und trotzdem komme ich mir wie eine Verräterin vor."

Ich schaltete mich ein. „Mrs. McDougall hat mir allerlei über den Mann erzählt, Megan, mehr, als Sie wissen. Er verdient kein Mitleid. Er hatte alles, was er vom Leben verlangen konnte: liebevolle Pflegeeltern, einen nachsichtigen Gutsherrn, Verstand, gutes Aussehen, natürliche Liebenswürdigkeit. Nur Geld hatte er nicht, und um es sich zu beschaffen, hat er andere Leute kaltblütig ausgeraubt, manche darunter alt oder ebenso arm wie er selbst. Er hat seine Opfer um ihren ganzen Besitz gebracht – ohne den leisesten Gewissensbiß. An diese Menschen sollten Sie denken, Megan."

Sie nickte. „Sie haben ja recht. Aber diese Polizisten, die bloß darauf aus waren, ihn zu fangen . . ., und da stand einer gegen vier . . ., gegen acht sogar, wenn man uns dazuzählt."

„Ich weiß", entgegnete ich. „Es war scheußlich. Aber Sie haben keinen Grund, sich als Verräterin zu fühlen. Und jetzt ist wohl sowieso alles vorüber. Es sieht ganz so aus, als wären die Gewehre gefunden."

Die drei Männer traten nämlich gerade wieder ins Haus. Einer von ihnen trug einen langen, schmalen Gegenstand, der eingewickelt war, und unter Neils Arm steckte ein Gewehr mit blankem Lauf.

„Die sind tatsächlich fündig geworden", sagte Ann. „Hoffen wir, daß die Purdeys Ewen dorthin bringen, wo er hingehört."

Megan sah immer noch eine Spur traurig aus. „Warum mußte er sich auch an den Gewehren vergreifen?" murmelte sie. „Hätte er das Silber oder irgendeinen anderen Kram genommen, wäre es vielleicht gar nicht aufgefallen."

„Warum an den Gewehren?" rief Ann. „Hast du es nicht gehört? Dreißigtausend Pfund bei einer Auktion – Tendenz steigend!" In solchen Sachen kannte sie sich aus.

„Großer Gott!" Megan riß die Augen weit auf, und mir kam plötzlich der Gedanke, daß diese Landarbeitertochter wohl eine sehr ähnliche Ausgangsposition wie Ewen Mackay gehabt hatte. Nur war sie heute Stipendiatin in Cambridge und würde es noch weit bringen.

Die Haustür ging auf, und Ewen Mackay trat, flankiert von den beiden Polizisten und gefolgt von Neil Hamilton, ins Freie. Er trug Handschellen.

In der Kurve des Fußpfades erschien Archie McLarens Landrover. Neben dem Fahrer saß mein Bruder.

Achtes Kapitel

HINTER Archie kletterte noch ein weiterer Fahrgast aus dem Wagen: ein kleiner Mann in den Fünfzigern mit spitzer Nase, schmalem Mund, zwinkernden Augen und spärlichem, graugesprenkeltem Haar, das an den Stirnseiten schon Geheimratsecken bildete. Gänzlich unpassend für die schottische Inselwelt war sein dunkler Anzug, zu dem er auch noch Krawatte und Weste trug. Der Anzug war teuer, und Manschettenknöpfe und Armbanduhr hatten den unverkennbaren Glanz echten Goldes.

Crispin bildete das krasse Gegenteil zu diesem Fremden: eine große, hagere Gestalt in alten Hosen und altem Pullover, ein typischer „Arzt auf Ferien". Er rutschte von seinem Sitz und stützte sich auf die Krücke. Er hinkte leicht, konnte aber gut genug gehen, um mir entgegenzukommen. Er beugte sich über mich und gab mir einen Kuß auf die Wange.

„Rose! Du siehst großartig aus! Und was für einen herrlichen Urlaubsort du ausgesucht hast!" Die Männergruppe unten bei den Booten schien ihm keineswegs merkwürdig vorzukommen. „Darf ich vorstellen: Mr. Hartley Bagshaw, mein Reisegefährte."

„Guten Tag, Mr. Bagshaw", sagte ich und schüttelte dem Fremden die Hand. „Machen Sie auch Urlaub auf Moila?"

Meine Frage blieb unbeantwortet, denn Mr. Bagshaw hatte über meine Schulter hinweg zum Anlegesteg hinuntergeschaut und sofort erfaßt, daß dort Ungewöhnliches vorging. „He, das sind doch Polizisten! Was wird denn da gespielt?" Noch aufgeregter rief er dann: „Ewen Mackay? Tatsächlich: Ewen Mackay!"

Bei der Ankunft des Landrovers hatten die Polizisten kurz zu mir und den Mädchen heraufgeschaut und Anstalten gemacht, sich taktvollerweise mit ihrem Verhafteten noch vor dem Aussteigen der Neuankömmlinge zu entfernen. Doch Mr. Bagshaws Geschrei ließ die ganze Männergruppe wie erstarrt stehenbleiben. Ewen, der gerade dabei war, ins Boot einzusteigen, drehte sich nach uns um.

Jetzt erstarrte auch Mr. Bagshaw – jedenfalls für etwa zwei Sekunden. Dann explodierte er von neuem, und innerhalb der nächsten drei Sekunden lernte ich den interessanten Gebrauch von drei Wörtern kennen, die an sich eine ganz andere Bedeutung haben. Archie sah peinlich berührt aus, und Megan errötete. Dann bellte Fraser irgend etwas in Ewen Mackays Richtung, der daraufhin lachte. Mr. Bagshaw hörte abrupt auf zu brüllen und sagte: „Ich bitte die Damen um Vergebung. Ich war so schockiert . . . Die Polizei hat offensichtlich einen meiner Freunde verhaftet. Das muß ein Irrtum sein. Entschuldigen Sie!" Und schon rannte er zum Anlegesteg hinunter, gefolgt von dem völlig verwirrt aussehenden Archie.

Wahrscheinlich war es eine Reaktion auf die schlaflose Nacht, die Nervenanspannung während meiner Aussage und die so plötzlich eingetretene neuerliche Veränderung der Szene: Ich verspürte einen heftigen, geradezu hysterischen Lachreiz. Da ich sah, daß es Megan und Ann ähnlich erging, winkte ich sie rasch zu mir her und machte sie mit meinem Bruder bekannt: „Mein Bruder Crispin. Ann Tracy. Megan Lloyd."

Ich hatte gehofft, diese knappe, förmliche Vorstellung werde unseren Lachreiz dämpfen, aber inzwischen hatte Mr. Bagshaw zu einer neuen Schimpfkanonade angesetzt, von der jedes einzelne ausdrucksstarke Wort bis zu uns heraufdrang. Die Mädchen konnten gerade noch Crispins Hand schütteln und irgend etwas Unverbindliches murmeln. Dann brachen sie in haltloses Gelächter aus.

„Was geht hier eigentlich vor?" fragte Crispin endlich.

Ich hakte mich bei ihm ein. „Komm erst mit ins Haus. Ich mache uns einen Kaffee, und dann erzähle ich dir alles."

WIR VIER, Crispin, die Mädchen und ich, hatten uns zu einem ausgiebigen Frühstück mit Kaffee, Bergen von Toast, Butter und Marmelade am Tisch vor dem Fenster niedergelassen. Eine Tüte mit frischem Gebäck, das Crispin auf dem Schiff gekauft hatte, legte ich für nachher beiseite. *Wonach?* Diese Frage stellte niemand. Wir alle wußten bloß, daß auf der so stillen Insel Moila erst wieder Friede einkehren würde, wenn das gegenwärtige Sturmtief abgezogen war.

Die *Seeotter* und die *Sturmschwalbe* lagen noch an der Mole, aber die Zöllner waren mit ihrem Boot schon zu der kleinen Bucht auf halbem Weg zum *Taigh na Tuir* losgefahren. Sie hatten Hauptwachtmeister Campbell, Neil Hamilton und Ewen Mackay mitgenommen und wollten vielleicht nach der bewußten Reisetasche suchen.

Mr. Bagshaw stand immer noch am Anlegesteg und überschüttete den stoisch dreinblickenden Polizeihauptmeister Fraser mit einem ungeheuren Wortschwall, während Archie McLaren den faszinierten Zuhörer abgab. Ich hatte gehofft, Mr. Bagshaw werde mit dem Landrover gleich wieder zum Hafen zurückfahren, aber Crispin meinte, der Mann sei in geschäftlichen Angelegenheiten hergekommen; es gehe um Verkaufsgespräche mit Neil Hamilton.

Während des Frühstücks tauschten wir Neuigkeiten aus. Vor allem interessierte mich Crispins Verletzung. Der Knöchel schmerzte noch, würde ihn aber nicht hindern, auf Moila möglichst viele fotografische Streifzüge zu machen. Schließlich weihte ich meinen Bruder in das ein, was Ann „das große Inselgeheimnis" nannte.

„Zwischen diesem Mr. Bagshaw und Ewen Mackay scheint es irgendeine Verbindung zu geben", sagte Megan und langte gedankenverloren nach der Tüte mit dem Gebäck.

„Das hat er doch selber gesagt", entgegnete Ann. „Sie sind Freunde! Aber ziemlich ungleiche. Möchte wissen, wo sich die beiden begegnet sind."

„Soll ich mal raten?" fragte ich, und Crispin warf mir einen vielsagenden Blick zu. „Im Gefängnis. Habe ich recht?"

„Getroffen! Mr. Bagshaw und ich waren bei dem Eisenbahnunglück zusammen, und es stimmt schon, wenn man sagt, gemeinsam erlittenes Unglück verbinde und reiße Schranken nieder. Der Mann hat mir eine Menge erzählt. Er hatte gerade eine zweijährige Haftstrafe abgesessen; unschuldig, wie er sagte, gänzlich unschuldig. Mit dem Betrug, den man ihm vorwarf, habe er nichts zu tun gehabt."

„Betrug? Hat er etwa gemeinsam mit Ewen Mackay alleinstehende alte Damen um ihr Hab und Gut gebracht?"

„O nein. Er war in den Skandal um die Übernahme der Firma Prescott verwickelt. Vielleicht erinnerst du dich daran. Es ist drei, vier Jahre her."

„Ehrlich gesagt: nein. So etwas interessiert mich nicht."

„Ich glaube ihm übrigens", fuhr Crispin fort. „Er ist zwar ein ausgebuffter Bursche, Selfmademan, aber wohl einigermaßen ehrlich. Daß er im Gefängnis landete, hatte er seinem Pech und einem korrupten Partner zu verdanken. Er verdiente sein Geld mit der Erschließung von Grundstücken für gewerbliche Zwecke. Ewen Mackay wurde gleichzeitig mit ihm entlassen und hat ihm vom Tod einer alten Dame auf Moila erzählt, deren Grundbesitz vielleicht zum Verkauf stehe. Mackay wollte offenbar als Mittelsmann zwischen ihm und den Erben auftreten – gegen Bezahlung natürlich. Er hat angedeutet, daß er eine Art Familienmitglied sei." Crispin schaute mich fragend an.

Ich schüttelte den Kopf. „Keinerlei Verbindung. Und abgesehen von Neil Hamilton existiert auch keine Familie, mit der man verhandeln könnte. Aber rede weiter."

„Aus allem, was du über diesen Mackay erzählt hast, möchte man fast annehmen, daß er Mr. Bagshaw schon vor der Entlassung zum Opfer seines nächsten Betrugsmanövers auserkoren hatte. Bagshaw hatte sogar Geld aufgetrieben, damit sich Mackay ein Boot mieten und hierherfahren konnte, um mit der angeblichen Familie Vorverhandlungen zu führen."

„Sie haben recht gehabt, Rose", sagte Meg mit Nachdruck. „Schuldgefühle gegenüber Ewen sind überflüssig. Der hat wohl schon im Gefängnis die Zeitungen studiert, um neue Betrugsopfer ausfindig zu machen."

„Keiner kann aus seiner Haut schlüpfen", entgegnete Ann, „selbst wenn er es wollte. Aber wie geht es jetzt weiter? Wird Mr. Bagshaw Neil Hamilton das Haus abkaufen?"

„Und womöglich die Seehundinsel dazu?" fuhr Megan fort und sah traurig aus, als mein Bruder nickte.

„Er hat Neil schon ein Angebot gemacht", sagte ich, „zumindest nehme ich an, daß er der Makler ist, von dem Mr. Hamilton sprach."

Wieder nickte Crispin. „Ja, das war Bagshaw. Er ist ganz versessen auf die Strände von Moila und die kleine Insel. Er wird hier einen Bootshafen bauen, ein Freizeitzentrum und einen großen Appartmentblock mit dazugehörigem Golfplatz."

„Etwa auf dem *machair?*" fragte Megan tonlos.

„Ich nehme es an, wenn damit das Wiesenland auf der Westseite gemeint ist. Ich habe versucht, mit der Schönheit der Insel zu argumentieren, die durch solche ‚Erschließungen' verdorben werde, aber das war sinnlos."

„Ich weiß, daß Neil dem Makler schon das Vorkaufsrecht eingeräumt hat", sagte ich. „Aber ich bezweifle, daß er mit dieser Art der Bebauung einverstanden wäre."

„Wir werden es gleich erfahren", bemerkte Megan mit einem Blick zum Fenster. „Sie kommen zurück."

ICH WEISS nicht mehr, was ich mir von der Rückkehr des Zollbootes versprochen hatte. Jedenfalls war ich erleichtert, nicht schon wieder Ewen Mackay sehen zu müssen. Wahrscheinlich war er mit Hauptwachtmeister Campbell unter Deck geblieben. Das Boot legte neben der *Seeotter* an, und Neil und der Hauptmeister schlugen gleich den Weg zu meinem Cottage ein, mußten sich aber erst des aufgeregten Mr. Bagshaw erwehren, der „noch eine ganze Menge" zu dem Fall vorzutragen wünschte. Der Hauptmeister setzte seinen Weg ungerührt fort, während ihm der unaufhörlich plappernde Bagshaw dicht auf den Fersen blieb.

Der Polizeibeamte machte es kurz: Ja, man habe die Reisetasche gefunden, vollgestopft mit weniger wertvollen Silbersachen, ein paar echten Wertgegenständen, die in Handtücher gewickelt waren, und der Kaminuhr aus dem Wohnzimmer. Die Uhr müsse man wohl abschreiben; alles andere sei unbeschädigt. Mackay habe die Tasche ins flache Wasser geworfen, nachdem er mit seinem Boot für einige Zeit hinter dem hohen Felsen verschwunden war. Auch das Porträt von Oberst Hamilton sei hinter dem Bootshaus gefunden worden. Ewen Mackay werde nun auf das Festland gebracht, um der Polizei noch weitere Fragen zu beantworten. Und ja, die *Sturmschwalbe* sei jetzt freigegeben. Mr. Mackay habe Gott sei Dank nicht auch noch gegen die Einfuhrgesetze verstoßen. Mr. Bagshaw könne über das Boot verfügen, da er, soviel man wisse, der Geldgeber für die Anmietung der *Sturmschwalbe* gewesen sei. „Und jetzt", schloß Hauptmeister Fraser, „möchte ich mich verabschieden."

Ich dankte dem Himmel, daß Mr. Bagshaw dagegen nichts einzuwenden hatte. Aus den Bruchstücken, die ich aus der Unterhaltung der zurückkehrenden Männer aufgefangen hatte, konnte ich schließen, daß er sich von den letzten Unternehmungen Ewen Mackays energisch distanziert hatte.

Neil begleitete Fraser noch zum Anlegesteg hinunter. Der Polizeibeamte sprang an Bord, und das Zollboot glitt langsam aus der Bucht, nahm dann Kurs auf das offene Meer und war bald in einer großen Gischtwolke jenseits der Landzunge außer Sicht.

Mit seinem Verschwinden war mir, als sei ein Bühnenvorhang gefallen. Kein Drama mehr, keine unheimlichen, unerklärlichen Vorgänge. Bloß noch eine Gruppe ganz normaler Menschen, die hier einen ganz normalen Urlaub verleben oder ihren Geschäften nachgehen wollten.

Archie schickte sich endlich an, Crispins Gepäck aus dem Landrover zu holen. Crispin hinkte hinterdrein und hob seine kostbare Fotoausrüstung eigenhändig aus dem Auto. Megan räumte den Tisch ab, und Ann war in der Küche verschwunden, aus der plötzlich der Duft von frisch gebrühtem Kaffee ins Wohnzimmer drang. Mr. Bagshaw war erschöpft in den Sessel gesunken, in dem vor kurzem noch Ewen Mackay gesessen hatte.

„Sie sind gewiß sehr müde, Mr. Bagshaw", sagte ich freundlich. „Sie bekommen gleich einen Kaffee, und dann kann Archie McLaren

Sie ins Dorf zurückfahren. Mrs. McDougall, die Posthalterin, wird Ihnen bestimmt bei der Suche nach einer Unterkunft behilflich sein."

Mr. Bagshaw starrte in die Kaminasche. „Ich hatte doch keine Ahnung, was Mackay im Schilde führte", beteuerte er. „Nicht die geringste Ahnung! Das muß man mir glauben!"

„Das glaubt man Ihnen auch bestimmt. Wenn nicht, wäre die Polizei gewiß nicht ohne Sie abgefahren."

Er schaute mich an. „Ich könnte auch nicht wieder ins Gefängnis gehen, Miß Fenemore. Ein zweites Mal hielte ich das nicht aus. Ich habe Ihrem Bruder davon erzählt. Dr. Fenemore hat mir übrigens das Leben gerettet. Als der Zug umkippte, lag irgend etwas auf mir; was, weiß ich nicht. Es war dunkel. Ihr Bruder hat mich herausgezogen."

„Das muß schrecklich gewesen sein. Waren Sie verletzt?"

„Quetschungen und ein Schock. Mehr nicht. Aber wenn er mich nicht herausgezogen hätte . . . Gleich danach ist der ganze Waggon die Böschung hinuntergeschlittert, und dabei wäre ich vielleicht umgekommen. Bei dieser Aktion hat sich Dr. Fenemore auch den Knöchel verstaucht, aber selbst danach hat er noch versucht, anderen Leuten zu helfen. Im Krankenhaus haben wir festgestellt, daß wir beide auf dem Weg nach Moila gewesen waren. Und da habe ich ihm versprochen, erst gemeinsam mit ihm weiterzureisen. Er brauchte ja vielleicht Hilfe: Gepäck tragen und dergleichen. Ja, und nun sind wir hier."

„Sie waren meinem Bruder bestimmt eine große Hilfe. Wir sind Ihnen sehr dankbar dafür."

Er setzte sich auf und fuhr mit einem Anflug von Bitterkeit fort: „Aber wenn ich schon mit der Samstagsfähre gekommen wäre, hätte ich diesen Idioten – entschuldigen Sie –, diesen Mackay davon abhalten können, all dieses Zeug zu stehlen und uns die Polizei auf den Hals zu hetzen. Für mich ging es doch bloß um ein ganz normales Grundstücksgeschäft."

„Kaffee?" fragte Ann von der Küchentür her und trat mit einem Tablett ins Wohnzimmer.

„Und etwas von diesem Gebäck?" fragte Meg, die mit einem Teller anrückte. „Es schmeckt wunderbar – phantastisch, würde ich sagen, wenn ich nicht eine Studentin von Dr. Fenemore und ein Fan von Hugh Templar wäre." Sie warf mir einen Blick zu. „Entschuldigung, Rose, aber Sie haben Ihre Aufzeichnungen dort auf der Fensterbank liegenlassen, und ich konnte es mir nicht verkneifen hineinzuschauen."

„Wovon redest du eigentlich?" erkundigte sich Ann. Sie verteilte

Kaffeetassen und schien an einer Antwort gar nicht sonderlich interessiert zu sein. „Oh, da sind Sie ja, Archie! Auch eine Tasse Kaffee?“

„Ja, vielen Dank, aber bloß eine halbe“, sagte Archie, der gerade eingetreten war. „Ich sollte jetzt lieber losfahren. Kommen die jungen Damen mit? Und Sie auch?“ Die zweite Frage galt Mr. Bagshaw, der zustimmend nickte.

„Das muß ich wohl“, antwortete er, zu mir gewandt. „Ich will mich nicht länger aufdrängen. Mr. Hamilton ist sicher noch unten bei den Booten. Ich werde mit ihm einen Besichtigungstermin verabreden. Vielleicht sehen wir uns noch mal, Miß Fenemore. Sie waren sehr freundlich . . .“ Mr. Bagshaw erhob sich ächzend und setzte die noch dampfende Kaffeetasse auf dem Tisch ab. „Wenn ich die Sache hier in Gang gebracht habe – Ihr Bruder wird Ihnen noch von meinen Plänen berichten –, dann werden Sie mir beide immer willkommen sein. Ich sorge persönlich dafür, daß Sie das Beste bekommen, was Moila zu bieten hat.“

„Vielen Dank.“

Er ging zu Neil hinunter, der mit seinem Bootsmotor beschäftigt war. Ich sah, wie die beiden Männer noch ein paar Worte wechselten und Neil in die Richtung zum *Taigh na Tuir* zeigte. Dann kletterte Mr. Bagshaw in den Landrover, und gleich darauf zuckelte das Auto mit ihm davon, den Hügel hinauf.

„Wir gehen jetzt auch“, erklärte Ann. „Sie und Ihr Bruder sollen endlich Ruhe haben. Komm, Meg!“

„Aber Archie ist bereits abgefahren!“ entgegnete ich.

„Wir haben ihm gesagt, daß wir lieber zu Fuß gehen. Der Tag hat gerade erst begonnen. Ob Sie es glauben oder nicht: Wir wollen den Weg über das *machair* nehmen.“

„Solange das noch da ist“, fuhr Meg fort. „Ehe die Golfbälle fliegen.“

„Und vielen Dank für alles“, sagte ich. „Sie haben uns mit Ihrer Aussage sehr geholfen. Kommen Sie noch einmal vorbei?“

„Mit Vergnügen!“ antwortete Ann. „Auf Wiedersehen also!“

Sie liefen zur *Seeotter* hinunter, wo Neil immer noch am Motor des Boots hantierte. Er wechselte nur ein paar Worte mit den Mädchen, kam dann zum Haus herauf und steckte den Kopf durch die offenstehende Tür.

„Rose . . .? Alles in Ordnung? Was für ein scheußlicher Morgen für Sie!“

„Für uns alle. Ja, danke, mir geht's einigermaßen. Und was geschieht jetzt?“

„Im Augenblick nichts mehr. Ich fahre zum *Taigh na Tuir* zurück."
„Aber Sie kommen doch zum Abendessen?"
„Nur zu gern. Gegen sieben?"
„Ja. Und . . . und hat Mr. Bagshaw schon mit Ihnen über das Haus gesprochen, Neil? Ich meine, über den Verkauf?"
„Nein. Wir treffen uns erst morgen, und dann zeige ich ihm alles. Bis heute abend um sieben also. Auf Wiedersehen!"

DAS ABENDESSEN war vorüber. Nach seinem überaus dramatischen Beginn war der Tag friedlich verlaufen. Ich hatte ein bißchen von dem entgangenen Nachtschlaf nachgeholt und anschließend mit Crispin geplaudert, im Sonnenschein gedöst und wieder geplaudert. Zu guter Letzt war mein Bruder vollständig über die aufregenden Erlebnisse der letzten Tage im Bilde. Auch das Abendessen hatte keine große Mühe gemacht. Es gab kaltes Huhn, Schinken und Salat und, als Abschluß, Erdbeeren und ein bißchen Käse, den mein Bruder mitgebracht hatte. Nun holte Neil drei Klappsessel aus dem Schuppen und stellte sie neben der Haustür im Gras auf. Wir nahmen unsere Kaffeetassen mit ins Freie und saßen einfach da und schauten zu, wie die Wellen mit gelblichen Schaumkronen auf den Strand aufliefen und die beiden Boote nebeneinander in der Brandung dümpelten.
„Es wäre mir ein Vergnügen, Sie beide in meinem Boot mitzunehmen – wohin Sie wollen", erklärte Neil.
„Dankend angenommen", sagte Crispin. „Das schont meinen Fuß."
„Aber erst, wenn ich morgen die Sache mit Bagshaw hinter mich gebracht habe", setzte Neil hinzu. Er stellte seine Tasse im Gras ab. „Er will nicht bloß das Haus sehen, sondern auch alles andere, was Moila zu bieten hat." Seine Stimme klang verzagt, als er zu Crispin hinüberschaute. „Nach allem, was er Ihnen über seine Pläne erzählt hat, ist er für mich wahrhaftig nicht der ideale Käufer."
„Das ist in der Tat ein Problem", meinte mein Bruder. „Vielleicht könnten Sie das Haus während der Wintermonate vermieten und im Sommer selber darin wohnen."
„Das wäre eine Lösung, vorausgesetzt, dieser Vertrag, der ihm das Vorkaufsrecht einräumt, ließe sich aus der Welt schaffen."
„Und was hat auf einmal Ihren Sinneswandel bewirkt?" fragte ich.
Es entstand eine Stille, die seltsam spannungsgeladen zu sein schien.
„Sie haben das bewirkt, Rose!"
Ich starrte ihn an.
„Es war die Art und Weise, in der Sie beim Essen über die Insel,

über den *broch,* das *machair* und die Seehunde gesprochen haben. Natürlich ist mir das alles seit meiner Kindheit vertraut, sogar die Sturmschwalben, auch wenn ich noch nie eine zu Gesicht bekommen habe. Sie, Rose, sprachen von den Vögeln, als wären das . . ., als wären das die eigentlichen Besitzer der Insel, und Ihrer Erzählung war anzumerken, wie sehr Sie diese Inselnacht beeindruckt hat. So müssen Dichter empfinden . . ."

Ich sagte nichts. Ich sah nur, daß mein Bruder lächelte, während Neil fortfuhr: „Seit ich durch Crispin von Bagshaws Plänen weiß, habe ich nur noch einen Gedanken: Ich muß aus diesem Vertrag wieder herauskommen. Bloß wie?"

„Hoffen wir, daß es morgen in Strömen regnet und daß Ihr Dach hoffnungslos zerlöchert ist", meinte Crispin. „Dann erzählen Sie Bagshaw, daß man hier um nichts in der Welt einen Handwerker bekommt . . ."

„. . . und daß es um die Lebensmittelversorgung der Insel ganz schlecht bestellt ist", fuhr ich fort, „ach ja: und daß der Strom fast jeden zweiten Abend ausfällt."

„Merkwürdigerweise kann ich den Mann ganz gut leiden", sagte Crispin nachdenklich. „Zugegeben, seine Geschwätzigkeit geht einem auf die Nerven, aber er ist wenigstens kein hartgesottener Bursche. Wenn man ihm nun einfach die Schönheiten der Insel zeigte und ihm klarmachte, wie die Touristenmassen all das zerstören würden, um dessentwillen sie für viel Geld hierherkamen? Wäre es nicht möglich, den Mann umzustimmen, so daß er sich nach einem geeigneteren Ort umsieht?"

„Darauf ginge ich keine Wette ein", erwiderte Neil. „Ich fürchte, die ganze Szenerie hier ist einfach zu verlockend. Wir können nur hoffen, daß der Vertrag nicht wasserdicht ist. Ich wundere mich übrigens, mit wieviel Anteilnahme Sie über unsere Insel sprechen. Sind Sie früher schon einmal hiergewesen?"

„Nein. Rose hat mir alles beschrieben – in geradezu poetischer Weise. Ich kann es kaum erwarten, die Sturmschwalben kennenzulernen."

„Darauf brauchen Sie nicht länger zu warten", sagte Neil. „Wenn es Ihnen recht ist, brechen wir sofort auf. Wir nehmen mein Boot. Und Sie, Rose . . .?"

„Ich habe mich den ganzen Tag lang ausgeruht. Ich käme liebend gern mit."

„Worauf warten wir dann noch?" fragte Neil und stand auf.

Sie waren da. Die Sturmschwalben ließen keinen Laut hören, aber sie waren da und warteten auf die Nacht. Die Dämmerung senkte sich langsam über die kleine Insel. Wir saßen schweigend vor Neils Zelt, und eine Weile hörten wir nur aus der Tiefe das Rauschen der See und rings um uns das Rascheln der langen Grashalme, die vom einschlafenden Wind bloß noch schwach bewegt wurden. Endlich dann der Gesang der Sturmschwalben: unirdisch, fast gespenstisch und zugleich unglaublich schön. Bald darauf begannen sie zu fliegen. Die ganze Luft schwirrte von schattenhaften, auf- und niedersteigenden Gestalten. Hin und wieder schoß ein Vogel so dicht und mit so lautlosem Schlag der kleinen samtigen Flügel an uns vorüber, daß man glauben konnte, aus der Dunkelheit selbst habe sich ein schwereloses Flöckchen gelöst und tanze nun hinaus auf die offene See.

Doch von einer Sekunde zur anderen war die zauberhafte Stimmung zerstört. Neil sprang auf, rief „oh, verdammt!" und schlug sich mit der Hand auf Stirn und Wangen. Dann verschwand er blitzschnell, den Kopf voran, im Zelt.

Auch ich kehrte ziemlich rasch aus dem siebenten Himmel zurück. Gesicht und Hände brannten höllisch. Der Wind war gänzlich verschwunden, und unzählige Mücken fielen über uns her. Wahrscheinlich waren sie aufgestört worden, als die Sturmschwalben ihre Erdlöcher verließen.

Mein Bruder hatte Mühe, sich aufzurichten. Mit der einen Hand stützte er sich auf die Krücke; mit der anderen fuchtelte er wild in der Luft herum. Es dauerte nicht lange, bis Neil wieder aus seinem Zelt auftauchte. In der Hand hielt er ein Plastikfläschchen. „Jetzt kommt der Mückenkiller!" verkündete er.

„Schön wär's", meinte Crispin gereizt.

Ich lachte. „So heißt doch das Einreibemittel gegen Insekten! Versuch es mal."

„Nach Ihnen, Dr. Fenemore! Aber wie wäre es, wenn wir jetzt den Rückzug anträten? Wir können ja ein andermal wiederkommen – bei Windstärke fünf."

„Einverstanden", sagte ich und gab Crispin das Fläschchen. „Ich hätte dich warnen sollen. Um diese Jahreszeit treten die ‚Verteidiger des Hochlandes' in voller Regimentsstärke an, sobald sich der Wind gelegt hat. Neil? Abmarschbereit?"

„Einen Moment noch." Neil war mit drei langen Schritten bei mir, zog mich in seine Arme und drückte mir auf jede Wange einen Kuß.

„Das ist mein Dankeschön! Ich weiß nämlich, was ich morgen zu tun habe, und Sie haben mich darauf gebracht! Aber jetzt brechen wir auf und lassen die Sturmschwalben in Ruhe."

Neuntes Kapitel

„ICH WILL offen mit Ihnen reden", sagte Mr. Bagshaw, und sein Tonfall war in der Tat „offen". „Die Umsetzung meiner Pläne erfordert eine Menge Bauarbeiten. Sie sagen, es sei schwierig, hier Handwerker zu bekommen?"

„Fast unmöglich", bestätigte Neil.

„Man muß nur Zeit und Geld aufwenden: Ein tüchtiges Team aus Glasgow . . ., eine lückenlose Versorgungskette bis hier herauf . . ., das ist alles machbar."

„Das Wetter kann zusätzlich zum Problem werden", gab Neil zu bedenken.

Bagshaw, Neil und ich standen am Spätnachmittag im Garten des *Taigh na Tuir*. Nach Norden hin sahen wir das *machair*, das Wiesenland, und gegenüber von Moila, nur durch eine schmale Wasserstraße getrennt, die Seehundinsel, auf der sich die Turmruine im Sonnenlicht deutlich abzeichnete. Neils Boot lag unten am Steg, und Crispin saß mit einer Angel hintendrin.

An diesem Tag war schon so viel geschehen. Kurz nach dem Frühstück hatte Neil meinen Bruder und mich mit der *Seeotter* abgeholt und zum Hamilton-Haus gebracht. Kurz nach uns war Mr. Bagshaw mit Archies Landrover eingetroffen, und die Besichtigungstour hatte begonnen. Neil hatte mich gebeten, daran teilzunehmen, soweit es um das Haus ging. Crispin war losgezogen, um sich das *machair* anzusehen, und Neil und ich hatten uns nach Kräften bemüht, Mr. Bagshaw von seinen Plänen abzubringen – ohne Erfolg. An diesem herrlich sonnigen Sommertag wollte das Haus einfach nicht deprimierend oder wenigstens vernachlässigt wirken. Mein zweimaliger Hinweis auf feuchte Zimmerdecken, der von Neil mit bedauernden Bemerkungen über den Zustand des Daches ergänzt wurde, fruchtete nicht. Auch der verwilderte Garten war „kein Problem". „Bei diesen Prachtstücken", sagte Mr. Bagshaw und zeigte auf die Rhododendronbüsche, „genügt es schon, wenn man sich nur noch um den Rasen kümmert."

Und natürlich gab das *machair* vollends den Ausschlag! Zu unserem

Ärger sah es aus wie aus einem Werbeprospekt: der Strand mit seinem schneeweißen Sand, eine helle, sanft geschwungene Kurve vor einem Meer, das eine ganze Farbenskala von Türkis über blasses Jadegrün bis zu kräftigem Indigoblau entfaltete, in der Ferne dunkelviolette Klippen, eine geradezu klassische Küstenszenerie, und zwischen dem weißen, flachen Strand und dem grünen Hochmoor im Innern der Insel das Wiesenland. Unzählige gelbe und weiße Blütensterne von Hundskamille, Blutwurz und Gänsefingerkraut sprenkelten den grünen Grasboden. Darüber wiegten sich Augentrost, blauer Günsel und gelber Hahnenkamm im Wind, die wiederum vom gelben Kreuzkraut, dem Waldkerbel und den besonders zarten Stengeln der blaßblauen Glockenblume überragt wurden. Blumendüfte und die strengen Gerüche von Meerwasser, Schlick und Tang erzeugten das einzigartige Aroma dieses Sommerparadieses.

Mr. Bagshaw war hellauf begeistert: sonnige Strände, Wassersport aller Art, Nachtleben, ein Freizeitzentrum, Diskos . . .

„Was Sie dort drüben sehen, ist ein *broch*", erklärte Neil in ziemlich niedergeschlagenem Tonfall, „ein Verteidigungsbauwerk aus der Eisenzeit. Das dürfen Sie natürlich nicht anrühren."

„Warum sollte ich auch! Das wäre doch eine weitere Attraktion: Kultur!"

„Gewiß. Allerdings kann die schmale Wasserstraße zwischen den Inseln sehr heimtückisch sein."

Mr. Bagshaw schwieg eine Weile. Endlich sagte er: „Ich habe den Eindruck, daß Sie überhaupt nicht am Verkauf Ihres Grundbesitzes interessiert sind, oder täusche ich mich?"

Neils Antwort kam zögernd. „Vermutlich haben Sie recht", meinte er. „Es fällt einem schwer, sich mit so tiefgreifenden Veränderungen abzufinden, wenn man diese Landschaft schon so lange kennt und liebt. Ihre Ideen würden die ganze Insel verändern."

„Die ganze Welt verändert sich unaufhörlich", sagte Mr. Bagshaw, und das stimmte natürlich. „Ihre Insel sollte auch mit der Zeit gehen. Jedermann sehnt sich heute nach sauberer Luft und sauberem Wasser. Solange wir den Menschen beides auf heimischem Boden bieten können, sollten wir es tun. Dann bleibt auch ihr Geld im Lande."

„Sie wollen Ihr Vorkaufsrecht also wahrnehmen?"

„Was spricht dagegen?"

„Das wäre es dann wohl", murmelte Neil. Laut sagte er: „Jetzt haben Sie wahrscheinlich Lust, noch die kleine Insel zu besichtigen.

Ich setze Sie am Vogelfelsen ab. Dann können Sie sich auch gleich die Turmruine ansehen."

Mr. Bagshaw hatte Lust darauf, und so saß er wenige Augenblicke später mit Neil, Crispin und mir in der *Seeotter*, die Kurs auf die Seehundinsel nahm. Obwohl sich das Boot dem Strand behutsam näherte, stoben die Seevögel als kreischende Wolke davon. Wieder genoß ich das unvergleichliche Farbenspiel der frühen Abendstunde und auch die Freude über das Naturschauspiel, die sich in den Gesichtszügen meines Bruders spiegelte.

Es war halb sieben. Völlige Windstille. Das Dämmerlicht, das noch lange anhalten würde, verlieh der ganzen Insel weiche Konturen. Neil ließ den Motor auslaufen, sprang an Land und half Mr. Bagshaw beim Aussteigen.

Ich wollte den beiden Männern folgen, aber Neil schüttelte verstohlen den Kopf. „Gehen Sie schon los, und schauen Sie sich ein bißchen um, ehe es zu dunkel wird", sagte er zu Mr. Bagshaw. „Ich muß leider noch einmal zum Bootshaus zurückfahren und am Motor etwas reparieren. Sie haben doch nichts dagegen?"

Mr. Bagshaw hatte nichts dagegen und stieg gleich zum Turm hinauf. Neil wendete mit der *Seeotter*, fuhr aber keineswegs zum Bootshaus zurück, sondern in die kleine Bucht, in der die *Sturmschwalbe* vor Anker gelegen hatte.

„Wenn ich mich nicht irre, überlassen Sie es jetzt den ‚Verteidigern des Hochlands', Mr. Bagshaw von seinen Plänen abzubringen", meinte Crispin.

„Sie werden ihm bestenfalls einen kleinen Denkanstoß geben", entgegnete Neil.

„Das tun sie leider auch mit uns", sagte ich und schlug wie wild um mich. „Hilfe! Wo ist das Mückenkiller-Zeug?"

„In der Kajüte. Ich starte keine Unternehmung ohne das Fläschchen."

Auch Crispin fuchtelte jetzt mit den Armen herum. „Meinen Sie, daß so ein bloßer Denkanstoß genügt?" fragte er zweifelnd.

„Nein", erwiderte Neil. „Wahrscheinlich hat der Mann jetzt bloß eine Stinkwut auf mich. Aber wer weiß? Vielleicht ist auch die schon nützlich."

ENDLICH traten wir die Rückfahrt zur Seehundinsel an. Mit zunehmender Dunkelheit war Gott sei Dank eine leichte Brise aufgekommen, aber trotzdem erwarteten wir, am Damm einen wütenden

Mr. Bagshaw vorzufinden, der an seinen Mückenstichen kratzte. Doch es kam anders. Keine Spur von Mr. Bagshaw am Damm; auch keine Antwort auf unser Rufen.

„Ich könnte mich ohrfeigen", sagte Neil. „Kommen Sie, Rose; wir müssen ihn finden. Sie bleiben besser hier, Crispin."

Während mein Bruder noch das Boot festmachte, hastete Neil vor mir her zum Zelt hinauf.

„Sind Sie im Zelt, Mr. Bagshaw?" rief er.

Keine Antwort. Neil riß den Reißverschluß am Zelteingang auf. Niemand da. „Ich laufe zum Vogelfelsen", bestimmte er, „und Sie nehmen die Gegenrichtung – hinunter zu den Seehundfelsen. Mr. Bagshaw! Wo stecken Sie denn?"

Auf der seewärts gerichteten Inselseite war der Wind schon stärker. Das Dröhnen der Wellen, die gegen die Felsen krachten, wurde als Echo zurückgeworfen, was den Lärm noch verstärkte. Ein paar Vögel, die wir aufgeschreckt hatten, kreisten mit schrillem Gekreisch über dem Wasser. Meine Augen waren zwar schon an das Dämmerlicht gewöhnt, aber ich hütete mich, auf dem unebenen Boden einen unbedachten Schritt zu tun.

Ich hatte schon fast die Seehundfelsen erreicht, als ich ihn sah. Er kniete auf dem Boden, beugte sich über irgend etwas und stieß dabei leise, beruhigende Laute aus.

„Mr. Bagshaw! Gott sei Dank! Ihnen ist hoffentlich nichts passiert?"

„Pst, Mädchen! Nein, mir ist nichts passiert, aber dem Vogel hier. Der hat einen Flügel oder etwas anderes gebrochen. Dem machen Sie ja angst mit Ihrem Geschrei. Sehen Sie doch . . ."

Vor ihm lag, kaum sichtbar in dem dunklen Loch eines eingebrochenen Kaninchenbaus, ein kleiner schwarzer Vogel. Einer der beiden schmalen, stark geschwungenen Flügel ragte ein wenig aus dem sandigen Boden heraus, unter dem der Vogel begraben war. Der andere war völlig darunter verschüttet. Der kleine Körper warf sich hektisch hin und her, als wolle er losfliegen, was ihm aber unter diesen Umständen nicht gelingen konnte.

Da Mr. Bagshaw nichts unternahm, um dem Tier zu helfen, kniete ich mich auf den Boden und fing an, mit beiden Händen vorsichtig ein bißchen Sand wegzuschaufeln. „So", sagte ich, „der andere Flügel liegt jetzt auch frei – und er bewegt sich. Ich glaube, dem Tierchen ist nichts passiert. Es muß gerade aus dem Kaninchenbau herausgekommen sein, als der Boden ringsherum einbrach."

„Ja, und daran war ich schuld. Mir war, als hätte ich ein komisches unterirdisches Geräusch gehört, und dann bin ich zu nahe an das Erdloch herangetreten. Ich hätte mir dabei leicht den Knöchel brechen können."

„Entschuldigung, Mr. Bagshaw, es war gedankenlos von uns, einfach wegzufahren, aber . . ."

„Schon vergeben", erwiderte Mr. Bagshaw. „Und was machen wir jetzt mit dem kleinen Burschen? Was hatte er überhaupt in dem Kaninchenloch zu suchen? Ich mag Vögel. Zu Hause haben wir Tauben gehalten, und mein Großvater hat Kanarienvögel gezüchtet. Die wurden damals noch in den Kohlengruben gebraucht. Ich habe Großvater bei der Aufzucht geholfen." Er hatte fast im Flüstern gesprochen, während seine Hände eifrig Sand beiseite schaufelten. „Oh, da kommt ja Ihr Bruder! Bei diesem schlechten Licht soll er bloß aufpassen, wohin er tritt."

Neil hatte uns offenbar auch schon gehört, denn ich sah ihn von der Hügelkuppe zu uns herunterkommen. „Was habt ihr denn da?" fragte mich Crispin neugierig.

„Einen Vogel; eine Mehlschwalbe, glaube ich", antwortete Mr. Bagshaw. „Sie kann nicht fliegen. Ich dachte, sie sei verletzt, aber Ihre Schwester meint, ihr fehlt nichts."

„Jedenfalls hoffe ich, daß ihr nichts fehlt", sagte ich. „Es ist übrigens eine Sturmschwalbe. Sie möchte losfliegen, kriegt aber nicht den nötigen Schwung."

Inzwischen war auch Neil bei uns angekommen und fragte mich im Flüsterton, ob Mr. Bagshaw etwas passiert sei, und ich erwiderte: „Überhaupt nichts, aber eine Ihrer Sturmschwalben ist in Schwierigkeiten. Das ist alles."

„Rose hat recht", sagte Crispin, zu Mr. Bagshaw gewandt. „Das Tier ist wahrscheinlich nicht verletzt. Wir sollten ihm eine Starthilfe geben."

Er wollte nach dem Vogel greifen, aber ich hielt seinen Arm zurück. „Mr. Bagshaw kann mit Vögeln umgehen. Er soll es tun."

Crispin schaute fragend zu mir auf. Er zögerte einen Augenblick, stand dann aber unbeholfen auf und sagte: „Dann mal los, Mr. Bagshaw!"

„Bin ja schon dabei." Mr. Bagshaw schob die flachgestreckte Handfläche behutsam unter den Brustkorb der Sturmschwalbe und schloß die Finger über dem kleinen Körper. Der Vogel wirkte in seiner hohlen Hand sehr winzig und zerbrechlich.

„Jetzt brauchen Sie ihn bloß noch zum Rand der Klippe zu bringen", meinte Crispin und humpelte uns schon voran. Wir blieben kurz vor der Felskante stehen. „Los!“ kommandierte mein Bruder. „Werfen Sie ihn einfach ins Meer!“

Mr. Bagshaw drehte sich um und starrte Crispin an. Sein Gesicht sah in diesem Zwielicht grauweiß aus. Er setzte zu heftigem Protest an, aber mein Bruder war schneller.

„Das ist eine Sturmschwalbe, Mr. Bagshaw!“ erklärte er. „Dieses winzige Ding kann überallhin fliegen, solange es unter sich das Meer hat. Los, werfen Sie schon . . .!“

Mr. Bagshaws Arm holte mächtig aus. Der kleine Vogelkörper beschrieb in der Luft eine aufsteigende Kurve, überschlug sich. Die Flügel flatterten ein paarmal wie bei einem Nachtfalter, der in Zugluft geraten ist. Dann entfalteten sie sich, und die Sturmschwalbe schoß in einer langgezogenen Flugbahn auf die Wasserfläche zu. Ein paar Augenblicke lang sahen wir sie noch als dahinjagenden dunklen Fleck, der sich vor den weiß leuchtenden Brandungswellen abzeichnete. Dann verschwand sie mit kräftigen Flügelschlägen hinaus auf das offene Meer.

Mr. Bagshaw starrte in seine leere Hand, die noch immer den Vogelkörper zu umschließen schien. „Wenn Sie mir so was erzählt hätten“, stammelte er, „ich hätt's nicht geglaubt. Wie, sagten Sie, heißt der Vogel?“

„Sturmschwalbe. Sehr klein; sehr kräftig; sehr ausdauernd.“ Das war echt Crispin.

„Und diese Sturmschwalben brüten hier auf der Insel?“

„Ja.“ Diesmal hatte Neil geantwortet, und er fuhr fort: „Unser Exemplar hat sein Nest vermutlich in dem alten Kaninchenbau. Es wird wohl auf den Eiern gesessen und sich mit dem Partner verständigt haben, der gerade zur Ablösung von der See zurückkam.“

„Von den Sturmschwalben hatten Sie mir überhaupt nichts erzählt“, sagte Mr. Bagshaw vorwurfsvoll.

„Nein“, entgegnete Neil. „Wir bewahren, so gut es geht, Stillschweigen über sie. Sturmschwalben sind so seltene Vögel und, sobald sie an Land sind, besonders gefährdet.“

„Verstehe. Die Seehunde hatten Sie mir übrigens auch unterschlagen. Oder wissen Sie gar nicht, daß es dort unten auf den Felsenbänken Seehunde gibt?“

„Doch. Die Insel heißt aus gutem Grund *Eilean na Roin*, Seehundinsel. Die waren immer hier. Schon vor den Steinzeitmenschen.“

„Verstehe“, entgegnete Mr. Bagshaw wiederum und setzte hinzu: „Ihr Bootsmotor ist doch hoffentlich wieder in Ordnung?“

„Ja, und wir sollten jetzt zurückfahren. Können Sie genug sehen, Sir?"

„Natürlich sehe ich genug. Sie sollten lieber dem Doktor behilflich sein. Und noch was: Nennen Sie mich, bitte, nicht ‚Sir'. Mein Vorname ist Hartley. Und jetzt wüßte ich gern, ob man im Dorf ein ordentliches Abendessen bekommen kann. Ich möchte Sie alle gern einladen."

„Ein Essen für vier Personen?" fragte ich. „Das glaube ich kaum. Jedenfalls nicht ohne Vorbestellung. Wie wäre es, wenn wir in meinem Cottage äßen? Ich bringe schon irgend etwas zustande."

„Und hinterher fahre ich Sie mit dem Boot zu Ihrer Unterkunft", setzte Neil hinzu.

Wir hatten inzwischen den Damm erreicht, und Mr. Bagshaw blieb stehen. „Dankend angenommen", sagte er. „Und für noch etwas möchte ich Ihnen danken: für diesen schönen Tag. Alles hier hat mir gefallen. Dieses Inselerlebnis ist für mich etwas ganz Besonderes; viel mehr, als ich erwartet hatte."

Die Stille, die nun eintrat, konnte man mit Händen greifen. Dann sagte Neil: „Es ist für jeden von uns etwas ganz Besonderes . . ."

ES WURDE ein vorzügliches Abendessen. Da auf Moila jeder über jeden Bescheid wußte und Archie McLaren die Ereignisse des Vortages gewiß bis in den letzten Winkel verbreitet hatte, war Mrs. McDougall zu der Auffassung gelangt, Mr. Bagshaw werde zum Abendessen im großen Haus bleiben. Und so hatte sie Archie schon am Morgen mit einer Tüte frisch geernteter Bohnen, einem selbstgebackenen Apfelkuchen und einem halben Dutzend Brötchen zum Hamilton-Haus geschickt. Neil hatte mir die Sachen ausgehändigt, und ich konnte das köstlichste aller Schnellgerichte servieren: mit Käse überbackene Makkaroni, dazu Bohnen und Speck und, als Nachtisch, Apfelkuchen.

Mr. Bagshaw langte kräftig zu. Die brennende Frage des Hausverkaufs wurde mit keiner Silbe erwähnt, und so verlief die Mahlzeit in angenehmer Atmosphäre.

Hinterher half mir Neil beim Abräumen und Kaffeekochen. Während wir darauf warteten, daß das Wasser siedete, sagte er leise: „Ich kann Ihnen nicht genug danken, Rose. Allein hätte ich das nicht geschafft."

„Nicht der Rede wert. Können wir denn hoffen, daß er morgen abreist?"

„Ja. Ich habe ihm zwar angeboten, bei mir zu übernachten, aber er will lieber im Dorf schlafen, um die Morgenfähre zu bekommen. Also können wir doch hoffen . . . Wie dem auch sei" – er hielt inne.

„Ja?"

„Wie dem auch sei: Ich werde mein Bestes tun, damit man die Insel in Frieden läßt. Geben Sie mir das Tablett mit dem Kaffeegeschirr."

„Das nehme ich lieber selber. Crispin hat Brandy mitgebracht. Er steht im Schrank neben den Gläsern. Wie wäre es mit einem Schluck?"

„Das wäre wunderbar!"

Ich trug das Tablett ins Zimmer und verteilte die Kaffeetassen. „Was nehmen Sie dazu, Mr. Bagshaw?"

„Milch und Zucker, wenn ich bitten darf. Vielen Dank."

„Und dank Crispin dazu einen kleinen Brandy", sagte Neil und brachte die Gläser.

„Genau das, was mir der Onkel Doktor verordnet hat." Mr. Bagshaw lachte herzhaft über seinen eigenen Witz. „Und nun", fuhr er mit erhobenem Glas fort, „möchte ich ein paar Worte loswerden – mehr nicht, denn ich kann keine Reden halten. Zuerst möchte ich Ihnen sagen, wie gern ich auf Ihrer Insel und bei Ihnen war. Der Vorfall mit Ewen Mackay, dieser kleinen Ratte, tut mir leid, aber ich kann nichts dafür, und freundlicherweise geben auch Sie mir keine Schuld daran. Also nochmals: Vielen Dank Ihnen allen und besonders Miß Rose – für dies alles." Seine Handbewegung galt der Insel und schloß auch gleich den Tisch mit den Kaffeetassen und Brandygläsern ein.

„Gern geschehen", sagte ich lächelnd. „Wieso glauben Sie, kein guter Redner zu sein? Das war doch eine sehr hübsche Rede."

„Ich bin noch nicht fertig." Mr. Bagshaw richtete den Blick jetzt auf Neil. „Sie alle kennen meine Erschließungspläne für Moila. Die Insel gefällt mir, und die Pläne ließen sich verwirklichen, wenn es nicht zwei Hinderungsgründe gäbe."

„Und die wären?" Die Frage kam von Neil.

„Der erste: Sie wollen gar nicht verkaufen. Glauben Sie nur nicht, ich hätte nicht begriffen, weshalb Sie dauernd von Löchern im Dach und nicht vorhandenen Handwerkern redeten. Zu Ihrer Beruhigung: Ich weiß nicht, was man Ihnen über das schottische Vorkaufsrecht erzählt hat. Ich könnte Sie jedenfalls nicht gegen Ihren Willen zum Verkauf zwingen. Nach den Erlebnissen dieses Tages würde ich es auch keinesfalls versuchen, und damit bin ich beim zweiten Hinderungsgrund."

Diesmal stellte Neil keine Frage, während Mr. Bagshaw einen Schluck Brandy trank.

„Und der ist die Insel selbst. Zugegeben, Moila ist romantischer als alles, was ich kenne, aber man müßte schon dickhäutig wie ein Rhinozeros sein, um hier an den Stränden liegen und Sonnenbäder nehmen zu können. Und sagen Sie bloß nicht, das hätten Sie nicht gewußt! Was, zum Teufel, sind das für Biester?"

„Mücken", antwortete Neil und setzte sein Glas auf dem Tisch ab. „Aber dazu möchte ich auch noch eine Erklärung abgeben, Mr. Bagshaw – Hartley, wollte ich sagen. Ich schäme mich für das, was heute vorgefallen ist. Wir wollten tatsächlich erreichen, daß es Ihnen hier nicht gefällt, als wir Sie zu der Stunde, in der die Mückenplage am schlimmsten ist, auf der Seehundinsel zurückließen. Unsere einzige Entschuldigung ist, daß Sie so fest zum Kauf entschlossen zu sein schienen und daß ich glaubte, den Vorvertrag erfüllen zu müssen. Hoffentlich vergeben Sie mir."

„Und mir", sagte ich. „Es tut mir alles sehr leid."

„Was denn? Daß Sie mir mein Lieblingsessen serviert haben? Ich bitte Sie! Und Sie" – dies war an Neils Adresse gerichtet –, „Sie sind ein Glückspilz!"

Neil starrte Bagshaw verständnislos an. Dann sah ich, wie er dunkelrot anlief. Crispin schaute lächelnd in sein Brandyglas.

Mr. Bagshaw schob seinen Stuhl zurück. „Ich muß jetzt aufbrechen. Sie brauchen sich nicht zu schämen, Neil. Im übrigen gibt es noch viele attraktive Grundstücke. Ich finde bestimmt etwas Geeignetes, wo ich keine Sturmschwalben vom Nest verjage und wo der Klempner noch am selben Tag kommt, wenn das Klo kaputt ist. Gute Nacht also, Miß Rose, und nichts für ungut! Crispin . . .!"

Mein Bruder war schon aufgestanden. „Ich begleite Sie zum Boot. Laß das Geschirr stehen, bis ich zurückkomme, Rose."

Die beiden Männer gingen zum Bootssteg hinunter, während Neil noch einen Augenblick stehenblieb. Er lächelte und sah kein bißchen müde aus. „Ich möchte mich auch bedanken – für den ganzen Tag", sagte er. „Ich weiß nicht, wie unsere Sache ohne Sie ausgegangen wäre. Sehe ich Sie bald wieder?"

„Ich habe das Haus noch für die nächsten sechs Tage gemietet. Sie treffen mich also hier an . . ."

„Sechs Tage? Crispin hat doch eine ganze Urlaubswoche verloren. Bleiben Sie ein bißchen länger hier, um die verlorene Zeit nachzuholen. Mietfrei. Das verspricht Ihnen Ihr Wirt! Mit der Agentur werde ich mich schon einigen. Aber jetzt muß ich wirklich aufbrechen. Wir sehen uns ja bald wieder, spätestens . . ."

„Spätestens . . .?"

„. . . im nächsten Semester", sagte er und ging.

DAS GERÄUSCH des Bootsmotors verhallte. Crispin kam zurück, half mir beim Abwaschen und ging danach gleich in sein Schlafzimmer hinauf. Ich räumte das Haus auf und lief vor dem Abschließen der Haustür noch einmal zum Strand hinunter.

Crispin hatte oben in seinem Zimmer schon das Licht ausgemacht. Meine Müdigkeit war verflogen, und ich genoß das Alleinsein und die Stille. Diese wohltuende Stille, die sich wie ein Mantel um mich legte und in der all die friedlichen Geräusche der Nacht vereint waren: das Zischen der kleinen Wellen, die über die Strandkiesel liefen; das Säuseln der sanften Brise, die durch die Farnwedel strich; das Rascheln eines kleinen Tiers im Gras; das Klatschen des Seetangs am Wassersaum, einer dunklen Masse vor dunklem Hintergrund.

„Gute Nacht", flüsterte ich, kehrte ins Haus zurück und ging zu Bett.

Die Augen waren mir schon fast zugefallen, als ich draußen, ein wenig außerhalb der Bucht, ein Motorboot leise vorbeituckern hörte.

„Auf Wiedersehen im nächsten Semester", sagte ich und lächelte in mein Kissen.

Ich glaube, ich lächelte noch beim Einschlafen.

Foto: Mark Gerson

Mary Stewart

Mary Stewart ist in Großbritannien und in den Vereinigten Staaten eine beliebte und vielgelesene Autorin, deren bisher achtzehn Romane allesamt Bestseller wurden. Zudem schreibt sie auch Kinderbücher, Theaterstücke, und erst kürzlich veröffentlichte sie einen Gedichtband. Drei von ihren früheren Romanen – *Der Efeubaum*, *Lauter Kapriolen* und *Die Geisterhunde* – sind in den Auswahlbüchern erschienen.

Die Autorin wurde in England geboren, lebt aber schon seit vielen Jahren mit ihrem Mann, einem pensionierten Geologieprofessor, in Schottland in einem mehrere Jahrhunderte alten Haus. Die beiden unternehmen häufig Ausflüge auf die Hebriden, so daß die Autorin die Gegend, in der *Geheimnisvolle Gäste* spielt, sehr gut kennt. Die Insel Moila ist allerdings eine Erfindung von ihr. „Wie bei allen meinen Geschichten", erklärt sie, „habe ich mir einen Ort ausgedacht, an dem ich auch gern leben würde. Die Entwicklung der Handlung ergibt sich dann fast von selbst."

Aber die Begeisterung für ausgefallene Orte und weitgehend unberührte Landschaften war nicht allein ausschlaggebend für Mary Stewart, diesen Roman zu schreiben. Es liegt ihr am Herzen, Menschen mit einer unterhaltsamen Geschichte darauf aufmerksam zu machen, was mit ihrer Umwelt geschieht. „Es stimmt sehr bedenklich, mit anzusehen, wie überall immer mehr Landschaft zerstört wird", sagt die Autorin. „Oftmals wollen ein paar Leute nur schnell Profit machen, ohne auch nur im geringsten an die Zukunft des Landes zu denken. Dabei sind wir Menschen genauso Teil der Natur wie Pflanzen und Tiere. Wir müssen uns ihr anpassen und nicht umgekehrt."

No.10
Downing
St.
Regent Street
Savile Row
Piccadilly
Regent St.
Haymarket
HERRING

Die Lerche fliegt im Morgengrauen

Eine Kurzfassung des Buches von

JACK HIGGINS

Nach der Übersetzung von
Michael Kubiak

Am 7. Februar 1991 wurde um zehn Uhr morgens, als das Kriegskabinett zusammentrat, ein spektakulärer Anschlag auf Downing Street 10 verübt. Eine restlose Aufklärung ist bis heute nicht erfolgt. Vielleicht hat sich alles wie folgt abgespielt . . .

Die himmlischen Winde wehen. Der Tisch ist gedeckt. Möge Allah mit Euch sein.

Verschlüsselte Botschaft,
Irakischer Rundfunk, Bagdad.
Januar 1991

1

ES WAR kurz vor Einbruch der Dunkelheit, als Dillon aus der Gasse auftauchte und an der Ecke stehenblieb. Regentropfen und Schneeflocken trieben über die Seine, Hagelkörner mischten sich darunter, und selbst für einen Januar in Paris war es kalt. Er trug einen Matrosenmantel, Schirmmütze, Jeans und Stiefel und sah damit aus wie einer der vielen Matrosen von einem der Schleppkähne. Aber das war er keineswegs.

Er zündete sich hinter schützend vorgehaltenen Händen eine Zigarette an, blieb für einen Moment im Schatten stehen und schaute zu den Lichtern des kleinen Cafés auf der anderen Seite des gepflasterten Platzes hinüber. Nach einer Weile schnippte er die Zigarette weg, schob die Hände tief in die Manteltaschen und überquerte den Platz.

In der dunklen Höhle eines Hauseingangs warteten zwei Männer und beobachteten ihn. „Das muß er sein", flüsterte einer von ihnen. Er wollte einen Schritt vorgehen, doch der andere hielt ihn zurück.

„Nein, warte, bis er drin ist."

Dillon, dessen Sinne durch die Jahre des Untergrundlebens geschärft worden waren, hatte die beiden Männer bemerkt, aber das verriet er durch keinerlei Reaktion. Er blieb vor dem Eingang stehen, schob die linke Hand unter den Mantel, um sich zu vergewissern, daß die Walther PPK sicher im Bund seiner Jeans steckte, dann öffnete er die Tür und trat ein.

Es war ein Lokal, wie es für diesen Stadtteil typisch war: ein halbes Dutzend Tische mit Stühlen, eine Theke, Flaschen, die dahinter vor einem gesprungenen Spiegel aufgereiht waren. Der Durchgang nach hinten wurde von einem Perlenvorhang verdeckt.

Der Barkeeper, ein sehr alter Mann mit grauem Schnurrbart, legte die Illustrierte, in der er gelesen hatte, beiseite und erhob sich von seinem Hocker. „Monsieur?"

Dillon knöpfte seinen Matrosenmantel auf und legte seine Mütze auf die Theke. Er war nicht viel größer als einsfünfundsechzig, mit blondem Haar und Augen, die für den Barkeeper überhaupt keine spezielle Farbe zu haben schienen, außer daß es die kältesten Augen waren, in die der alte Mann jemals geblickt hatte. Er schüttelte sich fröstelnd, von einer unerklärlichen Furcht ergriffen. Als Dillon das bemerkte, lächelte er. Die Veränderung war erstaunlich, plötzlich zeigte sein Gesicht nichts als Wärme und einen überwältigenden Charme. Als er zu reden begann, sprach er in perfektem Französisch.

„Meinen Sie, es gibt in diesem Haus noch eine halbe Flasche Champagner?"

Der alte Mann schaute ihn verblüfft an. „Champagner? Sie belieben wohl zu scherzen, Monsieur. Ich kann Ihnen zwei verschiedene Weine anbieten, einen roten und einen weißen." Er stellte von jedem eine Flasche auf die Theke.

„Na schön", sagte Dillon. „Ich nehme den Weißen. Geben Sie mir ein Glas."

Er setzte seine Mütze wieder auf, nahm Flasche und Glas, ging durch das Lokal und nahm an einem Tisch vor der Wand Platz, von dem aus er sowohl den Eingang von der Straße her wie auch den Perlenvorhang beobachten konnte. Er öffnete die Flasche, schenkte sich etwas Wein ein und kostete.

„Und was für ein Jahrgang ist das?" fragte er den Barkeeper. „Wohl von letzter Woche, oder?"

„Monsieur?" Der alte Mann sah ihn verwirrt an.

„Schon gut." Dillon lehnte sich zurück und wartete.

DER MANN, der dem Vorhang am nächsten stand und hindurchspähte, war Mitte Fünfzig, mittelgroß und hatte einen leicht kränklichen Gesichtsausdruck. Der Pelzkragen seines dunklen Mantels war zum Schutz vor der Kälte hochgeschlagen. Bis hin zur goldenen Rolex am linken Handgelenk sah er aus wie ein wohlhabender Geschäftsmann. In gewisser Weise war er das auch, als Handelsattaché an der sowjetischen Botschaft in Paris. Außerdem war er Oberst des KGB. Sein Name war Josef Makeev.

Der jüngere, dunkelhaarige Mann im teuren Lamahaarmantel, der Makeev über die Schulter lugte, hieß Michael Aroun. Er flüsterte auf französisch: „Das ist doch lächerlich. Das kann einfach nicht unser Mann sein. Er sieht doch nach gar nichts aus."

„Ein großer Irrtum, dem schon viele unterlegen sind, Michael", bemerkte Makeev. „Warten Sie ab und passen Sie auf."

Die Außentür schwang auf, und Regen wurde hereingeweht. Die beiden Männer traten ein, die im Hauseingang gewartet hatten, während Dillon den Platz überquerte. Einer von ihnen war über einsachtzig groß, bärtig und hatte eine häßliche Narbe unterhalb seines rechten Auges. Der andere war deutlich kleiner. Beide trugen Matrosenmäntel und Bluejeans.

Der alte Mann hinter dem Tresen verzog ängstlich das Gesicht.

„Keine Bange, Pierre", meinte der jüngere der beiden Neuankömmlinge. „Wir wollen nur etwas trinken."

Der große Mann wandte sich um und ging zu Dillons Tisch. „Ich glaube, da haben wir schon, was wir wollen." Er ergriff Dillons Glas und trank daraus. „Unser Freund hier hat sicher nichts dagegen, oder?"

Ohne von seinem Stuhl aufzustehen, hob Dillon den linken Fuß und trat dem Bärtigen kräftig gegen die Kniescheibe. Der Mann sackte mit einem erstickten Schrei zusammen und hielt sich am Tisch fest. Dillon sprang auf. Der andere zog ein Messer aus der Tasche und ließ die Klinge aufspringen.

Dillons linke Hand kam mit der Walther PPK zum Vorschein. „Mein Gott, Leute, ihr lernt es nie, oder? Sieh zu, daß du mit diesem Stück Scheiße verschwindest, solange ich noch halbwegs bei Laune bin!"

Der kleinere Mann ging zu seinem Freund und mühte sich ab, um ihn auf die Beine zu bekommen. Das Gesicht des Bärtigen war schmerzverzerrt. Dillon öffnete die Tür. Während die beiden an ihm vorbei in den Regen humpelten, sagte er: „Ich wünsche noch eine angenehme Nacht" und schloß die Tür.

Die Walther in der Linken, rief er dann auf englisch: „Na schön, Josef, ich weiß, daß Sie da sind, also kommen Sie schon raus!"

Der Vorhang teilte sich, und Makeev und Aroun traten in den Schankraum. „Mein lieber Sean, ich freue mich, Sie wiederzusehen", begrüßte ihn Makeev.

„Sie sind ein echtes Phänomen", entgegnete Dillon, und in seiner Stimme lag die Spur eines irischen Akzents. „Gerade wollten Sie mich noch tranchieren lassen, und jetzt sind Sie wieder die Nettigkeit in Person."

„Es war nötig, Sean", meinte Makeev. „Ich mußte meinen Freund hier überzeugen. Darf ich euch miteinander bekannt machen?"

„Lassen Sie nur", winkte Dillon ab. „Ich habe sein Bild schon oft genug in der Zeitung gesehen. Michael Aroun, nicht wahr? Der Mann, der mehr Geld besitzt, als ein Mensch sich vorstellen kann."

„Nicht ganz soviel, Mr. Dillon." Aroun streckte ihm die Hand hin.

Dillon ignorierte sie. „Schenken wir uns die Formalitäten, Kleiner. Sagen Sie lieber Ihrem Freund hinterm Vorhang, er soll ebenfalls rauskommen."

„Rashid!" rief Aroun. „Er ist nur mein Gehilfe", meinte er dann erklärend zu Dillon.

Der junge Mann, der zum Vorschein kam, hatte ein dunkles, wachsames Gesicht und trug einen Ledermantel. Die Hände hatte er tief in den Taschen vergraben.

Dillon erkannte auf Anhieb den Profi. „Hände zeigen!" verlangte er und winkte mit der Walther. Rashid lächelte und nahm die Hände aus den Taschen. „Sehr gut", sagte Dillon. „Und jetzt muß ich Sie leider verlassen." Er ging zur Tür.

„Sean, seien Sie doch vernünftig", bat Makeev. „Wir wollen uns nur mit Ihnen unterhalten. Es geht um einen Job."

„Tut mir leid, Josef, aber ich mag die Art nicht, wie Sie Ihr Geschäft betreiben."

„Auch nicht für eine Million, Mr. Dillon?" warf Michael Aroun ein.

Dillon sah ihn ruhig an und lächelte dann ausgesprochen freundlich. „Meinen Sie Pfund oder Dollar, Mr. Aroun?" fragte er und trat hinaus in den Regen.

Als die Tür zufiel, sagte Aroun: „Der ist wohl weg."

„Keineswegs", widersprach Makeev. „Ein komischer Kerl, glauben Sie mir." Er wandte sich an Rashid. „Sie haben Ihr tragbares Telefon bei sich?"

„Ja, Oberst."

„Gut. Folgen Sie ihm. Heften Sie sich an seine Fersen. Wenn er irgendwo in einem Hotel absteigt, rufen Sie mich an. Wir sind in der Avenue Victor Hugo."

Rashid machte sich sofort auf den Weg.

Mit den Worten „Haben Sie herzlichen Dank!" legte Aroun dem völlig verwirrt dreinblickenden Barkeeper einen Tausendfrancschein auf den Tresen. Dann wandte er sich um und folgte Makeev nach draußen.

Sie stiegen in eine in der Nähe geparkte schwarze Mercedes-

Limousine ein. Während Aroun sich hinter das Lenkrad schob, sagte der Russe zu ihm: „Ein interessanter Bursche, dieser Sean Dillon. Er hat einundsiebzig zum erstenmal für die IRA eine Pistole in die Hand genommen. Zwanzig Jahre ist das jetzt her, Michael, und nicht einmal hat er eine Gefängniszelle von innen gesehen. Dann wurde es sogar für seine eigenen Leute zu heiß, mit ihm zusammenzuarbeiten. Seitdem hat er für alle möglichen Auftraggeber gearbeitet, für die PLO, früher auch für die Rote-Armee-Fraktion in Deutschland und für die baskischen Nationalisten der ETA."

Sie fuhren los.

„Auch für den KGB?"

„Aber sicher. Wir nehmen immer die Besten, und Sean Dillon ist einer von ihnen. Er spricht Englisch und Irisch, beherrscht fließend Französisch und Deutsch und kann einigermaßen Arabisch, Italienisch und Russisch."

„Und niemand hat ihn in zwanzig Jahren geschnappt? Wie kann jemand nur so viel Glück haben?"

„Das liegt daran, daß er eine außergewöhnliche schauspielerische Begabung besitzt. Er ist geradezu ein Genie. Als Junge bekam er ein Stipendium an der königlichen Theaterakademie in London, und mit neunzehn ist er sogar im Nationaltheater aufgetreten. Ich habe noch nie jemanden gesehen, der seine Persönlichkeit und seine Erscheinung allein durch seine Körpersprache so verändern kann. Er ist gewissermaßen eine lebende Legende, über die die Geheimdienste der meisten Nationen Stillschweigen bewahren, denn sie können ihm kein Gesicht zuordnen und wissen daher nicht, wie sie ihn suchen sollen. Ich bezweifle, daß es ein neueres Foto von ihm gibt."

„Und Sie meinen, er übernimmt den Auftrag, wenn ich ihm genug Geld biete?"

„Nein, Geld allein genügt diesem Mann nicht. Der Job selbst muß Dillon reizen. Er muß interessant sein. Für diesen Mann ist die Schauspielerei alles. Und was wir ihm anbieten, ist eine neue Rolle." Er lächelte versonnen, während sich der Mercedes in den Kreisverkehr um den Arc de Triomphe einfädelte. „Mal sehen, was geschieht. Warten wir ab, bis wir von Rashid hören."

In diesem Moment befand Hauptmann Rashid sich am Anfang eines kleinen Piers, der in die Seine ragte. Es regnete immer noch in Strömen, und man sah die von Scheinwerfern angestrahlte Kathedrale Notre-Dame wie durch einen grobmaschigen Vorhang. Rashid beobachtete, wie Dillon über den schmalen Pier ging, an dessen Ende ein Gebäude auf Pfählen stand. Er wartete, bis Dillon darin verschwunden war, und folgte ihm.

Auf dem Schild über der Tür stand LE CHAT NOIR, die Schwarze Katze. Rashid lugte vorsichtig durch ein Fenster. Ähnlich wie in dem anderen Lokal gab es eine Bar und mehrere Tische, an denen Leute saßen und speisten. An der Wand auf einem Barhocker saß ein Mann, der Akkordeon spielte. Alles wirkte sehr pariserisch. Dillon stand an der Bar und unterhielt sich mit einer jungen Frau.

Rashid ging zum Anfang des Piers zurück, suchte sich eine vor dem Regen geschützte Stelle unterhalb einer kleinen Caféterrasse und wählte auf seinem tragbaren Telefon die Nummer von Arouns Haus in der Avenue Victor Hugo.

Ein leises Klicken ertönte, als die Walther gespannt wurde. Dillon stieß Rashid die Mündung schmerzhaft ins rechte Ohr. „Also, Freundchen, jetzt ist es wohl Zeit für ein paar Antworten", meinte er. „Wer sind Sie?"

„Mein Name ist Rashid", erwiderte der junge Mann. „Ali Rashid. Ich bin Hauptmann in der irakischen Armee und zu Mr. Arouns Schutz abkommandiert."

„Und Makeev und der KGB?"

„Sagen wir einfach, sie sind auf unserer Seite."

„So wie die Dinge am Golf stehen, brauchen Sie wirklich jemand auf Ihrer Seite, Freundchen." Aus dem tragbaren Telefon drang eine leise Stimme. „Na los, antworten Sie", forderte Dillon Rashid auf.

„Rashid, wo ist er?" fragte Makeev.

„Neben mir, vor einem Café namens *Chat Noir*. Es liegt an der Seine unweit von Notre-Dame", antwortete Rashid.

„Geben Sie ihn mir!" befahl Makeev.

Rashid reichte den Telefonhörer an Dillon weiter. „Eine Million englische Pfund, Sean", sagte Makeev.

„Und was soll ich für das viele Geld tun?"

„Den Job Ihres Lebens erledigen. Lassen Sie sich von Rashid herbringen, und wir besprechen alles."

„Ich glaube, das gefällt mir nicht", entgegnete Dillon. „Viel lieber wäre mir, wenn Sie sich in Bewegung setzen und selbst herkommen würden, um uns abzuholen."

„Einverstanden", sagte Makeev.

Dillon lächelte und gab Rashid das Telefon zurück. „Und jetzt lassen Sie uns reingehen und etwas trinken."

IM WOHNZIMMER im ersten Stock des Hauses in der Avenue Victor Hugo am Bois de Boulogne legte Josef Makeev den Telefonhörer auf und zog seinen Mantel an.

„War das Rashid?“ wollte Aroun wissen.

„Ja. Dillon ist bei ihm. Ich hole die beiden ab. Halten Sie hier die Stellung. Es dauert nicht lange.“

Er ging hinaus. Aroun zündete sich eine Zigarette an, dann schaltete er den Fernseher ein. Eine Direktreportage aus Bagdad berichtete über einen Angriff von Tornadokampfbombern der britischen Royal Air Force. Diese Nachricht erfüllte ihn mit bitterem Zorn, denn er war – was man von einem ansonsten rein ichbezogenen Menschen kaum erwarten würde – ein Patriot. Hinzu kam allerdings die unendlich viel bedeutsamere Tatsache, daß sein Vater bei einem Bombenangriff am dritten Tag des Luftkriegs ums Leben gekommen war. Aroun schaltete wütend den Fernseher aus, schenkte sich einen Cognac ein und setzte sich an die geöffnete Balkontür.

Michael Aroun war vierzig Jahre alt und in jeder Hinsicht ein bemerkenswerter Mann. Er war in Bagdad als Sohn eines irakischen Vaters und einer französischen Mutter geboren. Seine Großmutter mütterlicherseits war Amerikanerin gewesen und hatte seiner Mutter zehn Millionen Dollar und mehrere Ölquellen in Texas vererbt.

Arouns Mutter war im gleichen Jahr gestorben, in dem er sein Studium an der Rechtsfakultät in Harvard abgeschlossen hatte, und sie hatte alles ihrem Sohn hinterlassen. Ihr Mann hatte es als pensionierter General der irakischen Armee vorgezogen, seinen Lebensabend in Bagdad bei seinen Büchern zu verbringen, in einem alten Haus, das sich seit Generationen im Besitz der Familie befand.

Aroun wurde schnell zu einem erfolgreichen Geschäftsmann, obwohl er keinerlei wirtschaftswissenschaftliche Ausbildung genossen hatte und nichts von Finanzplanung oder Unternehmensführung verstand. Sein oft und gern zitierter Lieblingssatz lautete: „Wenn ich einen Buchhalter brauche, dann kaufe ich mir einen.“

Seine Freundschaft mit Saddam Hussein hatte sich völlig natürlich aus der Tatsache ergeben, daß der irakische Präsident in seinen politischen Anfängen großzügig von Arouns Vater, einem wichtigen Mitglied der Baath Partei, unterstützt worden war. Das hatte Aroun eine privilegierte Position verschafft, in der er mit der Erschließung irakischer Ölvorkommen betraut war, und ihm zu unschätzbarem Reichtum verholfen.

Nun zeichnete sich eine Katastrophe für ihn ab. Was seine generelle finanzielle Situation betraf, so brauchte er sich vorerst keine Sorgen zu machen. Er war vom Ruin weit entfernt, da er immer noch seine Anteile an den Ölquellen in den USA besaß. Aber der Teil seines Vermögens, der aus dem Irak stammte, verflüchtigte sich zusehends infolge der massiven Luftangriffe der Alliierten, die sein Land mehr und mehr verwüsteten.

Noch etwas hatte sich verändert: Seit kurzem gab es ein großes Geheimnis in seinem Leben. Im August, kurz nach der Invasion Kuweits durch die irakischen Streitkräfte, hatte Saddam Hussein persönlich Aroun zu sich befohlen. Und während Aroun jetzt vor der offenen Balkontür saß, sein Glas Cognac in der Hand, und der Regen monoton auf den Balkon herniederprasselte, blickte er hinüber zum Bois de Boulogne und erinnerte sich an diese Begegnung.

SADDAM HUSSEIN saß in Uniform an einem großen Schreibtisch und war gerade damit beschäftigt, etwas zu schreiben, langsam und sorgfältig. Er blickte auf, lächelte und legte dann seinen Füllfederhalter beiseite.

„Michael!“ Er kam um den Tisch herum und umarmte Aroun wie einen Bruder. „Was macht Ihr Vater? Geht es ihm gut?“

„Er erfreut sich vorzüglicher Gesundheit, Herr Präsident.“

„Richten Sie ihm meine besten Wünsche aus. Sie sehen gut aus, Michael. Paris bekommt Ihnen.“

Er ließ sich wieder hinter seinem Schreibtisch nieder, und Aroun nahm ihm gegenüber Platz. An die Wand gelehnt stand der junge Geheimdiensthauptmann Rashid, der Aroun zum Präsidentenpalast gebracht hatte.

„Paris ist sehr schön“, sagte Aroun, „aber in diesen schwierigen Zeiten ist mein Platz hier.“

Saddam Hussein schüttelte den Kopf. „Das stimmt nicht, Michael. Ich habe Soldaten im Überfluß, aber nur wenige Männer wie Sie. Sie sind reich, berühmt und werden in den höchsten Kreisen der Gesellschaft und der Politik überall auf der Welt geschätzt. Und mehr noch, dank Ihrer verehrten Mutter seligen Andenkens sind Sie nicht nur Iraki, sondern auch französischer Staatsbürger. Nein, Michael, ich brauche Sie in Paris.“

„Aber warum, Herr Präsident?“ fragte Aroun.

„Weil ich Sie vielleicht eines Tages bitten muß, mir und Ihrem Land einen Dienst zu erweisen, zu dem nur Sie fähig sind.“

„Sie können sich auf mich verlassen, das wissen Sie“, erwiderte er.

Saddam Hussein stand auf und ging zum Fenster. „Ich hoffe noch immer, daß uns die Amerikaner und die Engländer in Ruhe lassen. Aber wenn nicht . . ." Er zuckte mit den Achseln. „Dann müssen wir sie überall bekämpfen. Denken Sie daran, Michael: Der Prophet lehrt uns bereits im Koran, daß in einem Schwert mehr Wahrheit steckt als in zehntausend Worten." Nach einer Pause fuhr er fort: „Ein Scharfschütze in der Dunkelheit, Michael, ob er nun auf Bush zielt oder auf diese Thatcher – das wäre der Beweis, daß mein Arm überall hinreicht. Der endgültige Schlag. Wären Sie in der Lage, so etwas zu arrangieren, falls nötig?"

Aroun war in seinem ganzen Leben noch nie so erregt gewesen. „Ich denke schon, Herr Präsident. Alles ist möglich, wenn genügend Geld vorhanden ist."

„Gut." Saddam Hussein nickte. „Sie werden sofort nach Paris zurückkehren. Hauptmann Rashid wird Sie begleiten. Er kennt die Codes, die wir bei Funksendungen benutzen, und verfügt auch sonst über das Wissen, das man in solchen Situationen braucht. Möglich, daß es niemals dazu kommt, Michael, aber wenn . . ." Er hob die Schultern und wandte sich an Rashid. „Außerdem ist da noch dieser KGB-Oberst in der sowjetischen Botschaft in Paris, nicht wahr?"

„Sie meinen Oberst Makeev, Herr Präsident?"

„Genau. Wie viele andere in seiner Lage ist er nicht glücklich mit den Veränderungen, die jetzt in Moskau stattfinden. Er wird uns in jeder erdenklichen Weise helfen, das hat er schon durchblicken lassen." Er trat auf Aroun zu und umarmte ihn erneut wie einen Bruder. „Gehen Sie jetzt. Ich habe noch zu arbeiten."

SEIT seiner Rückkehr nach Paris hatte Aroun Makeev gut kennengelernt, vor allem bei Besprechungen in der Botschaft. Saddam Hussein hatte recht gehabt. Der Russe stand voll und ganz auf ihrer Seite und war nur zu bereit, alles zu tun, was den Vereinigten Staaten oder Großbritannien Probleme bereiten würde.

Aroun dachte erneut über die unerfreulichen Meldungen aus seiner Heimat nach. Die Mobilmachung einer derartig riesigen Armee – wer hätte so etwas erwarten können? Und dann hatte in den Frühstunden des 17. Januar der Luftkrieg begonnen. Ein schwerer Schlag nach dem anderen, und der Bodenangriff stand erst noch bevor.

Er schenkte sich einen weiteren Cognac ein und erinnerte sich an die verzweifelte Wut, die ihn bei der Nachricht vom Tod seines Vaters überkommen hatte. Und eines Morgens stürmte dann Ali Rashid in den großen luxuriösen Wohnraum. Er hielt einen Notizblock in der Hand, und sein Gesicht war auffallend blaß und erregt.

„Es ist soweit, Mr. Aroun. Das Zeichen, auf das wir gewartet haben, ist da. Ich habe es soeben in der Funkübertragung aus Bagdad gehört." Er hielt Aroun den Block hin, und dieser las:

> Die himmlischen Winde wehen. Der Tisch ist gedeckt. Möge Allah mit Euch sein.

Arouns Stimme klang heiser, als er Rashid antwortete. „Der Präsident hat recht. Der Tag ist gekommen."

„So ist es", bestätigte Rashid. „Unser Projekt beginnt. Ich setze mich mit Makeev in Verbindung und verabrede baldmöglichst ein Treffen."

DILLON stand an der Balkontür und blickte über die Avenue Victor Hugo auf den Bois de Boulogne. Er pfiff leise eine seltsame Melodie vor sich hin.

„Darf ich Ihnen etwas zu trinken anbieten, Mr. Dillon?"

„Ein Glas Champagner vielleicht? Ich bevorzuge die Marke Krug."

„Ein Mann mit Geschmack, ich verstehe." Aroun nickte Rashid zu, der durch eine Seitentür hinausging.

Dillon knöpfte seinen Mantel auf. „Soso, Sie brauchen also meine Dienste, wenn ich diesen alten Fuchs hier richtig verstanden habe." Er wies mit einem Kopfnicken auf Makeev. „Eine Million Pfund. Was muß ich denn dafür tun?"

Rashid kehrte mit einer Flasche Krug-Champagner in einem Kühler und einem Tablett mit drei Gläsern zurück. Er stellte alles auf den Tisch und begann die Flasche zu öffnen.

„Ich weiß es noch nicht genau, aber es müßte etwas ganz Besonderes sein", antwortete Aroun auf Dillons Frage. „Etwas, das der Welt beweist, daß Saddam Hussein überall zuschlagen kann."

„So was braucht er auch, der alte Knabe", bemerkte Dillon fröhlich. „Es läuft wirklich nicht gut für ihn." Als er sah, daß Rashid nur drei Gläser füllte, wandte er sich an ihn. „Und was ist mit Ihnen, junger Mann? Trinken Sie nicht mit?"

Rashid lächelte nur.

„Trotz seiner Ausbildung beim britischen Geheimdienst bleibt Hauptmann Rashid ein strenggläubiger Moslem", erklärte Aroun. „Er rührt keinen Alkohol an."

Dillon hob sein Glas. „Ich habe Respekt vor einem Mann mit Prinzipien." Sie tranken.

Makeev brachte das Gespräch wieder auf das eigentliche Thema. „Es muß etwas Großes sein, Sean, etwas Kleines hat keinen Sinn. Es geht nicht darum, fünf Fallschirmspringer der britischen Armee in Belfast in die Luft zu sprengen."

„Ach, ihr wollt, daß Bush dran glauben soll?" Dillon grinste. „Der Präsident der Vereinigten Staaten – tot, mit einer Kugel im Bauch?"

„Wäre das so abwegig?" fragte Aroun.

„Diesmal schon, Kleiner", erwiderte Dillon. „Präsident Bush hat das beste Sicherheitssystem der Welt, das können Sie mir glauben. Und unter den augenblicklichen Umständen, solange das Spektakel am Golf im Gange ist, bleibt er ganz sicher zu Hause, darauf würde ich jeden Betrag wetten."

Stille trat ein, und Aroun starrte düster vor sich hin. Makeev ergriff als erster wieder das Wort. „Dann verraten Sie mir doch mal Ihre Meinung als Fachmann, Sean. Bei welchen Staatsoberhäuptern findet man das schwächste Sicherheitssystem?"

Dillon lachte schallend. „Ich glaube, diese Frage kann Ihnen Ihr Spezialist vom britischen Geheimdienst hier am besten beantworten."

Rashid lächelte. „Er hat recht. Die Briten mögen die Weltmeister sein, wenn es um verdeckte Operationen geht, aber was die anderen Bereiche betrifft . . ." Er schüttelte den Kopf.

„Da sieht's weniger beeindruckend aus", stimmte Dillon zu. „So lange ist es ja noch gar nicht her, daß die Queen eines Nachts im Buckingham-Palast aufwachte und einen Eindringling auf ihrer Bettkante sitzen sah. Und vor sechs Jahren hätte die IRA beinahe Margaret Thatcher und das gesamte britische Kabinett erwischt, in einem Hotel in Brighton während des Parteitages der Torys." Er stellte sein Glas ab und zündete sich eine Zigarette an. „Die Briten müssen sich sogar bei den Terroristen zurückhalten, nicht so wie der französische Geheimdienst. Mein Gott, wenn mich diese Burschen vom ‚Action Service' in die Finger bekämen, die würden mich unter Strom setzen, ehe ich überhaupt wüßte, was los ist. Aber sogar die machen gelegentlich Fehler."

„Was meinen Sie?"

„Haben Sie eine Ausgabe der Abendzeitung zur Hand?"

„Gewiß doch, ich hab sie vorhin gelesen", sagte Aroun. „Ali, hol sie mal von meinem Schreibtisch."

Rashid kam mit einem Exemplar des *Paris Soir* zurück.

„Die Meldung auf Seite zwei", erklärte Dillon. „Lesen Sie vor. Es wird Sie interessieren."

Rashid las den Artikel laut vor: „Mrs. Margaret Thatcher, bis vor kurzem Premierministerin von England, übernachtet heute als Gast von Präsident Mitterrand in Soisy im alten königlichen Jagdschloß. Beide werden am Vormittag ihre Gespräche fortsetzen. Anschließend wird Mrs. Thatcher sich zu einem kleinen Flughafen der Luftwaffe in Valenton begeben, von wo aus eine Maschine der Royal Air Force sie nach England zurückbringen wird."

„Unglaublich, nicht wahr?" bemerkte Dillon. „Nicht nur, daß die Franzosen eine solche Pressemeldung zugelassen haben – ich garantiere, daß die gleiche Notiz auch in den Londoner Zeitungen steht."

Keiner sagte etwas. Dann brach Aroun das Schweigen. „Sie denken doch nicht etwa daran . . .?"

„Sie haben doch sicherlich ein paar Straßenkarten", meinte Dillon zu Rashid. „Holen Sie die mal her."

Rashid eilte hinaus und kam mit drei Straßenkarten zurück. Er breitete eine davon auf dem Tisch aus. „Da ist Soisy", sagte er. „Knapp fünfzig Kilometer von Paris entfernt. Und da ist auch der Militärflugplatz in Valenton, nur zwölf Kilometer weit weg."

„Gut", meinte Dillon. „Jetzt wissen wir, daß nur eine einzige Landstraße Soisy mit Valenton verbindet, und hier, an dieser Stelle, fünf Kilometer vom Flugplatz entfernt, gibt es einen Bahnübergang. Perfekt."

„Wofür?" wollte Aroun wissen.

„Für einen Hinterhalt. Es wird sich um einen, höchstens zwei Wagen sowie um eine Eskorte handeln, vielleicht ein halbes Dutzend Bereitschaftspolizisten auf Motorrädern."

„Mein Gott", flüsterte Aroun.

Er wandte sich mit fragender Miene zu Makeev um, der mit den Achseln zuckte. „Er meint es ernst, Michael. Sie haben gesagt, daß Sie so etwas wollen, also entscheiden Sie sich."

Aroun atmete tief durch und sah wieder zu Dillon. „In Ordnung."

„Gut", sagte Dillon ruhig. Er griff nach einem Notizblock und einem Bleistift auf dem Tisch und begann schnell zu schreiben. „Das sind die Daten meines Nummernkontos in Zürich. Morgen früh überweisen Sie als erstes eine Million Pfund darauf. Bei erfolgreichem Abschluß erwarte ich eine weitere Million."

„Jetzt hören Sie mal zu –", begann Rashid, aber Aroun brachte ihn mit einer Handbewegung zum Schweigen.

„Einverstanden, Mr. Dillon. Was können wir sonst noch für Sie tun?"

„Ich brauche Bargeld für kurzfristige Ausgaben. Ich nehme an, jemand wie Sie hat immer große Mengen davon im Haus herumliegen, oder?“

„Sehr große sogar“, meinte Aroun lächelnd. „Wieviel?“

„Haben Sie Dollars? Sagen wir zwanzigtausend?“

„Natürlich.“ Aroun nickte Rashid zu, der zum anderen Ende des Raums ging, ein großformatiges Ölgemälde zur Seite schob und sich an dem dahinter zum Vorschein kommenden Wandsafe zu schaffen machte.

Makeev meldete sich zu Wort. „Und wie kann ich Ihnen behilflich sein?“

„In dem alten Lagerhaus in der Rue de Hélier habe ich die meisten Dinge, die ich normalerweise brauche, bereitliegen. Aber für diesen Job hätte ich lieber ein leichtes Maschinengewehr. Mit Dreibein. Ein Heckler & Koch oder ein M60. Beides wäre geeignet.“ Er schaute auf seine Armbanduhr. „Jetzt ist es acht. Ich möchte, daß es bis zehn dort ist. Sie haben doch immer noch einen Schlüssel, oder?“

„Natürlich“, meinte Makeev wieder.

Rashid erschien mit einem schmalen Aktenkoffer. „Zwanzigtausend. In Hundertdollarscheinen.“

„Gut. Die Landkarten nehme ich auch mit.“

Mit dem Koffer und den Karten verließ er den Raum und stieg die gewundene Treppe in die Halle hinunter. Aroun, Rashid und Makeev folgten ihm.

„Ist das wirklich alles, Mr. Dillon?“ fragte Aroun. „Können wir sonst nichts mehr für Sie tun? Brauchen Sie keine Hilfe?“

„Wenn ich die brauche, dann suche ich sie mir in den einschlägigen kriminellen Kreisen“, entgegnete Dillon. „Ehrliche Gauner, die ihre Arbeit für Geld tun, sind gewöhnlich zuverlässiger als politisch motivierte Wirrköpfe. Keine Sorge, Sie hören schon von mir, so oder so. Ich mache mich jetzt auf den Weg.“

Rashid hielt ihm die Tür auf. „Eine Frage noch, Mr. Dillon“, sagte er. „Was geschieht, wenn etwas schiefgeht? Ich meine, Sie haben dann Ihre Million im voraus, und wir –“

„Haben nichts? Zerbrechen Sie sich nicht den Kopf, mein Junge. Dann liefere ich Ihnen ein Ersatzziel. Es gibt immer noch den neuen britischen Premierminister, John Major. Ich nehme an, sein Kopf auf einem Silbertablett wäre Ihrem Boß in Bagdad genauso lieb.“

Dillon lächelte noch einmal, dann trat er hinaus in den Regen.

2

DAS CAFÉ *Le Chat Noir* war fast völlig leer. Ein junger Mann und eine Frau saßen händchenhaltend an einem Ecktisch, auf dem eine Weinflasche und zwei Gläser standen. Der Akkordeonist saß auf einem Hocker an der Theke, spielte leise und unterhielt sich gleichzeitig mit dem Mann hinter der Bar. Die beiden waren Brüder, Pierre und Gaston Jobert, zweitklassige Ganoven der Pariser Unterwelt.

Als Dillon hereinkam, hörte der Akkordeonist, Gaston, auf zu spielen. „Ah, Monsieur Rocard. Lange nicht gesehen."

„Hallo, Gaston", sagte Dillon, schüttelte dem Mann die Hand und nickte dann dem Barkeeper zu. „Hallo, Pierre."

„Ich erinnere mich übrigens noch immer an Ihre kleine Melodie, dieses irische Lied." Gaston spielte ein paar Töne auf dem Akkordeon.

„Sehr gut", sagte Dillon. „Du bist ein wahrer Künstler."

Hinter ihnen stand das junge Paar auf und ging hinaus.

„Was können wir für Sie tun?" erkundigte sich Pierre.

„Ach, ich wollte euch eigentlich zu einem Geschäft verhelfen." Dillon wies mit einem Kopfnicken zur Tür. „Es wäre vielleicht ganz gut, wenn ihr schließen würdet."

Gaston stellte sein Akkordeon auf die Theke und stand auf, um die Tür zu verriegeln und die Jalousie herunterzuziehen. Dann kam er zurück und setzte sich wieder auf seinen Hocker. „Also, mein Freund?"

„Diesmal ist für euch ein großer Zahltag drin." Dillon öffnete den Aktenkoffer, holte die Straßenkarte hervor und gewährte ihnen einen Blick auf die Stapel von Hundertdollarscheinen. „Zwanzigtausend amerikanische Dollar. Zehn sofort und zehn nach erfolgreichem Abschluß."

„Donnerschlag!" sagte Gaston gebannt, aber Pierre machte ein grimmiges Gesicht.

„Und was wird für so viel Geld erwartet?"

Dillon breitete die Landkarte auf dem Tresen aus. „Die Union Corse hat mich engagiert", sagte er und nannte bewußt die gefürchtete kriminelle Vereinigung in Frankreich, „um mich um ein kleines Problem zu kümmern. Es geht um eine Wettbewerbsfrage."

„Aha, ich verstehe", sagte Pierre. „Und Sie sollen dieses Problem aus der Welt schaffen?"

„Genau. Die Männer, um die es sich handelt, werden morgen kurz nach zwei Uhr mittags auf dieser Straße nach Valenton fahren. Ich habe die Absicht, sie am Bahnübergang auszuschalten. Ihr beiden seid doch noch immer im Transportgeschäft tätig, oder? Gestohlene Pkws, Lastwagen?"

Pierre nickte.

„Ein paar Lieferwagen, das ist doch nicht zuviel verlangt, oder?"

„Und was dann?"

„Wir fahren heute noch hin." Er sah auf seine Uhr. „Um elf von hier aus. Das Ganze dauert nur eine Stunde."

Pierre schüttelte den Kopf. „Hören Sie, diese Sache kann in die Hose gehen. Ich bin zu alt für Schießereien."

„Es wird keine Schießerei für euch geben. Ihr beide seid nur am Rande beteiligt und aus der Sache wieder raus, bevor ihr wißt, was geschieht." Er nahm mehrere Stapel Hundertdollarscheine aus dem Aktenkoffer und legte sie auf die Theke. „Zehntausend. Kommen wir ins Geschäft?"

Wie üblich siegte am Ende die Habgier, als Pierre mit den Händen über das Geld strich. „Ja, mein Freund, ich denke schon."

„Gut. Ich komme dann um elf wieder her."

Gaston schloß für Dillon die Tür auf, und der Ire verließ das Bistro.

„Was meinst du dazu?" fragte Gaston, als er wieder abschloß.

Pierre schenkte zwei Cognac ein. „Ich meine, daß unser Freund Rocard ein großer Lügner ist."

„Aber auch ein gefährlicher Mann", sagte Gaston. „Was machen wir also?"

„Wir warten ab." Pierre hob sein Glas. „Wohl bekomm's."

DILLON legte den gesamten Weg zum Lagerhaus in der Rue de Hélier zu Fuß zurück, wechselte dabei von einer Seite auf die andere, tauchte gelegentlich an dunklen Stellen unter, um sicherzugehen, daß er nicht verfolgt wurde. Ehrliche Gauner, die eine Arbeit gegen Bezahlung erledigten, hatte er Aroun gesagt. Unglücklicherweise traf das nicht immer zu. Etwas in Pierres Benehmen war ihm seltsam vorgekommen.

In dem großen Doppeltor des Lagerhauses befand sich eine kleine Tür. Er schloß sie auf und ging hinein. Zwei Autos standen dort, ein Renault und ein Ford Escort, außerdem ein BMW-Polizeimotorrad, das mit einer Plane zugedeckt war. Er vergewisserte sich, daß es einsatzbereit war, dann stieg er die Holztreppe zu der Wohnung im darüberliegenden Stockwerk hinauf. Es war nicht seine einzige

Wohnung – er besaß auch noch ein Hausboot auf der Seine –, aber bei bestimmten Gelegenheiten erwies sie sich als sehr nützlich.

Auf dem Tisch in dem kleinen Wohnzimmer lag eine Leinentasche. Auf einem beigefügten Zettel war lapidar vermerkt: *Wie bestellt.* Er öffnete den Reißverschluß und fand ein Kalaschnikow-PK-Maschinengewehr. Das Dreibein war zusammengeklappt, der Lauf zwecks einfacheren Transports abmontiert worden. Außerdem war noch ein Karton Gurtmunition in der Tasche sowie ein weiterer, gleich großer Karton. Dillon öffnete die Schublade einer Anrichte, holte ein zusammengefaltetes Laken heraus und verstaute es in der Tasche. Er vergewisserte sich, daß die Walther sicher in seinem Hosenbund steckte, und ging, die Reisetasche in der Hand, die Treppe hinunter und aus dem Haus.

Ein paar Minuten später hielt er ein Taxi an und wies den Fahrer an, er möge ihn zum *Le Chat Noir* bringen.

SIE VERLIESSEN Paris in zwei Renault-Kombiwagen, der eine schwarz und der andere weiß. Gaston fuhr mit Dillon als Beifahrer voraus, Pierre folgte. Es war sehr kalt, und ein unangenehmer Schneeregen hatte eingesetzt. Gaston und Dillon unterhielten sich sehr wenig, und nach kurzer Zeit lehnte Dillon sich zurück und schloß die Augen, so daß der Franzose dachte, er schliefe.

Kurz vor Soisy geriet Gastons Kombiwagen ins Rutschen, und Gaston kämpfte mit dem Lenkrad.

„Immer mit der Ruhe“, mahnte Dillon. „Es wäre jetzt der falsche Zeitpunkt, um im Graben zu landen. Wo genau sind wir denn?“

„Dicht hinter der Abzweigung nach Soisy. Es dauert nicht mehr lange.“

Dillon richtete sich auf. Es hatte aufgehört zu schneien, und am aufgeklarten Himmel war der Halbmond zu sehen. Unter ihnen, am Fuß des Hügels, konnte man das rote Warnlicht des Bahnübergangs erkennen und davor ein altes, verlassenes Gebäude mit einem gepflasterten Vorplatz.

„Halten Sie da an“, sagte Dillon.

Gaston folgte der Aufforderung, bremste und stellte den Motor ab. Der weiße Renault hielt ein Stück neben ihnen. Pierre stieg aus und kam zu ihnen herüber.

Dillon betrachtete den Bahnübergang und nickte zufrieden. „Wunderbar. Gib mir die Schlüssel.“

Gaston reichte sie ihm. Dillon öffnete die Heckklappe des schwarzen Kombis, beugte sich über die Reisetasche und zog den Reißverschluß auf. Dann holte er die Kalaschnikow hervor, montierte fachmännisch den Lauf und legte die Waffe so hin, daß sie nach hinten zeigte. Er füllte den Munitionsbehälter und fädelte den Patronengurt ein.

„Das sieht ja verdammt gefährlich aus", meinte Pierre.

„Allerdings. Eine Kalaschnikow, Kaliber sieben Komma zwei Millimeter, die Patronen enthalten ein Gemisch aus Leuchtspurmunition und Stahlmantelgeschossen", erklärte Dillon. „Absolut mörderisch. Ich hab mal gesehen, wie so ein Ding einen Landrover mit englischen Fallschirmjägern zerfetzt hat."

„Tatsächlich?" meinte Pierre. „Und was ist in der anderen Kiste?"

„Zusätzliche Munition."

Dillon deckte das Laken aus der Reisetasche über das Maschinengewehr, dann verriegelte er die Tür. Er setzte sich hinters Lenkrad, startete den Motor und rangierte mit dem Wagen so lange herum, bis das Heck zum Bahnübergang wies. Er stieg wieder aus und schloß die Fahrertür ab.

„Sie lassen den Wagen einfach hier stehen?" fragte Pierre. „Und wenn jemand ihn untersucht?"

„Und wenn?" Dillon kniete neben dem der Straße abgewandten Hinterrad nieder, holte ein Klappmesser aus der Tasche, öffnete die Klinge und bohrte sie in den Reifen. Ein Zischen erklang, und der Reifen wurde schlaff.

Gaston nickte. „Raffiniert. Falls jemand neugierig wird und nachsieht, wird er denken, es wäre nur eine Panne."

„Aber was sollen wir tun?" wollte Pierre wissen.

„Ganz einfach. Gaston taucht hier kurz nach zwei mit dem weißen Renault auf. Er blockiert die Straße am Bahnübergang, steigt aus, schließt die Tür ab und läßt den Wagen stehen. Du kommst mit einem weiteren Wagen, holst Gaston ab, und dann nichts wie zurück nach Paris."

„Aber was geschieht mit Ihnen?" hakte der große Mann nach.

„Ich werde schon da sein und warten. Ich komme allein zurecht. Aber laßt uns jetzt nach Paris zurückfahren. Ihr könnt mich am *Le Chat Noir* absetzen, und damit wäre die Sache erledigt. Ihr werdet mich nie wiedersehen."

„Und das restliche Geld?" fragte Pierre, während er sich hinter das Lenkrad des Renault setzte. Gaston und Dillon stiegen ebenfalls ein.

„Das bekommt ihr schon, keine Sorge", versprach Dillon. „Ich habe immer mein Wort gehalten, so wie ich das auch von anderen erwarte. Und jetzt los."

Es war kurz nach halb eins, als sie beim *Le Chat Noir* anhielten. „Ich verziehe mich jetzt", meinte Dillon.

Er stieg aus und war gleich darauf in der nächsten Nebenstraße verschwunden.

„Ihm nach, und laß ihn nicht aus den Augen!" sagte Pierre hastig zu seinem Bruder. „Ich will wissen, wo er wohnt. Diese ganze Sache stinkt zum Himmel. Also los, geh schon!"

DILLON wanderte eilig durch die Straßen und wandte dabei seine übliche Technik an, um eventuelle Verfolger abzuschütteln. Er hatte vor, zum Lagerhaus zurückzukehren. Doch als er an einer Straßenecke stehenblieb, um sich eine Zigarette anzuzünden, schaute er zurück. Alles schien ruhig, doch er hätte schwören können, daß sich eben noch etwas bewegt hatte. Er hatte recht.

Dillon hatte bei Pierre schon den ganzen Abend ein ungutes Gefühl gehabt. Er wandte sich nach links, ging in Richtung Fluß und schlenderte an einer Reihe Lastwagen entlang, deren Windschutzscheiben mit Schnee bedeckt waren. Als er zu einem kleinen Hotel der billigsten Klasse gelangte, wie es von Prostituierten oder Lkw-Fahrern benutzt wird, die nur eine Nacht bleiben, ging er hinein.

Der Mann hinter dem Empfangspult war sehr alt. Er trug wegen der Kälte einen Mantel und hatte sich einen Schal um den Hals geschlungen. „Monsieur?"

„Ich bin vor zwei Stunden mit einer Ladung aus Dijon gekommen. Wollte heute nacht noch zurückfahren, aber der verdammte Lastwagen streikt. Ich brauche ein Bett."

„Zwanzig Franc, Monsieur. Nummer achtzehn im zweiten Stock."

Dillon bezahlte, nahm den Schlüssel und ging nach oben.

Das Zimmer sah sogar im trüben Treppenlicht genauso abstoßend aus, wie er es erwartet hatte. Er schloß die Tür, tastete sich durch die Dunkelheit zum Fenster und sah vorsichtig hinaus auf die Straße. Unter einem Baum auf der anderen Straßenseite nahm er eine Bewegung wahr. Gaston Jobert trat aus dem Schatten und eilte davon.

PIERRE saß im *Le Chat Noir* an der Bar und wartete auf die Rückkehr seines Bruders. Als er im *Paris Soir* blätterte, fiel ihm plötzlich eine Notiz über das Treffen zwischen Margaret Thatcher und Mitterrand ins Auge. Sein Magen krampfte sich zusammen, und er las die

Meldung mit wachsendem Entsetzen. In diesem Moment ging die Tür auf, und Gaston kam eilig herein.

„Was für eine Nacht! Ich bin durchgefroren bis auf die Knochen. Gib mir schnell einen Cognac."

„Da, trink." Pierre schenkte ihm ein. „Und dann solltest du dir mal diese Meldung im *Paris Soir* durchlesen."

Gaston las und verschluckte sich plötzlich. „Sie ist in Soisy untergebracht!"

„Und fliegt von dem alten Militärflugplatz in Valenton aus. Um zwei fährt sie von Soisy los. Wie lange braucht sie bis zum Bahnübergang? Zehn Minuten?"

„O nein!" stieß Gaston hervor. „Wir sind geliefert. Das ist für uns eine Nummer zu groß, Pierre. Wenn dieser Coup gelingt, dann ist jeder Polizist in Frankreich hinter uns her."

„Aber es wird nicht dazu kommen. Ich wußte, daß dieser Dillon uns in irgendwas Übles reinzieht. Bist du ihm gefolgt?"

„Ja, er ist zuerst eine Weile kreuz und quer gelaufen, dann ist er in der alten Flohbude von François unten am Fluß abgestiegen." Er erschauerte. „Aber was machen wir jetzt?" Er wimmerte fast. „Die lochen uns ein und lassen uns im Knast vermodern."

„Nein, das werden sie nicht", erwiderte Pierre. „Nicht, wenn wir ihn hochgehen lassen. Dann sind sie uns sogar dankbar. Wer weiß, vielleicht ist eine Belohnung drin. Wie lautet Kommissar Savarys Privatnummer?"

KOMMISSAR SAVARY wachte davon auf, daß das Telefon auf seinem Nachttisch klingelte, und fluchte wütend. Er hatte einen langen Abend hinter sich und war gerade erst eingeschlafen. Er nahm den Hörer ab. „Savary."

„Ich bin es, Kommissar, Pierre Jobert."

Savary warf einen Blick auf die Uhr auf dem Nachttisch. „Verdammt noch mal, Jobert, es ist halb drei Uhr nachts!"

„Ich weiß, Kommissar, aber ich habe etwas ganz Besonderes für Sie."

„Das hast du doch immer, und es kann sicher bis morgen warten."

„Das glaube ich nicht, Kommissar. Margaret Thatcher übernachtet in Soisy und fährt heute mittag um zwei nach Valenton, nicht wahr? Ich kann Ihnen alles über den Mann erzählen, der dafür sorgen wird, daß sie niemals dort ankommt."

Jules Savary war noch nie in seinem Leben so schnell hellwach geworden. „Wo bist du?" fragte er Jobert.

„Im *Le Chat Noir.*“

„Ich bin in einer halben Stunde da.“ Savary knallte den Hörer auf die Gabel, sprang aus dem Bett und zog sich an.

IN GENAU diesem Moment beschloß Dillon, sich aus dem Staub zu machen. Er verließ sein Zimmer, schloß die Tür ab und schlich über die Hintertreppe leise nach unten. An ihrem Ende befand sich eine Tür, die auf den Hinterhof führte.

Durch eine Gasse gelangte er wieder zur Hauptstraße. Er überquerte sie, ging an der Reihe geparkter Lastwagen vorbei und entschied sich für einen, von dem aus er einen guten Blick aufs Hotel hatte. Er holte sein Messer hervor und machte sich damit am oberen Fensterrand auf der Beifahrerseite zu schaffen, bis das Fenster so weit nachgab, daß er seine Finger hineinschieben und stärkeren Druck ausüben konnte. Eine Minute später saß er im Wagen. Er lehnte sich zurück, schlug den Mantelkragen hoch, vergrub die Hände in den Taschen und wartete.

Es war halb vier, als vier unauffällige Fahrzeuge vor dem Hotel hielten. Acht Männer stiegen aus, jedoch keiner in Uniform, was Dillon sehr ungewöhnlich fand.

„Action Service, wenn ich mich nicht irre“, murmelte Dillon.

Gaston Jobert tauchte aus dem letzten Wagen auf und unterhielt sich kurz mit ihnen, dann betraten alle das Hotel. Dillon stieg aus dem Lastwagen und machte sich auf den Weg zum Lagerhaus in der Rue de Hélier.

DER FRANZÖSISCHE Geheimdienst, über Jahre bekannt als der SDECE, hatte unter Mitterrand seinen Namen in „Direction Générale de la Sécurité Extérieure“, kurz DGSE, ändern lassen. Es war ein Versuch, sich von dem Image einer im trüben fischenden, brutal operierenden Organisation zu befreien. Betrachtet man jedoch nicht die Methoden, sondern die Ergebnisse seiner Arbeit, so muß man zugeben, daß nur wenige Geheimdienste in der Welt ähnlich erfolgreich sind.

Wie in alten Zeiten ist der Dienst immer noch in fünf Sektionen unterteilt, deren je nach Standpunkt berühmteste oder berüchtigteste die Sektion 5 ist, allgemein bekannt als „Action Service“.

Oberst Max Hernu, ein skrupelloser, einundsechzig Jahre alter, eleganter, weißhaariger Mann, saß am Schreibtisch seines Büros im ersten Stock der Zentrale des DGSE am Boulevard Mortier. Es war kurz vor fünf Uhr morgens, und Hernu hatte seine Lesebrille aufgesetzt und studierte einen Bericht, der vor ihm auf dem Tisch lag.

Kommissar Savary sah ihn respektvoll an. „Was halten Sie davon, Oberst?"

„Diese Brüder Jobert – meinen Sie, die haben uns alles erzählt?"

„Ganz sicher, ich kenne sie schon seit Jahren."

„Aber diese Sache ist doch überhaupt nicht ihre Kragenweite, oder?"

„Ja, allerdings. Die beiden sind drittklassige Ganoven, sie klauen Autos. Sie haben sogar zugegeben, daß sie diesem Rocard früher schon mal gestohlene Wagen verkauft haben."

„Mit Sicherheit stimmt ihre Geschichte, dafür sprechen schon die zehntausend Dollar. Aber dieser Rocard . . . Sie sind doch ein erfahrener Polizist, Kommissar. Sagen Sie mir Ihre Meinung zu dieser Angelegenheit."

„Seine Personenbeschreibung ist interessant, denn laut den Joberts gibt es keinerlei bemerkenswerte Besonderheiten. Er ist klein, nicht größer als einsfünfzig bis einssechzig. Keine eindeutige Augenfarbe, blondes Haar."

„Fahren Sie fort", sagte Hernu.

„Pierre sagt, sein Französisch sei zu perfekt."

„Was meint er denn damit? Daß er kein Franzose ist?"

„Genau. Zu diesem Punkt gibt es zwei interessante Hinweise. Zum einen pfeift er immer eine seltsame kleine Melodie vor sich hin. Gaston hat sie aufgeschnappt, weil er Akkordeon spielt, und er sagt, Rocard habe ihm einmal erzählt, es sei ein irisches Lied."

„Das ist in der Tat interessant."

„Die zweite Sache: Als er die Kalaschnikow im Heck des Renault in Valenton zusammensetzte, erklärte er den beiden Brüdern, er habe mal gesehen, wie ein Landrover mit englischen Fallschirmjägern zerfetzt worden sei. Pierre hat ihn nicht gefragt, wo das war."

„Sie wittern da die IRA, nicht wahr, Kommissar? Und was haben Sie unternommen?"

„Ich habe Ihre Leute gebeten, die Bilderbücher rauszurücken, Oberst. Die Joberts blättern sie gerade durch."

„Großartig." Hernu stand auf, ging hinüber zu einer Kaffeemaschine und schenkte sich Kaffee in eine Tasse. „Was halten Sie von dieser Hotelsache? Meinen Sie, Rocard wurde gewarnt?"

„Vielleicht, aber das muß nicht sein", erwiderte Savary. „Was ergibt sich, wenn wir zusammentragen, was wir bis jetzt haben, Oberst? Wir haben da einen echten Profi, der im Begriff ist, das Attentat seines

Lebens vorzubereiten. Als Profi könnte er das Hotel nur deshalb benutzt haben, weil er damit gerechnet hat, daß Gaston ihm folgt. Und dann hat er in Erfahrung bringen wollen, warum: Waren die Joberts lediglich neugierig, oder steckte mehr dahinter?"

„Demnach meinen Sie, er war irgendwo in der Nähe und hat die Ankunft unserer Leute beobachtet?"

„Sehr wahrscheinlich. Dem traue ich alles zu."

Hernu nickte. „Gut, mal sehen, ob die beiden Brüder fertig sind. Holen Sie sie rein."

Savary ging hinaus und kehrte mit den Joberts zurück. Sie wirkten verwirrt.

„Und?" fragte Hernu.

„Kein Glück, Oberst. Er war in keinem der Bücher."

„Kann man nichts machen", sagte Hernu. „Warten Sie unten. Sie werden nach Hause gebracht. Wir brauchen Sie dann später noch mal."

„Aber weshalb, Oberst?" fragte Pierre.

„Damit Ihr Bruder mit dem Renault nach Valenton fahren und Sie mit einem anderen Wagen folgen können, so wie Rocard es mit Ihnen vereinbart hat. Und jetzt raus hier!" Sie verabschiedeten sich eilig.

„Wir sorgen dafür, daß Mrs. Thatcher eine andere Route nimmt", sagte Hernu zu Savary. „Es tut mir natürlich sehr leid, unseren Freund Rocard so enttäuschen zu müssen."

„Wenn er überhaupt auftaucht, Oberst."

„Man kann nie wissen – vielleicht tut er genau das. Sie haben Ihre Sache jedenfalls gut gemacht, Kommissar. Gehen Sie jetzt frühstücken. Ich werde mich mit dem britischen Geheimdienst in Verbindung setzen und einen sehr alten Freund von mir aus dem Schlaf klingeln. Wenn uns überhaupt jemand bei unserem geheimnisvollen Unbekannten weiterhelfen kann, dann ist er es."

DIE SONDERNUMMER, die Max Hernu anrief, gehörte zu einer Sektion des britischen „Security Service", die als „Gruppe vier" bezeichnet wurde und im dritten Stock des Verteidigungsministeriums untergebracht war. Sie war 1972 gegründet worden, um sich des Terrorismus und staatsgefährdender Umtriebe auf den Britischen Inseln anzunehmen, und war einzig und allein dem Premierminister verantwortlich. Ihr Leiter, Brigadegeneral Charles Ferguson, schlief in seiner Wohnung am Cavendish Square, als das Klingeln des Telefons neben seinem Bett ihn weckte.

„Ferguson", meldete er sich, augenblicklich hellwach.

„Paris, Brigadegeneral“, teilte ihm eine unbekannte Stimme mit. „Höchste Priorität. Oberst Hernu.“

„Stellen Sie ihn durch und zerhacken Sie.“

Ferguson setzte sich auf. Er war ein massiger, unordentlich wirkender Mann mit zerzaustem grauem Haar.

„Charles?“ fragte Hernu.

„Mein lieber Max! Was hat denn dich zu einer solchen unmöglichen Zeit an die Strippe getrieben?“

„Mrs. Thatcher übernachtet in Soisy. Wir kennen Einzelheiten eines Plans, demzufolge heute nachmittag auf dem Weg zum Flugplatz Valenton ein Anschlag auf sie verübt werden soll.“

„Um Himmels willen!“

„Es ist schon alles Notwendige in die Wege geleitet worden. Die Dame wird auf einer anderen Route nach Hause zurückkehren. Wir hoffen, daß der Mann, der die Tat geplant hat, am Tatort auftaucht, aber ich bezweifle es.“

„Wer ist es? Jemand, den wir kennen?“

„Wir nehmen an, daß er Ire ist, obgleich er so gut französisch spricht, daß er als Einheimischer durchgeht. Das Problem ist, daß unsere Informanten sich unsere IRA-Fotos angesehen und niemanden gefunden haben.“

„Habt ihr eine Beschreibung?“

Hernu gab sie ihm durch. „Genauere Angaben haben wir leider nicht. Aber du bist der Experte für die IRA. Also, was sollen wir tun?“

„Da irrst du dich“, widersprach Ferguson. „Der größte Experte für die IRA ist bei euch in Paris, Martin Brosnan, unser irisch-amerikanischer Freund. Immerhin war er für die IRA bis 1975 im Einsatz. Heute ist er ein angesehener Mann. Er soll sogar Professor für politische Philosophie an der Sorbonne geworden sein. Wenn du eine harte Nuß hast, dann könnte er derjenige sein, der sie für dich knackt.“

„Danke für den Tip“, sagte Hernu. „Brosnan hatte ich vergessen. Aber zuerst warten wir mal ab, was in Valenton passiert.“

Ferguson legte den Hörer auf, drückte auf einen Knopf an der Wand und stand auf. Einen Augenblick später öffnete sich die Tür, und sein Diener, ein ehemaliger Gurkhakrieger, kam herein.

„Ein Notfall, Kim. Ich rufe Hauptmann Tanner an und bitte sie herzukommen. Bitte sorgen Sie dafür, daß das Frühstück fertig ist, wenn sie eintrifft.“

Der Gurkha zog sich zurück. Ferguson nahm den Telefonhörer ab und wählte eine Nummer. „Mary? Hier ist Ferguson. Es geht um eine große Sache. Ich erwarte Sie in einer Stunde am Cavendish Square. Ach ja, ziehen Sie lieber Ihre Uniform an. Wir haben ja noch diesen Termin um elf im Verteidigungsministerium. In voller Kriegsbemalung hinterlassen Sie bei denen immer den größten Eindruck."

Er legte den Hörer auf und begab sich ins Badezimmer. Er fühlte sich hellwach und war außerordentlich vergnügt.

Es war halb sieben, als das Taxi Mary Tanner von ihrer Wohnung am Lowndes Square abholte. Sie trug die Uniform eines Hauptmanns im Women's Royal Army Corps mit dem Abzeichen eines Piloten des Army Air Corps auf der linken Brust, darunter das Georgskreuz, eine bedeutende Tapferkeitsauszeichnung, sowie Ordensbänder für den Dienst in Nordirland und auf Zypern.

Sie war eine zierliche Frau mit kurzgeschnittenem schwarzem Haar, gutaussehend, ohne daß ihre Schönheit dabei aufdringlich wirkte. Mit neunundzwanzig hatte sie bereits eine ganze Reihe von Dienstjahren hinter sich, darunter drei Einsätze in Ulster. Es war der Zwischenfall in Londonderry, dem sie das Georgskreuz und eine Narbe an der linken Wange ebenso zu verdanken hatte wie Fergusons Aufmerksamkeit. Sie war jetzt seit zwei Jahren seine Assistentin.

Am Ziel angelangt, bezahlte sie das Taxi und eilte die Stufen zur Wohnung im ersten Stock hinauf. Mit Hilfe ihres eigenen Schlüssels öffnete sie die Tür und trat ein. Ferguson saß auf dem Sofa neben dem offenen Kamin im eleganten Wohnzimmer, hatte eine Serviette unter sein Kinn geklemmt und ließ sich von Kim pochierte Eier servieren.

„Genau zur rechten Zeit", empfing er sie. „Was darf ich Ihnen anbieten?"

„Nur Tee und etwas Toast und Honig. Was gibt's, Brigadegeneral?"

Er berichtete ihr von dem Anruf, während Kim ihr den Tee und den Toast brachte. Als er geendet hatte, sagte sie: „Von diesem Brosnan habe ich noch nie gehört."

„Das war vor Ihrer Zeit, meine Liebe. Er dürfte jetzt um die Fünfundvierzig sein. Er wurde in Boston geboren und gehört zu einer dieser unanständig reichen amerikanischen Familien. Seine Mutter stammte aus Dublin. Er war immer brav und machte alles richtig, ging nach Princeton, schaffte dort seinen Abschluß. Dann meldete er sich freiwillig nach Vietnam – völlig überraschend sogar nur zur gemeinen Truppe – und wurde als hochdekorierter Feldwebel entlassen. Bemerkenswert für jemanden mit seiner gesellschaftlichen Herkunft."

„Sie sind ein alter Snob. Was passierte dann weiter mit ihm?"

„Er ging ans Trinity College in Dublin, um seine Doktorarbeit zu schreiben. Im August neunundsechzig besuchte er einen Onkel mütterlicherseits, der als Priester in Belfast tätig war. Erinnern Sie sich noch? Wie das alles anfing?"

„Wie die Protestanten die Katholiken ausräucherten?" meinte sie.

„Und wie die Polizei praktisch untätig zusah. Der Mob zündete die Kirche von Brosnans Onkel an und zog weiter zur Falls Road. Eine Handvoll IRA-Leute mit ein paar Gewehren und Pistolen wehrte sie ab, und als einer von ihnen erschossen wurde, griff auch Brosnan zur Waffe. Reiner Instinkt, nehme ich an, Vietnam und so weiter. Von da an war er dabei. Er hat einige Leute getötet, aber immer im offenen Kampf, das muß man ihm zugute halten. Er wurde ziemlich berühmt. Es gab da eine französische Kriegsberichterstatterin namens Anne-Marie Audin, der er in Vietnam das Leben gerettet hatte, eine richtig romantische Geschichte. Sie tauchte in Belfast auf, und Brosnan nahm sie für eine Woche mit in den Untergrund. Sie machte eine Serie für *Life*. Überschrift: DER STOLZE IRISCHE FREIHEITSKAMPF. Sie kennen das ja."

„Allerdings, aber ich habe in den Straßen von Derry zu viel Blut gesehen, um daran zu glauben."

„Sie haben recht, und ich will da auch weder etwas beschönigen, noch will ich Brosnan zum edlen Helden hochstilisieren. Also, 1975 ging er dann nach Frankreich, um ein Waffengeschäft abzuwickeln. Es stellte sich heraus, daß die ganze Sache eine Falle war und die Polizei auf ihn wartete. Ehe er verhaftet wurde, erschoß er unglücklicherweise einen Polizisten. Das brachte ihm ‚lebenslänglich' ein. 1979 floh er aus dem Gefängnis, auf mein Betreiben hin, wie ich hinzufügen möchte."

„Aber warum?"

„Der Grund war eine andere Person, deren Namen Sie nicht mehr kennen werden, ein Terrorist namens Frank Barry. Wenn es je so etwas wie ein abgrundtief böses kriminelles Genie gegeben hat, dann war er es. Er versuchte, Lord Carrington auf einer Frankreichreise zu ermorden, als dieser noch Außenminister war. Die Franzosen vertuschten die Affäre, aber der Premierminister schäumte vor Wut. Ich erhielt von ihm den Befehl, Barry zur Strecke zu bringen, was auch immer es kosten würde."

„Aha, ich verstehe. Und dazu brauchten Sie Brosnan."

„Es gibt nichts Besseres als einen Dieb, um einen Dieb zu fangen. Und er hat Barry für uns geschnappt."

„Und danach?"

„Brosnan ging zurück nach Irland und machte seinen Doktor. Und dann hat Anne-Marie Audin sich für ihn eingesetzt. Ihre Familie ist eine der ältesten in Frankreich und politisch außerordentlich einflußreich, und ihre Bemühungen hinter den Kulissen haben Früchte getragen: Präsident Mitterrand begnadigte ihn."

„So also ist er als Professor an die Sorbonne gekommen", bemerkte sie. „Aber ist ein solch radikaler Wechsel nicht fast unmöglich? Kann man je so weit aus seiner Haut heraus?"

„O ihr Kleingläubigen! Sie finden seine Akte im Arbeitszimmer, wenn Sie mehr wissen wollen." Er reichte ihr ein Blatt Papier. „Das ist die Beschreibung des geheimnisvollen Mannes, der es auf die eiserne Lady abgesehen hat. Nicht viel, um gezielt etwas unternehmen zu können, aber füttern Sie trotzdem den Computer damit."

Sie ging hinaus, als Kim mit einem Exemplar der *Times* hereinkam. Ferguson überflog die Schlagzeilen und blätterte weiter zur Seite zwei, wo seine Aufmerksamkeit sofort von der Notiz über den Besuch Mrs. Thatchers in Frankreich gefesselt wurde.

„Tja, Max", sagte er leise, „dann viel Glück."

3

ES WAR in Paris an diesem Morgen viel wärmer, und der meiste Schnee war bis zum Mittag weggeschmolzen. Auch auf dem Land herrschte Tauwetter, wie Dillon feststellte, als er über kaum befahrene Nebenstraßen nach Valenton fuhr. Er war mit dem BMW-Motorrad unterwegs und trug die Uniform eines Bereitschaftspolizisten mit Helm und Motorradbrille. Vor die Brust hatte er sich eine MAT-49-Maschinenpistole über den dunklen Regenmantel geschnallt.

Es war natürlich völliger Wahnsinn hinzufahren, aber er konnte der Aussicht auf ein kostenloses Spektakel nicht widerstehen. Er bog in einen kleinen Seitenweg ein und stellte das Motorrad dort ab. Nachdem er seine Straßenkarte zu Rate gezogen hatte, folgte er zu Fuß einem Pfad durch ein kleines Wäldchen und gelangte zu einer niedrigen Steinmauer auf einem Hügel. Etwa zweihundert Meter unterhalb seines Standortes lag der Bahnübergang. Der schwarze Renault stand immer noch dort, wo er ihn geparkt hatte.

Er sah auf die Uhr. Viertel nach zwei. Er richtete sein Fernglas wieder auf die Szene unter ihm, und da näherte sich bereits der weiße Renault auf der Straße und stellte sich halb quer, um den Bahnübergang zu blockieren. Dicht dahinter befand sich ein Peugeot. Pierre saß am Lenkrad, hatte bereits den Rückwärtsgang eingelegt und wendete, während Gaston aus dem Renault sprang und auf ihn zurannte. Er stieg ein, und der Peugeot entfernte sich wieder.

„Und jetzt die Kavallerie", sagte Dillon halblaut.

Es dauerte etwa zehn Minuten, bis ein großer Lastwagen die Straße herunterkam und bremste, weil ihm der Weg versperrt war. Er hatte einen hohen Planenaufbau, dessen Seitenflächen mit STEINER ELECTRONICS beschriftet waren.

„Von wegen Elektronik", murmelte Dillon.

Ein schweres Maschinengewehr auf der Ladefläche des Lastwagens eröffnete das Feuer durch die Plane und durchsiebte den Renault. Als die Schüsse verhallten, sprang ein Dutzend Männer in schwarzen Overalls und Schutzhelmen heraus, alle mit Automatikgewehren bewaffnet. Während sie sich dem Renault näherten, betätigte Dillon den elektronischen Zünder, den er aus der Tasche gezogen hatte. Die Sprengladung in dem zweiten schwarzen Kasten, der, wie er Pierre erzählt hatte, angeblich zusätzliche Munition enthielt, explodierte sofort. Das Fahrzeug flog auseinander. Mehrere Männer lagen auf dem Erdboden, andere rannten in Deckung.

„Bitte sehr, meine Herren, da haben Sie was zum Nachdenken", sagte Dillon.

Dann ging er durch das Wäldchen zurück zu der BMW und fuhr davon.

DILLON öffnete das Tor des Lagerhauses in der Rue de Hélier, stieg wieder auf das Motorrad, fuhr in die Halle und bockte die BMW auf. Während er sich anschickte, das Tor zu schließen, rief Makeev von oben: „Es ist schiefgegangen, oder?"

„Ja, leider. Die Joberts haben mich auffliegen lassen."

Während er die Treppe hinaufstieg, musterte Makeev ihn anerkennend. „Die Verkleidung gefällt mir. Ein Polizist ist für die Leute nur eine Uniform ohne Gesicht. Nichts, was sich beschreiben läßt."

„Genau. Ich habe früher mal für einen großen Iren namens Frank Barry gearbeitet. Er trat häufig als Bulle mit Motorrad auf." Dillon folgte dem Russen ins Wohnzimmer.

„Und nun?" fragte Makeev.

„Wie ich gestern gesagt habe, ich verschaffe Ihnen ein Ersatzziel." Dillon zündete sich eine Zigarette an. „Ich mag es nicht, wenn ich verliere. Ich lasse mir für Sie etwas einfallen und begleiche vorher noch eine Rechnung."

„Mit den Joberts? Sind die es denn wert?"

„O ja", erwiderte Dillon. „Das ist eine Frage der persönlichen Ehre, Josef."

Makeev seufzte. „Ich fahre zu Aroun und überbringe ihm die schlechte Nachricht. Wir hören voneinander."

„Hier oder auf dem Kahn." Dillon lächelte. „Keine Sorge. Ich habe noch immer alles erreicht, was ich mir in den Kopf gesetzt habe."

MARTIN BROSNANS Wohnung, eine Eckwohnung im zweiten Stock eines Apartmenthauses, lag direkt am Quai de Montebello gegenüber der Île de la Cité und bot eine der schönsten Ansichten von Notre-Dame. Außerdem war es zur Sorbonne hinauf nur ein Spaziergang, was Brosnan geradezu als ideal empfand.

Es war kurz nach vier Uhr, als er von der Universität zurückkam – ein hochgewachsener Mann mit breiten Schultern in einem altmodischen Trenchcoat und langem, dunklem Haar. Seine irische Herkunft erkannte man an seinen hohen Wangenknochen und den grauen Augen.

Es wurde wieder kälter, und er fröstelte, während er in den Quai de Montebello einbog. An der Ecke des Hauses, in dem sich seine Wohnung befand, war ein Gerüst aufgebaut worden. Es reichte bis zum fünften Stock hinauf, wo einige Maurerarbeiten ausgeführt wurden.

Brosnan war gerade im Begriff, die Stufen zu der reichverzierten Eingangstür hinaufzusteigen, als eine Stimme von oben seinen Namen rief. „Martin?"

Er schaute hoch und erkannte Anne-Marie Audin, die sich über das Geländer seines Balkons beugte. „Wo kommst du denn so plötzlich her?" fragte er verblüfft.

„Aus Kuba. Ich bin gerade gelandet."

Er nahm zwei Stufen auf einmal, und sie hatte die Tür längst aufgerissen, als er oben ankam. Er umarmte sie und hob sie mit seinen kräftigen Armen hoch. „Wie wunderschön, dich zu sehen! Warum warst du auf Kuba?"

Sie gab ihm einen Kuß und half ihm, seinen Trenchcoat auszuziehen. „Ach, ich hatte einen ziemlich heißen Auftrag von *Time*. Komm in die Küche. Ich mache uns Tee."

Er ließ sich am Tisch nieder und sah ihr zu, wie sie in der Küche umherging. Ihr kurzes Haar war genauso dunkel wie seins. Sie war eine außerordentlich elegante Frau, die ebenso alt war wie er – fünfundvierzig –, aber mindestens ein Dutzend Jahre jünger wirkte.

„Du siehst wunderbar aus", meinte er zu ihr, als sie den Tee brachte. Er kostete und nickte anerkennend. „Schmeckt köstlich. Genauso, wie du es damals, 1971, in South Armagh gelernt hast, als Liam Devlin und ich dir gezeigt haben, wie die IRA arbeitet."

„Wie geht es dem alten Gauner?"

„Er wohnt immer noch in Kilrea bei Dublin. Hält ab und zu Vorlesungen am Trinity College. Behauptet, schon siebzig zu sein, aber das ist eine glatte Lüge."

„Der wird doch niemals alt, dieser Bursche."

„Ja, du siehst wirklich prächtig aus", wiederholte Brosnan. „Warum haben wir nicht geheiratet?"

Es war eine rituelle Frage, die er seit Jahren immer wieder stellte, und mittlerweile ein vertrauter Scherz. Es gab mal eine Zeit, da hatten sie einander geliebt, aber seit einigen Jahren waren sie nur noch Freunde. Nicht, daß dieses Verhältnis mit anderen Freundschaften zu vergleichen gewesen wäre. Er wäre für sie gestorben, was auch damals in dem Sumpfgebiet in Vietnam, als sie sich zum erstenmal sahen, beinahe passiert war.

„Nachdem wir diese Angelegenheit endlich wieder hinter uns haben, gehen wir doch hinüber ins Wohnzimmer", meinte sie lachend.

Sie gingen in den wundervollen, langgestreckten Wohnraum. Über einem Marmorkamin hing ein reichverzierter goldener Spiegel, überall standen Topfpflanzen, es gab einen Flügel, gemütliche Sessel und eine Menge Bücher. Anne-Marie hatte die Balkontüren offengelassen, und Brosnan ging durch den Raum, um sie zu schließen. Im gleichen Moment klingelte es an der Wohnungstür.

Als er öffnete, fand er sich Max Hernu und Jules Savary gegenüber. Hinter ihnen standen die Brüder Jobert.

„Professor Brosnan?" fragte Hernu. „Ich bin Oberst Hernu."

„Ich weiß, wer Sie sind", entgegnete Brosnan. „Was hat das zu bedeuten? Erwacht meine unheilvolle Vergangenheit plötzlich wieder zum Leben?"

„Das nicht gerade, aber wir brauchen Ihre Hilfe. Dies ist Kommissar Savary, und diese beiden sind Gaston und Pierre Jobert."

„Kommen Sie lieber herein", sagte Brosnan, dessen Interesse gegen seinen Willen geweckt war.

Die Brüder Jobert blieben auf Hernus Anweisung in der Diele, während er und Savary Brosnan in den Wohnraum folgten. Anne-Marie runzelte leicht die Stirn, als Brosnan sie mit seinen Besuchern bekannt machte.

„Martin?“ Sie machte jetzt ein besorgtes Gesicht. „Du läßt dich doch nicht in etwas hineinziehen?“

„Natürlich nicht“, beruhigte er sie. „Also, was kann ich für Sie tun, Oberst?“

„Es geht um eine Angelegenheit, die die nationale Sicherheit betrifft, Professor. Und obwohl ich es nur ungern anspreche – Mademoiselle Audin arbeitet als Fotojournalistin von internationalem Ruf für die Medien . . .“

Sie lächelte. „Ich garantiere Ihnen meine völlige Verschwiegenheit, Oberst.“

„Also gut. Wir sind hergekommen, weil Brigadegeneral Ferguson in London uns erzählt hat, Sie seien Fachmann in Angelegenheiten, die die IRA betreffen.“ Er schilderte die ganze Affäre so knapp wie möglich. „Die beiden Joberts haben in unseren IRA-Alben geblättert, ohne ihn zu finden“, sagte er abschließend. „Wir wissen nicht mehr von ihm, als daß er vermutlich Ire ist und fließend Französisch spricht.“

„Und was soll ich jetzt tun?“

„Reden Sie mit den Joberts.“

Brosnan hob die Schultern. „Na schön, holen Sie sie rein.“

Er saß auf der Tischkante, während die beiden Männer verlegen vor ihn traten. Dann begann er zu fragen. „Wie alt ist er?“

„Schwer zu sagen, Monsieur“, antwortete Pierre. „Er verändert sich von einem Augenblick zum nächsten. Ich würde sagen, Ende Dreißig.“

„Und wie sieht er aus?“

„Klein, blondes Haar.“

„Aha. Er ist also klein, blond und Ende Dreißig. Wie kommen Sie darauf, daß er Ire ist?“

„Er pfeift ständig eine seltsame Melodie. Ein bißchen unheimlich. Ich habe sie auf meinem Akkordeon nachgespielt. Er meinte, es sei etwas Irisches.“

Brosnans Gesicht war zunehmend starrer geworden. Anne-Marie legte eine Hand auf seinen Arm. „Du kennst ihn, Martin?“

„Ich bin mir fast sicher. Könnten Sie die Melodie auf dem Flügel da drüben nachspielen?“ fragte er Gaston.

„Ich versuch’s, Monsieur.“

Gaston klappte den Deckel auf, schlug probeweise einige Tasten an, dann spielte er mit einem Finger die ersten Töne der Melodie.

„Das reicht schon“, erklärte Brosnan. „Ein irisches Volkslied: *Die Lerche fliegt im Morgengrauen.* Es sieht sehr schlecht für Sie aus, meine Herren.“

Sie schickten die Joberts nach Hause. Brosnan und Anne-Marie nahmen auf einem Sofa Platz, Hernu und Savary auf einem zweiten ihnen gegenüber. Brosnan wandte sich ihnen zu.

„Der Mann, den Sie suchen, ist Sean Dillon."

„Dillon?" fragte Hernu. „Natürlich! Der Mann mit den tausend Gesichtern, wie jemand ihn mal genannt hat."

„Das ist zwar leicht übertrieben", sagte Brosnan, „aber eine bessere Bezeichnung gibt's einfach nicht."

„Sie scheinen nicht allzuviel für ihn übrig zu haben", bemerkte Hernu.

„Nun, er hat mal vor langer Zeit versucht, mich und einen guten Freund von mir zu töten", erwiderte Brosnan. „Beantwortet das Ihre Frage?"

„Voll und ganz." Hernu erhob sich, und Savary folgte seinem Beispiel. „Ich hoffe, wir können in dieser Angelegenheit auf Ihre Hilfe zählen, Professor."

Brosnan blickte kurz zu Anne-Marie hinüber, deren Miene verschlossen wirkte. „Hören Sie", erwiderte er, „ich habe nichts dagegen, mich mit Ihnen zu unterhalten, wenn Ihnen das weiterhilft, aber ich möchte in diese Angelegenheit nicht persönlich verwickelt werden. Ich habe vor langer Zeit jemandem ein Versprechen gegeben."

„Ich verstehe vollkommen, Professor." Hernu sah zu Anne-Marie. „Mademoiselle, es war mir ein ganz besonderes Vergnügen."

„Ich bringe Sie hinaus", sagte sie und ging vor.

Als sie zurückkam, hatte Brosnan die Balkontür geöffnet und schaute hinaus auf den Fluß. Er legte einen Arm um ihre Schultern. „Alles in Ordnung?"

„Bestens", antwortete sie und lehnte den Kopf an seine Brust.

FERGUSON saß am Kamin seiner Wohnung am Cavendish Square, als das Telefon klingelte. Mary Tanner nahm den Anruf im Arbeitszimmer entgegen. Nach einer Weile kam sie heraus. „Das war Downing Street. Der Premierminister wünscht Sie jetzt zu sehen."

Ferguson stand auf. „Rufen Sie den Wagen. Sie kommen mit und warten dort draußen auf mich."

Sie nahm rasch den Hörer des Apparates im Wohnzimmer auf, sprach kurz und legte ihn dann wieder auf die Gabel.

„Gehen wir", meinte Ferguson und verließ mit ihr das Büro.

Sie wurden an der Straßensperre an der Einfahrt in die Downing Street überprüft, ehe sie bei Nr. 10 vorfuhren. Mary Tanner blieb im

Wagen, während Ferguson durch die berühmteste Haustür der Welt eingelassen wurde. Ein junger Mann begleitete ihn die Treppen hinauf, klopfte oben an eine Tür und öffnete sie.

„Brigadegeneral Ferguson, Herr Premierminister."

Bei Fergusons letztem Besuch war es das Arbeitszimmer von Mrs. Thatcher gewesen, ein Raum mit unübersehbar weiblicher Note. Doch nun war alles anders, auf subtile Weise strenger. John Major, ein angenehmer, grauhaariger Mann mit Hornbrille, der jüngste Premierminister des zwanzigsten Jahrhunderts, las gerade einen Bericht durch, unterschrieb ihn und lehnte sich zurück.

„Bitte nehmen Sie Platz, Brigadegeneral. Lassen Sie uns sofort zum Thema kommen. Es geht um die Angelegenheit mit Mrs. Thatcher in Frankreich. Offensichtlich sehr beunruhigend."

„In der Tat, Herr Premierminister. Gott sei Dank ist es glimpflich ausgegangen."

„Ja, aber das scheint mehr ein glücklicher Zufall gewesen zu sein. Ich habe mit Präsident Mitterrand gesprochen, und er hat sich einverstanden erklärt, daß mit Rücksicht auf unsere Interessen eine totale Nachrichtensperre über diese Angelegenheit verhängt wird."

„Und was ist mit der Presse, Herr Premierminister?"

„Nichts wird an die Presse dringen, Brigadegeneral", versicherte John Major. „Habe ich richtig verstanden, daß es den Franzosen nicht gelungen ist, den Anführer des Unternehmens zu fangen?"

„Wenn meine jüngsten Informationen stimmen, dann ist das leider so. Aber Oberst Hernu vom Action Service hält uns auf dem laufenden."

„Gut. Ihre vordringlichste Aufgabe ist es, denjenigen zur Strecke zu bringen, der hinter dieser Geschichte steckt. Wenn er ein IRA-Mann ist, dann ist das wohl unsere Sache, meinen Sie nicht?"

„Allerdings."

„Also klemmen Sie sich dahinter. Setzen Sie mich über jegliche Entwicklung in Kenntnis, und berichten Sie ausschließlich mir, und zwar persönlich."

„Natürlich, Herr Premierminister."

Hinter ihnen öffnete die Tür sich wie von Zauberhand, und der junge Mann erschien, um Ferguson hinauszubegleiten.

DIE LIMOUSINE brachte Mary Tanner und Ferguson in sein Büro. Es befand sich im dritten Stock des Verteidigungsministeriums, an einer Ecke im hinteren Teil des Gebäudes über der Horse Guards Avenue und bot einen Ausblick auf das Victoria Embankment und die Themse am anderen Ufer. Ferguson hatte sich kaum hinter seinem Schreibtisch niedergelassen, als Mary aus dem Vorzimmer zu ihm hereingestürmt kam.

„Ein verschlüsseltes Fax von Hernu. Ich habe es schon durch die Maschine laufen lassen. Es wird Ihnen nicht sonderlich gefallen."

Das Fax enthielt die Zusammenfassung des Gesprächs zwischen Hernu und Martin Brosnan sowie die Informationen über Sean Dillon.

„Das könnte ja nicht schlimmer sein", sagte Ferguson. „Dieser Dillon ist wie ein Phantom. Gibt es ihn nun, oder gibt es ihn nicht? Es existiert nichts, worauf man sich stützen kann."

„Außer einem, Sir. Brosnan."

„Stimmt, aber ich habe große Zweifel, ob er uns helfen wird. Es liegt an seiner Freundin, dieser Anne-Marie Audin. Sie hat furchtbare Angst, daß er wieder das wird, was er einmal war."

„Ja, das kann ich verstehen."

„Vergessen wir's also. Wir sollten lieber dem Premierminister einen Bericht über die jüngsten Entwicklungen schicken. Fassen wir uns möglichst kurz."

Sie holte einen Bleistift hervor und stenographierte mit, während er diktierte. „Sonst noch was, Sir?" fragte sie, als er geendet hatte.

„Ich glaube nicht. Lassen Sie das tippen. Eine Kopie für die Akten, die andere für den Premierminister. Schicken Sie sie per Boten in die Nummer zehn. Streng geheim."

Mary tippte die Rohfassung des Berichts selbst und ging dann durch den Flur zum Schreib- und Kopierraum. Der Fotokopierer ratterte, als sie den Raum betrat. Der Mann, der ihn bediente, war Mitte Fünfzig, weißhaarig und trug eine Armeebrille mit Metallgestell.

„Hallo, Gordon", sagte sie. „Ich habe hier eine Sache mit höchster Dringlichkeitsstufe. Tippen Sie das bitte so sauber wie möglich, und machen Sie eine Kopie für die Ablage. Können Sie das sofort erledigen?"

„Natürlich, Hauptmann Tanner. Ich bringe es Ihnen vorbei."

Sie ging hinaus. Er nahm hinter seiner Schreibmaschine Platz und holte tief Luft, um sich zu sammeln, während er die Überschrift las: *Nur für den Premierminister persönlich.* Gordon Brown hatte fünfundzwanzig Jahre beim Nachrichtendienst gearbeitet und den Rang eines Stabsfeldwebels erreicht. Nach seinem Ausscheiden aus der Armee war er vom Verteidigungsministerium angestellt worden, und er war alles in allem mit seinem Leben zufrieden gewesen. Bis zum vergangenen Jahr, als seine Frau an Krebs gestorben war. Da ihre Ehe kinderlos geblieben war, fand er sich plötzlich mit fünfundfünfzig Jahren völlig allein in einer kalten Welt wieder.

Doch dann geschah etwas Wunderbares. Während einer Kunstausstellung in der deutschen Botschaft lernte er Tania Nowikowa kennen, eine Sekretärin an der sowjetischen Botschaft. Sie war dreißig und nicht gerade eine Schönheit, doch als sie bei ihrem zweiten Treffen in seiner Wohnung in Camden mit ihm ins Bett ging, war es wie eine Offenbarung. Brown war ihr auf Anhieb verfallen. Und damit fing es an. Die Fragen zu seinem Job und zum Verteidigungsministerium. Er begriff, was ablief, doch es war ihm gleichgültig. Durch seine Hände ging eine Reihe von Berichten und Meldungen über Veränderungen bei der britischen Armee im Hinblick auf politische Neuorientierungen in Rußland. Es war einfach, zusätzliche Kopien anzufertigen. Als er diese in ihre Wohnung brachte, führte sie ihn zu Höhepunkten der Lust, wie er sie nie zuvor kennengelernt hatte.

Nur für den Premierminister persönlich. Wie dankbar würde sie sich dafür erweisen? Er beendete die Abschrift und machte zwei Kopien. Eine war für ihn selbst; er hatte mittlerweile in einer Schublade seiner Wäschekommode einen ganzen Aktenordner voll davon. Die andere Kopie war für Tania Nowikowa, die natürlich keine Sekretärin der sowjetischen Botschaft war, wie sie Brown erklärt hatte, sondern ein Hauptmann des KGB.

ES WAR kurz vor acht Uhr, und die Straßen waren verlassen, als Pierre und Gaston vom *Le Chat Noir* in ihrem alten Peugeot losfuhren. Sie wollten essen gehen und anschließend einen Nachtklub besuchen. Als sie einen kleinen Platz erreicht hatten und sich anschickten, ihn zu überqueren, tauchte hinter ihnen ein Bereitschaftspolizist auf seinem Motorrad auf und machte sich mit seiner Lichthupe bemerkbar. Gaston auf dem Beifahrersitz bemerkte ihn als erster.

„Wir werden von einem Polizisten verfolgt“, meldete er.

Der Bereitschaftspolizist trug Helm und Brille und gab ihnen ein Zeichen anzuhalten. „Eine Nachricht von Savary, nehme ich an“, meinte Pierre und lenkte das Auto an den Fahrbahnrand.

„Vielleicht haben sie ihn erwischt“, sagte Gaston gespannt.

Der Polizist stoppte hinter ihnen, bockte sein Motorrad auf und kam auf sie zu. Gaston öffnete die Tür und lehnte sich hinaus. „Haben Sie Rocard geschnappt?“

Dillon zog eine Walther mit einem Carswellschalldämpfer aus der

Innentasche seines Regenmantels und schoß ihn zweimal ins Herz. Er schob die Motorradbrille hoch.

Pierre bekreuzigte sich. „Sie sind es!"

„Ja, Pierre. Ehrensache."

Die Walther hustete noch zweimal, dann steckte Dillon sie wieder in seinen Regenmantel, schwang sich auf die BMW und fuhr davon.

TANIA NOWIKOWAS Maisonettewohnung lag unweit der Bayswater Road in der Nähe der sowjetischen Botschaft. Sie hatte einen anstrengenden Tag hinter sich und wollte an diesem Abend früh zu Bett gehen. Es war kurz vor halb zehn, als es an der Tür läutete. Sie trocknete sich gerade ab, nachdem sie ein ausgiebiges, entspannendes Bad genommen hatte. Rasch schlüpfte sie in ihren Bademantel und ging nach unten.

Gordon Brown stand vor der Tür, drückte ungeduldig auf den Klingelknopf und konnte seine Erregung kaum zügeln. Als Tania die Tür öffnete und sah, wer der Besucher war, geriet sie sofort in Zorn und zerrte ihn herein.

„Ich habe dir doch gesagt, Gordon, daß du niemals herkommen sollst!"

„Aber diesmal ist es etwas Besonderes", betonte er. „Sieh doch, was ich dir mitgebracht habe."

Im Wohnzimmer nahm sie den großformatigen Briefumschlag entgegen und holte den Bericht heraus. *Nur für den Premierminister.* Ihre Erregung wuchs, während sie den Bericht las. Unglaublich, daß dieser Narr ihr etwas derart Unschätzbares besorgt hatte!

„Hervorragend, Gordon! Du bist wirklich ein braver Junge."

„Wirklich?" Er legte die Arme um ihre Hüften und zog sie an sich. „Darf ich dann hierbleiben?"

„O Gordon, es tut mir so leid. Ich habe heute nacht Dienst."

„Bitte, Liebling. Wenigstens ein paar Minuten."

Sie mußte ihn bei Laune halten, das wußte sie. „Eine Viertelstunde, Gordon, mehr nicht." Dann ging sie mit ihm ins Schlafzimmer.

NACHDEM sie ihn weggeschickt hatte, zog sie sich hastig an und überlegte, was sie tun sollte. Sie war eine überzeugte Kommunistin und hatte für Gorbatschow oder die Glasnost-Narren, die ihn umgaben, nichts übrig. Unglücklicherweise unterstützten ihn jedoch viele innerhalb des KGB, unter anderem auch ihr Chef in der Londoner Botschaft, Oberst Juri Gatow.

Wie würde er auf den fehlgeschlagenen Attentatsversuch auf Mrs. Thatcher reagieren? fragte sie sich, während sie ihre Wohnung verließ und sich auf den Weg zur Botschaft machte. Wahrscheinlich empfand er die gleiche Wut wie der britische Premierminister. Was also sollte sie mit ihren Informationen anfangen?

Der Gedanke kam ihr, als sie ihr Büro betrat. Es gab jemanden, der sich dafür interessieren würde, nicht nur weil er genauso dachte wie sie, sondern weil er selbst sozusagen am Ort des Geschehens saß – in Paris. Es war ihr früherer Chef, Oberst Josef Makeev. Makeev würde am besten wissen, wie eine solche Information zu nutzen war.

Sie rief ihn in seinem Büro an. Der Zufall wollte es, daß Makeev an diesem Abend Überstunden machte. „Hallo, Tania", sagte er erfreut, als sie sich am Telefon meldete. „Was kann ich für Sie tun?"

„Soweit ich informiert bin, gab es gestern bei Ihnen einen Vorfall, der Empire betraf", sagte sie.

„Empire" war ein alter KGB-Code für Attentatsversuche gegen Großbritannien auf Regierungsebene.

Makeev war sofort hellwach. „Das ist richtig."

„Haben Sie Interesse daran?"

„Sogar sehr großes."

„Ein verschlüsseltes Fax ist an Sie unterwegs. Ich bleibe hier in meinem Büro für den Fall, daß Sie darüber reden wollen."

Tania legte den Telefonhörer auf. Auf einem zweiten Schreibtisch hatte sie ihren eigenen Telefaxchiffrierer stehen. Sie ging zu dem Gerät, gab rasch den Benutzercode ein und schickte dann den Bericht ab.

Ein paar Minuten später klingelte ihr Telefon.

„Das haben Sie gut gemacht, Tania. Diese Sache war mein Projekt."

„Das finde ich wunderbar."

„Weiß Gatow darüber Bescheid?"

„Nein, Oberst."

„Na gut, dann soll es auch so bleiben."

„Kann ich noch etwas tun?"

„Natürlich, sogar sehr viel. Pflegen Sie Ihren Kontakt. Halten Sie mich über alles auf dem laufenden. Es könnte sich auch noch mehr für Sie ergeben. Ich schicke einen Freund von mir nach London. Es ist der Freund, von dem Sie gelesen haben."

„Ich warte darauf, daß er sich bei mir meldet." Sie legte den Telefonhörer auf und fühlte sich in Hochstimmung.

In Paris saß Makeev für einen Moment stirnrunzelnd da, dann rief er Dillon an. Es dauerte einige Sekunden, ehe der Ire sich meldete. „Wer ist da?"

„Josef. Ich bin unterwegs zu Ihnen, Sean. Es ist von äußerster Wichtigkeit."

Makeev legte auf, holte seinen Mantel und verließ das Haus.

4

BROSNAN ging an diesem Abend mit Anne-Marie in ein kleines Restaurant am Montmartre. Sie hatten gerade den Hauptgang beendet, als Max Hernu und Kommissar Savary erschienen.

„Schnee in London, Schnee in Brüssel und Schnee in Paris." Hernu klopfte seine Ärmel ab und knöpfte den Mantel auf.

„Darf ich aus Ihrem Erscheinen schließen, daß Sie mich überwachen lassen?" fragte Brosnan.

„Keineswegs, Professor. Wir haben bei Ihrer Concierge nachgefragt und so erfahren, welche drei oder vier Restaurants Sie üblicherweise aufsuchen. Dies ist unser zweiter Versuch."

„Dann nehmen Sie doch Platz, und trinken Sie einen Cognac und einen Kaffee", schlug Anne-Marie vor. „Sie sehen ja beide völlig durchgefroren aus."

Sie legten ihre Mäntel ab und setzten sich zu Brosnan und Anne-Marie an den Tisch. Brosnan nickte dem Oberkellner zu, der herbeieilte und die Bestellung aufnahm.

„Es tut mir leid, Mademoiselle, Ihnen den Abend zu verderben, aber es ist überaus wichtig", sagte Hernu. „Vor etwa zwei Stunden wurden die Leichen der Brüder Jobert nicht weit vom *Le Chat Noir* entfernt gefunden."

„Sie wurden ermordet - das wollen Sie doch sagen, oder?" warf Anne-Marie ein.

„Hm, ja, Mademoiselle", meinte er. „Sie wurden erschossen."

„Zweimal ins Herz?" erkundigte sich Brosnan.

„Ja, Professor. Woher wissen Sie das?"

„Das war Dillon, kein Zweifel. So schießt nur ein echter Profi, Oberst. Sie sollten das eigentlich wissen. Niemals nur ein Schuß, immer zwei, damit der Gegner es nicht schafft, reflexartig zurückzuschießen."

Hernu rührte in seinem Kaffee. „Haben Sie das erwartet, Professor?"

„Ja. Früher oder später hätte er sie auf jeden Fall erwischt. Dillon steigt niemals aus einem Vertrag aus, und er erwartet das gleiche von allen, mit denen er Geschäfte macht. Er nennt das Ehrensache. Zumindest tat er das früher."

„Ich habe inzwischen jede Menge Mörder kennengelernt", sagte Savary. „Nicht nur die Gangster, die Töten als Teil ihres Jobs ansehen, sondern auch das arme Schwein, das seine Frau umgebracht hat, weil sie fremdging. Dillon scheint ein ganz anderer Typ zu sein. Ein Mord nach dem anderen, und niemals in seiner Heimat. Warum?"

„Ich bin kein Psychiater", erwiderte Brosnan. „Aber ich habe Männer wie ihn in der Armee in Vietnam kennengelernt. Es waren durchaus ordentliche Kerle, einige von ihnen jedenfalls, doch sobald sie einmal angefangen hatten – mit dem Töten, meine ich –, schien es von ihnen Besitz zu ergreifen wie eine Droge. Als wären die Menschen – wie soll ich es ausdrücken – seelenlose Dinge für sie geworden."

„Und Sie meinen, das ist auch mit Dillon passiert?" fragte Hernu.

„Es ist mit mir geschehen, Oberst", kommentierte Martin Brosnan düster.

Stille trat ein. Schließlich sagte Hernu: „Wir müssen ihn fangen, Professor. Machen Sie mit bei der Jagd?"

Anne-Marie legte eine Hand auf Brosnans Arm und wandte sich voll Zorn den beiden Kriminalbeamten zu. „Das ist Ihr Job und nicht Martins."

„Schon gut", besänftigte Martin sie. „Mach dir keine Sorgen." Er wandte sich Hernu zu. „Ich gebe Ihnen gerne Ratschläge, jede Information, die Ihnen weiterhelfen kann, aber ich beteilige mich nicht direkt. Es tut mir leid, aber entweder läuft es so oder gar nicht."

„Sie haben erzählt, daß er einmal versucht hat, Sie umzubringen, Sie und einen Freund", sagte Savary.

„Das war vierundsiebzig. Wir beide, er und ich, arbeiteten für einen Freund von mir, einen Mann namens Liam Devlin. Devlin war so etwas wie ein altmodischer Revolutionär, ein Mann, der glaubte, man könnte immer noch so wie in alten Zeiten für eine Sache kämpfen – mit einer Art Untergrundarmee gegen die offiziellen Truppen. Er hatte was gegen Bomben, ging lieber direkt auf seine Ziele los."

„Und was passierte?" fragte der Kommissar.

„Dillon mißachtete Befehle, und die Bombe, die eine Polizeipatrouille hätte treffen sollen, brachte ein halbes Dutzend Kinder um. Devlin und ich wollten ihn uns kaufen. Und da versuchte er, uns auszuschalten." Seine Stimme hatte sich plötzlich verändert. Sie klang härter, spöttischer. „Er verpaßte mir ein Andenken an der Schulter, dafür erwischte ich ihn am Arm. Damals tauchte er das erste Mal außerhalb Englands unter. Er arbeitete eine Weile mit einem Mann namens Frank Barry zusammen, einem anderen Flüchtling der IRA. Können Sie sich an ihn erinnern?"

„Das kann ich in der Tat, Professor", sagte Hernu. „Er verübte ein Attentat auf Lord Carrington, den britischen Außenminister. Die Umstände damals waren mit den jetzigen durchaus vergleichbar."

„Dillon hat vermutlich versucht, die damalige Operation zu kopieren. Er hat Barry regelrecht verehrt."

„Den Sie, soweit ich weiß, im Auftrag des britischen Geheimdienstes getötet haben."

Anne-Marie unterbrach die Unterhaltung. „Entschuldigen Sie mich." Sie erhob sich und entfernte sich in Richtung Toilette.

„Jetzt haben wir sie verärgert", meinte Hernu. Er stand auf. „Wir haben Ihnen schon genug von Ihrer Zeit geraubt. Bestellen Sie Mademoiselle Audin, daß es mir aufrichtig leid tut."

Brosnan sah Hernu und Savary nach. Als Anne-Marie zurückkehrte, sagte er: „Entschuldige, Liebling."

„Es war nicht deine Schuld." Sie sah müde aus. „Ich möchte jetzt nach Hause."

„Du kommst nicht mit zu mir?"

„Heute nicht. Vielleicht morgen."

Der Oberkellner half ihnen in die Mäntel und geleitete sie zur Tür. Draußen lag eine dünne Schneedecke auf dem Pflaster. Anne-Marie fröstelte und drehte sich zu Brosnan um. „Weißt du, Martin, während der Unterhaltung mit ihnen hast du dich verändert. Plötzlich warst du wieder der andere Mann."

„Tatsächlich?" fragte er und wußte gleichzeitig, daß es stimmte.

„Ich nehme ein Taxi."

„Soll ich dich begleiten?"

„Nein, lieber nicht."

Er sah sie die Straße hinuntergehen, dann wandte er sich um und entfernte sich in der anderen Richtung. Dabei dachte er an Dillon und fragte sich, wo er wohl gerade war und was er tat.

DILLONS Hausboot lag in einem kleinen Hafenbecken am Quai St-Bernard. Das Innere war überraschend luxuriös: eine große Kabine mit mahagonigetäfelten Wänden, zwei Sofas und einem Fernsehapparat, dahinter ein Schlafraum und eine Duschzelle. Die Küche lag auf der anderen Seite des Durchgangs. Sie war klein, aber sehr modern eingerichtet. Dort stand er gerade und wartete darauf, daß das Wasser im Kessel zu kochen begann, als er Schritte auf Deck hörte. Er öffnete eine Schublade, holte eine Walther heraus, spannte sie und schob sie sich hinten in den Hosenbund.

Makeev kam den Niedergang herunter und betrat die Küche. Er zog seinen Mantel aus und hängte ihn an einen Haken an der Wand. „Mistwetter!" schimpfte er, während er zu Dillon in die Küche trat.

„In Moskau ist es noch schlimmer", bemerkte Dillon. „Kaffee?"

„Warum nicht."

Dillon goß Kaffee auf und ging dann hinüber in die Hauptkabine. Makeev nahm unterdessen eine Flasche Cognac aus einer Anrichte, holte sich ein Glas aus einem Küchenregal und schenkte sich ein. Während er daran nippte, kam der Ire mit einer Porzellantasse in jeder Hand zurück. Er goß Kaffee ein und reichte eine Tasse Makeev. „Also, was gibt's Neues?"

„Die Brüder Jobert wurden tot aufgefunden. War das klug von Ihnen?"

„Um eine unsterbliche Antwort aus einem dieser alten James-Cagney-Filme zu zitieren: ‚Sie waren reif.' Und was gibt's sonst?"

„Ach, ein alter Freund aus Ihrer grauen Vorzeit ist wiederaufgetaucht. Ein gewisser Martin Brosnan." Makeev trank einen Schluck Kaffee.

„Brosnan?" Dillon schien für einen kurzen Augenblick zur Salzsäule zu erstarren. „Wo zum Teufel ist der denn hergekommen?"

„Er wohnt ein Stück flußaufwärts von hier am Quai de Montebello, genau gegenüber Notre-Dame. Ein Eckhaus mit einem geschmackvollen Eingang. Nicht zu übersehen. An der Vorderseite ist ein Baugerüst."

Dillon nahm eine Flasche irischen Whisky aus dem Küchenregal und schenkte sich einen Doppelten ein. „Was hat das denn mit mir zu tun?"

Also erzählte Makeev von Oberst Hernu, Kommissar Savary und Tania Nowikowa in London. „Nun", meinte er abschließend, „wenigstens wissen wir, was unsere Freunde vorhaben."

„Diese Nowikowa könnte für mich sehr nützlich sein", sagte Dillon. „Ist sie auf unserer Seite?"

„Ohne Frage. Sie arbeitet schon seit einigen Jahren für mich. Eine sehr clevere Frau. Und außerdem hat sie einen Informanten im Verteidigungsministerium, der ihr überaus nützliche Informationen zukommen läßt. Verstehe ich Sie richtig, daß Sie nach London wollen?"

„Sowie ich mir sicher bin, lasse ich es Sie wissen."

„Und Brosnan?"

„Ich könnte auf der Straße dicht an ihm vorbeigehen, und er würde mich nicht erkennen", erklärte Dillon. „Sind Sie mit dem Wagen hergekommen?"

„Natürlich nicht. Mit dem Taxi. Ich hoffe, ich finde zurück wieder eins."

„Ich hole meinen Mantel und begleite Sie ein Stück."

Der Schnee bildete eine Puderzuckerschicht auf dem Boden. Boote glitten auf dem Fluß vorbei, und Notre-Dame, von Scheinwerfern angestrahlt, schien durch die Nacht zu treiben. Sie erreichten den Quai de Montebello, ohne ein Taxi zu finden.

„Da wären wir", sagte Makeev. „Hier wohnt Brosnan." Dillon betrachtete das Baugerüst. „Die Eckwohnung ist's", erklärte Makeev. „Nummer vier im zweiten Stock."

„Lebt er allein?"

„Er ist nicht verheiratet, hat aber eine Freundin, Anne-Marie Audin . . ." Ein Taxi kam aus einer Nebenstraße, und Makeev hob einen Arm. „Wir reden morgen darüber."

Er stieg ein, und das Taxi entfernte sich. Dillon wollte sich gerade abwenden, als Brosnan um die Ecke bog. Dillon erkannte ihn sofort. Brosnan stieg die Eingangstreppe hinauf und verschwand im Haus. Dillon machte grinsend kehrt und schlenderte davon, wobei er leise vor sich hin pfiff.

IN SEINER Wohnung am Cavendish Square war Ferguson gerade im Begriff, zu Bett zu gehen, als das Telefon klingelte. Hernu meldete sich. „Schlechte Nachrichten, Charles. Er hat die Brüder Jobert ausgeschaltet."

„Du lieber Gott!" sagte Ferguson. „Der fackelt nicht lange, was?"

„Ich war bei Brosnan und habe ihn gebeten, bei uns mitzumachen, aber er hat abgelehnt. Er hat zwar angeboten, uns zu beraten, aber er möchte nicht aktiv an der Sache teilnehmen."

„Unsinn!" erklärte Ferguson. „Das können wir nicht akzeptieren."

„Was schlagen Sie vor?"

„Ich denke, das beste ist, wenn ich mal rüberfliege, um mit ihm persönlich zu reden. Möglicherweise morgen nachmittag. Wir geben Ihnen Bescheid."

„Ausgezeichnet. Das ist mir mehr als recht."

Ferguson saß eine Weile da und dachte nach, dann rief er Mary Tanner in ihrer Wohnung an und unterrichtete sie über den neuesten Stand der Dinge. „Ich werde wohl morgen nach Paris fliegen, um mich mit Hernu zu treffen und dann mit Brosnan zu reden. Man muß ihm begreiflich machen, wie ernst die Angelegenheit ist."

„Wollen Sie, daß ich mitkomme?"

„Natürlich. Ich werde da drüben ja noch nicht mal aus einer Speisekarte schlau, während wir alle wissen, daß einer der Vorteile Ihrer ziemlich teuren Ausbildung ist, daß Sie fließend französisch sprechen können. Setzen Sie sich mit dem Transportoffizier im Ministerium in Verbindung, und sagen Sie ihm, daß ich für morgen den Learjet startklar haben will."

„Ich werde das regeln. Sonst noch was?"

„Nein. Wir sehen uns dann morgen früh im Büro." Ferguson legte den Hörer auf, schlüpfte ins Bett und knipste das Licht aus.

ALS FERGUSON am nächsten Tag sein Büro betrat, begab er sich sogleich daran, Mary einen kurzen Bericht an den Premierminister zu diktieren, in dem er ihn über die augenblickliche Situation unterrichtete und ihm mitteilte, daß er nach Paris fliegen werde. Mary ging mit dem Stenogramm in den Kopierraum. Die diensthabende Angestellte, eine Alice Johnson, tippte den Bericht sofort und hatte ihn gerade kopiert, als Gordon Brown hereinkam, um sie abzulösen. Er hatte an diesem Tag Wechselschicht von zehn bis ein Uhr mittags und von sechs bis zehn Uhr abends.

„Sie können Feierabend machen, wenn Sie wollen, Mrs. Johnson. Gibt's etwas Besonderes?"

„Nur diesen Bericht für Hauptmann Tanner. Er ist für Nummer zehn. Ich habe versprochen, ihn gleich loszuschicken."

„Das erledige ich schon für Sie", sagte Brown. Sie reichte ihm beide Kopien und begann, ihren Schreibtisch aufzuräumen. Diesmal hatte Brown keine Chance, eine zusätzliche Kopie anzufertigen. Aber er konnte den Bericht wenigstens lesen, während er durch den Korridor zu Mary Tanners Büro ging.

Sie saß hinter ihrem Schreibtisch, als er eintrat. „Hier ist der Bericht, den Sie haben wollten, Hauptmann Tanner. Soll ich einen Boten rufen?"

„Nein, danke, Gordon. Ich kümmere mich schon darum."

Als er in den Kopierraum zurückkehrte, war Alice Johnson noch immer dort. „Hören Sie, Alice", meinte er zu ihr, „würden Sie noch für einen kurzen Moment die Stellung halten? Ich muß noch etwas Wichtiges erledigen. Ich revanchiere mich irgendwann."

„Ist schon gut", sagte sie. „Gehen Sie nur."

Er eilte hinunter in die Kantine und begab sich in eine der öffentlichen Telefonzellen. Tania Nowikowa war nur deshalb noch in ihrer Wohnung, weil sie am vorhergehenden Abend erst sehr spät die Botschaft verlassen hatte. „Ich habe dir doch gesagt, du sollst mich hier nicht anrufen! Ich rufe dich an", sagte sie ungehalten.

„Ich muß dich sehen. Ich habe um ein Uhr Pause."

„Unmöglich."

„Ich habe wieder einen Bericht gesehen. Zur selben Angelegenheit."

„Ich verstehe. Hast du eine Kopie?"

„Nein, das ging nicht, aber ich habe ihn gelesen."

„Und was stand drin?"

„Das erzähle ich dir heute mittag."

Ihre Stimme wurde eiskalt. „Vergeude nicht meine Zeit, Gordon, sonst lege ich auf."

Er geriet sofort in Panik. „Nur daß zwei französische Kriminelle, die in die Sache verwickelt waren, ermordet wurden. Sie tippen auf Dillon als Täter. Ach ja, und Brigadegeneral Ferguson und Hauptmann Tanner fliegen heute mittag mit dem Learjet nach Paris. Sie hoffen, daß sie diesen Martin Brosnan überreden können, ihnen zu helfen."

„Das hast du ordentlich gemacht, Gordon. Ich komme heute abend zu dir in die Wohnung. Bring deinen Dienstplan für die nächsten zwei Wochen mit."

Brown ging nach oben und schwebte wie auf Wolken.

FERGUSON und Mary Tanner landeten kurz nach eins auf dem Charles-de-Gaulle-Flughafen. Um zwei Uhr wurden sie in Hernus Büro in der DGSE-Zentrale geführt.

Hernu umarmte Ferguson. „Charles, du alter Ganove, du läßt dich viel zu selten blicken."

Ferguson stellte Mary Tanner vor. Sie trug einen dunkelbraunen Hosenanzug von Armani und elegante Halbstiefel und sah einfach umwerfend aus. Hernu begrüßte sie formvollendet mit einem Handkuß. „Hauptmann Tanner, ich habe von Ihnen schon viel gehört."

„Hoffentlich nur Gutes", erwiderte sie in fließendem Französisch.

„Das reicht jetzt", meinte Ferguson. „Wir sollten jetzt zur Sache kommen. Was ist mit Brosnan?"

„Ich habe heute morgen mit ihm gesprochen, und er hat sich einverstanden erklärt, uns um drei in seiner Wohnung zu empfangen. Uns bleibt noch Zeit für ein kleines Mittagessen." Hernu öffnete die Tür. „Kommen Sie bitte."

IN DER Kabine seines Hausbootes füllte Dillon ein Glas mit Krug-Champagner und studierte einen Stadtplan von London. Um ihn herum an die Wände geheftet befanden sich Artikel und Berichte aus allen möglichen Zeitungen, die sich speziell mit den Angelegenheiten in Nummer zehn befaßten, sowie eine ganze Reihe Fotos von Premierminister John Major.

Was Dillon am meisten interessierte, waren die täglichen Zusammenkünfte des Kriegskabinetts in Downing Street 10. All die hohen Tiere zusammen an einem Ort . . . Aber Nummer zehn als Ziel? Das erschien unmöglich. „Festung Thatcher" wurde das Haus nach einigen Verbesserungen des Sicherheitssystems durch die achtunggebietende Lady genannt.

Plötzlich hörte er über sich an Deck Schritte. Er zog die Schublade auf, in der sein Revolver lag, doch er schloß sie gleich wieder, als er sah, daß es Makeev war, der zu ihm herunterkam.

„Ich habe wieder von Tania Nowikowa gehört. Es scheint, als seien Brigadegeneral Ferguson und seine Assistentin, Hauptmann Mary Tanner, hierhergeflogen." Er sah auf die Uhr. „Vermutlich sind sie im Augenblick bei Hernu."

„Und was wollen sie da?"

„Der eigentliche Zweck ihres Flugs ist es, Brosnan aufzusuchen. Sie wollen ihn überreden, sich aktiv an der Suche nach Ihnen zu beteiligen."

„Tatsächlich?" Dillon lächelte kalt. „Martin wird allmählich zu einer richtigen Plage. Ich glaube, ich sollte etwas dagegen unternehmen."

Makeev wies mit einem Kopfnicken auf die Zeitungsausschnitte an den Wänden. „Ihre kleine Privatgalerie?"

„Ich bin gerade dabei, den Mann besser kennenzulernen", erwiderte Dillon. „Wollen Sie etwas zu trinken?"

„Nein, danke. Ich habe noch einiges zu erledigen. Ich melde mich wieder." Er stieg den Niedergang hinauf.

Dillon betrachtete erneut die Zeitungsausschnitte, aber er konnte an nichts anderes als an Martin Brosnan denken.

ANNE-MARIE hielt sich in der Küche von Brosnans Wohnung auf, während Brosnan am Wohnzimmertisch saß und einen Vorlesungstext durchging. Als die Türklingel läutete, eilte sie aus der Küche. „Das werden sie sein", sagte sie. „Ich mache schon auf. Und vergiß nicht dein Versprechen."

In der Diele erklang Stimmengewirr, und dann kam Anne-Marie mit Ferguson, Hernu und Mary Tanner zurück. „Ich mache Kaffee", verkündete sie und begab sich wieder in die Küche.

„Mein lieber Martin, es ist ja eine Ewigkeit her, daß wir uns das letztemal gesehen haben!" Ferguson schüttelte Brosnan die Hand. „Darf ich Ihnen meine Assistentin vorstellen: Hauptmann Mary Tanner."

Brosnan musterte die zierliche dunkelhaarige Frau mit der Narbe auf der linken Wange, und sie gefiel ihm sofort. „Konnten Sie denn keinen besseren Job finden als den, den Ihnen dieser alte Knacker anzubieten hat?" wollte er wissen.

Seltsam, aber sie atmete schneller, als sie vor diesem fünfundvierzig Jahre alten Mann mit den lächerlich langen Haaren stand. „Es herrscht eine allgemeine Rezession. Man muß heutzutage nehmen, was sich gerade anbietet", antwortete sie schlagfertig.

„Wir sollten jetzt zum geschäftlichen Teil kommen", meinte Ferguson. Hernu ging zum Fenster, und Ferguson und Mary nahmen auf dem Sofa Brosnan gegenüber Platz.

„Max hat mich informiert, daß Sie sich weigern, uns zu helfen", begann Ferguson.

Anne-Marie kam mit fünf vollgeschenkten Kaffeetassen auf einem Tablett herein. Brosnan nickte. „Allerdings ist das nicht ganz korrekt ausgedrückt. Ich habe gesagt, ich bin bereit, alles zu tun, außer mich aktiv an Aktionen zu beteiligen."

„Teilen Sie seine Meinung, Miß Audin?" fragte Ferguson.

„Martin hat dieses Leben vor langer Zeit hinter sich gelassen, Brigadegeneral", antwortete sie. „Ich möchte nicht, daß er es wiederaufnimmt, egal, aus welchen Gründen."

Max Hernu durchquerte den Raum und nahm sich eine Tasse Kaffee. „Aber Professor Brosnan befindet sich in dieser Angelegenheit in einer ganz besonderen Position, Mademoiselle. Er kennt Dillon gut, hat jahrelang mit ihm zusammengearbeitet. Er könnte uns eine große Hilfe sein."

„Ich will nicht, daß er jemals wieder eine Pistole in die Hand nimmt", beharrte sie. „Sobald er sich wieder auf den alten Pfad begibt, kann es nur *ein* Ende geben."

Sie war jetzt bedrückt und wütend, wandte sich um und verschwand in der Küche. Mary Tanner folgte ihr und schloß die Tür hinter sich.

Anne-Marie lehnte an der Spüle, hatte die Arme vor der Brust verschränkt, und ihrem Gesicht war die Qual deutlich anzumerken. „Sie sehen es nicht ein, oder? Sie verstehen nicht, was ich meine."

„Ich verstehe es", sagte Mary einfach. „Ich verstehe genau, was Sie meinen", und während Anne-Marie leise zu schluchzen begann, trat sie zu ihr und legte ihr einen Arm um die Schultern.

Brosnan öffnete währenddessen im Wohnzimmer die Balkontüren, trat hinaus auf den Balkon und atmete tief die kalte Luft ein. Ferguson gesellte sich zu ihm. „Es tut mir leid, daß wir sie derart beunruhigt haben."

„Es tut Ihnen überhaupt nicht leid. Sie haben nur Ihren Erfolg im Auge. Das war schon immer so."

„Er ist ein ganz übler Bursche, Martin."

„Ich weiß", meinte Brosnan kopfnickend und lehnte sich gegen das Geländer. „Ihre Assistentin scheint ja eine ganz ungewöhnliche Frau zu sein. Diese Narbe an ihrer Wange – das war ein Granatsplitter, oder? Wie ist das passiert?"

„Es war während ihres Dienstes bei der Militärpolizei in Londonderry. Ein IRA-Agent blieb wegen eines Motorschadens mit seinem Auto liegen, als er gerade eine Bombe transportierte. Der Fahrer machte sich aus dem Staub. Unglücklicherweise war der Wagen vor einem Altersheim stehengeblieben. Mary fuhr in einem Landrover vorbei, als ein besorgter Zivilist sie alarmierte. Sie sprang in den Wagen, löste die Handbremse und schaffte es, ihn einen Abhang hinab auf freies Feld rollen zu lassen. Die Bombe explodierte, als sie sich eben in Sicherheit bringen wollte. Nach ihrer Entlassung aus dem Krankenhaus erhielt sie einen strengen Tadel wegen Verletzung der Dienstpflicht und die Tapferkeitsmedaille. Danach holte ich sie zu mir."

In diesem Augenblick kam Mary Tanner auf den Balkon. „Anne-Marie hat sich im Schlafzimmer hingelegt."

„Na schön", meinte Brosnan. „Gehen wir wieder hinein."

Sie setzten sich erneut, und Ferguson wandte sich an Mary. „Sie sind dran, meine Liebe."

„Ich habe mir die Akten angesehen und alles überprüft, was der Computer uns liefern konnte." Sie öffnete ihre Handtasche und holte ein Foto hervor, das sie Brosnan reichte. „Das einzige Bild von Dillon, das wir auftreiben konnten. Es ist ein Gruppenbild, das vor zwanzig Jahren an der Schauspielschule aufgenommen wurde. Wir haben den entsprechenden Ausschnitt vergrößern lassen."

Die Körnung war sehr stark, und das Gesicht wirkte völlig nichtssagend. Brosnan gab es zurück. „Nutzlos."

„Wußten Sie übrigens, daß er sogar einen Flugschein gemacht hat, und zwar einen für Berufspiloten?" fragte Mary.

„Nein, das wußte ich nicht", erwiderte Brosnan.

„Laut einem unserer Informanten hat er die Prüfung vor einigen Jahren in Texas abgelegt."

„Ein Punkt ist bisher noch gar nicht angesprochen worden", schaltete sich Hernu ein. „Für wen arbeitet er überhaupt?"

„Nun, bestimmt nicht für die IRA", sagte Mary. „Wir haben sofort eine Computerüberprüfung veranlaßt, und wir stehen in direkter Verbindung mit der Polizei und dem britischen Militärischen Abschirmdienst in Nordirland. Kein Hinweis von beiden auf das versuchte Attentat auf Mrs. Thatcher."

„Ja, das glaube ich", sagte Brosnan. „Wenn Dillon Hilfe oder Waffen braucht, holt er sie bei Gangstern. Kontakte zu der IRA nimmt er höchstens auf, wenn er die Leute sehr gut kennt."

„Da sind natürlich noch die Iraker", gab Ferguson zu bedenken. „Saddam würde im Augenblick am liebsten jeden in die Luft sprengen."

„Sicher, aber vergessen Sie nicht die Hisbollah, die PLO, das Schwert Allahs und jede Menge andere Gruppen aus diesem Lager. Dillon arbeitet für sie alle", erinnerte Brosnan ihn.

„Meinen Sie, er versucht es noch einmal?" fragte Mary.

„Ich bin schon fast mein ganzes Leben in diesem Geschäft tätig, meine Liebe. Mein Instinkt sagt mir, daß noch viel mehr dahintersteckt", erklärte Ferguson.

„Nun, da kann ich Ihnen nicht weiterhelfen." Brosnan stand auf. Sie begaben sich in die Diele, und Brosnan öffnete die Wohnungstür. „Ich nehme an, Sie fliegen gleich nach London zurück?"

„Ich dachte, wir bleiben noch etwas hier und genießen die angenehmen Seiten von Paris. Ich bin seit der Restaurierung des Ritz nicht mehr dort gewesen."

„Das wird die Spesenabteilung in Panik versetzen", bemerkte Mary Tanner. Sie streckte die Hand aus. „Leben Sie wohl, Professor Brosnan. Es war schön, Sie endlich kennengelernt zu haben."

„Ganz meinerseits", erwiderte er. Er nickte Hernu zu und schloß die Tür.

5

AN DIESEM Abend zog eine sibirische Kaltfront über Europa hinweg, und es war eisiger denn je zuvor. Brosnan legte noch ein paar Holzscheite aufs Kaminfeuer. Anne-Marie, die sich auf dem Sofa ausgestreckt hatte, drehte sich etwas und richtete sich auf. „Sollen wir zu Hause essen?"

„Ich denke schon", sagte er. „Draußen ist es scheußlich."

„Gut. Ich sehe mal nach, was ich in der Küche zusammenzaubern kann."

Er schaltete den Fernseher ein und sah Nachrichten. Weitere Luftangriffe auf Bagdad, aber immer noch keine Anzeichen für den Beginn des Bodenkriegs. Er machte gerade den Apparat wieder aus, als Anne-Marie aus der Küche auftauchte und ihren Mantel nahm. „Dein Kühlschrank ist wie üblich leer. Ich muß schnell zum Feinkostladen um die Ecke, ehe er zumacht."

„Ich begleite dich."

„Unsinn", widersprach sie. „Warum sollen wir beide leiden?" Sie warf ihm eine Kußhand zu und ging.

Brosnan öffnete die Balkontüren und wartete vor Kälte zitternd, daß sie aus dem Haus kam. Einige Sekunden später eilte sie durch die Haustür und entfernte sich.

„Leb wohl, Geliebte!" rief er ihr dramatisch nach. „Scheiden tut weh!"

„Du alberner Kerl!" rief sie zurück. „Geh lieber rein, ehe du dir eine Lungenentzündung holst." Sie ging los, wobei sie bei jedem ihrer Schritte darauf achten mußte, daß sie auf dem vereisten Pflaster nicht ausrutschte, und bog am Ende der Straße um die Ecke.

In diesem Moment klingelte das Telefon. Brosnan fuhr herum und eilte zurück in die Wohnung. Die Balkontüren ließ er offen.

DILLON war zu Fuß unterwegs. Er hatte früh zu Abend gegessen, und auf seinem Rückweg kam er an Brosnans Apartmenthaus vorbei. Er blieb auf der anderen Straßenseite stehen. Trotz des dicken Matrosenmantels und der Strickmütze, die er sich weit über die Ohren gezogen hatte, war ihm unangenehm kalt. Fröstelnd sah er hinauf zu den erleuchteten Fenstern der Wohnung.

Als Anne-Marie aus dem Hauseingang kam, zog er sich in den

Schatten zurück. Die Straße war still, kein Auto weit und breit, und als Brosnan ihr etwas zurief, verstand Dillon jedes Wort. Er gewann den Eindruck, daß sie an diesem Abend nicht zurückkommen würde. Als sie um die Ecke gebogen war, überquerte er schnell die Straße, schaute sich um und vergewisserte sich, daß niemand in der Nähe war. Dann begann er am Gerüst hochzuklettern.

MARY TANNER war am Telefon. „Brigadegeneral Ferguson wollte wissen, ob wir Sie morgen früh, ehe wir zurückfliegen, noch einmal sprechen können."

„Na schön. Aber es wird Ihnen nicht viel nützen", entgegnete Brosnan.

„Ich verstehe Sie voll und ganz", sagte sie. „Hat Anne-Marie sich erholt?"

„Sie ist ziemlich zäh", sagte er. „Sie hat schon mehr Kriege erlebt, als wir uns vorstellen können. Deshalb habe ich ihre Einstellung zu mir immer etwas seltsam gefunden."

„Sie liebt Sie, Professor, so einfach ist das. Wir sehen uns morgen."

Brosnan legte den Hörer auf. Ein kalter Lufthauch wehte durchs Zimmer und ließ das Kaminfeuer flackern. Er drehte sich um. Sean Dillon stand in der offenen Balkontür, die Walther in der linken Hand.

„Die Jahre haben es gut mit dir gemeint, Martin", sagte er.

Brosnan, knapp einen Meter von der Tischschublade und dem darin befindlichen Browning High Power entfernt, machte eine vorsichtige Bewegung.

„Keine Dummheiten!" Dillon drohte mit der Walther. „Setz dich auf die Sofalehne, und verschränk die Hände hinterm Kopf!"

Brosnan befolgte die Aufforderung. „Du scheinst dich gut zu amüsieren, Sean."

„Das tue ich. Wie geht's denn Liam Devlin, dem alten Knaben?"

„Von Tag zu Tag besser. Er wohnt immer noch in Kilrea in der Nähe von Dublin. Was willst du nach all den Jahren von mir?"

„Ich weiß alles über dich", sagte Dillon. „Zum Beispiel, wie sie dich wegen Informationen über mich löchern, Hernu, Ferguson und seine scharfe Begleiterin, diese Hauptmann Tanner. Es gibt nichts, was ich nicht weiß. Ich habe eben die richtigen Freunde, Martin, jene Art von Leuten, die an alles herankommen."

„Was du nicht sagst! Und haben sie sich gefreut, als du bei Mrs. Thatcher Pech hattest?"

„Das war nur ein Versuchsballon, ein Test. Ich habe ihnen ein Ersatzziel versprochen. Du weißt ja, wie dieses Spiel funktioniert."

„Das weiß ich allerdings, und ich weiß auch, daß die IRA nicht für solche Attentate bezahlt. Das hat sie noch nie gemacht."

„Wer sagt denn, daß ich für die IRA arbeite?" fragte Dillon grinsend. „Es gibt heutzutage eine Menge anderer Leute, die ausreichend Gründe haben, den Briten zu schaden."

Brosnan wußte jetzt oder glaubte zumindest, es zu wissen. „Bagdad?"

„Tut mir leid, Martin, aber darüber kannst du auf deiner Rückkehr zu deinem Schöpfer nachdenken."

„Mach mir doch die Freude, Sean. Dieser Krieg ist das reinste Desaster, und Saddam braucht dringend einen Erfolg. Präsident Bush bleibt in Washington, also sind nur noch die Engländer übrig. Du hast bei der bekanntesten Frau der Welt versagt, was also kommt als nächstes? Der Premierminister?"

„Dort, wohin du gleich gehen wirst, spielt das keine Rolle."

„Aber ich habe doch recht, oder?"

„Du warst schon immer ein Klugscheißer!" explodierte Dillon.

„Dieser dilettantische Versuch, Mrs. Thatcher zu erwischen, erinnert mich daran, wie der gute alte Frank Barry versuchte, den britischen Außenminister, Lord Carrington, zu erwischen. Ich bin sehr überrascht, daß du mit dem gleichen Plan gearbeitet hast, aber du hast in Barry ja schon immer etwas Besonderes gesehen, nicht wahr?"

„Er war der Beste."

„Und am Ende war er verdammt tot", meinte Brosnan.

„Ja, aber wer immer ihn erwischt hat, muß ihm ein Ding von hinten verpaßt haben", sagte Dillon.

„Das stimmt nicht", widersprach Brosnan. „Wir standen uns Auge in Auge gegenüber, soweit ich mich erinnern kann."

„Du hast Frank Barry getötet?" flüsterte Dillon.

„Nun, jemand mußte es tun", sagte Brosnan. „Alle tollwütigen Hunde enden so. Ich habe damals übrigens für Ferguson gearbeitet."

„Du Schwein!" Dillon hob die Waffe und zielte sorgfältig. Da ging die Tür auf, und Anne-Marie kam mit den Einkaufstüten herein.

Dillon fuhr zu ihr herum. Brosnan rief: „Paß auf!" und ließ sich fallen, und Dillon feuerte zweimal auf das Sofa.

Anne-Marie schrie auf, nicht vor Angst, sondern vor Wut. Sie ließ die Tüten fallen und stürmte auf Dillon zu. Er versuchte sie abzuwehren und stolperte rückwärts durch die Balkontüren. Im Zimmer robbte Brosnan zum Tisch und reckte sich nach der Schublade. Anne-

Marie fuhr jetzt mit ihren Fingernägeln über Dillons Gesicht. Er fluchte und schleuderte sie zur Seite. Sie prallte gegen das Geländer und stürzte rückwärts hinüber.

Brosnan hatte inzwischen die Schublade geöffnet. Er stieß die Lampe auf dem Tisch zur Seite, so daß der Raum in Dunkelheit versank, und griff nach dem Browning. Dillon feuerte dreimal sehr schnell und huschte geduckt zur Tür. Brosnan schoß zweimal – zu spät. Er sprang auf, rannte in die Diele, riß die Tür auf und raste ins Erdgeschoß hinunter. Es schneite wieder. Von Dillon war nichts mehr zu sehen.

Der Nachtportier kniete neben Anne-Marie. Er schaute hoch. „Da war ein Mann, Professor, mit einer Pistole. Er rannte quer über die Straße."

„Lassen Sie nur." Brosnan kniete nieder und nahm Anne-Marie in seine Arme. „Einen Krankenwagen. Schnell!"

Der Schnee fiel jetzt dichter. Er drückte sie an sich und wartete.

FERGUSON, Mary und Hernu verbrachten einen vergnüglichen Abend im prachtvollen Speisesaal des Ritz. Sie waren bereits bei der zweiten Flasche Champagner angelangt, als Mary sah, wie Kommissar Savary am Eingang auftauchte und einige Worte mit dem Oberkellner wechselte. „Ich glaube, Sie werden verlangt, Oberst", teilte sie Hernu mit.

Hernu drehte sich um, stand auf und ging zu Savary. Sie redeten ein paar Sekunden lang miteinander. Als er zum Tisch zurückkam, war sein Gesichtsausdruck ernst. „Ich habe schlimme Nachrichten."

„Dillon?" fragte Ferguson.

„Er hat Brosnan soeben einen Besuch abgestattet."

„Was ist passiert?" drängte Ferguson. „Ist mit Brosnan alles in Ordnung?"

„Ja. Es gab eine Schießerei. Dillon hat nichts abgekriegt." Er seufzte. „Aber Mademoiselle Audin liegt im St.-Louis-Krankenhaus. Nach dem, was Savary mir erzählt hat, sieht es nicht gut aus."

BROSNAN ging im Wartezimmer des dritten Stocks auf und ab, als sie eintrafen. Knapp und kühl erzählte Brosnan alles. In seinen Augen aber lag ein wilder Ausdruck. Eine solche Wut hatte Mary noch nie bei einem Menschen gesehen.

Als er geendet hatte, kam ein hochgewachsener Mann mit graumeliertem Haar in einem Chirurgenkittel herein. Es war Professor Henri

Dubois, ein Kollege von der Sorbonne. Brosnan ging schnell auf ihn zu. „Wie geht es ihr, Henri?“

„Nicht gut, mein Freund“, gestand Dubois ihm. „Die Verletzungen an der Wirbelsäule sind schon schlimm genug, doch weitaus ernster ist der Schädelbruch. Man bereitet sie gerade für einen Eingriff vor. Ich werde sofort operieren.“

Er ging hinaus. Brosnans Gesicht war leichenblaß.

IM ERDGESCHOSS befand sich ein kleines Café für Besucher. Um diese Zeit waren nicht viele Leute dort. Savary war unterwegs und kümmerte sich um die polizeiliche Seite des Zwischenfalls, die anderen saßen an einem Tisch an der Ecke.

„Ich weiß, daß Ihnen im Augenblick ganz andere Dinge durch den Kopf gehen“, sagte Ferguson, „aber gibt es irgendwas, das Sie uns über Dillon erzählen können?“

„O ja – eine Menge. Er arbeitet nicht für die IRA. Als ich Saddam Hussein erwähnte, reagierte er wütend. Meiner Meinung nach ist

diese Frage damit geklärt. Und dann gab es da noch einen interessanten Punkt. Er wußte über Sie alle Bescheid."

„Über uns alle?" fragte Hernu. „Sind Sie sicher?"

„Aber ja, er gab furchtbar damit an." Brosnan sah zu Ferguson hinüber. „Er wußte genau, daß Sie hergekommen sind, um mich wegen Informationen zu ‚löchern', wie er es ausdrückte. Er erklärte, er habe Leute, die an alles herankommen."

„Das hat er gesagt?" Ferguson warf Mary einen Blick zu. „Ziemlich besorgniserregend."

„Und es ergibt sich für Sie noch ein weiteres Problem. Dillon bezeichnete die Thatcher-Affäre als Versuchsballon und erklärte, er habe ein Ersatzziel. Ich vermute, er hat es direkt auf den britischen Premierminister abgesehen."

Ferguson seufzte. „Ich fahre lieber schnellstens in unsere Botschaft und versetze unsere Leute in London in Alarmbereitschaft."

„Ich tue das gleiche hier", erklärte Hernu. „Natürlich, ohne Aufsehen zu erregen."

Sie standen auf. „Sie vergeuden Ihre Zeit", meinte Brosnan. „Sie werden ihn nicht fangen, jedenfalls nicht mit den konventionellen Methoden. Sie wissen ja noch nicht einmal, wonach Sie Ausschau halten müssen."

„Das kann schon sein, Martin", gab Ferguson zu. „Aber wir müssen eben unser Bestes tun, nicht wahr?"

Mary Tanner folgte ihnen zur Tür. „Hören Sie, Brigadegeneral, wenn Sie mich nicht brauchen, würde ich gern hierbleiben."

„Natürlich, meine Liebe. Wir sehen uns später."

Mary ging zur Theke und holte zwei Tassen Tee.

DILLON befand sich in der Küche seines Boots und hatte gerade Wasser aufgesetzt, als das Telefon im Wohnraum klingelte. Es war Makeev. „Sie liegt im St.-Louis-Krankenhaus", berichtete er Dillon. „Wir mußten bei unseren Nachforschungen diskret vorgehen, aber soweit mein Informant feststellen konnte, ist ihr Zustand kritisch."

„Verdammter Mist!" fluchte Dillon. „Sie hätte sich raushalten sollen."

„Das könnte einen ganz schönen Wirbel auslösen. Ich komme besser mal rüber zu Ihnen."

„Ich bin da." Dillon legte den Hörer auf.

In der Küche schüttete er heißes Wasser in eine Schüssel und ging damit ins Badezimmer. Dort zog er sein Hemd aus und holte dann einen Aktenkoffer aus dem Schrank unter dem Waschbecken, in dem sich eine Kollektion von Pässen befand, alle mit seinem Foto in verschiedenen Maskierungen. Außerdem enthielt der Koffer erstklassige Schminkutensilien.

Im Laufe der Jahre war Dillon oft über Jersey nach England gereist. Die Kanalinsel Jersey war britisch, und wenn man dort war, brauchte man als britischer Bürger keinen Paß für einen Flug nach England. Das gleiche galt für einen französischen Touristen, der auf Jersey Urlaub machte. Dillon entschied sich für einen Paß auf den Namen Henri Jacaud, Autohändler aus Rennes. Dazu passend fand er einen Führerschein von Jersey auf den Namen Peter Hilton mit einer Adresse in der Hauptstadt der Insel, St. Hélier. Die Führerscheine von Jersey waren im Gegensatz zu britischen Führerscheinen mit einem Foto versehen, und die Paßbilder im Führerschein und in dem französischen Paß waren identisch.

Dillon löste ein wenig schwarze Haarfarbe im warmen Wasser auf und begann die Lösung auf sein blondes Haar zu pinseln. Erstaunlich, welchen Unterschied es ausmachte, wenn man nur die Haarfarbe änderte. Er fönte die Haare trocken und fixierte die Frisur mit etwas Pomade. Dann wählte er aus einer Reihe von Brillen ein Modell mit Horngestell. Er setzte sie auf und schloß die Augen, um sich seine Rolle ins Gedächtnis zu rufen, und als er sie wieder öffnete, sah ihn Henri Jacaud aus dem Spiegel an.

In diesem Moment kam Makeev den Niedergang herunter. „Herrgott im Himmel!“ rief er aus. „Für einen Moment habe ich wirklich gedacht, Sie wären ein anderer.“

„Stimmt ja auch“, entgegnete Dillon. „Darf ich vorstellen: Henri Jacaud, Autohändler aus Rennes, unterwegs zu einem Winterurlaub auf Jersey.“ Er hielt den Führerschein hoch. „Und zugleich ein Einwohner von Jersey – Peter Hilton aus St. Hélier.“

„Was ist heute abend vorgefallen, Sean?“ wollte Makeev wissen.

„Ich hielt den Zeitpunkt für gekommen, mich um Brosnan zu kümmern. Er kennt mich zu gut, und das könnte gefährlich werden.“

„Sie haben also entschieden, ihn zu beseitigen?“

„Es war eine spontane Entscheidung. Ich kam an seinem Haus vorbei und sah, wie die Frau wegging. Ich nahm an, daß sie sich für den Abend verabschiedet hätte, also nutzte ich die Gelegenheit und kletterte am Gerüst hoch.“

„Was passierte?“

„Ich habe ihn überrascht.“

„Aber Sie haben ihn nicht getötet.“

Dillon lachte, ging in die Küche und kam mit einer Flasche Krug-Champagner und zwei Gläsern zurück. Während er die Flasche öffnete, meinte er: „Ich bitte Sie, Josef – wir haben uns das erstemal nach so vielen Jahren wieder von Angesicht zu Angesicht gegenübergestanden. Es gab einiges zu erzählen.“

„Sie haben ihm doch nicht verraten, für wen Sie arbeiten?“

„Natürlich nicht“, log Dillon, schenkte den Champagner ein und prostete Makeev zu.

Dieser jedoch hakte beharrlich nach. „Ich meine, ob er erfahren hat, daß Sie ein Ersatzziel haben . . .“ Er zuckte die Achseln. „Das würde nämlich bedeuten, daß auch Ferguson davon erfährt. Ich bin mir sicher, daß Aroun dann die ganze Sache abblasen würde.“

„Nun, er weiß es nicht.“ Dillon trank sein Glas leer und schenkte nach. „Wenn das alles ist, kann Aroun weiterhin ruhig schlafen. Außerdem will ich die zweite Million. Ich habe übrigens in Zürich nachgefragt. Die erste Million wurde überwiesen.“

„Natürlich. Und wann wollen Sie nun aufbrechen?"

„Morgen. Unterdessen können Sie für mich etwas organisieren. Es geht um diese Tania Nowikowa in London. Ich brauche ihre Hilfe."

„Kein Problem. Sie hat eine Wohnung in der Nähe der Bayswater Road. Was soll sie tun?"

„Mein Vater hatte einen Vetter zweiten Grades, einen Mann aus Belfast, der jetzt in London lebt. Er heißt Danny Fahy. IRA, aber nicht mehr aktiv; er ist völlig untergetaucht. Ein hervorragender Handwerker, Spezialist für Feinmechanik. Ich habe ihn 1981 gebraucht, als ich in London ein paar Aufträge für die Organisation ausführte. Damals wohnte er in der Tithe Street Nummer zehn in Kilburn. Ich will, daß die Nowikowa ihn ausfindig macht."

„In Ordnung. Sonst noch was?"

„Ich brauche eine Bleibe. Das kann sie ebenfalls für mich organisieren. Ich werde sie in ihrer Wohnung anrufen."

„Gut. Ein Problem werden Sie allerdings allein lösen müssen", erklärte Makeev. „Wenn Sie Sprengstoff und Waffen benötigen, wird sie Ihnen nicht behilflich sein können. Eine Pistole kann Sie Ihnen vielleicht geben, aber sonst nichts. Ihr Chef, Oberst Juri Gatow, ist ein Gorbatschow-Mann und unseren britischen Freunden sehr gewogen."

„Ich habe meine eigenen Kontakte für derartige Dinge", sagte Dillon, „aber ich brauche mehr Bargeld für die laufenden Kosten, und zwar erst in England. Ich kann es mir nicht leisten, beim Zoll mit größeren Geldbeträgen in meinem Aktenkoffer erwischt zu werden."

„Ich bin sicher, Aroun kann das für Sie arrangieren."

„Gut. Dann wäre das also auch geregelt. Ich möchte ihn noch einmal sprechen, ehe ich starte. Am besten morgen früh. Veranlassen Sie das, ja?"

„Wird gemacht." Makeev knöpfte seinen Mantel zu. Auf dem Weg zum Niedergang drehte er sich noch einmal um. „Eine Sache ist da noch. Angenommen, Sie schaffen es, die Sache durchzuziehen – dann wird zu einer gnadenlosen Hatz auf Sie geblasen. Wie gedenken Sie, aus England herauszukommen?"

Dillon lächelte. „Genau darüber werde ich jetzt nachdenken. Wir sehen uns morgen früh."

Makeev stieg den Niedergang hinauf. Dillon goß sich noch ein Glas Krug ein, zündete sich eine Zigarette an und betrachtete die Zeitungsausschnitte an den Wänden.

Es war ein Uhr morgens, und Mary Tanner saß allein im Wartebereich der chirurgischen Station, als Professor Henri Dubois auftauchte. Abgespannt ließ er sich in einen der Besuchersessel fallen.

„Wo ist Martin?“ erkundigte er sich.

„Da er ohnehin während der Operation hier nichts tun konnte, ist er zu Anne-Maries Großvater gefahren, um ihn über ihren Unfall zu unterrichten. Es scheint so, als sei er Anne-Maries einziger Angehöriger. Kennen Sie ihn?“

„Wer kennt ihn nicht, Mademoiselle? Er ist einer der reichsten und mächtigsten Industriellen von Frankreich und wohnt auf dem Familiensitz, im Château Vercors, ungefähr dreißig Kilometer vor Paris. Er ist schon sehr alt und hatte im vergangenen Jahr einen Schlaganfall, von dem er sich nicht mehr richtig erholt hat. Ich glaube nicht, daß er viel von dem verstehen wird, was Martin ihm erzählt.“

Wenig später kam Brosnan herein. Er sah unendlich müde aus, doch als er Dubois gewahrte, fragte er gespannt: „Wie geht es ihr?“

„Ich will dir nichts vormachen, Martin. Es geht ihr gar nicht gut. Überhaupt nicht. Ich habe alles getan, was menschenmöglich ist. Nun müssen wir abwarten.“

„Kann ich zu ihr?“

„Laß sie noch eine Weile in Ruhe. Ich sage dir Bescheid. Wie ist dein Gespräch mit Pierre Audin gelaufen?“

„Überhaupt nicht. Ich mußte mit seinem Sekretär vorliebnehmen. Der alte Mann sitzt im Rollstuhl. Der weiß nicht einmal mehr die Tageszeit.“

Dubois seufzte. „Ich bin in meinem Büro. Bis später.“

Als er hinausgegangen war, meinte Mary: „Sie könnten auch etwas Schlaf gebrauchen.“

Brosnan brachte ein düsteres Lächeln zustande. „So wie ich mich im Augenblick fühle, glaube ich, daß ich wohl nie mehr schlafen werde. In gewisser Weise ist das alles meine Schuld. Ohne mich wäre das nicht passiert.“

Sie legte ihm die Hand auf die Schulter. „Kommen Sie, legen Sie sich auf das Sofa da drüben, und machen Sie einfach die Augen zu. Ich bleibe hier und wecke Sie, sobald es irgendwas Neues gibt.“

Widerstrebend folgte er ihrem Vorschlag und fiel überraschenderweise sofort in einen tiefen, traumlosen Schlaf. Mary Tanner saß nachdenklich da und lauschte seinen ruhigen Atemzügen.

Es war kurz nach drei, als Dubois wieder erschien. Als spürte er seine Anwesenheit, erwachte Brosnan schlagartig und richtete sich auf. „Was ist los?“

„Sie ist bei Bewußtsein. Du kannst sie jetzt sehen. Aber, Martin, es steht nicht gut. Du solltest auf das Schlimmste gefaßt sein.“

„Nein!“ Brosnan unterdrückte mit Mühe ein Schluchzen. „Das ist unmöglich!“

Er rannte durch den Flur, riß die Tür zu ihrem Zimmer auf und ging hinein. Eine junge Krankenschwester saß neben ihrem Bett. Sie erhob sich und verließ das Zimmer. Anne-Marie war sehr bleich, ihr Kopf war mit Bandagen umwickelt.

Brosnan setzte sich. Er griff nach ihrer Hand, und Anne-Marie schlug die Augen auf. „Martin, bist du es?“

„Wer sonst?“ Er küßte ihre Hand.

„Ich muß dir was sagen, Martin. Laß ihn laufen. Er ist es nicht wert.“ Sie umklammerte seine Hand mit erstaunlicher Festigkeit. „Versprich es!“

„Ich gebe dir mein Wort“, sagte er.

Sie entspannte sich. „Dein langes Haar. Zu lang. Mein lieber wilder Ire. Ich habe dich immer geliebt, Martin, nur dich allein.“

Ihre Augen schlossen sich langsam, und der Herzmonitor neben ihrem Bett veränderte seinen Ton. Sofort stürmte Henri Dubois in den Raum. „Raus, Martin! Warte draußen!“

Mary stand auf dem Korridor. „Martin?“ sagte sie fragend.

Er starrte sie an wie ein Gespenst, und dann ging die Tür wieder auf, und Dubois erschien. „Es tut mir so leid, mein Freund. Es ist vorbei.“

Es war kurz nach zehn Uhr morgens, als Mary Tanner Ferguson und Hernu in Brosnans Wohnung einließ. „Wie geht es ihm?“ wollte Ferguson wissen.

„Er beschäftigt sich. Da Anne-Maries Großvater in keiner guten Verfassung ist, trifft Martin zusammen mit seinem Sekretär die notwendigen Vorbereitungen für die Beerdigung.“

Sie führte die Besucher ins Wohnzimmer. Brosnan stand am Fenster und blickte hinaus. Er wandte sich zu ihnen um. Sein Gesicht war blaß und vom Schmerz gezeichnet. „Und?“ fragte er.

„Es gibt nichts zu berichten“, teilte Hernu ihm mit. „Wir haben sämtliche Häfen und Flughäfen in Alarmbereitschaft versetzt, ganz diskret natürlich.“

„Sie werden ihn nicht erwischen. Sie müssen ihn in London suchen, und für London brauchen Sie mich."

„Sie meinen, Sie wollen uns helfen?" fragte Ferguson.

„Ja."

„Aber das dürfen Sie nicht", wandte Mary ein. „Sie haben es Anne-Marie versprochen."

„Dann habe ich eben gelogen", sagte er leise. „Nur um ihr den Abschied zu erleichtern. Da draußen gibt es sowieso nichts. Nur Dunkelheit."

Sein Gesicht wirkte wie in Stein gehauen, die Augen waren stumpf. Es war das Gesicht eines Fremden. „Ich hole ihn mir", sagte er. „Und wenn sein Tod das letzte ist, was ich erleben werde."

6

ES WAR kurz vor elf, als Makeev vor Michael Arouns Wohnung in der Avenue Victor Hugo vorfuhr. Dillon erwartete ihn bereits, als er ausstieg. „Brosnans Freundin ist heute nacht gestorben", teilte ihm Makeev mit.

„Haben Sie es Aroun erzählt?"

„Nein, natürlich nicht."

„Schön." Dillon lächelte. „Gehen wir."

Rashid öffnete die Tür, und ein Dienstmädchen nahm ihnen die Mäntel ab. Aroun empfing sie in seinem prachtvollen Salon. „Mr. Dillon, Valenton war eine herbe Enttäuschung."

„Ich habe Ihnen ein Ersatzziel versprochen, und ich habe die Absicht, es jetzt in Angriff zu nehmen."

„Der britische Premierminister?" fragte Rashid.

„Genau. Ich mache mich noch heute auf den Weg nach London. Ich dachte, wir sollten uns vorher noch einmal unterhalten."

„Natürlich, Mr. Dillon", erwiderte Aroun. „Wie können wir Ihnen helfen?"

„Zuerst brauche ich noch einmal Geld für laufende Ausgaben. Dreißigtausend Dollar. Ich möchte, daß Sie dafür sorgen, daß ich es von jemandem in London bekomme."

„Kein Problem", sagte Aroun.

„Zweitens stellt sich die Frage, wie ich nach erfolgreichem Abschluß meines Unternehmens heil aus England herauskomme. Dafür brauche ich Sie, Mr. Aroun."

„Wie meinen Sie das?“

„Eine meiner Fähigkeiten ist das Fliegen. Soweit ich weiß, trifft das auch auf Sie zu. Wie ich in der Zeitung las, haben Sie sich in der Normandie ein Anwesen namens Château St-Denis gekauft, südlich von Cherbourg an der Küste.“

„Das ist richtig.“

„Es hieß außerdem in dem Artikel, daß der Landsitz über einen Flugplatz verfügt und daß es nicht selten geschieht, daß Sie von Paris mit Ihrer eigenen Maschine dorthin fliegen.“

„Auch das stimmt.“

„Gut. Und so wird es laufen: Wenn ich den Job erledigt habe, lasse ich es Sie wissen. Sie fliegen dann zu diesem Schloß St-Denis. Ich komme per Flugzeug von England rüber und treffe Sie dort. Sie können dann meinen Weitertransport arrangieren.“

„Aber wo wollen Sie ein Flugzeug herbekommen?“ wollte Rashid wissen.

„Es gibt in England eine ganze Menge Fliegerklubs und damit auch Flugzeuge, die man mieten kann. Ich werde ganz einfach von der Route abkommen und verschwinden. Sobald ich in St-Denis gelandet bin, können Sie meine Kiste von mir aus in Brand stecken.“ Er ließ seinen Blick von Rashid zu Aroun wandern. „Sind wir uns einig?“

„Vollkommen“, erwiderte Aroun. „Können wir sonst noch etwas tun?“

„Falls ja, wird Makeev es Ihnen rechtzeitig mitteilen. Ich verabschiede mich jetzt.“ Dillon wandte sich zur Tür und ging. Makeev folgte ihm.

Draußen blieben sie noch für einen Moment auf dem Gehsteig neben Makeevs Wagen stehen. Makeev reichte ihm einen Briefumschlag. „Tanias Privatadresse und Telefonnummer. Ich werde Sie heute noch ankündigen.“

„Schön“, sagte Dillon. „Ich melde mich, sobald ich auf Jersey angekommen bin, um mich zu vergewissern, daß alles in Ordnung ist.“

„Viel Glück, Sean.“

Dillon lächelte. „O ja, das kann man immer brauchen.“ Mit diesen Worten entfernte er sich.

SEAN DILLON erreichte den Schnellzug nach Rennes und stieg um drei Uhr in den Zug nach St-Malo um. Es herrschte kaum Tourismusbetrieb um diese Jahreszeit, und außerdem war es schrecklich kalt.

Auf dem Tragflächenboot nach Jersey befanden sich deshalb auch nur knapp zwanzig Passagiere.

Dillon ging kurz vor sechs Uhr in St. Hélier von Bord und nahm ein Taxi zum Flughafen. Er wußte, daß es Probleme geben würde, denn je näher das Taxi ihm kam, desto dichter wurde der Nebel. Im Flughafengebäude erfuhr Dillon, daß beide Abendflüge nach London gestrichen worden waren, dann suchte er sich ein anderes Taxi und bat den Fahrer, ihn zu einem anständigen Hotel zu fahren.

Eine halbe Stunde später telefonierte er mit Makeev in Paris. „Haben Sie mit Tania Nowikowa gesprochen?"

„Ja", antwortete Makeev. „Alles in Ordnung. Wo befinden Sie sich zur Zeit?"

„Ich bin in einem Hotel mit dem Namen ‚L'Horizon' auf Jersey. Wir haben Nebel auf dem Flughafen. Ich hoffe, daß ich morgen rauskomme."

„Das werden Sie bestimmt. Lassen Sie von sich hören."

„Das tue ich." Dillon legte den Hörer auf, dann ging er hinunter an die Bar. Er bestellte eine Flasche Krug-Champagner und machte es sich gemütlich.

UNGEFÄHR um die gleiche Zeit läutete die Türklingel in Brosnans Wohnung am Quai de Montebello. Als er öffnete, stand Mary Tanner vor ihm.

„Hallo", sagte er. „Das ist aber ein unerwarteter Besuch."

„Ich dachte mir, daß Sie bestimmt allein sind. Und das hielt ich nicht für besonders gut. Hat Ferguson mit Ihnen gesprochen, ehe er zurückflog?"

„Ja, er meinte, daß Sie bis zum Begräbnis hierbleiben. Er machte den Vorschlag, wir sollten morgen nachmittag nachkommen."

„Ja, aber lassen Sie uns jetzt erst mal überlegen, was wir heute abend unternehmen. Ich gehe davon aus, daß Sie noch nichts gegessen haben. Deshalb schlage ich vor, daß wir uns ein Restaurant suchen. Es gibt doch sicher in der Nähe ein Lokal, das Sie mögen."

„Das gibt es tatsächlich. Ich hole nur meinen Mantel."

Es war ein typisches Nebenstraßen-Bistro, zu dem er sie führte, einfach und anspruchslos, mit Nischen, in denen man ungestört sitzen konnte, und Kochdüften aus der Küche, die einfach phantastisch waren. Brosnan bestellte Champagner und prostete ihr zu.

„Trinken Sie immer Champagner?"

„Ich habe vor Jahren einen Bauchschuß abbekommen. Dadurch

hatte ich einige Probleme. Die Ärzte verboten mir hochprozentigen Alkohol und Rotwein. Champagner nicht."

Für eine Weile saßen sie schweigend da, dann meinte sie: „Können wir über unseren Job reden?"

„Warum nicht? Worüber denn?"

„Was als nächstes geschieht. Wie wollen Sie Dillon wiederfinden?"

„Er hat einen Schwachpunkt", erklärte Brosnan. „Er hält sich von allen IRA-Kontakten fern, aus Angst vor Verrat. Damit bleibt ihm nur die Unterwelt. Alles, was er für seine Anschläge braucht, Waffen, Sprengstoff, versucht er dort zu besorgen, wo man so etwas gewöhnlich bekommt, und wissen Sie, wo das ist?"

„Im East End von London?"

„Genau. Eine ganze Reihe großer Nummern, die ‚Gouverneure', wie sie genannt werden, haben sich bis zu einem gewissen Grad auf die Seite des Gesetzes geschlagen, aber die traditionellen Verbrechen wie Raubüberfälle, Banküberfälle, Überfälle auf Geldtransporter werden im großen und ganzen von ein und derselben Gruppe verübt. Bei ihr wird Dillon Hilfe suchen. Aber zufälligerweise verfüge ich über eine Zugangsmöglichkeit."

„Und wie kommen Sie dazu?"

Er schenkte ihr ein weiteres Glas Champagner ein. „Damals in Vietnam, im Jahre 1968, war ich Fallschirmspringer bei den Airborne Rangers. Ich gehörte zu einer Abteilung der Special Forces, die in Kambodscha operierte. Wir stammten aus allen Bereichen des Militärs. Sogar ein paar Ledernacken hatten wir bei uns, und so lernte ich Harry Flood kennen."

„Harry Flood?" sagte sie. „Der Name kommt mir bekannt vor."

„Das ist ohne weiteres möglich. Ich erkläre Ihnen gleich, warum. Neunundsechzig, als ich rauskam, mußte Harry noch ein Jahr Dienst leisten. Sie schickten ihn auf einen Posten in London. Dienst bei der Botschaftswache. Eines Abends lernte er im alten ‚Lyceum Ballroom' ein Mädchen kennen. Sie hieß Jean Dark und war ein reizendes zwanzigjähriges Ding. Nur – die Familie der Darks waren Gangster. Ihr Alter Herr hatte sich unten an der Themse ein kleines Reich aufgebaut. Er starb im gleichen Jahr."

„Was geschah dann?" Sie war wie gebannt.

„Harry und Jean heirateten, er blieb in London und wurde regelrecht in alles hineingezogen."

„Sie meinen, er wurde Gangster?"

„Ja, aber nicht nur das: Er wurde einer der mächtigsten Gouverneure des East End von London."

„Mein Gott, jetzt erinnere ich mich. Ihm gehören die Spielkasinos."

„Stimmt. Außerdem ist er an Elektronikfirmen und Bauvorhaben beteiligt. Ihm gehört der halbe Stadtteil Wapping und damit fast das gesamte Flußufer. Und er arbeitet völlig legal."

„Und ist immer noch Gangster?"

„Sagen wir mal so, er ist für viele Leute aus dem East End immer noch der Gouverneur. ‚Der Yankee', so nennen sie ihn. Er wird Ihnen gefallen."

Sie musterte ihn überrascht. „Wann treffen wir ihn?"

„Sobald ich es irgendwie arrangieren kann. Wenn überhaupt jemand mir helfen kann, Sean Dillon zu fangen, dann er." Der Kellner erschien und servierte Schalen mit französischer Zwiebelsuppe. „Sehr gut", sagte Brosnan. „Jetzt lassen Sie uns einmal essen, ich bin am Verhungern."

HARRY FLOOD schreckte aus dem Schlaf hoch und saß aufrecht im Bett. Er hatte wieder von Vietnam geträumt. Wieder war er Gefangener der Vietcong und stand in einer engen Grube, während Regen unbarmherzig durch das Bambusgitter über seinem Kopf strömte. Der Wasserspiegel stieg schnell an bis in Brusthöhe, und er spürte keinen Grund mehr unter den Füßen. Er kämpfte um Atem und krallte seine Finger in die Grubenwand. Plötzlich packte ihn eine starke Hand und zog ihn hoch, und er begann wieder zu atmen.

Er hatte diesen Traum in unregelmäßigen Abständen seit Jahren. Gewöhnlich endete der Traum damit, daß er ertrank. Die Hand, die ihn herauszog, war etwas Neues.

Er tastete nach seiner Uhr. Es war fast zehn. Er machte immer am frühen Abend ein Nickerchen, ehe er einen der Klubs aufsuchte, aber diesmal hatte er verschlafen. Schnell suchte er das Badezimmer auf und duschte.

Harry Flood war auf eine gewisse herbe Art attraktiv. Er hatte kräftige Muskeln und athletische Schultern. Wirklich nicht übel für einen Sechsundvierzigjährigen, sagte er sich, während er sich beim Rasieren im Spiegel betrachtete. Er zog ein schwarzes Seidenhemd an, das er am Hals zuknöpfte, ohne sich eine Krawatte umzubinden, und darüber einen großzügig geschnittenen Armanianzug aus dunkler Rohseide. Zum Schluß überprüfte er noch einmal sein Äußeres im Spiegel, dann ging er ins Wohnzimmer.

Seine Wohnung, Teil eines Lagerhausneubaus auf dem Hafengelände „Cable Wharf", war riesig. Die Klinkerwände des Wohnzimmers waren weiß gestrichen, und mehrere ausladende Sessel befanden sich ebenso im Raum wie eine Bar mit Flaschen aller Art. Er brauchte sie nur für Gäste; er selbst trank niemals Alkohol. Vor der hinteren, mit vollgestellten Bücherregalen bedeckten Wand stand ein großer Schreibtisch.

Er öffnete die Glastüren und trat hinaus auf den Balkon, von dem aus man auf die Themse hinunterschauen konnte. Es war sehr kalt. Die Towerbrücke lag rechts von ihm, und der Tower von London, von Scheinwerfern angestrahlt, erhob sich dahinter. Ein Schiff glitt vorbei. Harry Flood atmete die kalte Luft tief ein und ging dann zurück ins Zimmer.

Die Tür des Wohnraums ging auf, und Mordecai Fletcher kam herein. Er war ungefähr einsachtzig groß, hatte eisengraues Haar und einen sorgfältig gestutzten Schnurrbart und trug einen maßgeschneiderten zweireihigen Blazer und eine Krawatte. Seine elegante Erscheinung wurde etwas durch die breite Nase beeinträchtigt, die mehr als einmal gebrochen worden war. Er war Schwergewichtsboxer gewesen und seit fast fünfzehn Jahren Floods rechte Hand.

Er ging hinter die Bar, goß Perrier-Mineralwasser in ein Glas, fügte Eis und eine Zitronenscheibe hinzu und brachte Flood das Getränk hinüber. „Dein Buchhalter hat mir am Telefon mitgeteilt, daß irgendwelche Papiere im Zusammenhang mit dem Kaufhausbau unterschrieben werden müssen. Und Maurice hat aus dem *Embassy Club* angerufen. Er sagte, daß Jack Harvey mit seiner Nichte, dieser Myra, da war und nach dir gefragt hat. Harvey sagte, daß er zurückkommen und sein Glück an den Tischen versuchen wolle." Fletcher zögerte. „Du weißt genau, worauf dieser Schweinehund aus ist, Harry."

„Wir verkaufen nicht, Mordecai, und ganz bestimmt gehen wir auch keine Partnerschaft ein. Jack Harvey ist der schlimmste Ganove im ganzen East End."

„Ich dachte, das wärst du, Harry."

„Ich habe niemals etwas mit Drogen zu tun gehabt, und ich lasse auch keine Mädchen anschaffen gehen, das weißt du. Okay, für einige Jahre war ich ein ziemlich wilder Bursche. Wir beiden waren es." Er ging zu seinem Schreibtisch und nahm das Foto im silbernen Rahmen hoch, das dort immer stand. „Wenn ich bedenke, wie Jean starb. All die schlimmen Monate." Er schüttelte den Kopf. „Und du kennst das Versprechen, das ich kurz vor ihrem Ende gab – nämlich auszusteigen.

Deshalb habe ich unsere Geschäfte legalisiert, und sag selbst, war das nicht eine gute Entscheidung? Weißt du, wie hoch zur Zeit unsere Nettoeinnahmen sind? Fast fünfzig Millionen. Fünfzig Millionen!" Er grinste. „Das reicht mir. Sollen sich Jack Harvey und solche Typen wie er ruhig die Hände schmutzig machen, wenn sie es unbedingt wollen."

Er öffnete einen Schrank und holte einen dunklen Mantel heraus. „Also, los geht's! Wer fährt heute?"

„Charlie Salter." Fletcher zögerte. „Soll ich ein Schießeisen mitnehmen, Harry?"

„Um Himmels willen, Mordecai! Wir arbeiten legal, wie oft muß ich dir das noch sagen?"

„Aber Jack Harvey nicht, und das ist das Problem."

„Überlaß Jack Harvey ruhig mir."

Sie fuhren mit dem alten Lastenaufzug nach unten ins Lagerhaus, wo neben einer schwarzen Mercedeslimousine bereits Charlie Salter, ein kleiner, drahtiger Mann in grauer Chauffeursuniform, wartete. Er hielt Flood die hintere Tür auf.

„Wohin, Mr. Flood?"

„Zum *Embassy Club*, Charlie." Flood stieg ein, und Salter schloß die Tür und schob sich hinter das Lenkrad. Fletcher nahm neben ihm auf dem Beifahrersitz Platz und griff nach der elektronischen Torbedienung. Die Lagerhaustore öffneten sich, und sie fuhren auf den Kai hinaus.

Der *Embassy Club* befand sich ganz in der Nähe, in einer Seitenstraße der Wapping High Street. Er existierte erst seit einem halben Jahr und war eines von Harry Floods Projekten zur Nutzung des alten Lagerhausbezirks. Sie parkten und gingen die Seitenstraße entlang zum Eingang. Drinnen war es angenehm warm. Die Einrichtung war luxuriös: schwarzweißer Marmorfußboden, Eichenpaneele, Ölgemälde. Als sie ihre Mäntel abgaben, eilte ihnen ein kleinwüchsiger Mann im Abendanzug entgegen.

„Ah, Mr. Flood! Welch eine Ehre! Möchten Sie speisen?" Sein Akzent verriet unmißverständlich den Franzosen.

„Wir wollen uns erst einmal umsehen, Maurice. Ist Harvey da?"

„Noch nicht."

Sie gingen die Treppe hinunter in den großen Speisesaal. Er war fast voll, und die Kellner eilten geschäftig hin und her. Eine dreiköpfige Band spielte auf einer Bühne in einer Ecke, und es gab eine kleine Tanzfläche.

Maurice schlängelte sich zwischen den Tischen am Rand der Tanzfläche hindurch und öffnete eine lederbezogene Tür, die zum Kasinoteil des Etablissements führte. Dort herrschte genausoviel Betrieb, und die Leute drängten sich um die Roulettetische.

„Verlieren wir viel?“ wollte Flood von Maurice wissen.

„Mal mehr, mal weniger, Mr. Flood. Am Ende gleicht es sich immer wieder aus.“

„Also, gehen wir essen.“

Flood hatte seine eigene Nische in einer Ecke neben der Band, von wo aus er die Tanzfläche überschauen konnte. Er setzte sich und bestellte Räucherlachs und Rührei. Dann nahm er eine Zigarette aus einem alten Silberetui. Fletcher, der gegen die Wand gelehnt neben ihm stand, gab ihm Feuer. Flood saß nachdenklich da und beobachtete das Geschehen. Plötzlich kam Charlie Salter die Treppe vom Eingang herunter und eilte zwischen den Tischen hindurch auf sie zu.

„Jack Harvey und Myra sind soeben eingetroffen“, meldete er.

Und dann sah Flood das Paar auch schon. Harvey war fünfzig Jahre alt und übergewichtig, eine Tatsache, die auch der mitternachtblaue Maßanzug nicht verbergen konnte. Er hatte fast überhaupt keine Haare mehr und ein fleischiges, verlebtes Gesicht. Seine Nichte Myra war dreißig und sah sehr attraktiv aus. Ihr tiefschwarzes Haar war zu einem Knoten frisiert und wurde von einer mit Juwelen besetzten Spange festgehalten. Sie trug eine mit Pailletten verzierte Jacke und einen schwarzen Minirock von Gianni Versace sowie schwarze Pumps mit sehr hohen Absätzen, denn sie war kaum größer als einssechzig. Sie war die rechte Hand ihres Onkels, hatte ein Diplom in Betriebswirtschaft und war genauso brutal und skrupellos wie er.

„Harry, alter Junge!“ sagte Harvey im Näherkommen und setzte sich zu Flood. „Hast doch nichts dagegen, daß wir dir Gesellschaft leisten?“

Flood blieb abwartend sitzen. Myra bückte sich und hauchte ihm einen Kuß auf die Wange. „Gefällt dir mein neues Parfüm, Harry? Jack meint, es ist wie ein Aphrodisiakum, so gut riecht es.“

Sie ließ sich auf seiner anderen Seite nieder, und Harvey holte eine Zigarre aus einem Etui hervor. Er kappte die Spitze und schaute zu Fletcher auf, der ihm sein brennendes Feuerzeug hinhielt, ohne eine Miene zu verziehen.

„Gibt es hier auch etwas zu trinken?“ fragte Myra.

„Champagnercocktail, das ist doch dein Lieblingsgetränk, nicht wahr?“

„Das wäre jetzt genau das richtige."

„Scotch mit Wasser für mich. Einen dreifachen", tönte Harvey.

Maurice, der zum Tisch geeilt war, sprach mit einem Kellner, dann flüsterte er in Floods Ohr: „Ihr Rührei, Mr. Flood."

„Ich möchte es jetzt gleich", meinte Flood.

Ein Kellner stellte den Teller vor Flood hin. Flood begann sofort zu essen.

„Ich habe dich noch nie eine anständige Mahlzeit essen sehen, Harry", meinte Harvey. „Was ist los mit dir?"

„Essen bedeutet mir nicht viel, Jack. Als ich Gefangener des Vietcongs war, habe ich gelernt, daß man nur sehr wenig zum Überleben braucht." Flood schob den Teller zurück und tupfte sich den Mund mit einer Serviette ab. „Also, weshalb bist du hergekommen?"

„Du weißt, was ich will, Harry. Ich will mit dir ins Geschäft kommen. Ich denke da an die Kasinos – vier sind es jetzt, oder? – und wie viele Klubs, Myra?"

„Sechs", antwortete sie.

„Und dann diese Bauprojekte am Fluß", fuhr Harvey fort. „Das ist einfach zuviel für einen, Harry. Du mußt den großen Kuchen mit uns teilen."

„Da gibt es nur ein Problem, Jack", erwiderte Flood. „Ich bin ein anständiger Geschäftsmann, der die Gesetze beachtet, und das seit Ewigkeiten. Du hingegen . . .", er schüttelte den Kopf, „einmal ein Gauner, immer ein Gauner."

„Du amerikanischer Mistkerl!" zischte Harvey. „So kannst du nicht mit mir reden."

„Ich hab's aber gerade getan, Jack."

Myra ergriff das Wort. „Harry, sei vernünftig. Wir wollen ja nur ein bißchen mitmischen."

„Wenn ihr bei mir einsteigt, dann wärt ihr an Computerfirmen, Bauprojekten, Nachtklubs und Glücksspiel beteiligt", erklärte Flood ihr. „Ich hingegen hätte durch euch mit Zuhältern, Prostituierten, Drogen und Schutzgeldern zu tun. Selbst wenn ich dreimal täglich duschen würde, Kindchen, würde ich mich am Ende doch nicht sauber fühlen."

„Du –!" Sie holte mit der Hand aus, doch er packte ihr Handgelenk.

Harvey stand auf. „Laß sein, Myra, ist schon gut. Los, komm! Wir sprechen uns noch, Harry."

„Hoffentlich nicht", erwiderte Flood, als sie hinausgingen.

„DIESES Schwein!" schimpfte Harvey, während er und Myra zum Parkplatz marschierten. „Wir müssen ihm offenbar zeigen, daß wir es ernst meinen."

Ein dunkler Lieferwagen parkte am Ende der Straße. Während sie sich ihm näherten, wurde das Standlicht eingeschaltet. Der junge Mann, der hinter dem Lenkrad saß und sich hinauslehnte, sah in seiner ledernen Bomberjacke und der Schiebermütze brutal und gefährlich aus.

„Mr. Harvey?" fragte er.

„Gut gemacht, Billy, genau pünktlich." Harvey wandte sich an seine Nichte. „Myra, ich glaube, du kennst Billy Watson noch nicht, oder?"

„Nein, ich hatte noch nicht das Vergnügen", sagte sie und musterte ihn eingehend.

„Wie viele sind hinten drin?" wollte Harvey wissen.

„Vier, Mr. Harvey. Ich habe gehört, dieser Mordecai Fletcher soll das reinste Monstrum sein." Er hob einen Baseballschläger hoch. „Das wird ihn auf seinen Platz verweisen."

„Aber denkt dran, keine Schußwaffen! Schlagt sie zusammen, brecht ihnen ein paar Rippen, das müßte reichen. Haltet die Augen offen und dann los. Früher oder später kommt er raus."

Harvey und Myra setzten ihren Weg zum Parkplatz fort.

ETWA eine Stunde später machte Harry Flood Anstalten aufzubrechen. „Wo ist Charlie?" fragte er Fletcher, als er seinen Mantel anzog.

„Ach, ich hab ihm vor ein paar Minuten ein Zeichen gegeben, daß er vorausgehen soll, um den Wagen warmlaufen zu lassen."

Sie verließen den Klub und schlugen die Richtung zum Parkplatz ein. Dann ging plötzlich alles blitzschnell: Die Hintertüren des Lieferwagens auf der anderen Straßenseite schwangen auf, Männer stürmten hinaus und rannten über die Straße. Sie alle hatten Baseballschläger in den Fäusten. Der erste, der sie erreichte, schlug sofort zu. Fletcher duckte sich, blockte den Schlag ab und schleuderte den Angreifer eine Kellertreppe hinunter.

Die vier anderen hielten inne und umkreisten die beiden Männer mit bereitgehaltenen Schlägern. „Ihr habt keine Chance", verkündete Billy Watson. „Jetzt brechen wir euch die Knochen."

Ein Schuß erklang hinter ihnen, dann knallte es ein zweites Mal, und Charlie Salter trat aus der Dunkelheit und lud eine abgesägte Schrotflinte nach. „Laßt alles fallen!" rief er.

Sie gehorchten. Fletcher ging auf sie zu und musterte sie von oben bis unten. Dann packte er denjenigen, der am nächsten bei ihm stand, an den Haaren, zerrte ihn an ein Gitter neben der Kellertreppe und hielt sein Gesicht über die eisernen Spitzen. „Für wen arbeitet ihr, Bürschchen?“

Der Junge klappte sofort zusammen. „Für Jack Harvey. Wir werden dafür bezahlt. Billy hat uns zusammengetrommelt.“

„Das wirst du bereuen!“ zischte Billy.

Fletcher warf Flood einen Blick zu. Flood nickte. Der große Mann wandte sich an Billy. „Du bleibst hier. Ihr anderen verpißt euch!“

Die Jungs machten auf dem Absatz kehrt und rannten davon. Billy Watson stand da, starrte sie an und hob schnell einen Baseballschläger auf. „Na los, Harry Flood – du großer starker Mann. Allein ist nicht viel mit dir los, was, Macker?“

Billy holte aus und schlug zu. Flood pendelte zur Seite, packte das Handgelenk des jungen Mannes und drehte es herum. Billy schrie auf und ließ den Baseballschläger fallen. Im gleichen Moment vollführte der Amerikaner eine halbe Körperdrehung, zog Billy seinen Ellbogen wuchtig durchs Gesicht und schickte ihn zu Boden.

Fletcher hob den Baseballschläger auf. „Laß nur“, sagte Flood. „Er weiß schon Bescheid. Gehen wir.“

Während sie ihren Weg fortsetzten, fragte Fletcher: „Was geschieht mit Harvey? Wirst du ihn dir vornehmen?“

„Ich denke darüber nach“, antwortete Flood.

7

DILLONS Maschine aus Jersey landete um elf Uhr am folgenden Vormittag in Heathrow. Der Zoll schien an diesem Morgen niemanden eingehend kontrollieren zu wollen. Allerdings hätten sie bei ihm sowieso nichts gefunden. Sein Koffer enthielt nur Kleider zum Wechseln und Toilettenartikel. Außerdem hatte er zweitausend Dollar in seiner Brieftasche – auch daran war nichts Verbotenes. Den französischen Paß hatte er im Hotel auf Jersey vernichtet. Jetzt gab es kein Zurück mehr.

Er nahm den Fahrstuhl zum oberen Teil der Auskunftshalle, stellte sich dort an der Schlange vor einem der Bankschalter an und tauschte fünfhundert Dollar in englische Pfund. Dies wiederholte er bei drei anderen Banken. Dann rief er Tania Nowikowa an, doch es meldete sich nur ihr Anrufbeantworter. Er machte sich nicht die Mühe, eine

Nachricht zu hinterlassen, sondern verließ den Flughafen, hielt ein Taxi an und bat den Fahrer, ihn nach Covent Garden zu bringen.

Mit seiner getönten Brille, der gestreiften Krawatte und seinem marineblauen Burberry-Trenchcoat wirkte er äußerst seriös.

„Scheußliches Wetter, Chef. Wohnen Sie in London?" fragte der Fahrer.

„Nein, ich lebe schon lange in Übersee", sagte Dillon beiläufig. „In New York. London habe ich schon seit Jahren nicht mehr gesehen."

„Es hat sich viel verändert. Ist nicht mehr so wie früher."

„Das glaube ich gern. Ich hab neulich gelesen, daß man nicht mal mehr zu Fuß durch die Downing Street gehen kann."

„Das stimmt, Chef. Mrs. Thatcher hat ein neues Sicherheitssystem einbauen lassen, mit Toren an beiden Straßenenden."

„Tatsächlich?" sagte Dillon. „Das würde ich mir gerne mal ansehen."

„Wir können dort vorbeifahren, wenn Sie wollen. Ich nehme die Route die Whitehall runter und komme dann von der anderen Seite nach Covent Garden."

„Ist mir recht." Dillon lehnte sich zurück und sah aus dem Fenster. Sie fuhren die Whitehall hinunter, ließen den Trafalgar Square hinter sich, kamen an den Horse Guards vorbei mit den beiden Household Cavalrymen, der königlichen Leibwache, die dort zu Pferd mit gezücktem Säbel ihren Dienst versahen.

„Da wären wir, Chef. Die Downing Street", verkündete der Fahrer und verlangsamte die Fahrt. „Ich kann nicht anhalten, sonst kommen sofort Polizisten angerannt und wollen wissen, was wir hier suchen."

Dillon schaute hinüber zur Straßenmündung. „Das sind also die berühmten Tore?"

„‚Thatchers letzten Streich' haben es einige genannt, aber wenn Sie mich fragen, hatte sie recht. Die verdammte IRA hat in den vergangenen Jahren genug Dinger in London gedreht. Soll ich Sie in der Long Acre absetzen, Chef?"

„Prima", erwiderte Dillon.

Das Taxi hielt am Bordstein. Dillon bezahlte und ging los. Im ganzen Covent-Garden-Viertel herrschte wie üblich lebhafter Betrieb. Dillon ließ sich im Menschenstrom mittreiben und fand schließlich das, was er suchte, in einer Gasse unweit Neal's Yard: einen kleinen Theaterladen für Masken und Schminkutensilien. Als er eintrat, erschien ein alter Mann im hinteren Teil des Ladens. „Was kann ich für Sie tun?" fragte er.

„Ich brauche etwas zum Schminken. Was haben Sie an Schminkkästen da?“

„Wir haben einige sehr gute Sets“, sagte der alte Mann. Er holte einen Kasten herunter, stellte ihn auf die Theke und öffnete ihn. „Sind Sie im Theater?“

„Nein. Ich spiele in einer Laiengruppe.“ Dillon überprüfte den Inhalt des Kastens. „Ausgezeichnet. Ich nehme dazu noch schwarze Haarfarbe und irgendein Lösungsmittel.“

„Sie scheinen aber sehr gut Bescheid zu wissen.“ Der Alte holte die gewünschten Dinge und packte sie in den Schminkkoffer. „Das macht dann dreißig Pfund.“

Dillon bezahlte und verließ pfeifend den Laden.

ES WAR kurz nach sechs, als Tania Nowikowa die Türklingel hörte. Sie ging nach unten und öffnete. Dillon stand vor der Tür, den Koffer in der einen, den Aktenkoffer in der anderen Hand. „Josef läßt Ihnen Grüße ausrichten.“

Sie war verblüfft. Nach dem, was Makeev ihr erzählt hatte, hatte sie eine Art düstere Heldenfigur erwartet. Statt dessen sah sie vor sich einen eher kleinen Mann mit getönter Brille, der ganz konservativ gekleidet war.

„Sind Sie Sean Dillon?“ erkundigte sie sich.

„Der und kein anderer.“

„Kommen Sie lieber rein.“

Frauen hatten für Dillon niemals eine besondere Bedeutung gehabt. Als er hinter Tania Nowikowa die Treppe hinaufging, bemerkte er wohl, daß sie eine sehr gute Figur hatte, doch als sie sich ihm im Licht der Wohnzimmerbeleuchtung zuwandte, erkannte er, daß sie eher farblos aussah.

„Möchten Sie etwas trinken?“

„Ja, gerne, am liebsten einen Tee.“

„Ich werde mich gleich darum kümmern.“ Sie öffnete eine Schublade und holte eine Walther-Pistole heraus, dazu zwei Ersatzmagazine und einen Carswellschalldämpfer. „Josef hat mir gesagt, dies sei Ihre Lieblingswaffe.“

„Das stimmt.“

„Ich dachte mir außerdem, daß dies hier auch ganz nützlich sein könnte.“ Sie reichte ihm ein kleines Bündel. „Es heißt, sie hält einem 11,5-mm-Kaliber auf kürzeste Entfernung stand.“

Dillon faltete das Bündel auseinander. Die kugelsichere Weste war nicht so dick und unförmig wie die Flakjacken, sondern geschnitten wie eine Anzugweste und mit Klettbändern zu verschließen und zu befestigen. „Ausgezeichnet“, sagte er und legte sie zusammen mit der Walther, den Magazinen und dem Schalldämpfer in seinen Aktenkoffer.

Während sie den Tee zubereitete, stand er in der Küchentür. „Sie wohnen hier nahe bei der sowjetischen Botschaft, nicht wahr?“

„O ja, ich kann dorthin zu Fuß gehen.“ Sie trug den Tee und die Tassen auf einem Tablett ins Wohnzimmer, wo sie und Dillon es sich in zwei Sesseln an einem Couchtisch bequem machten. „Ich habe Ihnen ein Zimmer in einem kleinen Hotel um die Ecke in der Bayswater Road reservieren lassen. Es ist ein Haus, in dem überwiegend Geschäftsreisende übernachten.“

„Sehr gut.“ Er trank von seinem Tee. „Was ist mit Fahy?“

„Bisher hatte ich kein Glück. Er ist vor ein paar Jahren von Kilburn weggezogen. Aber ich habe jemanden auf ihn angesetzt.“

„Unterhält der KGB in London noch immer eine Fälschungsabteilung?“

„Natürlich.“

„Gut.“ Er holte seinen Führerschein von Jersey hervor. „Ich brauche einen Pilotenschein auf diesen Namen. Sie benötigen dazu ein Foto.“ Er zog aus der Plastikhülle des Führerscheins ein zweites, identisches Foto heraus.

„Peter Hilton, Jersey. Darf ich fragen, warum das notwendig ist?“

„Weil ich mich, wenn der Zeitpunkt zum Verschwinden kommt, mit dem Flugzeug absetzen möchte, und sie vermieten einem keine Maschine, wenn man nicht einen Pilotenschein hat, der von der Behörde für Zivilluftfahrt ausgestellt worden ist.“

Sie nahm das Foto an sich. „Sonst noch etwas?“

„Ja, ich brauche schnellstens alle Einzelheiten über das derzeitige Sicherheitssystem von Downing Street zehn.“

Sie hielt die Luft an. „Ist das Ihr Ziel?“

„Nicht das Gebäude. Der Mann, der darin sitzt. Ich brauche den täglichen Terminplan des Premierministers. Wie leicht kann man den beschaffen?“

„Das kommt darauf an. Es gibt jeden Tag ein paar feste Termine. Zum Beispiel tritt das Kriegskabinett jeden Vormittag um zehn im Kabinettszimmer zusammen.“

„Interessant. Wie sieht’s mit Ihrem Informanten aus? Sie haben ihn fest am Haken, nicht wahr?“

„Ich glaube, so könnte man es ausdrücken."

„Dann sehen Sie zu, daß es so bleibt." Er stand auf. „Ich gehe jetzt lieber und beziehe mein Hotelzimmer."

„Haben Sie schon gegessen?" fragte sie.

„Nein."

„Dann habe ich einen Vorschlag. Nicht weit vom Hotel entfernt die Straße hinunter gibt es ein hervorragendes italienisches Restaurant, *Luigi's*. Erledigen Sie im Hotel alles Nötige, und ich gehe in der Zeit zur Botschaft und schaue mal nach, was wir dort über die Sicherheitsvorkehrungen in der Downing Street haben. Ich treffe Sie in einer Stunde bei Luigi."

Sie holte einen Mantel und einen Schal, und gemeinsam verließen sie das Haus.

Das Hotelzimmer war genauso, wie er es erwartet hatte: zwei Betten, billige Tagesdecken, ein Fernseher mit Münzautomat. Aber lange würde er sowieso nicht hierbleiben. Er öffnete den Koffer und fing an auszupacken.

DILLON saß in einer kleinen Nische in der Ecke bei *Luigi's*, als Tania hereinkam. Der alte Luigi begrüßte sie persönlich wie einen besonders geschätzten Stammgast, und sie setzte sich.

„Champagner?" fragte Dillon sie.

„Warum nicht?" Sie schaute Luigi an. „Das Essen bestellen wir später." Luigi entfernte sich.

„Wir haben noch nicht über mein Geld für die laufenden Ausgaben gesprochen. Dreißigtausend Dollar. Aroun wollte das arrangieren", sagte Dillon.

„Dafür wird gesorgt. Arouns Buchhalter meldet sich morgen bei mir."

„Okay, und was haben Sie inzwischen herausgefunden?" fragte er.

„Bisher nichts über Fahy. Ich habe alles Nötige veranlaßt, damit Sie Ihren Pilotenschein bekommen."

„Und Nummer zehn?"

„Ich habe einen Blick in die Akte über Nummer zehn geworfen. Downing Street ist jetzt eine Festung. Die Stahlgitter sind drei Meter hoch."

Luigi brachte ihnen zwei Gläser Champagner, und sie bestellten Minestrone, Kalbskoteletts und grünen Salat. Nachdem Luigi sich entfernt hatte, prosteten sie sich zu. Dann fragte Dillon: „Was ist mit dem Gebäude selbst?"

„Die Fenster haben besonders gehärtetes Glas, und die metallenen Schutzgitter sind ein Wunder moderner Technik: Sie sind sprengungssicher."

„Wie steht es mit der Möglichkeit, etwa als Küchenhelfer in die Nummer zehn zu gelangen?"

„Das war früher wirklich mal ein Schlupfloch. Die Versorgung des Hauses wird von Fremdfirmen vorgenommen, auch der Reinigungsdienst kommt von auswärts, aber jetzt sind die Sicherheitsprüfungen dieser Leute außerordentlich streng. Natürlich kommt es immer wieder vor, daß mal jemand durchschlüpft." Sie zögerte. „Haben Sie etwas Bestimmtes im Sinn?"

„Nein, aber mir wird schon etwas einfallen. Mir fällt immer etwas ein."

Der Kellner servierte die Suppe. „Das riecht ja nicht schlecht", meinte Dillon. „Also, probieren wir mal, ob es auch so gut schmeckt."

In Paris stieg am folgenden Vormittag die Temperatur um drei oder vier Grad, und es begann zu tauen. Mary Tanner und Oberst Hernu holten Brosnan mit Hernus schwarzem Citroën kurz vor Mittag ab. Brosnan wartete bereits auf sie vor dem Eingang des Hauses am Quai de Montebello. Er trug einen Trenchcoat und eine Tweedmütze und hatte einen Koffer in der Hand.

Am Tag zuvor waren alle drei zur Beerdigung von Anne-Marie in Vercors gewesen. In der Kirche hatte eine entsetzliche Kälte geherrscht. Brosnan hatte das Gefühl, ihm sei in seinem ganzen Leben noch nie so kalt gewesen. Er hatte zitternd auf der Bank gesessen und kaum etwas von der Zeremonie mitbekommen. Erst als der Sarg ins Grab gesenkt worden war, hatte er bemerkt, daß Mary die ganze Zeit seine Hand gehalten hatte.

Der Fahrer verstaute jetzt seinen Koffer im Kofferraum, und Brosnan setzte sich nach hinten zu den anderen beiden. „Gibt's etwas Neues?" erkundigte er sich.

„Nicht das geringste", erwiderte der Oberst.

„Wahrscheinlich ist er längst dort. Was ist mit Ferguson?"

Mary schaute auf ihre Uhr. „Er müßte gerade mit dem Premierminister sprechen, um ihm den Ernst der Sache zu erklären."

„Das dürfte auch alles sein, was er tun kann", bemerkte Brosnan.

„Wie würden Sie denn nun in dieser Sache vorgehen, mein Freund?" fragte Hernu.

„Wie ich Mary erklärt habe, bedient Dillon sich immer seiner

Unterweltkontakte, um sich das zu beschaffen, was er braucht, und das tut er sicher auch diesmal. Deshalb muß ich meinen alten Freund Harry Flood sprechen."

„Ach ja, der berüchtigte Mr. Flood. Und was ist, wenn er uns nicht weiterhelfen kann?"

„Dann gibt es noch eine andere Möglichkeit. Ich habe einen Freund in Irland. Er heißt Liam Devlin und wohnt in Kilrea, in der Nähe von Dublin. Es gibt nichts, was er über die Geschichte der letzten Jahre der IRA nicht weiß." Brosnan lehnte sich zurück. „Auf jeden Fall erwische ich den Schweinehund, auf die eine oder andere Weise. Ich kriege ihn."

Der Fahrer brachte sie ans Ende des Flughafens Charles-de-Gaulle, wo die Privatflugzeuge standen. Der Learjet wartete schon auf der Rollbahn. „Sie gestatten sicher, Hauptmann", sagte Hernu und küßte Mary sacht auf beide Wangen. „Denken Sie daran, mein Freund", bei diesen Worten streckte er Brosnan seine Hand hin, „wenn man sich auf einen Rachefeldzug begibt, muß man am Ende zwei Gräber bestellen."

„Fangen Sie jetzt mit Philosophieren an?" fragte Brosnan und gab ihm die Hand. „Leben Sie wohl, Oberst."

Die beiden stiegen ein und schnallten sich auf ihren Plätzen an, während der Kopilot die Treppe hochzog und die Kabinentür verriegelte.

„Hernu hat recht", sagte Mary.

„Das weiß ich auch", erwiderte Brosnan. „Aber ich kann nichts daran ändern." Das Flugzeug rollte langsam an.

TANIA hatte gute Nachrichten für Dillon, rechnete jedoch nicht damit, ihn zur Mittagszeit im Hotel anzutreffen. Daher ging sie direkt zu ihrer Wohnung. Als sie vor der Haustür stand und in ihrer Handtasche nach dem Schlüssel suchte, kam von der anderen Straßenseite Gordon Brown auf sie zu.

„Ich hatte gehofft, daß ich dich hier treffe", sagte er.

„Um Himmels willen, Gordon, du bist wohl verrückt!"

„Und was ist, wenn etwas Wichtiges passiert und du es sofort erfahren mußt? Ich konnte nicht warten, bis du dich meldest, denn dann wäre es vielleicht zu spät gewesen. Sollten wir nicht lieber reingehen?"

„Unmöglich. Ich muß in einer halben Stunde wieder in der Botschaft sein. Es reicht allerhöchstens für einen Drink, aber mehr auch nicht."

Sie marschierte los zum Pub an der Ecke, ehe Gordon widersprechen konnte, und so mußte er ihr folgen. Sie setzten sich an einen Tisch im hinteren Teil der Kneipe. „Was hast du denn so Wichtiges für mich?“ fragte sie.

„Ferguson hatte kurz vor zwölf eine Unterredung mit dem Premierminister. Um halb eins diktierte er im Büro Alice Johnson, einer unserer für Geheimsachen zuständigen Stenotypistinnen, einen ausführlichen Bericht.“

„Konntest du eine Kopie besorgen?“

„Nein, aber ich habe ihn gelesen. Hauptmann Tanner ist bei Brosnan in Paris geblieben, um an der Beerdigung einer Französin teilzunehmen. Sie fliegen heute hierher. Brosnan hat seine uneingeschränkte Mithilfe zugesagt. Ach ja, und alle anderen Abteilungen der Geheimdienste wurden über Dillon informiert. Auf Veranlassung des Premierministers wird eine totale Nachrichtensperre verhängt. Ich glaube, er hat Ferguson angewiesen, die Sache voranzutreiben.“

„Gut“, sagte sie. „Bleib an der Sache dran, Gordon. Ich muß jetzt gehen.“

Sie verließ den Pub, und Gordon Brown blieb zutiefst deprimiert zurück.

ALS TANIA kurz nach zwei an die Tür von Dillons Hotelzimmer klopfte, öffnete er sofort. Sie drängte sich an ihm vorbei und trat ein, und er schloß die Tür.

„Sie sehen sehr zufrieden aus“, stellte er fest.

„Dazu habe ich auch allen Grund. Erstens habe ich meinen ‚Maulwurf‘ in der Gruppe vier kontaktiert und erfahren, daß Ferguson soeben mit dem Premierminister gesprochen hat. Man glaubt, daß Sie hier sind, und alle Abteilungen des Geheimdienstes wurden informiert. Brosnan und diese Tanner kommen von Paris herüber. Er hat seine Unterstützung zugesagt.“

„Es ist schön, wenn einem so viel Aufmerksamkeit zuteil wird.“

„Zweitens.“ Sie klappte ihre Handtasche auf und nahm ein kleines Büchlein heraus, das so groß war wie ein Riesenpaß. „Eine Pilotenlizenz für einen gewissen Peter Hilton, ausgestellt von der Behörde für Zivilluftfahrt.“

„Das ist wirklich verdammt gut“, sagte Dillon und nahm sie entgegen.

„Ja, und das ist noch nicht alles. Wir haben Daniel Fahy gefunden. Er wohnt nicht in London. Er besitzt eine Farm namens Cadge End in Sussex." Sie holte eine Straßenkarte hervor und entfaltete sie. „Sie nehmen die Straße durch Dorking nach Horsham, dann biegen Sie ab auf eine kleine Landstraße."

„Woher wissen Sie denn das alles?"

„Der Agent, dem ich diesen Auftrag gab, hat Fahy gestern nachmittag aufgespürt. Als er den Aufenthaltsort gefunden hatte, zog er in einem Pub im Dorf Erkundigungen ein."

„Und?"

„Er sagt, die Farm liegt etwas abseits an einem Fluß namens Arun. Das nächstgelegene Dorf heißt Doxley. Die Farm befindet sich zwei Kilometer davon entfernt. Fahy hat einige Schafe und repariert Landmaschinen."

Dillon nickte. „Das paßt zu ihm."

„Eines könnte Sie vielleicht überraschen. Ein Mädchen, seine Großnichte, wohnt bei ihm. Sie heißt Angel."

Dillon griff nach seinem Trenchcoat. „Ich muß sofort dorthin. Haben Sie ein Auto, das Sie mir leihen könnten?"

„Ja, einen Mini. Er steht in meiner Garage am anderen Ende der Straße. Ich zeige es Ihnen."

Er öffnete den Aktenkoffer, nahm die Walther heraus, schob ein Magazin in den Griff und verstaute die Waffe in seiner linken Manteltasche, den Schalldämpfer in der rechten. „Für alle Fälle", meinte er, als sie hinausgingen.

Wenige Minuten später standen sie in der Garage neben dem Mini-Cooper, einem kleinen pechschwarzen Kraftpaket. „Ausgezeichnet", sagte Dillon und nahm hinter dem Lenkrad Platz.

„Was ist an Fahy eigentlich so wichtig?" wollte Tania wissen.

„Er ist Ingenieur und kennt sich praktisch mit allem aus. Ein absolut genialer Bombenbastler, der seit Jahren perfekt getarnt lebt. Außerdem ist er ein Cousin zweiten Grades von meinem Vater, und ich kenne ihn schon seit meiner Kindheit. Also, ich melde mich." Damit fuhr er los.

FERGUSON hatte nach seinem Termin in der Downing Street noch schnell in seinem Büro im Verteidigungsministerium vorbeigeschaut, um den Bericht für die Dillon-Akte auf den neuesten Stand zu bringen und seinen Schreibtisch aufzuräumen. Da er es vorzog, zu Hause zu arbeiten, war er gleich anschließend in seine Wohnung am Cavendish Square gefahren und ließ sich dort von Kim ein verspätetes Mittagessen aus Rührei mit Speck zubereiten. Er las gerade die *Times*, als die Türklingel schellte. Sekunden später führte Kim Mary Tanner und Brosnan herein.

„Schön, daß Sie bei uns mitmachen", begrüßte Ferguson Brosnan, erhob sich und schüttelte ihm die Hand. Mary nickte er nur kurz zu. „Wo wollen Sie anfangen?" fragte er Brosnan.

„Bei meinem alten Freund Harry Flood. Als Dillon 1981 hier war, hat er wahrscheinlich Unterweltkontakte benutzt, um sich mit allem Nötigen einzudecken. Wenn das nicht klappt, dann borge ich mir noch einmal Ihren Learjet, fliege nach Dublin und rede mit Liam Devlin."

„Ah ja", sagte Ferguson, „mit wem sonst."

„Einundachtzig muß Dillon auf Befehl von jemandem gehandelt haben. Wenn Devlin herausbekommt, wer das war, dann könnte das der Schlüssel zu allem Weiteren sein."

„Das leuchtet mir ein. Wo wohnen Sie jetzt?"

„Bei mir am Lowndes Square", sagte Mary.

Ferguson zog die Augenbrauen hoch. „Wirklich?"

„Hören Sie mal, Brigadegeneral, seien Sie nicht zickig. Ich habe vier Schlafzimmer, jedes mit eigenem Bad, und Professor Brosnan kann eins mit einem Schloß an seiner Tür haben."

Brosnan lachte. „Kommen Sie, verschwinden wir. Bis später, Brigadegeneral."

Sie nahmen Fergusons Wagen und Fahrer. Unterwegs griff Brosnan zum Autotelefon und wählte die Nummer der Cable Wharf in Wapping. Mordecai Fletcher meldete sich.

„Harry Flood, bitte", sagte Brosnan.

„Wer ist denn dort?"

„Martin Brosnan."

„Der Professor? Hier ist Mordecai. Von Ihnen haben wir ja schon seit Jahren nichts gehört. Himmel, wird Harry sich freuen!"

Einen Augenblick später erklang eine andere Stimme: „Martin? Ich glaub's nicht. Suchst du mich endlich mal heim, alter Knabe?"

8

DILLONS Fahrt mit dem Mini-Cooper verlief ohne Zwischenfälle. Die Felder und Hecken waren zwar von einer dünnen Schneeschicht bedeckt, die Straßen jedoch schneefrei. Schon nach einer halben Stunde hatte er Dorking erreicht und fuhr weiter nach Horsham, wo er an einer Tankstelle haltmachte.

Während der Tankwart den Tank auffüllte, fragte Dillon: „Kennen Sie zufällig ein Dorf namens Doxley?"

„Klar. Ein Stück weiter auf dieser Straße ist auf der rechten Seite ein Hinweisschild nach Grimethorpe, das ist ein Flugplatz. Da biegen Sie ab, und dann kommen Sie an einen Wegweiser nach Doxley."

„Demnach ist es von hier gar nicht mehr so weit?"

„Fünf Kilometer etwa."

Dillon bedankte sich, zahlte und fuhr los. Beim Grimethorpe-Schild bog er auf die schmale Nebenstraße ab und erreichte kurz darauf die Abzweigung nach Doxley. Die nächste Straße war noch schmaler, und hohe, bewachsene Erdwälle blockierten die Sicht zur Seite. Schließlich konnte er von der Kuppe eines kleinen Hügels auf eine öde Landschaft hinunterschauen, mit Feldern, die von Hecken umgeben waren, und einem Fluß. Das mußte der Arun sein. In seiner Nähe, ungefähr zwei Kilometer entfernt, sah er ein gutes Dutzend Häuser und eine kleine Kirche. Das war offenbar Doxley. Er ließ den Mini-Cooper gemächlich die Straße hinunterrollen in das bewaldete Tal. Unten angekommen, entdeckte er am Straßenrand ein aus fünf Querlatten zusammengezimmertes Tor. Es stand weit offen, und ein verwittertes Holzschild über dem Tor trug die Aufschrift CADGE END FARM.

Der Fahrweg führte durch den Wald zu drei verwahrlost aussehenden Farmgebäuden. Es waren ein Wohnhaus und zwei große Scheuern, die so aneinanderstießen, daß sie einen Hof umschlossen. Dillon stieg aus dem Mini und ging über den Hof zur Haustür, klopfte an und versuchte sie zu öffnen. Sie war abgeschlossen. Er wandte sich um und ging zur ersten Scheune, in der ein Morris-Lieferwagen und zahlreiche Landmaschinenteile standen.

Dillon holte eine Zigarette hervor. Während er sie zwischen seinen gewölbten Händen anzündete, sagte hinter ihm eine Stimme: „Wer sind Sie? Was wollen Sie hier?"

Er fuhr herum und sah eine junge Frau in der Tür stehen. Sie trug eine ausgebeulte Hose, deren Beine in Gummistiefel gestopft waren, einen dicken Rollkragenpullover unter einem alten Anorak und eine karierte Schottenmütze. Sie hielt eine doppelläufige Flinte in den Händen, deren Mündung sie drohend auf ihn richtete. Als er einen Schritt auf sie zu machte, spannte sie den Hahn.

„Bleiben Sie stehen!" Der irische Akzent war sehr deutlich.

„Sie sind doch sicher Angel Fahy, nicht wahr?" fragte er.

„Angela, falls Sie das überhaupt etwas angeht."

„Würden Sie wirklich mit diesem Ding schießen?"

„Klar, wenn ich müßte."

„Das ist aber schade. Ich möchte doch nur den Cousin meines Vaters besuchen, Danny Fahy."

Sie runzelte die Stirn. „Und wer zum Teufel sind Sie, Mister?"

„Mein Name ist Dillon. Sean Dillon."

Sie ließ den Doppellauf ihres Gewehrs sinken. „Sie sind Sean Dillon?"

„Der einzig wahre, ja."

„Oh", sagte sie, „Onkel Danny erzählt dauernd von Ihnen."

„Wo ist er denn?"

„Er hat einen Wagen für den Wirt des Dorfpubs repariert und ist damit vor einer Stunde runtergefahren. Es sollte mich nicht wundern, wenn er noch da bleiben und etwas trinken würde."

„Dann lassen Sie uns hinfahren und ihn abholen."

Sie legte das Gewehr auf eine Bank und ging zusammen mit ihm zum Mini. Während sie die Farm hinter sich ließen, meinte er: „Erzählen Sie mir was von sich?"

„Gern. Ich bin auf einer Farm in Galway aufgewachsen. Mein Vater war Dannys Neffe Michael. Er starb vor sechs Jahren, als ich vierzehn war. Nach einem Jahr hat meine Mutter wieder geheiratet."

„Lassen Sie mich raten", sagte Dillon. „Sie konnten Ihren Stiefvater nicht leiden und er Sie auch nicht?"

„So in etwa. Ich ging von zu Hause weg und kam hierher. Onkel Danny verhielt sich toll. Er schrieb meiner Mutter, und sie war einverstanden, daß ich hierblieb."

Aus ihren Worten klang nicht das geringste Selbstmitleid, und Dillon empfand auf Anhieb Sympathie für sie.

„Ich hab schon über Sie nachgedacht", sagte sie. „Wenn Sie Dannys Cousin sind und ich seine Großnichte bin, dann sind wir beide sogar blutsverwandt." Sie strahlte begeistert. „Ich, Angel Fahy, verwandt mit dem berühmtesten Untergrundkämpfer, den die IRA je hatte!"

„Na, da dürfte es einige geben, die anderer Meinung sind", bemerkte er, als sie das Dorf erreichten und vor dem Pub anhielten.

Der Pub hieß *Green Man*. Die Decke war mit Balken verstärkt und ziemlich niedrig, so daß sogar Dillon den Kopf beim Eintreten einziehen mußte. Der Fußboden bestand aus schweren Steinplatten. Der Mann hinter der Theke blickte auf, und Angel erkundigte sich: „Ist er da, Mr. Dalton?"

„Am Kamin und trinkt ein Bier."

Vor dem breiten Steinkamin saß Danny Fahy und las Zeitung. Ein Glas stand neben ihm. Er war fünfundsechzig, hatte einen unordentlichen zerzausten Bart und trug eine Leinenmütze und einen alten Anzug aus Harris-Tweed.

„Ich habe jemanden mitgebracht, der dich sprechen will, Onkel Danny", verkündete Angel.

Fahy sah Dillon an. Sein Gesicht spiegelte Ratlosigkeit wider.

Dillon nahm seine Brille ab. „Gott schütze euch alle hier", sagte er mit seinem Belfaster Akzent, „und vor allem dich, Danny Fahy."

„Bist du es, Sean?" Danny Fahy hatte tatsächlich Tränen in den Augen, als er aufstand und Dillon umarmte. „Ich kann dir gar nicht sagen, wie gut es mir tut, dich wiederzusehen."

DAS WOHNZIMMER des Bauernhauses war unordentlich und mit allem möglichen Zeug vollgestopft. Dillon saß auf einem Sofa vor einem Couchtisch, während Fahy das Feuer anfachte. Angel war in der Küche und bereitete eine Mahlzeit.

„Und wie hat das Leben dir in der Zwischenzeit mitgespielt, Sean?" Fahy stopfte sich eine Pfeife und zündete sie an. „Es ist jetzt immerhin zehn Jahre her, seit du in London erfolgreich dein Unwesen getrieben hast."

„Ohne dich, Danny, wäre damals alles nicht so gut gelaufen."

„Eine tolle Zeit war das. Und was war nachher?"

„Europa, der Mittlere Osten – ich war ständig auf Achse. Hab viel für die PLO erledigt. Ich habe sogar das Fliegen gelernt."

„Tatsächlich?"

Angel kam herein und stellte Teller mit Speck und Rührei auf den Tisch. „Es tut mir leid, daß nichts Feineres da ist, aber wir hatten keinen Besuch erwartet."

„Ich finde es ausgesprochen gut", versicherte Dillon ihr und griff zu.

„Jetzt bist du also hier und arbeitest wieder an irgendeiner Sache, nicht wahr?" fragte Fahy. „Ich merke es dir an. Na komm schon, erzähl's uns."

„Wie würdest du reagieren, wenn ich dir sage, daß ich für die Araber arbeite, Danny? Für Saddam Hussein höchstpersönlich?"

„Warum nicht? Und was verlangt er von dir?"

„Er will etwas ganz Besonderes – einen großen Coup. Ich dachte an John Major."

„An den Premierminister?" fragte Angel staunend. „Das wagen Sie nicht."

„Aber warum denn nicht?“ meinte Danny. „Red weiter, Sean, wie sieht dein Plan aus?“

„Ich habe keinen, Danny, das ist das Problem, aber an dieser Sache hängt derart viel Geld, das glaubst du nicht.“

„Und du bist zu Onkel Danny gekommen, damit er dir hilft?“

„Danny, arbeitest du noch für den Verein?“

„Wo denkst du hin! ‚Bleib in der Versenkung!‘ lautete der Befehl aus Belfast, und das ist nun schon so viele Jahre her, daß ich es fast vergessen habe, wie viele. Seitdem kam nichts mehr von dort, und ich habe mich zu Tode gelangweilt. Deshalb bin ich hierhergezogen. Ich habe mir hier eine leidlich florierende Werkstatt für Landmaschinen aufgebaut. Angel und ich, wir sind hier glücklich.“

„Erinnerst du dich eigentlich noch an Martin Brosnan?“

„Und ob! Mit dem hatten wir doch früher einige Schwierigkeiten.“

„Ich bin kürzlich in Paris mit ihm aneinandergeraten. Wahrscheinlich taucht er demnächst in London auf, um nach mir zu suchen. Er arbeitet im Auftrag des britischen Geheimdienstes.“

„Dieser Trottel!“ Fahy verzog finster das Gesicht, während er seine Pfeife erneut stopfte. „Gab es nicht damals so eine Geschichte, daß es Brosnan gelungen war, als Kellner in die Downing Street Nummer zehn reinzukommen, und daß er die Gelegenheit nicht nutzte?“

„Davon habe ich auch gehört. Heute würde es niemand mehr schaffen, sich als Kellner oder sonstwas dort einzuschleichen. Der Bau ist die reinste Festung.“

„Ach, irgendeinen Weg gibt es immer, Sean. Ich habe kürzlich in einer Illustrierten gelesen, wie während des Zweiten Weltkriegs die Gestapo in ihrem Hauptquartier einige Angehörige der französischen Résistance gefangenhielt. Deren Zellen befanden sich im Erdgeschoß, während die Gestapo im ersten Stock saß. Die RAF schickte eine Mosquito los, die den Bau in fünfzehn Meter Höhe anflog und eine Bombe ausklinkte. Das Ding sprang von der Straße hoch und flog durch ein Fenster im ersten Stock. Sämtliche Gestapoleute gingen dabei drauf, und die Leute im Parterre konnten verschwinden. Wenn man sich auskennt, kann man eine Bombe praktisch an jedem Ort plazieren.“

„Was soll das heißen?“ fragte Dillon.

„Na los doch, zeig's ihm schon, Onkel Danny“, drängte Angel.

Danny Fahy stand auf. „Dann komm mal mit“, sagte er und ging zur Tür hinaus. Dillon folgte ihm zur zweiten Scheune hinüber. Drinnen standen verschiedene Landmaschinen herum, außerdem ein ziemlich neuer Landrover sowie ein altes 500er BSA-Motorrad in bestem Zustand.

„Das ist ja ein Prachtstück", bemerkte Dillon im Ton aufrichtiger Bewunderung.

„Ich hab's im vergangenen Jahr gebraucht gekauft und aufgemöbelt. Und jetzt bringe ich's nicht übers Herz, mich davon zu trennen." Noch ein anderes Fahrzeug stand in der Scheune. Fahy knipste eine Lampe an, und das Licht fiel auf einen weißen Ford-Transit-Lieferwagen.

„Und?" fragte Dillon. „Was ist daran so Besonderes?"

Fahys Gesicht strahlte vor Aufregung und Stolz, als er die Schiebetür des Fahrzeugs öffnete. Im Innern befanden sich drei große Stahlrohre, die auf der Ladefläche festgeschraubt waren und schräg nach oben wiesen.

„Granatwerfer, Sean, wie die Dinger, die wir in Ulster benutzt haben."

Dillon musterte ihn skeptisch. „Du meinst, diese Konstruktion funktioniert?"

„Zum Teufel, ich habe keinen Sprengstoff. Aber es würde funktionieren."

„Dann erklär es mir mal."

„Ich habe eine Stahlplatte auf den Wagenboden geschweißt, um den Rückstoß aufzufangen. Und ich habe auch die Röhren miteinander verschweißt. Sie sind aus simplem Gußeisen, wie man es überall bekommen kann. Die elektrischen Zeitzünder habe ich ganz einfach konstruiert. Wenn das Ding eingeschaltet ist, hat man eine Minute Zeit, um aus dem Wagen zu steigen und sich in Sicherheit zu bringen. In das Dach habe ich ein Loch geschnitten und mit einer straff gespannten Kunststoffolie abgedeckt, die von den Granaten mühelos durchschlagen werden kann. Der Zeitzünder ist zusätzlich an eine verzögerte Sprengladung gekoppelt, die den Lieferwagen hochgehen läßt, sobald die Granaten abgefeuert sind."

„Und wo sind die Granaten?"

„Da drüben." Fahy ging zu einer Werkbank, wo mehrere Sauerstoffflaschen aufgestapelt lagen. Bei allen war die Bodenplatte entfernt worden.

„Und was brauchst du dafür? Semtex?" fragte Dillon. Dieser tschechoslowakische Sprengstoff erfreute sich in Terroristenkreisen auf der ganzen Welt besonderer Beliebtheit.

„Ja. Ich würde sagen, etwa zwölf Pfund pro Flasche müßten ausreichen, aber es ist nicht einfach, an dieses Zeug heranzukommen."

Dillon ging um den Lieferwagen herum. „Gut gemacht, Danny", meinte er anerkennend.

„Jedenfalls nicht schlechter als das, was sie damals in Ulster gebaut haben", sagte Fahy.

„Schon möglich, aber diese Dinger haben einen grundsätzlichen Nachteil: ihre Zielgenauigkeit. Ein Treffer scheint mir eher ein Glücksfall zu sein."

„Aber nicht bei einem Einsatz, wie ich ihn durchführen würde. Ich würde mir das Ziel auf einer Karte mit möglichst großem Maßstab aussuchen, mir die Gegend vorher genau ansehen, den Lieferwagen in Position bringen, und dann solltest du mal sehen! Außerdem glaube ich, daß man den Flug dieser Sauerstoffflaschen noch stabilisieren kann, indem man eine Art Leitwerk anschweißt. Dann beschreiben sie eine hübsche saubere Kurve, kommen zielgenau runter, und schon fliegt die ganze Welt in Stücke. Was nützen dann noch Tore, wenn man sie einfach überfliegt?"

„Du redest jetzt von Downing Street?" fragte Dillon.

„Ja, warum nicht?"

„Sie versammeln sich um zehn Uhr jeden Morgen im Kabinettszimmer. Das Kriegskabinett tagt dort. Wir würden nicht nur den Premierminister erwischen, sondern praktisch die ganze Regierung."

Fahy bekreuzigte sich. „Das wäre der Treffer meines Lebens." Dann schlug er mit der Faust auf die offene Hand. „Aber das ist alles nur heiße Luft ohne das Semtex, Sean, und wie ich schon gesagt habe, ist es unmöglich, hier an dieses Zeug heranzukommen."

„Da sei dir mal nicht zu sicher, Danny", sagte Dillon. „Und jetzt laß uns die Angelegenheit genau bereden."

FAHY hatte einen Straßenplan von London in großem Maßstab auf dem Wohnzimmertisch ausgebreitet und betrachtete ihn durch ein Vergrößerungsglas. „Dort wäre die richtige Stelle", sagte er. „Die Horse Guards Avenue, die neben dem Verteidigungsministerium verläuft und vom Victoria Embankment heraufkommt. Wenn wir den Ford Ecke Whitehall stehenlassen, dann schätze ich, daß die Mörsergranaten in einer sauberen Kurve über die Dächer hinwegfliegen und voll auf Downing Street zehn landen."

„Würde das klappen, Mr. Dillon?" fragte Angel.

„Ja", sagte er. Ein Lächeln stahl sich in seine Züge, das immer breiter wurde. „Es ist wunderbar, Danny, phantastisch!" Er packte Fahys Arm. „Es geht um sehr viel Geld, wahnsinnig viel. Damit hast du für den Rest deines Lebens ausgesorgt, Danny." Fahy rollte den Stadtplan zusammen. „Ich übernachte hier", erklärte Dillon. „Morgen fahren wir nach London und sondieren die Lage. Und jetzt erzähl mir mal was über diesen Flugplatz bei Grimethorpe."

„Eine total verkommene Anlage. Warum interessierst du dich dafür?"

„Ich habe dir doch erzählt, daß ich im Mittleren Osten fliegen gelernt habe. Eine gute Methode, um schnellstens von irgendwo zu verschwinden. Wie sieht denn dieser Platz aus?"

„Der Platz gehört einem Burschen namens Bill Grant. Seine Firma heißt ‚Grants Flugtaxis'. Er hat zwei Flugzeuge dort stehen. Ich habe kürzlich gehört, daß er in geschäftlichen Schwierigkeiten ist."

„Ich würde ihn gern kennenlernen", sagte Dillon. „Könnten Sie mich hinbringen, Angel?"

„Natürlich."

„Prima. Zuerst muß ich aber noch telefonieren."

Er ging zum Telefon und wählte die Nummer von Tania Nowikowas Wohnung. Tania hob sofort ab. „Ich bin's", meldete er sich. „Ich brauche morgen das Geld."

„Kein Problem."

„Schön. Ich bin gegen Mittag wieder im Hotel. Bis dann."

BROSNAN und Mary Tanner fuhren mit Charlie Salter im Lastenaufzug nach oben, wo Mordecai Fletcher sie bereits erwartete. Er schüttelte heftig Brosnans Hand. „Es ist mir eine Riesenfreude, Sie wiederzusehen, Professor."

Dann führte er sie in den Wohnraum. Harry Flood saß hinter seinem Schreibtisch und ging Rechnungen durch. Er sprang von seinem Stuhl auf. „Martin!" Lachend umarmte er ihn.

Brosnan stellte Mary Tanner vor. „Sie ist in der Army, Harry, ein richtig hohes Tier, also nimm dich in acht. Ich arbeite für Brigadegeneral Ferguson vom britischen Geheimdienst, und Hauptmann Tanner ist seine Assistentin."

„Dann reiße ich mich zusammen." Flood ergriff ihre Hand und drückte sie. „Und jetzt kommt mit herüber und erzählt mir, worum es überhaupt geht."

Sie setzten sich, und Brosnan schilderte die Situation in allen Einzelheiten. Fletcher lehnte an der Wand und hörte zu. Als Brosnan mit seinem Bericht fertig war, sagte Flood: „Du möchtest also von mir erfahren, an wen er sich wendet." Er sah fragend zu Fletcher hoch. „Was meinst du?"

„Keine Ahnung, Harry. Legale Waffenhändler wären nicht bereit, die IRA zu beliefern. Und die meisten Gauner hier im East End lieben Maggie Thatcher und tragen Unterhosen mit dem Union Jack drauf. Sie haben für die irischen Unruhestifter, die im Kaufhaus Harrod's mit Bomben um sich werfen, nicht viel übrig. Wir könnten natürlich Nachforschungen anstellen."

„Dann tu das", sagte Flood. „Erkundige dich, frag herum, aber möglichst unauffällig."

Fletcher ging hinaus, und Harry Flood erklärte: „Jetzt gehen wir in den *Embassy Club*, einen meiner vornehmeren Klubs, und essen dort eine Kleinigkeit."

ETWA zur gleichen Zeit fuhren Sean Dillon und Angel Fahy von Cadge End nach Grimethorpe. Die Scheinwerferstrahlen des Wagens geisterten über den glitzernden Rauhreif auf den Hecken am Straßenrand.

Bei dem Wegweiser nach Grimethorpe bog Dillon ab, und wenig später erreichten sie den Flugplatz. Drei Hangars standen da, ein alter Kontrollturm, ein paar Baracken. Die Fenster einer Baracke waren erleuchtet. Ein Jeep parkte davor, und Dillon stellte den Mini daneben. Als sie ausstiegen, wurde die Tür der Baracke geöffnet, und ein kleiner, drahtiger Mann erschien. Dem Aussehen nach war er Mitte Vierzig. Er trug Bluejeans und eine Fliegerjacke.

„Wer ist da?" fragte er.

„Ich bin's, Mr. Grant, Angel Fahy. Ich habe einen Freund meines Onkels mitgebracht."

„Hilton", stellte Dillon sich vor, „Peter Hilton."

Grant streckte ihm zögernd seine Hand entgegen. „Dann kommt mal rein."

Drinnen war es dank eines bullernden Kohleofens angenehm warm. Grant benutzte die Baracke offensichtlich als Wohnraum. Es gab einen Tisch, auf dem noch die Reste einer Mahlzeit standen, einen alten Ledersessel neben dem Ofen und unter den Fenstern einen langen, schrägen Tisch mit einigen Karten darauf.

„Nun, was kann ich für Sie tun?" fragte Grant.

„Ich möchte in den nächsten Tagen eine Maschine mieten und wollte mich erkundigen, ob ich das bei Ihnen kann."

„Tja, das kommt darauf an."

„Auf was? Ich nehme an, daß Sie ein Flugzeug haben, oder?"

„Ich habe zwei. Das einzige Problem ist im Augenblick, wie lange die Bank sie mir noch läßt. Wollen Sie sich die Maschinen mal ansehen?"

„Warum nicht?"

Sie gingen hinaus, überquerten den Asphaltstreifen und gelangten zum letzten Hangar. Grant öffnete die Schlupftür, so daß sie eintreten konnten, betätigte einen Lichtschalter, und die Beleuchtung flammte auf. Zwei Maschinen standen nebeneinander. Beide waren zweimotorig – eine Cessna Conquest und eine Navajo Chieftain.

„Wenn es Ihnen so schlecht geht, wie Sie gerade andeuteten, wie steht's dann mit Treibstoff?"

„Meine Maschinen sind immer aufgetankt, Mr. Hilton. Man weiß ja nie, wann sich der nächste Auftrag ergibt. Wohin soll ich Sie denn bringen?"

„Eigentlich wollte ich mich selbst hinter den Steuerknüppel setzen", sagte Dillon. Er holte seine Pilotenlizenz hervor, und Grant studierte sie.

„Sie kommen sicherlich mit beiden Maschinen zurecht", sagte er, „aber ich fliege doch lieber mit, um auf Nummer Sicher zu gehen."

„Kein Problem", erwiderte Dillon freundlich. „Ich wollte nach Cornwall. Es gibt in Land's End einen Flugplatz. In der Nähe wohnen ein paar Freunde von mir. Wahrscheinlich übernachte ich dort."

„Soll mir recht sein." Grant schaltete das Licht aus, und sie kehrten in die Baracke zurück.

„Ich muß Sie darauf aufmerksam machen, daß Miete und Flug ziemlich teuer sind", erklärte Grant. „Etwa zweieinhalbtausend Pfund."

„Das geht in Ordnung", sagte Dillon, nahm zehn Fünfzigpfundnoten aus seiner Brieftasche und legte sie auf den Tisch. „Hier haben Sie fünfhundert als Anzahlung. Das ist dann eine definitive Buchung. Ich rufe Sie an und teile Ihnen den genauen Termin mit."

Grants Gesicht hellte sich auf, als er die Geldscheine vom Tisch aufsammelte. „Das ist gut. Kann ich Ihnen noch einen Kaffee anbieten, bevor Sie fahren?"

„Ja, gerne", antwortete Dillon.

Grant begab sich in die Küche am Ende der Baracke. Sie hörten, wie er einen Kessel mit Wasser füllte. Dillon legte beschwörend einen Finger auf die Lippen, gab Angel ein Zeichen aufzupassen und huschte zum Kartentisch unter den Fenstern. Er blätterte die Karten schnell durch und fand eine von der englischen Kanalgegend und der französischen Küste. Angel sah, wie er mit dem Finger an der Küste der Normandie entlangfuhr. Er entdeckte Cherbourg und südlich davon St-Denis mit deutlich eingezeichneter Landebahn. Schnell schob er die Karten wieder zusammen.

Grant hatte durch die halboffene Tür zur Küche alles mit angesehen. Als das Wasser im Kessel zu kochen begann, goß er schnell drei Tassen löslichen Kaffee auf und brachte sie in den Wohnraum.

„Macht der Schnee irgendwelche Probleme?“ erkundigte sich Dillon und nahm einen Schluck Kaffee.

„Wenn er liegenbleibt, schon. Auf dem Grasplatz in Land's End könnte es dann heikel werden.“

„Na ja, hoffen wir das Beste.“ Dillon trank aus und stellte seine Tasse auf den Tisch. „Wir sollten lieber zurückfahren.“

Grant begleitete sie zur Tür und verabschiedete sich. Dann ging er zum Kartentisch und sah die Karten durch. Es war die dritte von oben gewesen, dessen war er sich sicher. Der englische Kanal und die französische Küste. Er runzelte die Stirn und murmelte: „Möchte bloß wissen, was Sie wirklich vorhaben, Mister.“

WÄHREND sie über die dunklen Landstraßen zurückfuhren, sagte Angel: „Sie wollen nicht nach Land's End, Mr. Dillon, sondern nach St-Denis in der Normandie. Stimmt's?“

„Ja, aber das ist unser Geheimnis, okay?“ sagte er und legte seine linke Hand auf die ihre. „Was halten Sie von einem Trip nach London? Gleich morgen früh, wir drei, Sie, Danny und ich?“

„Das würde mir gefallen.“

„Also gut, abgemacht.“

Als sie ihre Fahrt durch die Nacht fortsetzten, strahlten Angels Augen.

9

ES WAR ein kalter, frischer Morgen, doch die Straßen waren eis- und schneefrei, als Dillon in Richtung London fuhr. Angel und Danny folgten ihm im Morris-Lieferwagen. Angel saß am Lenkrad, und sie blieb auf dem ganzen Weg nach London dicht hinter ihm, bis sie die Bayswater Road erreichten. Dillon parkte den Mini-Cooper am Bordstein, stieg aus und öffnete das Tor von Tania Nowikowas Garage.

„Fahrt den Morris rein", sagte er zu Angel und Danny, die hinter ihm gehalten hatten. Als sie und Danny Fahy herauskamen, schloß Dillon das Tor. „Ihr könnt euch doch an die Straße und an die Garage erinnern, falls wir uns verlieren?" fragte er.

„Ich bitte Sie, Mr. Dillon, natürlich finde ich wieder hierher zurück", erklärte Angel.

„Gut. Das ist nämlich sehr wichtig. Und jetzt steigt in den Mini. Wir machen eine kleine Rundfahrt."

HARRY FLOOD saß am Schreibtisch und überprüfte die Kasinoabrechnungen vom Abend vorher, als Charlie Salter auf einem Tablett Kaffee hereinbrachte. In diesem Moment klingelte das Telefon, und der kleingewachsene Mann nahm den Hörer ab. Er reichte ihn Flood. „Der Professor."

„Martin, wie geht es?" begrüßte Flood ihn.

„Gut, vielen Dank. Gibt es Neuigkeiten?" fragte Brosnan.

„Noch nicht. Wir tun, was wir können, aber es braucht Zeit."

„Und genau die haben wir nicht", sagte Brosnan. „Na schön, Harry, ich weiß, daß du dir Mühe gibst. Ich melde mich wieder."

Er stand an Mary Tanners Schreibtisch im Wohnzimmer ihrer Wohnung am Lowndes Square. „Gibt es was Neues?" fragte sie, als er auflegte.

„Leider nein. Wie Harry gerade gesagt hat, es braucht Zeit. Aber ich kenne Dillon, Mary. Er arbeitet bei dieser Sache sehr schnell. Dessen bin ich mir ganz sicher."

„Also, was sollen wir unternehmen?"

„Ist Ferguson heute morgen in seiner Wohnung?"

„Ja."

„Dann lassen Sie uns zu ihm gehen."

ANGEL saß hinten im Mini, während ihr Onkel neben Dillon Platz genommen hatte. Sie fuhren zur Themse hinunter und dann in die Horse Guards Avenue. Dillon verlangsamte die Fahrt an der Ecke, ehe er in die Whitehall einbog und in Richtung Downing Street weiterfuhr.

„Jede Menge Bullen", stellte er fest. „Damit die Leute hier nicht parken." Ein Wagen war links von ihnen stehengeblieben, und als sie an ihm vorbeifuhren, sahen sie, daß der Mann etwas auf dem Stadtplan suchte.

„Wahrscheinlich ein Tourist", vermutete Angel.

„Und sehen Sie sich einmal an, was jetzt passiert", meinte Dillon.

Sie wandte sich um und sah zwei Polizisten auf den Wagen zumarschieren. Sie sagten etwas zu dem Fahrer, er ließ den Motor an und fuhr davon.

„Downing Street", verkündete Dillon wenig später.

„Seht ihr diese Tore?" sagte Danny staunend. „Die haben wirklich ganze Arbeit geleistet."

Dillon ließ sich vom Verkehr rund um den Parliament Square mittreiben und fuhr wieder die Whitehall hoch zum Trafalgar Square. „Wir kehren in die Bayswater Road zurück", sagte er. „Dann trinken wir erst mal in meinem wirklich scheußlichen Hotel eine nette Tasse Tee."

„SIE SIND viel zu erregt, Martin", meinte Ferguson.

„Es ist das Warten", erklärte Brosnan ihm. „Flood gibt sich alle Mühe, das weiß ich, aber ich glaube nicht, daß die Zeit diesmal auf unserer Seite ist."

„Was würden Sie denn jetzt am liebsten tun?" fragte Ferguson.

Brosnan zögerte und schaute zu Mary. „Ich möchte Liam Devlin in Kilrea besuchen. Vielleicht hat er eine Idee."

Ferguson wandte sich mit einem fragenden Blick an Mary. „Ich denke, das wäre durchaus sinnvoll, Sir", erklärte sie. „Schließlich ist ein Trip nach Dublin auch keine so große Sache. Eineinviertel Stunden von Heathrow aus."

„Na schön", willigte Ferguson ein, „ich habe Sie beide schon verstanden. Aber starten Sie lieber von Gatwick, und nehmen Sie den Learjet für den Fall, daß Sie schnellstens zurückkommen müssen."

„Vielen Dank, Sir", sagte Mary.

Als sie die Tür erreichten, fügte Ferguson hinzu: „Ich rufe den alten Knaben an und gebe ihm Bescheid, daß Sie zu ihm unterwegs sind."

IN DEM kleinen Café im Hotel saßen Dillon, Angel und Fahy an einem Tisch in der Ecke und tranken Tee. Fahy hatte den Stadtplan von London auf seinen Knien liegen.

„Ist es zu schaffen, Danny?"

„Ja, sicher. Du erinnerst dich an die Ecke Horse Guards Avenue und Whitehall? Das ist die Stelle. Sie befindet sich genau im richtigen Winkel. Ich sehe es jetzt schon vor meinem geistigen Auge. Die Entfernung zu Nummer zehn kann ich mit Hilfe dieser Karte genau ausrechnen."

„Bist du sicher, daß die Gebäude, die dazwischenstehen, nicht stören?"

„Überhaupt nicht, Sean. Ballistik ist eine exakte Wissenschaft."

„Aber man darf dort nicht halten", warf Angel ein. „Wir haben doch gesehen, was mit dem Mann im Wagen geschehen ist. Die Polizei war innerhalb von Sekunden bei ihm."

Dillon wandte sich an Fahy. „Danny?"

„Nun, das muß nur alles zeitlich genau vorbereitet werden. Man drückt auf den richtigen Schalter, um den Zündverzögerer zu aktivieren, steigt aus dem Wagen, und nach einer Minute werden die Granaten abgeschossen. Kein Polizist ist schnell genug, um das zu verhindern."

„Aber was geschieht mit dir?" wollte sie wissen.

Dillon antwortete, wobei er sich Fahy zuwandte: „Wir fahren morgen früh in Cadge End los, du, Danny, im Ford Transit, und Angel und ich im Morris-Lieferwagen. Wir haben hinten das BSA-Motorrad aufgeladen. Angel parkt den Morris genauso wie heute in der Garage am Ende der Straße. Hinten haben wir ein Laufbrett, so daß ich das Motorrad von der Ladefläche herunterrollen kann."

„Und du folgst mir dann, ja?" meinte Fahy.

„Ich bin mit der BSA direkt hinter dir. Wenn wir die Ecke Horse Guards Avenue und Whitehall erreicht haben, legst du den Schalter um, steigst aus und springst sofort zu mir auf die Maschine, und weg sind wir. Dann geht's auf schnellstem Wege zurück in die Bayswater Road, wo Angel mit dem Morris wartet." Er stand auf. „Ich habe jetzt einiges zu erledigen. Ihr beide fahrt zurück nach Cadge End und wartet dort. Ich melde mich bei euch." Dillon lächelte, während sie hinausgingen.

TANIA klopfte pünktlich zu Mittag an Dillons Tür. Er öffnete und fragte: „Haben Sie alles?"

Sie trug einen Aktenkoffer in der Hand, legte ihn auf den Tisch und klappte ihn auf, um ihm die dreißigtausend Dollar zu zeigen, die er verlangt hatte.

„Gut", sagte er. „Jetzt brauche ich erst einmal zehntausend, um weiterzumachen. Den Rest lasse ich im Hotelsafe."

„Sie haben einen Plan, soviel sehe ich schon." Ihre Augen funkelten.

Er beschrieb ihr das gesamte Vorhaben. „Was halten Sie davon?"

„Unglaublich. Der Coup Ihres Lebens. Aber was ist mit dem Sprengstoff? Sie werden dafür Semtex brauchen."

„Richtig. Einundachtzig habe ich hier in London mit einem Mann zusammengearbeitet, der mir Semtex beschaffen konnte. Ein Gangster namens Jack Harvey. Unter anderem betreibt er ein Bestattungsunternehmen in Whitechapel. Ich habe einfach im Branchentelefonbuch nachgeschaut. Der Laden existiert noch. Übrigens, kann ich Ihren Mini noch einige Zeit behalten?"

„Natürlich."

„Schön." Er nahm seinen Mantel vom Bett. „Dann statte ich diesem Herrn mal einen Besuch ab."

„SIE HABEN sicherlich die Akte über Devlin gelesen", sagte Brosnan zu Mary Tanner, während sie Dublin in einem Wagen mit Chauffeur verließen, den ihnen die britische Botschaft zur Verfügung gestellt hatte.

„Ja", bestätigte sie. „Aber entspricht das denn alles den Tatsachen? Zum Beispiel diese Geschichte, daß er während des Zweiten Weltkriegs am Versuch der Deutschen beteiligt war, Churchill zu ermorden?"

„Aber ja."

„Derselbe Mann, der Ihnen 1979 geholfen hat, aus dem Gefängnis in Frankreich auszubrechen?"

„Das ist Devlin. Drücken wir es mal so aus: Sie werden den ungewöhnlichsten Menschen kennenlernen, dem Sie je begegnet sind. Er ist zugleich Gelehrter, Dichter und Untergrundkämpfer der IRA."

„Letzteres betrachte ich nicht unbedingt als Empfehlung", bemerkte sie.

„Ich weiß", meinte er. „Aber machen Sie nicht den Fehler, Devlin mit dem üblichen Gesindel, das heute zur IRA gehört, in einen Topf zu werfen."

Kilrea Cottage lag am Rand des Dorfes. Es war eine Art Museumsstück, einstöckig mit gotischen Giebeln und bleiverglasten Fenstern. Brosnan zog an einer altmodischen Klingelschnur, und die Tür wurde geöffnet.

„*Céad mile fáilte*", sagte Liam Devlin auf irisch. „Seid hunderttausendfach willkommen." Und er umarmte Brosnan.

Mary Tanner war über alle Maßen verblüfft. Sie hatte einen alten Mann erwartet und sah vor sich eine alterslose Person in einem schwarzen italienischen Seidenhemd, schwarzem Pullover und grauer Hose, die nach neuester Mode geschnitten war. Besonders fielen ihr die blauen Augen auf, ebenso das ständige ironische Lächeln, mit dem er sich sowohl über die Welt als auch über sich selbst lustig zu machen schien.

Das Innere des Hauses war sehr viktorianisch. Als sie im Wohnzimmer saßen, sagte Devlin zu Mary gewandt: „Sie arbeiten also für Ferguson?"

„Das ist richtig."

„Diese Geschichte in Derry im vergangenen Jahr, als Sie den Wagen mit der Bombe wegfuhren – das war schon toll."

Sie spürte, wie sie errötete. „Ach, so toll war das nun auch wieder nicht, Mr. Devlin. Es war ganz einfach das einzig Richtige, das war sofort zu erkennen."

„Ach, das Richtige erkennen wir alle, aber es auch zu tun, darauf kommt es an." Er wandte sich an Brosnan. „Das mit Anne-Marie ist eine ganz schlimme Sache, mein Freund."

„Ich will ihn schnappen, Liam", erwiderte Brosnan.

Devlin schüttelte den Kopf. „Schieben Sie die persönlichen Gründe beiseite, Martin, sonst machen Sie Fehler, und die können Sie sich bei Sean Dillon nicht erlauben."

„Ja, ich weiß", sagte Brosnan. „Ich weiß."

„Ferguson hat mir schon einiges erzählt. Dillon hat es also auf John Major abgesehen."

„Ja. Was meinen Sie, wie wird er es anfangen, Mr. Devlin?" fragte Mary.

„Nun, er wird wohl wie immer vorgehen und sich seiner Beziehungen zur Unterwelt bedienen."

„Glauben Sie, daß er für die IRA arbeitet?" wollte Brosnan wissen.

„Ich bezweifle, daß die IRA mit dieser Sache überhaupt etwas zu tun hat."

„Aber sie hatte ihre Finger mit im Geschehen, als er vor zehn Jahren das letzte Mal in London aktiv war."

„Und?"

„Wenn wir wüßten, wer ihm damals seine Aufträge gab, dann könnte uns das vielleicht weiterhelfen."

„Ich verstehe. Sie hätten damit vielleicht einen Hinweis darauf, mit wem er jetzt in London zusammenarbeitet. Was ist mit Flood, Ihrem Freund?"

„Um Informationen einzuholen, braucht er Zeit, und genau die haben wir nicht."

Devlin nickte. „Richtig, mein Sohn. Also, überlassen Sie nur alles mir. Ich werde sehen, was ich tun kann. Und jetzt schlage ich vor, Sie fliegen mit dem Learjet zurück nach London. Ich melde mich bei Ferguson, sobald ich etwas herausbekomme."

DILLON parkte eine Straße von Jack Harveys Bestattungsunternehmen in Whitechapel entfernt und ging, den Aktenkoffer in der Hand, das Stück zu Fuß. Er drückte auf den Klingelknopf am Eingang und hörte drinnen eine gedämpfte Türglocke läuten, die den Portier herbeirief.

„Hilton ist mein Name", log Dillon munter. „Mr. Harvey erwartet mich."

Der Portier nahm den Hörer des Haustelefons ab. „Miß Myra? Ein Besucher, ein gewisser Mr. Hilton. Er sagt, er sei verabredet." Er legte wieder auf. „Den Gang hinunter, an der Kapelle der Ewigen Ruhe vorbei und die Treppe hoch."

Dillon schaute sich im Vorbeigehen die im Eingangsbereich ausgestellten Särge und Blumenarrangements an. Dann schritt er den Flur entlang, stieg die Treppe hoch und betrat das Vorzimmer von Harveys Büro. Es gab keine Büromöbel, nur ein paar Topfpflanzen und mehrere Sessel. Die Tür zum Büro öffnete sich, und Myra kam heraus. Sie trug schwarze Leggins, schwarze Stiefel und einen scharlachroten dreiviertellangen Kaftan. Sie sah umwerfend aus.

„Mr. Hilton? Ich bin Myra Harvey. Sie sagten, Sie hätten eine Verabredung mit meinem Onkel."

„Habe ich das gesagt?"

Sie betrachtete ihn eher gelangweilt. Hinter ihm ging die Tür auf, und Billy Watson betrat das Vorzimmer. Er lehnte sich an den Türrahmen und wirkte in seinem schwarzen Anzug und mit verschränkten Armen angemessen bedrohlich.

„Nun, verraten Sie mir, was Sie wollen?" fragte sie.

„Das geht nur Mr. Harvey etwas an."

„Wirf ihn raus, Billy", sagte sie.

Billy packte mit einer Hand roh Dillons Schulter. Dillon trat schwungvoll zu und erwischte Billy mit voller Wucht am Innenrist. Dann drehte er sich einmal um seine Achse und holte seitlich aus. Seine Faust knallte gegen Billys Schläfe. Billy stieß einen Schmerzensschrei aus und fiel nach hinten in einen der Sessel.

„Er ist nicht besonders gut, oder?" meinte Dillon. Er öffnete seinen Aktenkoffer, holte zehn Hundertdollarscheine, die mit einem Gummiband umwickelt waren, heraus und warf sie Myra zu. „Und jetzt bestellen Sie Jack, ein alter Freund möchte ihn sprechen und hat noch mehr von der Sorte für ihn."

Sie machte kehrt und stieß die Tür zu Harveys Büro auf. Billy versuchte aufzustehen. „Das würde ich lieber nicht tun", warnte Dillon. Billy ließ sich zurückfallen.

Die Tür ging auf, und Myra erschien wieder. „In Ordnung, er erwartet Sie."

Der Raum wirkte überraschend geschäftsmäßig mit den eichengetäfelten Wänden und dem grünen Teppich aus Seide. Harvey saß hinter einem imposanten Eichenschreibtisch und rauchte eine Zigarre. Die tausend Dollar lagen vor ihm, und er blickte Dillon ruhig an. „Sie haben Myra gesagt, Sie seien ein alter Freund, aber ich habe Sie noch nie gesehen."

„Es ist lange her, Jack, zehn Jahre, um genau zu sein. Damals sah ich etwas anders aus. Ich kam von Belfast, um einen Job zu erledigen. Wir haben zusammengearbeitet. Soweit ich mich erinnern kann, haben Sie ganz gut dabei verdient."

Harvey schüttelte staunend den Kopf. „Sie sind Coogan. Michael Coogan."

Dillon nahm seine Brille ab. „Wer sonst, Jack?"

Harvey nickte langsam. „Myra, das ist ein alter Freund, Mr. Coogan aus Belfast", sagte er zu seiner Nichte. „Um was geht es diesmal?" fragte er, indem er sich wieder Dillon zuwandte.

„Ich brauche etwas Semtex, Jack. Mit vierzig Pfund käme ich hin, aber das ist das mindeste. Fünfzig wären besser."

„Sonst noch was? Dieses Zeug ist so gesucht wie Gold."

„Es ist überall zu haben, Jack, und Sie wissen das, also vergeuden Sie nicht meine Zeit. Zwanzigtausend Dollar." Er öffnete den Aktenkoffer, den er auf seine Knie gelegt hatte, und warf den Rest der ersten zehntausend nach und nach auf den Tisch. „Zehn jetzt und zehn bei Lieferung."

Die Walther mit dem aufgeschraubten Carswellschalldämpfer lag im Aktenkoffer. Dillon wartete, ließ den Deckel offen. Harvey lächelte. „In Ordnung. In vierundzwanzig Stunden. Wo können wir Sie erreichen?"

Dillon stand auf. „Ich melde mich bei Ihnen, Jack."

„Können wir sonst noch etwas für Sie tun?" fragte Harvey übertrieben liebenswürdig.

„Das können Sie tatsächlich", erwiderte Dillon. „Als Zeichen Ihres guten Willens, sozusagen. Ich könnte eine Reservepistole brauchen."

„Können Sie haben." Harvey öffnete eine Schreibtischschublade. „Suchen Sie sich etwas Passendes aus."

Da lagen ein 9,5-mm-Smith-&-Wesson-Revolver und eine italienische Beretta, für die Dillon sich entschied. Er überprüfte das Magazin und verstaute die Pistole in seiner Manteltasche. „Genau das richtige."

„Eine Damenpistole", bemerkte Harvey. „Aber das ist Ihre Sache. Wir sehen uns dann morgen."

Myra öffnete die Tür. „Es war mir ein Vergnügen, Miß Harvey", sagte Dillon, schob sich an Billy vorbei und ging hinaus.

Als Myra die Tür wieder schloß, meinte sie: „Ich würde ihm keinen Augenblick trauen. Was glaubst du, hat er vor?"

„Keine Ahnung. Aber es ist mir auch völlig egal."

ES WAR kurz nach sechs, und Ferguson wollte gerade sein Büro im Verteidigungsministerium verlassen, als das Telefon klingelte.

Es war Devlin. „Ich habe Neuigkeiten für Sie. Dillons Kontaktmann einundachtzig in Belfast war ein Mann namens Tommy McGuire. Erinnern Sie sich an ihn?"

„Und ob. Wurde er nicht vor ein paar Jahren erschossen? Irgend so eine IRA-Fehde?"

„Das war die offizielle Geschichte, aber er treibt sich noch immer herum und benutzt eine andere Identität."

„Und welche?"

„Das werde ich herausbekommen. Muß mit einigen Leuten in Belfast reden. Ich fahre heute noch hin. Ich gehe davon aus, daß ich durch meine Beteiligung an dieser Sache ein offizieller Agent der Gruppe vier bin. Ich habe nämlich keine Lust, auf meine alten Tage noch im Gefängnis zu landen."

„Sie sind voll abgesichert, darauf gebe ich Ihnen mein Wort. Und was sollen wir jetzt tun?"

„Wenn Brosnan und Hauptmann Tanner mitmachen würden, dann könnten sie morgen früh nach Belfast rüberfliegen und mich im Hotel ‚Europa' in der Bar erwarten. Ich bin gegen Mittag dort."

„Ich werde es ausrichten", sagte Ferguson.

„Eine Sache noch. Meinen Sie nicht, daß Sie und ich für solche Abenteuer langsam zu alt werden?"

„Sie vielleicht schon", entgegnete Ferguson und legte auf.

Dann bestellte er seine Sekretärin zum Diktat zu sich und rief dann Mary Tanner in ihrer Wohnung am Lowndes Square an. Während er

mit ihr redete, kam Alice Johnson mit Stenoblock und Bleistift herein. Ferguson bedeutete ihr mit einer Handbewegung, sie möge Platz nehmen, und setzte das Gespräch mit Mary Tanner fort.

„Also, gleich morgen früh starten Sie. Wieder von Gatwick, denke ich. Gehen Sie heute abend auswärts essen?"

„Ja. Harry Flood hat den ‚River Room' im ‚Savoy' vorgeschlagen. Ihm gefällt die Tanzkapelle dort. Hätten Sie Lust mitzukommen, Sir?"

„Hätte ich tatsächlich", erwiderte Ferguson.

„Also, dann sehen wir uns heute abend. Um acht Uhr im Savoy."

Ferguson legte den Hörer wieder auf und wandte sich an Alice Johnson. „Nur eine kurze Mitteilung für den Premierminister, persönlich und geheim." Er diktierte schnell den Bericht, der sein Gespräch mit Devlin einschloß. „Das Schreiben geht per Boten an den Premierminister. Wie üblich je eine Kopie für mich und für die Akte. Beeilen Sie sich bitte! Ich möchte Feierabend machen."

Sie ging schnell in ihr Büro. Gordon Brown stand am Fotokopierer, während sie sich hinter ihrer Schreibmaschine niederließ und zu tippen begann. Sie war nach zwei Minuten fertig. „Schon wieder eine geheime Nachricht an den Premierminister persönlich. Aber Ferguson wird sich noch einen Augenblick gedulden müssen. Ich muß nämlich zur Toilette."

„Ich kopiere das schon für Sie."

„Danke, Gordon."

Sie ging hinaus und durch den Korridor, als ihr einfiel, daß sie ihre Handtasche auf dem Schreibtisch liegengelassen hatte. Sie eilte zurück. Die Tür stand einen Spaltbreit offen, und sie konnte Gordon am Kopierer stehen und eine Kopie des Berichts lesen sehen. Zu ihrer Verwunderung faltete er sie zusammen, schob sie in die Innentasche seines Jacketts und machte schnell eine weitere Kopie.

Alice war völlig außer sich und wußte nicht, was sie tun sollte. Sie versuchte, sich zu sammeln. Nach einer Weile ging sie hinein.

Der Bericht und zwei Kopien lagen auf ihrem Schreibtisch. „Alles erledigt", sagte Gordon Brown.

Sie brachte ein schwaches Lächeln zustande. „Danke. Dann werde ich das jetzt zum Unterschreiben bringen."

„Gut. Ich verschwinde nur mal kurz runter in die Kantine. Bis gleich."

Alice ging in Fergusons Büro. Sie zitterte.

Er schaute auf. „Meine liebe Mrs. Johnson, was ist denn mit Ihnen?"

Sie erzählte es ihm. Er hörte mit grimmigem Gesicht zu. Dann griff er zum Telefon. „Spezialabteilung, Kriminalkommissar Lane zu Brigadegeneral Ferguson, Gruppe vier. Oberste Priorität. Sofort in mein Büro!"

Er legte den Hörer auf. „Sie gehen jetzt zurück in Ihr Büro und tun so, als wäre nichts geschehen."

„Aber er ist nicht da, Brigadegeneral, er ist in die Kantine gegangen."

ALS TANIA Gordon Browns Stimme hörte, geriet sie sofort in Zorn. „Ich habe dir schon tausendmal gesagt, du sollst hier nicht anrufen, Gordon!"

„Aber es ist dringend!"

„Wo bist du?"

„In der Kantine, im Ministerium. Ich habe wieder einen wichtigen Bericht."

„Dann lies ihn vor."

Er tat es. Danach sagte sie: „Du bist ein braver Junge, Gordon. Wir sehen uns später bei dir."

Er hängte den Hörer ein und wandte sich um, wobei er das Blatt Papier wieder zusammenfaltete. Die Tür der Telefonzelle wurde aufgerissen, und Ferguson nahm ihm den Bericht aus der Hand.

10

DILLON hielt sich in seinem Hotelzimmer auf, als Tania anrief. „Ich habe heiße Nachrichten", sagte sie und erzählte ihm den Inhalt des geheimen Berichts für den Premierminister. „Ergibt das für Sie einen Sinn?"

„Ja", erwiderte er. „Dieser McGuire war damals bei den Provos, dem militärischen Flügel der IRA, eine ganz große Nummer."

„Aber er ist doch tot! Oder geistert er immer noch herum?"

„Devlin hat recht. Sein Tod wurde zwar gemeldet, aber es war lediglich ein Täuschungsmanöver, damit er in der Versenkung verschwinden konnte."

„Wenn man ihn findet, wird es für Sie dadurch Probleme geben?"

„Vielleicht, aber nicht, wenn ich zuerst an ihn herankomme. Ich kenne seinen Halbbruder, einen Burschen namens Macey. Er dürfte wissen, wo McGuire steckt."

„Aber dazu müßten Sie doch nach Belfast."

„Kein Problem. Ich melde mich wieder." Er legte den Hörer auf, grübelte einige Sekunden vor sich hin, dann rief er bei British Airways an und buchte einen Platz in der Morgenmaschine. Er zündete sich eine Zigarette an und versuchte sich ins Gedächtnis zu rufen, was Tommy McGuire von einundachtzig her über ihn wissen konnte. Über seinen Kontakt zu Danny Fahy konnte er nicht informiert sein, der war rein persönlicher Natur. Doch mit Jack Harvey war es etwas anderes. Es war nämlich McGuire gewesen, der ihm Harvey als Waffenlieferanten empfohlen hatte.

Dillon zog seinen Trenchcoat an und ging hinaus. An der nächsten Straßenecke hielt er ein Taxi an und nannte als Fahrziel Covent Garden.

GORDON BROWN saß im Lichtkegel der Schreibtischlampe Ferguson gegenüber. Er hatte noch nie in seinem Leben so viel Angst gehabt. „Ich wollte nichts Böses, Brigadegeneral, das schwöre ich."

„Warum haben Sie dann eine Kopie des Berichts eingesteckt?"

„Einfach so. Es war dumm, ich weiß, aber ich fand es einfach toll, weil der Bericht für den Premierminister bestimmt war."

Kriminalkommissar Lane von der Spezialabteilung war Ende Dreißig. In seinem zerknautschten Tweedanzug und mit seiner Brille sah er aus wie ein Schulmeister. „Ich frage Sie noch einmal, Mr. Brown", sagte er. „Haben Sie früher schon mal Kopien entwendet?"

Gordon schaffte es, aufrichtig schockiert zu erscheinen. „Ehrlich nicht. Ich schwöre es Ihnen."

Die Haussprechanlage meldete sich, und Ferguson nahm den Hörer ab. Es war Lanes Assistent, Hauptwachtmeister Mackie. „Ich bin im Vorzimmer, Brigadegeneral. Ich war in der Wohnung in Camden. Sie und der Kommissar sollten mal herauskommen."

„Vielen Dank." Ferguson legte den Hörer auf. „Na schön, Gordon, ich finde, wir sollten Ihnen während einer kurzen Pause Gelegenheit geben, noch einmal über alles nachzudenken. Kommissar?"

Er nickte Lane zu und ging zur Tür. Lane folgt ihm. Mackie stand, immer noch in Hut und Mantel, im Vorzimmer. In der Hand hielt er einen schmalen Aktenordner. „Eine interessante Sammlung."

Die Kopien der Berichte waren sorgfältig nach ihrem Datum abgeheftet. Lane schüttelte den Kopf. „Der treibt dieses Spiel schon eine ganze Weile!"

„So sieht es aus", bestätigte Ferguson. „Die Operation, mit der ich zur Zeit betraut bin, ist überaus heikel. Es hat einen Anschlag auf einen Mann in Paris gegeben, der für mich arbeitet. Dabei ist eine Frau ums Leben gekommen. Wir haben uns gefragt, wie der Täter von der Existenz der beiden wissen konnte. Jetzt ist das klar. Einzelheiten dieser Berichte waren offenbar an eine dritte Person weitergegeben worden."

Lane nickte. „Dann müssen wir ihn eben noch ein wenig härter bearbeiten."

„Nein, versuchen wir es auf andere Art. Lassen wir ihn einfach laufen. Er ist ein ziemlich durchsichtiger Typ. Ich nehme an, daß er das für ihn Nächstliegende tun wird."

„Na schön, Sir." Lane eilte hinaus, und Ferguson kehrte in sein Büro zurück. Er ließ sich hinter seinem Schreibtisch nieder. „Eine schlimme Sache, Gordon."

„Was geschieht denn jetzt mit mir, Brigadegeneral?"

„Darüber muß ich nachdenken." Ferguson nahm die Kopie des Berichts auf. „Wie kann man nur so etwas Dummes tun!" Er seufzte. „Gehen Sie nach Hause, Gordon, verschwinden Sie! Ich rede morgen mit Ihnen."

Gordon Brown konnte sein Glück nicht fassen, als er das Büro verließ. Das war noch einmal gerade eben gutgegangen. Er hätte im Gefängnis landen können. Aber jetzt war Schluß, Tania würde das akzeptieren müssen. Er ging zu seinem Wagen und bog wenige Sekunden später in die Whitehall ein. Mackie und Lane waren ihm in einem neutralen Ford Capri dicht auf den Fersen.

DILLON wußte, daß man im Covent-Garden-Viertel auch noch bis spät in die Nacht einkaufen konnte. Er brauchte eine Perücke und Kleider und eilte weiter, bis er zu dem Spezialgeschäft für Theaterartikel gelangte, das er schon einmal aufgesucht hatte.

Es gab alle möglichen Perücken: kurze, lange, mit Dauerwelle, blonde, rothaarige. Dillon suchte eine aus, die schulterlang und grau war. „Wie steht es mit Kostümen?" fragte er den Verkäufer. „Nichts Ausgefallenes, etwas Gebrauchtes reicht mir."

„Kommen Sie mit." Dillon folgte ihm. In einem Nebenraum standen zahlreiche Garderobenständer, die voller Kleider hingen, und in einer Ecke lag ein Haufen alter Sachen auf der Erde. Dillon schaute alles schnell durch und entschied sich für einen langen braunen Rock, einen schäbigen Regenmantel und eine alte Jeans. Dann wühlte er in einem Berg von Schuhen herum und suchte sich ein Paar Turnschuhe aus.

„Das wär's", sagte er. „Ach ja, und das." Er nahm ein altes Kopftuch von einem Kleiderständer. „Was bekommen Sie?"

Der Verkäufer packte die Sachen in eine Plastiktüte. „Zehn Pfund."

Dillon bezahlte und nahm den Beutel an sich.

Der Mann hielt ihm die Tür auf. „Viel Glück für Ihren Auftritt, mein Freund. Zeigen Sie's ihnen."

„Ich werde mir alle Mühe geben", versprach Dillon. Dann eilte er zur nächsten Straßenecke, hielt ein Taxi an und ließ sich zum Hotel zurückbringen.

LANE und Mackie parkten am Ende der Bayswater Road. Der Kommissar sprach am Autotelefon mit Ferguson und nannte ihm die Adresse.

„Auf dem Namensschild steht Tania Nowikowa, Sir."

„Verdammt!" sagte Ferguson. „Sie ist Sekretärin in der sowjetischen Botschaft, Kommissar. Und gleichzeitig Hauptmann des KGB."

„Das heißt, sie gehört zu Oberst Juri Gatows Leuten."

„Ich bin mir nicht ganz sicher. Gatow ist für Gorbatschow und sehr prowestlich eingestellt."

„Informieren Sie ihn, Sir?"

„Noch nicht. Wir wollen erst einmal sehen, was sie zu sagen hat. Schließlich sind wir hinter Informationen her."

„Sollen wir reingehn, Sir?"

„Nein, warten Sie auf mich. Ich bin in zwanzig Minuten da."

TANIA lugte vorsichtig durch einen Spalt zwischen den Gardinen. Sie sah Mackie am Ende der Straße neben seinem Wagen stehen, und das reichte ihr. Sie erkannte Polizisten sofort.

„Erzähl mir noch mal genau, was passiert ist, Gordon."

Gordon Brown kam der Aufforderung nach. Sie hörte geduldig zu und nickte, als er fertig war. „Wir hatten Glück, unwahrscheinliches Glück. Geh in die Küche und mach einen Kaffee. Ich muß ein paar wichtige Telefongespräche führen."

Sie nahm den Telefonhörer ab und rief Makeev in seiner Wohnung in Paris an. „Josef? Ich bin's, Tania. Ich wollte mich nur verabschieden. Ich bin enttarnt. Mein Maulwurf wurde geschnappt. Sie brechen jeden Moment die Tür auf."

„O nein!" stieß er hervor. „Und Dillon?"

„Er ist in Sicherheit. Alles läuft wie geplant."

„Aber du, Tania?"

„Keine Angst, ich lasse nicht zu, daß sie mich kriegen. Leb wohl, Josef!"

Sie legte den Hörer auf, dann rief sie Dillon im Hotel an.

„Hier ist Tania", sagte sie und erzählte ihm dasselbe wie Makeev.

Dillon blieb völlig ruhig. „Und was tun Sie jetzt?"

„Machen Sie sich keine Sorgen. Ich werde nicht mehr dasein, um ihnen irgendwas zu erzählen. Aber die wissen sicherlich, daß Gordon mir den heutigen Bericht durchgegeben hat. Er stand noch in der Telefonzelle in der Kantine des Ministeriums, als Ferguson ihn verhaftete."

„Verstehe."

„Versprechen Sie mir eins", bat sie.

„Und was wäre das?"

„Sprengen Sie sie alle in die Luft, die ganze Bande!" Es läutete an der Tür. „Ich muß jetzt Schluß machen. Viel Glück, Dillon."

Während sie den Hörer auf die Gabel legte, kam Gordon Brown mit dem Kaffee herein. „War das die Türklingel?"

„Ja, sei doch so nett, Gordon, und sieh nach, wer es ist."

Er ging nach unten, und Tania atmete tief durch. Sterben war nicht schwer. Die Sache, an die sie glaubte, war in ihrem Leben immer das wichtigste gewesen. Sie öffnete eine Schublade ihres Schreibtisches, holte eine Makarow-Pistole hervor und schoß sich in die rechte Schläfe.

Gordon Brown hielt auf halbem Weg inne, machte kehrt und stürmte die Treppe hinauf. Als er sie daliegen sah, stieß er einen verzweifelten Schrei aus und ging in die Knie. „Tania, mein Liebling!"

Er hörte etwas Schweres gegen die Haustür im Parterre krachen und wußte plötzlich, was er zu tun hatte. Er wand Tania die Makarov aus der Hand und hob sie hoch. Dann holte er tief Luft und betätigte im gleichen Moment den Abzug, als die Haustür nachgab und Lane und Mackie die Treppe heraufrannten, Ferguson dicht hinter ihnen.

ES WAR fast elf Uhr im River Room im Savoy. Die Band spielte noch, und Harry Flood, Brosnan und Mary dachten bereits daran, den Abend zu beenden, als Ferguson erschien.

Er bestellte einen doppelten Scotch und lieferte ihnen eine kurze Zusammenfassung der Ereignisse des Abends. „Eines muß ich noch erwähnen", sagte er abschließend. „Als ich Brown in der Kantine des Ministeriums verhaftete, telefonierte er gerade und hatte den Bericht in der Hand. Ich halte es für sehr wahrscheinlich, daß er mit dieser Nowikowa sprach."

„Verstehe", meinte Mary. „Sie meinen, daß diese Frau die Information an Dillon weitergab?"

„Wahrscheinlich", erwiderte Ferguson.

„Und was, vermuten Sie, passiert jetzt?" fragte Brosnan. „Fliegt Dillon ebenfalls nach Belfast?"

„Vielleicht", antwortete Ferguson. „Wenn es wichtig genug ist."

„Dann müssen wir uns beeilen." Brosnan wandte sich an Mary. „Wir starten morgen in aller Frühe. Deshalb sollten wir jetzt lieber aufbrechen."

Während sie durch den Saal zum Eingang schritten, gingen Brosnan und Ferguson ein Stück voraus und unterhielten sich noch für einen Moment. Mary wandte sich Flood zu. „Sie halten große Stücke auf ihn, nicht wahr?"

„Auf Martin?" Er nickte. „Die Vietcong hatten mich wochenlang in ein Erdloch gesteckt. Wenn es regnete, lief es mit Wasser bis obenhin voll, und ich mußte Tag und Nacht im Stehen verbringen, um nicht zu ertrinken. Eines Tages reichte mir jemand seine Hand herunter und zog mich heraus. Es war ein Mann mit einem Stirnband und Haaren bis auf die Schultern, das Gesicht bemalt wie ein Apache auf dem Kriegspfad. Das war Martin. Er ist ein ganz besonderer Mensch."

Mary betrachtete Brosnan aus der Entfernung. „Ja", sagte sie, „ich glaube, besser kann man ihn nicht beschreiben."

DILLON hatte ein Taxi bestellt, das ihn morgens um sechs am Hotel abholen sollte. Als es eintraf, wartete er bereits auf der Vortreppe, seinen Reisekoffer in der einen, den Aktenkoffer in der anderen Hand. Um diese frühe Morgenstunde verlief die Fahrt nach Heathrow ohne Verzögerung. Er holte sich seinen Flugschein am Schalter, dann gab er das Gepäck ab und ließ sich seine Platzkarte aushändigen. Er trug seinen Trenchcoat, Anzug, eine gestreifte Krawatte und eine Brille und spielte wieder seine Peter-Hilton-Rolle. Als Beweis für seine Identität hatte er seinen Führerschein aus Jersey bei sich. Im Koffer befanden sich die Sachen, die er in Covent Garden erstanden hatte. Er hatte keine Waffe bei sich – nicht angesichts der extremen Sicherheitsvorkehrungen, die für die Flüge nach Belfast und zurück galten.

Er besorgte sich einige Zeitungen, begab sich in das Flughafenrestaurant und bestellte sich ein ausgiebiges Frühstück.

ALS DILLONS Maschine auf dem Aldergrove-Flughafen außerhalb von Belfast landete, hatte er keine Ahnung, daß Brosnan und Mary bereits eingetroffen und unterwegs zum Hotel Europa waren. Einige Reisende wurden am Zoll überprüft, aber er gehörte nicht dazu, und schon nach fünf Minuten stand er vor dem Gebäude und bestieg ein Taxi.

„Ich möchte zu einem Hotel an der Falls Road", sagte Dillon mit Belfaster Akzent. „Irgendwo in der Nähe der Craig Street."

„Dort werden Sie nicht viel finden."

„Das sind die Stätten meiner Jugend", erklärte Dillon. „Ich arbeite seit vielen Jahren in London."

„Wie Sie wollen. Es gibt da das ‚Deepdene', aber empfehlen kann ich Ihnen das wirklich nicht."

Als sie in die Hauptstraße einbogen, sahen sie eine Armeepatrouille. Es hat sich nichts verändert, dachte Dillon.

Beim Deepdene, einem hohen viktorianischen Bau in einer häßlichen Nebenstraße der Falls Road, bezahlte Dillon und stieg aus. Er betrat die Eingangshalle, betätigte die Klingel auf dem Empfangspult, und eine stämmige, mütterlich wirkende Frau erschien. Er verlangte ein Zimmer für eine Nacht, und sie schob das Gästebuch zu ihm herüber und nahm einen Schlüssel vom Brett. „Nummer neun im zweiten Stock."

Das Zimmer war genauso schäbig, wie er es erwartet hatte. Ein Messingbett und ein Kleiderschrank. Er legte seinen Koffer und den Aktenkoffer auf das Bett, ging wieder hinaus und schloß die Tür ab. Am Fuße der Hintertreppe fand er eine Tür, die in einen mit Unrat übersäten Hinterhof führte. Die schmale Gasse dahinter verlief zwischen verfallenen Häusern, aber der Anblick bedrückte ihn nicht im mindesten. Dies war eine Gegend, die er wie seine Westentasche kannte. In solchen Vierteln hatte er in seiner besten Zeit der britischen Armee die Hölle heiß gemacht. Er ging durch die Gasse, lächelnd, als die Erinnerung daran lebendig wurde, und bog in die Falls Road ein.

11

BROSNAN stand am Fenster des Zimmers im sechsten Stock des Hotels Europa in der Great Victoria Street. „Eine Zeitlang war dies hier das beliebteste Ziel für Bombenleger der IRA", sagte er zu Mary.

„Sie waren natürlich keiner von denen.“ Den leicht sarkastischen Unterton in ihrer Stimme ignorierte er.

„Gewiß nicht. Devlin und ich haben die Bar viel zu sehr geschätzt.“

Sie lachte erstaunt. „Was für ein Unsinn! Meinen Sie wirklich, ich glaube Ihnen, daß Sie mit Devlin in der Bar des ‚Europa‘ saßen, während die britische Armee Sie überall in Belfast suchte?“

„Manchmal auch im Restaurant. Kommen Sie, ich zeige es Ihnen.“

Während sie mit dem Lift ins Erdgeschoß fuhren, sagte sie: „Sie sind doch nicht bewaffnet, oder?“

„Nein.“

„Gut, es ist mir auch lieber so.“

„Und wie steht es mit Ihnen?“

„Ich schon“, sagte sie ruhig. „Aber das ist etwas anderes. Ich bin Offizierin der Streitkräfte der Krone und befinde mich im Einsatz.“

„Was haben Sie denn bei sich?“

Sie öffnete ihre Handtasche und ließ ihn einen Blick auf ihre kleine Automatik werfen. „Etwas ziemlich Seltenes. Ein alter 6,5-mm-Colt. Ich hab das Ding aus Afrika mitgebracht.“

„Einen Elefanten werden Sie damit aber wohl kaum erlegt haben.“

„Nein, aber sie verrichtet ihre Arbeit zufriedenstellend.“ Mary lächelte freudlos. „Solange man zum Schuß kommt, natürlich.“

DILLON schritt eilig durch die Falls Road. Nichts hatte sich verändert, überhaupt nichts. Es war genauso wie in den alten Zeiten. Zweimal sah er britische Polizeipatrouillen, die durch Soldaten verstärkt wurden, aber niemand beachtete ihn. Er fand schließlich, was er suchte, in der Craig Street, etwa zwei Kilometer vom Hotel entfernt. Es war ein kleiner Laden mit zwei Schaufenstern. Über dem Eingang hingen drei Messingkugeln, das Symbol der Pfandleiher, und ein Schild mit dem Namen PATRICK MACEY.

Dillon öffnete die Tür und trat in die muffige Stille. Ein Schutzgitter aus Maschendraht verlief über der Theke, und der Mann, der dahinter auf einem Hocker vor einem knisternden Kaminfeuer saß, reparierte gerade eine Uhr. In ein Auge hatte er eine Juwelierlupe geklemmt. Er blickte hoch – ein ziemlich heruntergekommenes Individuum in den Sechzigern, das Gesicht ungesund grau und bleich.

„Was kann ich für Sie tun?“

Dillon schüttelte den Kopf. „Es hat sich wirklich nichts verändert, Patrick. Dieser Laden riecht genau wie früher.“

Macey nahm die Lupe aus dem Auge. „Kenne ich Sie?“

„Wie solltest du nicht, Patrick? Denk mal an die Nacht, als wir das Lagerhaus dieses Protestanten, Stewart, in Brand setzten und ihn und seine beiden Neffen abschossen, als sie rausrannten. Mal sehen – ich glaube, wir waren damals zu dritt. Du warst dabei, ich und dein Halbbruder, Tommy McGuire."

„Sean Dillon, bist du's wirklich?" fragte Macey.

„Aber klar doch, Patrick." Dillon ging zur Tür, schloß sie ab und zog das Rollo herunter.

„Was tust du da?" fragte Macey nervös.

„Ich wollte mich nur mal mit dir ungestört und in aller Ruhe unterhalten, Patrick, alter Freund. Wie geht es übrigens Tommy?"

„Ach, Sean, ich dachte, das wüßtest du. Der arme Tommy ist seit fünf Jahren tot. Er wurde von einem seiner eigenen Leute erschossen."

„Tatsächlich?" Dillon verzog den Mund. „Siehst du ab und zu noch einen von den alten Jungs? Liam Devlin zum Beispiel?"

Damit hatte er einen Treffer gelandet, und er wußte es, denn Macey war nicht fähig, den Ausdruck des Entsetzens aus seinem Gesicht zu verbannen. „Liam? Den habe ich seit den siebziger Jahren nicht mehr gesehen."

„Ach wirklich?" Dillon hob das hochklappbare Ende der Theke an und ging durch die Öffnung. „Du bist ein miserabler Lügner." Er schlug ihn mitten ins Gesicht. „Und jetzt geh da rein!" Er stieß ihn durch den Vorhang, der zum Büro im Hinterzimmer führte.

Macey war starr vor Angst. „Ich weiß überhaupt nichts. Ich hab mit der IRA nichts mehr zu tun."

„Hör gut zu. Ich werde dir jetzt nämlich ein paar Dinge erzählen. Erstens, Tommy McGuire ist nicht tot. Er lebt unter einem anderen Namen, und du wirst mir verraten, wo. Zweitens, Liam Devlin ist bei dir gewesen. Ich habe doch beide Male recht, nicht wahr?" Dillon schlug ihn erneut. „Oder etwa nicht?"

Der alte Mann brach zusammen. „Bitte, Sean, bitte. Ich bin krank. Es ist mein Herz. Jeden Moment kann ich einen Anfall bekommen."

„Den wirst du kriegen, wenn du nicht den Mund aufmachst. Das verspreche ich dir."

„Also gut. Devlin war heute früh hier und hat sich nach Tommy erkundigt."

„Gut, jetzt sind wir endlich ein Stück weiter." Dillon zündete sich eine Zigarette an und deutete mit dem Kopf in Richtung des alten Safes in der Ecke. „Sind dort drin die Pistolen?"

„Welche Pistolen, Sean?"

„Nun komm schon, mach mir nichts vor. Du handelst doch seit Jahren mit Waffen. Mach ihn auf."

Macey nahm den Schlüssel aus seiner Schreibtischschublade und öffnete den Safe. Mehrere Waffen waren darin deponiert: eine alte Webley, zwei Smith-&-Wesson-Revolver. Was Dillons Aufmerksamkeit jedoch am meisten fesselte, war ein amerikanischer 11,5-mm-Automatic-Armee-Colt. Er nahm ihn heraus und wog die Waffe in der Hand.

„Wunderbar, Patrick." Er legte die Pistole auf den Tisch und nahm Macey gegenüber Platz. „Also, was hast du mir weiter zu erzählen?"

Maceys Gesicht hatte mittlerweile eine seltsame Farbe angenommen. „Ich fühle mich nicht wohl."

„Du wirst dich besser fühlen, wenn du mir alles gesagt hast. Red weiter."

„Tommy wohnt allein, knapp einen Kilometer von hier entfernt in der Canal Street. Er hat sich das alte Lagerhaus am Ende ausgebaut. Er nennt sich Kelly, George Kelly."

„Diese Gegend kenne ich so gut wie meine Westentasche."

„Devlin hat nach Tommys Telefonnummer gefragt und ihn von hier aus angerufen. Er sagte, er müsse ihn ganz dringend sprechen. Es hätte mit Sean Dillon zu tun. Tommy hat sich bereit erklärt, ihn um zwei Uhr zu treffen."

„Schön", sagte Dillon. „Siehst du, wie einfach das war? Jetzt kann ich ihn besuchen, ehe Devlin zu ihm kommt. Nur mache ich mir nicht erst die Mühe, ihn anzurufen. Ich glaube, ich überrasche ihn lieber."

„Du wirst gar nicht reinkommen", erklärte Macey. „Es gibt nur einen einzigen Eingang auf der Vorderseite, alle anderen Türen sind zugeschweißt. Aus Angst, daß irgend jemand ihn abknallt, hat er Überwachungskameras installiert und alle möglichen Sicherheitsvorkehrungen getroffen."

„Es gibt immer einen Weg", bemerkte Dillon.

„Für dich bestimmt." Macey zerrte an seinem Hemdkragen und schnappte nach Luft. „Tabletten", stöhnte er und schaffte es, die Schublade im Tisch aufzuziehen. Das Fläschchen, das er herausnahm, rutschte ihm aus den kraftlosen Fingern und fiel zu Boden.

Er sank auf seinem Stuhl nach hinten, und Dillon stand auf und hob die Flasche auf. „Das Problem ist, Patrick, daß du Tommy anrufen wirst, kaum daß ich diese Tür dort hinter mir geschlossen habe, und das wäre nicht gut, oder?"

Er ging zum Kamin und ließ die Tabletten zwischen die glühenden Kohlen fallen. Ein Krachen ertönte hinter ihm. Er wandte sich um und sah, daß Macey vom Stuhl zu Boden gestürzt war. Sein Gesicht war jetzt rot angelaufen, und seine Beine zuckten. Plötzlich stieß er einen zischenden Laut aus. Sein Kopf fiel zur Seite, und er rührte sich nicht mehr.

Dillon steckte den Colt in die Tasche, ging aus dem Laden und verschloß die Tür. Das Rollo ließ er heruntergezogen. Dann ging er, so schnell er konnte, zum Hotel zurück.

Es war ein Uhr vorbei. Brosnan und Mary Tanner hatten gerade zu Mittag gegessen und saßen an der Bar des „Europa", als ein Page erschien. „Mr. Brosnan, Ihr Taxi ist da."

„Taxi?" fragte Mary. „Aber wir haben keins bestellt!"

„Doch, das haben wir", widersprach Brosnan.

Er half ihr in den Mantel, und sie gingen durch das Foyer und die Eingangstreppe hinunter zu dem schwarzen Taxi, das am Bordstein wartete, und stiegen ein. Der Fahrer trug eine Tweedmütze und einen alten Matrosenmantel.

„Sie wissen schon, wohin wir wollen?" fragte ihn Mary.

„Oh, das weiß ich genau, meine Liebe." Liam Devlin blickte lächelnd über die Schulter, legte den Gang ein und fuhr los.

Es war kurz nach halb zwei, als er mit dem Taxi in die Canal Street einbog. „Es ist das Haus am Ende", sagte er. „Wir parken auf dem Hof daneben." Sie stiegen aus und näherten sich dem Eingang. „Benehmt euch anständig, wir sind im Fernsehen", sagte er und streckte die Hand nach einem Klingelknopf aus.

Eine Stimme drang aus dem Lautsprecher neben der Tür. „Bist du es, Devlin?"

„Natürlich, oder erwartest du sonst noch jemanden? Ich habe Martin Brosnan bei mir und eine Freundin von ihm, und wir frieren uns in dieser verdammten Kälte alles mögliche ab. Also mach endlich die verdammte Tür auf."

„Du kommst zu früh. Du sagtest zwei Uhr."

Die Tür schwang auf und gab den Blick frei auf einen großen, ausgemergelten Mann Mitte Sechzig. Er trug einen dicken Wollpullover und ausgebeulte Jeans. In der Hand hielt er eine Maschinenpistole.

Devlin schob sich an ihm vorbei und ging voraus. „Was hast du mit dem Ding vor? Willst du einen neuen Krieg anfangen?"

McGuire schloß die Tür und verriegelte sie. „Nur wenn es sein muß." Er musterte sie mißtrauisch. „Martin?" Er streckte seine Hand aus. „Es ist verdammt lange her, daß ich dich zum letztenmal gesehen habe. Das gilt auch für dich, du alte Pfeife", sagte er zu Devlin. „Was immer dich vor dem Grab bewahrt hat, solltest du auf Flaschen ziehen und verkaufen. Wir könnten damit eine Menge Geld machen." Er betrachtete Mary von Kopf bis Fuß. „Und was hat sie hier zu suchen?"

„Ich bin Hauptmann in der britischen Armee", sagte sie knapp. „Mein Name ist Tanner."

„Verdammt noch mal, Devlin, was soll das?" wollte McGuire wissen.

„Es ist alles in Ordnung", beruhigte Devlin ihn. „Sie ist nicht mitgekommen, um dich zu verhaften. Beantworte nur ein paar Fragen, und anschließend kannst du wieder George Kelly sein."

McGuire hob seine Hand in einer beschwichtigenden Geste. „Na schön, kommt mit. Hier entlang."

Das Innere der Lagerhalle war völlig leer bis auf einen Lieferwagen, der an der Seite geparkt stand. Eine Stahltreppe führte zu einem Stockwerk über ihnen, in dem sich früher Büros befunden hatten. McGuire ging voran, stieg hinauf und betrat das erste Büro, in dem sich ein Schreibtisch und eine Überwachungsanlage mit zwei Monitoren befanden. Einer zeigte die Straße, ein anderer den Eingang.

„Wohnst du hier?" fragte Devlin.

„Ja, noch eine Etage weiter oben. Ich habe den Lagerraum dort in eine Wohnung umgewandelt. Und jetzt sollten wir endlich zur Sache kommen, Devlin. Was willst du von mir? Du hast am Telefon Sean Dillon erwähnt."

„Er ist wieder im Einsatz", sagte Devlin. „Er hat in Paris versucht, Martin auszuschalten. Dabei hat er seine Freundin umgebracht."

„Mein Gott!" stieß McGuire hervor. „Und was wollt ihr jetzt wissen?"

„Es geht um 1981, um die Bombenattentate in London", erklärte Brosnan. „Du warst Dillons Kontaktmann."

McGuire sah zu Mary. „Das stimmt."

„Wenn es um Waffen und Sprengstoff geht, McGuire", ergriff Mary das Wort, „stützt sich Dillon nach meinen Informationen immer auf Unterweltkontakte. Haben Sie eine Ahnung, an wen er sich 1981 in London gewandt hat?"

McGuire schaute sich gehetzt um. „Woher soll ich das wissen? Es können alle möglichen Leute gewesen sein."

Devlin winkte ab. „Du lügst!“ Seine rechte Hand tauchte aus der Tasche der Matrosenjacke auf. Sie hielt eine alte Luger-Pistole umklammert. „Schnell, jetzt rede, oder ich –“

McGuire schob die Pistole zur Seite. „Schon gut, Devlin, du hast gewonnen. Er verhandelte in London mit einem Mann namens Jack Harvey, einem großen Boß, einem echten Gangster.“

Ein heftiges Pochen ließ unten die Tür erzittern, und alle blickten auf den Bildschirm, der eine alte Landstreicherin auf der Eingangstreppe zeigte. Ihr ungepflegtes Haar wurde von einem Kopftuch zusammengehalten, und sie trug einen schäbigen Regenmantel über einem knöchellangen Rock. Darunter sahen ein paar zerlumpte Turnschuhe hervor. Ihre Stimme drang deutlich aus dem Lautsprecher. „Sie sind doch sicher ein guter Mann, Mr. Kelly. Haben Sie nicht etwas für eine alte, arme Seele übrig?“

„Verpiß dich, du alte Schlampe!“ rief McGuire ins Mikrofon.

„Oh, Mr. Kelly, ich sterbe hier vor Ihrer Tür in der Kälte!“

McGuire stand auf. „Ich sehe zu, daß ich die Alte loswerde.“ Er eilte die Treppe hinunter und holte eine Fünfpfundnote aus seiner Brieftasche, während er die Tür öffnete. „Nimm das und verschwinde!“

Dillon zog seine Hand mit dem Colt aus der Plastiktüte hervor. „Ein Fünfer, Tommy. Du wirst auf deine alten Tage ja noch richtig großzügig. Geh rein!“ Er stieß ihn zurück und schloß die Tür hinter sich.

McGuire war wie erstarrt vor Angst. „Dillon?“ flüsterte er. „Bist du es?“ Er drehte sich um und rief: „Devlin!“

Dillon schoß ihn zweimal in den Rücken. McGuire fiel nach vorn aufs Gesicht. Während Dillon die Tür hinter sich aufriß, erschien Devlin auf dem Treppenabsatz, die Luger in der Hand. Er begann sofort zu feuern. Dillon gab rasend schnell drei Schüsse ab, dann war er draußen und schlug die Tür hinter sich zu.

Als er die Straße entlangrannte, tauchten von der Hauptstraße her zwei Landrover auf, jeder mit vier Soldaten besetzt. Sie waren durch die Schüsse aufmerksam geworden. Dillon tat so, als rutschte er aus, und ließ im Fallen den Colt durch den Rost eines Gullys verschwinden. Als er sich wieder aufrappelte, rief ihm jemand zu: „Bleiben Sie, wo Sie sind!“

Es waren Fallschirmjäger in Tarnanzügen, kugelsicheren Westen und mit roten Baretten, und jeder hielt ein Gewehr im Anschlag. Dillon lieferte ihnen die Vorstellung seines Lebens: Er stolperte vorwärts, stöhnte, jammerte und klammerte sich an den jungen Leutnant, der die Gruppe anführte.

„Guter Mann, Sir, da hinten im Lagerhaus ist etwas Furchtbares passiert. Ich wollte mich ein wenig vor der Kälte verkriechen, und dann kommen diese Kerle und fangen an, sich gegenseitig zu beschießen."

Der junge Offizier stieß ihn beiseite. „Sehen Sie nach, was in der Tüte ist, Feldwebel."

Der Feldwebel untersuchte den Inhalt. „Eine Flasche Fusel und ein paar Zeitungen, Sir."

„In Ordnung, warten Sie da drüben." Der Offizier stieß Dillon vor sich her über die Straße bis hinter die Patrouille und holte ein Megaphon aus dem Landrover. „Achtung, Achtung!" rief er. „Werfen Sie Ihre Waffen durch die Tür nach draußen, und kommen Sie mit erhobenen Händen heraus!"

Alle Angehörigen der Patrouille hatten Kampfhaltung eingenommen und achteten ausschließlich auf den Eingang. Dillon zog sich langsam in den Hof zurück, in dem Devlins Taxi stand. Dort fand er, was er suchte: einen Kanaldeckel. Er wuchtete ihn hoch, stieg die darunterliegende Eisenleiter ein Stück weit hinunter und zog mit aller Kraft den Deckel über sich zu. Auf diese Art und Weise war er früher des öfteren der britischen Armee entkommen, und er kannte das Kanalisationssystem in allen Einzelheiten.

Er kroch durch einen engen Tunnel, hörte das Geräusch von fließendem Wasser und gelangte schließlich zum Hauptkanal. Dort zog er die alten Klamotten aus, nahm die Perücke ab und schleuderte alles ins Wasser. Dann rannte er durch den Kanal, bis er zu einer anderen Eisenleiter gelangte, über die er zur Falls Road hinaufsteigen konnte.

IM LAGERHAUS stand der junge Offizier neben McGuires Leiche und prüfte Mary Tanners Ausweis. „Er ist echt", sagte sie. „Sie können sich erkundigen."

„Und diese beiden?"

„Sie gehören zu mir. Hören Sie, Oberleutnant, von meinem Chef, Brigadegeneral Charles Ferguson im Verteidigungsministerium, können Sie sich alles genauestens erklären lassen."

„Hauptmann, ich tue hier nur meine Pflicht", verteidigte er sich. „Jeder Todesfall muß eingehend untersucht werden, sonst ist die Hölle los."

Der Feldwebel kam herein. „Der Oberst will Sie am Funkgerät sprechen, Sir."

„Gut", sagte der junge Oberleutnant und ging hinaus.

Brosnan sah Devlin fragend an. „Meinen Sie, es war Dillon?"

„Es wäre schon ein geradezu phantastischer Zufall, wenn er es nicht gewesen wäre. Eine Landstreicherin!" Devlin schüttelte den Kopf. „Wer konnte mit so etwas rechnen?"

„Wollen Sie damit andeuten, daß er deshalb eigens von London herübergekommen ist?" fragte Mary. „Dann müßte er auch wieder zurück."

„Kann sein." Liam Devlin nickte.

„Nun, dann wird es allmählich Zeit, daß wir diesen Mistkerl erwischen." Sie schaute auf McGuire hinab. „Nicht sehr schön, was?"

„Gewalt und Mord. Wenn Sie sich mit dem Teufel einlassen, dann läuft es am Ende darauf hinaus", meinte Devlin philosophisch.

DER LEITENDE Offizier des Militärischen Geheimdienstes für Belfast und Umgebung war ein gewisser Oberst McLeod, und er war von der Situation nicht gerade begeistert. „So geht das wirklich nicht, Hauptmann Tanner", sagte er. „Wir können nicht dulden, daß Sie hier einfallen wie die Cowboys und nach Ihrem eigenen Gutdünken handeln." Er wandte sich zu Brosnan und Devlin um. „Und dann noch mit Leuten von zweifelhafter Herkunft."

„Jaja, schön, das mag ja sein", erwiderte Mary. „Aber Ihr Feldwebel draußen war so nett, mir die Flüge nach London herauszusuchen. Eine Maschine geht um halb fünf, eine andere um halb sieben. Meinen Sie nicht, es wäre eine gute Idee, sich bei beiden die Passagiere einmal genau anzusehen?"

„Wir sind nicht völlig verblödet, Hauptmann. Ich habe das bereits in die Wege geleitet. Alles, was ich tun kann, ist, die Polizei und den Sicherheitsdienst des Flughafens zu informieren. Aber wie Sie mir ja ausführlich erklärt haben, können wir noch nicht einmal eine halbwegs brauchbare Personenbeschreibung von diesem Dillon durchgeben."

DOCH Dillon hatte nicht die Absicht, nach London zurückzufliegen. Es war kurz nach drei, als er, mit Hemd, Krawatte, Anzug und Mantel korrekt gekleidet, sich an der elektronischen Anzeigetafel des Flughafens über die abfliegenden Maschinen informierte. Den Flug nach Manchester hatte er gerade verpaßt, doch um Viertel nach drei ging eine Maschine nach Glasgow, die Verspätung hatte. Er steuerte den Buchungsschalter an.

„Ja, Sir, es sind noch reichlich Plätze frei", sagte die junge Dame und stellte ihm sofort ein Ticket aus.

Dillon begab sich an Bord und setzte sich auf einen der hinteren Plätze. Er war sehr zufrieden. Nur eine Sache war schiefgegangen. Devlin, Brosnan und die Frau waren zuerst bei McGuire gewesen. Das war Pech, denn dadurch erhob sich die Frage, wieviel er ihnen erzählt hatte. Zum Beispiel von Harvey. Dillon mußte sich auf alle Fälle beeilen.

DAS FLUGZEUG landete in Glasgow um halb fünf. Um Viertel nach fünf ging ein Anschlußflug nach London. Dillon besorgte sich am Schalter ein Ticket und eilte zur Abflughalle, von wo aus er zuerst Danny Fahy in Cadge End anrief.

„Ich bin in Glasgow und warte auf meinen Flug. Um halb sieben komme ich am Terminal eins in Heathrow an. Kannst du mich abholen? Du hast bis dahin genug Zeit."

„Kein Problem, Sean. Ich bringe Angel als Gesellschaft mit."

„Das ist gut. Und noch was, Danny – bereit dich darauf vor, die Nacht durchzuarbeiten. Morgen dürfte es soweit sein." Dillon legte den Hörer auf, ehe Fahy etwas sagen konnte.

Als nächstes rief er Harvey in seinem Büro im Bestattungsunternehmen in Whitechapel an. Myra meldete sich.

„Hier ist Peter Hilton. Ich möchte Ihren Onkel sprechen."

„Er ist geschäftlich in Manchester. Vor morgen früh ist er nicht zurück."

„Was? Er hat mir die Lieferung innerhalb von vierundzwanzig Stunden zugesagt."

„Oh, es ist alles da", erwiderte Myra. „Ich erwarte allerdings Barzahlung bei Übergabe."

„Das geht klar." Er sah auf die Uhr und rechnete schnell aus, wie lange er brauchen würde, um von Heathrow zur Bayswater Road zu fahren und das Geld zu holen. „Ich bin um Viertel vor acht bei Ihnen."

„Ich erwarte Sie."

MYRA holte einen Schlüssel aus der Schreibtischschublade im Büro ihres Onkels und ging zur Treppe. „Billy, bist du da unten?"

Er kam sofort die Treppe herauf. „Hier bin ich."

„Komm mit, ich brauche deine Hilfe." Sie ging voran durch den Korridor zur Tür am Ende und öffnete sie. Sie betraten einen Raum voller Regale, in denen zahlreiche Kartons standen. Myra drückte mit einer Hand gegen das mittlere Regal an der hinteren Wand, und eine Geheimtür öffnete sich. Dahinter lag ein zweiter Raum, in dem Waffen aller Art gehortet waren. Auf einem Tisch lagen die Kartons mit dem Semtexsprengstoff. Sie zeigte auf einen von ihnen. „Trag den schon mal ins Büro."

Sie schloß die Türen wieder sorgfältig, und als sie zu Billy ins Büro kam, hatte er den Karton auf den Schreibtisch gestellt. „Verdammt schwer. Was ist das?"

„Bares Geld, Billy. Mehr brauchst du nicht zu wissen. Und jetzt hör mir gut zu. Der kleine Bursche, der dich gestern in die Mangel genommen hat, kommt um Viertel vor acht her, um mir eine Menge Geld für das zu bringen, was sich in dem Karton befindet."

„Und?"

„Ich möchte, daß du draußen ab halb acht mit deiner BMW bereitstehst. Wenn er wieder wegfährt, dann folgst du ihm, Billy, egal, wohin er fährt." Sie tätschelte seine Wange. „Und wenn du ihn verlierst, mein Herzblatt, dann wag ja nicht zurückzukommen."

ES SCHNEITE leicht in Heathrow, als Dillon aus dem Terminal eins herauskam. Angel wartete bereits auf ihn und winkte heftig. „Was haben Sie denn in Glasgow gemacht?"

„Nachgeschaut, was die Schotten unter ihren Kilts tragen."

Sie lachte und hängte sich bei ihm ein. „Sie sind schrecklich."

Sie stapften durch den Schnee und stiegen zu Danny in den Morris-Lieferwagen. „Es ist schön, dich heil wiederzusehen, Sean. Wohin soll's jetzt gehen?"

„Zu meinem Hotel in der Bayswater Road", sagte Dillon. „Ich werde dort ausziehen."

„Kommen Sie zu uns?" wollte Angel wissen.

„Ja." Dillon nickte. „Aber vorher muß ich noch bei einem Beerdigungsladen in Whitechapel ein Geschenk für Danny abholen."

„Und was soll das sein, Sean?" fragte Fahy.

„Ach, etwa fünfzig Pfund Semtex."

Der Lieferwagen geriet leicht ins Schleudern, und Fahy hatte Mühe, ihn wieder unter Kontrolle zu bringen. „Heilige Muttergottes!" flüsterte er.

BEI DER Beerdigungsfirma wartete Myra bereits im Büro ihres Onkels auf Dillon. Sie klopfte mit einer Hand auf den Karton. „Da ist es. Haben Sie das Geld?"

Dillon legte den Aktenkoffer auf den Karton und öffnete ihn. Er holte zehntausend Dollar, Päckchen für Päckchen, hervor und legte sie vor ihr auf den Tisch. Im Koffer blieben noch zehntausend Dollar sowie die Walther mit dem Carswellschalldämpfer und die Beretta. Er klappte den Koffer zu und lächelte.

„Es ist ein Vergnügen, mit Ihnen Geschäfte zu machen", meinte Myra.

Er legte den Koffer auf den Karton und hob diesen hoch, während sie vorausging, um ihm die Tür zu öffnen.

„Was haben Sie damit vor? Wollen Sie das Parlament in die Luft sprengen?"

„Das hat im 17. Jahrhundert schon mal ein Mann namens Guy Fawkes versucht", sagte er, entfernte sich durch den Korridor und ging die Treppe hinunter.

Das Pflaster war mit einer dünnen Eisschicht bedeckt, als er die Straße entlangging und um die Ecke bog, wo der Lieferwagen wartete. Billy, der im Schatten gelauert hatte, konnte sehen, wie Angel die Hecktür öffnete und Dillon den Karton auf die Ladefläche stellte. Dann stiegen die beiden in den Wagen neben Fahy.

Fahy benutzte einige Seitenstraßen und gelangte schließlich auf die Hauptstraße, wo er sich in den fließenden Verkehr einfädelte. Billy folgte dem Lieferwagen auf seiner BMW.

12

AUS TECHNISCHEN Gründen verzögerte sich der Start des Learjet in Belfast bis halb sechs. Daher war es bereits Viertel vor sieben, als Brosnan und Mary in Gatwick landeten, wo eine Limousine des Ministeriums sie erwartete. Mary fand über das Autotelefon heraus, daß Ferguson in seiner Wohnung am Cavendish Square war. Als Kim sie und Brosnan wenig später einließ, stand er am Kamin und wärmte sich.

„Ein Sauwetter, und morgen wird wohl noch mehr Schnee fallen, fürchte ich." Er trank einen Schluck Tee. „Nun, wenigstens sind Sie heil wieder angekommen. Es muß für Sie ein aufregendes Erlebnis gewesen sein."

„So könnte man es nennen."

„Sie sind absolut sicher, daß es Dillon war?"

„Na ja", ergriff Brosnan das Wort, „wenn er es nicht war, dann war es ein ungeheuerlicher Zufall, daß sich jemand ausgerechnet diesen Moment ausgesucht hat, um Tommy McGuire zu erschießen. Und diese Nummer mit der Landstreicherin – das war typisch Dillon."

„Allerdings saß er nicht in der Maschine nach London", bemerkte Mary.

„Sie wollen sagen, Sie *glauben*, daß er nicht im Flugzeug war", korrigierte Ferguson sie. „Nach allem, was ich weiß, könnte dieser verdammte Kerl den Flug ebensogut als Pilot gemacht haben." Ferguson wandte sich an Brosnan. „Ich habe den Flugplan überprüft. Von Belfast gingen Maschinen nach Manchester und Glasgow."

„Und es gibt den Seeweg", erinnerte Brosnan ihn. „Mit der Fähre nach Schottland und von dort mit einem Schnellzug nach London."

„Wichtig ist der Grund für seine Reise", sagte Ferguson. „Er hatte bis gestern abend keine Ahnung von Ihrer Absicht, McGuire aufzusuchen. Und doch nutzte er die erste Gelegenheit, um nach Belfast zu gehen. Warum wohl?"

„Um McGuire zum Schweigen zu bringen", erklärte Mary. „Wären wir nicht eher dort gewesen, hätte Dillon ihn vor uns erwischt. Er wußte, daß McGuire etwas über ihn in der Hand hatte. Und es war ganz offensichtlich die Information, daß dieser Jack Harvey ihn einundachtzig in London mit Waffen beliefert hat."

„Nachdem Sie mich vor Ihrem Abflug angerufen hatten, habe ich die Angaben überprüfen lassen. Kommissar Lane hat mir mitgeteilt, daß Harvey ein bekannter Gangster großen Stils ist. Die Polizei ist seit Jahren ohne nennenswerten Erfolg hinter ihm her. Unglücklicherweise ist er mittlerweile ein angesehener Geschäftsmann. Ihm gehören Grundstücke, Nachtklubs und so weiter."

„Was wollen Sie damit sagen, Sir?" fragte Mary.

„Wir können Harvey nicht einfach zum Verhör abholen, nur weil jemand, der jetzt tot ist, etwas über ihn erzählt hat, das vor zehn Jahren passiert sein soll."

„Es gibt auch noch einen anderen Weg", sagte Brosnan.

„Sie denken an Ihren Freund, diesen Flood?" Ferguson lächelte verkniffen. „Ich will Sie nicht davon abhalten, seinen Rat einzuholen, aber ich gehe davon aus, daß Sie sich innerhalb der Legalität bewegen."

„Aber natürlich, Brigadegeneral, großes Ehrenwort." Brosnan griff nach seinem Mantel. „Kommen Sie, Mary", fügte er dann hinzu, „wir statten Harry einen Besuch ab."

DEM MORRIS zu folgen bereitete Billy auf seiner BMW keine Schwierigkeiten. Der Schnee war nur am Straßenrand liegengeblieben, und es herrschte reger Verkehr aus London heraus und durch Dorking. Auf der Straße nach Horsham wurde es etwas ruhiger, aber es war immer noch so viel los, daß Billy ausreichend Deckung hatte.

Am Schild nach Grimethorpe schaltete Billy seinen Scheinwerfer aus und folgte dem Morris, ohne daß er selbst in der Dunkelheit zu sehen war. Als der Wagen vor ihm am „Doxley"-Schild abbog, fuhr er noch vorsichtiger hinter ihm her, hielt auf der Hügelkuppe an und beobachtete, wie die Lichter sich durch das Tor zur Farm bewegten.

Er stellte den Motor ab und ließ die Maschine die abschüssige Straße hinunterrollen. Am Tor mit dem Schild CADGE END FARM hielt er an und stieg ab. Zu Fuß ging er auf dem Fahrweg ein Stück weiter zwischen den Bäumen hindurch, bis er das erleuchtete Innere der Scheune auf der anderen Hofseite erkennen konnte. Dillon, Fahy und Angel standen neben dem Morris. Dillon wandte sich um, kam heraus und überquerte den Hof.

Billy zog sich eilig zurück. Fünf Minuten später jagte er auf der BMW nach London, um Myra Bericht zu erstatten.

IM WOHNZIMMER griff Dillon sogleich nach dem Telefon und rief Makeev in dessen Pariser Wohnung an. „Jetzt stehen alle Signale auf Grün, Josef. Wir haben das gesamte britische Kriegskabinett als Ziel ausgesucht."

„Das ist nicht Ihr Ernst!"

„Doch. Das Kriegskabinett tritt vormittags um zehn Uhr in Downing Street zehn zusammen. Und genau um diese Uhrzeit schlagen wir zu."

„Aber wie?"

„Sie können es anschließend in den Zeitungen nachlesen. Wichtig ist im Augenblick, daß Sie Michael Aroun bestellen, er soll morgen vormittag zu seinem Landsitz St-Denis fliegen. Ich hoffe, irgendwann im Laufe des Nachmittags dort zu landen. Und erinnern Sie Aroun an die zweite Million."

Dillon legte den Hörer auf und zündete sich eine Zigarette an. Dann rief er den Flugplatz Grimethorpe an.

„Hier ist Bill Grant.“ Der Mann klang leicht betrunken.

„Peter Hilton hier, Mr. Grant. Es geht um meinen Flug nach Land's End – könnten Sie sich ab morgen mittag bereit halten?“

„Wenn der Schnee sich in Grenzen hält. Sonst wird es problematisch.“

Grant legte langsam den Hörer auf, griff nach der Flasche Scotch und schenkte sich großzügig davon ein. Dann zog er die Tischschublade auf. Darin lagen ein alter Webley-Armeerevolver und ein Karton 9,5-mm-Munition. Er lud die Waffe und legte sie zurück in die Schublade.

„In Ordnung, Mr. Hilton, dann wollen wir doch mal sehen, was Sie wirklich vorhaben“, murmelte er und leerte das Whiskyglas.

„Ob ich Jack Harvey kenne?“ Harry Flood brach in schallendes Gelächter aus. Er saß hinter dem Schreibtisch und sah zu Mordecai Fletcher hoch. „Kenne ich ihn, Mordecai?“

Der athletische Mann lächelte Brosnan und Mary an. „Ja, ich glaube, man könnte sagen, daß wir Mr. Harvey recht gut kennen.“

„Aber jetzt erzählt mal, was in Belfast los war“, forderte Flood sie auf.

Mary lieferte eine kurze Darstellung des Geschehens. „Halten Sie es für möglich, daß Harvey einundachtzig Waffenlieferant von Dillon war?“ fragte sie, als sie geendet hatte.

„Bei Jack Harvey würde mich nichts überraschen. Aber Waffen für die IRA? Was meinst du, Mordecai?“

„Er würde sogar die Leiche seiner Großmutter aus dem Grab holen, wenn er sich davon einen Gewinn verspräche“, erklärte dieser.

„Das ist treffend ausgedrückt.“ Flood wandte sich an Mary. „Da haben Sie Ihre Antwort.“

„Na schön“, sagte Brosnan. „Und wenn Dillon mit Harvey einundachtzig Geschäfte gemacht hat, dann besteht die Chance, daß er es jetzt wieder tut.“

Flood runzelte skeptisch die Stirn. „Nur mit deiner Geschichte könnte die Polizei Harvey nichts anhaben, das ist dir ja wohl klar.“

„Ich glaube, der Professor denkt an eine etwas raffiniertere Methode, wie zum Beispiel eine Tracht Prügel für den Mistkerl, damit er den Mund aufmacht“, sagte Fletcher.

„Ich habe eine Idee“, verkündete Harry Flood. „Harvey bedrängt mich schon seit einiger Zeit, daß ich mit ihm eine Geschäftspartnerschaft eingehen soll. Wie wäre es, wenn ich ihm jetzt mitteilen ließe, daß ich mich mit ihm treffen will, um alles in Ruhe einmal durchzusprechen?"

„Ausgezeichnet", stimmte Brosnan zu. „Aber so bald wie möglich. Wir dürfen jetzt keine Zeit mehr verlieren."

MYRA saß am Schreibtisch ihres Onkels und ging die Einnahmen des Klubs durch, als Flood sie anrief. „Harry, was für eine nette Überraschung!"

„Ich hatte gehofft, ich könnte Jack sprechen."

„Das ist nicht möglich, Harry. Er ist wegen einer Sache mit seinem Sportklub nach Manchester gefahren. Aber er nimmt morgen den ersten Flug von dort um halb acht. Er dürfte gegen halb zehn im Büro sein. Um was geht es denn, Harry?"

„Ich habe mir einiges durch den Kopf gehen lassen, Myra. Wegen der Partnerschaft, meine ich. Jack hat sicherlich in einigen Punkten recht. Wir könnten eine ganze Menge erreichen, wenn wir uns verbündeten."

„Ich bin sicher, er wird sich freuen, das zu hören", meinte Myra.

„Also, dann komme ich morgen vormittag gegen halb zehn mit meinem Buchhalter rüber", sagte Flood und legte auf.

Myra blieb einige Sekunden lang still sitzen und betrachtete versonnen das Telefon. Dann nahm sie den Hörer ab, rief im Midland Hotel in Manchester an und verlangte ihren Onkel. Jack Harvey, der einiges an Champagner und mehr als einen Brandy intus hatte, war bester Laune, als er das Gespräch an der Rezeption des Hotels entgegennahm.

„Myra, Liebling, was ist los? Haben wir gerade einen Leichenboom?"

„Etwas viel Interessanteres. Harry Flood hat soeben angerufen." Sie gab ihm den Inhalt des Gesprächs wieder. „Was hältst du davon?"

Harvey wurde schlagartig nüchtern. „Ich habe das Gefühl, da ist etwas faul. Warum sollte er so schnell seine Meinung ändern? Nein, das gefällt mir nicht."

„Soll ich ihn anrufen und den Termin absagen?"

„Nein, auf keinen Fall, ich werde ihn empfangen. Bereite alles vor, damit ihm die richtige Begrüßung zuteil werden kann, nur für alle Fälle. Du weißt, was ich meine?"

„Ich denke schon, Jack", sagte sie. „Ich denke schon."

ALS MAKEEV an die Tür in der Avenue Victor Hugo klopfte, wurde sie von Rashid geöffnet. „Haben Sie Neuigkeiten für uns?" erkundigte sich der junge Iraker.

Makeev nickte. „Wo ist Michael?"

„Er erwartet Sie." Rashid geleitete ihn in den Salon, wo Aroun neben dem Kamin stand.

„Was ist los?" wollte er wissen. „Ist etwas passiert?"

„Dillon hat aus England angerufen. Er möchte, daß Sie morgen vormittag nach St-Denis fliegen. Er beabsichtigt, im Laufe des Nachmittags hinzukommen."

Aroun war blaß vor Erregung. „Was – hat er vor?" Er schenkte dem Russen einen Cognac ein, und Rashid reichte ihm den Schwenker.

„Er hat mir mitgeteilt, daß er eine Art Attentat auf das britische Kriegskabinett in der Downing Street plant."

Vollkommene Stille setzte ein, und Arouns Gesicht zeigte grenzenlose Verblüffung. Es war Rashid, der als erster die Sprache wiederfand. „Das Kriegskabinett? Den ganzen Verein? Das ist unmöglich! Wie kommt er darauf, so etwas auch nur in Erwägung zu ziehen?"

„Ich habe keine Ahnung", erklärte Makeev. „Aber er scheint sich seiner Sache sicher zu sein."

„Wenn er das jetzt schafft, während des Krieges, ehe die Bodenoffensive begonnen hat, dürften die Auswirkungen auf die gesamte arabische Welt enorm sein", sagte Michael Aroun. Er wandte sich Rashid zu. „Wir starten um neun mit unserer Maschine vom Charles-de-Gaulle-Flughafen. Sie können jetzt schon Alphonse auf dem Schloß anrufen. Ich möchte, daß er bis dahin von dort verschwunden ist. Er kann ein paar Tage freinehmen."

Rashid nickte und begab sich ins Arbeitszimmer. „Alphonse?" sagte Makeev fragend.

„Der Hausmeister. Um diese Jahreszeit ist er ganz allein, es sei denn, ich bitte ihn, die Bediensteten aus dem benachbarten Dorf heranzuschaffen. Sie sind alle abrufbereit."

„Ich würde Sie gerne begleiten, wenn es Ihnen nichts ausmacht."

„Natürlich, Josef." Aroun erhob sein Glas. „Auf Dillon und darauf, daß alles so laufen möge, wie er es sich vorstellt."

ES WAR ein Uhr morgens, und Fahy präparierte gerade eine der Sauerstoffflaschen auf der Werkbank, als Dillon die Scheune betrat.

„Wie klappt es?"

„Bestens", sagte Fahy. „Die hier ist beinahe fertig. Dann noch eine.“ Er hielt inne und wischte sich mit der Hand über die Augen, als sei er müde. „Hör mal, Sean, muß es unbedingt morgen sein?“

„Gibt es ein Problem?“

„Ich habe dir doch gesagt, ich würde am liebsten noch ein paar Tragflächen an die Sauerstoffflaschen schweißen, damit sie eine stabilere Flugbahn haben. Jetzt habe ich dazu keine Zeit mehr.“ Er warf seinen Schraubenschlüssel auf die Werkbank. „Es ist alles zu überstürzt, Sean.“

„Daran sind Martin Brosnan und seine Freunde schuld, nicht ich, Danny“, erklärte Dillon. „In Belfast hätten sie mich beinahe erwischt. Nein, Danny, entweder jetzt oder nie.“

Fahy packte widerstrebend die Flasche und schleppte sie zum Ford Transit. Er hob sie in das Fahrzeug und ließ sie mit größter Sorgfalt in eine der Röhren gleiten, während Dillon ihm dabei zusah. Angel kam mit einer Kanne Kaffee und zwei Tassen herein, die sie für ihren Onkel und für Dillon vollschenkte.

„Ich habe nachgedacht“, sagte Dillon. „Es geht um die Garage, wo Sie mit dem Lieferwagen warten sollten, Angel. Dort hatte bisher diese Russin, meine Kontaktperson, ihren Wagen abgestellt. Die Polizei wird das Gebäude sicherlich überwachen.“

„Und was schlagen Sie vor?“ fragte Angel.

„Wißt ihr noch, wo ich gewohnt habe? In diesem Hotel in der Bayswater Road? Gleich nebenan befindet sich ein Supermarkt mit einem großen Parkplatz dahinter. Den benutzen wir. Ich zeige ihn euch, wenn wir dort sind.“

„Wie Sie meinen, Mr. Dillon.“ Angel verfolgte gespannt, wie Fahy letzte Hand an seine improvisierte Mörsergranate legte und dann wieder an die Werkbank trat. „Ich habe auch nachgedacht, Mr. Dillon, und zwar über diesen Ort in Frankreich. Dieses St-Denis. Sie fliegen nach dem Attentat sofort dorthin, nicht wahr?“

„Richtig.“

„Was geschieht dann mit uns?“ fragte sie nachdenklich.

Fahy hielt inne, um sich die Hände abzuwischen. „Sie spricht da einen interessanten Punkt an, Sean.“

„Euch beiden passiert überhaupt nichts“, erklärte Dillon. „Dies ist eine saubere Sache, Danny, die sauberste, die ich je durchgezogen habe. Es gibt nicht den geringsten Hinweis auf eure Mitwirkung.“

„Wenn du meinst . . .“, sagte Fahy.

„Ja, das meine ich, Danny, und wenn du dir wegen des Geldes Sorgen machst, kannst du dich beruhigen. Ihr bekommt euren Anteil.

Der Mann, mit dem ich zusammenarbeite, kann seine Zahlungen überallhin überweisen."

„Sicher, aber das Geld war mir im Grunde nie so wichtig, Sean", meinte Fahy. Er zuckte die Achseln. „Mir geht es um Angel – falls etwas schiefgeht."

„Völlig unnötig. Es ist kein Risiko dabei." Dillon legte dem Mädchen einen Arm um die Schultern. „Sie sind aufgeregt, nicht wahr?"

„Ich habe ein ganz schlimmes Gefühl in der Magengegend, Mr. Dillon."

„Gehen Sie zu Bett. Wir starten um acht. Los, ab in die Falle!"

Widerstrebend entfernte sie sich. Dillon zündete sich eine Zigarette an und drehte sich wieder zu Fahy um. „Kann ich irgend etwas tun?"

„Überhaupt nichts. In einer halben Stunde dürften wir soweit sein. Leg du dich auch noch etwas hin, Sean. Ich habe übrigens für dich noch eine alte Lederkombination fürs Motorrad gefunden", fügte Fahy hinzu. „Die Sachen liegen drüben bei der BSA."

Es waren eine Jacke und eine Lederhose sowie ein Paar Stiefel. Alles sah häufig benutzt aus, und Dillon lächelte. „Versetzt mich direkt in meine Jugend zurück. Ich probiere die Sachen gleich an." Er wandte sich um und ging hinaus.

Die Lederkombination war nicht übel. Dillon stand im Gästezimmer vor dem Spiegel, während er den Reißverschluß der Jacke über der kugelsicheren Weste zuzog, die Tania ihm bei ihrer ersten Zusammenkunft gegeben hatte.

Er setzte sich auf die Bettkante, holte die Walther aus dem Aktenkoffer und schraubte den Carswellschalldämpfer auf. Danach prüfte er die Beretta und steckte sie in seine Jacke. Dann knipste er die Zimmerbeleuchtung aus und legte sich aufs Bett. Er empfand niemals Nervosität, und auch in diesem Moment fühlte er sich völlig ruhig und gelassen. Dabei lag der größte Coup seines Lebens vor ihm. „Damit gehst du in die Geschichte ein, Sean", murmelte er leise. „Du wirst ein Held."

Er schloß die Augen und schlief nach einer Weile ein.

WÄHREND der Nacht schneite es wieder, und kurz nach sieben ging Fahy hinaus auf den Fahrweg, um den Zustand der Straße zu überprüfen. Sie war schneefrei. Er kehrte zurück und traf Dillon, der in der Tür des Wohnhauses stand und zum Frühstück ein Sandwich aß. In der anderen Hand hielt er eine Tasse Tee.

„Ich weiß nicht, wie du das schaffst“, sagte Fahy bewundernd. „Ich bekäme keinen Bissen herunter.“

„Hast du Angst, Danny?“

„Tödliche Angst sogar.“

„Das ist gut. Damit kommst du in die Hochform, die am Ende meist den Ausschlag gibt.“

Sie gingen hinüber zur Scheune und blieben neben dem Ford Transit stehen. „Nun, alles ist einsatzbereit“, sagte Fahy.

„Du hast wahre Wunder vollbracht, Danny, phantastisch.“

Angel tauchte neben ihnen auf. Sie war mit einer alten Hose, Stiefeln, Anorak, Pullover und einer Wollmütze bereits abmarschbereit angezogen. „Geht es los?“

„Gleich“, versprach Dillon. „Jetzt schaffen wir die BSA in den Morris.“

Sie öffneten die Hecktüren des Lieferwagens, legten das Laufbrett an und rollten das Motorrad hinein. Dillon bockte es auf und schnallte es mit zwei Gurten fest. Fahy schob das Laufbrett in den Wagen. Er reichte Dillon einen Sturzhelm heraus. „Der ist für dich. Ich habe im Ford einen eigenen.“

Dillon schloß die Hecktüren des Lieferwagens und wandte sich um. „Sind alle soweit?“

„Ja. Können wir endlich starten?“ erkundigte sich Angel.

Dillon sah auf seine Uhr. „Noch nicht. Ich habe gesagt, wir brechen um acht auf. Wir wollen nicht zu früh an Ort und Stelle sein. Wir haben sogar noch Zeit für eine zweite Tasse Tee.“

Der frühmorgendliche Verkehr nach London war wegen des Wetters etwas zähflüssig. Angel und Dillon fuhren im Morris voraus, Fahy blieb im Ford Transit dicht hinter ihnen. Es war bereits Viertel nach neun, als sie sich auf der Bayswater Road dem Hotel näherten.

„Da drüben“, erklärte Dillon, „da ist der Supermarkt.“ Angel bog ab und fuhr auf den Parkplatz, der schon ziemlich voll war. „Dort, am hintersten Ende“, wies Dillon sie an. „Auf diesen Platz.“

Sie parkte den Wagen, und Fahy hielt in der Nähe. Dillon sprang hinaus, setzte den Sturzhelm auf, ging um den Lieferwagen und öffnete die Hecktüren. Er legte das Laufbrett in die richtige Position, löste die Gurte, mit denen die BSA festgezurrt war, und schob das Motorrad heraus, wobei Angel ihm behilflich war. Die junge Frau legte das Laufbrett wieder in den Transporter, Dillon betätigte den Anlasser, und die BSA erwachte brüllend zum Leben. Er stellte den

Motor wieder ab und sah auf die Uhr. Es war jetzt halb zehn. Dillon bockte die Maschine auf und ging hinüber zu Fahy, der immer noch im Ford saß.

„Denk daran, der richtige Zeitpunkt ist entscheidend. Wir können nicht ständig auf der Whitehall hin- und herfahren, ohne daß jemand mißtrauisch wird. Wenn wir zu früh dran sind, dann bleiben wir eine Zeitlang auf dem Victoria Embankment. Tu so, als hättest du eine Panne, und ich halte dann an und spiele den Hilfsbereiten. Vom Embankment die Horse Guards Avenue hinauf zur Ecke Whitehall braucht man nur eine Minute, vergiß das nicht."

„Mein Gott, Sean." Fahy wirkte völlig verstört vor Angst.

„Ganz ruhig, Danny, ganz ruhig", sagte Dillon. „Alles läuft bestens. Und jetzt fahr los."

Er stieg wieder auf die BSA und wandte sich Angel zu. „Bis bald." Er startete und hängte sich hinter den Ford.

13

HARRY FLOOD und Mordecai Fletcher hatten sich von Salter im Mercedes zu dem Bestattungsunternehmen in Whitechapel fahren lassen und warteten im Wagen, bis ein Taxi anhielt und Mary und Brosnan ausstiegen. Flood öffnete die Wagentür, damit die beiden bei ihnen einsteigen konnten.

Er sah auf die Uhr. „Wir haben gleich halb zehn. Ich denke, wir können reingehen." Er zog die Walther aus der Innentasche seines Jacketts und überprüfte sie. „Willst du auch ein Schießeisen, Martin?" fragte er.

Brosnan nickte. „Keine schlechte Idee."

Fletcher öffnete das Handschuhfach, holte einen Browning heraus und reichte ihn ihm.

Mary schüttelte den Kopf. „Mein Gott, ein Unbeteiligter könnte glauben, Sie wollen den Dritten Weltkrieg auslösen."

„Oder seinen Ausbruch verhindern", bemerkte Brosnan.

„Gehen wir", meinte Flood. Brosnan folgte ihm nach draußen, und Fletcher stieg auf der anderen Seite aus. Als Mary Anstalten machte, ihnen zu folgen, sagte Flood: „Diesmal nicht, meine Liebe. Ich habe Myra erklärt, daß ich meinen Buchhalter mitbringe, wodurch Martins Anwesenheit erklärt ist, und Mordecai begleitet mich sowieso immer auf Schritt und Tritt. Mehr Leute erwarten sie nicht."

„Jetzt hören Sie mal zu", protestierte sie. „Ich bearbeite offiziell diesen Fall. Ich repräsentiere das Verteidigungsministerium."

„Wie schön für Sie. Paß auf sie auf, Charlie", sagte Flood zu Salter, und er ging zum Eingang, wo Fletcher bereits die Klingel betätigte.

Myra empfing sie im Vorzimmer. Sie trug einen schwarzen Hosenanzug und Stiefel und hatte einen ganzen Stoß Unterlagen unter dem Arm.

„Du siehst ja sehr geschäftsmäßig aus, Myra", sagte Flood zu ihr.

„So sollte es auch sein, Harry." Sie nickte Fletcher zu. „Hallo, Muskelmann." Dann betrachtete sie Brosnan. „Und das ist . . .?"

„Mein neuer Buchhalter, Mr. Smith."

„Ah ja." Sie nickte. „Jack wartet schon." Sie öffnete die Tür und ging voraus ins Büro.

Harvey saß hinter dem Schreibtisch und rauchte wie üblich eine Zigarre. Billy saß links von ihm auf der Armlehne des Sofas. Er hatte sich einen Regenmantel lässig über die Knie gelegt.

„Hallo, Jack", sagte Harry Flood. „Schön, dich zu sehen."

„Was du nicht sagst." Harvey taxierte Brosnan. „Wer ist das?"

„Harrys neuer Buchhalter, Mr. Smith", sagte Myra, ging um den Schreibtisch und blieb neben ihrem Onkel stehen.

Harvey schüttelte den Kopf. „Ich habe noch nie einen Buchhalter gesehen, der aussah wie Mr. Smith. Du etwa, Myra?" Er wandte sich wieder an Flood. „Meine Zeit ist kostbar, Harry. Was willst du?"

„Dillon", sagte Harry Flood. „Sean Dillon."

„Dillon?" Harvey sah völlig entgeistert aus. „Wer zum Teufel ist Dillon?"

„Ein Ire, dem Sie 1981 Waffen und Sprengstoff verkauft haben", erklärte Brosnan.

„Das war ganz schön übel von dir, Jack", sagte Harry Flood. „Er hat große Teile von London in die Luft gesprengt, und wir gehen davon aus, daß er wieder so ein Ding vorhat."

„Und wo sollte er sich seine Ausrüstung holen, wenn nicht bei seinem alten Freund Jack Harvey?" fügte Brosnan hinzu.

Harveys Gesicht war rot angelaufen. „Billy!" sagte er leise.

Flood hob eine Hand. „Ich möchte nur bemerken, falls das eine abgesägte Schrotflinte ist, die er da unter dem Mantel versteckt, dann hoffe ich für ihn, daß sie gespannt ist."

Billy schoß sofort durch den Regenmantel und erwischte Fletcher am linken Oberschenkel, als dieser gerade seine Pistole zog. Floods Walther tauchte in einer einzigen Bewegung aus der Tasche auf. Flood schoß Billy in die Brust, so daß dieser nach hinten über das Sofa kippte. Dabei ging der zweite Lauf los, und einige Schrotkörner trafen Floods linken Arm.

Jack Harvey hatte die Schreibtischschublade geöffnet, und seine Hand kam mit einer Smith & Wesson wieder zum Vorschein. Brosnan schoß ihm gezielt in die Schulter. Für einen Moment herrschte totales Chaos, der Raum war voller Qualm und Korditgestank.

Myra beugte sich über ihren Onkel, der stöhnend in seinem Sessel hing.

Flood wandte sich an Fletcher. „Bist du okay?"

„Ist alles in Ordnung, sobald Dr. Aziz mich versorgt hat, Harry."

Flood, die Walther immer noch in der Hand, umklammerte seinen linken Arm. Blut sickerte zwischen seinen Fingern hervor. Er sah Brosnan an. „Also gut, beenden wir das Spiel." Er richtete die Walther direkt auf Harvey. „Ich verschaffe dir sofort ein drittes Auge, wenn du uns nicht erzählst, was wir wissen wollen. Was läuft mit Sean Dillon?"

Myra schrie auf. „Nein! Laßt Jack in Ruhe! Der Mann, den ihr sucht, nennt sich Peter Hilton. Er wollte fünfzig Pfund Semtex. Hat es gestern abgeholt und bar bezahlt. Ich habe Billy hinter ihm hergeschickt, und er hat ihn auf seiner BMW bis nach Hause verfolgt."

„Und wo wohnt er?"

„Hier." Sie nahm einen Zettel vom Schreibtisch und gab ihn Flood. „Ich habe Jack alles aufgeschrieben."

Flood warf einen Blick drauf und reichte ihn Brosnan weiter. „‚Cadge End Farm', Martin, das klingt vielversprechend. Laß uns von hier verschwinden."

Mordecai Fletcher humpelte vor ihnen hinaus und hinterließ dabei Blutstropfen auf dem Fußboden. Als sie in den Mercedes stiegen, rief Charlie Salter: „Herrje, Harry, die ganzen Sitze werden mit Blut versaut!"

„Fahr einfach, Charlie, du weißt ja, wohin."

Mary blickte finster drein. „Was ist denn da drin passiert?"

Brosnan hielt das Blatt Papier hoch. Mary las die Angaben. „Ich rufe am besten gleich Ferguson an", sagte sie.

„Nein, das tun Sie nicht", meinte Flood. „Zuerst fahren wir in die Klinik in Wapping, die von meinem guten Freund Dr. Aziz geleitet wird, damit er sich um Mordecai kümmern und sich meinen Arm ansehen kann. Danach kommt Cadge End dran."

ALS FAHY vom Victoria Embankment in die Horse Guards Avenue einbog, schwitzte er trotz der Kälte. Er konnte Dillon im Rückspiegel sehen, eine unheimliche Gestalt in seiner schwarzen Lederkluft auf der BSA. Dann kam der Augenblick der Wahrheit, und alles schien gleichzeitig zu geschehen.

Fahy hielt an der Ecke Horse Guards Avenue und Whitehall genau in dem Winkel, den er sich ausgerechnet hatte. Ein Stück entfernt drehte ein Polizist sich um und bemerkte den Lieferwagen. Fahy stellte den Motor ab, schaltete die Zeitschaltuhren ein und setzte seinen Sturzhelm auf. Während er ausstieg, rief der Polizist ihm etwas zu und beschleunigte seine Schritte. Dillon näherte sich mit der BSA, Fahy schwang sich auf den Beifahrersitz, und schon brausten sie los, jagten in einem weiten Bogen um den Polizisten herum und entfernten sich rasch. Als Dillon sich in den Verkehr einfädelte, erklang die erste Explosion. Zwei weitere folgten, und dann schien alles im Getöse der größten Explosion zu verschmelzen, mit der der Ford Transit sich selbst vernichtete.

Dillon fuhr zügig, aber nicht zu schnell. Zehn Minuten später bog er bereits in die Bayswater Road ein und fuhr kurz darauf auf den Parkplatz des Supermarkts. Sobald Angel sie sah, sprang sie aus dem Lieferwagen, öffnete die Hecktüren und legte das Laufbrett zurecht. Dillon und Fahy schoben das Motorrad hinein und knallten die Türen zu. „Steigen Sie ein, und fahren Sie los!“ verlangte Dillon. Eine Minute später waren sie bereits auf der Bayswater Road. Dillon zündete sich eine Zigarette an und lehnte sich, leise vor sich hin pfeifend, zurück.

IN DEM kleinen Operationssaal der Privatklinik, unweit der High Street in Wapping, lag Mordecai Fletcher auf dem Operationstisch, während Dr. Aziz, ein grauhaariger Inder, seinen Oberschenkel untersuchte.

„Harry, mein Freund, ich dachte, Sie hätten diese Art von Beschäftigung aufgegeben“, sagte er. „Aber das hier sieht wie nach einem wilden Wochenende in Bombay aus.“

Flood saß ohne Jackett und mit abgeschnittenem Hemdsärmel in einem Sessel, während eine Krankenschwester seine Wunde abtupfte. Brosnan und Mary schauten aufmerksam zu.

„Was ist mit ihm?“ fragte Flood den Arzt.

„Er wird wohl zwei oder drei Tage hierbleiben müssen. Eine Arterie ist verletzt. Und jetzt lassen Sie sich selbst mal anschauen.“

Er ergriff Floods Arm und tastete mit einer kleinen Pinzette vorsichtig herum. Die Krankenschwester hielt eine Emailleschüssel bereit. Aziz ließ eine Schrotkugel hineinfallen, dann zwei, dann noch eine. Flood krümmte sich vor Schmerzen. „Das könnte schon alles sein, Harry, aber wir müssen eine Röntgenaufnahme machen."

„Verbinden Sie mich fürs erste", verlangte Flood. „Ich komme später zurück."

„Wenn Sie unbedingt wollen."

Dr. Aziz bandagierte den Arm, dann gab er Flood eine Morphiumspritze. „Das lindert die Schmerzen", erklärte er. Während die Krankenschwester die Armschlinge in Floods Nacken verknotete, flog die Tür auf, und Charlie Salter kam hereingestürmt. „In der Innenstadt ist die Hölle los! Es kam gerade im Radio. Ein Granatwerferangriff auf Downing Street zehn."

Mary Tanner drehte sich zu Brosnan um. „Kommen Sie, Martin, wenigstens wissen wir, wohin der Dreckskerl verschwunden ist."

DAS KRIEGSKABINETT hatte soeben seine Sitzung im Kabinettszimmer im hinteren Teil von Downing Street 10 begonnen, als die erste Mörsergranate auf einer sauberen Flugbahn von dem zweihundert Meter entfernt geparkten Ford Transit herüberflog und einschlug. Die Explosion war so laut, daß auch Oberst Charles Ferguson, der von seinem Büro im Verteidigungsministerium auf die Horse Guards Avenue hinuntersehen konnte, sie deutlich vernahm. Wie die meisten Leute im Ministerium eilte er zum nächsten Fenster.

Im Kabinettszimmer in der Downing Street zerbrachen die armierten Fensterscheiben, doch der Großteil des Explosionsdrucks wurde von den sprengungssicheren Spezialgittern aufgefangen. Die erste Granate hinterließ einen tiefen Krater im Garten und entwurzelte einen Kirschbaum. Die beiden anderen landeten etwas weiter neben dem ursprünglichen Ziel im Mountbatten Green, und nur eine von ihnen explodierte.

Im Kabinettszimmer brach überraschenderweise keine Panik aus. Alle duckten sich, einige suchten unter dem Tisch Schutz. Der Premierminister stand auf und brachte tatsächlich ein Lächeln zustande. Mit einer unglaublichen Gelassenheit sagte er: „Gentlemen, ich glaube, wir müssen uns einen Raum suchen, in dem wir ungestört arbeiten können." Damit verließ er das Zimmer, und die anderen folgten ihm.

MARY und Brosnan hatten im Fond des Mercedes Platz genommen. Harry Flood saß auf dem Beifahrersitz neben Salter, der versuchte, den Wagen so zügig wie möglich durch den dichten Verkehr zu schlängeln.

„Hören Sie, ich muß jetzt mit Oberst Ferguson sprechen“, drängte Mary. „Es ist überaus wichtig!“

Flood drehte sich um und sah Brosnan an; dieser nickte. „Rufen Sie ihn ruhig an. Wir fahren auf jeden Fall zu dieser Cadge End Farm.“

Sie nahm den Hörer des Autotelefons und wählte Fergusons Nummer im Verteidigungsministerium, doch er war nicht da. Sie hinterließ die Telefonnummer und legte den Hörer auf.

DIE BBC-NACHRICHTEN wurden auch im Morris-Lieferwagen gehört. Um ungefähr zehn Uhr habe ein Bombenattentat auf Downing Street 10 stattgefunden, meldete der Sprecher. Das Gebäude sei erheblich beschädigt worden, doch der Premierminister und die Angehörigen des Kriegskabinetts, die zur Zeit eine Sitzung abgehalten hätten, seien alle in Sicherheit.

Der Lieferwagen schlingerte, als Angel aufschluchzte: „O Gott, nein!“

Dillon legte eine Hand an das Lenkrad. „Ganz ruhig, Mädchen“, sagte er. „Konzentrieren Sie sich nur auf das Fahren.“

Fahy sah aus, als würde ihm jeden Moment schlecht. „Wenn ich die Zeit gehabt hätte, diese Leitflächen an die Flaschen anzuschweißen, wäre es völlig anders gelaufen. Du hast es einfach zu eilig gehabt, Sean. Du hast dich von Brosnan durcheinanderbringen lassen, und das war fatal.“

„Vielleicht“, gab Dillon zu. „Aber letztlich zählt nur, daß unser Angriff danebengegangen ist.“

Er holte eine Zigarette hervor, zündete sie an und begann plötzlich hilflos zu lachen.

FERGUSON stand mit Kommissar Lane und Hauptwachtmeister Mackie neben dem Rundfunkübertragungswagen in Mountbatten Green. Es schneite leicht, und eine kriminaltechnische Einsatzgruppe der Polizei untersuchte sorgfältig Fahys dritte Mörsergranate, diejenige, die nicht explodiert war.

Ein junger Polizist kam mit einem tragbaren Telefon herüber. „Entschuldigen Sie, Brigadegeneral, es ist dringend. Ihr Büro versucht schon seit geraumer Zeit, Sie zu erreichen. Und Hauptmann Tanner wollte Sie auch sprechen."

Ferguson nahm das Telefon und redete kurz mit seiner Sekretärin. Dann rief er die Nummer an, die Mary hinterlassen hatte. Sie nahm sofort ab. „Brigadegeneral?"

„Was ist los?"

„Der Granatwerferangriff auf Nummer zehn. Das muß Dillon gewesen sein. Wir haben erfahren, daß er gestern abend in London fünfzig Pfund Semtex abgeholt hat, die von Jack Harvey geliefert wurden."

„Wo sind Sie jetzt?"

„Wir verlassen gleich Dorking, Sir, und nehmen die Straße nach Horsham. Martin und ich und Harry Flood. Wir haben die Adresse von Dillon." Sie gab sie durch. „Wir müssen diese Cadge End Farm in einer halben Stunde erreicht haben."

„Schön. Überstürzen Sie nichts, Mary, aber lassen Sie diese Schweine nicht entkommen. Wir besorgen Ihnen so schnell wie möglich Verstärkung. Ich bin in meinem Wagen, da können Sie mich telefonisch erreichen."

Ferguson legte auf und setzte Lane über die augenblickliche Lage ins Bild. „Was meinen Sie, was wird Harvey jetzt unternehmen, Kommissar?"

„Er wird sich von irgendeinem Arzt in einer kleinen Privatklinik zusammenflicken lassen, Sir."

„Richtig. Lassen Sie das überprüfen, und wenn es so ist, wie Sie sagen, dann greifen Sie auf keinen Fall ein. Lassen Sie sie nur beobachten. Wir fahren erst mal zu dieser Cadge End Farm, und zwar schnellstens. Und jetzt organisieren Sie die Wagen."

DER FAHRWEG, der zwischen den Bäumen von Cadge End hindurchführte, war inzwischen zugeschneit. Der Morris-Lieferwagen holperte zum Farmgebäude, und Angel lenkte den Wagen in die Scheune.

„Was nun?" fragte Fahy.

„Erst einmal sollten wir eine schöne Tasse Tee trinken, schlage ich vor."

Dillon stieg aus, ging um den Wagen herum und öffnete die Türen. Danny half ihm, die BSA herauszuholen und aufzubocken.

Angel war vorausgegangen, und als sie ihr folgten, sagte Fahy: „Ich brauche jetzt keinen verdammten Tee, sondern einen Whisky."

Er ging ins Wohnzimmer und sank schluchzend auf einen Stuhl.

Dillon verschwand nach oben ins Gästezimmer. Er fand eine alte Reisetasche und packte schnell seine Sachen ein. Dann klappte er den Aktenkoffer auf, in dem sich die restlichen zehntausend Dollar sowie die Walther mit dem Carswellschalldämpfer befanden. Er spannte die Waffe, so daß sie jederzeit schußbereit war, und legte sie wieder in den Aktenkoffer zurück. Schließlich zog er den Reißverschluß seiner Lederjacke auf, holte die Beretta hervor und schob sie sich hinten in den Bund seiner Lederhose.

Als er mit der Reisetasche und dem Aktenkoffer nach unten kam, stand Fahy im Wohnzimmer vor dem Fernseher und verfolgte das Geschehen auf dem Bildschirm. „Gerade war der Premierminister da und hat sich den Schaden angeschaut. Er sah aus, als ob er sich nicht die geringsten Sorgen gemacht hätte."

„Ja, er hat wirklich verdammtes Glück gehabt", sagte Dillon.

Angel kam herein und reichte ihm eine Tasse Tee. „Was geschieht nun, Mr. Dillon?"

„Sie wissen sehr gut, was geschieht, Angel. Ich fliege jetzt fort, in die weite, endlose Ferne."

„Können wir nicht mitkommen, Mr. Dillon?" fragte Angel.

Er stellte seine Tasse ab und legte die Hände auf ihre Schultern. „Das ist nicht nötig, Angel. *Ich* bin auf der Flucht, nicht Sie oder Danny. Die wissen ja nicht einmal, daß ihr überhaupt existiert."

Er ging zum Telefon und rief den Flugplatz in Grimethorpe an.

Grant nahm sofort ab. „Ja, wer ist da?"

„Peter Hilton. Können wir fliegen? Oder liegt zuviel Schnee?"

„Im Westen ist alles klar", sagte Grant. „Lediglich der Start hier könnte etwas heikel werden. Wann wollen Sie fliegen?"

„Ich bin in einer halben Stunde bei Ihnen. Geht das klar?"

„Ich erwarte Sie."

Als Dillon den Hörer auflegte, rief Angel: „Nicht, Onkel Danny!"

Dillon fuhr herum und sah Fahy in der Türöffnung stehen. Er hielt eine Schrotflinte in den Händen. „Aber für mich geht das nicht klar, Sean", meinte er und spannte die Hähne.

„Danny!" Dillon hob in einer beschwichtigenden Geste die Hände. „Tu es nicht!"

„Wir gehen mit dir, Sean, und damit basta." Fahy zitterte jetzt, und die Schrotflinte schwankte in seiner Hand. „Wenn ich erwischt werde, verbringe ich den Rest meines Lebens hinter Gittern. Dazu bin ich zu alt, Sean."

„Ich verstehe", sagte Dillon.

Fahy hob die Schrotflinte. „So steht es jetzt, Sean. Wenn wir hier nicht wegkommen, dann gehst du auch nicht."

Dillon ertastete den Griff der Beretta, seine Hand fuhr mit der Waffe nach vorn, und er schoß Fahy zweimal mitten ins Herz, so daß dieser von der Wucht der Schüsse rückwärts in die Diele katapultiert wurde. Er prallte am anderen Ende gegen die Wand und rutschte langsam daran herunter.

Angel schrie entsetzt auf. Dann starrte sie Dillon an. „Sie haben ihn getötet!"

„Er hat mir keine andere Wahl gelassen."

Sie fuhr herum und riß die Tür auf, und Dillon setzte ihr nach. Sie rannte über den Hof und verschwand in einer der Scheunen. Dillon folgte ihr, blieb dann stehen und lauschte. Ein Rascheln ertönte irgendwo oben, und Staub rieselte herunter.

„Angel, hören Sie zu. Ich nehme Sie mit."

„Nein, das stimmt nicht. Sie wollen mich genauso töten wie Onkel Danny. Sie sind ein verfluchter Mörder." Ihre Stimme klang gedämpft.

Für einen Moment streckte er die Hand mit der Beretta nach oben aus. „Was haben Sie denn erwartet? Was glauben Sie, worum es die ganze Zeit ging?"

Stille trat ein. Er wandte sich um und eilte zum Haus. Dort ergriff er seinen Aktenkoffer und die Reisetasche, kehrte damit in die Scheune zurück und stellte beides in den Morris.

Er versuchte es noch einmal. „Kommen Sie mit mir, Angel! Ich tue Ihnen nichts, ich schwöre es." Es kam keine Antwort. „Dann zur Hölle mit Ihnen!" rief er, schob sich hinter das Lenkrad und fuhr davon.

EINIGE Zeit später, als alles ruhig war, stieg Angel die Leiter hinunter und ging ins Haus. Sie setzte sich neben die Leiche ihres Onkels und lehnte sich mit dem Rücken an die Wand. Abwesend starrte sie vor sich hin und rührte sich auch nicht, als sie hörte, wie draußen ein Wagen auf den Hof fuhr.

14

DIE ROLLBAHN in Grimethorpe war völlig mit Schnee bedeckt. Die Hangartore waren geschlossen, und von den beiden Flugzeugen war nichts zu sehen. Dillon fuhr zu Grant, stieg aus und ging mit Reisetasche und Aktenkoffer zur Barackentür. Als er eintrat, stand Bill Grant am Ofen und trank Kaffee.

„Aha, da sind Sie ja, alter Freund. Es sah richtig verlassen aus“, sagte Dillon. „Ich habe mir Sorgen gemacht.“ Er setzte die Tasche ab, behielt aber den Aktenkoffer in der Hand.

„Nicht nötig.“ Grant ging zu seinem Schreibtisch und ließ sich dahinter nieder. Dillon sah, daß eine Landkarte auf dem Tisch lag. Sie zeigte die englische Kanalgegend. Es war die Karte, die Dillon sich bei seinem ersten Besuch mit Angel angeschaut hatte.

„Hören Sie, ich würde wirklich gerne jetzt losfliegen“, erklärte er. „Wenn Sie sich wegen des Restbetrages Sorgen machen sollten, so kann ich Sie beruhigen. Ich zahle bar.“ Er hielt den Aktenkoffer hoch. „Sie haben doch nichts gegen amerikanische Dollar?“

„Nein, aber ich habe etwas dagegen, wenn man mich zum Narren hält.“ Grant wies auf die Karte. „Land's End, von wegen. Ich habe gesehen, wie Sie sich diese Karte angeschaut haben, als Sie mit dem Mädchen hier waren. Der englische Kanal und die französische Küste. Ich wüßte gerne, in was Sie mich da reinziehen wollen!“

„Das ist nicht sehr klug von Ihnen, alter Freund“, meinte Dillon.

Grant zog seine Schreibtischschublade auf und holte seinen alten Webley-Revolver hervor. „Das werden wir noch sehen. Und jetzt stellen Sie den Aktenkoffer auf den Tisch und treten Sie ein Stück zurück, damit ich nachsehen kann, was drin ist.“

„Aber klar, alter Freund! Kein Grund zur Aufregung.“ Dillon beugte sich vor und legte den Aktenkoffer auf den Tisch. Im gleichen Moment zog er die Beretta hinten aus dem Hosenbund, zielte und erschoß Grant aus nächster Nähe. Grant kippte mitsamt seinem Sessel nach hinten.

Dillon verstaute die Beretta wieder, nahm die Karte, seine Reisetasche und den Aktenkoffer und stapfte durch den Schnee zur Flugzeughalle. Er benutzte die Schlupftür, entriegelte das große Schiebetor und drückte es auf, so daß Licht hereinfiel und er die beiden Maschinen erkennen konnte. Er warf den Aktenkoffer und die Tasche in die Cessna Conquest, stieg hinauf und zog die Tür hinter sich zu.

Er setzte sich auf den linken Pilotensitz und studierte die Karte. Bis zum Flugplatz in St-Denis waren es ungefähr zweihundertsechzig Kilometer. Falls er keinen starken Gegenwind hatte, schaffte er diese Strecke in fünfundvierzig Minuten. Er legte die Karte auf den Nebensitz und ließ die Motoren an. Dann lenkte er die Conquest aus der Halle und stoppte kurz, um schnell einen Cockpitcheck durchzuführen. Grants Behauptung stimmte: Die Tanks waren tatsächlich gefüllt. Dillon schnallte sich an und lenkte das Flugzeug zum Ende der Rollbahn.

Er drehte die Maschine in den Wind und startete. Er spürte sofort, wie der Schnee ihn bremste, gab mehr Gas und zog langsam den Steuerknüppel zurück. Die Conquest löste sich vom Erdboden und gewann an Höhe. Er ging in die Seitenlage und nahm Kurs auf die Küste. Da sah er unter sich eine schwarze Limousine zwischen den Bäumen auftauchen und auf die Hangars zurollen.

„Nun, ich weiß zwar nicht, wer ihr seid", murmelte er leise, „aber wenn ihr es auf mich abgesehen habt, dann kommt ihr zu spät."

ANGEL saß am Küchentisch und hielt die Tasse Kaffee, die Mary ihr gegeben hatte, in beiden Händen. Brosnan und Flood standen vor ihr und hörten aufmerksam zu. Charlie Salter lehnte an der Tür.

„Sie sagen also, daß Dillon und Ihr Onkel hinter dem Angriff auf die Downing Street steckten?" fragte Mary.

Angel nickte. „Ich habe den Morris-Lieferwagen gefahren. Onkel Danny hatte Angst vor dem, was passieren könnte."

„Und Dillon?"

„Er ist von Grimethorpe, dem Flugplatz an der Landstraße, abgeflogen." Sie umklammerte die Tasse und blickte ins Leere.

„Wohin wollte er denn, Angel?" fragte Brosnan sanft.

„Nach Frankreich, an die Küste, nicht weit von Cherbourg entfernt. Der Ort heißt St-Denis."

„Na schön", meinte Flood. „Sehen wir uns mal diesen Flugplatz in Grimethorpe an. Du bleibst bei der Kleinen, Charlie", sagte er zu Salter. „Bis die Kavallerie eintrifft. Wir nehmen den Mercedes."

IM GROSSEN Saal in St-Denis standen Rashid, Aroun und Makeev zusammen, tranken Champagner und warteten auf die Fernsehnachrichten.

„Ein Tag der Freude für Bagdad", sagte Aroun. „Jetzt weiß das Volk wieder, wie stark sein Präsident ist."

Der Nachrichtensprecher erschien auf dem Bildschirm und redete kurz, dann folgten die Bilder. Whitehall im Schnee, die Rückansicht von Downing Street 10, Vorhänge, die aus zersprungenen Fenstern heraushingen, Mountbatten Green und der Premierminister, der den angerichteten Schaden besichtigte.

Die drei Männer waren wie vom Donner gerührt. Aroun fand als erster Worte. „Er hat versagt", flüsterte er. „Alles für nichts und wieder nichts. Ein paar zerbrochene Fenster, ein Loch im Garten."

„Er hat es versucht", protestierte Makeev. „Der sensationellste Anschlag auf die britische Regierung, der je ausgeführt wurde."

„Wen interessiert das denn?" Aroun schleuderte sein Champagnerglas in den Kamin. „Er hat es bei der Thatcher nicht geschafft, und der Anschlag auf den Premierminister ist auch fehlgeschlagen. Trotz all Ihrer großen Reden, Josef, nichts als Mißerfolge."

„Nur gut, daß wir ihm nicht seine Million Pfund bezahlt haben, wie er geglaubt hat", meinte Rashid.

„Stimmt!" pflichtete Aroun ihm bei. „Aber das Geld spielt dabei noch die kleinste Rolle. Meine persönliche Beziehung zum Präsidenten steht auf dem Spiel."

„Und was werden Sie jetzt tun?" wollte Makeev wissen.

„Was ich tue?" Aroun sah zu Rashid hoch. „Wir werden unserem Freund Dillon an diesem kalten Tag einen besonderen Empfang bereiten, nicht wahr, Ali?"

„Wie Sie befehlen, Mr. Aroun", erwiderte Rashid.

ALS DER Mercedes in Grimethorpe zwischen den Bäumen hindurch ins Freie rollte, legte die Conquest sich auf die Seite und flog davon. „Meinen Sie, das ist er?" fragte Mary.

„Schon möglich", entgegnete Brosnan. „Wir werden es gleich wissen."

Sie fuhren an dem offenen Hangar vorbei, in dem noch die Navajo Chieftain stand, und hielten vor den Baracken. Brosnan betrat als erster Grants Baracke und fand dessen Leiche. „Kommt mal her", sagte er.

Mary und Flood traten zu ihm. „Dann war es tatsächlich Dillon, der in dem Flugzeug saß", meinte sie.

„Das heißt, daß das Schwein uns wieder durch die Lappen gegangen ist", stellte Flood fest.

„Nicht so voreilig", widersprach Mary. „Im Hangar steht eine zweite Maschine." Und mit diesen Worten rannte sie hinaus.

„Was ist denn jetzt los?" fragte Flood, während er Brosnan nach draußen folgte.

„Unter anderem ist diese Dame zufällig auch Pilotin beim Army Air Corps", erklärte Brosnan.

Als sie den Hangar erreichten, stand die Kabinentür der Navajo offen, und Mary saß bereits im Cockpit. Dann stieg sie wieder aus. „Die Tanks sind voll."

„Wollen Sie ihn verfolgen?" fragte Brosnan.

„Warum nicht? Mit etwas Glück bleiben wir ihm auf den Fersen."

Sie eilte zurück in Grants Baracke, griff dort nach dem Telefon und wählte die Nummer von Fergusons Wagen.

DIE LIMOUSINE, die eine Kolonne von sechs unauffälligen Wagen der Spezialabteilung anführte, hatte gerade Dorking erreicht, als Ferguson Marys Anruf entgegennahm. Er hörte sich an, was Mary ihm meldete, und traf seine Entscheidung. „Ich bin voll und ganz einverstanden. Sie müssen Dillon verfolgen. Was soll ich für Sie tun?"

„Reden Sie mit Oberst Hernu von Service fünf. Bitten Sie ihn, in Erfahrung zu bringen, wem der Flugplatz in St-Denis gehört, damit wir wissen, was uns erwartet. Bitten Sie ihn außerdem, die entsprechenden Dienststellen am Flughafen in Cherbourg zu alarmieren. Sie können uns behilflich sein, wenn ich mich der französischen Küste nähere."

„Ich veranlasse sofort alles Notwendige, und Sie sollten sich diese Funkfrequenz merken." Er gab ihr schnell die Daten durch. „Damit erreichen Sie mich direkt im Verteidigungsministerium. Wenn ich nicht in London sein sollte, wird man Sie weiterverbinden."

„Sehr gut, Sir."

„Und noch was, Mary", sagte er. „Seien Sie vorsichtig. Passen Sie auf sich auf, meine Liebe."

„Ich werde mir Mühe geben, Sir." Sie legte den Hörer auf die Gabel und kehrte in die Halle zurück. „Es geht los", verkündete sie.

MAX HERNU saß an seinem Schreibtisch in seinem Büro im DGSE-Hauptquartier und sah mit Kommissar Savary einige Schriftstücke durch, als Ferguson zu ihm durchgestellt wurde. „Hallo, Charles! In London ist heute morgen ja die Hölle los."

„Freu dich nicht zu früh, alter Freund, denn die ganze Schweinerei könnte jederzeit in deinem Schoß landen", warnte Ferguson. „Es gibt an der Küste, unweit von Cherbourg, genaugenommen in St-Denis, einen privaten Flugplatz. Wem gehört der?"

Hernu schickte Savary an den Computer, um die Information zu holen. Savary eilte hinaus, und Hernu setzte das Gespräch fort. „Erzähl mir, was los ist, Charles."

Ferguson folgte seiner Aufforderung und schloß mit den Worten: „Diesmal müssen wir den Mistkerl fassen, Max."

„Da stimme ich dir zu." Savary kam mit einem Streifen Papier herein und reichte ihn Hernu, der ihn überflog und einen Pfiff ausstieß. „Der fragliche Flugplatz gehört zu dem Gut Château St-Denis, und der Eigentümer ist Michael Aroun."

„Der irakische Milliardär?" Ferguson lachte rauh. „Das erklärt alles. Sorgst du dafür, daß Mary Tanner von Cherbourg aus weitergeleitet wird und daß sie diese Information bekommt?"

„Natürlich, mein Freund. Ich werde sofort ein Flugzeug anfordern und mit einem Einsatzteam des Service fünf selbst hinfliegen."

„Dann Weidmannsheil für uns alle", schloß Charles Ferguson und legte auf.

AROUN und Makeev saßen im Großen Saal am Kamin, als sie das Dröhnen des Flugzeugs über ihren Köpfen hörten. Rashid kam eilig zu ihnen herein und öffnete die Terrassentüren. Sie traten mit ihm auf die schneebedeckte Terrasse hinaus. Aroun hatte ein Fernglas mitgenommen. Dreihundert Meter entfernt auf der Rollbahn landete die Cessna Conquest und rollte zum Schuppen.

Aroun richtete das Fernglas auf das Flugzeug und sah, wie die Tür aufschwang und Dillon auftauchte. „Das ist er also", stellte er fest.

„Ich hol ihn mit dem Landrover ab", sagte Rashid.

„Nein", widersprach Aroun. „Der Mistkerl soll zu Fuß durch den Schnee laufen. Das ist ein angemessenes Willkommen für ihn, und wenn er hier ist, werden wir ihn gebührend empfangen."

FÜNFUNDSIEBZIG Kilometer vor der Küste meldete Mary sich beim Tower des Flughafens von Cherbourg. Sie erhielt sofort Antwort. „Wir haben Sie bereits erwartet."

„Kann ich auf dem Platz von St-Denis landen?" fragte sie.

„Es zieht sich allmählich zu. Die Wolkenuntergrenze ist schon bei zweihundert Metern. Ich rate Ihnen, es lieber hier zu versuchen."

Brosnan verfolgte den Dialog über den zweiten Kopfhörer. „Das geht nicht, jetzt nicht mehr", beschwor er Mary.

Sie meldete sich wieder in Cherbourg. „Es ist sehr dringend, ich muß mir selbst einen Eindruck verschaffen.“

„Wir haben für Sie eine Nachricht von Oberst Hernu. Die Landebahn in St-Denis gehört zum Château St-Denis, und dessen Besitzer ist Michael Aroun.“

„Vielen Dank“, antwortete sie ruhig. „Ende.“ Sie sah Brosnan an. „Haben Sie das gehört? Michael Aroun!“

„Einer der reichsten Männer der Welt“, bemerkte Brosnan. „Ein Iraker.“

„Jetzt paßt alles zusammen“, sagte sie.

DILLON trottete durch den Schnee zur Terrasse vor dem Haus, und die drei Männer sahen ihn näher kommen. „Sie wissen, was Sie zu tun haben, Josef“, sagte Aroun.

„Natürlich.“ Makeev holte eine Makarow-Automatik aus seiner Tasche und überzeugte sich, daß sie gespannt und entsichert war, dann steckte er sie zurück.

„Geh und laß ihn ein, Ali!“ befahl Aroun.

Rashid verließ den Saal. Aroun griff nach einer Zeitung. Dann setzte er sich damit an den Tisch, breitete die Zeitung vor sich aus, holte einen Smith-&-Wesson-Revolver aus der Tasche und verbarg ihn unter der Zeitung.

Rashid öffnete die Tür, während Dillon die schneebedeckten Stufen hinaufstieg. „Mr. Aroun erwartet Sie. Darf ich Ihnen Ihr Gepäck abnehmen?“

Dillon stellte die Reisetasche ab, behielt aber den Aktenkoffer in der Hand. „Den gebe ich nicht her“, meinte er lächelnd. „Darin ist der Rest des Geldes.“

Er folgte Rashid durch die riesige Eingangshalle, die mit schwarzen und weißen Fliesen ausgelegt war, in den Großen Saal. „Treten Sie ein, Mr. Dillon“, empfing ihn der Iraker.

„Gott schütze Sie alle“, sagte Dillon, ging zum Tisch und blieb stehen.

„Sie haben Ihre Sache nicht sehr gut gemacht“, stellte Aroun fest. „Sie hatten mir große Dinge versprochen. Sie wollten die Welt in Brand setzen.“

Dillon zuckte die Schultern. „Vielleicht ein anderes Mal.“

„Ein anderes Mal!“ Arouns Gesicht verzerrte sich plötzlich vor Zorn. „Sie haben nicht nur mich im Stich gelassen, sondern auch Saddam Hussein, den Präsidenten meines Landes. Ich habe ihm mein

Wort gegeben, und wegen Ihres Versagens ist meine Ehre jetzt befleckt."

„Was soll ich denn tun? Mich entschuldigen?"

„Unter diesen Umständen war es eine weise Entscheidung, den Mann nicht zu bezahlen", sagte Rashid zu Aroun.

Dillon horchte auf. „Wovon redet er?"

„Die Million Vorschuß, die ich nach Zürich überweisen sollte."

„Der Bankdirektor hat mir bestätigt, daß sie auf meinem Konto eingegangen ist", erklärte Dillon.

„Auf meine Anweisung hin, Sie Narr! Ich habe Millionen auf dieser Bank liegen. Ich brauchte ihm nur damit zu drohen, sie zu einer anderen Bank zu transferieren."

„Das hätten Sie nicht tun sollen", sagte Dillon ruhig. „Ich halte immer mein Wort, Mr. Aroun, und ich erwarte, daß andere es genauso tun. Das ist eine Ehrensache."

„Ehre? Sie reden mir von Ehre?" Aroun lachte schallend. „Wie finden Sie das, Josef?"

Makeev, der hinter der Tür gestanden hatte, trat hervor. Er hatte die Makarow in der Hand. Dillon wandte sich halb zur Seite.

„Bleiben Sie ganz ruhig. Hände auf den Kopf, Mr. Dillon!" befahl Rashid, öffnete den Reißverschluß der Motorradjacke, suchte nach Waffen und fand keine. Als er Dillons Taille abtastete, entdeckte er die Beretta. „Raffiniert", sagte er und legte sie auf den Tisch.

„Darf ich mir eine Zigarette nehmen?" Dillon schob eine Hand in seine Hosentasche, und Aroun schleuderte die Zeitung beiseite und ergriff die Smith & Wesson. Dillon holte eine Zigarettenschachtel hervor. „In Ordnung?" Er steckte sich eine Zigarette in den Mund, und Rashid gab ihm Feuer. „Was passiert jetzt? Soll Josef mich umlegen?"

„Nein, dieses Vergnügen habe ich für mich reserviert", sagte Aroun.

„Mr. Aroun, lassen Sie uns doch vernünftig sein." Dillon legte den Aktenkoffer auf den Tisch, öffnete die Verschlüsse und machte Anstalten, ihn aufzuklappen. „Ich gebe Ihnen zurück, was von dem Bargeld noch übrig ist, und wir sind quitt."

„Meinen Sie, mit Geld könnten Sie wieder alles in Ordnung bringen?" fragte Aroun.

„Eigentlich nicht", meinte Dillon. Er holte die Walther mit dem Carswellschalldämpfer aus dem Koffer und schoß ihm zwischen die Augen. Aroun wurde mitsamt seinem Stuhl nach hinten geschleudert. Dillon ging in die Knie, drehte sich dabei und erwischte Makeev mit zwei Treffern, während der Russe nur einen einzigen gezielten Schuß abgeben konnte.

Dillon kam wieder hoch und drehte sich um. Rashid hatte die Hände erhoben. „Das ist nicht nötig, Mr. Dillon, ich könnte nützlich für Sie sein."

„Da haben Sie verdammt noch mal recht, das könnten Sie wirklich", sagte Dillon.

Plötzlich ertönte das Brummen eines Flugzeugs über ihnen. Dillon packte Rashid bei der Schulter und stieß ihn zu den Terrassentüren. Sie konnten beobachten, wie die Navajo trotz des Nebels landete.

„Wer mag das wohl sein?" fragte Dillon. „Freunde von Ihnen?"

„Wir haben niemanden erwartet, das schwöre ich", antwortete Rashid.

Dillon stieß ihn zurück ins Haus und drückte ihm die Waffe in den Nacken. „Aroun hatte in seinem Apartment in Paris einen niedlichen kleinen Safe. Machen Sie mir nicht weis, er habe so etwas nicht auch hier."

Rashid zögerte nicht. „Er befindet sich in der Bibliothek. Ich zeige ihn Ihnen."

„Und wie Sie das werden!" bekräftigte Dillon und schob ihn zur Tür.

15

DIE BIBLIOTHEK war mit Eiche getäfelt. Ein antiker Schreibtisch stand dort mit einem Sessel dahinter, und es gab einen unbenutzten Kamin und Regale voller Bücher an den Wänden.

„Beeilen Sie sich!" forderte Dillon Rashid auf und ließ sich auf der Schreibtischkante nieder.

Rashid ging zum Kamin und legte seine Hand rechts auf die Wandvertäfelung. Ein Paneel schwang nach außen und gab den Blick auf einen kleinen Safe frei. Rashid drehte das Zahlenrad hin und her und zog dann am Griff. Der Safe wollte nicht aufgehen.

„Sie müssen sich etwas mehr Mühe geben", meinte Dillon.

„Einen Moment nur." Rashid begann zu schwitzen. „Ich habe wohl bei der Kombination einen Fehler gemacht."

Er versuchte es noch einmal, hielt kurz inne, um sich mit der linken Hand den Schweiß aus den Augen zu wischen, und dann ertönte ein Klicken, das sogar Dillon hören konnte.

„Gut“, meinte Dillon. „Und jetzt weiter.“ Er zielte mit der Walther auf Rashids Rücken.

Rashid öffnete den Safe, griff hinein und fuhr mit einem Browning in der Hand herum. Dillons Schuß in die Schulter warf ihn zurück. Der zweite Schuß traf ihn in den Rücken. Der junge Iraker prallte von der Wand ab, stürzte zu Boden und rollte auf den Bauch.

Dillon blieb für einen Moment über ihm stehen. „Ihr lernt es nie“, sagte er leise.

Im Safe entdeckte er säuberlich gestapelte Hundertdollarscheine, französische Francs, englische Fünfzigpfundnoten. Er holte seinen Aktenkoffer aus dem Großen Saal und füllte ihn randvoll. Als er ihn zuklappte, hörte er, wie die Haustür geöffnet wurde.

BROSNAN war als erster die schneebedeckten Stufen hochgestiegen. Dabei hielt er den Browning, den Fletcher ihm gegeben hatte, in der rechten Hand. Er hatte probeweise mit der linken gegen die Haustür gedrückt. Sie öffnete sich.

„Vorsicht!“ warnte Flood.

Brosnan schaute durch den Spalt und sah die großzügige, schwarzweiß geflieste Eingangshalle und die geschwungene Treppe. „Nichts zu hören. Ich gehe rein.“

Während er losging, sagte Flood zu Mary: „Bleiben Sie erst mal hier stehen.“ Er folgte Brosnan.

Die Doppeltür zum Großen Saal stand weit offen, und Brosnan entdeckte Makeevs Leiche sofort. Mit dem schußbereiten Browning betrat er den Saal. „Er war hier, das ist klar. Ich möchte bloß wissen, wer das ist?“

„Auf der anderen Seite des Tisches liegt noch einer“, informierte Flood ihn.

Sie gingen um den Tisch herum, und Brosnan kniete sich hin und drehte die Leiche um. „Sieh an“, sagte Harry Flood. „Sogar ich weiß, wer das ist. Es ist Michael Aroun.“

MARY betrat die Eingangshalle und schloß die Tür hinter sich. Ein unheimliches Knarren ertönte links von ihr, und sie bemerkte die offene Tür zur Bibliothek. Sie holte ihren 6,5-mm-Colt aus der Handtasche und bewegte sich langsam vorwärts.

Als sie sich der Tür näherte, geriet der Schreibtisch in ihr Blickfeld, und sie sah Rashids Körper auf dem Fußboden daneben liegen. Instinktiv machte sie einen Schritt in den Raum. Hinter der Tür tauchte Dillon auf, riß ihr den Colt aus der Hand und ließ ihn in seiner Tasche verschwinden.

„Also", sagte er, „wenn das kein unerwartetes Vergnügen ist!"

„ABER warum hat er ihn getötet?" fragte Flood.

„Weil er mich reinlegen und seine Schulden nicht bezahlen wollte."

Sie fuhren herum und erblickten Mary an der Tür. Dillon stand hinter ihr und hatte die Walther in der linken und den Aktenkoffer in der rechten Hand. Brosnan hob den Browning. „Auf den Fußboden damit", verlangte Dillon, „und schieb ihn mit dem Fuß rüber, Martin, oder sie stirbt."

Brosnan legte den Browning vorsichtig hin und kickte ihn dann über den Parkettboden.

„Schon besser", lobte Dillon. Er schob Mary auf die beiden Männer zu und stieß den Browning mit der Stiefelspitze fort in die Eingangshalle. „Rein interessehalber, wie zum Teufel habt ihr mich gefunden?"

„Eine Dame namens Myra Harvey hat dich gestern abend beschatten lassen", klärte ihn Brosnan auf. „Das brachte uns nach Cadge End. Du wirst nachlässig, Sean."

„So sieht es vielleicht aus. Wenn es dich tröstet – der einzige Grund, weshalb wir es nicht geschafft haben, das britische Kriegskabinett in die Luft zu jagen, war, daß du und deine Freunde mir zu nahe gekommen seid. Danny wollte noch Stabilisierungsflügel an die Sauerstoffflaschen schweißen, die wir als Mörsergranaten benutzt haben. Das hätte ihnen die entscheidende Zielgenauigkeit gegeben, aber dazu hatten wir keine Zeit mehr."

„Das freut mich zu hören", meinte Brosnan. „Und was passiert jetzt?"

„Mit mir?" Dillon hob den Aktenkoffer hoch. „Ich habe hier eine ziemlich große Summe Bargeld, das in Arouns Safe lag, und ich kann mir ein Flugzeug aussuchen. Die ganze Welt ist mein Zuhause. Nur nicht der Irak."

„Und was ist mit uns?" wollte Mary wissen. „Sie haben alle anderen getötet, was bedeuten Ihnen da schon drei mehr?"

„Aber ich habe doch keine Wahl", sagte Dillon geduldig.

„Nein, aber ich!"

Harry Floods rechte Hand tauchte in die Schlinge, zog die Walther heraus, die er dort versteckt hatte, und schoß Dillon zweimal ins Herz. Dillon stolperte nach hinten, ließ den Aktenkoffer fallen, rutschte auf den Fußboden und drehte sich zuckend auf den Bauch. Dann rührte er sich nicht mehr und lag da, mit dem Gesicht nach unten. Die linke Hand umklammerte noch immer die Walther mit dem Carswell-schalldämpfer.

FERGUSON saß in seinem Wagen und war bereits auf halbem Weg zurück nach London, als Mary ihn über das Telefon in Arouns Bibliothek anrief. „Wir haben ihn, Sir", sagte sie einfach, dann erstattete sie ihm kurz Bericht. „Was jetzt, Brigadegeneral?"

„Steigen Sie in Ihr Flugzeug, und starten Sie sofort. Sie befinden sich auf französischem Territorium, vergessen Sie das nicht. Ich spreche gleich mit Hernu. Er wird sich um alles Notwendige kümmern. Melden Sie sich, wenn Sie in der Luft sind, und ich gebe Ihnen durch, wo Sie landen können."

Kaum hatte Mary die Verbindung unterbrochen, wählte Ferguson schon Hernus Nummer in dessen Büro in der DGSE-Zentrale. Savary meldete sich. „Hier ist Ferguson. Wissen Sie, wann Oberst Hernu in St-Denis landen wird?"

„Das Wetter ist da unten nicht sehr gut, Brigadegeneral. Sie gehen in Cherbourg herunter und nehmen dann den Wagen bis nach St-Denis."

„Nun, was er dort vorfinden wird, ähnelt dem letzten Akt von Macbeth", bemerkte Ferguson. „Ich werde es Ihnen erklären, und Sie können die Informationen weitergeben."

DIE SICHT betrug nicht mehr als hundert Meter, als Mary Tanner die Navajo durch den Nebel zum Ende der Rollbahn lenkte. Brosnan saß neben ihr. Flood lehnte sich nach vorn, um einen Blick in das Cockpit zu werfen. „Sind Sie sicher, daß wir es schaffen?" fragte er.

„Bei diesem Wetter ist eigentlich nur die Landung etwas problematisch, aber nicht der Start", sagte sie, ließ die Navajo in die graue Dunstwand hineinrasen und begann den Steigflug. Nach und nach blieb der Dunst unter ihnen zurück, und sie nahm Kurs aufs Meer. Nach einer Weile schaltete sie den Autopiloten ein und lehnte sich zurück.

„Ist alles mit Ihnen in Ordnung?" erkundigte sich Brosnan.

„Ja. Ich bin nur etwas matt, mehr nicht. Er hatte so etwas von – einer Urgewalt. Ich kann noch immer nicht glauben, daß es ihn nicht mehr gibt."

„Stimmt, es gibt ihn nicht mehr", sagte Flood fröhlich. „Möge er in der Hölle schmoren!"

DILLON hörte Stimmen und das Geräusch, als die Haustür geschlossen wurde. Die Schmerzen in seiner Brust waren entsetzlich, aber das war kaum überraschend, wenn man auf so kurze Entfernung getroffen wurde. Er legte die Walther auf den Boden und untersuchte die beiden gezackten Löcher in seiner Motorradjacke. Dann zog er sie aus. Die Kugeln, die Flood auf ihn abgefeuert hatte, steckten in der Titan- und Nylonweste, die Tania ihm gegeben hatte. Er löste die Klettbänder, zog die Weste aus und warf sie auf den Boden. Dann griff er nach der Walther und stand auf.

Er ging zum Barschrank, schenkte sich einen Brandy ein und nahm einen Schluck. Danach schaute er sich in dem Raum um, sah die Leichen und seinen Koffer. Er lag dort, wo er ihn fallen gelassen hatte. Und als er hörte, wie die Motoren der Navajo gestartet wurden, begriff er alles. Die Erledigung dieser Sache wurde den Franzosen überlassen, was nur logisch war. Und das bedeutete vermutlich, daß Hernu und die Jungs vom Action Service bereits unterwegs waren.

Es wurde Zeit zu verschwinden, aber wohin? Die beste Lösung war, wie üblich, Paris. Da konnte er immer untertauchen. Dort gab es das Hausboot und die Wohnung über dem Lagerhaus in der Rue de Hélier. Alles, was er brauchte.

Er leerte das Glas, hob den Aktenkoffer auf und zögerte, als er einen Blick auf die Titanweste mit den beiden Kugeln darin warf. Dann lächelte er und flüsterte: „Beiß dir daran die Zähne aus, Martin!“ Er zog eine Terrassentür auf, blieb einen Moment lang auf der Terrasse stehen und atmete tief die kalte Luft ein, ehe er die Treppe zur Wiese hinunterging und zu den Bäumen hinübereilte. Dabei pfiff er leise vor sich hin.

MARY stellte ihr Funkgerät auf die Frequenz ein, die Ferguson ihr genannt hatte. Sie wurde sofort vom Funkraum im Verteidigungsministerium empfangen und zu ihm weiterverbunden.

„Wir sind schon über dem Kanal, Sir, und auf dem Heimweg.“

„Fliegen Sie nach Gatwick“, sagte er. „Dort wartet man auf Sie. Hernu hat mich soeben aus seinem Wagen angerufen. Er ist unterwegs nach St-Denis. Es läuft genauso, wie ich es erwartet habe. Die Franzosen dulden solche Schweinereien nicht auf ihrem Boden. Aroun, Rashid und Makeev sind bei einem Autounfall ums Leben gekommen, Dillon bekommt ein Armengrab. Kein Name, nur eine Nummer. Ähnlich machen wir es bei uns mit diesem Grant.“

„Und was geschieht mit Jack Harvey, Sir?“

„Das ist etwas anderes. Er und der junge Billy Watson weilen noch unter uns, und zwar in Betten einer kleinen Privatklinik in Hampstead. Die Spezialabteilung behält sie im Auge."

„Ist mein Eindruck richtig, daß wir nichts unternehmen?"

„Es wird nicht nötig sein. Harvey hat keine Lust, zwanzig Jahre in den Knast zu gehen, weil er mal für die IRA gearbeitet hat. Er und sein bunter Haufen werden ganz hübsch den Mund halten. Das gilt übrigens auch für den KGB."

„Und Angel?"

„Ich dachte, sie könnte doch für einige Zeit bei Ihnen wohnen. Sie kommen gewiß mit ihr klar, meine Liebe. Von wegen ‚von Frau zu Frau' und so weiter." Eine kurze Pause entstand, dann meinte er: „Begreifen Sie, Mary? Das Ganze hat nie stattgefunden, nichts davon."

„Das wär's dann wohl, Sir."

„Ja, das wär's dann, Mary. Bis bald."

Sie seufzte, schaltete den Autopiloten ab, übernahm selbst wieder die Kontrolle über das Flugzeug und wartete auf das Auftauchen der englischen Küste.

FERGUSON schrieb schnell, beendete seinen Bericht und schloß die Akte. Er stand auf und ging zum Fenster. Es schneite wieder, als er hinaussah zur Ecke Horse Guards Avenue und Whitehall, wo sich alles ereignet hatte. Er war erschöpfter denn je zuvor, doch es gab noch etwas zu tun. Er drehte sich zu seinem Schreibtisch um und streckte gerade die Hand nach dem Zerhackertelefon aus, als es klingelte.

„Charles, ich bin in St-Denis, und wir haben ein Problem", meldete sich Hernu.

„Erzähl!" forderte Ferguson ihn auf und hatte bereits ein seltsam flaues Gefühl im Magen.

„Hier sind drei Leichen – aber keine Spur von Dillon. Nur eine überaus leistungsfähige kugelsichere Weste auf dem Fußboden mit zwei Kugeln darin."

„Dann treibt er sich also immer noch da draußen herum?"

„Ich befürchte es, Charles. Ich gebe natürlich allen Dienststellen Bescheid, aber ich kann nicht behaupten, daß ich mir besonders große Hoffnungen mache."

„Wieso auch?" fragte Ferguson. „Wir haben es zwanzig Jahre lang nicht geschafft, Dillon beizukommen, warum sollte es jetzt anders sein?" Er holte tief Luft. „Na schön, Max, ich bleibe am Ball."

Er stellte sich wieder ans Fenster und starrte hinaus ins Schneegestöber. Widerstrebend wandte er sich schließlich zu seinem Schreibtisch um und nahm den Hörer des Zerhackertelefons ab. Er hielt nur einen kurzen Moment inne, ehe er in der Downing Street anrief und darum bat, mit dem Premierminister verbunden zu werden.

ES WURDE bereits Abend, und der Schnee fiel dichter, als Pierre Savigny, ein Bauer aus dem Dorf St-Just kurz vor Bayeux, mit seinem alten Citroën-Lieferwagen auf der Hauptstraße vorsichtig nach Caen fuhr. Beinahe hätte er den Mann in der Motorradkleidung nicht gesehen, der auf der Straße stand und den Arm erhoben hatte.

Schlitternd kam der Citroën zum Stehen, und Dillon öffnete die Beifahrertür und lächelte. „Tut mir leid", sagte er in makellosem Französisch, „aber ich marschiere schon eine ganze Weile und werde langsam müde."

„Und wo wollen Sie an so einem scheußlichen Abend hin?" fragte Savigny, während Dillon einstieg und sich auf den Beifahrersitz sinken ließ.

„Nach Caen. Ich versuche, dort den Nachtzug nach Paris zu erwischen. Mein Motorrad hatte eine Panne. Ich mußte es in einer Werkstatt in Bayeux zurücklassen."

„Dann haben Sie ja Glück, mein Freund", meinte Savigny. „Ich fahre nämlich nach Caen. Kartoffeln für den Wochenmarkt morgen früh." Er legte den ersten Gang ein und fuhr los.

„Wunderbar", sagte Dillon und legte den Aktenkoffer auf die Knie.

„Sind Sie ein Tourist, Monsieur?" erkundigte sich Savigny, während er beschleunigte.

Sean Dillon lächelte verhalten. „Eigentlich nicht", sagte er. „Ich bin nur auf der Durchreise." Und er lehnte sich in seinem Sitz zurück und schloß die Augen.

Foto: Peter Trenchard Abipp/Lynn Photographers

Jack Higgins

„Eines hat mich beim Mörserangriff auf Downing Street 10 besonders beschäftigt: Die Attentäter sind ungeschoren davongekommen – wieder einmal", erzählt Jack Higgins, als er auf die Hintergründe seines einundfünfzigsten Romans *Die Lerche fliegt im Morgengrauen* angesprochen wird. „Es ist traurig, aber wahr: Wenn IRA-Terroristen ihre Anschläge nur sorgfältig genug vorbereiten, ist es geradezu unmöglich, sie zu erwischen, und diese Problematik wollte ich mit meinem Roman noch einmal deutlich machen."

Jack Higgins, der eigentlich Harry Patterson heißt, kennt die Konfliktsituation in Irland aus eigener Erfahrung. Er kam im nordirischen Belfast als Kind einer teils katholischen, teils protestantischen Familie zur Welt und lebte zwölf Jahre in der Republik Irland. Sein Großonkel, dessen Name er als Schriftstellerpseudonym verwendet, nahm an den Auseinandersetzungen aktiv teil. „Es war bekannt, daß bei ihm zu Hause häufig Waffen herumlagen", erinnert sich Higgins. Wahrscheinlich hängt es mit diesen Kindheitserinnerungen und seinen Studienfächern Soziologie und Kriminologie zusammen, daß der Autor seit jeher von Personen fasziniert ist, die mit Gewalt in Berührung kommen. „Die Menschen lassen sich in die inneririschen Auseinandersetzungen hineinziehen, weil alles wie spannendes Straßentheater aussieht. Das Schlimme daran ist, daß es in der Wirklichkeit Tote gibt."

Trotz seiner dreiundsechzig Jahre ist Higgins' Schaffensdrang ungebrochen. Der Erfolg gibt ihm recht: Wie *Die Lerche fliegt im Morgengrauen* waren seine Romane *Der Adler ist entkommen*, *Das große Doppelspiel* und *Nacht der Füchse* internationale Bestseller, die auch im Auswahlbuch großen Anklang fanden. Seinen Elan, so Higgins, verdankt er zu einem erheblichen Teil seiner Frau Denise, mit der er auf der Insel Jersey lebt. Sie besitzt einen Pilotenschein und fährt Rennwagen, und vor kurzem ist es ihr gelungen, ihren Mann fürs Tiefseetauchen zu begeistern. Wenn er nicht gerade an seinem neuesten Buch arbeitet, verbringt er seine Zeit damit, diese „völlig neue Welt" für sich zu entdecken.

Einsames BLOCKHAUS

Eine Kurzfassung des Buches von

Kathrene Pinkerton

Nach der Übersetzung von
M. E. Kähnert

Als die Amerikanerin Kathrene Sutherland 1911 den Journalisten Robert Pinkerton heiratete, ahnte sie nicht, wie grundlegend sich ihr Leben bald darauf ändern würde. Auf ärztliches Anraten mußte Robert nämlich seinen hektischen Zeitungsjob aufgeben, und er überredete Kathrene dazu, mit ihm in die Wälder Ontarios zu ziehen. So stellte sich Kathrene, eine eingefleischte Städterin, den tausenderlei Abenteuern eines Lebens abseits der Zivilisation.

Schwer zu sagen, was an diesem Buch, einem wahren Klassiker, am meisten begeistert: die Unverzagtheit der beiden Blockhausbewohner, die packenden Schilderungen einer Naturlandschaft oder der erfrischende Humor der Erzählerin.

Der Sprung ins neue Leben

Ich habe Lokomotiven und Eisenbahnwagen immer für leblose Gegenstände gehalten. Als aber unser Zug durch einen schmalen Spalt im Dickicht der Wildnis von Ontario entschwand und uns in einer winzigen, primitiven Siedlung zurückließ, da grinste mich der davoneilende Aussichtswagen spöttisch an.

„Da seid ihr also!" schien er zu sagen. „Ihr habt viele Monate lang geschwatzt und gespart und Pläne geschmiedet: Da habt ihr nun die kanadische Wildnis – geht hin und baut euch eure Hütte!"

Alle Forscher und Abenteurer waren Lügner – das wurde mir in diesem Augenblick klar. Monatelang hatte ich mich in ihre Bücher und Berichte vertieft, um zu erfahren, was es eigentlich mit dem Leben in der Wildnis auf sich hatte. Vor allem waren sie groß in der Beschreibung der Vorbereitungen und der damit verbundenen Schwierigkeiten und Anstrengungen bis hin zum stimmungsvollen Höhepunkt: dem Absprung ins neue Leben.

Alles Schwindel! Nichts von erhabenen Gefühlen, nichts von Ekstase in diesem Augenblick; bestimmt hatte sie dieselbe Panik gepackt wie uns: „Herrgott, da sitzen wir gründlich in der Patsche!"

Da lag unser Kanu im Licht des Sommermorgens und unsere höchst bescheidene Camp- und Siedlerausstattung, die Robert und ich dem Erlös einiger Zeitungsartikel abgerungen hatten. Auch die Reisespesen mußten davon gedeckt werden. Mitten in der Wildnis mit sage und schreibe achtzig Dollar! Mit diesem Geld mußten wir ein Zuhause errichten und unseren Unterhalt bestreiten, bis wir uns eine Existenz geschaffen hatten.

Der Plan zu einem Blockhaus-Leben hatte sich aus dem Machtwort des Arztes entwickelt, der Robert aus der Stadt und aus dem Zeitungsbetrieb verbannte. Ein neuer Beruf? Wir wollten uns an einem Roman versuchen. Wohnung und Nahrung? Würde uns die Wildnis selbst liefern, wenigstens zum größten Teil. Erfahrung? Ich war noch nie aus den großen Städten herausgekommen, aber Robert hatte in Zeltlagern und in einer Pelzhandelssiedlung gearbeitet und war geübt im Kanufahren.

Von dieser Seite allerdings kannte ich ihn noch nicht, und ich konnte ihn mir auch noch gar nicht als Pionier in der Wildnis vorstellen. Für mich war er ein Zeitungsmensch, der gern ins Theater ging und in ausgefallenen kleinen Restaurants leckere Menüs zusammenzustellen verstand. Alles, was ich im Laufe dieses unseres ersten Ehejahres von seinen Weidwerkskünsten erfahren hatte, war nur Theorie geblieben und schien mir an diesem Morgen ungefähr so nützlich wie ein schriftlicher Reitkursus für einen Menschen, der noch nie ein Pferd erblickt hat.

Ich sah über das rauhe Land hin und versuchte, es mit den klaren Linien und dem sauberen Druck unserer Landkarte gleichzusetzen. Hier war die einzige Station im Umkreis von dreihundert Kilometern; sie besaß sowohl Post als auch „Warenhaus". Ein Stationsbetrieb mit Toilettenhäuschen, ein paar Hütten, einem Laden und einer Bar in einem sogenannten Hotel, einem Haus mit einem Gästezimmer.

Der Betreiber der Bar geleitete uns in das kleine Zimmer, in dem wir uns umziehen konnten. Ich beneidete Robert um seinen abgeschabten Filzhut, sein altes Hemd und die Hosen, die wahrhaftig so aussahen, als ob sie ihm gehörten. Meine neue Ausstattung – Reithosen, hochgeschnürte Gamaschenschuhe und Herrenhemd – gab mir ein strenges und abweisendes Aussehen. Als ich mich noch mit einem schweren Filzhut krönte, bekam ich eine ausgesprochen grimmige Note.

„Der blöde Hut!" schimpfte ich. „Dauerhaft und wetterfest!" Diese Schlagworte hatten mich von meiner ursprünglichen Wahl, einer vernünftigen Sportmütze, abgelenkt.

Ich packte unsere Stadtkleider sorgfältig in Seidenpapier. Allerdings hätte ich mir alles sparen können, denn die Waldläufer-Maskerade trug ich nur dies eine Mal und nie wieder. Robert ging in den Laden, um Vorräte einzukaufen, währenddessen verhandelte ich mit dem Barmann wegen der Kofferaufbewahrung und erkundigte mich nach den Möglichkeiten des Blockhausbauens.

Der Mann schien verblüfft. Als er fragte, wo wir denn unsere Hütte zu errichten beabsichtigten, war ich nahe daran, ihm zu gestehen, daß mir das Ganze genauso verrückt erschien wie ihm selbst. Ich machte eine unbestimmte Handbewegung über die ganze Gegend hin.

Unser Zug war seit dem frühen Morgen Kilometer um Kilometer durch Waldesdickicht gerast. Flüsse, Seen, Wälder und riesige Rottannensümpfe lagen hinter uns – aber nirgends war ein Haus zu erblicken gewesen oder eine Hütte, nirgends eine Kuh oder ein paar

Hühner –, nichts als das schmale Band der Gleise und hie und da ein einsames Bahnwärterhaus.

„Ich hab noch nie gehört, daß Menschen in der Wildnis wohnen wollen – außer den Indianern“, brummte der Barmann vor sich hin. „Aber versucht's nur – niemand wird euch abhalten.“

Ich folgte Robert in den Hauptladen, der zugleich Postamt war. Ein großer Rundofen im Flur fiel dem Eintretenden zuerst ins Auge. Das Sparrenwerk diente als Aufhängevorrichtung für die wichtigsten Verkaufsgegenstände: schwere Stiefel, Mokassins, Fallen, Schneeschuhe, Kessel und Bratpfannen.

Schon waren auf dem fleckigen Ladentisch unsere Vorräte für einen Monat aufgestapelt: Bohnen, Reis, Mehl, Zucker, Dörrobst und gepökeltes Schweinefleisch. Die Waldläufer-Speisekarte wird unter dem Gesichtspunkt des höchsten Sättigungswerts und des geringsten Gewichts zusammengestellt. Unser ganzes Besitztum mußte auf Roberts Rücken zwischen den Seen und um Stromschnellen und Wasserfälle herum befördert werden.

Robert und Mr. Shields, der Kaufmann, Postmeister und Pelzhändler des Ortes, beugten sich über eine Landkarte. Sie sprachen aber nicht über Wege, sondern über ein Blockhaus! Und was für ein Blockhaus! Die Männer riefen mir die erstaunlichsten Einzelheiten zu. Mr. Shields' sandfarbener Schnurrbart bebte vor Erregung. Schon waren wir Hausbesitzer. Der Kaufmann wollte uns anscheinend mit einem Waldpalast beschenken, einem geräumigen Blockhaus, dessen herzbewegende Geschichte er mir zu Ehren noch einmal zum besten gab: Davis, ein weißer Pelzjäger und Freund von Mr. Shields, hatte ein Mädchen aus der Stadt mitgebracht, das zwanzig Jahre jünger war als er und so wunderschön, daß er es niemandem zeigen wollte. Deshalb brachte er es in die Wildnis und baute dort ein Blockhaus, das dieser Braut würdig war. Mit der Begeisterung der Liebe errichtete er zwei geräumige Zimmer und eine Veranda, tischlerte und bemalte die Möbel, grub die Wildnis zum Garten um und schmückte das Haus mit riesigen Pelzteppichen.

Aber eines Tages lief ihm das undankbare Geschöpf davon. Während er auf der Jagd war, gondelte ein Indianer in seinem Kanu aus Birkenrinde vorbei. Die junge Frau winkte ihn ans Ufer und überredete ihn, sie zur Station zu bringen. Und keiner hat sie je wiedergesehen. Davis paddelte mit gebrochenem Herzen hinauf in den höchsten Norden, um dort seine Tage zu beschließen. Und sein prächtiges Blockhaus harrte unser, genau so, wie er es verlassen hatte.

„In einer halben Stunde können Sie bequem eingerichtet sein", versicherte Mr. Shields.

„Sie meinen: eine halbe Stunde, nachdem wir es erreicht haben", berichtigte Robert. „Um zu Davis' See zu gelangen, müssen die Traglasten viermal über Land geschafft werden."

Wir hatten uns bereits mit der Traglast-Überquerung der Landstellen abgefunden, es war die Voraussetzung des Lebens im kanadischen Seennetz. Unsere knappe Ausstattung – das Zelt aus Ballonseide, das leichtgewichtige Küchengeschirr, alles darauf berechnet, ein paar Gramm an Gewicht einzusparen – entsprach dem bitteren Muß des Lastenschleppens.

Ein Seidenschuh

Am Nachmittag paddelten wir zur Flußmündung und dann noch eine lange Strecke über den See bis zur ersten Landüberquerung. „Wir" ist eine Übertreibung. Meine ungeschickte Paddelei bewirkte nichts außer gehörigen Schmerzen zwischen meinen Schulterblättern und einer Blase an der Handfläche.

Die späte Abendsonne des Nordens verstreute schon ihre rötlichen Schatten, als Robert die beiden Packsäcke aus dem Kanu in die Tragbänder hob; unsere erste Traglast.

„Guter Platz zum Zelten", sagte er. „Ich bin verweichlicht, nach zwei Jahren Großstadt. Ich habe genug. Am Morgen wird alles leichter sein."

Ich hatte mehr als genug. Vom bloßen Sitzen im Kanu taten mir die Glieder weh. Robert ging in den Wald auf die Suche nach Balsamzweigen für die Lagerstatt. Ich lag der Länge nach ausgestreckt auf dem Boden. Bald kehrte er mit einer großen Last von Zweigen zurück. Aus ihnen machte er eine dicke Matratze, über die das Bodentuch des Zeltes gebreitet wurde. Im nächsten Augenblick war unser kleines Zelt zwischen zwei Birkenstangen aufgerichtet. Robert befestigte das Moskitonetz über dem Eingang und steckte es unter dem Bodentuch ein.

„Du kannst unser Waldheim einrichten", sagte er, „ich nehme das Abendbrot in Angriff."

Ich öffnete den Packsack, holte meine Toilettensachen heraus und stellte sie auf den Fußboden. Der Erdboden war unser Bett, unser Sessel, unser Tisch, unser Speiseschrank, unsere Kleiderablage. Ich setzte mich nieder und vertauschte meine hohen Schnürstiefel gegen leichte Camp-Mokassins. Wir streckten unsere müden Glieder auf dem duftenden Balsamlager aus, kaum daß der späte Sonnenuntergang des Nordlands Himmel und See in eine flammende Pracht getaucht hatte. Rings um mich vernahm ich die leisen Laute der Nacht, das Geraschel der Mäuse und Siebenschläfer im trockenen Laub, das entferntere Hoppeln der Kaninchen. Ich wollte eben einschlummern, da rissen mich die Silberklänge einer hellen Melodie zurück ins Wachsein. Klar und süß schnitt sie durch die Stille.

„Ein Weißhalssperling“, sagte Robert. „Du bist ein Glückspilz, daß du ihn gleich in der ersten Nacht zu hören bekommst.“

Und dies war das letzte, das ich hörte, ehe ich in tiefen, traumlosen Schlaf fiel: die kanadische Nachtigall, die uns das Willkommenslied des Nordlands sang.

Es wurde später Nachmittag, bis wir am nächsten Tag die Kette dreier kleiner Seen durchkreuzt hatten und schließlich die Bucht erreichten, an deren Ufer der romantische Pelzjäger sein Blockhaus errichtet hatte. Die längste und letzte Landüberquerung betrug anderthalb Kilometer. Der Pfad führte steil über einen Granithang und machte Robert schwer zu schaffen, als er ihn mit zwei Packsäcken erklettern mußte. Er setzte die Last am Ufer ab und brach sogleich wieder auf, um nun auch das Boot herüberzuholen. Es war leichter als die Packsäcke, aber unbequem zu tragen. Wie er so mit dem umgedrehten Kanu über dem Kopf daherkam, sah er aus wie eine gepanzerte Riesenwanze auf zwei Beinen.

Wir waren dem Norden mit sehr schwachen Waffen zu Leibe gerückt. Aber damals, an jenem Tag, als ich das Sprechzimmer des Arztes verlassen hatte, war ich zu allem entschlossen gewesen. Als ich zu der verabredeten Besprechung kam, hatte ich die übliche Warnung erwartet, daß Robert Ruhe und ein Kräftigungsmittel brauchte. Statt dessen gab es ein unumstößliches Urteil: Roberts Arbeitstage bei der Zeitung waren vorüber. Der Arzt forderte einen neuen Beruf, keine Nachtschichten mehr, frische Luft und Bewegung; eine völlige Änderung der Lebensweise.

Ein neuer Beruf mußte uns den Lebensunterhalt sichern. Wir hatten eine Erzählung verkauft. Nach einer Rundreise durch die Redaktionen hatten wir sie für hundertfünfzig Dollar verkauft. Aber eine Erzählung macht noch keinen Schriftsteller. Und der Zahltag für die Miete kehrt an jedem Monatsersten wieder. Da kommen Telefon- und

Gasrechnung und die Vielzahl all der kleinen Ausgaben, die auch der bescheidenste Haushalt mit sich bringt.

Am Abend nach meinem Besuch bei dem Arzt besprachen wir die Sache, Robert und ich.

„Schauen wir doch mal den Atlas an“, schlug ich vor.

„Dazu brauch ich keinen Atlas“, sagte Robert, „ich kann dir auch ohne Landkarte eine Gegend für ein neues Leben nennen: die kanadischen Wälder! Ich habe mich damals, vor Jahren, nur schwer von dort trennen können. Wir bauen uns selbst ein Haus. Und wir schreiben Artikel.“

Dieser Vorschlag vertrieb die Krisenstimmung und ließ an ihre Stelle einen Plan treten. Wir waren glücklich, daß wir einen Entschluß gefaßt hatten, ehe wir die Neuigkeit den Freunden und der Familie unterbreiteten. Wir blieben unbeugsam unter den auf uns herabprasselnden guten Ratschlägen, Anregungen und Verhöhnungen. „Großartige Idee, von Nüssen und Beeren zu leben!“ spotteten unsere Freunde. Auch unsere bescheiden geäußerte Absicht, Artikel zu schreiben, erntete nur spöttische Bemerkungen. Aber nun beschenkte uns das Leben in Gestalt eines romantischen Pelzjägers mit einem schlüsselfertigen Haus, das allerdings etwas abgelegener war, als wir uns vorgestellt hatten.

Als wir jedoch in die Bucht einfuhren, sahen wir eine kleine baufällige Bretterbude, jämmerlich zusammengekauert unter einem Wellblechdach, in der feuergeschwärzten Lichtung stehen.

Ich rang nach Luft. „Das kann doch nicht das Blockhaus sein!“

„Die einzige Hütte in der Gegend. Shields hat sie auf der Karte eingezeichnet.“

Wir paddelten darauf zu, zogen das Kanu ans Ufer und sahen uns das Ding an. Wellblech – mitten in einem Wald voll von prächtigstem Bauholz! Der gute Mann hatte keine Anstrengung gescheut, um Häßlichkeit und Unbequemlichkeit zu vereinigen.

„Hier hast du deine Veranda“, sagte Robert, als wir über ein Brettergefüge von etwa einem Quadratmeter Fläche gingen.

„Und die zwei Zimmer“, fügte ich hinzu, als wir durch den Eingang in zwei winzige schachtelartige Räume blickten.

Ein groteskes blaues Ding von Sessel, aus einer alten Kiste zurechtgezimmert, stellte die „bemalte Möblierung“ dar; ein schäbiges Rentierfell auf dem Boden die „Pelzteppiche“. Und dabei hatte Mr. Shields noch nicht einmal den rostigen Ofen, den zusammengenagelten rohen Tisch, die Schlafbank mit dem Einsatz aus Tauwerk erwähnt und vor allem nicht die Anwesenheit von Mäusen, die überall ihre Spuren hinterlassen hatten. Zu Hunderten mußten sie in der Hütte hausen.

„Natürlich ist die Frau davongelaufen", sagte ich, „sie hätte ja verrückt sein müssen, wenn sie hier geblieben wäre."

Dafür also unsere Traglastenschlepperei! Wir fielen uns in die Arme und lachten, lachten, lachten – bis die morsche Veranda einzustürzen drohte.

Als wir wieder zu Atem kamen, überließen wir die Bretterbude den Mäusen und strichen auf der Lichtung umher. Unter einem Dach lagen die Überbleibsel eines Holzstoßes und ein Abfallhaufen. Inmitten einer Sammlung rostiger, durchlöcherter Küchentöpfe und zerbrochener Teller entdeckte ich einen Seidenschuh. Ich hob ihn auf, er war klein und gut gearbeitet, mit hohem französischem Absatz. Er erzählte uns seine eigene Geschichte von einem Jahr des Schreckens und der Verlassenheit.

„Mach dir nicht zuviel Gedanken über sie!" sagte Robert, als er mein Gesicht sah. „Wahrscheinlich hat er sie in einer Kneipe aufgelesen."

Als wir aus der Bucht hinauspaddelten, war uns klar, daß wir mit unseren „Eigenheim"-Bestrebungen noch um keinen Schritt vorwärtsgekommen waren. „Was nun?" fragte ich.

„Zunächst werden wir zelten, wie wir es von Anfang an tun wollten", erwiderte Robert. „Und wenn du jetzt die Angelschnur aus dem Wasser ziehst, haben wir eine Forelle zum Abendbrot."

So war für unsere Mahlzeit gesorgt, lange bevor wir die flache grüne Landzunge erreicht hatten, wo wir zelten wollten. Gemeinsam richteten wir die Zeltstangen auf. Robert kochte, und ich pflückte inzwischen Erdbeeren. Jede Beere war größer als mein Daumennagel und schmeckte köstlich. Meine Linke focht aber derweil blutige Kämpfe mit den Stechmücken aus. Diese Plagegeister erlitten zwar schwere Verluste, aber ich mußte mich schließlich geschlagen geben und zog mich vollständig zerstochen zum Lagerfeuer zurück.

Nach dem Abendbrot richteten wir Glut und Asche für die Nacht und setzten uns daneben. Tiefe Stille lag über dem Land. Die Enttäuschung wegen der Bretterbude schien jetzt ganz unwichtig, denn unser Ausflug hatte mir die Wildnis nähergebracht.

„Wir werden noch ein gutes Stück Land zu sehen bekommen, wenn wir den Rückweg durch eine andere Seenkette nehmen", sagte Robert.

Wir studierten die Karte: Wasserwege führten nach allen Himmelsrichtungen; viele Hunderte von Kilometern weit erstreckte sich das Ufer, und es gab unzählige Buchten, die gewiß alle unsere Wünsche erfüllen konnten, wenn es sich darum handelte, einen geeigneten Platz für ein Blockhaus auszusuchen.

„Ich stimme dafür, daß wir einen Bauplatz nehmen, der höchstens einen Traglastkilometer von der Bahnstation entfernt liegt", sagte ich. „Du bist doch kein Packpferd!"

Diese vier Landüberquerungen mit Traglasten hatten meinen Wunsch nach Einsamkeit etwas abgekühlt. Vermutlich hatte der Arzt sich Robert nicht unter der Last zweier Packsäcke vorgestellt, als er ihm Bewegung und frische Luft verordnet hatte.

Das verlassene Lager

Am nächsten Morgen brachen wir frühzeitig auf. „Wahrscheinlich fahren wir nur bis zum ersten großen See", sagte Robert, „aber auf dem Weg dahin gibt es eine ganze Menge von der Landschaft zu sehen!"

„Und ich kann mich dabei im Paddeln üben", fügte ich hinzu.

Ich war noch eine ausgesprochene Anfängerin, hatte aber doch schon begriffen, was Paddeln bedeutet in einem Land, in dem es nur Wasserwege gibt und das Kanu das einzige Verkehrsmittel ist. Es gab hier mehr Wasser als Land, ein unvorstellbares Netzwerk von Seen und Flußläufen.

Das Kanu hatte nichts von den Freizeitbötchen, die ich von der Universität her kannte. In Kanada ist das Kanu ein Arbeitspferd, es muß schwere Lasten befördern und ernsthaft vorwärts bewegt werden. Lange Überfahrten und Stromschnellen erfordern Sicherheit und Genauigkeit im Paddeln, und dies wird am zuverlässigsten kniend erreicht. Dadurch wird der Paddler zum Schwerpunkt des Fahrzeugs und kann die ganze Kraft der Schenkel und des Rumpfes in den schnellen scharfen Zug des Ojibwa-Ruderschlags hineinlegen. Die Knie werden dabei freilich gehörig geschunden.

Beide Paddler müssen natürlich vollkommen gleichmäßig arbeiten, und da der Bugmann den Mann im Heck nicht sehen kann, muß er das Tempo angeben. Ich gab mir alle erdenkliche Mühe. Nach jedem Atemzug hieb ich das Paddel hoffnungsvoll mit einem flinken, kräftigen Schlag ins Wasser. Aber als die Erstarrung in meinen Knien immer schlimmer wurde, als Rücken und Schultern heftig zu schmerzen begannen und sich in meinen Handflächen Blasen bildeten, da ließ der freudige Eifer nach.

Robert machte schließlich kein Hehl mehr aus seiner Unzufriedenheit. „Bitte, ruhe dich entweder aus oder paddle! So, wie du es machst – erst schnell, dann langsam, dann noch ein paar Schläge und dann gar nichts mehr –, das erschwert mir die Arbeit. Ich kann nicht einmal die Richtung einhalten."

Später, als ich viele hundert Stunden im Kanu verbracht und die Freude am gemeinsamen, genauen Ruderschlag kennengelernt hatte, begriff ich erst, wie beschwerlich diese beiden Tage für ihn gewesen sein müssen.

Ich lehnte mich gegen einen Sack. Ich wußte, daß lange Rudertage vor mir lagen, denn jetzt erst begann die richtige Suche nach unserer Heimstätte, und das Paddeln hierzulande war kein Mondscheingeschaukel auf einem Parkteich.

Die Mückenschwärme um uns verdüsterten meine Anschauungen über das Nordland noch beträchtlich. Wir befanden uns in einem kleinen schlammigen Flußlauf, und diese Plage reiste mit uns. Meine leichte Hemdbluse gewährte kaum Schutz gegen sie. Ich zog meinen Lodenmantel über – entschlossen, lieber zu ersticken, als lebendigen Leibes aufgefressen zu werden. Als wir die Mündung erreichten und in den offenen See hinausfuhren, blies die Brise die Biester auseinander.

Wir rasteten zur Mittagszeit auf einer windumrauschten Landspitze. Robert vertiefte sich in die Vorbereitungen zum Essen, ich saß auf einem Felsen und sah zu. Kochen war meine schwächste Seite. Ich konnte nicht einmal in der Stadt kochen; nur ein paar Spezialitäten vermochte ich zuzubereiten. Aber selbst wenn ich eine „Stadtköchin" gewesen wäre, am Lagerfeuer hätte das nichts genützt. Die wenigen vorhandenen Lebensmittel und Küchengeräte, die Kniffe, die die Feuerung erfordert, verlangen eine besondere Technik und Erfahrung. Robert verstand sich darauf, und ich wollte es erlernen; aber kilometerweit herbeigeschleppte Vorräte sind zu kostbar, um von einem Küchenlehrling verdorben zu werden.

Das Essen tat uns gut. Nach der Mittagspause paddelten wir weiter. Ich gab mir große Mühe, und wir schwangen im Verein machtvoll die Paddel und kamen gut voran. Der See, flimmernd im Sonnenlicht, war hier von hohen blaugrünen Fichten eingeschlossen.

Am Nachmittag arbeiteten wir uns durch einen langen Wasserarm und suchten den Übergang zum nächsten See. Ich war purpurrot vor Hitze und Anstrengung, als wir endlich einen Durchbruch fanden, einen kaum merkbaren Einschnitt in dem buschbewachsenen Ufer. Wir entdeckten ihn dank eines verwitterten Stabes, der schief in den Boden gestoßen war; er trug eine leere Teebüchse als Mütze. Das ist ein untrüglicher Wegweiser für die Tragstrecken in den Nordwäldern: starker schwarzer Tee ist das Lebenselixier des Trägers.

Hinter diesem Wegweiser führte ein kaum sichtbarer Pfad durch den Wald. Fast so schmal wie ein Wildwechsel, zog er sich unter dichten Kiefern dahin. Der Landkarte zufolge war diese Tragstrecke zwei Kilometer lang, und ich witterte links und rechts Millionen blutgieriger Stechmücken.

Robert drehte sich um und bemerkte mein feuerrotes Gesicht. „Du hast für heute genug", sagte er. „Ich will erst mal das Zelt aufstellen."

Ich setzte mich auf einen Stein und blickte Robert nach, der zwischen den Bäumen verschwand. Um sicher zu sein, daß wir nicht auf die Suche nach einem besseren Zeltplatz gehen würden, unterbrach ich meine eigene Trägerpflicht bis zum Beginn des Zeltbaus. Meine Ankunft erfolgte zur rechten Zeit. Robert rammte gerade die letzte Zeltstange ein. Bevor er noch auf dem Weg zur zweiten Traglast außer Sicht war, befand ich mich schon im Zelt und machte den Vorhang sorgfältig unter dem Bodenbelag fest. Der Vorhang war moskitosicher, und ich konnte endlich meinem drängendsten Wunsch der letzten drei Stunden nachgeben: Ich riß mir alles vom Leib, die Reithosen, die dicken Wollsocken und die hohen Schnürstiefel. Und dann warf ich mich selbst auf die Decken hin, fest entschlossen, dieses schwere warme Zeug nie mehr anzuziehen. Gerade das, was ich brauchte, hatte ich nicht. Diese sorgfältig ausgetüftelte Sonntagsjäger-Kostümierung war alles, was ich besaß.

Zum Abendbrot zog ich ein leichtes, kurzärmeliges Hemd mit offenem Kragen an. Die Küche war schon in Betrieb, der Kochkran in Brusthöhe aufgestellt. Der Koch brauchte sich nicht zu bücken. Von dem Kran hingen an gegabelten Haken zwei Kessel über dem Feuer. In dem oberen schmorten Aprikosen. In der Backhaube, die die Hitze reflektierte – übrigens ein verzwicktes, keilförmiges Ding, nicht solider als ein Kartenhaus –, rösteten Brötchen. Ein Fisch war in Filets zerteilt und harrte der Bratpfanne. Robert prüfte den Reis und hängte die Pfanne an einen kürzeren Haken zum Dämpfen.

Ich ergriff die Pfanne mit dem Fisch. „Den will ich braten", sagte ich.

„Du? Was verstehst du vom Braten?" fragte er.

„Genug, um zu wissen, daß ein Fisch nicht ganz in Mehl eingegipst werden darf. Er muß in gutes, stark erhitztes Fett, damit er saftig bleibt." Und tatsächlich: ein erster Bissen enthüllte unter knuspriger Kruste das zartrosa Fleisch der Seeforelle.

Der nächste Tag sah uns wieder auf der Suche nach einer Heimstätte. Unser Forschungseifer führte uns an einen großen See, der durch einen Flußlauf mit der Station verbunden war. Es war eine vernünftige Wahl, denn hier gab es keine Traglaststrecke. Der See bot viele Möglichkeiten. Er hatte die Form eines M und wies lange Arme und tiefe Buchten auf. Wo der Wind freie Bahn über offenes Gelände hatte, konnte er allerdings bei schlechtem Wetter ungemütlich werden. Mir schien, die Wogen gingen hoch, als wir vom Ufer ablegten.

„Eine nette Brise, die uns vorwärts treibt", sagte Robert.

Sie schob uns tatsächlich voran, und als wir aus dem Schutz des Ufers kamen und der Wind noch stärker wurde, da wünschten wir uns etwas weniger Antrieb. Das Kanu tanzte hoch auf den Wogen in schnellen Stößen vorwärts – dann sank es plötzlich wieder wie ein stürzender Fahrstuhl.

„Wollen wir nicht vielleicht doch lieber umkehren?" schrie ich.

Robert schaute zurück. „Es wäre jetzt nicht ratsam umzukehren. Wir müssen weitermachen."

Ich blickte über die Strecke vor uns. Die Wogen rollten übereinander wie Ungeheuer. „Was soll ich tun?" rief ich durch den Sturm.

„Rühr dich nicht! Außer wenn du paddeln kannst."

Robert ritt auf dem Kanu, als wäre er ein Cowboy, der ein bockendes, wildes Pferd zureitet. Ich duckte mich noch tiefer. Nur selten gelangte ich mit dem Ruderblatt bis ans Wasser.

„Laß das Paddel!" rief Robert. „Nimm es herein! Wir wollen hinter die Insel kommen. Versuch dich ganz still zu halten."

Ich sah die kleine Insel vor uns und verwandelte mich in Ballast. Mein Gewicht mußte vollkommen gleichmäßig am selben Fleck bleiben, damit Robert mit Sicherheit das seine so verschieben konnte, daß der Aufprall der Wogen ausgeglichen wurde.

Kaum waren wir im Schutz der Insel, da lag das Kanu still. Robert brachte es mit der Spitze seitlich aufs Ufer, und ich kroch mit steifen Gliedern hinaus.

„Fein hast du dich gehalten!" lobte Robert.

Das Inselchen maß nicht mehr als etwa dreißig Quadratmeter. Robert holte die Packsäcke ans Ufer und fing an, den Platz von Buschwerk zu säubern. „Willst du hier zelten?" fragte ich.

„Warum nicht", meinte er, „der Wind wird sich heute nicht mehr legen."

Wir wuschen unsere Hemden. Ich stellte Zuckerzeug her und Robert einen Bannock, eine Art Hafermehlkuchen. Es war ein kräftiger, lockerer Teig, in der Bratpfanne beiderseits gut gebräunt, eine angenehme Abwechslung nach den fast unzerstörbaren Scheiben aus Mehl und Wasser, die wir als Brot bezeichnet hatten. Anschließend holten wir unsere Spielkarten hervor und spielten auf der Decke, während die grollenden Wogen am Ufer der Insel hochschlugen.

Der Sturm tobte die ganze Nacht. Wir erwachten durch das Dröhnen des Windes in den Kiefern. Robert schlug vor, ein Schachbrett herzustellen und Dame zu spielen.

Am nächsten Tag wurde es gegen Mittag plötzlich windstill. Robert sprang auf und begann das Zelt über meinem Kopf auseinanderzureißen. „Raus, raus, schnell raus aus dem Zelt!" schrie er. „Diese Mittagsstille bedeutet nur, daß der Wind sich dreht. In einer halben Stunde bläst er aus Westen, und dann kann es einen Sturm für drei Tage geben."

Wir hielten uns nicht mit Einpacken auf, sondern warfen alles ins Kanu, so, wie uns die Sachen in die Hände fielen. Und schon waren wir unterwegs . . .

IN DEN nächsten Tagen durchforschten wir das eine Ufer des großen Sees, aber wir fanden nicht, was wir suchten: eine gutgeschützte Bucht mit schönem Ausblick, in der Nähe von gutem Bauholz und einer Quelle; wir brauchten außerdem ebenen Baugrund, der leicht abzuholzen war und rundherum gutes Jagdgebiet aufwies.

Robert schwang sein Paddel. „Laß uns doch einmal das andere Ufer unter die Lupe nehmen!"

Dort gab es eine Bucht auf der Karte, bezeichnet durch ein Pünktchen und Strichlein, die Nadelholz bedeuteten. Wir paddelten hin. Auf der einen Seite ragte eine hohe Felsklippe in den Himmel. Die prächtigen Weißtannen, die sie krönten, standen da wie Schildwachen. Im Hintergrund der Bucht verlor sich ein dämmriger Tragweg in einer Waldung junger Rottannen. Vorn dehnte sich ein Sandstrand, und daneben sprudelte ein kleiner Wasserfall aus einer mit Zedern bestandenen Schlucht. Zwischen einem felsigen Sattel im Hintergrund und dem Strand, der in eine schützende Landzunge auslief, lag eine buschbewachsene Lichtung.

Wir zogen unser Kanu am Fuße der steilen Klippe ans Ufer und kletterten zwischen jungen Birken, Pappeln und dichtem Holundergebüsch den Abhang hinauf. In weitem Umkreis lag Sparrenwerk verstreut, und als wir diese Spuren landeinwärts verfolgten, gelangten wir zu einem Goldgräberlager. Es war, wie wir später erfuhren, vor fünfzehn Jahren nach wenig ergiebigen Funden verlassen worden. Die Mine war nur ein Schürfschacht. Die beiden Gebäude – ein großer Stall sowie ein Koch- und Schlafraum – waren verschmutzt, zerfallen und ganz mit Grün überwuchert. Die Dachbalken waren eingestürzt.

Wir untersuchten eine Fährte, die ins Hinterland führte. Hinter dem felsigen Hügelzug wich der Hochwald zurück und gab einem Sumpf mit Rottannen freien Raum; dazwischen floß ein Bach. Es sah nach gutem Jagdgebiet aus. Eine Quelle sprudelte nahebei in der Schlucht. Von der ebenen Fläche sah man hinüber auf die Klippe mit dem Schopf aus Weißtannen, und die Brise trug das lässige Gemurmel des Wasserfalls herüber.

„Alles, was wir nur wünschen können!" rief Robert aus. „Und zugesägtes, abgelagertes Bauholz dazu!"

„Wo?" fragte ich.

„Von den beiden Blockhäusern dort."

„Ich denke, wir wollten mit eigenhändig gefälltem Holz bauen?"

„Wir wären ja verrückt, Blöcke zuzuhauen und grünes Bauholz zu verwenden, wenn abgelagertes Lärchenholz auf dem Bauplatz ist!"

Robert ließ fachmännische Erklärungen auf mich niedersausen: Frisches Bauholz ist schwer zu behandeln. Es schrumpft und wirft sich, dabei wird der Verputz schadhaft, und die Füllung zwischen den Balken fällt heraus. Saft und Harz frieren ein, und die Wände werden kalt. Wenn abgelagertes Bauholz solche Nachteile nicht hatte, so war uns ein Schatz in den Schoß gefallen.

„Wir wollen das Zelt aufschlagen", sagte Robert. „Verdient dieser Fund nicht einen Festtrunk?"

Während des Abendessens schlug Robert für den nächsten Tag einen Spaziergang ins Hinterland vor. Aber ich kannte seinen Galopp quer durch Sümpfe und über Felsblöcke.

„Wäre es dir unangenehm, einen Tag allein im Lager zu verbringen?" fragte er, als ich die Einladung ausschlug.

Ich überlegte. „Ja", sagte ich, „aber ich muß mich mit solchen Situationen vertraut machen – was täte ich zum Beispiel, wenn dir etwas zustieße?"

„Du brauchtest nur zur Station zu paddeln."

„Was nur eine Woche in Anspruch nehmen würde – so wie meine Paddelkünste zur Zeit noch beschaffen sind."

„Eigentlich will ich gar nicht gehen", meinte er friedfertig.

„Du kannst nicht immer zu Hause herumsitzen."

Wir lagen um das Abendfeuer, als mir plötzlich ein Einfall kam. Ich setzte mich auf. „Was hältst du davon: Könnten wir uns eine richtige Reise leisten? Ich meine: ein paar Wochen lang?"

„Wir haben Zeit gespart, weil wir kein Bauholz fällen müssen. Das bißchen Geld, das wir brauchen, zählt nicht. Fische, Wild, Beeren – alles vorhanden", sagte Robert.

„Wenn ich hier in der Wildnis leben soll, dann muß ich auch lernen, wie. Wenigstens muß ich anständig paddeln können."

„Großartige Idee! Morgen fahren wir zur Station und holen unsere Post und Vorräte. Dann können wir richtig kampieren. Du sollst das Land gründlich kennenlernen, ehe wir uns ein Haus errichten."

Die Wildnis

Wochenlang bekamen wir keine anderen Kanus zu sehen außer den indianischen aus Birkenrinde. Die Sonne war unsere Uhr – in diesem Land, wo sie vor fünf Uhr morgens aufgeht und erst gegen acht Uhr abends verschwindet. Wir erwachten beim ersten Vogelgezwitscher.

Und wenn die ersten Sonnenstrahlen den gekräuselten Seespiegel vergoldeten, tauchte ich ins Wasser.

Um sieben Uhr saßen wir im Kanu und machten nicht eher halt, als bis die langen Schatten des Spätnachmittags weit über die Ufer fielen. Das Abendbrot war gegessen, Zelt und Feuer waren für die Nacht gerichtet, bevor die letzte rote Sonnenglut die Tannenwipfel in Kupfertöne tauchte. Wir lagen behaglich am Feuer hingestreckt und sahen zu – müde, faul und über alle Maßen zufrieden.

Jetzt war ich der „Kilometer-Fresser" geworden. War es die beharrliche Übung oder Roberts Pädagogik – jedenfalls ging mir plötzlich ein Licht auf hinsichtlich der Geheimnisse des Ojibwa-Ruderschlags.

„So was ist mir doch noch nicht vorgekommen", sagte Robert. „Du schlägst ein Tempo an, daß ich mich krumm und bucklig schuften muß."

Ich war allmählich in den stetig zähen Indianer-Ruderschlag gefallen, der mühelos Kilometer um Kilometer überwindet. Es war das reine Vergnügen. Diese Entdeckung öffnete uns die Wasserstraßen des Nordens. Wir wagten uns an lange, windumtobte Überquerungen und sogar über Stromschnellen.

Eines Abends schlug Robert mir den Besuch eines Indianerdorfs vor, das wir erreichen konnten, wenn wir einen Flußlauf mit reißenden Strudeln links liegenließen.

Ich habe nie dem Zauber der kleinen Siedlungen widerstehen können, in denen sich die Indianer über den Sommer zusammenfinden – nach dem einsamen Winter im Fallengebiet. Wir hatten schon ein paar dieser Wigwams aus Birkenrinde besucht.

Freundlich und friedvoll lagen die Dörfer da. Die Kinder lachten und kreischten beim Spielen. Die Männer hatten schon ihre morgendliche Jagd hinter sich und arbeiteten jetzt an ihren Kanus aus Birkenrinde, besserten die alten aus und bauten neue. In der Nähe der Wigwams und der Stangen, an denen Fleisch und Fische trockneten, schwatzten die Frauen. In jedem Dorf gibt es Zusammenkünfte, bei denen unter viel Gelächter und Geplauder Mokassins hergestellt werden.

Roberts Kenntnisse des Ojibwa-Dialekts sicherten uns einen freundlichen Empfang. Er sprach nicht gerade fließend. Nach jedem gewaltigen Anlauf seinerseits hielt das ganze Dorf eine Beratung ab; dann nickten und winkten alle eifrig: Ja, sie hatten verstanden!

Meine Kleider versetzten sie in helles Erstaunen. Alles versammelte sich um meine Person. Ich hielt das für Bewunderung, bis der Häuptling, offenbar ein Witzbold, sein Völkchen zu wahren Lachstürmen trieb, indem er auf mich zeigte und sagte: „*Kaw-win ish quay! Kaw-win ish quay!*“ Das ganze Dorf grölte und kreischte vor Vergnügen.

„Keine Frau! Keine Frau!“ übersetzte Robert. „Es ist wegen deiner Reithosen.“

In unseren Tagen des Umherziehens spielten die Elche eine große Rolle. Wir unternahmen ein Wettspiel; wer als erster einen Elch sah, nahm das Anschreibebüchlein: Ein Geweih zählte drei Punkte, eine Elchkuh zwei und ein Elchkalb einen. Hundertvierzehn Elche haben wir gezählt in diesem ersten Sommer.

Als ich im Bug und im Heck zu paddeln verstand und auch mittschiffs allein, in der Ojibwa-Art kniend, zurechtkam, fingen wir an, die Ufer zu erforschen. Unser Vorwand war gewöhnlich die Jagd, die Nahrungsbeschaffung: das Waldhuhn und Beeren. Das beruhigte das Gewissen des Proviantmeisters. Aber dann brachen diese windigen Vorwände glatt zusammen, und wir gestanden uns, daß wir solche Tagesausflüge um des reinen Entdeckerglücks willen machten.

Ganz allmählich entglitt Robert das Küchenzepter und ging in meine Hand über. Es kam mir sehr zustatten, daß ich nie eine normale Küche kennengelernt hatte. Auf diese Weise hatte ich keine Vorurteile in bezug auf „unentbehrliche“ Gerätschaften, noch konnten mich einfache Behelfsmittel erschrecken: Ich wußte es ja nicht besser. Ich war nie verwöhnt worden durch appetitlich geputztes und ausgenommenes Geflügel, wie man es im Laden zu kaufen bekommt.

Gewöhnlich kochte ich einfach nach Gefühl. Es war ein unterhaltsamer Mischmasch aus Holzfällergerichten, deren Rezepte ich einem kleinen Kochbuch entnahm, die dann durch meine Vorstellung, wie Speisen früher geschmeckt hatten, und durch die Beschränkungen, die der Vorratssack auferlegte, abgeändert wurden. Die Ergebnisse waren oft eine abenteuerliche Angelegenheit für mich und noch mehr für Robert.

Unser Nomadenleben zwang uns, das Dasein auf das Wesentliche zu beschränken. Es gab uns die Freiheit der Einfachheit zurück. Ein Moskitonetz, ein Lagerfeuer, Kochkessel, Teller, Becher und Besteck – das war alles, was wir brauchten. Ein Baumstumpf, ein flacher Stein oder eine glatte Nadelmatte unter Fichten – das waren unsere Tische, die Sessel und unsere Couch. Und jede Nacht hatten wir ein frischgelüftetes Schlafzimmer.

Jeder hatte seine festen Pflichten. Zur Nacht war alles fertig und das Mahl bereit, eine halbe Stunde nachdem das Kanu das Ufer berührt hatte. Wenn es nicht gerade regnete, richteten wir das Zelt zuallerletzt

auf, weil unter seinem wasserdichten Bodentuch das Balsambett bereitet werden mußte.

Robert las die Wipfelzweige hoher Balsambäume aus. Größere Äste wurden an die runden Außenwände gelegt und von oben bis unten mit Blättern oder Gras bedeckt, so daß die nach unten gelegten Spitzen der Zweige nie durchstechen konnten. Wenn die Lage etwa fußhoch aufgeschichtet war, wurden noch ganz weiche Büschel senkrecht zwischen die einrahmenden Äste gesteckt, bis eine dichte, ebene Fläche entstanden war. Auf diese Matratze sanken wir, und durch das Gewicht unserer Körper entstieg ihr naturrein der sprichwörtliche Balsamduft. So schliefen wir allnächtlich im Duft des Waldes.

Aber die erstaunlichste Veränderung, die das neue Leben verursachte, war die meines Körpers. Physische Anstrengung hatte mich immer erschreckt, und meine ungeübten Muskeln hatten sich bei jeder Gelegenheit aufgelehnt. Aber als sie entwickelt und gehärtet waren, entdeckte ich erst, wieviel Freude aus ihrem Gebrauch entspringen kann. Mein Gang gewann eine neue Sicherheit. Ich konnte weiter sehen, ich vermochte Landspitzen, Uferlinien und entfernte Hügel zu unterscheiden. Früher war dies alles ein grünes Durcheinander für mich gewesen. Mein Gehör schärfte sich. Alle meine Sinne erwachten und nahmen die Welt deutlicher wahr.

Doch ich wußte, daß das Ende des freien Wanderlebens nahte. Wir mußten mit dem Hausbau beginnen. Eines aber stimmte mich froh: Unsere Fahrt hatte mir Ontario im Sommer gezeigt. Es war nicht mehr das leere, verlassene Land, das ich an den Fenstern des Zugabteils hatte vorüberfliegen sehen. Es war Wildnis – aber eine Wildnis der Schönheit und der Abenteuer.

„Laß uns doch ein bißchen schwindeln!" schlug Robert vor. „Zu dem alten Goldgräberlager führen ungefähr zwanzig Wege: Wir wollen den längsten aussuchen."

Unsere kleine Schiebung brachte uns zwei Tage später gute Zinsen. Wir paddelten über einen See, als plötzlich hoch über den Uferbäumen ein gewaltiges Gebäude aufragte.

Wir waren auf eine Geisterstadt in der kanadischen Wildnis gestoßen, zu der eine riesige Stampfmühle gehörte, ein Hotel, ein Laden und Wohnhäuser, ein Staudamm für ein kleines Wasserkraftwerk. Im Gebüsch ringsum fanden wir überall elektrische Masten; in den Blockhütten entdeckten wir noch Leitungsdrähte und Glühbirnen. „Seit fünfzehn Jahren ist dieser Ort verlassen", sagte Robert.

Alles war vorhanden, nur die Menschen fehlten. Auf den Arbeitsplätzen lagen noch die Werkzeuge der Arbeiter. Die Siedlung war zu abgelegen, die Transportkosten der Gegenstände hätten sich nicht gelohnt. Indianer und herumstreunende Weiße hatten sich selbst bedient.

Wir folgten dem Landesbrauch. Ich bemächtigte mich einer Schachtel gut abgelagerter Seife, und Robert stellte eine Auswahl verschiedenartigster Nägel zusammen. Getrennt gingen wir auf Raub aus. Ich durchsuchte die Wohnhäuser, Robert übernahm die Lagerhäuser. Unsere Beute wurde am Seeufer aufgestapelt.

Alle Lebensmittelvorräte waren verschwunden, und nur Möbel, viel zu schwer für den Transport mit dem Kanu, waren zurückgeblieben. Ich mußte mich mit dem begnügen, was meine Vorgänger zurückgelassen hatten: mit Kornsäcken, Einmachgläsern, Krügen, ein paar Pfannen und einem ledernen Blasebalg, den ich mitgehen ließ – in der Hoffnung, eines Tages ein Feuer am eigenen Kamin anfachen zu können. Robert erbeutete vier Fensterflügel, Nägel, Türklinken und Türangeln, Spaten, Spitzhacke und Hammer. Aber er murrte, weil kein Schreinerwerkzeug mehr zu haben war.

Das war volle Ladung für unser Kanu, das mittschiffs nur noch fünf Zentimeter Freibord hatte, und wir mieden alle gefährlichen Wasserwege. Unser Raubgut war den Umweg schon wert.

EN-DAH'-WIN

UNSERE Bucht war sogar noch schöner, als ich sie in Erinnerung hatte, und nach den langen Wochen in der Wildnis empfand ich zu meiner Überraschung ein Heimatgefühl, als wir einliefen. *„En-dah'-win"*, sagte ich und versuchte in diese Ojibwa-Silben die Melodie zu legen, mit der die Indianer „mein Zuhause" mehr singen als sprechen. Und so wurde unsere Bucht zu „En-dah'-win".

Robert hatte, ehe wir auf Entdeckungsfahrt loszogen, unsere Koffer und Habseligkeiten aus dem „Hotel" geholt und in einem alten Zelt in unserer Bucht deponiert. Damit hatte er die Bucht gewissermaßen in Besitz genommen. Ich war ein wenig besorgt darüber gewesen, sie ganz unbeschützt zurückzulassen, aber später erfuhr ich, daß man in der Wildnis unbedingt mit der Respektierung des Hausrechts rechnen darf. Ebenso kann man Nahrungsmittel, Schneeschuhe und Kanu irgendwo liegenlassen, solange man will – der Eigentümer findet alles unversehrt wieder. Nur die Tiere des Waldes brechen dieses Tabu.

Der nächste Tag verstärkte noch das Gefühl des Daheimseins, und um die Mittagszeit stand unser Dauerzelt. Wir hatten es auf einer Terrasse halbwegs am Abhang errichtet. Die Möblierung umfaßte verschiedene Kulturen und Epochen. Tische und Bänke, mit dem Fuchsschwanz aus Schalbrettern gesägt und zusammengenagelt, durfte man im Hinblick auf ihre Wurmstichigkeit antik nennen. Die Anrichte aus Birkenrinde und der Bodenbelag aus flachgelegten Zedernzweigen waren echt Ojibwa. Die Neuzeit war mit dem Zelt aus Ballonseide vertreten, ferner mit dem Aluminiumgeschirr. Der Baderaum war eine Mischung: Eimer und Becken gehörten eher in die Antike; der Waschkübel, der auch als Badewanne diente, war verzinkt und stand auf Birkenrinde – Linoleum eigener Fabrikation.

Jetzt konnte der Hausbau beginnen. Fenster und Nägel warteten im Aufbewahrungszelt. Die Balken lagen bereit. Robert machte eine Liste der Gegenstände, die wir noch brauchten: Handsäge und Axt, drei Rollen Teerpappe für das Dach, ein kleines Faß Kalk, um Risse und Spalten zwischen den Balken zu verschmieren; zwei Rohre für den Kochherd und den Ofen sowie die Öfen selbst.

„Das ist erst einmal das Allernotwendigste", sagte Robert. „Einfacher kann man's nicht machen."

Wir überschlugen die Kosten der unentbehrlichen Anschaffungen für den Hausbau. Tische, Stühle und ein Bett konnten wir selbst anfertigen. Aber Küchengerät und Teller?

„Wir können die Campingausrüstung noch eine Weile benützen", meinte Robert. „Was mußt du unbedingt haben?"

Nach eingehender Beratung sicherte ich mir dreizehn Meter Drillich für Matratzen und Kissen und eine kleine Dose Walnußbeize.

Auf der Station hatten wir etwas Bauholz gefunden, das von einem unausgeführten Bauprojekt stammte, und einen Preis dafür vereinbart. Wir mußten es freilich bis in die Bucht flößen, aber es würde uns eine helle, saubere Hütte verbürgen.

Wir nahmen den Katalog einer Versandfirma zur Hand und füllten einen Bestellschein aus. Robert saß am Campingtisch und schrieb alles hübsch untereinander, und ich beobachtete sein Gesicht, als er die Preise zusammenzählte. „Macht uns nahezu ratzekahl", verkündete er.

Wir stellten einen Scheck aus und gingen über die Lichtung zurück zu dem Goldgräberlager. Robert wollte das größere Gebäude, den Stall, abbrechen. Ich widersprach: Die langen Balken waren viel zu umfangreich und zu schwer, um sie zu zersägen.

„Wollen wir auch gar nicht", erklärte er. „Sechs auf acht Meter ist ein gutes Größenverhältnis für einen Raum, findest du nicht? Ich mache unser Haus genau so groß, und du kannst Türen und Fenster haben, wo du sie brauchst."

Er maß die Länge und Breite auf unserem Bauplatz ab und steckte Stangen in die Ecken. Nach dem langen Aufenthalt im Zelt von drei Quadratmetern kam uns der geplante Raum wie ein Saal vor.

Der Ankauf des Bauholzes und die Bestellung von Werkzeug und Vorräten setzten Mr. Shields ziemlich in Erstaunen. Er hatte unsere Gespräche über Hausbau als liebenswürdige Bemühung, ihn zu unterhalten, angesehen, und er war sicher gewesen, der erste scharfe Frost würde uns in Richtung Süden verjagen.

Aber der Scheck hatte etwas Überzeugendes an sich, und der beabsichtigte Hausbau machte uns offensichtlich sofort zu kreditwürdigen Stammkunden. Unsere Verblüffung wuchs noch, als Mr. Shields das angebotene Geld eiligst ablehnte.

Doch dieses sonderbare Benehmen war außerordentlich angenehm für uns; auf diese Weise blieben uns noch ein paar Dollar in der Tasche. Und um sie so weit wie möglich zu strecken, gingen wir auf die Jagd. Denn wir mußten ja auf die bestellten Werkzeuge und Vorräte warten.

Wir erlegten eine Hirschkuh und wollten uns gerade auf einem kleinen Fluß heimwärts begeben, als wir ein unverkennbares Miauen hörten. Aus dem Dickicht trat ein grauweißes, vier oder fünf Monate altes Kätzchen. Kilometerweit gab es ringsum keine menschliche Behausung, und das Kätzchen war sichtlich erfreut über die Begegnung. Möglicherweise war es von einer indianischen Familie ausgesetzt worden, und deshalb nannten wir es sogleich „Bock-i-tay Gosh-i-gones", das heißt „Hungriges Kätzchen". Es war ein unangebrachter Name, denn das Tier lehnte das angebotene Wildbret ab. Statt dessen kletterte es auf den Bug.

Im Camp machte Robert Feuer und bereitete das Abendbrot, und ich führte Bock-i-tay inzwischen mit Fleisch, Kondensmilch und sogar mit Fisch in Versuchung. Das Mäusevolk in der Bretterbude des romantischen Pelzjägers hatte uns gezeigt, wie notwendig man hier eine Katze brauchte, und ich wollte sie gerne an uns fesseln. Sie aber schnupperte nur naserümpfend an den Katzendelikatessen – und verschwand zwischen den Bäumen.

Wenige Augenblicke später war sie jedoch wieder da und legte eine Maus zu Roberts Füßen nieder. Er lobte die Katze in den höchsten Tönen, und sie verschwand abermals. Gleich war sie wieder da und legte eine zweite Maus daneben. Schließlich lagen vier Mäuse, ordentlich in einer Reihe ausgerichtet, vor dem Feuer. Wir waren hingerissen. Bock-i-tay setzte sich artig neben ihre Mäuse, sah Robert erwartungsvoll an und zirpte ihr Miau.

„Na, da soll doch –", sagte ich endlich. Was ich vermutete, schien zu verrückt, ich sprach es nicht aus.

Aber Robert dachte dasselbe. „Sie will uns nur mitteilen, daß sie Selbstversorgerin ist." Und tatsächlich war das Bock-i-tays Absicht.

Das Zelt erweckte Bock-i-tays lebhaftes Interesse; es schien ihr aber nichts Neues zu sein. Und sie verstand sich auch auf Lagerfeuer. Als das Geflacker sich langsam legte, machte sie es sich nahe der Glut hübsch bequem, ringelte sich zusammen und schlief ein.

Kein Zweifel: Bock-i-tay fühlte sich wohl bei uns. Wenigstens hofften wir es sehr. Am nächsten Morgen mußten wir wegen des Bauholzes zur Station. Wir zeigten der Katze das Vorratszelt und ließen eine Stoffbahn lose hängen, damit sie aus und ein konnte. Das andere Zelt und unsere gesamte Campausstattung mußten wir mitnehmen, denn das Flößen konnte gut zwei Tage dauern.

Während Robert das gekaufte Bauholz am Ufer zu einem Floß zusammenfügte, machte ich Einkäufe auf unseren neuen Kredit.

Dann ging es heimwärts. Robert ruderte das Floß mit zwei ungefügen Ruderstangen, und ich hing im Kanu hintendran. Flußabwärts mit der Strömung ging das ganz bequem. Aber der Wind blies, als wir zur Mündung kamen, und wir machten über Nacht halt.

In der windstillen Morgendämmerung brachen wir wieder auf; doch in dem unbewegten Wasser wollte das unhandliche, plumpe Floß nicht vorwärts. Keine Strömung half uns mehr. Es war Abendbrotzeit, als die Engen hinter uns lagen, und ich spürte, daß mir das Rudern schwerer und schwerer wurde. Wir legten in einer kleinen Bucht an, um an Land zu essen und – wie ich hoffte – zu übernachten. Aber Robert hatte alles gut durchdacht. „Nachts ist es gewöhnlich windstill", erklärte er, „und wir haben noch die letzte Strecke vor uns, wo wir kreuzen müssen. Wenn wir bis zum Eiland kommen, schaffen wir's morgen."

Wir fuhren im Dunkeln los. Eine Zeitlang ging alles sehr gut. Als es ganz finster war, waren wir nur noch einen knappen Kilometer von der Insel entfernt.

Aber dann kam die Brise auf: ein plötzlicher stoßweiser Ostwind, der sich in Böen auf uns warf. Die Wellen überspülten das Floß. Ich hatte Mühe, mich mit dem Kanu daneben zu behaupten. Und als die Wogen heftiger anprallten, sah ich, wie die Bretter in ein bedrohliches Schaukeln kamen. Das Floß trieb ab.

Jeder Ruderschlag zählte jetzt. Robert ließ nicht nach. Das Floß unter ihm schien sich in seine Bestandteile aufzulösen. Das Kanu kippte bedrohlich. Neben ihm ging das Floß tatsächlich in Stücke. Wir hielten auf das Eiland zu und zogen das Kanu an Land, und es machte uns um so mehr Kummer, da das Floß bloß zehn Meter vom sicheren Ufer entfernt auseinandergebrochen war. Robert war erschöpft; ich machte Feuer und brühte Tee auf. Kaum wagte ich, von dem Verlust des Floßes zu sprechen.

Robert sah sich um. „Das Kanu ist nicht beladen, es wird in derselben Strömung abtreiben wie die Bretter", sagte er dann. „Komm, wir gehen los."

Wir setzten uns ins Kanu und ließen uns vom Wind treiben. Nach einer Weile stieß das Kanu an ein Brett. Dann sahen wir die Wogen zu beiden Seiten über Bretter brechen. Drei Stunden lang konnten wir unser Bauholz zusammensuchen. Jedes Brett mußte aus der Brandung an Land gebracht werden. Als wir nichts mehr fanden, ging ich ans Ufer, nahm eine Decke und fiel augenblicklich in Schlaf. Robert suchte noch bis in die Morgendämmerung hinein.

Wir flößten alle Bretter an einen Platz und bauten das Floß von neuem. Den ganzen Nachmittag und Abend ging es am Ufer entlang. Der Wind war uns wohlgesinnt. Robert wollte nicht mehr anhalten, bis wir zu Hause waren.

Und um Mitternacht stieg endlich der müdeste, zerzausteste Mensch, den ich je gesehen habe, an Land. Doch alles Ungemach verflog im Handumdrehen: Etwas Grauweißes huschte aus dem Gebüsch und scheuerte sich zärtlich an unseren Beinen. Bock-i-tay begrüßte uns mit schmeichelndem Miau.

Wir bauen

Wir schichteten die Bretter zum Trocknen auf, dann gingen wir zum Bauplatz hinauf und machten uns ans Werk. Robert trug seine Axt und die Säge; ich schleppte eine alte Axt und eine Hacke zum Roden – Beutestücke aus der Geisterstadt.

Kein Wort vermag unsere Arbeitsfreude und unsere Unternehmungslust an diesem kühlen Morgen auszudrücken. Meine Aufgabe war es, die Strecke zwischen dem alten Stall und unserem Bauplatz von Buschwerk zu säubern und eine glatte Fahrbahn zu schaffen, auf der die Balken und Blöcke gerollt werden konnten; Robert mußte den Stall abreißen und die Balken in der richtigen Länge zusägen.

Am Abend waren meine Hände wund, und mein Rücken schmerzte die ganze Nacht, aber das machte mir nichts aus. Endlich waren wir soweit.

Vor dem Ende des zweiten Tages waren die Balken fertig; wir hatten sie schon gemeinsam mit Hilfe von Tauen hinübergerollt und in zwei ordentlichen Bahnen geschichtet. Die neubehauenen Enden sahen frisch aus und zeigten, wie gesund und trocken unser Bauholz war.

Die Wände wuchsen. Die Balken wurden hinaufgerollt und gedreht, bis sie die beste Lage hatten. An jeder Ecke kerbte Robert den unteren Balken ein, machte denselben Einschnitt auf dem quer darüberliegenden und drehte ihn dann so, daß die beiden Kerben ineinanderpaßten.

Das Gewicht der Balken bildete kein Problem, selbst als die Wände höher wuchsen. Eine Stange, als Hebebaum verwendet, bewegte mit Leichtigkeit ein viel schwereres Gewicht. Und auf zwei langen Stangen oder Kufen, die von der Wand hinunter zum Balkenstapel führten, rollten wir bequem die schweren Balken hinauf. Später, als die

Wand immer höher und die Schräge immer steiler wurde, mußte ich nachhelfen: An der unteren Wand wurde innerseits ein Seil befestigt, unter dem neuen Balken durch- und wieder zurückgeführt; ich zog von innen, und Robert stieß von außen den Balken hoch.

Schon als die zweite Balkenreihe errichtet wurde, ergab sich ein neues Arbeitsgebiet für mich: die Spalten mußten mit Moos ausgefüllt werden. So machte ich mich über den nördlichen Felssattel zum Rottannensumpf auf. Jeder Baum hing voll grauer Flechten. Sie waren trocken, zäh und elastisch und bildeten die beste Kälteisolierung, die wir uns nur wünschen konnten. Ich schleppte sie in Säcken herbei und stopfte die Spalten zwischen den Balken sorgfältig aus.

Schon nach zwei Tagen waren wir so weit, daß wir Türen und Fenster heraussägen konnten. Dies mußte getan werden, wenn die Wand die Höhe des obersten Fensterabschlusses erreicht hatte, denn wir sägten die beiden Senkrechten des Fenstervierecks heraus; der oben darübergelegte Balken bildete dann den Abschluß gegen die Decke. Auf diese Weise erhielten Türen und Fenster die gleiche Höhe nach oben; nur nach unten konnten wir dann beliebig tief aussägen.

Nach dem Abendbrot machte ich eine Skizze unserer zukünftigen Einteilung; sie war recht einfach. Wir hatten vier Ecken und damit vier verschiedene Wohnbereiche: Küche, Badezimmer, Arbeits- und Wohnraum. Das ergab sich ganz von selbst. Der Haupteingang befand sich zwischen Arbeits- und Wohnecke. Eine Tür zwischen Bade- und Küchenecke führte in einen kleinen Anbau, den wir als Schlafzimmer zu nutzen gedachten. „Schlafzimmer" war zwar eine etwas zu großartige Bezeichnung, aber es sollte ein geschützter Raum werden, der uns gestattete, bei offenem Fenster zu schlafen. Zu viel Luftzug im Hauptraum hätte das Gefrieren von Kartoffeln, Kondensmilch und Wasser verursacht.

Die Westwand wurde im Hinblick auf die Abendsonne mit zwei Fenstern geehrt. Im Osten schenkte uns ein drittes Fenster den prächtigen Ausblick auf den See. Zwischen den Westfenstern hatte ich breiten Raum gelassen – aber ich verriet Robert noch nicht, daß ich dort in Gedanken einen Kamin sah.

Als die Öffnungen für Türen und Fenster säuberlich herausgesägt waren, legten wir einen Balken darüber. Die Schlußbalken wurden für die Auflage der Dachsparren schräg abgekantet. Jetzt wurde die Arbeit schwieriger, schon weil sie sich in größerer Höhe vollzog.

„Nun kommt das Kniffligste", sagte Robert, „der Giebelbalken für das Dach. Wenn der sitzt, legen wir die geteerte Dachpappe auf. Und dann mag's regnen, soviel es will – wir sitzen im Trockenen und können Möbel zimmern."

Als er im Begriff stand, den acht Meter langen Giebelbalken für den Dachfirst hochzuhieven, fühlte ich, daß wir an einem Höhepunkt unserer Arbeit angelangt waren. „Zieh an, wenn ich rufe", sagte Robert, als er das Tau unter dem Balken durchzog.

Ich zog mit aller Gewalt an meinem Seil, bis der Balken mit Roberts gespanntem Gesicht dahinter in Sicht kam.

Robert hatte noch ein Weilchen unter der schweren Last zu schuften. Aber dann saß der Balken fest. Wir nahmen es als glückliches Omen; wir machten Feierabend und krönten den großen Tag mit einem Trunk.

Bei einem Glas Whiskey sprachen wir mit Stolz von uns und unserer bautechnischen Begabung, und mit Achtung gedachten wir der Geschäftsprinzipien des Barmanns auf der Station. Er verkaufte alle Sorten Whiskey zum gleichen Preis und rechnete dabei mit einem Durchschnittsgewinn. „Der ganze Verkauf wird dadurch vereinfacht", hatte er uns erklärt, „man braucht sich keine Preise zu merken. Und den Waldleuten kommt es nicht so sehr auf den Geschmack an, wenn es nur tüchtig brennt."

Dieses Verfahren kam uns sehr zustatten. Wenn wir uns überhaupt Whiskey zu leisten vermochten – er war damals sehr billig in Kanada –, dann konnten wir uns die besten Marken aussuchen.

Jetzt ging es schnell voran mit unserem Werk. Die Tage wurden kürzer und kürzer; wir waren schon in der Morgendämmerung an der Arbeit. In einem halben Tag waren wir mit dem Dach fertig. Wir setzten die Fenster ein und legten die Schwellen. Mitten in den Fußboden kam eine Falltür; darunter hatten wir ein quadratmetergroßes Loch ausgehoben: Das stellte unseren Keller dar. Wir brauchten ihn nicht zur Frischhaltung unserer Vorräte, sondern im Gegenteil, um die verderblichen Dinge wie Kartoffeln, Kondensmilch und den Whiskey im Winter vor dem Gefrieren zu bewahren.

Als die Bodenbretter lagen, sah der Raum wirklich wie der Saal eines Schlosses aus. Wir holten erst einmal die Bretter für den Möbelbau herein, dazu trockenes Zedernholz aus dem Moor und Vorräte aus dem Aufbewahrungszelt.

Bock-i-tay war entzückt von dem überdachten Raum; vorher hatte sie gar keine Notiz von unserem Schloß genommen. Sie war ihrer Wege gegangen und hatte sich der Jagd gewidmet. Denn Bock-i-tay hatte zwei Seelen in ihrer Brust: Innerhalb unserer Lichtung war sie, wie jede andere Katze, ein geschmeidiges, samtweiches, anschmiegsames Haustier. Aber schon am Waldessaum ging eine verblüffende Wandlung mit ihr vor; ihr Kopf wurde flacher, da sich die Ohren zurücklegten. Ihr Gang bekam etwas Lauerndes, Schleichendes, Drohendes. Im Handumdrehen hatte sie sich in ein mordlustiges Dschungeltier auf der Pirsch verwandelt.

Das Dach schien große Vorzüge für die Jagd zu haben. Stundenlang saß sie darauf und starrte regungslos in den Wald hinein. Wie andere Kreaturen der Wildnis auch, liebte sie geebnete Flächen, die kein Hindernis boten. Elche und anderes Hochwild ziehen oft über die gesäuberten Wege der Menschen – offenbar um des Vergnügens willen, die Füße ohne Hindernis aufsetzen zu können.

Für den Schlafzimmeranbau hatten wir prächtiges Wetter. Mit Rücksicht auf die Dachschrägung mußten wir den Fußboden zwei Stufen tiefer legen. Und weil wir es jetzt eilig hatten und nur Platz für ein Bett brauchten, wurde der Raum nicht größer als zwei auf drei Meter.

Das Bett wurde eingebaut. Frische Birkenstangen, schlank und biegsam, wurden als Sprungfedereinsatz verwandt. Ich nähte den Matratzenbezug und stopfte ihn mit Seegras, das ich mit dem Taschenmesser „gemäht" und in der Sonne getrocknet hatte. Ebenso stellten wir die Couch für die Wohnecke her.

In der Regenzeit bauten wir Möbel. Das Holz – Zeder und Nußbaum – wurde mit der Axt zugerichtet. Die Axthiebe bildeten ein hübsches Muster in der braunen Maserung. Nach langem Suchen fanden wir im Zedernmoor zwei gleichmäßig gebogene Stücke für die Lehne eines großen bequemen Sessels.

Als wir mit den Möbeln fertig waren, brachen die Septemberschneestürme herein. Am Morgen lag ein weißes Tuch über die Erde gebreitet. Der Schnee blieb zwei Tage liegen – lange genug, um uns zu verraten, daß wir zahlreiche Nachbarn hatten. Elche, Rotwild, Waldhühner, Kaninchen und gestreifte Backenhörnchen kamen allnächtlich, um sich von unseren Baufortschritten zu überzeugen. Die Stinktiere erschienen – nach den Spuren zu urteilen – rudelweise. Das Haupt der Familie hatte sich sogar einmal sehen lassen: ein prachtvolles Tier mit schwarzglänzendem Fell, einem breiten weißen Streifen über dem Rücken und einem gewaltigen, dickbepelzten Schwanz.

Um dieser neuen Gefahr zu begegnen, bastelte Robert das „Waldmodell" eines Scheinwerfers. Wir steckten einfach eine Kerze in eine neue, blanke Blechschachtel, und zwar nicht auf den Boden, sondern

auf die Seite, so daß der Boden als Spiegel wirkte; die offene Seite vergitterten wir mit Draht und machten aus Draht auch einen Griff: eine richtige Laterne, unzerbrechlich, regen- und fast windsicher.

So war denn endlich alles fertig. Wir räumten das Handwerkszeug fort und säuberten alles rundum, durch einen drohenden Regen zur Eile getrieben. Die Möbel standen auf ihrem Platz, und das Feuer im Küchenofen brannte.

In der Bade-Ecke standen ein Waschtisch, eine Wassertonne und ein Spüleimer. Der Waschzuber, jetzt, da die Morgenkälte kein Tauchbad im See mehr gestattete, ein höchst wichtiges Ausstattungsstück, wurde in den Anbau gestellt. Robert meinte, der Waschzuber müsse im Hauptraum bleiben, als Zeuge meines snobistischen Entschlusses zum täglichen Bad. Er selbst hatte sich ohne Scham zum samstäglichen Großreinemachen bekannt.

Die Küche enthielt den Herd, ein Regal mit ein paar Brettern und zwei große Behälter. Ein zwei Meter langer Tisch diente zum Geschirrwaschen und für Kochvorbereitungen und bildete die Schranke zwischen Wohn- und Wirtschaftsraum.

Der Arbeitsraum beim großen Westfenster wies nur den Schreibmaschinentisch auf und Regale für Bücher und Fotomaterial. Ihm gegenüber war das Prunkstück des Hauses: unser Wohnraum. Hier gruppierten wir unsere Kostbarkeiten, die Couch mit einem kleinen Lesetisch, den Lehnsessel, den Blasebalg aus der Geisterstadt, unsere mitgebrachten Bilder und zwei mitgebrachte alte Teppiche. Der Ruhesessel, moosgepolstert und mit Rupfen bezogen, war unser Glanzstück. Die gebogene Rückenlehne erwies sich als besonders bequem.

Die Couchdecke aus Mr. Shields' Indianerbeständen war grellblau und nicht unbedingt nach unserem Geschmack. Wir hatten von vornherein – um Traglast zu sparen – auf jede Art von Draperien verzichtet. Die Bilder, die Teppiche und zwei Kissen – Ergebnisse meiner stillen Auflehnung gegen diese Abmachung – feierten jetzt Triumphe.

„Eine verlassene Goldmine, eine Geisterstadt, ein paar Dollar und ein bißchen Rückenschmerzen und Schwielen", sagte Robert, als wir von der Eingangstür her unser Werk betrachteten. „Aber wir haben etwas geschaffen! Und nun wollen wir das Zelt abreißen."

Das schien eine hübsche symbolische Handlung für frischgebackene Hausbesitzer. Als wir gerade damit fertig waren, fielen die ersten Regentropfen. Robert nahm die Bettdecken auf, öffnete die Tür zum Anbau – und brach in Gelächter aus.

„An alles haben wir gedacht – nur die Matratzen haben wir draußen vergessen!" sagte er.

Ich war schon zur Tür hinaus, ehe er den Satz beendet hatte. Aber es war zu spät: Die Matratzen, zum Sonnen und Lüften ausgelegt, waren schon klatschnaß. Wir schleppten sie in den Anbau. Robert schlug vor, das Zelt noch einmal aufzustellen.

„Nach drei Monaten auf der blanken Erde können wir wohl auf dem Fußboden übernachten", meinte ich.

Wir breiteten die Decken auf dem Boden aus. Aber die ungewohnte erwärmte Luft in der Hütte verscheuchte unseren Schlaf. Wir öffneten also Tür und Fenster und stellten gegen die Skunks eine Bank vor den Eingang. Bock-i-tay mißbilligte unser Verhalten sehr, sie vermißte das Lagerfeuer. Da entschloß sie sich lieber zur nächtlichen Jagd.

Mitten in der Nacht wurden wir durch ein Geräusch geweckt. Das Scharren langer Klauen wurde hörbar.

„Ein Skunk", flüsterte Robert. „Draußen unter dem Fenster liegt ein Erdhaufen – den hatte ich ganz vergessen."

Über diesen Erdhaufen war das Stinktier eingestiegen; es merkte ebenso schnell wie wir, daß es gefangen war. Wie die Grislybären haben auch Stinktiere lange Klauen, ohne deshalb klettern zu können.

Nun konnte unser Stinktier nicht mehr hinausklettern oder über die Bank im Eingang klimmen. Es lief hin und her, vor und zurück, und die Klauen kratzten auf dem Fußboden. Von Minute zu Minute wurde es nervöser.

Wir hörten das mit wachsendem Entsetzen. Die abscheuliche Flüssigkeit, die das Stinktier verspritzt, ist eine furchtbare Waffe. Der Geruch reizt zum Erbrechen und ist monatelang nicht zu vertreiben. Zum Glück geht das Tier mit diesem Kriegsvorrat, der sich nur sehr langsam wieder auffüllt, sparsam um. Unsere einzige Hoffnung war, daß es nicht zu Feindseligkeiten kam.

Der Skunk rannte sich in eine förmliche Hysterie hinein, und Bock-i-tay konnte jeden Augenblick zurückkehren und die Lage verschlimmern. Plötzlich fiel dem Skunk der Küchengeruch auf, der noch um den Herd hing. Er begab sich in die noch unerforschte Küchenecke, um das Ding zu beschnuppern, das nach Nahrung roch. Während er dort beschäftigt war, zog Robert blitzschnell die Bank vom Eingang fort.

Wir lugten aufgeregt unter den Decken hervor, bis der Skunk die Öffnung gefunden hatte. Als er endlich hinaushuschte, atmeten wir auf. Alle unsere Pläne für den langen Winter hatten einzig in der Macht eines erschrockenen Stinktiers gestanden!

Kampf und Sieg

Der Einzug in das Haus veränderte unsere Lebensweise. Nach dem ersten Frühstück spannte Robert geflissentlich ein Blatt Papier in die Maschine.

Ich fühlte mich vereinsamt. In der Stadt hatten wir am Morgen das Haus verlassen und uns unseren beruflichen Pflichten gewidmet. Jetzt war ich zwar eine Art Hausfrau geworden, aber weder konnte ich einkaufen noch große Vorbereitungen zum Essen treffen, es gab keine Telefonanrufe oder Verabredungen, es kam kein Verkäufer oder Bote an die Haustür.

Nachdem das Zimmer gefegt und gesäubert, die Lampe gereinigt und gefüllt war, hatte ich eigentlich nichts mehr zu tun. Drei Emailteller, drei Becher, eine Schüssel und etwas Kochgeschirr – mehr war beim besten Willen nicht abzuwaschen. Der Waschtag war eine Angelegenheit von zwei Stunden, die ich in unserer „Seewäscherei" verbrachte, wo ein Zwanzigliterkessel am Feuerplatz als Heißwasseranlage diente. Hemden, Strümpfe, Unterwäsche, ein paar Handtücher und Kissenbezüge wurden vom Kanu aus gespült.

Ich durchsuchte die Kochbücher nach Anregungen zur Erweiterung unseres Speisezettels. Kartoffeln, Zwiebeln und Kondensmilch waren zu unseren Vorräten hinzugekommen, seit wir keine Traglasten mehr zu schleppen brauchten. Das erweiterte unsere Möglichkeiten etwas, aber kein Küchengenie hat es noch je ohne Eier, Butter, Käse, Früchte oder Gemüse zu kulinarischen Spitzenleistungen gebracht. Wir hatten große Erwartungen auf Hefebrot gesetzt, bis ich meine erste Ration herstellte, die wie Gummi aussah, aber weniger gut schmeckte. Kauen machte nicht den geringsten Eindruck auf mein Brot.

Nun wollte ich es mit Sauerteig versuchen. Das Beste am Sauerteig ist seine Zuverlässigkeit. Robert bürgte dafür und machte eigenhändig den „Vorteig", eine Mischung aus Mehl und Wasser, als Nährboden für die Hefekeime aus der Luft. Es forderte schon eine gewisse Überwindung, um trotz des Geruchs, den das Gemisch ausströmte, zu Werke zu gehen. Es war aber imstande, jeglichen Teig in die Höhe zu treiben, und man konnte damit Brot oder Kuchen bei jeder Wärmetemperatur backen. Der Vorteig durfte nie ausgehen, und er mußte immer in gärendem Zustand erhalten werden. Dem Teig wurde etwas Natron beigegeben. Die Kuchen waren erstaunlich gut, schmackhaft und leicht und bildeten von jetzt an unser tägliches Frühstücksgebäck. Für Brot fügten wir mehr Mehl hinzu, das gab eine graue, schwere Masse, die zuweilen gelbe Flecken aufwies.

Das Obsteinmachen brachte einige Hausfrauenfreude in meine Tage. Der erste scharfe Frost verwandelte das Grün der hohen Preiselbeerbüsche in glühendes Scharlach und machte die Beeren reif und süß zum Einkochen. Den ganzen Fluß entlang flammten sie in roten Büscheln, säumten beide Ufer und hingen zum Wasserspiegel nieder. Wir machten einen Tagesausflug und beluden vom Fluß aus unser ganzes Kanu mit den großen Beeren.

Die hochstämmige Preiselbeere ist die vorzüglichste Einkochfrucht des Nordens. Sie ist herb, aber doch viel süßer als die kleinbuschige Preiselbeere, und sie hat einen besonderen Beigeschmack. Groß wie eine Kirsche, dünnhäutig und kernlos, läßt sie sich leicht konservieren. Ich füllte alle Gefäße, die wir aus der Geisterstadt mitgebracht hatten, und hatte Vorrat genug für den ganzen Winter.

Später, als ich dann alle Möglichkeiten der Beschäftigung kannte, die der Norden bietet, als ich aus Tagen, die bis zum Rand angefüllt waren mit Kochen, Waschen, Stricken, Nähen, Schreiben, Fallenstellen, Gartenarbeit und Hundeschlittenfahrten, zurücksah auf diese Wochen, wunderte ich mich oft, wie ich die Zeit wohl verbracht hatte.

Aber jetzt war ich noch fast ohne Arbeit. „Beim Holzhacken kann ich dir nicht helfen; die Fische, die wir zum Essen brauchen, sind in einer halben Stunde gefangen. Und für eine Entdeckungsreise bist du nicht mehr zu haben", sagte ich bedrückt.

Robert starrte mich verwundert an. „Aber das ist doch kein Grund, daß du ständig im Haus bleibst", erwiderte er.

Am nächsten Nachmittag sah er, wie ich die Mokassins mit den hohen Schnürstiefeln vertauschte. „Schau dich nach Elchfährten um, wir brauchen ein paar von den Burschen, sowie es noch kälter wird."

Ich war nicht halb so zuversichtlich, wie ich mir den Anschein gab, als ich über den Granitsattel kletterte. Aber ich ging nun jeden Nachmittag aus – manchmal freilich nur bis zu den Birken hinter der Lichtung, wo ich mich unter den Bäumen herumtrieb, bis es dämmrig wurde. Der Weg durch das Erlenmoor zum Flüßchen, das unseren Wasserfall speiste, war mir vertraut, denn er führte zum Rottannensumpf, wo ich das Moos für den Hausbau gesammelt hatte. Von da ging es zu einem Elchwechsel, der durch den Bisamsumpf führte. Ich durchstreifte den Bisamsumpf und kehrte dann über einen Wildwechsel in den dichten Rottannensumpf zurück.

Die Wildfährten kreuzten sich und liefen durcheinander. Der Elch schien sich zu keiner Zielrichtung entschlossen zu haben. So wollte ich denn hinüber zu dem großen Höhenweg, einer alten Pelzjägerroute, die durch Elche und Rotwild gangbar gehalten wurde; auf dem Weg fiel mir ein ungeheurer orangefarbener Pilz ins Auge. Er mochte etwa fünfundzwanzig Zentimeter im Durchmesser haben, und er sah hinreichend giftig aus, um zehn Familien umbringen zu können. Nachdem ich meine Neugier gestillt hatte, machte ich kehrt und ging – wie ich glaubte – meinen Weg weiter. Ich bummelte seelenvergnügt durch den Wald – als ich plötzlich wie angewurzelt vor demselben orangefarbenen Pilz stand. Wenigstens bildete ich es mir ein.

Ein jäher Schreck lähmte meine Füße. War es derselbe Pilz? War ich je auf diesem Weg gegangen? Jeder Fleck im Rottannensumpf sieht genauso aus wie der andere. Aber ich hatte von dem nicht seltenen Fall gehört, daß Verirrte immer wieder im Kreis an denselben Ort zurückkehren.

Diesmal kennzeichnete ich den Pilz durch zwei übers Kreuz gelegte

Stäbe; ich ging wieder los, in der Hoffnung, jetzt auf den Hauptwechsel der Elche zu stoßen. Wenn ich den erst erreicht hatte, fand ich auch sicher wieder heim.

Aber wieder stand ich binnen kurzem vor dem großen Pilz – dieselbe Form, dieselbe Größe, dieselbe Farbe. Nur die beiden Stäbe fehlten.

Jetzt erschrak ich ernstlich. Der Himmel war bewölkt, ich konnte mich nicht einmal nach der Sonne richten. Plötzlich packte mich die Verzweiflung: loslaufen, so schnell du kannst! Irgendwohin. Das war die Panik, vor der ich gewarnt worden war. „Wenn du nicht weißt, wo du bist, rühr dich nicht vom Fleck, und mach Lärm, damit ich dich finden kann“, hatte Robert mir gesagt.

Ehe ich mich dazu entschließen konnte, hörte ich einen Zweig knacken. Ich blickte auf und sah gerade vor mir, in etwa fünfzehn Meter Entfernung, etwas Dunkles durchs Gebüsch tappen. Es sah aus wie der Rücken eines Bären. Im nächsten Augenblick hätte ich losgeschrien, aber der „Bär“ richtete sich auf und verwandelte sich in Robert. Er hatte sich niedergebeugt, um meine Spur zu suchen. Ungemein erleichtert ging ich ihm entgegen.

„Es war nicht so gemeint, daß du die Nacht über draußen bleiben sollst“, sagte er. „Was ist denn geschehen?“

„Ich hab mir einen Pilz angeschaut“, erwiderte ich.

Er sah mich einen Augenblick forschend an. „Den Teufel hast du“, sagte er dann. „Als ich sah, daß deine Fußspuren zweimal den Wildwechsel kreuzten, da wußte ich Bescheid.“

Hierauf gab ich alle Schwindelei auf. Aber auf dem Heimweg überlegten wir, wie ich mit einer Karte wandern könnte. Robert machte nach dem Abendbrot eine Skizze, und ich arbeitete zwei Wochen daran, die Wildwechsel, die Seen, die verbindenden Wasserläufe, die Hügelzüge und die Ufer der beiden Ströme einzuzeichnen. Und noch ehe das prächtige, herbstliche Wanderwetter vorbei war, wußte ich mehr von den Wildwechseln als die Elche. Ich trug eine Schußwaffe bei mir, entweder meinen Revolver oder unser Jagdgewehr. Hie und da verschaffte es uns ein Waldhuhn zum Mittagsmahl.

Bald nachdem unser Haus stand, traf auch der erste Gast ein. Steve hieß er, und er kam von der Station angepaddelt. Wir sahen ihn flink um die Landspitze biegen und ans Ufer gleiten. Auch sein federnder Gang, mit dem er fröhlich den Hang zur Blockhütte heraufkletterte, freute uns.

„Ich hab gehört, daß ihr Leutchen gebaut habt, und da dachte ich, das muß ich mir doch mal besehen.“ So führte er sich ein.

Wir zeigten ihm das Haus, und er maß uns dabei verstohlen mit forschendem Blick. Dann holten wir den Rest Whiskey hervor, den wir noch hatten.

Wieder sah er uns prüfend und nachdenklich über das Glas hinweg an – dann meinte er: „Ihr seht nicht so aus, wie Mr. Shields euch geschildert hat: ein nichtsnutziges, reiches Paar. Ich wette, ihr seid in Ordnung!"

„Aber Mr. Shields kennt uns ja kaum!" begehrte ich auf.

Steve grinste. „Wenn man ihm zuhört, könnte man glauben, ihr hättet mit ihm Schweine gehütet. Er weiß mehr von euch als ihr selbst."

Robert und ich, wir sahen uns an. Wir dachten beide an die laufende Rechnung. Steve wußte eine Erklärung für die Gerüchte, die Mr. Shields in Umlauf zu setzen beliebte: Unsere Stadtkleidung hatte großen Eindruck hier in der Wildnis gemacht, und ein Blockhaus war geradezu verdächtig. Sogar Steve schien anzunehmen, daß diese Weltflucht gewisse Gründe haben mochte.

„Hat man je gehört, daß ein Weißer sich mitten in der Wildnis ein Haus baut, wenn er nicht –" Er stockte, aber wir hatten verstanden. Nach einer kurzen Pause fügte er hinzu: „Aber wir hier draußen, wir haben den Grundsatz: Was vorbei ist, ist vorbei; mit seiner Vergangenheit muß jeder selbst fertig werden."

Steve blieb zum Essen. Als er das Schmorfleisch in den höchsten Tönen pries und mit Robert darin übereinstimmte, daß der Rosinenkuchen keinesfalls in mehr als drei Stücke geteilt werden dürfte – da schloß ich ihn ins Herz wie einen Bruder.

Nachher begleiteten wir Steve zur Anlegestelle und verglichen die Kanus und ihre Schnelligkeit. Schließlich entwickelte sich eine Regatta; Robert ließ einige Prahlereien vom Stapel. Steve verlangte eine Vorführung, und so wechselte ich mich mit Steve im Bug ab, während Robert im Heck blieb; und dann machten wir ein 200-Meter-Rennen um die Bucht. Robert und Steve brachten es auf mehr als zwölf Kilometer die Stunde; mit mir kam Robert auf etwas über elf.

Kaum war Steve aus der Bucht und außer Hörweite, da fing Robert aus vollem Halse zu lachen an: „Darum also eröffnete uns Shields so großzügig Kredit! Reich und verrückt! Verrückt – na schön; aber reich!"

„Und was wird geschehen, wenn er seinen Irrtum erkennt?"

„Wenn wir erst eine Erzählung angebracht haben, brauchen wir uns nicht mehr um seine Meinung zu kümmern", antwortete Robert. „Lach doch, du reicher Nichtsnutz!"

Beide reichen Nichtsnutze lachten. Der ganze Aufwand an verehrungsvoller Zuvorkommenheit – verschwendet an zwei arme Teufel, die sich nicht einmal Butter leisten konnten! Noch beim Abendbrot packte uns das Gelächter immer wieder. Aber nach dem Abwaschen rückte Robert seine Schreibmaschine unter die Lampe. Und wenige Tage später konnte er zwei neue Manuskripte absenden.

Ich begleitete ihn zum Postamt, und wir paddelten im warmen Oktobersonnenschein vergnügt und voll Hoffnung zurück. Dies ist der schönste Monat des Nordens: kühle Morgenstunden, Tage ohne Stechmücken, mondhelle Nächte. Wer je ein Paddel dort auf den Seen geschwungen hat, weiß tausend Gründe, warum der Oktober der schönste Wandermonat ist. Robert zählte die triftigsten auf: Es war Zeit, ein paar Elche für den winterlichen Fleischvorrat zu schießen; die Indianer hatten den wilden Reis geerntet und waren bereit, einen Sack gegen ein paar Pfund Tee einzutauschen. Und wir hatten noch keine Fotografie von dem Elchrudel, das wir am White-Otter-See beobachtet hatten, und bald würden die Tiere zur Winterwanderung aufbrechen. „Laß uns doch die Bilder machen“, schlug Robert vor. „Ein offenes Wanderzelt, ein mächtiges Feuer gegen Kälte und Dunkelheit – ach, du weißt ja gar nicht mehr, was Zelten heißt.“

Schon am nächsten Morgen durchquerten wir bei Tagesanbruch die Bucht. Unsere Stiefel zertraten klirrend das dünne Eis der gefrorenen Pfützen, als wir zum Bootsplatz gingen. Es blies ein kalter Wind, und nichts in der verdüsterten Landschaft erinnerte an den sonnenhellen Nachmittag von gestern, da wir den Plan zur Fahrt gefaßt hatten. Eine unfaßliche Schwere drückte auf mein Gemüt.

Wohl war meine Niedergeschlagenheit der Temperatur und dem Herbstgesicht der Landschaft zuzuschreiben. Ein rauher Wind blies durch die Kleider, und die Frostluft rückte mir das Herannahen des Winters vor Augen. Bald würde er unseren Wanderungen ein Ende setzen. Vor mir lagen – so überlegte ich – Wochen und Monate schneeummauerter Einsamkeit. Das Land und das Leben, wie es mich jetzt erwartete, hatte nichts mehr mit meinem Leben von einst gemein: Sturm und Schnee, Kälte, wie ich sie nie gekannt hatte, unbeschreibliche Einsamkeit würden das Land seiner Schönheit berauben und unser Dasein auf die vier schützenden Wände des Blockhauses beschränken.

Als wir endlich auf die Elche stießen, waren sie gerade im Begriff, sich auf die Winterwanderung zu begeben. Es war mir unfaßlich, daß sie so genau wissen konnten, wann es Zeit war, die Moore gegen die Winterquartiere zu vertauschen. Für uns bedurfte es schon einer gehörigen, steifen Brise, um uns die Gefahr des Einfrierens vor Augen zu halten. Zu Mittag kam sie auf und wuchs sich nachmittags zum Sturm aus. Es roch förmlich nach Kälte.

„Es ist höchste Zeit aufzubrechen", sagte Robert. „Wir müssen diese Moraste und die toten Wasserarme hinter uns bringen. Wenn sich der Sturm legt, werden sie einfrieren."

So warfen wir uns mit aller Macht in die Paddel und stürmten nur so über die Landstrecken. Das ging bis zur Dunkelheit. Der Schnee war hart und scharf gefroren, als wir haltmachen mußten, und der Zeltplatz war öde und ungeschützt. Robert richtete das Zelt auf und fachte das Feuer an; dann machte er sich auf die Suche nach Balsamzweigen für das Nachtlager.

Jetzt begann es stark zu schneien. Der Wind rüttelte an den Zeltbahnen. Das Feuer qualmte und erstarb. Das Lager wirkte jetzt unheimlich ohne die Licht- und Wärmequelle; ich mußte meine ganze Widerstandskraft aufbringen. Eine wilde Bö rüttelte am Zelt. Die Zeltstangen bogen sich, dann fielen sie zusammen. Die Mittelstange traf mich auf den Kopf und schleuderte mich in eine Schneemulde.

Ich raffte mich auf, völlig verstört durch Kälte, Nässe und all die Unbill. Der Hieb über den Kopf hatte mir den Rest gegeben; aber der Norden hatte noch nicht alle seine Pfeile verschossen. Als ich den Packsack öffnete, sah ich, daß der Sauerteig den Behälter gesprengt hatte. Decken, Kleider, das ganze Küchengeschirr – alles war mit dem übelriechenden grauen Teig verschmiert.

Das umgestürzte Zelt, unser verschmutztes Gepäck, das erstorbene Lagerfeuer – durch den treibenden Schnee starrte ich auf das ganze Unheil. Ich war fertig mit diesem Land, am Ende meiner Fähigkeit, all die Unbilden zu erdulden, die über mich hereingebrochen waren. Das hatte mir der Norden angetan, und das sollte ich einfach hinnehmen. Dieser Gedanke goß Öl ins Feuer: kein Land, kein Zelt und kein Lagerfeuer sollten mir die Schmach antun, daß ich mich besiegt gab. Toll vor Angriffslust, sprang ich auf.

Als Robert mit einem Riesenhaufen von Balsamzweigen auf der Schulter daherkam, stand das Zelt wieder aufrecht, das Feuer brannte lichterloh, und unser Gepäck war – so gut es ging – vom Sauerteig gereinigt. Ich erzählte ihm nichts. Ich war zu sehr außer mir, als daß ich hätte sprechen können. Ich schwieg den ganzen Abend.

Die Furcht vor dem Eis jagte uns eine Stunde vor Tagesanbruch auf. Viele Flußläufe, Wasserfälle und Stromschnellen lagen noch zwischen uns und unserem Zuhause. Von Augenblick zu Augenblick wurde es kälter, und wir wagten keinen Aufenthalt mehr vor dem großen See. Die letzte Strecke zum Blockhaus legten wir in treibendem Schnee zurück. Unsere Fausthandschuhe froren an den Paddelschäften fest.

Und doch – während wir unsere übermüdeten und durchfrorenen Körper anstrengten, um der tödlichen Kälte zu entfliehen, da merkte ich, daß eine Erregung in mir wuchs. Ich fühlte mich durchaus nicht elend: Der Kampf spornte meine Kräfte an. Bei jedem neuen Ruck, mit dem unser Kanu vorwärts schoß, durchströmte mich ein heißes Gefühl: Sieg. Der Anblick unseres heimatlichen Sees machte mich glücklich – nicht, weil er das Ende der Fahrt bedeutete, sondern weil wir den Norden, der uns hatte einfangen wollen, besiegt hatten.

Robert kniete, hart paddelnd, im Heck. Sein Gesicht war ernst. Dieser reizende Herbstausflug war seine Idee gewesen. Daß ich wenig entzückt davon war, hatte mein Schweigen bewiesen, mein Schweigen in dem Camp, das sogar für seine Vorstellungen zu unbehaglich gewesen war. Und dieses Paddeln durch Kälte, Schnee und Eis war mehr, als man einer Frau zumuten durfte. Er hatte so sehr gewünscht, daß ich sein Land lieben lernte – und jetzt, da unser Blockhaus aufgebaut war, mußte er fürchten, daß ich den Norden haßte.

Eine Lust zu singen überkam mich, obgleich ich sonst nur unter der Dusche zu singen pflege. Aber jetzt brach ich in lauten Gesang aus. Er hatte wohl einen wilden, kriegerischen Klang – denn als ich mich umsah, bemerkte ich die Verblüffung auf Roberts Gesicht.

„Ein schöner Tag, mein Lieber“, sagte ich. Und beim nächsten Paddelschlag spürte ich, daß Robert mich verstanden hatte.

Ein Kilo Butter für Nerz und Hermelin

Der frühe Oktoberschneesturm war nur ein Vorspiel des Winters gewesen. Die Schneedecke war ein paar Tage später schon wieder geschmolzen. Aber die Nächte blieben kalt. Robert mußte auf die Elchjagd, bevor die Tiere über den Felssattel gezogen waren, und nach drei Tagen hatte er zwei fette Bullen erlegt. Als er lange nach Einbruch der Dunkelheit zurückkehrte, war das Kanu mit Keulen und Vierteln beladen. Von weitem schon schrie er sein „Hallo!", und ehe er um die Landspitze bog, liefen wir beide, Bock-i-tay und ich, ihm zum Landungsplatz entgegen. Bock-i-tay geriet in Verzückung über die „Riesenmäuse", die er mitbrachte, und schlug ihre Krallen in die mächtigen Fleischstücke.

„Heiliger Bimbam! Bin ich müde", sagte Robert, als er das Kanu an die beiden Holzblöcke zog, die als Landungssteg dienten. „Ich mußte die Elche über ein paar Felsen schleppen, glitt aus und hab mir unter der Last fast den Hals gebrochen. Aber nun, meine Beste, kannst du dir ein leckeres Stück Keule fürs Abendessen aussuchen."

„Wir sind nicht so abhängig von den Trophäen der Jagd", erwiderte ich würdevoll. „Ich habe gerade einen Kessel voll Erbsensuppe auf dem Feuer." Ich war sehr stolz auf diese gastronomische Überraschung, denn Robert hatte mich des öftern gedrängt, es einmal damit zu versuchen. Ich hatte auch Erfolg mit meinen Kochkünsten. Er füllte sich zum zweitenmal den Teller bis zum Rand und fragte: „Kannst du das noch einmal machen, oder hast du mit verbundenen Augen gekocht?"

Er kannte die schwache Stelle meiner Vorgehensweise. Manchmal gelang mir die Wiederholung einer Speise nicht. Mit Rezepten war das überhaupt so eine Sache. Als Koch in der Wildnis darf man sich nicht sklavisch an den Wortlaut halten. Jetzt war ich so weit, daß ich auch vor einer ganzen Liste fehlender Zutaten nicht mehr zurückschreckte. Ich ersann ganz einfach neue Methoden. So hatte ich entdeckt, daß eine Sauce aus getrockneten Äpfeln statt Eiern und Butter an den Kuchen getan werden kann. Richtig behandelt und lange genug eingeweicht, können Dörräpfel auch zu Apfelpastete verwendet werden. Auf der ganzen Erde haben die Frauen in abgeschiedenen Gegenden immer vor gleichen Problemen gestanden. Der geröstete Reis der Indianer, die Weizenkuchen des Südens, alle Pioniergerichte sind durch solche Beschränkungen entdeckt worden. In meiner Küchenecke focht ich diese gastronomischen Probleme gegen den kanadischen Norden aus.

Wir paddelten wieder einmal zur Station, mit einer Erzählung, die der Post anvertraut werden sollte, und mit der schwachen Hoffnung, Nachricht über das Geschick der beiden früher versandten Geschichten vorzufinden. Ich wartete am Ufer, während Robert zum Postamt hinauflief. Mr. Shields' Unterhaltungsbedürfnis machte es unmöglich, die Post im Laden zu lesen. Robert kam aus der Tür – mit zwei braunen Briefumschlägen in der Hand. „Alle beide zurück?“ stammelte ich.

Er nickte finster. Wir paddelten heim.

Bis dahin war mir gar nicht in den Sinn gekommen, daß Erzählungen von den Redaktionen auch abgelehnt werden könnten. Freilich hatte ich mir schon gedacht, daß es vielleicht nicht immer so schnell gehen würde wie mit der ersten. Aber unser Leben in Kanada um Roberts Gesundheit willen setzte ein Minimum an schriftstellerischem Erfolg voraus. Wir brauchten wenigstens eine Annahme als Zuschuß, um Haushaltsgegenstände und Winterwäsche anzuschaffen. Wie gerne hätten wir heute Wintervorräte mitgenommen . . . Aber das war jetzt unmöglich, und künftig würde Robert alles einzeln holen und auf schwierigen Wegen mit dem schweren Toboggan, dem kufenlosen Indianerschlitten, heimschleppen müssen. Und ich fragte mich mit Bangen: Wie lange wird Mr. Shields uns noch für kreditwürdige reiche Exzentriker halten, und wie lange kann man im Schnee seidene Unterwäsche tragen? Als wir in der Großstadt unsere Ausstattung zusammenstellten, hatte ich mich starrköpfig gegen Wollzeug gewehrt; das war jetzt eine Katastrophe für mich.

Der Rückweg in der Kälte wurde uns lang. Unsere Stimmung war flau und unser Magen leer; Bock-i-tay war das einzige Familienmitglied, das seine gute Laune nicht eingebüßt hatte. Die Glückliche! Trug sie nicht wie Robert ihr Wollzeug das ganze Jahr hindurch?

„Wie wäre es mit einem Elchsteak zum Nachtessen?“ fragte ich. „Mit knusprigen Bratkartoffeln, zur Aufmunterung?“

Bewaffnet mit Bügelsäge und Axt, unserem Schlachterhandwerkszeug, begaben wir uns zu unserem „Fleischbaum“ – einer hohen Tanne mit breiten Ästen. Hoch über der Erde, vor den Wölfen gesichert, hingen acht Elchviertel und zwei Keulen – über tausend Pfund Fleisch. Robert holte eine angeschnittene Keule herunter und legte sie auf den Baumstumpf, den wir als Hackbock benutzten. Ich hielt das Fleisch, während er eine zehn Zentimeter dicke Scheibe absägte.

„Wie wär’s, wenn wir es einmal mit Artikeln über das Leben in freier Natur versuchten?“ fragte Robert nachdenklich, als wir bei Tisch saßen.

Unsere Freunde hatten uns in humoriger Absicht haufenweise Zeitschriften für Camper sowie Natur- und FKK-Fans geschickt. Ihre Randbemerkungen erfreuten uns nicht immer restlos: „Wie man von Nüssen und wilden Früchten lebt“, „Letzter Schrei – Rückkehr zum

Höhlenmenschentum" usw. Wir hatten die Hefte durchgeblättert und manches darin belächelt.

„Wir müßten es einmal versuchen", sagte Robert. „Die drucken ja Seiten über Seiten über unser Alltagsleben. Sieh dir das mal an! Der Bursche hier behauptet zum Beispiel, eine Reflektor-Backhaube lasse sich nur für Biskuits benutzen. Das wissen wir doch besser. Und ich hab sogar ein Bild von dir gemacht, wie du gerade eine Apfelpastete herausnimmst."

Nach dem Abendbrot entwarfen wir eine ganze Artikelserie: Wie man kunstgerecht ein Bett aus Zweigen baut, ein Zelt aufrichtet, Lagerfeuer macht, die Schilderung unserer Herbstfahrt zu den Elchen und unsere Entdeckung der Geisterstadt. Wir brauchten uns gar nicht mit Erfindungen anzustrengen. Unser einziger Einsatz waren die Unkosten für die Bilder und eine Bestellung von Schreibmaschinenpapier. „Das gibt gut und gerne zwanzig Artikel!" sagte Robert. „Jetzt beginnt die Schriftstellerei vom Fließband!"

Am nächsten Tag begegneten wir im Laden unserem nördlichen Nachbarn, dem Pelzjäger Ni-bo-bi-nis; er bestellte seine Wintervorräte, die dann mit dem Winterertrag des Pelzwerks bezahlt werden sollten. Ich sah die riesige Bestellung anwachsen und staunte, wie gut er sich versorgte: Der brauchte im Winter nichts mehr zu seinem Wigwam zu schleppen. Als er aber eine Kilobüchse Butter bestellte, versetzte es mir einen Stich.

„Wie kann der Indianer Butter kaufen?" fragte ich Mr. Shields in einer ruhigen Ecke.

Ni-bo-bi-nis konnte Butter kaufen und auch alles übrige, was sein Herz nur begehrte. Der Haufen auf dem Ladentisch war nur ein kleiner Teil seiner Wintervorräte: Er wollte vor dem Frost noch zweimal kommen. Die Linien, auf denen er seine Fallen gestellt hatte, bildeten ein Dreieck, dessen Seiten je fünfzehn Kilometer lang waren. Und an jeder Ecke wohnte eine seiner Frauen. Bei der einen holte er die tags zuvor gefangenen und abgehäuteten Tiere und brachte sie der nächsten zur weiteren Behandlung. Jede war beschäftigt, und er brauchte nur der Linie entlang von Falle zu Falle zu gehen; an jeder Ecke warteten ein Weib und ein Wigwam auf ihn. Diese höchst geschickte Ausnutzung der Vielweiberei hatte Ni-bo-bi-nis zum erfolgreichsten Pelzjäger der Gegend gemacht.

Als wir heimfuhren, fragte ich Robert, ob er etwas vom Fallenstellen verstehe, und ich erfuhr, daß er als zehnjähriger Junge auf seines Großvaters Farm einen ganzen Dollar und zehn Cent beim Fallenstellen den

Winter über verdient hatte. Mr. Shields hatte mir erzählt, daß die Nerze im dichten Rottannensumpf, wo die Sonne kaum durchdrang, besonders dunkel seien – die Felle seien nahezu schwarz und gälten als die schönsten auf Erden.

„Aber was nützt uns das?“ fragte Robert. „Ich muß die Artikel schreiben. Ich hab keine Zeit zum Fallenstellen.“

„Dann kann doch ich mir eine Fallenstrecke anlegen“, meinte ich.

Wenn ich ihm den Entschluß, Trapezkünstlerin zu werden, kundgetan hätte – er hätte mich nicht verblüffter anstarren können. „Du kannst doch keine Falle stellen oder auch nur eine Kaninchenschlinge legen.“

Aber ich wußte mir zu helfen. Ni-bo-bi-nis konnte mir zeigen, wie man eine Schlinge und einen Köder auslegte und wie man Fallen stellte. Und ich hatte ein altes „Cubby“ gefunden, das ein indianischer Fallensteller, der weitergezogen war, am Bach zurückgelassen hatte: das konnte mir als Modell dienen. Ein Cubby ist eine kleine Umzäunung; man steckt einen halben Meter hohe Stöcke meist im Rechteck in den Erdboden, dreißig Zentimeter tief. Die Falle selbst wird da hineingesetzt, es bleibt ein schmaler Eingang offen, und dahinter wird der Köder befestigt.

Ich baute eine ganze Anzahl Cubbies den Bach entlang, an einem Hauptarm und an den Ufern des ersten kleinen Sees. Denn Nerze wandern die Wasserstraßen entlang. Nahe am Blockhaus hatte ich ein Versuchs-Cubby errichtet. Dieses neue Vorhaben, das sich nach außen hin durch Einkauf von einfachen Federn und Doppelfedern für die Fallen kundtat, wurde von Mr. Shields abermals als eine Bestätigung unserer Verschrobenheit angesehen.

Wohlausgerüstet für die erste Lektion, lauerte ich meinem Lehrmeister auf. Eines Tages sahen wir das auffallend geschweifte Birkenboot von Ni-bo-bi-nis aus den Büschen an der Landspitze auftauchen, und wir paddelten ihm entgegen und luden ihn ein. Unser Köder war das Angebot, ihn zu fotografieren, und es wurde um so freudiger angenommen, als er seinen Sohn bei sich hatte, einen zehnjährigen Burschen mit rundem Gesicht. Es gab Tee, Brot und Marmelade. Die Einladung wurde ein großer Erfolg. Wir kamen aufs Fallenstellen zu sprechen, und Ni-bo-bi-nis geriet in Fahrt. Er zog unbedingt Schlingen vor, sogar zum Fang der Pelztiere, und er führte uns den ganzen Vorgang mit Hilfe eines Stückes Kupferdraht, einer Springfeder und eines gekerbten Stockes äußerst lebendig vor Augen.

Wir führten ihn zu meinem Versuchs-Cubby. Da setzte er einen

Köder an die richtige Stelle, spreizte die Tellereisen der Falle, ließ die Pfanne einschnappen und stellte die Falle vorsichtig in das Cubby. Ich nickte. Dann streute er Moos über die Pfanne. Ich nickte wieder. Jetzt warf er einen Kieselstein hinein: Die Falle klappte zu. Der Indianer gab Zeichen der Mißbilligung von sich, um mir klarzumachen, daß er die Pfanne überlastet hatte und daß sie durch das zu große Gewicht von selbst zuklappen würde.

Daraufhin wiederholte ich die ganze Vorstellung.

Jetzt konnten wir fortfahren. Ni-bo-bi-nis bedeckte das Cubby mit Zweigen. Er arbeitete sorgfältig, denn das Dach mußte undurchdringbar sein. Dann verwandelte sich seine Hand in einen Nerz, suchte den Eingang und schlüpfte hinein. Große Freude des Pelzjägers! Jetzt räumte Ni-bo-bi-nis das Dach ab, baute es nachlässig wieder auf und wurde abermals zum Nerz. Diesmal fand der Nerz einen sicheren Weg zum Köder und konnte ungehindert entschlüpfen. Ein untröstlicher Jäger beklagte diesen Verlust.

„Kah-win nis-i-shin!“ sagte Robert, und dieser Ausspruch: „Nicht gut!“ erfreute Ni-bo-bi-nis überaus. Sein kleiner Junge kicherte unaufhörlich. Wir waren alle sehr vergnügt und kehrten zu einem Imbiß in die Hütte zurück.

Als sich Bock-i-tay zeigte, erfuhren wir endlich ihre Vorgeschichte. Ni-bo-bi-nis erkannte sie wieder; sie hatte einer Indianerin gehört, die im Juli durch das Land gezogen war.

Die Männer schwatzten und schüttelten betrübt die Köpfe. Robert übersetzte: „Ni-bo-bi-nis hat im Frühling einen großen Bären gefangen; aber das Fell ist nicht voll und schön, sondern es hat kahle Stellen, und deshalb mochte Mr. Shields es nicht kaufen.“

Der Junge lief zum Kanu und holte das Fell. Wir gaben kleine Laute der Enttäuschung über die kahlen Stellen von uns; aber ich war nicht ernstlich betrübt – ich konnte das Fell herrlich gebrauchen. Die grellblaue Couchdecke aus Mr. Shields' Beständen war mir schon längst ein Dorn im Auge. Ich schlüpfte in den Anbau und durchsuchte meine Koffer: drei Ehegattinnen mußten ja beschenkt werden. Was ich zusammenkramte, war mehr wert als das Bärenfell – aber nicht für mich. Ich klingelte mit drei Armbändern am Handgelenk, ich zeigte eine Ledertasche, die alles aufnehmen konnte, was eine Indianerin bei sich tragen mochte. Als letzte Kostbarkeit führte ich ein kleines Reisenecessaire vor. Es enthielt fast alles, was eine Indianerin nie im Leben braucht. Aber gerade dieses überflüssige Stück gefiel Ni-bo-bi-nis am besten.

Unser Gast untersuchte voll Würde und Ernst die Tauschwaren. Endlich nickte er zustimmend, und ich warf mein Bärenfell über die Couch. Robert war sichtlich beeindruckt.

SECHS dicke Briefumschläge mit Manuskripten und Fotografien wurden bei unserer letzten Fahrt zur Station der Post anvertraut. Wir paddelten den Fluß entlang, und es klirrte um uns von zerbrechendem Eis.

Schneeschuhe und zwei Säcke Kartoffeln – das war alles, was wir für den Winter einkaufen konnten. Ich hielt die Falltür, während Robert die Kartoffeln neben den Preiselbeeren verstaute. Der Keller war nicht gerade mit Gütern überfüllt, aber wir hatten doch so etwas wie „Vorräte".

„Fallen stellen und Artikel über das Leben in der Natur!" sagte ich. „Das braucht man also, um auf dem Lande zu leben!"

„Zwei zu eins, daß ich eher einen Artikel anbringe, als daß du einen Nerz fängst", forderte Robert mich heraus. Wir schüttelten uns darauf die Hände und tanzten einen Kriegstanz auf der Kellertür.

DER FROST LEGT UNS IN FESSELN

DER FROST brach über Nacht herein und schloß En-dah'-win von der Außenwelt ab. Der Fluß war schnell zugefroren, aber der große, tiefe See brauchte viel länger dazu. Die Strömungen in den Engen verhinderten, daß das trügerische Eis wirklich fest wurde.

Der Frost bedeutete einen scharfen Einschnitt im Lauf der Jahreszeiten. Jetzt war der Winter da und blieb. Fünf Monate lang gab es jetzt Schnee, den keine Mittagssonne mehr zu schmelzen vermochte.

Wir waren gefangen. In dringenden Notfällen gab es die Möglichkeit, zur Station zu gelangen, aber die Reise war gefährlich und außerordentlich schwierig. Man hatte tagelang Buchten und tiefe Einschnitte zu umgehen, die sonst im Kanu überquert werden konnten.

Für Unfälle hatten wir keine andere Hilfe als unser Medizinschränkchen. Es enthielt eine Spritze für Injektionen, Morphium, eine Erste-Hilfe-Ausstattung und die üblichen Hausmittel.

Als die Bucht zugefroren war, legte Robert das Kanu umgekehrt auf ein Gestell im Schutz der Bäume und brachte das Zubehör zu einem Toboggan ins Haus. Er hatte schon drei dünne Birkenstämme zugehauen. Diese befestigte er mit Scharnieren aneinander und dämpfte ihre vorderen Enden in kochendem Wasser. Am nächsten Tag wurde das Ding, das jetzt aussah wie ein Kinderschlitten, gegen die Wand gestellt. Zwei weitere Behandlungen drückten das Vorderteil sauber nach oben, und um es in dieser Lage zu halten, wurde es mit Draht festgeschnürt.

Ich betätigte mich nun als Fallenstellerin. Als erstes legte ich eine Reihe Schlingen auf dem Kaninchenwechsel im Erlenmoor aus. Ni-bo-bi-nis' Technik erwies sich als unfehlbar. Am nächsten Morgen hing in jeder Kupferdrahtschlinge ein großes Kaninchen. Ich stampfte heim mit meiner Last von zwölf gefrorenen Kaninchen und erwarb mir Bock-i-tays restlose Bewunderung. Den ganzen Vormittag zog sie die steifgefrorenen weißen Bälge über das Teerpappedach. Ich hängte ein verlockendes Stück Kaninchen als Köder über die offenen Tellereisen jeder Falle.

Robert begleitete mich, als ich zum erstenmal meine Fallen inspizierte. Im vierten Cubby war eine Feder gesprungen, und man sah deutlich die Spuren eines geflüchteten Hermelins.

„Beinahe hättest du Glück gehabt", sagte er.

Es vergingen noch zehn Tage harter Arbeit, ehe ich wirklich etwas fing. Ich versuchte alles mögliche, ich hängte die Köder anders und änderte immer wieder die Dächer meiner Cubbies. Ni-bo-bi-nis' Pantomime eines untröstlichen Pelzjägers war nichts im Vergleich zu meiner Niedergeschlagenheit, als ich Tag für Tag die Federn gesprungen und die Köder gestohlen fand.

Endlich fing ich ein Hermelin. Das schlanke weiße Ding, an den Flanken leicht grün schattiert, lag starr und steif in der Falle.

Jetzt waren meine Tage nicht weniger ausgefüllt als die Roberts. Der Morgen gehörte den Fallen, am Nachmittag wurde gebacken, gewaschen, geputzt und die Mahlzeit für den nächsten Tag zubereitet.

Das erstemal brauchte ich zwei Stunden zum Abziehen des Fells. Später ging es schneller, aber es blieb stets eine schwierige Tätigkeit. Ein Schnitt ins Fell entwertet das Pelzwerk. Es wird beim Nerz wie auch beim Hermelin auf Streckbrettern getrocknet.

Der große Frost war uns schon längst etwas Alltägliches geworden, als der erste schwere Schneesturm dahertobte: Jetzt konnten wir unsere Schneeschuhe erproben.

Wir erwachten in einer Wunderwelt aus schimmerndem, funkelndem Weiß. Nach dem Frühstück gingen wir hinaus und schlüpften in die Schneeschuhe, ein Mittelding zwischen Ski und Schneereifen.

„Wie lautlos es ist, wenn sich kein Blatt mehr regt", sagte ich. „Jeder Hauch des Lebens ist im Schnee erstickt."

„Laß das Thermometer nur auf fünfzig Grad unter Null sinken, dann wird das anders", meinte Robert, „dann kracht und klirrt alles vor Eis und Frost."

Wir machten die Riemen fest, und Robert glitt den Abhang hinunter und zeigte mir, wie man einen Schneeschuh über den andern hebt, ohne sich zu verheddern.

Es ging ganz leicht. Wenn der Schnee nicht zu tief ist, kann jedermann auf Schneeschuhen gehen – nur darf man nicht daran denken, daß die Füße beschwert sind.

Jetzt mußten wir unsere Winterwege austreten. Wir gingen hintereinander her, und der Hintermann trat in die Spuren des Vordermanns, damit eine glatte, feste Spur geschaffen wurde. Wir traten meine Fallenlinie aus, und als wir vom Hügelkamm zum Blockhaus hinüberschauten, lag unser schneebemütztes Heim wunderhübsch da in alldem frischen, blitzenden Weiß. Nach allen Seiten hin führten schließlich die scharf eingeschnittenen Pfade durch die sonnenhelle Lichtung: zum See hinunter, zum Holzstoß, zum Wäschetrockenplatz. Fünf Monate lang hatten wir die Schneeschuhe an den Füßen, oder sie standen griffbereit vor der Haustür.

Der Schnee und die Kälte übten ihre Macht auch in der Hütte aus. Ich fing an, Roberts Geschichte von dem alten Fallensteller John im nördlichen Minnesota zu verstehen. Jedesmal, wenn er in eine andere Gegend zog, baute er eine Zweizimmerhütte. „Kein Mensch, der etwas auf sich hält, wird im selben Raum kochen und essen", pflegte er zu sagen.

Ich wünschte, wir wären auf solche Vornehmheit bedacht gewesen. Ständig hing die Wäscheleine mit nassen Socken und Fausthandschuhen über dem Herd. Der Waschtag mußte nun im Zimmer abgehalten werden – die Wanne auf einer Bank, die tropfenden Wäschestücke und Kleider auf dem Tisch. Und der widerliche Dampf mit dem Geruch von Seife und kochender Baumwolle füllte jeden Winkel.

Die Lüftungsfrage stellte uns vor die Wahl zwischen eindringender Eisluft oder Küchendampf und -rauch. Wurde die Tür geöffnet, so rollte eine Dampfwolke wie der Atem eines Riesen durch den Raum.

Mein täglicher Kampf mit dem Waschzuber, mit dem Küchengeschirr, dem Heißwasserkessel und den Küchendüften wurde getauft und erhielt den schönen Namen: die spartanische Stunde. Aber der Zuber blieb nach wie vor im Anbau, wo auch Kleider und Pyjamas untergebracht waren. Diese und die Kissen wurden allabendlich vor dem Schlafengehen zum Anwärmen an den Ofen gebracht: eine neue Note in der Winterdekoration. „Schmücke dein Heim", sagte ich schicksalsergeben, wenn ich abends alles hereinschleppte.

MIT STOLZ hatte ich bereits drei Nerze und mehrere Hermeline aus den Fallen geholt, als Robert meinte, daß das Eis nun fest genug für einen Marsch zur Station sei.

„Du könntest die Felle in den Laden mitnehmen und den Erlös von der Rechnung abziehen lassen", sagte ich und gab ihm meine Beute.

„Hast du je von reichen Nichtsnutzen gehört, die Pelzwerk gegen Nahrungsmittel eintauschen? Shields kündigt uns sofort den Kredit, wenn die Legende von den verschrobenen Millionärskindern zusammenbricht."

Ich war sprachlos und wütend. Dann sagte ich fast weinend: „Und du läßt mich schuften – nur damit ich unseren Kredit untergrabe?"

„Keine Macht im Himmel und auf Erden hätte dich von der Fallenstellerei abhalten können. Aber ich habe mich schon immer über deine Vorstellung gewundert, daß wir dadurch zu einem Pfund Butter kommen würden."

Verzagt und untröstlich räumte ich meine Felle beiseite und blickte Robert nach. Er trug eine zweieinhalb Meter lange Stange bei sich, um das Eis in den Engen zu prüfen; er sah einem langen, harten Tag entgegen.

Ich kehrte ins Haus zurück, um einen Plan ins Werk zu setzen, der mir schon lange am Herzen lag. Ich wollte einen Wandschirm im reinsten Ojibwa-Stil machen: zwei Rahmen aus Zedernholz, mit Birkenrinde bezogen. Ich hatte den Indianerinnen zugesehen, wenn sie Wigwamteile aus Birkenrinde mit Wurzelfasern zusammennähten. Das schien sehr einfach, aber statt der Fasern hatte ich Bindfaden genommen, und das erschwerte die Sache, denn der Bindfaden zerschnitt die Rinde. Da kam ich auf den Gedanken, die Birkenrindenstücke am Rand mit Stoffstreifen zu bekleben, und von da an ging mein Werk flink vonstatten. Bald hatte ich auch die Rahmen am Sparrenwerk der Decke befestigt, so daß sie eine Zimmerecke – mein zukünftiges Badezimmer – auf ansprechende Weise vom übrigen Raum abschlossen. Dahinter war Platz genug für meinen Zuber. Auch die Kleider und Pyjamas konnte ich hier unterbringen. Ich konnte es gar nicht abwarten, Robert mein Werk zu zeigen. Und da merkte ich erst, daß er längst hätte zurück sein sollen.

Ich schlüpfte in die Schneeschuhe und lief zur Landspitze. Die weiße Fläche des Sees war leer. Unendlich schien die Weite, grenzenlos und trostlos, öde und ohne Schutz, und plötzlich packte mich der Gedanke an die Wölfe. Seit dem ersten tiefen Schnee rotteten sie sich zu Rudeln zusammen, und ihr Geheul ließ mir die Haare zu Berge stehen.

Es dunkelte schon stark, als ich endlich einen kleinen dunklen Fleck weit draußen auf dem See auftauchen sah. Robert! Endlich! Ich lief ihm entgegen.

Er war ganz gerührt von dem stürmischen Empfang. „Ich glaube, ich muß öfter zur Station gehen“, sagte er. „Und diesmal ist auch keiner der Artikel zurückgekommen; hoffentlich ist das ein gutes Zeichen.“

Ich war vor allem froh, daß er heil zurückgekehrt war. Von dem neuen Badezimmer erwähnte ich nichts: Er sollte von dem plötzlichen Eindruck dieses Werkes überwältigt werden.

Die Überraschung gelang denn auch. Während meiner Wache am See hatte Bock-i-tay den neuen Baderaum zum Katzenturnsaal erwählt. Dem war mein Werk nicht gewachsen gewesen. Der eine Teil des Wandschirms hatte sich gelöst und war über den andern gefallen.

Als Robert genug gelacht hatte, mußte er zugeben, daß die Idee gut war, nur die Ausführung war unzulänglich. Er befestigte die Wandschirmteile wieder.

Wölfe

Seit Anfang Dezember sah es aus, als wäre der Winter für ewige Zeiten eingezogen, und er brachte uns erst einmal 35 Grad unter Null. Die Tage waren kurz, und mit den letzten Strahlen der früh untergehenden Sonne fiel eine Decke weißer Kälte auf die Erde. Es dunkelte schon, als ich vom Erlenmoor zurückstapfte, wo ich Kaninchen aus den Schlingen geholt hatte. Es sollte Hackbraten geben. Der Wind blies schneidend durch meine dünnen Wollhosen, und die scharfe Kälte stach mich wie mit Nadeln ins Gesicht und in die Atemwege.

Als ich gerade meine Fleischvorräte auf dem Dach inspizierte, kam Robert mit einer Holzlast auf dem Toboggan vorbei. Er sah zum Himmel auf. „Ich will morgen zur Station, bevor der Wind nach

Nordost umspringt und Schnee bringt. Mach deine Briefe fertig! Ich breche frühzeitig auf."

Vor Tagesanbruch war er bereit. Ich sah diesen Aufbruch in der Dunkelheit mit Unruhe und Sorge. „Hätte ich nur Winterkleider", sagte ich, „ich ließe dich nicht allein gehen!"

„Zu schade, daß du nicht mitkommen kannst", antwortete er. Und dann fügte er sehr nachdrücklich hinzu: „Du gehst mir heute nicht zur Fallenstrecke."

„Bestimmt nicht", schwindelte ich mit unsicherer Stimme.

„Wenn dir da draußen etwas zustößt, bist du erfroren, ehe ich dich finde."

Ich wollte mich nicht auf Auseinandersetzungen einlassen, aber man kann keinem Menschen zumuten, den ganzen Tag mutterseelenallein in einer Hütte zu sitzen und sich vorzustellen, was für Schätze jetzt wohl in den Fallen liegen mögen. Kaum stand ich am Bach, da hätte ich um nichts in der Welt heimgehen können, bevor ich jedem Cubby einen Besuch abgestattet hatte.

Ein Hermelin erleichterte mein schlechtes Gewissen. Da es kein Mittagessen gab, ging ich langsam auf meinen Schneeschuhen, um so recht die tiefe Stille und Abgeschiedenheit der weißen Wildnis zu genießen. Alles um mich her war friedlich und freundlich.

In der Hütte angekommen, zog ich flink dem Hermelin das Fell ab und versteckte es. Ich bereitete Roberts Leibgericht vor: Schmorbraten, Aprikosenpudding, Schwarzbrot – alle Gerichte brauchten nur noch in den Backofen geschoben zu werden –, und dann war es Zeit, daß ich mich zur Landspitze aufmachte.

In weiter Ferne, im unendlichen Weiß, tauchte ein schwarzer Fleck auf. Ich erreichte Robert mitten auf dem Weg durch die Bucht. Er rannte mir entgegen. Gute Nachrichten strahlten von seinem Gesicht, ich konnte es schon von weitem erkennen.

„Zwei Artikel angebracht! Schecks über mehr als hundert Dollar!" rief er mir zu.

Die größte Zeitung von Kanada hatte den Artikel über die Geisterstadt gebracht. Ein führendes Blatt für Naturfreunde hatte den Aufsatz über die Herbstfahrt zum White-Otter-See angenommen.

„Heute abend feiern wir aber eine Einkaufsorgie! Komm schnell heim!"

Ehe Robert noch den Toboggan abgeladen hatte, war das Brot im Ofen. Und zum Pudding gab es ein Gläschen aus der Festflasche. Sie stand schon auf dem Tisch, als Robert hereinkam.

„Auf die beste Beute aus der Geisterstadt!“ Wir tranken einander zu.

Dann legten wir zwanzig Dollar beiseite als Grundlage für einen „Spezialfonds“, der uns aus unserer Rolle als reiche Taugenichtse erlösen sollte. Die zwanzig Dollar kamen in eine leere Kaffeebüchse, und auch diese Tat mußte feierlich begossen werden. Ich hatte noch nicht fertig abgeräumt, da lag schon der Katalog auf dem Tisch.

Ich wählte ein paar Kochgeräte. Dann suchten wir eine Lampe aus: „Salonlampe“ hieß sie stolz im Katalog – so eine große, dicke mit rundem Bauch. Sie sah überwältigend aus im Vergleich zu unserer armseligen Funzel.

Und jetzt kamen wir selbst dran. Nie hätte ich gedacht, daß Wollwäsche so hinreißend sein könnte! Ich studierte den Katalog und die Bilder mit heißen Wangen. Robert schrieb seine Liste ohne Zögern gleichmütig hin: Socken, Fausthandschuhe, Wildlederjacke, dicke Hosen. „Für dich auch ein Paar?“ schlug er vor.

„Ich kaufe mir wollenen Stoff und mache sie selbst!“ sagte ich kühn.

Er grinste beim Gedanken an meinen ersten Versuch auf dem Gebiet der Schneiderei, ein Weihnachtsgeschenk im vorigen Jahr – ein Pyjama aus Flanell, den er einmal und nicht wieder getragen hatte.

„Ich habe ein gutes Schnittmuster“, verteidigte ich mich.

„Zum Schneidern gehört mehr als ein Schnittmuster. Und dieser grüne Wollstoff sieht wie eine Bettdecke aus.“

Mir schien er warm und flaumig.

Der Katalog versprach prompte Lieferung, und wir errechneten den Zug, der uns die Schätze bringen mußte. Und als Robert an dem großen Tag zur Station fuhr, konnte ich seine Rückkehr kaum erwarten.

In meiner Aufregung hatte ich die Wölfe völlig vergessen. Als ich über die weiße Fläche starrte, wurde ich auf eine Bewegung unten am See aufmerksam. Sechs dunkle Schatten schlichen um die Ecke und kamen auf mich zu. Noch waren sie einen halben Kilometer weit entfernt. Langsam pirschten sie am Ufer entlang.

Ich lief auf den nächsten Baum an der Landspitze zu. Dann schlüpfte ich aus meinen Schneeschuhen und kletterte mit Blitzesschnelle die Rottanne hinauf; die Zweige wuchsen fast waagrecht aus dem Stamm, und ich stieg wie auf einer Leiter aufwärts.

Die Wölfe kamen näher. Ein kleiner Trab, eine Beratung über einen neuen, interessanten Geruch, planloses Herumstreifen – und Weitermarsch auf meine Tanne zu. Mein Schrecken wuchs. Jetzt waren sie nahe genug, daß ich die zähe Kraft ihrer langen, mageren

Körper wahrnehmen konnte. Sie standen im Rudel, und plötzlich rannten sie – als wären sie zu einem gemeinsamen Entschluß gekommen – in den Wald. Eine Sekunde später war das Ufer leer, und ich hörte ihr Geheul vom Felssattel herunterschallen.

Zwei Gründe trieben mich von meinem Hochsitz: die Dunkelheit und die Furcht, daß Robert mich hier als ein Häufchen Elend finden würde. Für ihn wäre meine Kletterei nur belustigend gewesen. Er glaubte nicht an die Gefährlichkeit der Wölfe. Ich bebte an allen Gliedern, als ich das Haus betrat; und ich zitterte noch, als Robert eine halbe Stunde später, in tiefster Dunkelheit, ankam. Der Toboggan war schwer beladen. Mit der ganzen Schneehaube zog Robert ihn herein; wir fielen gemeinsam über das Paket her, rissen die Verschnürung auf, die Hülle aus geteertem Nessel und endlich das braune Packpapier.

Was war Weihnachten dagegen! Sogar Bock-i-tay schien freudig erregt, als wir die neuen Hemden, Handschuhe, Socken und Hosen auspackten. Robert füllte die Lampe und zündete sie an. Sie stank und rauchte, denn keiner von uns hatte sich die Zeit genommen, die Gebrauchsanweisung zu lesen. Mein Stoff für die Hose sah wirklich aus wie eine Bettdecke, und seine grüne Farbe war himmelschreiend. Ich trug die Lampe zur Couch und hielt sie in verschiedenen Höhenlagen.

„Was soll das?“ fragte Robert.

„Ich will einen Tisch machen. Ein flottes Ding, mit Zedernbeinen und Birkenplatten, um Zeitschriften aufzuheben.“

„Das Schreinern überlaß bitte mir!“ grollte er, und noch am selben Abend begann er mit den Tischbeinen, während ich mich meiner grünen Hose widmete. Die Sache war schwieriger, als ich mir vorgestellt hatte. Die Hose war noch nicht zur Hälfte geheftet, da tat Robert schon das Handwerkszeug weg und fegte die Späne zusammen.

„Gedenkst du dein Werk noch heute nacht zu beenden?“ fragte er.

„Nein, aber für unseren nächsten Ausflug zur Station muß die Hose fertig sein.“

Die neuen Sachen füllten unsere Wäschekiste bis zum Rand. Meine wollene Wäsche kam ganz obenauf.

„Ist sie nicht wunderschön?“ rief ich entzückt. „Jetzt kann dein gräßlicher Norden mit seinem Winter fortfahren!“

Das ließ sich der Norden nicht zweimal sagen. Am nächsten Morgen bezweifelte Robert die Zuverlässigkeit unseres neuen Thermometers, das vierzig Grad unter Null zeigte – bis er das Wasserloch mit einer sechzig Zentimeter dicken Eisschicht bedeckt fand. Er hatte vergessen, es zu schützen; nun mußte er eine Stunde lang Eis hacken, ehe er die Wassertonnen im Haus füllen konnte. Aber wir machten dem Loch eine hübsche neue Mütze – aus einem Sack, den wir mit Holzwolle ausstopften.

Robert hatte recht behalten: zum Schneidern gehört eben mehr als ein Schnittmuster. Ich war seinem Gelächter wehrlos ausgeliefert, als ich für die Fahrt zur Station die neue grüne Hose anzog.

„Kleiner grüner Bär", sagte er. „Schade, daß wir keinen Spiegel haben."

Vor Tagesanbruch ging es los. Der See glitzerte weithin im Licht des Vollmonds, und wir warfen lange blaue Schatten über den Schnee. Der schmale, ausgetretene Weg auf dem Eis krachte unter uns, als wir in eine Gangart zwischen Wandern und Laufen fielen. Ich war voller Freude über meinen ersten längeren Ausflug mit Schneeschuhen und über die Reise zur Station nach zwei Monaten Hausarrest.

Ehe wir die Engen erreicht hatten, war der Mond schon von der Sonne abgelöst worden. Robert drehte sich zu mir um, wir plauderten miteinander und lachten. Beide trugen wir dieselben geisterhaften Flecken auf Nase, Stirn und Wangen: Die Sonne hatte das Ufer der Enge um ein paar Grad erwärmt – und diese kleine Änderung hatte genügt, um unsere Gesichter mit Frostflecken zu sprenkeln.

Wir rieben die erfrorenen Stellen mit Schnee ein, denn wir wußten damals noch nicht, daß der körnige Schnee die empfindliche Haut aufreißt. Später lernten wir, nur die warme Hand zum Auftauen zu benützen.

Die Station war weniger aufregend, als ich erwartet hatte. Die Bewohner hatten sich zum Schutz vor dem Winter in ihre Häuser verkrochen, die Trunkenbolde bevölkerten die Bar. Mr. Shields saß allein an seinem rotglühenden Ofen und freute sich über unser Kommen. Während er unsere Aufträge entgegennahm, erkundigte er sich nach meinen Fallen. Er war sprachlos, als ich von fünf Nerzen und fast einem Dutzend Hermelinfellen berichten konnte.

„Sie sind sicher die einzige Dame, die ihr Pelzwerk selbst erbeutet", sagte er mit zuvorkommendem Lächeln.

Er ahnte nicht, wie sehr wir uns im stillen belustigten. Unsere gute Laune steigerte sich noch, als wir auf der Post zwei kleine Schecks vorfanden, von denen einer für den Kaffeebüchsenfonds bestimmt wurde.

Wir beluden gerade unseren Toboggan, als Mrs. Dane, die Frau des Barmanns, ihre Tür öffnete. „Wollt ihr jungen Leute nicht eine Tasse heißen Tee bei mir trinken, ehe es zurück in die Kälte geht?" fragte sie.

Zum erstenmal richtete sie das Wort an uns. Wir kannten sie nur vom Sehen: Sie war ein lebhaftes, kleines Persönchen, und wir hatten schon immer Lust gehabt, sie kennenzulernen. Als wir in ihrer warmen Küche saßen und Kuchen aßen, gefiel sie uns noch besser. Steve hatte ihr von dem Blockhaus und von unserer Arbeit erzählt, und sie machte sich ihren eigenen Reim auf unsere Lebensweise. „Ja, leben und leben lassen, sag ich immer! Zwei junge Leute, die keine Mühe gescheut haben, um sich zusammen ein Nestchen zu bauen, verdienen jedes Glück, das sie nur ergattern können!" sagte sie munter.

Kein Zweifel, sie hielt unser Blockhaus für ein verstecktes „Liebesnest". Aber das tat ihrem Wohlwollen für uns keinen Abbruch. „Das nächste Mal müßt ihr bei mir zu Mittag essen", drängte sie freundlich, als wir Lebewohl sagten.

Als wir die Flußmündung erreichten, war ich müde. Ein langer Tag auf Schneeschuhen war etwas ganz anderes als meine Sieben-Kilometer-Wanderungen längs der Fallenstrecke. Ich hatte vorher nicht gewußt, daß Beinmuskeln so schrecklich weh tun können. Ich hielt mich nur auf den Füßen, weil ich wußte, daß der Toboggan mit Kondensmilch, Petroleum und einem Sack Mehl schwer beladen war. Mehr konnte Robert wirklich nicht ziehen.

Jetzt begann ich zu verstehen, welch eine Verführung der Tod durch Erfrieren bedeutet, und ich fragte mich, ob ich gegebenenfalls genügend Entschlußkraft hätte, um der Versuchung, mich hinzulegen und einfach aufzugeben, zu widerstehen. Den Abhang daheim kletterte ich noch hinauf, aber damit war's aus. Ich hätte keinen Schritt mehr tun können.

„Nun, jedenfalls hast du deine grüne Hose einmal spazierengeführt", sagte Robert nach einem Abendbrot, zu dessen Zubereitung ich nicht den geringsten Beitrag geleistet hatte. „Aber wozu war das nötig?"

Ich sagte ihm, es sei wegen der Wölfe gewesen. Ich hatte die Vorstellung, daß sie sich an zwei Menschen viel weniger herantrauen würden als an einen einzelnen.

„Wölfe leben tief im Wald und jagen Wild", sagte er.

„Ich kenne sechs, die kommen manchmal auch hierher", gab ich zurück. „Ich habe sie von einem Baum aus beobachtet."

Und nun erzählte ich ihm alles, was ich von den Wölfen gesehen und gehört hatte. „Ich habe sie heulen hören", betonte ich.

Robert gab zu, daß einem bei diesem Geheul eine Gänsehaut überlaufen kann. Jeder, der je durch die winterliche Wildnis gestreift ist, muß gestehen, daß sich ihm dabei die Haare gesträubt haben; auch wenn er – wie Robert – die Wölfe für harmlos hält und nicht glauben will, daß sie je einen Menschen angefallen haben.

„Es tut mir leid, daß sie dir einen solchen Schrecken eingejagt haben", sagte Robert. „Ich habe nicht geahnt, daß du wirklich einen Wolf gesehen hast. Aber ich muß trotzdem hin und wieder zur Station. Ich wollte, du machtest dir deswegen keine Sorgen."

„Versprich mir, daß du das Gewehr mitnimmst", forderte ich.

„Wenn es dich beruhigt – gut. Solange du dein Versprechen hältst und in meiner Abwesenheit nicht zu den Fallen gehst."

Der Norden schmückt uns einen Weihnachtsbaum

Am Weihnachtsmorgen legte Robert das Holz im Ofen zurecht, und ich überlegte derweil, was wir wohl zur Feier des Tages unternehmen könnten. Ein Weihnachtsmenü schien mir nicht genug, obwohl wir bedeutende Vorbereitungen getroffen hatten. Von einem riesigen Elchrücken war ein Stück abgesägt worden. Die Fleischpastete aus meiner Spezialmischung von Dörräpfeln, Kaninchen, Nierenfett vom Elch, Früchten und Gewürzen war rundum gelungen. Mein zweiter Versuch mit Hefebrot hingegen war schlimmer ausgefallen als der erste.

Robert unterbrach meine Betrachtungen über das Festprogramm durch seine energische Ankündigung: „Kaffee ist fertig! Pfannkuchen sind heiß!"

Im Anschluß an das Frühstück überreichte er mir fröhlich sein Geschenk: Ein Nähtisch aus Zedernholz, in den Stunden angefertigt, als ich draußen bei den Fallen gewesen war, löste freudiges Staunen bei mir aus. Er war sorgfältig ausgeklügelt und enthielt ein paar kleine Fächer, Taschen und sogar eine dünne Stange für die Garnrollen. „Die grüne Hose brachte mich auf den Gedanken", erklärte Robert.

Robert erhielt ein paar trostlos aussehende Maschen auf drei Stricknadeln als ein Paar zukünftiger Socken. Jetzt, da das Geheimnis meines Weihnachtsgeschenks gelüftet war, konnte ich allabendlich daran arbeiten.

Robert verbrachte den Weihnachtsmorgen am Holzplatz, und ich briet das Elchlendenstück und machte Schokoladenpudding. Das

Festmahl war ein solcher Erfolg, daß wir uns danach Bewegung verschaffen mußten. Robert meinte, wir sollten ein Winterzelt bauen und Fotos machen – für einen Artikel, den eine Zeitung erbeten hatte. Wir beluden den Toboggan mit den Zeltstangen, mit Bettdecken und Küchengeschirr. Robert warf einen Beutel mit gefrorenen Bohnen darauf. Ich tat noch Tee und Zucker hinzu.

„Und das hier für den Weihnachtstrunk!" rief Robert und legte die Flasche daneben.

Bock-i-tay reiste auf dem Toboggan und kletterte auf der geteerten Decke hin und her. Wir zogen über den Felssattel zu meinen Fallen und dann zu einem See, der nicht weit davon lag.

Hier bauten wir ein Wintercamp. Mit den Schneeschuhen schaufelten wir den Schnee zur Seite, bis wir einen freien Platz von zwei auf vier Meter hatten. Robert schleppte Reisig und Balsamzweige herbei. Ich bereitete eine Grundlage aus den größeren Ästen und Zweigen. Dann füllten wir den ganzen Bodenbelag mit kleinen und weicheren Büscheln aus und fachten ein tüchtiges Feuer an.

Wir beeilten uns wegen des Lichtes sehr. Als wir dann die Bilder aufgenommen hatten – das Camp und jeden von uns bei verschiedenen Handgriffen –, legten wir uns auf das grüne Lager und genossen das Feuer.

„Und ich muß den Toboggan dann im Dunkeln nach Hause schleppen", sagte Robert. Ich hatte gedacht, er wolle noch vor dem Abendbrot aufbrechen, aber ein gewisser Klang in der Stimme verriet ihn.

„Und wie wär's mit Übernachten?" fragte ich wie von ungefähr.

Robert strahlte. „Ich hab mich nicht getraut, es vorzuschlagen", gestand er.

Es herrschten frostige Temperaturen, und ein Blick zu den Sternen und auf die kerzengerade Rauchsäule sagte uns, daß es gegen Morgen noch bedeutend kälter werden würde. Am nächsten Tag sahen wir, daß das Quecksilber auf zweiundvierzig Grad unter Null gesunken war.

Aber wir hatten es warm und vergnüglich in unserem geschützten Winkel. Das gewaltige Feuer ließ keine Kälte an uns heran. Wir aßen vergnügt unser Weihnachtsmahl auf diesem winzigen, behaglichen Fleckchen – mitten in der weiten, öden Wildnis.

Bock-i-tay saß grämlich beim Feuer. Es war das einzige Mal, daß sie mit uns schmollte. Sie rührte nichts von unserem Essen an, noch ging sie auf die Jagd.

Wir streckten uns aus, die Füße am Feuer, das die Nacht über brannte. Robert hatte ein System, das ihm erlaubte, seinen achtstündigen Schlaf nur zweimal zu unterbrechen: Neben sich hatte er so viel Holz aufgestapelt, daß er – wenn die Kühle ihn weckte – nur die Hand auszustrecken brauchte, um ein Scheit ins Feuer zu werfen.

Ich schlief bald in tiefer Zufriedenheit ein, aber in der Nacht weckte mich die Kälte zu einem Schauspiel – so herrlich, daß ich nicht die kleinste Kleinigkeit davon vergessen habe: Das Feuer war niedergebrannt, aber der hohe Wintermond des Nordens zog über uns hin, und sein Licht entzündete den gewaltigsten Weihnachtsbaum, den ich je gesehen habe. Es war eine hohe, spitze Tanne, und sie stand gerade vor dem Feuer. Der Dampf des Birkenholzes war zu ihr aufgestiegen und hatte sich an ihren unzähligen Zweigen in lauter diamantenblitzende Kristalle verwandelt. Jede einzelne Nadel, jeder Ast und der ganze Stamm – alles funkelte im Mondlicht. Ich lag hingerissen da und konnte keinen Blick von der Tanne wenden.

Der Otter

Im Januar und Februar sank das Thermometer gelegentlich bis auf fünfundvierzig, einmal bis auf fünfzig Grad unter Null. Die drei- bis fünftägigen Perioden der vierzig und mehr Kältegrade werden die „Cold Spells" genannt. Wenn sie herrschen, dann gefriert alles, aber auch alles. Die frischen Balken des Anbaus gefroren, ein dicker Eispanzer bedeckte die Fenster bis zum Mittag, und die Nagelköpfe in der Tür waren Tag und Nacht mit Reif beschlagen. Der Saft in den Bäumen gefror, und es klang wie Gewehrfeuer, wenn die Spannung zu stark wurde. Das Eis im See war wie schwere Artillerie. Es knirschte und donnerte in den kalten, stillen Nächten.

An solchen Tagen ging ich nicht zu meinen Fallen. Nicht einmal die Pelztiere streifen bei solchem Wetter umher. Um so verblüffter waren wir, als wir an einem der kältesten Tage aus dem Fenster sahen und einen Mann auf dem See erblickten. Er wanderte ohne Schneeschuhe auf unserem gefrorenen Seeweg einher. Robert ging hinaus und holte ihn ins Haus.

Der Mann konnte den Mund nicht öffnen, um einen Trunk einzunehmen. Sein Bart und ein lang herabhängender Schnurrbart waren in eine dicke Eismaske eingefroren, die durch seinen vereisten Atemhauch entstanden war. Er konnte uns zuerst nicht einmal erzählen, wer er war und was ihn hierhergeführt hatte. Als wir ihn endlich aufgetaut, heißen Whiskey in ihn hineingegossen und ihn auf die Couch gebettet hatten, hörten wir seine Geschichte.

Er erzählte sie uns in gebrochenem Englisch und Norwegisch. Der Mann war bis zu der Bahnstation gereist; dort hatte er von der Geisterstadt gehört, worauf er beschlossen hatte, einen Beutezug dorthin zu unternehmen. Er bastelte sich ein Paar Skier und marschierte los. Schon in den ersten Engen waren die Skier in Wasser unter dem Schnee eingebrochen und hatten sich sofort mit einer zwanzig Zentimeter dicken Eiskruste überzogen. Er hatte sie liegenlassen und war weitergewandert.

„Aber warum haben Sie nicht ein Feuer gemacht und sie aufgetaut?" fragte Robert erstaunt.

Der Mann hatte vergessen, Streichhölzer mitzunehmen! Er hatte auch keine Decke bei sich. Aber er erklärte diesen Mangel: Ein Mensch könne nicht erfrieren, solange er sich in aufrechter Stellung befinde, und er hatte beabsichtigt, an einen Baum gelehnt zu schlafen. Er schien nicht zu ahnen, was für ein glücklicher Zufall ihn auf diesen Weg geführt hatte; denn ehe er einen Wigwam erreicht hätte, wäre er längst erfroren gewesen.

Wir gaben ihm ein Nachtlager. Was die Unterhaltung betraf, so war der Abend nicht gerade ein gelungenes gesellschaftliches Ereignis zu nennen: Der Mann hatte sein Englisch hauptsächlich durch das Lesen von Konservenbüchsenetiketten erlernt. Im Laufe des Abends holte ich meine Strickerei hervor, ein Paar Fausthandschuhe, die ich nach dem Sieg über die Socken in Angriff genommen hatte. Der Mann sah mir ein Weilchen beobachtend auf die Finger, dann griff er nach dem Strickzeug. Er war unter anderem auch Seemann gewesen, und die Leute, die zur See fahren, können fast alle stricken. Er zeigte mir, wie man den Daumen macht und wie man kunstgerecht abnimmt, zunimmt und abkettet.

Unser Gast hatte auf den Köder der Legende vom vergrabenen Schatz in der Geisterstadt angebissen. Das war eine der beliebtesten Kneipengeschichten der Gegend. Vor einigen Jahren war in der Geisterstadt ein Wächter eingesetzt worden. Der war in die Stadt gekommen, hatte getrunken und geprahlt, daß er Gegenstände und Instrumente im Wert von einigen tausend Dollar vergraben hätte. Als er nachts zurück auf seinen Posten wollte, geriet er auf die Eisenbahnschienen und wurde überfahren. Sein Tod war schon am nächsten Morgen das Zeichen zum Aufbruch für eine ganze Meute von Schatzgräbern. Keiner hat je das Versteck gefunden; bis zum heutigen

Tag ist dieses Thema noch ein beliebter Gesprächsstoff der Müßiggänger in der Bar: Hatte der Mann im Rausch die Wahrheit ausgeplaudert oder einfach phantasiert?

Wir bereiteten unserem Gast auf der Couch ein Nachtlager.

„Was hältst du von dem Burschen?“ flüsterte ich Robert zu.

„Er ist übergeschnappt“, gab dieser leise zurück. „Morgen bringe ich ihn wieder zur Station.“

Am nächsten Morgen gab es ein tüchtiges Frühstück mit Kaffee und Pfannkuchen, dann mußte der Sonderling unter Roberts Schutz zurück. Wir steckten ihm zur Vorsorge noch eine Schachtel Streichhölzer in die Tasche. In den Engen fanden sie die verlassenen, eingefrorenen Skier und tauten sie auf. Der Fremde verließ die Station noch am selben Abend mit dem Zug. Ein einziger Tag hatte seine Schatzsuche beendet und fast auch sein Leben.

DIE SCHWERE Kälte wurde von mir als persönliche Beleidigung und Bosheit empfunden. Das Wasser in den Bottichen, das Morgen für Morgen vereist war, die gefrorenen Vorräte, die eisige Luft, die wie mit Messern schnitt, wenn ich den Fuß vor die Tür setzte – das schienen mir besondere Härten, die sich ein Folterknecht eigens für mich ausgedacht hatte.

Gerade als ich am Ende meiner Widerstandskraft angelangt war, sandte uns der Norden eine warme Schneedecke, die uns sanft einhüllte. Und ich machte die Entdeckung: fünfzig Grad unter Null – fünf Tage hintereinander – lassen fünfunddreißig Grad als ein laues Lüftchen erscheinen.

Aber auch normale Wintertemperaturen bescherten uns viel Arbeit. Robert mußte jede Woche drei ganze Nachmittage dem Baumfällen und dem Zersägen auf dem Holzplatz widmen, und das Wasserloch war bei fünfzig Grad kaum mehr vor dem Einfrieren zu schützen.

Aber nichts machte die Kälte spürbarer als das Aufhängen der Wäsche! Ich konnte den Kältegrad durch die Anzahl der Wäschestücke errechnen, die ich noch auf die Leine brachte, ehe ich ins Haus stürzte, um meine Eisfinger aufzutauen.

Es war erstaunlich, daß die steinhart gefrorenen Bretter (denn als solche langten die Wäschestücke schon bei der Leine an) wirklich trockneten. Manchmal dauerte es einen Tag und eine Nacht, manchmal auch zwei Tage, aber in der Hütte wurden sie rasch weich, geschmeidig und keineswegs wieder feucht. Bei so tiefer Temperatur ist die Luft trocken wie in der Wüste, und es gibt weder Schimmel noch Verwesung. Das Eis in den Wäschestücken verdampfte; nur manchmal blieb etwas als feiner Eisstaub hängen, der sich auch wie Staub ausklopfen ließ.

Stärker als den physischen Einfluß der Kälte empfanden wir den moralischen. Die Furcht vor dem Erfrieren hängte sich wie Bleiklumpen an Bewegungsfreiheit und Entschlüsse. Jeder Unfall, jede Verwundung wurde zur Gefahr, denn wir mußten uns in Bewegung halten, das war die Hauptsache. Ich wurde überängstlich. Erst im zweiten Winter lernte ich die Gefahren, die der kanadische Frost mit sich bringt, als eine selbstverständliche Voraussetzung unseres Lebens hinnehmen.

Unsere Wintertage hatten ihren eigenen Stundenplan. Morgens schrieb Robert entweder an einem Artikel oder einer Erzählung. Ich untersuchte währenddessen die Fallenstrecke. Am Nachmittag arbeitete er draußen fürs Haus, so daß ich dann die Hütte für mich hatte.

Diese Einteilung hatte sich ganz von selbst ergeben, als Folge der bekannten Tatsache, daß zwei Leute nicht immerfort zusammenstecken können. Hie und da muß jeder seine eigenen Wege gehen. Jeder muß auch sein eigenes Reich haben. Ohne diese Einteilung und den „Auslauf“ rund um das Blockhaus hätte ein einziger Raum für zwei Menschen jedes Eigenleben gedrosselt. Die Verschiedenheit unserer Interessen und Betätigungen gab uns auch immer anregenden Gesprächsstoff für Freizeit und Feierabend.

Wesentliche Dinge haben sich die Menschen selten zu sagen. Aber wir kamen hier in der Wildnis eher dazu als in der Stadt. Dort hatte uns tagsüber unsere verschiedene Berufstätigkeit in Anspruch genommen, und die Freizeit hatten wir mit Freunden geteilt. In der Blockhütte erst erwachte der Sinn für Muße und Selbstbesinnung. Unsere Gespräche gewannen an Gründlichkeit und Inhalt.

Unser erster kleiner literarischer Erfolg war ein glücklicher Zufall gewesen; jetzt wollten wir, nach drei mißglückten Versuchen, dieses Feld planmäßig bearbeiten: Das war ein gemeinsames Interesse, das uns stark verband. Wir wollten auch ein Buch schreiben, wenn die Zeit dazu gekommen war.

EINES Tages fand ich eine rätselhafte Spur auf meiner Fallenstrecke: zwei kurze Trittsiegel, gefolgt von einer etwa zweieinhalb Meter langen Schneefurche. Diese Fährte zog sich zwischen Fluß und Falle hin. Robert besah sich das Rätsel.

„Ein Otter-Junggeselle ist in dein Gebiet geraten“, sagte er.

Sein sichtliches Interesse ließ mich hoffen, daß dies eine wünschenswerte Bereicherung meines Reviers sei, bis ich hörte, daß der Otter kein jagdbares Pelztier ist. In Kanada steht er unter Naturschutz.

Am nächsten Morgen eilte ich zur Fallenstrecke; ich wollte sehen, ob er noch da wäre. Da begann ich seine wahre Natur zu erkennen: Drei Fallen waren gesprungen und die Köder gestohlen – und seine Spur führte von einem Cubby zum anderen. Ich brachte alles wieder in Ordnung und kam lachend nach Hause, denn ich dachte, der gerissene Junggeselle würde bald wieder seines Weges gehen. Aber am Ende der ersten Woche wurde mir klar, daß ich es mit einem ausgekochten Schmarotzer zu tun hatte, der sich hier festzusetzen trachtete.

Ich arbeitete ausschließlich für ihn. Ich fing einen Nerz, aber mein Otter war früher zur Stelle und holte ihn sich. Danach schloß ich meine Fallstrecke, in der Hoffnung, ihn auszuhungern. Jetzt gab's keine Kaninchen und keinen Nerz mehr für ihn – aber für mich auch nicht. Und ich vermißte die Fallenstrecke sehr.

Als ich sie eine Woche später wieder eröffnete, war der Otter pünktlich zur Stelle, hartnäckig, bösartig und sehr hungrig, denn in dieser Nacht räumte er fünf Fallen aus. Danach wurde es ein Wettkampf zwischen dem Otter und mir. Wenn er nachmittags zur Fallenstrecke kam, ließ er die Cubbies ungeschoren, und es gab oftmals Beute für mich. Erschien er aber später, so hatte er beides, den Köder und die Gefangenen. Wenn er aber Ferien machte – und das tat er erfreulicherweise oft –, so wurden alle Felle mir zuteil.

Anfang Februar war der Kaffeebüchsenfonds so stark angewachsen, daß wir mit großer Geste unsere gesamten Schulden bei Mr. Shields begleichen konnten. Jetzt, da es keine Rolle mehr für uns spielte, wie Mr. Shields uns einschätzte, sandte ich meine Felle zum Tauschhandel auf die Station. Mr. Shields war zwar in erster Linie Pelzhändler, aber Robert berichtete, daß ihn die Enttäuschung über uns hart getroffen habe; das Fellangebot war ein Schlag für ihn gewesen. Die Enttäuschung war gegenseitig, denn ich hörte, daß er den von mir erbeuteten großen dunklen Nerz als zweitklassig gewertet hatte.

WÄHREND der anhaltenden Winterkälte entdeckten wir auch unseren Baufehler. Wir hatten als Architekten schlimm versagt, als wir in diesen Breitengraden einen Schlafraum ohne Heizmöglichkeit gebaut hatten. Als wir den Anbau in Angriff nahmen, hatte uns ein kühles, luftiges Schlafzimmer vorgeschwebt, aber kein Eisschrank. Wir hatten auch nicht mit der Tatsache gerechnet, daß der menschliche Körper während der Nachtzeit durch Ausatmung und unmerkliche Ausdünstung fast einen halben Liter Feuchtigkeit absondert, was sich in unserem Fall bei vielen Minusgraden vollzog.

Der Frost hatte eine ebene Fläche aus den runden Stämmen gemacht, die die Wand im Anbau bildeten. Zwischen den Balken vereiste die Feuchtigkeit immer mehr, bis alle Rundungen ausgefüllt waren und der Anbau wirklich einem Eisschrank glich.

Unsere Unüberlegtheit erbitterte mich noch mehr als das fehlende Behagen, denn der Norden hat eine besonders nachdrückliche Art, jeden Mangel an Logik fühlbar zu machen.

Je schlimmer die Kälte wurde, desto größer wurden die Rudel jagender Wölfe. Wir hörten sie auf dem Sattel hinter dem Blockhaus, und eines Nachts erwachte ich von einem schrillen Geheul. Ich sprang aus dem Bett in den Hauptraum hinüber und zündete mit zitternden Händen die Lampe an. Robert kam mir nach.

„Geh ins Bett“, sagte er. „Es ist erst vier Uhr.“

„Du glaubst doch nicht, daß ich schlafen kann, solange diese Bestien auf der Lichtung sind?“ fragte ich.

Der Wald hinter der Lichtung war erfüllt von Gekläff und Geheul. Ich wollte um keinen Preis zu Bett gehen, und Robert fachte das Feuer an. Das Geheul entfernte sich, ein wildes Crescendo verkündete uns, daß sie sich auf ihr Opfer stürzten. Dann folgte plötzliche Stille: Nun hatten sie es zu Boden gerissen.

Wir machten Frühstück. Es war Posttag, und Robert erklärte, daß unser frühes Aufstehen ihm den Aufbruch zur Station erleichtert habe. Die Zuglast würde schwer werden, wir brauchten Petroleum für die ewig durstige Lampe.

„Aber du willst doch heute nicht zur Station! Wenn die Wölfe unterwegs sind!“ rief ich aus.

„Das Pack ist ausgerissen wie der Blitz und befindet sich jetzt weit fort von hier.“

Ich sah ihm nach, als er in der Dunkelheit verschwand. Seit zwei Stunden war nichts mehr von den Wölfen zu hören gewesen, und den ganzen Morgen blieb es still. Ich vergaß sie dann, weil mir die Idee zu einem Artikel über Frauenkleidung im Camp kam. Posttage verschafften mir immer freien Zugang zur Schreibmaschine, und ich mußte die Gelegenheit nützen.

Schon bei meiner ersten Streife zur Landspitze kam Robert in Sicht. Auf dem Weg zu ihm entdeckte ich einen neuen Grund, um mich gegen seine Aufbrüche bei Dunkelheit aufzulehnen. Ein Wolfsrudel hatte die Bucht gekreuzt, und die Fährten vermischten sich mit der Spur von Roberts Schneeschuhen. Ich stieg vorsichtig darüber hinweg und ging Robert entgegen. Und ich beobachtete sein Gesicht, als er zu der Stelle kam.

„Heiliger Bimbam!“ rief er. „Sie sind heute morgen gleich hinter mir über die Bucht hinüber.“

Wir zählten die Spuren von zwanzig Wölfen. Das machte ihm denn doch Eindruck. „Wirst du jetzt nicht verlangen, daß ich erst nach Tagesanbruch losgehe?“ fragte er.

„Ist das noch nötig? Diese Fährte sagt es doch deutlich genug, scheint mir.“

Wir verfolgten die Spuren und konnten sehen, wo die Wölfe Roberts Witterung aufgenommen und ihn eingekreist hatten.

„Und hier haben sie sich zu einem Rudel zusammengerottet und Kriegsrat gehalten, ob sie dir folgen sollten –“

„Oder nicht!“ unterbrach mich Robert. „Sie haben Angst vor dem Geruch des Menschen.“ Etwas unsicher fuhr er fort: „Nun, ich will meine Theorie nicht auf die Probe stellen. Von jetzt an will ich das Tageslicht abwarten.“

Das Blockhaus wächst

Der März machte sich schon bemerkbar. Die Kälte hatte nachgelassen, das Pelzgetier war auf Wanderschaft gegangen. Es war immer noch Winter, aber das helle Sonnenlicht trug schon die Vorahnung des Frühlings in sich.

Meine Trapperwelt funkelte. Die Zwergtannen im Sumpf waren weiße Halbkugeln. Die Bäume am Waldsaum trugen glitzernde Schneedecken, und wenn man durch den Wald ging, hatte man ein richtiges Schneedach über sich.

Während des ganzen Winters hatten wir Artikel über das Siedlerleben in den Wäldern des Nordens veröffentlicht. Ich schrieb über Frauenkleidung, über Lagerküche und gab Tips „für hilflose Hausfrauen“. Das Rezept meines Kuchens, das als Butter- und Eierersatz eine Sauce aus gedörrten Äpfeln enthielt – mein geheimer Stolz –, konnte ich sofort verkaufen.

Unser Wohlstand schwankte jedoch wie ein Rohr im Winde. Die an uns adressierten Postsäcke enthielten immer wieder die bekannten braunen Briefumschläge, trostlose Beweisstücke unserer verfehlten

Anstrengungen. Sie verliehen unseren Abenden einen trübseligen Beigeschmack, wenn wir unter der Lampe saßen und die zehntägige Ansammlung von Briefen und Magazinen lasen.

Im April, als das Eis auf den Bächen brüchig wurde, sammelte ich meine Fallen ein. Der Otter hatte in den letzten Wochen nur eine einzige verbissene Anstrengung gemacht, aber jetzt waren die Tage seiner Gratismahlzeiten gezählt. Als ich mit dem Packsack ins Blockhaus trat, sah Robert von der Schreibmaschine auf.

„Der arme Otter", sagte er. „Weiß er schon, was ihm bevorsteht?"

„Morgen wird er sich davon überzeugen können, daß er sich nach einem anderen Diebsrevier umsehen muß." Die bevorstehende Enttäuschung des Otters erleichterte mir den Abschied von den Fallen.

Mitte April fühlte man schon das Nahen des Frühlings. Robert machte seine letzte Schneeschuhreise zur Station. Am Ufer unseres Flußlaufs brach das Eis.

„Jetzt gibt es drei Wochen lang keine Post", warnte er, als er den Sack mit der Post und den Einkäufen ins Haus trug.

Ein wenig später hängten wir den Toboggan unter die Dachrinne und die Schneeschuhe in den Anbau. Nach und nach trat wieder der Erdboden in schneefreien Flecken zutage. Der Winter war in wilder Flucht vor der Sonne. Pappeln und Birken schlugen fast über Nacht aus. Die Lichtungen überzogen sich mit Grün. Die Bäche schwollen an, und unser Wasserfall, der im Winter eingeschlafen war, erwachte mit einem Niagara-Gedonner. Jeden Tag wurde das Stückchen Blau im See größer, und mit einemmal war unsere Bucht offen. Mitten im See türmten sich Eismassen aufeinander, schoben sich flußabwärts und schmolzen langsam in der Sonne. Bevor nicht diese dicken Massen von Wind und Sonne vernichtet waren, konnten wir nicht zur Station.

Die Wiedereröffnung der Seewäscherei entzückte mich derartig, daß ich mich entschloß, unsere Decken zu waschen. Das war eines jener Vorhaben, in das sich junge Leute gedankenlos stürzen. Ich wählte unseren Stolz und unsere Freude: eine riesige Bettdecke, fünf Meter lang und drei Meter breit, die in trockenem Zustand zwölf Pfund wog. Sie quoll auf wie ein Schwamm. Der Waschzuber war zum Bersten voll und das Wollzeug nicht nur naß, sondern auch schwer. Meine Hilferufe holten Robert herbei; auch er stand dieser Sachlage machtlos gegenüber. Er zog sein Messer heraus. Ich war entsetzt, aber nach einigen fruchtlosen Abschleppversuchen war ich auch seiner Meinung, daß wir die Bettdecke nur in zwei Teilen auf die Leine bekommen konnten.

Eines Mittags, in den ersten Tagen des Eisgangs, schlenderten wir ohne jede Verabredung zum alten Lagerplatz auf der Rückseite der Lichtung. Robert maß die Stämme mit dem Stiel der Axt.

„Das ergäbe einen Anbau: Küche und Schlafzimmer“, sagte er.

„Es ist genug Platz zum Bauen da“, fügte ich hinzu.

Wir schritten die Umrisse des Erweiterungsbaus sorgfältig ab und blieben dann vor der Blockhütte stehen; Robert starrte plötzlich auf die Seitenwand.

„Wenn wir aus diesem Ostfenster eine Tür machen, dann fehlt nicht mehr viel zu einer Veranda“, murmelte er vor sich hin. „Wir brauchen bloß ein paar Balken zu legen und sie mit Segeltuch abzuschirmen.“

Er holte Papier und Bleistift, wir zeichneten, schritten und steckten ab. Auf dem Papier entstand unser Erweiterungsbau innerhalb einer Stunde. Sogar möbliert. Im Wohnzimmer war ein Kamin zwischen den zwei Westfenstern vorgesehen, ein neuer Faulenzerstuhl, ein Schreibtisch für mich, ein kleiner Eßtisch und Bänke; im Schlafzimmer ein Himmelbett mit Matratze, Toilettentisch, Waschtisch und Stuhl; in der Küche ein Schrank und ein Abwaschtisch. Die Veranda wurde mit Bänken und einem Tisch ausgestattet. Wir konnten dort unsere Mahlzeiten einnehmen. Robert machte eine Liste der notwendigen Baustoffe.

„Wir werden Bauholz heranschleppen müssen und Steine für den Kamin, Dachsparren und vor allem viel gut getrocknetes Zedernholz für die Möbel“, sagte er. „Sowie der See frei ist, werden wir zugesägte Latten, Rupfen und Dachpappe holen.“

Ich schaute über seine Schulter. Der Plan sah beunruhigend ausgearbeitet aus. „Wir sind verrückt geworden!“ rief ich. „Siehst du denn nicht, was das alles für uns bedeutet? Wochenlange Bauarbeiten. Und die Möbel! In einem solchen Haushalt kann man nicht mit einer Campausrüstung wirtschaften. Außerdem würde es uns alle Ersparnisse kosten.“

„Ganz meine Meinung“, gab Robert fröhlich zu, „aber wir hätten dann doch etwas Richtiges, nicht wahr?“

Kannst du auch einen Kamin bauen?

Das Eis auf dem See trieb bereits. Dann kam Wind auf. Als wir die ersten Windstöße in den Tannen hörten, lief Robert hinaus. „Komm schnell!“ schrie er. „Der Eisgang hat begonnen!“

Wir erreichten die Landspitze in dem Augenblick, als sich auf der grauen weiten Fläche der erste schwarze Riß zeigte. Und gleich darauf krachte es von allen Seiten; wie riesige schwarze Spinnennetze zogen sich die Risse durchs Eis, aus denen das Wasser nach allen Richtungen quoll. In wenigen Augenblicken war das, was bisher fester Boden unter unseren Füßen gewesen war, zerkrümelt wie ein mürber Kuchen. Die Eisblöcke krachten gegeneinander, es klang wie entfernter Donner. An der Landzunge türmten sich die Blöcke hoch auf. Bald schwammen nur noch wenige vereinzelte Schollen auf dem Blau des Wassers.

„Es wird großartig sein, wieder die Paddel zu schwingen", sagte ich.

Unsere letzte Kanufahrt hatten wir vor sechs Monaten gemacht. In den nächsten zehn Tagen paddelten wir viele Kilometer. Holz, Rupfen, Dachpappe, Zement, Fenster wurden nach und nach zum Blockhaus geschafft, und meine Muskeln waren fürs Sommerpaddeln bereit.

Dann brach das Baufieber bei uns aus. Wir fingen um fünf Uhr morgens an und arbeiteten bis zur Dunkelheit; die Möbel entstanden im Schein des Lampenlichts.

Einen halben Tag nahmen wir uns Zeit, um auf einigen am Hang gelegenen Stellen, an denen sich durch jahrelang herabrinnendes Schneewasser ein bißchen Humus angesammelt hatte, Kartoffeln zu pflanzen. Denn auf der Lichtung gab es überall nur schweren Lehmboden.

Robert suchte die Stellen aus und grub Löcher, während ich Kartoffeln in Stücke schnitt und sie in die Löcher legte. Jedes Auge würde eine Pflanze geben und jede Pflanze wiederum eine ganze Kartoffelfamilie.

„Im nächsten Herbst graben wir unsere eigenen Kartoffeln aus", prahlte ich, als ich die schwarze Erde fest um die Kartoffelstückchen drückte.

„Wenn der Frost nichts dagegen hat", fügte Robert hinzu.

So war ich wenigstens auf den Schreck vorbereitet, als ich ein paar Wochen später unsere kräftigen, bleistiftlangen Keimlinge schwarz und abgestorben vorfand. Wir setzten zum zweitenmal.

Ein weiteres Frühlingsanzeichen war Bock-i-tays erstes Kaninchen. Es war so groß wie sie selbst, und sie schleppte es eilig heran. Wir bewunderten es gebührend, während sie es mit hocherhobenem Schwanz im Triumph umkreiste.

Sie verschlang das ganze Kaninchen buchstäblich mit Haut und

Haaren; sie ließ keinen Knochen, keine Pfote, kein Stückchen Fell übrig. Dann streckte sie alle viere von sich und fiel in einen tiefen Halbtagsschlaf.

„Soll das jetzt eine tägliche Gewohnheit werden?" fragte ich leicht pikiert.

„So etwas wiederholt sie nicht", meinte Robert.

Und sie tat es wirklich diesen ganzen Sommer nicht mehr. Aber im nächsten Frühjahr schleppte sie wieder ein Kaninchen ins Haus. Im zweiten Jahr kannten wir unsere Rolle schon, wir sparten nicht mit bewundernden Ausrufen und begrüßten gemeinsam mit Bock-i-tay den wiedergekehrten Frühling.

NACHDEM Wände, Dach und Fußboden des neuen Anbaus fertiggestellt waren, kam der Kamin an die Reihe, der mit dem neuen Fenster ein gewaltiges Loch in die Westwand riß. Wir hatten alle Hände voll zu tun, weil wir das gute Wetter ausnützen mußten. Ich wurde Mörtelträgerin bei einem Maurer, der noch nie etwas vom Achtstundentag gehört zu haben schien.

Danach nahm uns die Möbeltischlerei ganz in Anspruch. Das Schlafzimmer war unser Stolz. Toilettentisch und Waschtisch wurden mit kupferfarbenen Volants aus Rupfen verziert. Ausgelassen vor Freude, tanzte ich auf den neuen Matratzen.

Die riesige Birke, die Robert fällte, ergab viele lange Rindenstreifen. Unsere „Ojibwa-Tapete" tauchte das Zimmer in Glanz und Schönheit. Die Birkenrinde wurde angenagelt, und am selben Abend zogen wir ein.

Es gab Bettücher und eine Matratze! Eine Herrlichkeit sondergleichen. Nur Bock-i-tay war damit nicht einverstanden. Den ganzen Winter war sie durch das offene Fenster herein- und hinausgeschlüpft. Jetzt war der Weg durch die neue Tür versperrt. Das erregte ihr Mißfallen. Am nächsten Morgen sägte Robert ein Schlupfloch für sie in die Tür und brachte eine pendelnde Klappe an. Sofort begriff sie diesen Sondereingang und spazierte den ganzen Tag hin und her.

Die Küche erhielt einen Schrank mit kippbarem Mehlbehälter und verstellbaren Fächern; die Abbildungen in einem Katalog dienten uns als Muster dazu. Das Abwaschbecken, mühsam aus der Geisterstadt herangeschleppt, tropfte geräuschvoll in einen Eimer. Nachdem aber den ganzen Winter über unser einziger Tisch als Abwaschvorrichtung gedient hatte, sah ich in dieser Neuerung trotz des kleinen Mangels den Höhepunkt der Küchenbequemlichkeit.

Der Glanzpunkt des Wohnzimmers war mein Schreibtisch aus behauenem Zedernholz mit Brieffächern in der Rückwand. Ein Papierkorb aus dem gleichen Material war ein Prunkstück. Der zweite Sessel erwies sich als bequem, obwohl er nicht die prächtigen Linien des ersten aufwies.

Während ich die Möbel und das Holzwerk fertigbeizte, legte Robert letzte Hand an den Kaminsims aus Hartholz und die eichene Fußstütze. Auf seine zwei geschnitzten Leuchter war er ebenso stolz wie ich auf meine Vorhänge aus Zuckersäcken mit Waldmotiven.

Einen ganzen Tag reichte ich Robert Steine für den Schornsteinbau zu; er stand auf einem Gerüst, das den wachsenden Schornstein umgab. Endlich überragte er den Dachfirst um acht Zentimeter.

Feierlich marschierten wir in das Blockhaus. Robert zündete Zeitungspapier an. Wir wagten kaum zu atmen. Es entwickelte sich Rauch. Er quoll heraus in das Zimmer! Kein Wölkchen entschwand nach oben. Der Schornstein war völlig überflüssig.

„Wir wollen's noch einmal versuchen", schlug ich vor.

Robert sandte mir einen vernichtenden Blick zu. „Ich glaube, ich fange mit der Veranda an", sagte er düster.

Jetzt hieß es graben. Robert pickelte den schweren Lehm los, und ich schleppte die Klumpen auf den Weg. Vom Kamin sprachen wir erst wieder während des Abendessens.

„Es gibt viele Leute, die einen Kamin haben und nie Feuer anzünden", sagte ich; „ohne Frage macht auch der Anblick das Zimmer gemütlich."

„Dazu ist er aber nicht da", knurrte Robert. „Entweder wir können ein Feuer machen, oder wir reißen ihn ab." Das heikle Thema ruhte, während wir an der Veranda arbeiteten. Unsere gemeinsame Zimmermannsarbeit ging gut voran, und es war eine Erleichterung, etwas zu bauen, von dessen Gelingen man überzeugt sein konnte. Das abschirmende Segeltuch hängten wir gemeinsam auf; dann schlüpften wir, den Stechmücken eine lange Nase drehend, schnell unter dem Segeltuchvorhang hindurch in die Veranda.

„Wir müssen die Wand noch verputzen", meinte Robert.

„Und der Kamin?" fragte ich. Der wunde Punkt mußte einmal berührt werden. Roberts geheimnisvolle Antwort, daß er eine „Idee" habe, ließ mich hoffen, daß wir ihn doch nicht abzureißen brauchten. Robert hatte diesen Kamin in flüchtiger Erinnerung an einen Artikel gebaut, den er vor langer Zeit einmal gelesen hatte.

„Ich wußte nur, daß der Abzug irgendwo eine Krümmung haben

muß“, erklärte er. „Und da nahm ich an, sie solle hinten sein, um den Rauch von vorn wegzunehmen. Wahrscheinlich war das falsch.“

Er schlug vor, das Innere des Kamins umzubauen: die Rückwand mit Zement auszufüllen und vorn die Steine abzutragen, eine Arbeit für einen Maurer aus dem Reich der Liliputaner.

Ich überlegte, wie ich ihn herausziehen könnte, wenn er oben in dem engen Rauchabzug steckenblieb. Als er am nächsten Morgen Zement mischte, bot ich meine Hilfe an.

„Ich will dich jetzt nicht sehen“, sagte er. „Mach die Küchentür zu!“

Ich räumte den ganzen Morgen die Abfälle fort. Erst gegen Mittag kam ich ins Haus. Als ich eintrat, wollte Robert gerade ein Stück Papier im Kamin anzünden. Ich sah, wie das brennende Streichholz das Papier in Brand setzte. Ich hielt den Atem an. Das Papier rauchte. Der Rauch kräuselte in die Höhe. Er verschwand. Kein Laut war im Zimmer zu hören.

„Das müssen wir begießen!“ rief Robert.

Wäre es nach Robert gegangen, so hätten wir auch noch das einjährige Jubiläum unserer Ankunft im Norden gefeiert. Aber es war für mich höchste Zeit, die Hefebrotfrage zu lösen.

Während Robert in der Station das Bauholz zum Fluß brachte und zu einem Floß verband, suchte ich einen Experten auf, Mrs. Dane.

„Sie armes Ding!" rief sie. „Warum haben Sie mich nicht schon vorigen Winter gefragt? Natürlich ist ein Trick dabei! Das trifft sich gut; gerade heute backe ich einen Schub."

Ich folgte ihr in die Küche; sie knetete eine leichte weiße Masse durch und formte sie zu Brotlaiben.

„Man backt Brot nach Gefühl und nicht nach Rezepten", sagte sie voller Tatkraft. „Fassen Sie es nicht mit Glacéhandschuhen an! Morgens fängt man an, und abends holt man es aus dem Ofen. Fertig!"

Brotbacken war also eine Frage der Angriffslust. Man brauchte Schwung und Schmiß. Früh am Morgen versuchte ich es mit dieser neuen Technik. Mit aller Kraft schlug ich den Teig, er war gehorsam und ließ sich zähmen. Er ging. Sogar als ich ihm noch einen letzten Schlag in das dicke Gesicht verabreichte, ging er unbeirrt weiter.

Am späten Nachmittag zog ich drei Laibe aus dem Ofen, die sich wirklich und wahrhaftig als weißes, leichtes und knusperiges Brot erwiesen. Ich schnitt eine Scheibe ab, kostete und rannte zum Holzplatz. „Ich habe Brot gebacken!" schrie ich.

Diese Neuigkeit schien auf Robert keinen Eindruck zu machen. Seine Befürchtungen waren gerechtfertigt, denn seit acht Monaten hatte er eine seltsame Masse essen müssen, die wie gelbgrauer Gummi aussah. Ich legte das Beweisstück in seine Hand. Er befühlte es und biß mit Vorsicht hinein.

„Das ist ja wirklich Brot!" Er strahlte übers ganze Gesicht. Dieses Brot krönte unser Jubiläumsmahl.

Später saßen wir auf der Veranda. Die letzten Sonnenstrahlen vergoldeten die Kiefern jenseits der Bucht. Dämmerungsstille lag über dem Land. Auf den Zweigen der Pappeln gingen die Vögel zur Ruhe, und ihr schläfriges Zwitschern klang sanft durch die Stille. En-dah'-win war voller Liebreiz.

„Erinnerst du dich, was du gerade heute vor einem Jahr getan hast?" fragte Robert.

„Ich jammerte über eine Blase vom Paddeln an meiner Hand. Und wenn du mir damals gesagt hättest, daß wir übers Jahr alles das haben würden, so hätte ich dich für verrückt erklärt."

Elch-Hindernisrennen

Trotz des Segeltuchvorhangs entdeckten Tausende von Stechmücken eine Methode, wie man zu uns hineinschlüpfen konnte. Wir schliefen unter einem Gazebaldachin und sprayten den Raum täglich zweimal. Die geschützte Veranda bewahrte uns wenigstens vor den Stuben- und Fleischfliegen sowie vor den schwarzen Fliegen.

Die geflügelte Pest des Nordens teilt sich die Arbeit: die Kriebelmücken übernehmen die Tagschicht. Ihre Stiche sind nicht zu spüren, aber sie hinterlassen ein Bächlein Blut und schmerzhafte Schwellungen. Die Fleischfliege ist größer und gibt dadurch dem Opfer die Möglichkeit, sie zu bemerken und rechtzeitig fortzujagen. Geschieht dies nicht, so folgt ein Stich, bei dem man laut aufschreien möchte. Beide Arten machen am Abend Ladenschluß.

Dann beginnt die Nachtschicht der Stechmücken. Sie gehen in Massen zum Angriff vor, und ihr Summen klingt wie ein entfernter, gedämpfter Tornado, wenn sie beim Dunkelwerden aus dem Busch hervorbrechen. Die winzigen Unsichtbaren lassen keine Spuren zurück, aber ihr Biß brennt wie roter Pfeffer.

Mit Rücksicht auf die Fliegenplage entschlossen wir uns zu folgender Tageseinteilung: Wir frühstückten um halb sechs Uhr und schlüpften um neun Uhr abends unter unser Moskitonetz ins Bett. Nur wenn wir Filme zu entwickeln hatten, gingen wir von dieser Gepflogenheit ab und blieben am Abend in der Küche, unserer Dunkelkammer.

Reproduktionsfähige Fotografien bildeten die neueste Schwierigkeit meines Pionierlebens. Die Schecks tröpfelten jetzt regelmäßiger und hielten uns ganz ordentlich über Wasser, aber die Verleger verlangten Artikel mit Bildern, und Robert murrte über die vielen Filme, die ich verdarb. Entweder fehlten beträchtliche Teile seines Körpers auf den Bildern, oder ich hatte im erbitterten Kampf mit dem Sucher die Kamera schief gehalten oder gar gewackelt. Mein fotografischer Instinkt war gleich Null.

Mit Hilfe des Selbstauslösers wollten wir gemütliche häusliche Szenen zwischen Mann und Weib stellen – aber was dabei herauskam, war alles andere als „zufriedene Siedler am häuslichen Herd“. Unsere verzerrten, gespannten Züge – wir horchten krampfhaft auf den Selbstauslöser – würde jedes Ehepaar für ewige Zeiten von den Wäldern ferngehalten haben.

Als sich die Frage der fehlerhaften Fotos zugespitzt hatte, trafen wir Steve, der einst unser erster Gast gewesen war, in der Station. Er war jetzt als Führer bei einem Fotografen angestellt, der ebenfalls mit Schwierigkeiten zu kämpfen hatte. Der gute Mann hatte zu seinem Erstaunen entdecken müssen, daß die ganze Gegend praktisch völlig menschenleer war und daß Steve sowie ein Mann namens Ed die einzigen lebenden Modelle waren, mit denen er seine Landschaftsbilder beleben konnte. Dieser erbot sich, unsere „Siedler-Ehepaar-Bilder" zu knipsen, wenn wir mit ihm kämen.

Der Fotograf hatte einen Monat für seine Reise angesetzt, aber das kam für uns nicht in Frage. Doch sein Weg führte – der Landkarte zufolge – über eine Seenkette, die durch Wasserläufe verbunden war. In ungefähr einer Woche würden wir eine Stelle erreichen, von der aus wir unsere Rückreise antreten konnten.

„Was hältst du davon?" fragte Robert.

Wir waren zur Station gekommen, um Post zu holen, und hatten uns in keiner Weise für eine besondere Reise eingerichtet. Unser Sack enthielt nur die Reste unseres Mittagsmahls, ein paar Löffel Reis, Tee und etwas Geschirr.

„Die Bilder müssen wir haben!" entschied ich.

Steve bereitete alles für seine neue Tätigkeit vor und brachte seine Fracht um drei Uhr morgens an Bord. Seltsamerweise hatte er dabei einen Hut auf, wie ihn elegante Geschäftsleute tragen. Diese unwahrscheinliche Kopfbedeckung in der Wildnis überwältigte mich geradezu.

„Ich nehme den ‚Deckel' mit, um ihn dem ersten Elchbullen, den ich sehe, ans Geweih zu hängen", prahlte Steve.

Ich rief Ed, den zweiten Führer, damit er es ebenfalls hörte. „Wie hoch wettet er?" fragte Ed.

„Nach seiner heutigen Morgenstimmung zu urteilen, wird er eins zu fünf wetten", sagte ich.

Ed packte die Lust, Steve in das Abenteuer hineinzuhetzen. „Ich wette um fünf Dollar, daß ich auf einem Elch reiten werde", sagte er zu Steve, „und ich will dabei deinen ‚Derby' tragen."

Die Wette wurde abgeschlossen, schon weil sie das einzige heitere Thema bildete. Trübsinn senkte sich auf uns, als der Fotograf halbgare Maismehlpfannkuchen als erste Mahlzeit auftischte und sich bei dieser Gelegenheit als Schiffskoch vorstellte. Und rohe Maismehlpfannkuchen wurden künftig dreimal am Tag aufgetragen. Wir waren machtlos, denn wir waren ja nicht Leiter des Unternehmens.

Wir ruderten zu einem See, in dessen Bucht dreiundzwanzig Elche ästen. Ed meinte, es wäre Zeit, die Wettgelder einzuzahlen, und wir versammelten uns am Ufer, um die Angelegenheit zu besprechen.

„Wir haben ja nichts darüber ausgemacht, ob der Elch zu Wasser oder zu Lande geritten werden soll", erklärte Ed. „Treibt mir einen großen Bullen mitten in den See, und ich nehme ihn zwischen die Beine wie in eine Zange."

Im tiefen Wasser ist ein Elch nicht gefährlich. Wir erboten uns, Ed hinzupaddeln. Steve nahm den Fotografen und die Apparate in das andere Boot. Wir wählten einen mächtigen Bullen, der ziemlich weitab vom Ufer friedlich nach Nahrung suchte, und hielten auf ihn zu. Ed gedachte sich an die langen rauhen Schulterhaare des Bullen anzuklammern. Vorsichtig näherten wir uns dem Tier und kamen ganz nahe an es heran. Dann legten wir uns mächtig in die Paddel, um uns seitlich an ihn heranzuschieben.

Mit einem Sprung war Ed aus dem Kanu und auf dem Rücken des Elches. Er hielt sich kaum eine Sekunde lang oben. Die Mähne, an der er sich hatte festklammern wollen, klebte naß und fest am Körper des Bullen, und Ed hätte sich ebensogut an einem eingefetteten Balken festhalten können. Das erste wilde Untertauchen des Tieres ließ ihn kopfüber ins Wasser schießen. Eds enttäuschtes Gesicht war noch komischer als das Entsetzen des gewaltigen Tieres, das eiligst dem flachen Ufer zuschwamm.

Als wir unser Gelächter eindämmen konnten, paddelten wir mit dem nassen Ed am Heck des Kanus landwärts. Den Hut konnten wir retten, und Ed hielt sich an den Planken fest. Das Urteil wurde gefällt: zu dem „Ritt auf dem Elch" war es überhaupt nicht gekommen.

Jetzt war Steve an der Reihe.

Wir fuhren den Fotografen, und Ed transportierte Steve, während wir ein neues Reittier suchten. Steve nutzte klug die Lehren, die sich aus Eds Mißgeschick ziehen ließen. Er zog seine Schuhe aus und sprang vom Bug des Kanus, und zwar erst dann, als Ed es ganz dicht an den schwimmenden Bullen herangebracht hatte.

Mit der Linken packte Steve eine Schaufel des Geweihs; er sprang auf den Rücken des Bullen, ergriff mit der Rechten eine zweite Schaufel – und saß schon rittlings auf dem Tier. Der Elch bockte – doch Steve preßte seine Beine fest um den breiten Rumpf des Bullen.

Steve schwang seinen eleganten grauen Derby, der Fotograf knipste, und wir brachen in Hochrufe aus. Welch ein Anblick – ein Mann auf dem Rücken eines mächtigen Elchbullen mit anderthalb Meter breitem

Geweih! Aber schon wandte sich das Tier dem seichten Ufer zu, wo es sich mit seiner seltsamen Bürde wirksamer auseinandersetzen konnte. Steve zog es vor, sich rechtzeitig ins Wasser gleiten zu lassen.

Es war ein großer Erfolg. Nur der Elch teilte unsere Begeisterung nicht. Sein wilder Aufbruch uferwärts entfesselte ein Elch-Wettschwimmen.

Diese Zirkuseinlage vermochte unsere düstere Stimmung auf die Dauer jedoch nicht zu ändern. Die Führer zankten sich mit ihrem Chef. Mein Magen lehnte sich gegen das halbgare Maismehl auf. Am Morgen unseres Aufbruchs wäre es fast zu einer Keilerei zwischen Steve und dem Fotografen gekommen, und daraufhin schloß sich Steve mit seinem Kanu uns an. Auf der Karte schien unsere Rückreise einfach; wir rechneten mit einem halben Tag im Kanu.

Wir verließen unseren Wasserlauf und mußten Kanu und Gepäck über eine kurze Landstrecke zu einem anderen See befördern. Dann gelangten wir an einen Fluß, der immer schmaler und seichter wurde. Stechmücken machten sich in Wolken über uns her. Es kam der Mittag, es wurde Abend. Wir waren hungrig und noch weit entfernt von unseren heimatlichen Gewässern.

Als es schon dunkelte, erreichten wir eine Lichtung, auf der einst ein Blockhaus gebaut worden war. Es enthielt zwei lange Tische. In dem Schmutz darunter lagen Haufen von leeren Blechdosen.

Steve benützte den einen Tisch als Bettstatt, und Robert und ich beschlagnahmten den anderen.

Kaum hatten wir uns im Dunkeln hingestreckt, da erschien eine Skunkfamilie. Obgleich sie den Dosenhaufen schon seit Jahren durchstöbert haben mochte, untersuchte sie doch jede einzelne Dose und fauchte und knurrte unter unseren Tischen.

Am nächsten Morgen gab es nur Zigaretten zum Frühstück. Tabak und Papier hatten wir in Hülle und Fülle. Robert warf eine leere Streichholzschachtel fort und suchte im Packsack nach einer neuen . . ., es war keine mehr da. Drei Streichhölzer hatten wir noch – das war alles.

Zigarettenlos und ohne jeden Bissen überlebte ich diesen Tag, an dem wir uns durch Sümpfe und Wasserläufe schlugen, die nur ein kärgliches Gerinnsel zwischen sperrigem Geäst und faulendem Blätterwerk waren. Um vier Uhr kamen wir endlich zu unserem letzten See.

Als wir gegen Abend die Station erreichten, holte Steve erst einmal einen Krug Bier aus der Bar, und wir standen alle drei in einer Reihe und nahmen einen kräftigen Schluck. Sodann entzündeten wir am

Ufer ein tüchtiges Feuer und erhitzten in seiner Glut ein paar Konservenbüchsen. Robert und Steve aßen zwei komplette Menüs; ich tat es ihnen fast gleich.

Noch in derselben Nacht paddelten wir heim. Bock-i-tay erwartete uns an der Landungsstelle. Mit ausdrucksvollem Miauen verlangte sie Rechenschaft über unseren „Tagesausflug".

Zwei Wochen lang konnte ich mein Bett nicht verlassen; Magen und Eingeweide empörten sich heftig und bezeugten, was für eine Torheit es war, eine Diät von halbgarem Maismehl und zwei darauffolgende strenge Fastentage mit einer großen Schlemmerei zu krönen. Selbst Robert, der einiges vertragen konnte, hatte Probleme mit seinem Magen. Zum erstenmal gab es so etwas wie Krankheit in unserer Hütte.

Bären und Beeren

Was der Norden gibt, spendet er reichlich. Auf unserem eigenen Grund und Boden teilten wir uns mit den Bären den Himbeerüberfluß. Beeren sammeln, das bedeutete einen Tagesausflug, eine lange Paddelfahrt zu einem anderen Arm des Sees, wo wir weite, von einem Waldbrand freigelegte Strecken entdeckt hatten. Jetzt gab es dort riesige Büsche, über und über beladen mit großen, saftigen Früchten. Wir füllten einen Wassereimer in weniger als einer Stunde und kochten uns dann das Mittagessen am Strand. Nach dem Essen pflückte ich weiter.

„Du kannst doch unmöglich alles, was hier wächst, einkochen", sagte Robert.

Die Verschwendung der Natur stachelte meinen Hamsterinstinkt an. „Das kann ich sehr gut, sogar doppelt soviel", beharrte ich.

Während er auf die Suche nach einem Verbindungsweg zur Station auszog, füllte ich zwei Eimer an einem einzigen Platz. In dem weichen Erdreich verursachten meine Schritte kein Geräusch. Ich glaubte mich allein – bis ich um den nächsten Busch bog und in das verdutzte Gesicht eines Bären blickte. Er war ebenfalls damit beschäftigt, Beeren zu pflücken. Wir machten beide gleichzeitig kehrt. Ich hatte gehört, daß Schwarzbären nicht gefährlich seien – aber ich rannte, so weit und so schnell ich konnte, ohne an meine Eimer zu denken, die ich immer noch suchte, als Robert zurückkam.

Er war in zu aufgekratzter Stimmung, als daß er meine Verstörtheit bemerkt hätte. „Ich dachte, du würdest dich über meine Entdeckung freuen! Wenn der Fluß bald zufriert, brauche ich nur bis hierher zu paddeln, um dann zu Fuß zur Station zu gehen. Was ist denn los?"

„Ich kann meine beiden Eimer mit Beeren nicht finden, ich ließ sie stehen, als ich vor einem Bären ausrückte", antwortete ich.

„Hier, zwischen diesen Büschen, hat man doch nicht das Glück, einen Bären zu Gesicht zu bekommen!" spottete Robert. „Du hast einen verbrannten Baumstamm gesehen."

Wir fanden die Eimer, und wir fanden auch die nassen und niedergetrampelten Zweige, von denen der Bär gepflückt hatte.

„Donnerwetter", sagte Robert, „es war tatsächlich ein Bär! Ich hab ihn verpaßt, und du läufst davon."

Dieses Jahr waren die Beeren ungewöhnlich groß, und die Ernte war reich. Unser zweites Bärenerlebnis hatten wir, als wir aus den Blaubeeren kamen.

Wir gingen auf Blaubeersuche am Fluß, und an diesem Abend trafen wir den alten Indianer Ash-wan-a-mak und seine Frau, die dort zelteten. Verwunderlich genug, denn die alten Leute waren gebrechlich und jetzt weit von ihrem See entfernt.

Als wir ihre Geschichte hörten, hatten wir Mühe, ernst zu bleiben. Ash-wan-a-mak und seine Frau hatten einen jungen Schwarzbären an Kindes Statt angenommen, der auch in ihrem Wigwam schlief. Aber als der Bär erwachsen war, nahm er den besten Platz am Feuer ein und machte seine Ansprüche so drohend geltend, daß die schwachen, alten Leutchen jede Herrschaft über ihn verloren. Oft fraß er ihnen ihr ganzes Essen weg.

Wir hatten das seltsame Dreigespann im vorigen Sommer gesehen und kannten seine Schwierigkeiten. Ein Indianer, der etwas Englisch sprach, drückte sie kurz und prägnant aus: „Der Bär – Herr im Haus."

Ash-wan-a-mak brachte es nicht über sich, das vertraute Tier zu töten, und zuletzt gerieten sie in Verzweiflung und liefen vor ihm davon. Auf dieser Flucht trafen wir sie. Es gab viel zu erzählen, und so schlug ich vor, in der Nähe zu zelten. Plötzlich hörten wir ein Lärmen und Knacken im Gezweig, und aus den Büschen trat der riesige Schwarzbär.

Er stürzte sich auf die alten Leute und schnupperte nach Nahrung. Wäre nicht der zischende Dampf des Kochtopfes gewesen, so hätte er ihnen den gekochten Fisch, ihr Abendbrot, weggefressen. Wir machten schleunigst kehrt, denn der Bär begann sich auch für unser Gepäck zu interessieren. Als wir um die nächste Ecke paddelten und noch einmal zurückblickten, sahen wir die wieder vereinte, aber recht unglückliche Familie.

Wir legten auf einer Wiese nahe am Fluß an und sammelten Blaubeeren. In unserer Nähe pflückte eine indianische Familie den Vorrat für ihr Dorf. Wir kamen ins Plaudern. Robert sah sich ihr Kanu aus Birkenrinde an, und ich hörte das nun schon vertraute: *„Nim-i-nik shu-nee-o?* – Was kostet es?"

„Wir brauchen kein zweites Kanu!" erhob ich Einspruch.

Aber der Handel wurde abgeschlossen, und als wir nach Hause paddelten, hatte Robert das Wort des Indianers, daß er das Kanu bringen würde. Der Preis betrug drei Dollar.

„Du kannst dich ja nicht vom Fleck rühren, wenn irgend etwas geschieht und ich mit unserem einzigen Kanu fort bin", sagte Robert, als wir auf dem Fluß waren.

Ich ließ das Paddel sinken. Dieser Gedanke war mir tatsächlich nie in den Sinn gekommen, wenn er allein zur Jagd gegangen war.

Anfang September brachte der Indianer das Kanu und auch einen Sack wilden Reis, den wir bestellt hatten. Er erzählte von den Festlichkeiten, die der Reisernte folgen. Eine ganze Woche dröhnen Trommeln Tag und Nacht, und das Tanzen hört nicht auf.

„Wir sollten dasselbe tun", schlug ich Robert vor, „ich bin sogar imstande, zu Ehren unserer Kartoffeln zu tanzen."

Wir aßen schon längst von unserer eigenen Ernte. Durch das langsame Wachsen im nördlichen Klima waren die Knollen schön kräftig geworden, und vor dem ersten Frost konnten wir den Winterbedarf unter Dach und Fach bringen. Wir hatten gegraben, gepflanzt und begossen, aber diese Ernte dünkte uns trotzdem ein Geschenk.

IN DIESEM Monat kam auch Steve von der Station; er wollte das neue Blockhaus sehen. Wir waren starr vor Staunen über den Hund, der ihm auf den Fersen folgte. Ein Blick genügte, um zu erkennen, daß es sich um einen Sheltie, einen in Schottland gebräuchlichen Schäferhund, handelte. Die Hündin hatte einen langen Kopf, schmale Knöchel und prächtiges lockiges Fell an den Läufen. Sie schien mir fehl am Platz – hier im Norden ebenso wie bei Steve. Geradezu ungeschlacht sah er neben ihr aus. Sie wußte das und stolzierte selbstbewußt neben ihm her.

„Da ist Post für Sie", sagte er, „und hier ist Ihre Hündin. Man wollte diesen Nichtsnutz in der Station loswerden; die ganze Hundemeute dort war wie toll." Der Brief erklärte alles. Belle war das Geschenk eines alten Freundes, eines Offiziers, der glaubte, ich brauchte einen Gefährten in den Wäldern. Er schickte auch ihren Stammbaum, der ebenso großartig wie überflüssig war. Man sah auf den ersten Blick, daß Belle eine Dame von Welt war – zu weltlich, fürchtete ich –, und dazu war sie ausgesprochen männersüchtig.

Bock-i-tay und mich übersah sie. Für alles Weibliche hatte sie nur Verachtung. Bock-i-tay versetzte dem vorüberhuschenden hellen Gelock einen tückischen Pfotenhieb, und als wir Belle fütterten und Bock-i-tay sah, daß die Hündin das nicht selbstverdiente, sondern zugeteilte Futter aus einer Schüssel fraß, drückte ihr Gesicht äußerste Verachtung aus.

Wir fuhren mit Steve über die Bucht, um ihm die Spuren eines mächtigen Bären zu zeigen. Wenn man ihn vor Eintritt des Winters fangen könnte, würde sein Pelz schon etwas einbringen. Steve bot sich sofort an, uns eine Falle zu besorgen. Er kannte immer jemanden, der gerade das hatte, was man brauchte. Über Nacht blieb er bei uns, bewunderte das Blockhaus, schleppte Holz und Wasser, wusch die Teller ab und erzählte Witze.

Die ersten schweren Fröste, auf die wir gewartet hatten, damit die Preiselbeeren die letzte Reife erhielten, kamen Mitte September. Wir paddelten zum Fluß und pflückten den Waschtrog voll. Auf dem Rückweg gingen wir die Anhöhe zum Blockhaus hinauf, schwenkten vergnügt den Trog zwischen uns, grinsten uns gegenseitig an und sagten: „Sind wir nicht tüchtige Leute?"

„Das wird uns alles nichts nützen, wenn wir nicht bald einen Scheck bekommen, um unsere Wintervorräte einzukaufen; jetzt sind die Wasserwege noch eisfrei", warf Robert ein.

Ich teilte seine Beunruhigung. Es war gefährlich, die kalten Monate vor sich zu haben und nur knappen Vorrat im Haus. Ich war nicht imstande, die Fahrt zu machen, wenn Robert jemals krank oder unpäßlich war. Im ersten Jahr hatten wir dieses Wagnis auf uns genommen, aber im zweiten hofften wir es zu vermeiden.

Gefüllte Scheuer

„Das füllt unsere Scheuer", sagte Robert frohlockend, als er die Post herausbrachte und mir einen Brief reichte.

Ich las ihn. Zwei Amerikaner, die durch Vermittlung einer Zeitschrift an Robert geschrieben hatten, fragten an, ob er Führer für eine Elchjagd wüßte.

„Das übernehme ich natürlich selbst", sagte er. „Ich stelle einen zweiten Mann an, miete ein Kanu und benütze unsere Ausrüstung. Ich schreibe ihnen, daß sie ein gutgeführtes Lager vorfinden, schmackhaftes Essen und die Aussicht, einen Elch zu schießen. Sollten sie auf Lokalkolorit aussein, so haben wir ihnen unsere Ojibwas zu bieten!"

Der Brief schlug ein. Die Jäger, offenbar tüchtige Sportsleute, meldeten sich sofort für einen dreiwöchigen Aufenthalt an, und wir stürzten uns in Vorbereitungen. Robert schoß zwei Elche, unseren Fleischvorrat für den Winter. Wir sahen die Campausrüstung durch, ich backte Kuchen und machte aus den letzten Preiselbeeren Marmelade. Wir besorgten Vorräte für die Jagdexpedition, heuerten einen zweiten Mann an und mieteten ein Kanu.

Während wir mit den Vorbereitungen beschäftigt waren, stritten wir uns, wo ich diese drei Wochen verbringen sollte. Ich fühlte mich befähigt, allein in der Wildnis zu leben, und stimmte für das Blockhaus. Robert dagegen bestand darauf, daß ich ins Hotel in der Station übersiedeln sollte.

Zwei Tage vor der Ankunft der Jäger war diese Frage immer noch nicht geregelt. Wir paddelten mit unseren letzten Besorgungen in der Dunkelheit heimwärts. Zum erstenmal empfing uns Bock-i-tay nicht am Landungssteg. Während Robert die Pakete ins Haus trug, suchte ich sie auf der Lichtung.

Um Mitternacht war sie noch nicht durch ihre Pendeltür hereingeschlüpft, und als sie am Morgen immer noch nicht da war, hielten wir angstvoll überall nach ihr Ausschau. Wir paddelten das ganze Ufer entlang, aber niemand antwortete auf unsere Rufe. Schließlich schlug Robert vor, bei dieser Gelegenheit über die Bucht zu fahren und nachzusehen, ob der Bär in die Falle gegangen war. Wir legten am Ufer unterhalb der Falle an.

Vor der Falle fanden wir sie: Die schweren gezähnten Klammern der Falle umfingen unmittelbar an Bock-i-tays Körper ein Hinterbein. Sie sah uns an und schnurrte. Ihr Vertrauen, daß wir sie retten könnten, war noch herzzerreißender als dieser Anblick.

Roberts Gesicht war kreidebleich, als er sich aufrichtete. „Ich hole das Gewehr", sagte er, „das Bein ist gebrochen."

Ich dachte an das Blockhaus ohne Bock-i-tay, an das Heimkommen, wenn sie nicht mehr am Anlegesteg warten würde, an abendliche Kaminfeuer – ohne Bock-i-tay auf ihrem Kissen –, an die

Nächte, in denen wir kein begrüßendes Miauen hören würden, wenn sie durch ihre Pendeltür kam. Nein, die nordischen Wälder ohne dieses kleine, selbständige Geschöpf waren undenkbar.

„Wir müssen sie retten“, schluchzte ich.

Robert paddelte zum Blockhaus, um den Schlüssel zu holen, der die Bärenfalle öffnete. Bock-i-tay und ich warteten. Sie verhielt sich auch ganz still, als wir die Klammern aufschraubten. Wir hoben das erschöpfte Tier auf und machten uns auf den Heimweg. Als die wieder einsetzende Blutzirkulation das verwundete Beinchen erfaßte, schlug Bock-i-tay die Krallen in meine Schulter. Sie zerkratzte mir Arme, Hals und Gesicht und war außer sich vor Schmerzen, bis wir ihr ein Beruhigungsmittel gaben, den dritten Teil einer für Menschen bestimmten Dosis.

Dadurch schlief sie den ganzen Tag. Robert bezweifelte, daß sich das gebrochene Beinchen wieder einrichten ließe, und er war davon überzeugt, daß sie lieber tot wäre als verkrüppelt. Aber ich konnte mich nicht zu dem Gedanken durchringen, sie zu verlieren. Am Abend erwachte sie durstgepeinigt, doch da sie niemals aus einer Schüssel gefressen oder getrunken hatte, sah sie das Wasser, das wir ihr in einer Untertasse anboten, nur hilflos an und bewegte ihre Kiefer in großer Qual.

„Ich werde sie zum See tragen, zu ihrer Tränke“, sagte Robert. Er hielt sie dicht über der Wasserfläche, sie tauchte ihr Näschen hinein – und watete hinein, um zu trinken!

Sie ging auf allen vier Beinen! Der Knochen war also nicht gebrochen. Sie konnte gerettet werden. Unsere Rückkehr in das Blockhaus mit Bock-i-tay auf einem Kissen wurde zum Triumphmarsch – und die Frage, wo ich die nächsten drei Wochen verbringen würde, war ein für allemal geregelt.

Noch bevor Robert fortruderte, um die Jäger abzuholen, schoß er für Bock-i-tay bei Tagesanbruch ein Waldhuhn. Die Pflege würde leicht sein, sie verlangte nichts, als daß man sie ungestört in ihrem Korb liegen ließ; dagegen würden ihre Mahlzeiten ohne Gewehr schwer zu beschaffen sein. Mit etwas Besserem als in der Schlinge gefangenen Kaninchen konnte ich nicht aufwarten.

Am Abend trafen die Jäger ein; den nächsten Tag verbrachten sie mit Vorbereitungen für die Elchjagd. En-dah'-win war erfüllt von fröhlicher Geschäftigkeit. Gewehre wurden gereinigt, Packsäcke geschnürt, Karten studiert und Pläne geschmiedet.

Es war wie eine kleine Party. Wir waren fünf Personen am Eßtisch; Männer saßen um den Kamin; überall lagen Gewehre und Ausrüstungsgegenstände, und das Blockhaus erntete viel Lob. Vergnügt zog ich am Nachmittag mit einem der Jäger los, um Waldhühner für das Abendessen zu schießen.

Am Abend reinigten wir die Gewehre vor dem Kaminfeuer. Als mein Jagdgenosse vom Nachmittag aufstand, um in sein Zelt zu gehen, drückte er mir eine Kleinkaliberbüchse in die Hand.

„Ich leihe Ihnen das Gewehr, damit Sie Ihre Patientin mit frischem Fleisch versorgen können", sagte er. „Sie dürfen hier nicht ohne Gewehr sein."

Der Gedanke, Kaninchen mit der Schlinge zu fangen, war mir schrecklich gewesen, aber durch das Gewehr wurde auch das Thema „Warnungen" wieder aktuell. Denn seit zwei Tagen kannte Robert, wenn wir allein waren, nur ein Thema; er sah Schrecknisse überall. Er warnte vor allem: vor Feuer, vor dem Verirren, vor Windbrüchen, vor den Tücken des Birkenrindenkanus und vor steilen Uferstellen. Wo ich ging und stand, bekam ich Sicherheitsvorschriften zu hören.

Am nächsten Morgen brachen die Männer auf, und ich winkte ihnen lange nach.

Nach all der Geselligkeit im Haus war das Aufräumen ein einsames Geschäft. Und Belle, unsere Hündin, schien über den jähen Verlust männlicher Bewunderung tief gekränkt. Aber mit der Zeit hatten wir beide bessere Bekanntschaft geschlossen, und ich lud sie zu einem Jagdausflug ein. Sie begleitete mich bis zum Rand der Lichtung; dort blieb sie stehen und machte deutlich, daß sie an den unebenen Wegen durchs Gestrüpp kein Vergnügen fand. Sie kehrte um und lief zum Blockhaus zurück.

Während der ganzen drei Wochen blieb sie die große Dame. Sie hatte vollendete Umgangsformen innerhalb des Hauses, aber nicht das geringste Interesse für die freie Wildbahn. Niemals versäumte sie, sich zu erheben und mich zu begrüßen, wenn ich mit Waldhühnern für Bock-i-tay hereinkam; aber trotz Schmeicheleien und Befehlen war sie nicht zu bewegen, über die Lichtung hinauszugehen.

In den ersten zehn Tagen war Bock-i-tay alles andere als gesellig. Sie lag in ihrem Bett, knabberte zweimal am Tag an frisch geschossenen Vögeln und miaute jedesmal, wenn sie sich zu bewegen versuchte. Ihre Hilflosigkeit machte sie wütend, und eines Morgens stand sie plötzlich auf und humpelte auf ihrem verletzten Beinchen davon. Von diesem Augenblick an war sie wieder Selbstversorgerin. Sie äußerte auch ihr Bestreben, hilfreich zu sein, und hinkte neben mir her, während ich Holz und Wasser ins Blockhaus trug.

Meine Tage verliefen nach einem regelmäßigen Stundenplan: am Morgen häusliche Beschäftigungen, ein paar Stunden an der Schreibmaschine, am Nachmittag Jagd, Abendessen und dann Stunden am Kaminfeuer. Das Gewehr, der herrliche Oktobersonnenschein, die herbstlichen Wege und der neue Sport des Waldhuhnschießens sorgten für vergnügte und angeregte Nachmittage.

Endlich war der Tag gekommen, an dem die Jäger zurückkehren sollten; ich schoß so viele Waldhühner, daß ein Regiment davon satt werden konnte, backte Brot, Brötchen, zwei Blaubeerkuchen und wartete dann das Weitere ab. Niemand erschien. Am Abend, als wir Holz für den Kamin holten, spitzte Bock-i-tay die Ohren. Sie hatte das unmißverständliche Geräusch des Paddels gehört; wir rannten zusammen zum Ufer – und da war Robert, allein im Kanu.

Er sei in der Station geblieben, um die Jäger in den Zug zu setzen, und dann hergepaddelt, so schnell es nur ging.

„Komm, ich habe Feuer angezündet; wir wollen deine Rückkehr begießen", sagte ich.

Erst trugen wir die Campausrüstung den Hügel hinauf, aber wir waren noch nicht an der Haustür angelangt, da zog Robert schon seinen Lohn aus der Tasche. Wir legten die Geldscheine auf den Kaminteppich: einhundertdreißig Dollar! Ich schenkte die Gläser voll, und wir tranken auf die gefüllte Scheuer.

Da fiel mir das geplante Bankett ein, und mit Schrecken erinnerte ich mich an die Waldhühner, die gebraten werden mußten.

„Ich habe vorläufig genug von Waldhühnern", erklärte Robert, „ich kann sie nicht mehr sehen. Drei Wochen lang habe ich jeden Morgen zwei Riesenschüsseln voll gebraten."

„Wie wäre es mit Elchfleisch?" schlug ich vor.

„Auch das nicht. Ich habe gerade ein Geweih und zwei Rückenstücke eingepackt."

„Aber es ist zu spät, um einen Fisch zu fangen!"

„Ich habe zwei Büchsen Lachs im Laden gekauft", erwiderte er.

Zwei Stunden nach dem Abendbrot fiel mir das geliehene Gewehr ein. Robert hatte bloß auf dieses Stichwort gewartet.

„Es gehört dir", sagte er, „ich hab es für dich gekauft."

Und das, nachdem er von morgens bis abends gekocht, gepaddelt, gepackt und Zelte aufgerichtet hatte! Er sah schmal und müde aus.

„War es sehr anstrengend?" fragte ich.

„Ein Achtzehnstundentag. Das mache ich nie wieder ohne Koch und für so wenig Geld. Aber wir konnten's diesmal gut gebrauchen."

Was sich denn daheim ereignet habe, wollte er wissen. Ich war erstaunt, wie wenig es zu berichten gab: Baumstachler waren kühn über die Lichtung gelaufen; Eichhörnchen hatten Bock-i-tay geneckt und sie in Wut versetzt, weil sie ihren Jagdgeschäften nur hinkend nachgehen konnte; Elche auf einer verspäteten Reise über die Gebirgskämme; Wölfe, die nachts auf den Hügeln heulten und Belle ängstigten.

Als wir zu Bett gingen, kündigte Robert an, er wolle am nächsten Morgen möglichst zeitig frühstücken. Die kleinen Seen und Flüsse seien schon gefroren, sagte er, und es sei höchste Zeit, die Wintervorräte herbeizuschaffen.

Bei Tagesanbruch waren wir im Kanu. Für drei Tage verwandelten wir uns in ein Transportunternehmen. Wir trugen unsere Einkäufe vom Laden zum Fluß; dann ging's den langen Paddelweg nach Hause, und zum Schluß kam noch das mühselige Schleppen den Hang zum Blockhaus hinauf.

Beim letzten Paddeln flußabwärts fuhren wir an vereisten Ufern vorbei, und kleine Eisstücke trieben gegen den Bug unseres Kanus. In dieser Nacht würde der Strom zufrieren.

Nachdem alles zur Blockhütte hinaufgeschleppt war, machten wir unsere Inspektionsrunde. Hinter der geöffneten Falltür zum Keller lachten uns eingemachte Beeren, Konfitüre, Kartoffeln, Gemüse und Kondensmilch entgegen. Auf Küchenregalen stand Paket neben Paket, und wenn man die Tür zum Anbau öffnete, ließ der Anblick von Zucker, Mehl, Körner- und Hülsenfrüchten, Speckseiten und gesalzenem Schweinefleisch, Dörrobst und einem ganzen Faß eingekochter Butter das Herz höher schlagen. Dann gingen wir zur Veranda: Dort hing hinter Segeltuch das Fleisch von zwei Elchen, daneben baumelten Waldhühner. Selbst auf die Unersättliche, die Salonlampe, warteten drei Kannen Petroleum.

„Klein, aber mein", sagte ich, doch die Worte umschrieben nur schwach das Glücksgefühl, das ich ob der Sicherheit und Vollständigkeit ringsum empfand.

Belle missbilligt den Norden

Für Belle war das Fallenstellen genauso widerwärtig wie jede andere Arbeit. Schon beim ersten Mal machte sie am Erlensumpf kehrt und lief zum Blockhaus zurück.

„Bring sie dazu, daß sie mit dir geht", meinte Robert an diesem Abend, „vielleicht läßt sie sich zur Nachrichtenübermittlung gebrauchen, wenn dir einmal etwas zustößt."

„Dann versuche du dein Glück", schlug ich vor. „Alles, was sie für mich tut, ist Grimassenschneiden und Davonlaufen."

Robert trieb sie am nächsten Morgen über die Lichtung hinaus, und seine Befehle bewegten sie dazu, widerwillig an meiner Seite zu bleiben.

Bei der ersten Falle schon rechtfertigte sich Roberts Vorschlag der SOS-Signale. Ein Skunk, lebendig und unversehrt, saß schmollend in einem Cubby. Ich befestigte meinen Fausthandschuh an Belles Halsband und schickte sie nach Hause. Nur allzu bereitwillig gehorchte sie.

Eine halbe Stunde später kam Robert, mit dem großen Jagdgewehr bewaffnet, den Weg entlanggerannt und zog die widerstrebende Belle hinter sich her, die meine Leiche aufspüren sollte. Aber ich hatte nur mit einem Skunk aufzuwarten.

„Konntest du dir denn nicht meinen Schrecken vorstellen, als ich den Handschuh sah?" schimpfte Robert. „Warum hast du das Stinktier nicht erschossen?"

Ich war mir nicht sicher, ob ich den Skunk so treffen würde, daß ihm keine Gelegenheit zum Gegenangriff blieb. Robert sollte den schwierigen Schuß wagen.

Der Ergebnis war grauenvoll. Der Skunk verabschiedete sich vom Leben mit der Fülle seines Sekrets. Eine dichte Gaswolke hüllte uns ein. Der Geruch war unbeschreiblich ekelerregend und kehrte uns den Magen um. Wir flohen durch den Kaninchensumpf, aber die entsetzliche Wolke begleitete uns. Selbst in einer Entfernung von einem Kilometer war sie noch gegenwärtig. Ich mußte anhalten und mich übergeben. Schließlich taumelten wir ins Blockhaus; Belle war vor uns angekommen.

Der Skunk bestärkte Belle in ihrer Meinung, daß eine Fallenstrecke kein Aufenthaltsort für eine Dame von Welt sei. Roberts Befehlsworte stießen am nächsten Morgen auf taube Ohren; ich nahm Belle an die Leine und führte sie. Am Bach ließ ich sie endlich frei. Sie lief voraus. Der Pfad bog scharf um die Ecke zur Falle hin. Da blieb sie wie angewurzelt stehen, denn sie sah sich einer großen Eule gegenüber, die sich gefangen hatte und mit den Flügeln um sich schlug. Als sie nach Belle hackte, machte diese kehrt und stob in wilder Flucht davon.

Die einzige Aufgabe, die ich noch für Belle ersinnen konnte, war das Ziehen des Toboggans. Auch diesen Einfall lehnte sie mit Entsetzen ab. Angeschirrt setzte sie sich auf den Weg und mimte Beteuerungen der Ergebenheit und des Bedauerns. Ich versuchte ihr begreiflich zu machen, daß sie den Schlitten ziehen sollte. Robert spottete über meine Anstrengungen. Schließlich nahm ich Belle das Geschirr ab, und sie entschwebte sogleich ins Haus.

Anfang November machte sich auch wieder der Otter bemerkbar. Um mir meine Tributpflicht in Erinnerung zu bringen, nahm er eine Besichtigung der ganzen Strecke vor. Nachdem er sich rundum satt gefressen hatte, zog er die Köder aus den übrigen Fallen heraus und trat dabei so geschickt auf die Sprungfedern, daß die Fallen zuschnappten – aber ohne daß er gefangen wurde. An dem Ungestüm, mit dem ich über die Lichtung fegte, erkannte Robert schon von weitem, daß der Otter wieder im Lande war. Als er lachte, wurde ich nur noch zorniger.

An diesem Nachmittag nahm ich die Doppelfederfalle. Robert fragte, ob ich es auf Füchse abgesehen hätte. Ich erwiderte, daß mein Entschluß feststünde, den Otter zu fangen.

„Das ist gegen das Gesetz! Der Otter steht unter Naturschutz!" sagte er. „Und außerdem kannst du ihn nicht überlisten; aber versuch's nur, wenn es deinem Seelenfrieden zuträglich ist."

Ich stellte die Falle am Bach auf. Der Otter sah sie aus sicherer Entfernung von allen Seiten an und schlitterte vergnügt um sie herum.

Das Frostwetter des zweiten Herbstes verursachte uns kein Gefühl des Eingeschlossenseins. Diesmal waren wir für den Winter vorbereitet. Wir hatten ein größeres Haus mit einem warmen Schlafzimmer, eine Küche, in der man das Durcheinander von Wäsche und Socken den Blicken entziehen konnte, und vor allem einen Kamin. Er war der Mittelpunkt des Familienlebens, und der Schluck Whiskey vor dem abendlichen Feuer wurde zur Zeremonie. Auf dem Eßtisch standen Kerzen. Wir zogen unsere Lehnstühle heran, stellten die Lampe zwischen uns, lasen und unterhielten uns und blickten in die Flammen. Selbst Bock-i-tay hatte ihre Gewohnheit geändert: Sie brach ihre Jagdgänge zeitig ab, um hereinzukommen und sich in behaglicher Wärme auf dem Kissen vor dem Kamin auszustrecken.

Während der zwanzig Tage, die wir von der Außenwelt abgeschnitten waren, hatten wir Muße, unsere Probleme zu bedenken.

„Warum lassen wir unseren Fleischvorrat eigentlich steinhart gefrieren, bevor wir ihn in Stücke hacken?" fragte ich.

Mitten im Winter ist das Fleischhacken eine wahre Plage. Zerteilt man es mit der Axt, so entstehen unregelmäßige Brocken, oder es zerfällt zu Staub, und die riesigen Elchkeulen zu zersägen ist Schwerarbeit.

Am nächsten Morgen machten wir uns wie gelernte Metzger an die Arbeit. Robert lachte über mein strahlendes Gesicht, als ich ein langes, scharfes Messer zückte und Steaks, Roastbeef und Kochfleisch ablöste. Das zugeschnittene Fleisch gefror zu festen Stücken; wir füllten die verschiedenen Sorten in Kisten und lagerten sie auf der Veranda – Steaks, Roastbeef, Schmorbraten, Suppenfleischstücke.

„Damit ist unser Dauer-Eisschrank gefüllt", sagte ich.

„Nicht bis in den letzten Winkel", warf Robert ein. „Ein paar Dutzend Kuchen haben noch Platz; dann brauchst du auch nicht jeden Tag zu backen."

Dieser Vorschlag zauberte eine Brot- und Kuchenherstellung am laufenden Band hervor. Kuchen, Pfannkuchen und Brot wurden durch Kälte veredelt, und nach dem Auftauen waren sie prachtvoll frisch. Der für Wochen berechnete Vorrat, den wir an diesem langen Nachmittag backten, ersparte uns die Arbeit von zehn Tagen.

Als Robert Ende November seinen ersten Schneeschuhausflug zur Station machte, um Post zu holen, waren unsere Wintervorbereitungen beendet. Er kam erst nach Anbruch der Dunkelheit zurück, denn der frisch gefallene Schnee bereitete bei jedem Schritt Mühe.

„Ist es nicht wundervoll bei uns zu Hause?" fragte er. „Das erleichtert mir den Gedanken, daß du für die nächsten sechs Monate eingeschlossen bist."

„Ich liebe mein Gefängnis", sagte ich, „und der Winter hat so viele eigene Freuden."

Ich war selbst über meine Vorfreude auf diese Monate in unserer weißen, reinen Welt erstaunt – ich freute mich auf Schneeschuhgänge durch Winterwälder, ja selbst auf die Tatsache der gänzlichen Einsamkeit.

„Ich weiß, was du meinst", sagte er. „Wir haben jetzt eine lange, ruhige Zeit vor uns. Bist du dir klar darüber, was wir alles geschafft haben, seit wir hier im Norden angekommen sind? Wir haben gebaut, Vorräte herangeschleppt, Artikel geschrieben, fotografiert, als Führer gedient, gejagt, Kartoffeln gepflanzt und aus eigenen Kräften gelebt."

Dieses Gefühl der Befriedigung verließ uns nicht während des Abendbrotes und auch später nicht, als wir vor dem Kamin saßen und Post und Zeitschriften lasen.

Hunde

Der Dezember kündigte uns fünf Monate Einsamkeit an. Aber eines Morgens erschien Steve mit einem Hundegespann in unserer Bucht. Wieder einmal hatte er seinen Beruf gewechselt – er war jetzt Mitglied einer Vermessungsexpedition, die, mit drei Hundegespannen ausgerüstet, Landvermessungen im Distrikt vorzunehmen hatte.

Steve hatte sein Herz für die Hunde entdeckt. Und auch wir verspürten sofort Zuneigung zu diesen prächtigen Geschöpfen, nachdem wir eine Schlittenfahrt rund um die Bucht gemacht hatten. Nach der Fahrt standen wir drei um den Schlitten herum. Wir hatten Belle ganz vergessen, als sie plötzlich zwischen uns auftauchte; sie drückte sich zwischen den Leithund und den Toboggan und starrte uns kläglich an.

„Sie möchte gern ein Schlittenhund werden", erklärte Steve.

Ich bezweifelte das. Doch wie gewöhnlich kam Belle allen männlichen Erwartungen bereitwillig entgegen. In geborgter Ausrüstung zog sie flink den leeren Schlitten um die Bucht. Das Staunen über ihre Leistung lenkte das Interesse von dem Hundebesuch ab. Belle sonnte sich im Mittelpunkt der Aufmerksamkeit.

„Sie würde einen Leithund abgeben", sagte Steve. „Kaufen Sie noch einen Hund dazu, dann kann Ihre Frau im Winter zur Station fahren."

Er wußte von einem kräftigen, gut ausgebildeten, jungen Hund, der für fünfzehn Dollar zu haben war. Ein paar Tage später ging Robert zur Station und holte das Tier.

Wie jeder Gelegenheitskauf, so hatte auch der Erwerb von „Foley" einen Haken. Der Verkäufer hatte gesagt, Foley sei etwas „überspannt", womit er ausdrücken wollte, daß er uns ein halbverrücktes Tier überließ. Robert war noch keine zwanzig Minuten sein Herr und Meister, da wußte er schon, was damit gemeint war.

„Überspannt stimmt", sagte er, als ich ihn am Ufer abholte. „Auf dem Weg hierher hat er versucht, drei Leuten die Beine auszureißen!"

Die zweite Überraschung war Foleys Einstellung mir gegenüber: Liebe auf den ersten Blick. Bevor wir noch das Blockhaus erreicht hatten, war er mein ergebener Sklave. In diese Vergötterung wurde auch Belle eingeschlossen. Der Hund war nur zweier extremer Gefühlslagen fähig: grenzenloser Ergebenheit und wilder Raserei. Er verbrachte Stunden und Stunden in dumpfer Anbetung von mir oder Belle, hingegen konnte er Fremden gegenüber in ungezügelten Haß verfallen. Wir durften ihn nie von der Leine lassen, wenn wir in belebte Gegenden kamen. In der Station mußten wir das Gespann gut festmachen.

Foleys seelisches Gleichgewicht war nicht wiederherzustellen. Die Störung rührte von einem tiefen Minderwertigkeitsgefühl her. Er wäre gern ein Held gewesen, es dürstete ihn danach, großartige Taten zu vollbringen, aber er hatte keinen festen Charakter. Doch nie gab er die Hoffnung auf, daß er uns eines Tages durch einen überwältigenden Dienst seine Ergebenheit beweisen würde.

Gleich am Tag nach dem Erwerb Foleys schirrten wir unser Prachtgespann an. Belle lernte sofort, daß sie während des Aufladens still zu stehen hatte und daß der Start auf das Kommando *„Marchons!"* erfolgte. Foley himmelte sie von Augenblick zu Augenblick mehr an. Sie sahen wirklich gut aus zusammen, beide waren fast gleichartig in der Farbe und hatten dieselbe weiße, leuchtende Brust. Ich argwöhnte, daß Foley die Hauptarbeit zufiel, aber er selbst schien das ganz in Ordnung zu finden. Wir holten eine Holzfuhre nach der andern und machten eine Rundfahrt um die Bucht, bis es dunkelte. Als wir die Geschirre unter die Veranda hängten, meinte Robert, wir wären nun so weit, daß wir eine Versuchsfahrt zur Station unternehmen könnten.

Am frühen Morgen fuhren wir denn auch gleich los. Verglichen mit meiner einzigen Fahrt zur Station im vergangenen Winter, war diese Ausfahrt wahrhaftig eine großartige Sache. Robert lief an der Spitze, ich hing an einem Tau am Schlittenende. Der Schnee glitzerte in der Morgensonne, und alle Glocken an Foleys Halsband bimmelten hell. Meine Wintergefangenschaft war zu Ende.

Nach der ersten langen Strecke schlug Robert vor, daß ich mich auf den Toboggan setzen solle; denn auf dem Rückweg hatten wir schwere Last heimzubringen und ich würde einen großen Teil des Weges laufen müssen. Als ich mich aber in das Gefährt setzte, stand Belle augenblicklich still und wandte den Kopf mit vorwurfsvollem Blick. Robert trieb sie an – sie machte ein paar unwillige Schritte und blieb wieder stehen. Passagierdienst stand augenscheinlich nicht in ihrem Vertrag. Eine Zeitlang versuchten wir unseren Willen durchzusetzen. Die Fahrt zur Station war für uns der Hauptanlaß zur Anschaffung des Hundegespanns gewesen. Aber Belle war ganz und gar nicht bereit, sich meinethalben anzustrengen.

„Auf diese Weise werden wir niemals die Station erreichen“, sagte ich, „und was geschieht, wenn ich auf dem Rückweg nicht weiterkann?“

Ich war keineswegs so schwer wie die Lasten, die Belle und Foley am vergangenen Tag gezogen hatten.

„Und ich hatte so gehofft, du würdest diesen Winter nicht mehr in deinem Zimmer gefangen sein“, sagte Robert, als wir nach vergeblichem Kampf mit Belle kehrtmachten.

„Ich war meiner Sache weniger sicher; ich konnte mir schon denken, daß Belle mir einen Strich durch die Rechnung machen würde“, meinte ich bitter.

Belle war uns ein Rätsel. Für Robert arbeitete sie prachtvoll am nächsten Tag; er machte seine schnellste Winterreise zur Station und war zwei Stunden früher zurück als sonst.

Er schwitzte stark, obwohl es ein kalter Tag war. Schon im vergangenen Winter hatte er geklagt, daß ihn das Schlittenziehen in Schweiß bringe, doch diesmal war es noch schlimmer.

So unterzogen wir unsere Winterausstattung einer kritischen Prüfung. Ein Bericht über eine Nordpolexpedition wies uns den Weg zu einer überraschenden Lösung des Problems. Denn der Trick bei der Sache bestand tatsächlich darin, im Winter leichtere Kleidung zu tragen als im Sommer. Regenfälle, der starke Tau im Wald, die kühlen Morgen verlangen Wolle im Sommer; ebenso die Kanufahrten bei windigem Wetter, wenn man von Gischt und überbordenden Wellen immer wieder durchnäßt und ausgekühlt wird. Aber der Winter war stets trocken, und die Winterarbeit war anstrengend und machte uns heiß. Schweißausbrüche bei fünfundvierzig Grad unter Null – das klingt widersinnig; aber jeder gesunde, tatkräftige Mensch lernt sie bei der Winterarbeit in Kanada kennen.

Robert verbannte also seine Wollhosen, sein Wollhemd und die hirschlederne Jacke und trug künftig Khakihosen und ein Baumwollhemd. Das erwies sich als das richtige, was die gewöhnliche Temperatur anbelangte. Doch er entdeckte sehr schnell, daß Treibschnee und steifer Wind einen wirksameren Schutz erforderten; und er liebäugelte sehnsüchtig mit einem Parka.

Weihnachten stand vor der Tür. Doch mein Ruf als Schneiderin durfte nicht durch unerfüllte Versprechungen gefährdet werden. Die Kapuze bot verzwickte Hindernisse, und ich hatte kein Muster. Als Robert wieder einmal zur Station fuhr, machte ich mir aus einem alten Hemd eine Vorlage und verstieg mich mit Hilfe eines Musters aus Nessel in die höheren Bereiche der Schneiderkunst. Der Erfolg meiner emsigen Bemühungen glich mehr einem Baldachin als einer Kapuze. Enttäuscht legte ich das Ungetüm beiseite und ging Robert entgegen.

Ich hielt Ausschau nach dem Ausrufezeichen, das ein Gespann mit seinem Führer bildet, wenn man es von weither schwarz über den weißverschneiten See herankommen sieht. Aber siehe da – bald kamen zwei Ausrufezeichen in Sicht. Das bedeutete Besuch! Jemand von auswärts, dachte ich und lief zum Blockhaus zurück, um noch einmal nach dem Rechten zu sehen.

Die Tür ging auf, und Robert schob einen Fremden herein. „Dies ist Tom Colby“, sagte er.

Ich sah verwundert auf den schweigsamen Ankömmling, der in eine fadenscheinige Wolldecke gehüllt war.

„Tom ist ein Pelzjäger, aber ein richtiger“, flüsterte mir Robert in der Küche zu.

Sie hatten sich im Laden getroffen. Tom war mit seinem Pelzwerk fünfundsiebzig Kilometer weit aus der Tiefe der Wälder gekommen, und nach einem Schwatz von wenigen Minuten hatte Robert beschlossen, diese prächtige Fundgrube von Pelzjägerweisheit für mich nutzbar zu machen.

Tom war nett und selbstsicher. Nach Jahren der Einsamkeit in einer einzimmerigen Waldhütte war es anerkennenswert, daß er ein leichtes Tischgespräch mit Fremden zu führen verstand. Wir plauderten über Tiere und Waldbräuche. Tom war ein scharfsinniger Beobachter, und jede Feststellung, die er machte, war auf reiche Erfahrungen gegründet.

Bock-i-tay erkannte ihn sogleich als ebenbürtig an und vertauschte ihr Kissen mit seinen Knien. Die Liebe war gegenseitig, denn als wir – diesmal recht spät – zu Bett gingen, fragte er schüchtern: „Wenn Sie einmal fortgehen, würden Sie mir dann Bock-i-tay überlassen?"

Am nächsten Morgen besuchte Tom mit mir meine Fallen. Toms Billigung der ersten Falle stimmte mich heiter. Ich brauchte auch all meine Ruhe, als wir um die erste Ecke bogen und die Spur des Otters fanden.

Tom blieb stehen und lachte. „Der hat üppige Zeiten; sehen Sie nur mal die Gleitbahn an!"

„Was läßt sich da machen?" fragte ich.

„Nichts. Das ist Trapperschicksal. Ich mußte meinen besten Pelzbezirk wegen eines Vielfraßes räumen."

„Aber ich kann nicht ausziehen. Ich lebe nun einmal hier."

Tom vertiefte sich in die Spuren. „Wenn wir wüßten, wo er herauskommt, gäbe es vielleicht eine Möglichkeit, ihn zu erwischen", sagte er. „Aber mit Ihren leichten Fallen können Sie ihn nicht fangen."

„Ich habe es schon mit einer Doppelfederfalle am Fluß versucht", gestand ich.

„Sie haben schwere Fallen?" fragte er. „Ja, warum setzen Sie sie dann nicht in den Rottannensumpf für die Marder? Und für den Luchs, in der Nähe der Kaninchenfährten? Eine bessere Gelegenheit gibt's doch gar nicht!"

Dieser Morgenunterricht tröstete mich über den neuesten Diebstahl des Otters: Er hatte mir einen Nerz abgejagt. Tom wählte Plätze für Otter- und Luchsfallen und unterwies mich im Setzen von Doppelfederfallen.

Trotzdem glaubte er noch immer an den Sieg des Otters. „Benachrichtigen Sie mich, wenn es ihm gelungen ist, Sie zu verjagen. Es hat drei Monate gebraucht, bis ich die Folgen aus meiner Niederlage im Kampf gegen den Vielfraß auf mich nahm."

AM TAG vor Weihnachten war der Parka immer noch nicht fertig. Roberts Anerbieten, die Festtagspost zu holen, war ein unerwarteter Glücksfall. Ich mußte ein paar Stunden allein sein mit der vertrackten Kapuze. Ich hatte den Parka ohne Vorlage zugeschnitten, und als ich ihn anprobierte, schwebte er um mich wie ein Zelt. Seine Machart schien mir nicht geeignet für die Pelzfütterung, die ihm zugedacht war. So nahm ich dazu grauen Flanell von einem alten Hemd. Als ich das sonderbare Ding im Schlafzimmer versteckte, hörte ich draußen Roberts Stimme. Er war früher zurückgekommen und setzte einen glorreichen Einzug für sein Geschenk an mich in Szene. Neben der Deichsel stand ein neuer Hund, und ein Wagenschlitten war an den Toboggan gebunden, einer von der Art, die man hierzulande Karriolschlitten nennt. Er hatte Seitenwände aus Segeltuch. Der Hund, ein mächtiges Tier mit Spitzohren und einem buschigen Schwanz, der sich über dem breiten Rücken ringelte, trug eine Karte mit der Aufschrift: „Fröhliche Weihnachten!"

Ich stürzte aus dem Haus und streichelte den neuen Hund, auch Foley und sogar Belle – und fiel Robert um den Hals und küßte ihn, alles zu gleicher Zeit.

„Können wir ihn gleich ausprobieren?" bat ich.

Zwar hatte Robert den ganzen Weg zur Station hinter sich, aber wir fuhren doch den Hang hinunter und rund um die Bucht und wieder hinauf. War es nun der versöhnliche Geist des Weihnachtsfestes oder der neue Schlittenhund – sogar Belle hatte nichts mehr gegen meine Anwesenheit im Karriolschlitten einzuwenden.

Als wir die Geschirre versorgt und das neue Gefährt unter Dach gezogen hatten, sah ich mir den Hund genauer an. „Doc" hatte jede Eigenschaft, die ein Schlittenhund haben soll. Er war kräftig gebaut, sein cremefarbenes Fell war dicht, so konnte sich kein Schnee sammeln und kein Eis bilden, das in die Haut schneidet. Und schon der kurze Ausflug hatte gezeigt, daß er sich auf seine Arbeit verstand.

„Wieviel –?" fragte ich.

„Du wirst doch nicht nach dem Preis eines Geschenks fragen!" rügte Robert. „Ich habe einen Artikel verkauft und dir nichts davon erzählt. Du warst nun lange genug eingesperrt!"

Die Großartigkeit dieses fürstlichen Geschenks stellte meine Gabe noch tiefer in den Schatten, und nach dem Nachtessen brachte ich sie ziemlich niedergedrückt zum Vorschein.

„Einen Parka!" rief Robert. „Woher wußtest du, daß ich mir einen wünsche?"

„Vielleicht ist es gar kein Parka", sagte ich wehmütig, „aber zieh das Ding auf alle Fälle einmal an!"

Der Parka saß nicht nur – er hatte sogar Stil. Die Kapuze glitt tadellos hinauf und hinab.

Noch am Weihnachtsabend setzten wir uns hin, und ich begann einen Parka für mich zu nähen. Während wir so saßen, begann Doc zu heulen. Ich legte mein Nähzeug hin und ging zur Tür.

„Schlittenhunde melden sich immer um neun Uhr, um zwölf und um drei", sagte Robert.

Wir gingen zu ihm hinaus. Er streckte die Nase himmelwärts und gab ein herzzerreißendes Geheul von sich. Nachdem er seine Pflicht getan hatte, rollte er sich zusammen und fiel augenblicklich in Schlaf. Programmäßig wiederholte er die Vorstellung um zwölf und um drei. Und von da an jede Nacht, sommers und winters; er funktionierte wie der genaueste Wecker. Es scheint dies ein alter Brauch bei Schlittenhunden zu sein.

Mein Parka war schon am nächsten Nachmittag fertig, und wir unternahmen sogleich eine Rundfahrt. Die Wände des Karriolschlittens waren statt mit Fell mit Segeltuch bespannt, das Gestell war aus Birkenholz, und es fehlte jedweder Schmuck in der landesüblichen Perlstickerei. Aber kein reicher Pelzhändler konnte mit größerem Stolz „Marchons!" rufen als ich, nachdem ich die Decke um meine Füße gewickelt hatte. Der Schlitten glitt mit Windeseile dahin.

Wir preschten den hartgefrorenen Weg zum See hinunter, dann legten wir einen weiten Rundkurs für zukünftige Fahrten an. Wir waren schon an der großen Insel, als der frühe Sonnenuntergang uns die Abendmahlzeit der Hunde ins Gedächtnis rief, und so kehrten wir nach En-dah'-win zurück. Mit dem Sonnenuntergang senkte sich die große Kälte auf das Land.

Robert sah nach dem Außenthermometer. „Wir sind bei achtunddreißig Grad unter Null um den See gefahren! Und es sinkt weiter!"

Ich traute meinen eigenen Augen nicht, als ich das Thermometer ablas, denn ich fühlte mich warm und behaglich. Und als wir die Geschirre in der geschützten Veranda verwahrten, da fühlte ich, daß ich nie ein schöneres Weihnachtsfest gefeiert hatte.

Trauer um einen Feind

Die Kälte des Winters stellte große Anforderungen an den Holzvorrat, da wir nun einen Kamin besaßen. Jeden Abend wurden riesige Holzmengen neben ihm aufgestapelt. Die Stunden des Holzhackens mußten vom Schreiben abgespart werden. Der Roman, den wir inzwischen begonnen hatten, litt durch viele Unterbrechungen.

Robert hatte mit Holzhacken und Schreibtischarbeit so viel zu tun, daß ich vorschlug, die Postwege zu übernehmen. Wir waren zweimal auf der Station gewesen; auf dem Rückweg hatte ich die Führung des Hundegespanns übernommen. Robert ließ es mit einigem Widerstreben zu.

Die Hunde hatten sich gut eingearbeitet. Mit Doc war ein neuer Geist in das Gespann gekommen; er hatte nur zwei Interessen: Fressen und Arbeit. Von Belles Schmeicheleien ließ er sich nicht beeindrucken.

Nach Docs Ankunft wurde das ganze Gespann auf Schlittenhundediät gesetzt: Kuchen aus Getreideflocken und ausgelassenem Talg. Selbst Belle fraß mit herzhaftem Appetit. Sie überanstrengte sich nicht beim Schlittenziehen, aber sie gehorchte den Befehlen und führte das Gespann.

Am ersten Morgen, als ich allein zur Station aufbrach, fühlte ich mich ein wenig als Heldin. Meine neugewonnene Unabhängigkeit brachte mich an diesem kalten Morgen, als ich auf dem See dahinflog, fast zur Verzückung. Die Hunde bellten und wedelten mit hocherhobenen Schweifen, die Glocken an ihrem Geschirr bimmelten fröhlich, der gefrorene Schnee knirschte bei der schnellen Fahrt unter den Kufen. Mit Schwung flogen wir um die sechsundzwanzig scharfen Ecken, die selbst beim Paddeln schwer zu umschiffen waren.

Aus sicherer Entfernung sah Mr. Shields in der Station zu, wie ich das Gespann festband. Wir wurden sorgsam gemieden – Foleys Ruf sorgte dafür. Ich erledigte meine Einkäufe und aß noch bei Mrs. Dane zu Mittag.

Nach meiner Rückkehr kam Robert mir bis auf den See entgegen und gestand, daß er schon ein paarmal Ausschau nach mir gehalten hatte. „Natürlich war ich unruhig", sagte er, „aber es hat sich gelohnt, wenn ich dein strahlendes Gesicht sehe."

Da ich jetzt mit dem Hundegespann zur Station fuhr, war es möglich geworden, zum Mittagessen und zu einem Schwatz bei Mrs. Dane zu bleiben. Ich schloß auch mit diesem und jenem Bekanntschaft. Weil wir jedoch nicht oft zur Station kamen, blieben uns die meisten Ortsansässigen fremd, mit Ausnahme von Mrs. Dane, Steve und Gabriel Pombert, den ich in Mrs. Danes Küche kennenlernte. Er war hergekommen, um seine Frau, die dort arbeitete, abzuholen.

Gabriel war Chefmechaniker im Stationsbetrieb, und niemand verstand Lokomotivventile so gut zu reparieren wie er. „Sollte jemals einer Maschine, die aus Gabriels Reparaturwerkstatt kommt, etwas

zustoßen, ich glaube, er würde auf der Stelle sterben", sagte seine Frau.

Das war der Beginn unserer Freundschaft mit Gabriel, und Robert und ich besuchten ihn oft.

Der Januar ging vorüber. Hunde, Fallenstellen, Überstunden beim Holzhacken und die Fertigstellung unseres Romans füllten die Tage aus. Wir hatten ebenso starke Kältewellen wie im letzten Winter, aber diesmal konnten sie mir nichts anhaben. Bei fünfzig Grad unter Null hatten wir keinen Blick für die Landschaft übrig – Bewegung, Bewegung war die Losung. Wir vermochten nur einen Hund anzuschirren, dann mußten wir uns rasch die erstarrten Hände anwärmen. Minus dreißig Grad erlaubten bequem die Außenarbeit, und bei zwanzig setzte ich Fallen ohne Fausthandschuhe. Nur Schneestürme konnten mich am Fallenstellen hindern.

Eine Zeitlang war der Otter fort, wahrscheinlich verbrachte er seine Ferien im Schoß seiner Familie. Aber er kehrte bösartiger und hungriger denn je zurück.

„Solange du ihn mit Kaninchen fütterst, wird der alte Knabe hierbleiben", sagte Robert. „Gib dich geschlagen, und räum das Feld, dann bist du den Ärger los."

Die Flinte ins Korn werfen? Ich brachte es nicht über mich. Eines Tages, als das Kaninchen besonders schwer war, hängte ich es einfach ins Gebüsch. Der Otter stahl das Kaninchen und schleppte es nach Hause. Diesem Zufall verdankte ich seine Adresse. Ich verfolgte die Spuren stromaufwärts bis zu einem verlassenen Biberbau. Der Otter hatte nur eine Tür in den Bau gegraben – und durch die war mein Kaninchen verschwunden. Ich nahm meine Doppelfederfalle und stellte sie vor der Otterfestung auf.

Jetzt habe ich den Otter in der Tasche, dachte ich; aber nur bis zum

nächsten Morgen, als ich vor seiner Haustür stand. Der Geruch war ihm verdächtig vorgekommen, und so hatte er mir die Tür vor der Nase zugeschlagen. Das Loch war zu. Der von innen aufgeschichtete Schlamm und die Zweige waren zu einer steinharten Masse gefroren. Wahrscheinlich saß er bequem und gemütlich dort drinnen, knabberte an einem Kaninchenbein und drehte mir eine lange Nase. Meine Wut kannte keine Grenzen.

Aber irgendwo mußte es einen Eingang zum Bau geben. Ich suchte den alten Biberdamm im Umkreis von fünf Metern ab und fand einen Notausgang, einen Spalt im Eis, der durch das über den Damm fließende Wasser offengehalten wurde. In der Nähe gab es keine Stöcke, um die Falle daran zu befestigen. Also ging ich in den Wald, holte kleine Zweige und flocht sie ineinander. Dann setzte ich die Falle auf das Eis, gerade vor die Hintertür des Otters, und bedeckte sie leicht mit Schnee.

An diesem Abend tobte ein Schneesturm, und ich konnte das Haus nicht verlassen. Sobald der Orkan sich gelegt hatte, stampfte ich über meinen Fährtenweg. Wind und Schnee hatten die Gegend verändert. Der Biberbau, der Damm und der Fluß waren unter einem gewaltigen weißen Tuch verschwunden.

Mit Hilfe eines langen Stockes fand ich die Eisspalte und stocherte darin herum. Mein Stock stieß auf einen Widerstand, ich konnte den Lauf der Fallenkette verfolgen und stieß auf etwas Hartes.

Ich grub mit der Besessenheit eines Terriers – und fand den erstarrten Körper des Otters. Die eine Feder hatte ein Vorderbein, die andere ein Hinterbein gepackt. Er war groß und schwarz. Ich warf ihn über die Schulter, ging nach Hause und legte meinen Feind nieder. „Na, was sagst du jetzt?" fragte ich.

Robert stand von der Schreibmaschine auf, wir knieten neben dem schwarzen, glänzenden Körper nieder. Ich beschrieb Robert, wie ich es angestellt hatte, ihn zu fangen. Als ich nach Hause geeilt war, hatte ich mich auf den Bericht gefreut – aber jetzt zitterte meine Stimme.

Ich sah Roberts Gesicht. „Was hast du denn?" fragte ich.

„Verdammt noch mal, ich hatte den Kerl gern!" rief er.

Und da wußte ich, daß es mir ebenso ging und daß ich nichts mehr wünschte, als ihn wieder lebendig zu sehen. Dieser Strolch, Genosse meiner Jagdgründe, hatte viele Monate lang an unserem Leben in der Wildnis teilgenommen. Ich glaubte, einen Feind zu haben, und jetzt, als es zu spät war, erkannte ich, daß ich einen Gefährten meiner Pelzjägerfreuden verloren hatte.

Ich ging ins Schlafzimmer und schloß die Tür. Als Robert ein paar Augenblicke später hereinkam, sah er mich weinen.

„Laß gut sein", sagte er. „Es ist auch meine Schuld, ich habe dich aufgehetzt."

Nach dem Abendbrot zog Robert dem Otter das Fell ab; ich konnte es nicht über mich bringen, ihn zu berühren. Das Fell maß anderthalb Meter von der Nase bis zur Schwanzspitze. Der Pelz war weich und wunderschön. Wir brachten ihn außer Sichtweite in den Vorratsraum.

Wenn ich später über meinen Fährtenweg ging und um die Ecke bog, ertappte ich mich manchmal dabei, daß ich den Boden nach den alten, vertrauten Spuren und der Gleitbahn absuchte. Aber dann erinnerte ich mich, und der Fluß erschien mir plötzlich verwaist und einsam. Der zweijährige Kampf war vorüber – aber der Otter hatte gesiegt.

Neue Hausgenossen

Eines Morgens, Mitte Februar, standen drei Hundegespanne auf unserer vereisten Bucht. Im ersten Augenblick bedauerte ich, daß Robert fortgegangen war, um das Elchgebiet zu inspizieren, so konnte er die Hunde der Vermessungsexpedition nicht sehen.

Die Fahrer blieben bei den drei Gespannen, der Führer kam ins Blockhaus. Er war der Typ des eiligen Geschäftsmanns und brachte sein Anliegen ohne Umschweife vor.

Die Vermessungsarbeiten waren unerwarteterweise eingestellt worden, die Beamten wollten schon mit dem Abendzug abreisen. Für die Pflege der Hunde bot er einen Preis von fünfzig Cent pro Tag. Ich strahlte, als er hinzufügte: „Die Hunde bleiben dann bis zum Sommer bei Ihnen."

Die Hunde wurden angebunden, und die Fahrer teilten im Buschwerk hinter der Lichtung mit Hilfe von Drahtrollen getrennte Auslaufplätze ab. Säcke mit Hundefutter, Fäßchen voll Talg, Freßnäpfe, ein großer Kochkessel, Toboggans und Geschirre wurden abgeladen und auf der Veranda verstaut. Alles wickelte sich in großer Eile ab. Nach einer knappen Stunde waren die Männer wieder fort, und ich war verantwortlich für einen Hundezwinger mit siebzehn Schlittenhunden. Ich lief Robert auf dem Fährtenweg entgegen.

„Gott sei Dank, daß du heute nicht bei mir warst", rief er mir zu, „ich hab in einer schönen Klemme gesessen. Unten am See lief ich den Leuten von der Vermessungsexpedition in die Arme, sie wollten uns ihre Hunde aufhalsen."

„Und das wolltest du nicht?" fragte ich vorsichtig.

„Für fünfzig Cent soll ich das Fressen für siebzehn Hunde heranschleppen und kochen? Ich bin doch nicht verrückt! Und wenn diese Biester miteinander raufen? Was sollen wir mit zwanzig Hunden anfangen?"

„Ich weiß nicht", sagte ich, „aber es sind zwanzig Hunde beim Blockhaus."

„Was?!"

„Jetzt ist es zu spät", fügte ich hinzu, „die Leute waren so in Eile und . . ."

„. . . und du hast dich überrumpeln lassen!" spottete er.

Ich brachte meine Gegengründe vor: Sind siebzehn Hunde etwa kein neuer Stoff für Zeitungsartikel? Fünfzig Cent pro Tag ergeben fünfzehn Dollar im Monat und in vier Monaten sechzig. Außerdem können die Hunde arbeiten.

Als wir vor dem Zwinger standen und Robert den kräftigen schwarzweißen Wallace sah, der an die achtzig Pfund wog, beruhigte er sich ein bißchen. Wallace arbeitete in einem Gespann mit seinen drei Halbbrüdern Puller, Pusher und Shover und einem anderen Hund zusammen, den die Brüder nicht mochten. Das Expeditionsteam hatte mich vor dieser Zusammenstellung gewarnt, sie könnte unangenehme Folgen haben. Denn die Tiere eines frisch zusammengestellten Gespanns streiten miteinander; haben sie sich gut eingearbeitet, so entwickeln sie Gemeinschaftsgeist.

Die vier Brüder, die wir die Bronchos nannten, hatten nur eine Leidenschaft: als Kampfeinheit aufzutreten. Schon am ersten Nachmittag machten wir diese schreckliche Entdeckung. Robert verliebte sich auf den ersten Blick in Wallace und wollte sein Gespann ausprobieren. Wir schirrten die Hunde an und nahmen Kurs auf den See. Als wir bei Docs Hütte vorbeikamen, sprang Wallace auf Doc los, und im Handumdrehen waren alle sechs Hunde miteinander verknäult. Endlich gelang es uns, erfolgreich in die Schlacht einzugreifen. Der neue Hund des Gespanns war vollkommen außer Gefecht gesetzt; mit tiefen Bißwunden und gebrochener Schulter war er für die nächsten Wochen arbeitsunfähig.

Wallaces Kopf war geschwollen, aber seine Augen blitzten triumphierend. Für ihn war der Schlußpunkt der Tagesarbeit eine ordentliche Keilerei. Seine Kraft und Lebhaftigkeit konnten weder durch schwere Arbeit noch durch die Peitsche gedämpft werden.

Mit der Zeit brachten wir auch Doc dazu, mit dem Gespann zu arbeiten. Von den Leithunden war Job der gescheiteste; er kümmerte sich sogar um Foley, vielleicht weil er wußte, daß Foley ein liebenswürdiger und harmloser Irrer war.

Wir versuchten, Belle in die Arbeit einzugliedern, und schirrten sie als Leithund an. Sie ließ sich das gefallen, und bei dem Wort „Marchons!“ raste sie los. Das aufgeregte Gespann stürmte hinter ihr her, aber plötzlich fiel es Belle ein, sich auf dem Weg niederzusetzen; und Hunde und Schlitten überschlugen sich in wüstem Durcheinander. Wiederholungsversuche hatten das gleiche Ergebnis, und beim vierten Mal gaben wir nach: Man mußte sie mit allem, was Arbeit hieß, verschonen. Von da an saß sie auf dem Teppich vor dem Kaminfeuer und schaute mir zu, wenn ich meinen Parka anzog, um mit den Hunden auszufahren.

Durch das Fahren lernten wir die Hunde besser kennen; jeder war eine bestimmte Persönlichkeit, der eine mehr, der andere weniger ausgeprägt. Einer, ein liebenswerter, langhaariger Schurke, war Meister in der Kunst, das Zugtau zwischen Hals- und Bauchband straff genug zu spannen, um den Fahrer zu täuschen. Er zog nie auch nur ein einziges Pfund; die anderen Hunde des Gespanns fielen aber nicht auf seinen Trick herein.

Mit Jobs Gespann holten wir Holzstämme zum Bau eines Eiskellers und später das Eis, das wir aus dem See sägten. Job stöhnte vor Anstrengung, schleppte aber unverdrossen. Als wir dann vor unserem vollgepackten Eishaus standen, in dem viel mehr Eis aufgestapelt war, als unsere eigenen Hunde jemals hätten zusammentragen können, mußte Robert zugeben, daß sich unser arbeitender Zwinger bewährte.

„Da hat sich zu guter Letzt eine deiner verrückten Ideen doch als vernünftig herausgestellt", sagte er. „Die Arbeit, die wir mit den Hunden haben, wird durch den Nutzen, den sie uns bringen, zehnmal aufgewogen."

Zwei bebilderte Artikel über unsere Hundegespanne waren ein weiteres Ergebnis des Zwingers. Aber das Schönste von allem, was ich je im Norden erlebt habe, war das Schlittenfahren in den herrlichen Apriltagen. Ungewöhnlich früh setzte die Schneeschmelze auf dem See ein. Einen Tag später war die Oberfläche hart und spiegelblank gefroren. Am Ostermorgen schirrten wir zwei Gespanne an.

„Eröffnung der Rennbahn bis zu den Engen!" schrie Robert, und wir rasten nebeneinander los, feuerten uns gegenseitig mit schrillen Rufen an. „Warum fährst du nicht öfter?" fragte Robert später. „Du wirst nie wieder den See in diesem Zustand und gleichzeitig so viele Hunde haben."

Ich hatte große Lust, aber ich fühlte mich schuldig. In den Wochen, da Robert von früh bis spät an einem zweiten Roman arbeitete, bedeuteten die Hunde, deren Pflege viel Zeit in Anspruch nahm, eine große Belastung. Der erste Roman war abgeschickt, zurückgekommen und wieder abgeschickt worden, und unsere laufende Rechnung bei Mr. Shields mußten wir nach wie vor mit bebilderten Artikeln bestreiten.

„Fahr ruhig, wenn es dir Freude macht", bestärkte Robert mich.

Und so verbrachte ich den ganzen April über jeden Augenblick, den ich von der Pelztierjagd und der Hausarbeit erübrigen konnte, hinter einem Gespann. Oft brach ich früh am Morgen auf und kam erst mit der Dunkelheit zurück. Ich durchforschte jeden Arm und jede Bucht des Sees und fuhr um der kleinsten Kleinigkeit willen zur Station.

Eines Tages kam Steve mit Fanny vorgefahren, einem großen, langbeinigen Hund mit traurigem Gesicht, den er kürzlich erworben hatte. Fannys schüchternes Benehmen stand in solchem Gegensatz zu

Steves Temperament und Lebensfreude, daß die beiden ein seltsames Paar bildeten.

„Kommt, wir fahren alle zur Goldmine", schlug er vor.

Wir hatten seit Monaten keine längeren Ausflüge mehr gemacht und kannten die Geisterstadt im Winter nicht. So begaben wir uns zum Zwinger und stellten drei Gespanne zusammen. Doc, Foley und drei weitere friedliche Hunde der Vermessungsexpedition sollten mit Fanny arbeiten. Robert wählte Blackjack zum Leithund, ich nahm die Bronchos und den großen Schlitten.

Am nächsten Morgen brachen wir auf. Bei schneller Fahrt war die Reise in zwei Tagen zu bewältigen. Zuerst ging es über die steile Landstrecke hinter En-dah'-win, und es war ein herrliches Bild, wie die beiden Männer auf Schneeschuhen, hinter sich die lange Hundereihe, in den Wald einbogen. Der Weg über die Seenkette war leicht zu bewältigen. Wir flogen nur so dahin. Vor Anbruch der Dunkelheit kamen wir zur Mine.

Wir fütterten die Hunde und sperrten sie in den Stall. Steve brachte sein Gespann, um ein besonderes Anketten zu vermeiden, in einer großen leeren Box unter.

Später gingen wir auf Beute aus. Robert füllte seinen Bestand an Nägeln und Eisenwaren auf und entdeckte Gefäße mit Maßeinteilung, die seine Fotoausrüstung vervollständigten. Fast vierhundert Pfund sollte der Toboggan schleppen.

Meine Beute war eine Nähmaschine, die ich im letzten Sommer gesehen hatte. Die Aussicht auf einen Transport mit Kanu und auf Tragestrecken hatte mich bisher davon abgehalten, das Museumsstück meinem Haushalt einzuverleiben.

„Also darum hast du den Schlitten mitgenommen", sagte Robert. „Was willst du bloß mit diesem Wrack?" Selbst Steve hatte nicht viel Hoffnung, als wir das Ding auf dem Schlitten festbanden.

Wir kochten Abendbrot in einem der alten Häuser, und dann waren wir reif fürs Bett. Ich überlegte gerade, ob ich mich eher auf einer ramponierten Couch oder dem Fußboden niederlassen sollte, als ein Tumult losbrach. Steves Box hatte sich nicht bewährt. Dem Schlachtenlärm zufolge befürchteten wir, Foley und vielleicht auch Doc verloren zu haben.

Als wir die Tür öffneten, sahen wir sogleich, daß unsere Sorge unbegründet war. Fanny hatte keine Lust auf Streitereien, sie wollte ihre Ruhe haben. Sie stand in der Mitte und schleuderte die Kampfhähne nach rechts und links. Sie purzelten übereinander, stürmten zurück in den Kampf – und wurden von Fanny erneut auseinandergerissen. Überall waren Blutspritzer, aber keiner der Hunde war ernstlich verletzt.

Ich glaube, selbst Doc schaute Fanny voller Achtung an, als wir am nächsten Morgen zeitig abfuhren. Die Nähmaschine konnte den Eifer meiner Bronchos nicht dämpfen: Sie wollten um jeden Preis Steves Gespann überflügeln, und wir mußten Wallace an die Spitze von Roberts Gespann stellen und Steve bitten vorauszufahren.

Von da an herrschte Friede. Ich schlief fast, als mein Gespann jählings abschwenkte, um der Spur eines Elches zu folgen, die quer über den See führte.

Dadurch stießen wir im rechten Winkel auf Robert und kamen seinem Leithund Blackjack, gegen den die Bronchos tiefe Abneigung hegten, bedrohlich nahe. Und sofort ging es los. Robert versuchte sein Gespann zu beruhigen, aber er hatte nicht mit Wallace gerechnet, der Gespann, Toboggan und die schwere Beladung mit in das Getümmel brachte. Im Handumdrehen waren die zehn Hunde ineinander verknäult.

Uns blieb keine Zeit, die Peitschen zu nehmen. Hände und Füße aber blieben trotz der Fausthandschuhe und Mokassins wirkungslos. Steve sah aus sicherer Entfernung zu. Er konnte uns nicht zu Hilfe kommen, sonst hätte sich die Hundeschlacht nur noch ausgeweitet.

Nach einer halben Stunde hatten wir wenigstens unsere Peitschen erwischt und konnten die zwei Gespanne trennen. Robert schleppte seine sieben Hunde ab sowie ein Durcheinander von Geschirren und Leinen; ich kämpfte mit Händen und Füßen, um mein Gespann in Ordnung zu bringen.

Jetzt verbissen sich die Hunde meines Gespanns ineinander. Sie waren toll vor Kampfesgier. Jeder Hund war verletzt und blutete. Als ich zu heftig an der Zugleine riß, stürzte sich mein Leithund Puller, der aggressivste von allen, auf mich. Robert schrie: „Schlag ihn nieder!"

Ich schlug den schweren Knauf meiner Peitsche auf Pullers Kopf.

Das betäubte ihn nur für einen Augenblick. Er setzte nochmals zum Angriff an, diesmal mit entblößten Fangzähnen gegen meine Kehle. Ich sah den Wahnsinn in seinen Augen und hörte gleichzeitig Roberts Aufschrei: „Erschlag ihn!" Ich wußte: der Hund oder ich.

Ich schlug mit aller Kraft auf seine Nase. Puller stürzte zu Boden und blieb liegen. Im ersten Augenblick dachte ich, er sei tot.

Nach einer Weile bewegte er sich und stand auf. Er taumelte, aber die Kampflust war ihm und seinen Kumpanen vergangen. Der Anfall von Hysterie war vorbei. Selbst Puller schien keine Ahnung zu haben, was ihm geschehen war. Ich zitterte noch, als wir weiterfuhren.

Es war schon dunkel, als wir nach Hause kamen. Wir setzten uns an den Kamin, wir waren alle drei müde. Fast das Schönste an einem Ausflug ist das Heimkommen. Zwei Tage lang hatten wir zusammen Spaß gehabt, gelacht und kampiert und waren über verschneites Gelände dahingestürmt.

Robert reichte Flasche und Gläser reihum. „Ihr zwei habt euch da ein großartiges Vergnügen ausgedacht", meinte er schmunzelnd. „Einige hundert Nägel und eine Nähmaschine habe ich ergattert, bin dafür neunzig Kilometer gefahren, hab mich auf dem Eis mit den verrückten Bestien herumschlagen müssen und beinahe meine Frau verloren – schöne Bescherung!"

Das war unser letzter Ausflug in diesem Winter. Steve verließ uns am nächsten Morgen; sein Weg führte ihn durch tiefen, schweren Schnee.

Da die Pelzpreise gestiegen waren, gab ich ihm meine letzten erbeuteten Fälle mit, zumal er viel besser handeln konnte als ich. Auch das Fallenstellen war zu Ende. Die Aprilsonne verdirbt den Pelz, und jeden Tag konnte der Haarwechsel einsetzen. Nerz und Hermelin waren meine hauptsächliche Beute gewesen.

Spät im März hatte ich im Sumpf mit der Doppelfalle einen Marder und zwei sehr schöne Luchse erwischt, deren weiche Pelze ich weggeschlossen hatte. Robert fand sie im Vorratsraum.

„Warum hast du sie Steve nicht mitgegeben?" fragte er.

Ich erwiderte, ich wolle sie aufheben, um ein Pelzkleid daraus zu nähen.

„Für ein Kleid braucht man neun Felle."

„Ich brauche aber bloß zwei Felle", sagte ich.

Er sah mich verständnislos an. So sang ich mit mehr Gefühl als mit Musikalität:

> „Schlaf, Kindchen, schlaf.–
> Mutter hat 'nen Pelz gefangen,
> Weich für deine kleinen Wangen –
> Schlaf, Kindchen, schlaf."

Da begriff er – beinahe sofort.

Mörder

Wie die Vögel im Frühjahr, so machten auch wir uns jetzt an unsere Baupläne. Der Grundriß des Blockhauses war unregelmäßig und schrie seit einem Jahr nach symmetrischer Ergänzung. Auf dem Papier verwandelten wir die bisherige Küche in ein zweites Schlafzimmer, die Küche wurde dafür in einen neuen Anbau verlegt, daneben gab es eine Speisekammer, dazwischen blieb dann noch ein Raum von zwei Metern auf einen Meter achtzig frei. Das war Robert eben recht.

„Gerade genug Raum für eine Schreibmaschine mit Tisch", erklärte er. Dann vergrößerte er die Veranda um drei Meter: „Das sieht besser aus, und du hast eine Freiluftküche für den Sommer."

Unser Einraumblockhaus sollte wachsen. Sechs Zimmer! Zwei Schlafzimmer auf der einen Seite, Küche, Speisekammer und Arbeitszimmer auf der anderen, dazu die Freiluftküche mit einem Panorama, das eine Köchin zur Malerin hätte machen können. „Würde dir das gefallen?" fragte er.

„Es sieht bestimmt herrlich aus", erwiderte ich, „ist aber ein tüchtiges Stück Arbeit!"

„Nicht halb soviel wie im letzten Frühling! Und diesmal haben wir Helfer für den Transport."

„Warum bricht eigentlich bei uns das Baufieber immer am stärksten aus, wenn wir vollkommen pleite sind?" fragte ich.

Die beiden Romane, das Hauptergebnis unserer Winterschriftstellerei, waren immer noch auf Reisen. Ich entschloß mich, am nächsten Tag zur Station zu fahren – vielleicht lag dort die Nachricht von einer Annahme; vor allem aber brauchten wir vor dem Eisgang noch Hundefutter. Robert ließ mich nicht mehr allein gehen, denn er litt an der wunderlichen Furchtsamkeit, die werdende Väter zu befallen pflegt. Wir stellten zwei Gespanne zusammen.

Als wir am frühen Morgen losfuhren, waren die Fährten gefroren; aber auf dem Heimweg standen auf dem See überall große Wasserlachen, deren Ränder verharscht waren; die scharfen Splitter zerschnitten die Füße der Hunde, bis alle lahmten.

Es war windstill, und die Sonne brannte. Die Frühlingsluft machte schläfrig, und wir waren so träge wie die Hunde. Als En-dah'-win in Sicht kam, drehte ich mich nach Robert um.

Er schleppte sich langsam dahin, mit hängenden Schultern. Der letzte einsame Einwohner auf einem leeren Planeten konnte nicht trostloser aussehen. Ich wußte nicht, was ihn bedrückte, denn der leere Postsack war es keinesfalls. Wir hatten die Romane zwar noch nicht verkauft, aber sie waren auch nicht zurückgekommen. Ich hielt meine Hunde an und ging zurück.

„Was hast du denn?" fragte ich.

„Ich dachte gerade daran, daß nun alles vorbei ist", erwiderte er. „Vielleicht müssen wir fort." Als ich ihn voller Verwunderung anstarrte, fügte er hinzu: „Na ja, das Kind natürlich . . . Hast du daran noch gar nicht gedacht?"

Ich hatte an nichts gedacht. Für mich fügte sich ein Kind so selbstverständlich in unsere Lebensweise ein, daß es mir nur wie das neue Glied einer Kette vorkam, die alles zusammenhielt. Mein herzliches Lachen verscheuchte den trübseligen Ausdruck aus Roberts Gesicht. Wir malten uns eine Säuglingsbeförderung auf einer Landüberquerung aus. Robert schlug eine *„Dick-e-nag-gin"* vor.

„Darin kannst du das Baby tragen oder es gegen die Wand lehnen", sagte er.

Der Gedanke an die entsetzten Gesichter unserer Eltern, wenn sie eine Fotografie ihres ersten Enkelkindes betrachteten, das fest in eine Indianer-Rückenwiege eingeschnürt war, brachte uns dermaßen zum Lachen, daß sich selbst die Hunde wunderten.

Ein paar Tage später hatte das laue Schneewasser das Eis am Ufer aufgetaut. Ich sammelte meine restlichen Fallen ein. Der letzte Gang über die Fallenstrecke stimmte mich nachdenklich. Ich wußte, daß ich sie niemals wieder gebrauchen würde. Ein Kind verändert eben doch das Leben. Lange stand ich am Fluß und nahm Abschied von meinem kleinen Stückchen Wald.

Ich hängte die geölten Fallen in den Eiskeller. Robert schlug vor, sie bei Indianern gegen eine Dick-e-nag-gin einzutauschen.

An diesem Nachmittag hatte er die Stämme für den Bau herangeschleift. Neben dem Blockhaus lag ein großer Haufen Lärchenholz. Die Schlittenfahrerei mit Job hatte ihn müde gemacht. Job, dieser gewissenhafte Arbeiter, war sehr enttäuscht, als die Arbeit getan war. Robert streichelte die Hunde.

„Tut mir wahrhaftig leid, Kinderchen", sagte er, „für dieses Jahr habt ihr zum letztenmal eure Geschirre getragen."

Der Schnee schmolz schnell. Die Schneewehen waren nur noch Gerippe und sanken unter der Last unserer Schneeschuhe ein.

Während der nächsten beiden Wochen brach sich der Frühling frohlockend überall Bahn.

Während wir darauf warteten, daß der Erdboden wieder auftaute, um mit dem Bauen anzufangen, nahm ich die Frühjahrsnäherei vor. Pyjamas und Hemden waren verschlissen, und ich spielte mit dem Gedanken, mir ein paar Khakihosen zu nähen. Der verlassenen Mine verdankte ich ein Bügeleisen und die alte Nähmaschine – die Nähstube war fertig. Aber die Maschine war genauso unbrauchbar, wie es Robert und Steve prophezeit hatten. Selbst eine gründliche Reinigung vermochte ihre träge Natur nicht zu ändern. Ich schraubte und klopfte an der Maschine herum, und Robert sah mir beinahe sehnsüchtig zu. „Laß mich doch mal versuchen", bat er.

Mitten in meine Abendbrotvorbereitungen hinein drang sein Siegesgeschrei: „Komm, leg ein Stück Stoff ein, und fang an zu nähen!"

Er saß auf dem Fußboden und hielt die Verbindungsstange in der Hand, die er vom Fußpedal abmontiert hatte. Ich nähte, er bediente das Schwungrad. Ein elektrischer Motor konnte nicht schneller arbeiten. Nach dem Abendbrot nähten wir einen Pyjama.

„Jetzt können wir alles selbst anfertigen", sagte er. „Wir haben uns Obdach und Nahrung verschafft, jetzt kommt die Kleidung an die Reihe."

Die Jäger- und Pelzjägerzeit war vorbei, jetzt begann das eigentliche Siedlerleben. Alles, außer Rotwild- und Elchfellen, wurde verwertet. Bei einem Whiskey feierten wir unsere neueste Entwicklungsstufe.

Je wärmer das Wetter wurde, desto problematischer wurde unser Gastzwinger. Es war unmöglich, den Schlittenhunden genügend Bewegung zu verschaffen, sie lagen den ganzen Tag angekettet im Gestrüpp. Wir konnten weder mit ihnen spazierengehen noch sie frei laufen lassen. Dreimal am Tag mußten wir die Bauarbeiten unterbrechen und eimerweise Wasser zu dieser trübseligen Mannschaft hinaufschleppen.

Unser hausgemachtes Hundegespann, das wir von Belle im frühen Juni erwarteten, war Gegenstand vieler Hoffnungen und Zweifel. Die Wahl des Vaters war eine große Streitfrage gewesen. Mein Kandidat – Doc – hatte über Roberts Favoriten Wallace den Sieg davongetragen, und zwar waren die ästhetischen Gründe ausschlaggebend gewesen: ein aus Braun und hellen Cremetönen gemischtes Gespann mußte prachtvoll aussehen. Docs Körperkraft und Belles geistige Gaben würden zu wunderbarer Harmonie verschmelzen.

Der Eisgang kam sehr spät in diesem Jahr. Das Land war längst schneefrei, und Birken und Pappeln prangten im Laub Aber immer noch trieben große Eisschollen auf dem See, eine quälende Mauer zwischen uns und der Post eines ganzen Monats. Daß wir so lange auf unsere Post warten mußten, wurde unerträglich für uns. Wir paddelten hinaus bis an das Eisfeld, aber es war noch einen halben Meter dick und versperrte die Durchfahrt. Nur der Wind konnte uns befreien.

Mitten in der Nacht hörte ich, wie das sanfte Rauschen in den Tannen stärker und wilder wurde. Ich weckte Robert. „Wind!“ rief ich.

Wir brachen zeitig auf, das Kanu sprang vorwärts, als wäre es lebendig. Das Wasser war blauer, als ich es jemals gesehen hatte. Ich drehte mich zu Robert um. „Solch ein Tag muß uns gute Nachrichten bringen.“

Er war ebenso gespannt wie ich, denn an der Station sprang er mit einem Satz aus dem Boot und rannte zur Post. Ich vertäute das Boot.

Als Robert zurückkam, drückte er mir ein Bündel Briefe in die Hand. Der erste enthielt einen Scheck über hundertfünfundsiebzig Dollar. Der eine Roman war verkauft. Ich öffnete den zweiten Umschlag und fand einen Scheck über dreihundert Dollar.

„Und wir können die Schecks gar nicht auf der Station einlösen“, jammerte ich.

Wir hatten damit eine neue und aufregende Sorge: Wir brauchten ein Bankkonto.

Mr. Shields war sprachlos über unsere Einkäufe. Schwer bepackt besuchten wir Mrs. Dane. Im Handumdrehen war uns zu Ehren ein einladender Tisch hervorgezaubert, mit rot-weiß karierter Decke, frischgebackenem Kuchen, Brot und frischer Butter. Während wir unseren Tee tranken, erzählte Mrs. Dane in aller Ausführlichkeit den Stationsklatsch vom letzten Monat.

Spät verließen wir diesmal das Hotel, und als wir die Flußmündung erreichten, war es bereits dunkel geworden. Bei der langen Überquerung richteten wir uns nach der Uferlinie, die schwärzlich den See begrenzte. Wir fuhren wie durch tiefdunklen Samt. Was brauchten wir zu sprechen? Wir hatten ein behagliches Haus, wir hatten Erfolg, und ein Baby war unterwegs.

Bock-i-tay erwartete uns heftig miauend am Landungssteg und schien sehr erleichtert über unsere Rückkehr. Weder Belle noch Foley bellte ein Willkommen. Als wir den Abhang hinaufgingen, lastete eine seltsame und unheilvolle Stille auf En-dah'-win.

„Hier stimmt etwas nicht", flüsterte ich.

Robert stürzte ins Haus, um ein Windlicht zu holen. In seinem Schein glänzte Wallaces zerrissene Kette. Wir rannten zum Zwinger, der die Halbbrüder beherbergte. Halsbänder und zerrissene Ketten lagen umher. Unsere erste Befürchtung galt dem unbeliebten Blackjack.

„Er ist fort!" schrie ich, als ich sein Halsband fand.

Im nächsten Augenblick stolperte Robert über seinen Leichnam, zwei Meter tief im Gebüsch.

„Diese Schurken haben ihn auf dem Gewissen!" rief er.

Wir untersuchten das Schlachtfeld. Zwei weitere Hunde lagen tot an ihren Ketten. Der Hund des Nordens kämpft wie ein Wolf, stürzt sich in den Kampf, beißt um sich und springt immer wieder an. Die unverletzten Hunde kauerten furchtsam in einer Ecke.

Die vier Bronchos hatten als todbringende Einheit gehandelt. Wir hörten sie durch das Gebüsch schleichen und wußten genau, daß sie unsere Besichtigung des Schlachtfelds beobachteten. Selbst Belle schien erschüttert.

Nach einer Stunde hatten wir das Quartett gefangen. Verweise wären Zeitverschwendung gewesen. Wir waren froh, daß Doc und Foley heil geblieben waren.

„Ich gäbe viel darum, wenn ich wüßte, wie das geschehen konnte", sagte Robert, nachdem die Hunde wieder angekettet waren. „Glaubst du, daß sie so gerissen sind und den Tag unserer ersten Ausfahrt abgewartet haben?"

Die drei Halbbrüder waren nicht schwer verletzt. Wallace hatte mehrere Wunden am Kopf. Aber seine Augen strahlten, als wollte er sagen: Das war eine großartige Sache.

Seine Wunden waren fast verheilt, als die Vermessungsleute kamen, um die Gespanne abzuholen. Merkwürdigerweise trennten wir uns von Wallace am schwersten. Er war der größte Unheilstifter der ganzen Gesellschaft. Job war als Leithund intelligenter und lenkbarer; einige zeigten sogar Zuneigung und wären einem guten Herrn auf die Dauer treue Gefährten geworden. Alle gehorchten besser als Wallace. Aber keiner war so ausgesprochen der vollendete Typus des Schlittenhunds wie er. Wallace sprühte vor Feuer, und sein offener Blick sagte das deutlich.

Belle beugt sich den Naturgesetzen

Die Junitage waren lang. Der erste rosige Sonnenstrahl huschte gegen vier Uhr morgens hinter den Tannen hervor, und der letzte verschwand erst nach neun Uhr abends. Wir nützten jede Stunde aus, denn der Juni ist ebenso der Monat für Nahrungsvorsorge wie für Bauarbeiten. Unser Garten war dieses Jahr größer. Wir pflanzten Kartoffeln und Salat, ich säte Mohrrüben, Radieschen und sogar Erbsen über die ganze Lichtung.

Ein Fischnetz in der Bucht versorgte uns und die Hunde mit Felchen. Er ist der beste Süßwasserfisch der Welt, wenn man ihn sofort kocht; sonst verliert er schon nach einigen Stunden viel von seinem Geschmack. Die Speisekammer war mit gedörrtem Wildbret gefüllt. Das vom Winter übriggebliebene Elchfleisch pökelten wir in einem Faß mit Salzlake ein. Durch das lange Hängen schmeckte es wie das zarteste Corned beef.

Bei meiner zweiten Kanufahrt zur Station erwies es sich, daß ich nicht mehr zum Kanufahrer taugte. Das Paddeln verschlimmerte meine Anfälle von Übelkeit.

„Wie wär's mit dem Motorboot, von dem wir gehört haben?" fragte Robert.

Im vorigen Sommer hatte ein Eisenbahnangestellter ein kleines, gebrauchtes Motorboot hierher nach Norden gebracht. Es erwies sich als wenig tauglich. Nur zweimal hatte es die Flußmündung erreicht.

Robert erklärte, er würde den Motor schon in Gang bringen, und fuhr zur Station. Am Abend verkündete das Geräusch des Auspuffs seinen Triumph. Robert lehnte stolz im Heck, hatte das Kanu hinten angebunden und fuhr am Landungssteg vor.

„Auf dem Fluß hat es ziemlich gestottert", schrie er herüber, „aber als wir die Station hinter uns hatten, war es brav!"

Nun waren wir also Besitzer eines eigenwilligen Motors, der sich unseren eigenwilligen Hunden zugesellte. Das Motorboot erwies sich als ebenso unberechenbar wie Foley: beide waren das Opfer ihrer Nerven.

Das Boot schleppte wohl ein Holzfloß herbei, aber ein andermal mußte Robert es kilometerweit mit einer Last aus Teerpappe, Segeltuch und Kalk rudern. Die Zündung setzte immer wieder aus. Wir wagten nie, das Ufer zu verlassen, ohne das Kanu am Motorboot festzubinden.

In diesen arbeitsreichen Junitagen, in denen wir nicht wußten, wo uns der Kopf stand – ausgerechnet in dieser Zeit kam Belle ins Wochenbett.

„Natürlich jammert sie, und natürlich hat sie sich die Zeit um Mitternacht ausgesucht", sagte ich, als wir durch ihr Gewimmer erwachten.

Robert zog seine Mokassins an und ging zum Hundehaus. In Wärme und Behaglichkeit empfing ich Berichte von Belles geplagter Hebamme. Nach und nach brachte Belle vier Söhne zur Welt. Ich fragte, wem sie ähnelten, Doc oder der Mutter.

„Steh auf, und sieh selbst!" sagte Robert.

Selbst beim Schein des Windlichts behauptete ich zu erkennen, daß ein Junges Wallace ähnelte, ein anderes Doc, ein drittes Foley, während das vierte niemandem zuzuordnen war. „Und das ist nun unsere sorgfältig durchdachte Zuchtwahl!" sagte ich erbost.

Belle genoß ihre neue Rolle. Während einer Woche war ihre Hingabe so außergewöhnlich, daß Robert erklärte, die Mutterschaft habe sie geläutert. Am achten Tag hörte ich die Welpen klagen und lief zum Hundehaus. Ihnen war kalt, und sie hatten Hunger, und ich schleppte Belle in die Kinderstube zurück.

So war es jetzt immer. Sie saß draußen und sah ihre Abkömmlinge, die nach Frühstück schrien, mit völliger Gleichgültigkeit an, verzog ihr Gesicht und lief davon.

Ich flößte den vier jammernden Hundekindern mit dem Teelöffel Milch ein. Als sich Belle sogar weigerte, den Zwinger zu betreten, trug ich die armen Verstoßenen ins Blockhaus, machte ihnen ein Bett in einer Kiste zurecht und übernahm Belles Pflichten. Als sie selbständig Brot und Milch fressen konnten, raubte mir die nächtliche Fütterung eine Stunde Schlaf.

Die wachsenden Welpen nahmen viel Zeit in Anspruch. Sie wuchsen unbekümmert wie Unkraut auf, kullerten durcheinander, balgten sich und kämpften miteinander in ihrem Gehege, und während ich sie bemutterte, verfiel Belle darauf, Foley zu ausgedehnten Streifzügen zu verführen.

Eines Tages kamen die beiden aus dem Wald zurück, Belle voraus und mit einem so übertriebenen Ausdruck der Unschuld, daß wir Böses ahnten – noch bevor Foley hervorkam. Aber unsere Erwartungen wurden übertroffen. Er sah aus wie ein verkleidetes Stachelschwein.

Kopf, Schultern und Flanken waren ein einziger Stachelpanzer. Er mußte sich auf einem Baumstachler gewälzt haben. Wahrscheinlich hatte ihm Belle einen der stachligen Gesellen gezeigt und ihm erzählt, was für ein feiner, tapferer Hund er sei. Ihr Fell wies keinen einzigen Stachel auf.

Mit zwei Drahtzangen versehen, zogen wir fünf Stunden lang Stacheln aus. Einige waren so tief eingedrungen, daß ich die mit Widerhaken versehenen Borsten nicht entfernen konnte. Wir sammelten eine Schüssel voller Stacheln. In der nächsten Woche arbeiteten sich noch dreißig Stück heraus. Immer wieder bemühten wir uns, Foleys Kopf von der Plage zu befreien, obgleich Robert behauptete, Foleys Gehirn könne nicht zu Schaden kommen, denn er habe keines.

„Selbst Belle kann diesen armen Irren nicht mehr dazu verführen, noch einmal einem Baumstachler zu nahe zu kommen", sagte Robert, aber wie gewöhnlich unterschätzten wir diese Dame.

DIE BRIEFE unserer Familien waren überschwenglich in ihrer Begeisterung wegen des zu erwartenden Babys. Ich sah mich im Mittelpunkt des Interesses. Aber in ihrem zweiten Brief bestand meine Mutter darauf, daß ich sofort die Wälder des Nordens verlassen sollte. Ein Blockhaus war in ihren Augen kein richtiges Zuhause.

„Warum lädst du sie nicht ein?" Roberts Vorschlag war ehrlich gemeint. „Ein Sechszimmerhaus, Veranda, Motorboot, gepökeltes Elchfleisch, gedörrtes Wildbret, ein 100-Morgen-Grundstück voller Himbeeren, Fische, Waldhühner – das sollte doch als Beweis genügen, daß es sich hier gut leben läßt", sagte er.

„Wir wollen deine Mutter auch einladen", stimmte ich zu.

Dann würden wir Bridge spielen oder zu dritt Rommé, wenn Robert zu arbeiten hatte; und falls sowohl Robert als auch ich beschäftigt waren, konnten die Mütter einander Gesellschaft leisten. Wir einigten uns auf ein Datum, die letzten Julitage, da zu diesem Zeitpunkt winzige rote Parasiten der Stechmückenplage ein Ende bereiten.

„Wir können uns Matratzen beschaffen und sie mit dem Motorboot herbringen", meinte Robert. „Ich fürchte, daß ihnen unsere Heulagerstätten nicht zusagen werden."

Unsere Einladung wurde angenommen, und am zweiten Jahrestag war das Blockhaus vollendet. Die Schreibmaschine stand auf dem Ehrenplatz im neuen Arbeitszimmer. Die Regale im Vorratsraum waren gefüllt mit Lebensmitteln. Das zweite Schlafzimmer war ebenso geschmackvoll ausgestattet wie das erste. Robert hatte nur noch einen kleinen Schuppen bei der Küche fertigzustellen, der verschiedene Geräte und die Campausrüstung beherbergen sollte.

„Nun wollen wir nicht mehr bauen“, sagte ich. „Jetzt ist alles vollkommen.“

In den Wäldern des Nordens ist kein Platz für Zimperlichkeit

BELLE war und blieb das Ideal strahlender Weiblichkeit für Foley. Der arme Teufel machte sich niemals klar, wieviel Unheil ihm aus dem heißen Wunsch erwuchs, in Belles Augen als Held dazustehen. Nie fiel es ihm auf, daß immer er der Angeschmierte war. Stießen die beiden auf ihren Streifzügen mit einem Stinktier zusammen, so entkam Belle mit heiler Haut, während wir Foley eine Woche lang im Wald festbinden mußten. Wahrscheinlich hatte sich Belle den Kampf mit der Stinkbombe aus sicherer Entfernung angesehen.

Foleys zweiter Zusammenstoß mit einem Baumstachler war noch ärger als der erste. Belle brachte ihn nach Hause. Sie hatte nur einen Stachel in der Nase und verlangte sofortige Behandlung. Foleys Behandlung nahm Stunden in Anspruch. Rasend vor Schmerz, schlug und biß der arme Kerl um sich. Wir mußten ihn mit Morphium beruhigen.

Robert verlor durch Belles neuesten Streich einen ganzen Arbeitstag, und gerade jetzt war jede Stunde kostbar. Angestrengt arbeitend, beendete er ein Buch über Kanufahrten, das im Herbst erscheinen sollte. Wir mußten fleißig Artikel säen, um im Winter so viele Honorare zu ernten, daß wir unser Kleines an einem sicheren Ort in Empfang nehmen konnten: Die Wildnis ist kein Platz zum Kinderkriegen.

Das Blockhaus war frisch geputzt, im Garten wuchs und gedieh unsere Aussaat. Endlich fand sich auch der erste rote Parasit auf einer Stechmücke – gerade als wir drei Tage vor Ankunft der Mütter alles einer letzten Musterung unterzogen.

Der wichtigste Einwand gegen ein Leben mit dem Baby in den Wäldern – der Mangel an medizinischer Fürsorge – wurde gegenstandslos, als Dr. Worden in Begleitung Tom Colbys, der ihm von uns erzählt hatte, zu uns gepaddelt kam. Im Norden scheint Hilfe immer im rechten Augenblick einzutreffen. Die Begeisterung des Arztes über meine Gesundheit und Vitalität, als Ergebnis des Lebens in der Natur, war so groß, daß ich ihn um ein schriftliches Attest bat. Es konnte uns für den erwarteten Besuch nützlich sein.

Nur paddeln sollte ich jetzt nicht mehr – und Roberts Blick wanderte zum Motorboot. Ein derartiges Boot, selbst wenn es gerudert wird, war auch für zwei furchtsame Damen immer noch geeigneter als ein Kanu.

Tom Colby hatte Dr. Worden von Bock-i-tay erzählt, aber wie gewöhnlich drängte Belle sich in den Vordergrund, bis der Arzt ihre Rassemerkmale würdigte. Robert und ich stimmten begeistert zu in der Hoffnung, daß Tom sie als Geschenk annehmen würde. Steve hatte sie schon abgelehnt, und ihr früherer Besitzer hatte inzwischen reuevoll bekannt, daß sie auch ihm das Leben sauer gemacht hatte.

Tom ließ sich nicht betören: „Bock-i-tay nehme ich jederzeit", sagte er, „aber den Hund brauche ich nicht."

Niemand brauchte Belle. Niedergeschlagen nahmen wir dies zur Kenntnis. Sie war nicht zur Arbeit, nicht zur Jagd und nicht einmal als Mutter zu gebrauchen. Früher oder später würde sie Foley in Tod und Verderben stürzen.

Das Paddelverbot des Arztes lieferte Robert den ersehnten Vorwand, den Motor des Bootes auseinanderzunehmen. Am nächsten Morgen fand ich ihn am Ufer, inmitten eines Haufens zerlegter Motorteile.

„O Gott!" rief ich. „Und unsere Mütter kommen in zwei Tagen an!"

Er war viel zu vergnügt, um sich aus der Ruhe bringen zu lassen. Er hatte nämlich herausgefunden, daß es den braven Motor mit Recht störte, daß Wasser in den Vergaser geriet. Am späten Nachmittag erdröhnte dann in unserer stillen Bucht wildes Geknatter, das aber nicht Roberts Siegesgeschrei zu übertönen vermochte.

Mit unserem genesenen Motorboot holten wir unsere Mütter ab. Ein heftiger Westwind blies über die offene Strecke auf dem See, und unseren Gästen war es offensichtlich wenig behaglich zumute. Als wir zur großen Insel kamen und weißgekrönte Wellen uns entgegenrollten, drehte Robert zum Ufer: „Wir müssen hier warten, bis sich der Wind gelegt hat", sagte er.

So hatten wir uns den Empfang nicht vorgestellt. Im Blockhaus wartete der gedeckte Tisch, und das Mittagessen war fertig, aber wir erwähnten es mit keinem Wort, während wir bis zum späten Nachmittag ohne einen Bissen dasaßen und auf die hohen Wellen blickten, die gegen die Insel brandeten.

„Das heißt also", bemerkte Roberts Mutter nach langem Schweigen, „daß ihr jedesmal solch eine Fahrt zu machen habt, wenn ihr Post holt."

Wir hätten dem entgegnen können, daß sich der Weg mit dem Kanu leicht bewältigen ließ, in einem offenen Motorboot aber stets die Gefahr bestand, daß eindringendes Wasser den Motor lahmlegte. Doch wir schwiegen. Als der Wind nachließ, konnten wir die Fahrt fortsetzen.

Jetzt kam unser Zuhause in Sicht, und wir warteten gespannt auf die ersten Ausrufe des Entzückens und der Überraschung; aber meine Mutter holte nur tief Atem, und dann kam die Bemerkung: „Ja, glaubst du denn, wir hätten noch nie ein Blockhaus gesehen? Soll das vielleicht etwas Besonderes sein?"

Die folgenden zwei Wochen unterschieden sich sehr vom gewöhnlichen Leben in En-dah'-win. Bridge – nun täglicher Zeitvertreib – war bis dahin noch nie im Blockhaus gespielt worden. Wäsche waschen, vorher eine einfache Angelegenheit, wurde nun ein Hauptereignis. Rüschen und Spitzenkrägelchen mußten geplättet werden, und jeden Tag hing ein Kleid oder ein Unterrock auf der Leine. Ich vergaß beinahe, wie einfach das Leben sein kann. Beide Damen waren des Lobes voll über unser Heim. Roberts Mutter sprach von dem Haus mit demselben nachsichtigen Stolz, mit dem sie wahrscheinlich einst ihres Sohnes Türme aus Bauklötzen gelobt hatte. Meine Mutter drückte ihre Bewunderung mit Vorbehalten aus: Das Blockhaus sei ein liebenswertes, aber erschreckendes Beispiel fehlgeleiteter Kraftaufwendung. Wenn man sich schon solche Arbeit machte – warum dann nicht lieber ein Haus in einer schönen Stadt am Meer bauen?

Belle sorgte für die nötige Aufregung und brachte Foley mit einer solchen Unmenge Baumstachlerstacheln an wie noch nie zuvor. Seine Ohren waren an den Kopf geheftet, und seine Zunge war aufgerollt und zusammengesteckt. Diesmal hatte selbst Belle das Gesicht voller Stacheln.

So war diese Egoistin einmal selbst in die Grube gefallen, die sie für ihren Anbeter gegraben hatte. Das war nur gerecht. Die Mütter starrten sprachlos auf die Hunde

„Diesmal ist Foley verloren", sagte Robert. „Wir müssen ihn erschießen, da ist nichts mehr zu machen."

„Wir könnten's zusammen in einem Tag schaffen", sagte ich.

Die Mütter widersprachen im Chor: „Das werdet ihr nicht tun! Erschießt ihn, oder bringt ihn zum Tierarzt!"

Darüber mußten wir beide lachen. Ich bereitete den Tisch vor und holte eine Gummiunterlage und eine Spritze zur Schmerzbetäubung. „Ich glaube, ihr seht euch das lieber nicht mit an“, warnte ich unsere Zuschauer.

Beide verließen in Windeseile die Veranda. Robert sah auf Belle. Er wollte seine Gedanken nicht aussprechen, und ich wollte sie nicht hören. Aber es blieb uns nichts anderes übrig: Belle blieb Belle – bezaubernd und doch eine tückische Unheilstifterin. Ich nickte, als er das Gewehr holte. Ich sah sie zusammen im dichten Gebüsch verschwinden und hörte zusammenzuckend den Schuß . . .

Foley war sehr nervös; wir banden ihn fest und gaben ihm eine Spritze. Die sechsstündige Operation strengte ihn ebenso an wie uns. Er taumelte zur Tür.

Und nun war Frieden im Blockhaus.

Das riesige Himbeerland machte den größten Eindruck auf unsere Gäste. Unter dem Schutz von Moskitonetzen plünderten sie die überladenen Büsche mit solchem Eifer, daß ich mich nachdenklich fragte, ob wohl der primitive Hamsterinstinkt bei allen Frauen gleich stark vorhanden ist.

Mit einiger Geschicklichkeit erreichten wir, daß jede Frage über unsere Abreise vermieden wurde. Wir hatten uns entschlossen, während des Frostwetters hierzubleiben. Unsere Ansicht, daß auch ein vier Wochen alter Säugling ausgezeichnet in einem Blockhaus leben könne, verschwiegen wir. Im ganzen waren wir mit dem Verlauf des Besuchs zufrieden, und wir wollten nicht zu guter Letzt noch Unheil heraufbeschwören.

Die Ausrufe der Bewunderung und des Entzückens, die wir bei der Ankunft erwartet hatten, wurden erst bei der Abreise laut, als Robert die Mütter zur Station brachte. „Ist das Haus nicht wunderhübsch von der Bucht aus?“ fragten sie uns und sich gegenseitig.

Ich zweifle an der Echtheit dieser Begeisterung; vielleicht drückte sich darin mehr die Erleichterung aus, daß sie von den harten Betten mit den Moskitonetzen Abschied nehmen konnten.

Zurück in den Lärm der Welt

Meine Kleinkaliberbüchse und Dr. Wordens Verordnung, lange Spaziergänge zu machen, waren schuld daran, daß wir uns beinahe ausschließlich von Waldhühnern ernährten. Die kühlen Morgen und die herrlichen Oktobertage waren zu verlockend, als daß man ihnen widerstehen konnte.

Für meinen Geschmack glitten die Oktobertage jedoch allzu ruhig dahin. Mir fehlten die Herbstvorbereitungen mit dem Anlegen von Fleisch- und Marmeladevorräten. Ich war so voller Schaffenskraft, und nirgends konnte ich sie betätigen. Robert übernahm die Hauptarbeit am Waschtrog, alles Heben, die groben Hausarbeiten. Dazu kam für ihn das Besorgen des Holzvorrats für unsere Rückkehr im Winter, und das Bankkonto mußte im Hinblick auf die Krankenhauskosten aufgefüllt werden. Er hatte mehr Vorarbeiten für das große Ereignis zu leisten als ich.

Der Frosteinbruch rückte schnell näher. Eines Abends, als wir Briefe schrieben, warnte das fallende Thermometer: Nur noch eine Postfahrt war möglich. Eine leichte Übelkeit trieb mich früh ins Bett.

Um drei Uhr nachts rüttelte Robert mich wach. Feuer prasselte im Kamin, und es duftete nach Kaffee. „Steh auf", sagte er. „Heute können wir noch fort. Ich war ja verrückt, daß ich dich beinahe hier hätte einfrieren lassen! Wenn dir übermorgen etwas zustößt, können wir nicht mehr fort!"

Lange vor Tagesanbruch lud er die Hunde in das Motorboot und fuhr zur Station, wo er sie in Pflege gab. Dann kam er mit Steve und dessen Kanu zurück, ehe ich noch meine Stadtkleidung eingepackt und mich von dem Schrecken erholt hatte, der mich überfiel, als ich mich in Kleid und Mantel sah, die nach dem Katalog bestellt waren.

Im Nu war das Motorboot aus dem Wasser gebracht, der abmontierte Motor ins Haus getragen und für Bock-i-tay eine Kiste aus Latten gezimmert, in der sie zu Tom Colby reisen sollte. Wir standen im Zeichen des Klapperstorches. Selbst Steve, der hier in der Wildnis schon viermal Vater geworden war, ließ sich von Roberts Aufregung anstecken.

Bock-i-tay saß grollend in ihrem Käfig; wahrscheinlich zweifelte sie an unserer Zurechnungsfähigkeit. Sie sollte mit dem Zug bis zu einer Wassertankstation fahren; von dort aus mußte sie der Beamte zu Tom Colbys Blockhaus tragen. Wir wurden in das Kanu verstaut – die Katze, die Koffer und ich –, und Steve und Robert paddelten uns fort. Als ich von der Landenge aus zurückblickte, war mir, als würde ich in die Verbannung geschickt.

Es ging zurück in den Lärm der Welt. Nach mehr als zwei Jahren Abgeschiedenheit glaubte ich, die Rückkehr zur Zivilisation würde ein gewaltiges Erlebnis sein. Aber als ich dann das Licht über meinem

Schlafwagenbett andrehte, war mir das so natürlich, als hätte ich auch im Blockhaus nichts anderes getan. Selbst fließendes, warmes Wasser war kein solches Wunderding, wie ich es erwartet hatte. Läden, Hotels, Badezimmer und Taxis ordneten sich wieder ganz selbstverständlich in unser Leben ein. Nur unsere Füße wollten sich den städtischen Verhältnissen nicht anpassen. Wir humpelten von einem Schuhgeschäft zum anderen und versuchten, Schuhwerk mit niedrigen Absätzen zu finden, die uns vor dem Ärgernis geteerter Bürgersteige schützen sollten. Durch zwei Jahre Freiheit und Bewegung in Mokassins war mein Fuß gestrafft und um eine ganze Nummer kleiner geworden. Bei den Handschuhen war das Gegenteil der Fall. Das Paddeln hatte meine Hände um eine Nummer vergrößert.

„Ich habe alles, was ich brauche", sagte ich, als ich behandschuht und reformbeschuht zu Robert zurückkehrte. „Und was brauchst du?"

„Einen Anzug, der mir paßt", erwiderte er. „In diesem kann ich mich nicht bewegen." Seine viel zu engen Kleider sahen aus, als stammten sie aus einer Wohltätigkeitssammlung.

Wir waren ganz einfach nicht mehr dieselben Menschen wie vor zwei Jahren. Beide trugen wir den Stempel des Lebens in freier Natur. Bestimmte Merkmale in Gesichtsfarbe, Gang und Benehmen kennzeichneten uns als Menschen, die sich nicht nur im Freien vergnügt, sondern dort auch gearbeitet hatten.

Wieder daheim im Blockhaus

Es war spät im Februar, als der Zug uns auf dem Bahnsteig der Station absetzte und in den Wäldern verschwand. Diese Ankunft unterschied sich deutlich von unserer ersten. Die sorgfältig zusammengestellte Ausstattung einer sechs Wochen alten Tochter füllte einen ansehnlichen Koffer neben unseren eigenen, und diesmal gab es nach dem Frühstück im Speisewagen einen Aufenthalt in der Station, ehe wir in die Wildnis zurückkehrten. Bobs und ich mußten im Hotel übernachten und warten, bis Robert daheim Feuer gemacht und das Eis von den Wänden getaut hatte.

Daß wir wieder im Norden waren – es schien uns wie ein Wunder. Ein Entrüstungssturm hatte sich ob unserer beabsichtigten Rückkehr ins Blockhaus erhoben. Die Mütter vertraten entschieden den Standpunkt, daß das Blockhaus kein geeignetes Zuhause für ihre Enkelin sei. Ich zweifelte, ob wir jemals unseren Willen durchsetzen würden.

„Aber nicht doch", hatte Robert entgegengehalten. „Dort sind wir zu Hause, haben ein freies Leben und unser Auskommen. Natürlich fahren wir zurück. Auch im Norden werden Kinder geboren und aufgezogen."

Wir mußten unter allen Umständen zurück, weil die Ausgaben dieses kostspieligen Winters hinter uns lagen. Die drei Wochen in der Klinik und vier Monate Stadtleben hatten unsere Ersparnisse aufgezehrt. Und Bobs war kein Baby auf Ratenzahlungen.

Während der ganzen vier Monate hatte uns der Gedanke an Endah'-win nicht verlassen. Das Blockhaus wartete auf uns. Es war schwer, meine Gefühle in Worte zu kleiden, als ich mit meiner Mutter stritt. Ich konnte nur sagen, daß wir in der Stadt nichts zu suchen hatten. Wir gehörten in das Blockhaus.

Unsere zweite Ankunft in der Wildnis war eine Heimkehr. Mrs. Dane riß die Hoteltür auf, als wir mit unseren Stadtschuhen über die Löcher der Straße stolperten. Sie nahm das Kind aus Roberts Armen und sagte, während sie uns in das warme Zimmer schob, was alle Frauen über kleine Kinder sagen. „O wie süß!" rief sie. „Jetzt seid ihr eine richtige Familie!"

Robert zog seine Waldkleidung an und ging fort, um die Hunde zu holen. Dann kam er mit ihnen zum Hotel und rief mich ins Freie.

Aus den langbeinigen, tolpatschigen, putzigen Welpen waren richtige junge Hunde geworden. Foley jauchzte geradezu vor Entzücken und benahm sich wie toll. Selbst der ernsthafte Doc war glücklich über das Wiedersehen.

„Wenn der Kamin den Frost überstanden hat, ist alles in Ordnung", rief Robert, als er an der Spitze eines nur halb trainierten Gespanns aufbrach. Omega, Docs Sohn, war Leithund. Er hatte Belles Klugheit geerbt, und in ein paar Unterrichtsstunden im vergangenen Herbst hatten wir ihm die wichtigsten Kommandos beigebracht.

Doc und Foley legten sich mit voller Kraft ins Geschirr, und ihr Beispiel würde wohl auch auf die anderen Eindruck machen. Die Ausstattung für das Baby, eine zweite Schreibmaschine, Bücherkisten, ein Plattenspieler und allerlei Dinge fürs Blockhaus warteten auf Beförderung.

Ich blieb in der Station, und eine Stunde ergötzten Mrs. Dane und ich mich daran, in der Küche mein Baby zu baden. Dann öffnete sich die Tür, und Dr. Worden flüchtete vor der Kälte zu uns herein.

Er brachte eine sehr schmerzliche Nachricht: Bock-i-tay war tot.

Sie war im Kindbett gestorben – einen Tag bevor der Doktor Toms Blockhaus erreicht hatte. Die Leichenschau hatte ergeben, daß sie nicht zu retten gewesen wäre.

„Ich habe Tom versprochen, Ihnen zu sagen, daß nichts versäumt worden ist", sagte der Doktor. „Er fühlt sich verantwortlich, denn Bock-i-tay hat seinen Kater geheiratet. Er wollte Sie so gerne mit einer kleinen Katzenfamilie überraschen."

Dr. Worden und Mrs. Dane blickten mich erstaunt an, denn meine Augen waren voller Tränen.

„Aber Sie hätten diese eifersüchtige kleine Furie nicht gleichzeitig mit dem Baby im Blockhaus haben können", tröstete der Arzt. „Ihr Tod ist ein Glück!"

„Nicht dieser Tod", sagte ich. „Sie ist dem Leben so mutig begegnet, und dann hat die Natur sie im Stich gelassen."

Wir wußten selbst, daß Bock-i-tays Eifersucht gefährlich werden konnte, und hatten daran gedacht, sie Tom Colby ganz zu überlassen. Aber auf diese Weise hätte das prächtige Waldgeschöpf nicht zugrunde gehen dürfen.

„Das ist das richtige Land für ein Kind!" Der Doktor bewunderte Bobs, wie es sich gebührte. „Keine Bakterien, keine Erkältungen und Infektionen. All diese Plagen der Stadteltern werden Ihnen erspart bleiben."

Robert kam zeitig am nächsten Morgen mit dem Karriolschlitten zurück. Der Kamin war in Ordnung, das war die wichtigste Nachricht, die er brachte. Dann fuhren wir ab; Bobs und ich waren warm in Decken eingewickelt; Robert führte, die Hunde bellten, ihre Glocken bimmelten, und wir kehrten heim.

Aus dem Schornstein des Blockhauses stieg Rauch auf; der Weg über die weite Fläche der Lichtung war ausgetreten. En-dah'-win war wieder zum Leben erwacht. Drinnen im Haus war es warm, und auf dem Fußboden des Wohnzimmers lag der Rahmen einer Wiege aus Zedernholz, an der Robert bis zum Schlafengehen gearbeitet hatte. Am Nachmittag machte er sie fertig und brachte Räder an, damit sie durch das Haus gefahren werden konnte.

Ich richtete das Kinderzimmer ein, packte Medikamente und Fläschchen in ein Medizinschränkchen, das Bobs' Großvater uns geschenkt hatte.

Meine Schreckensvision, mit diesen Dingen hantieren zu müssen, wurde zwei Tage später wahr, als Bobs mit schrillem Geschrei verkündete, daß sie den Hungertod nahen fühlte. War es meine plötzlich gesteigerte Aktivität oder der Klimawechsel – ihre Nahrungsquelle war versiegt.

„Jetzt sind wir soweit!“ rief ich verzweifelt, als ich Bobs, die vor Hunger und Zorn brüllte, in die Wiege legte.

In rasender Eile sterilisierten wir Flaschen und studierten die Ernährungsvorschriften, während Bobs' jämmerliches Geschrei durch das Haus gellte. Es dünkte mich ein Wunder, daß sie trotz ihrer Aufregung die neue Nahrung vertrug. Aber sie nahm sie und gedieh dabei: Die Gewichtstabelle befreite mich von allen Zweifeln.

Nach zehn arbeitsreichen Tagen ging das Leben im Blockhaus wieder seinen alten Gang. Täglich schleppte Robert Holz heran, Essen für uns und die Hunde, neue Einrichtungsgegenstände und einen großen Ofen, der das Haus während der Nacht unverändert warm halten sollte. Die seltsamste Fracht, die er brachte, war ein großer weißer, mit rosa Seide gefütterter Weidenkorb, in dem Bobs von nun an nachts schlief.

In diesen Tagen wuchs das Hundegespann zu einem funktionierenden Team zusammen, und die Tiere waren nun ganz und gar Roberts Eigentum. Sie fühlten es, und Robert war im geheimen sehr glücklich darüber. Ich wußte aus vergangenen Tagen, welche Freude das Fahren mit Hundegespannen bereitet, und dabei hatten die Hunde damals – mit Ausnahme von Doc und Foley – nicht einmal uns gehört. Aber vier von diesen sechs waren bei uns geboren, aufgezogen und trainiert worden. Als sie ein paar Monate alt waren, hatte Robert sie zuerst ohne Ladung auf ebenem Boden eingefahren; sie kannten nur einen Herrn und empfingen Nahrung und Fürsorge nur von diesem einen. Sie stritten um die Ehre, als erster angeschirrt zu werden. Vom Fenster aus konnte ich sehen, wie Robert beinahe überrannt wurde, wenn er mit den sechs Geschirren über dem Arm in den Zwinger trat.

Jeden Abend konnte er mir von neuen Fortschritten berichten. Sie gehorchten nicht aus Furcht, sondern weil sie die verschiedenen Pflichten kannten und daran ebenso interessiert waren wie ihr Herr.

Ich fuhr weder mit den Hunden, noch verließ ich das Blockhaus. Das Füttern, das tägliche Bad und die Kinderwäsche wechselten mit der Hausarbeit ab. Aber ich fühlte mich nicht gefangen. Noch niemals waren die Tage im Blockhaus so interessant und so beglückend gewesen.

Ich stellte fest, daß wir ängstlicher geworden waren. Meine Warnungen vor trügerischem Eis, stürzenden Bäumen und vor abenteuerlichen Unfällen waren jetzt so eindringlich, als wäre Robert nicht mehr ganz zurechnungsfähig. Er seinerseits ging niemals aus dem

Haus, ohne mir Vorsicht vor dem Feuer, vor vereisten Wegen und vor dem Frost ans Herz zu legen. Jeder behandelte den anderen wie einen Neuling in den Wäldern.

Bobs war indes die einzige, die ein Abenteuer zu bestehen hatte, und die Gefahr bedrohte sie, als sie friedlich in ihrer Wiege im Wohnzimmer schlief.

Bobs und ich waren allein im Haus. Von der Küche aus sah ich, wie sich der lange weiße Körper eines Hermelins vom dunklen Holz der Wiege abhob. Als ich die Büchse hochriß, starrte mich das Tier mit seinen kleinen schwarzen Äuglein wild an. Einen Augenblick lang zitterten meine Hände vor Entsetzen bei der Erkenntnis, daß das blutdürstigste Tier der Wälder dem Kind so nahe war. Dieser kleine weiße Teufel konnte die Kehle meines Babys durchbeißen. Es ist bekannt, daß Hermeline schlafende Männer angreifen. Der schwierigste Schuß, den ich je abgefeuert habe, galt einem schmalen weißen Strich.

Die Kugel traf das Hermelin in die Brust, und es lag tot vor Bobs' Wiege.

„Das war ein Schuß!" rief Robert, als er nach Hause kam.

„Es blieb mir keine andere Wahl", sagte ich. „Wir haben aber doch früher niemals Hermeline im Blockhaus gehabt."

„Bock-i-tay hat sie verscheucht", antwortete er. „Ich muß alle Löcher verstopfen, damit das nicht wieder vorkommt."

Bock-i-tay hatte mehr für uns getan, als wir gewußt hatten.

Die Wochen flogen vorbei. Es war eine Zeit stillen Glücks mit unserem lebhaften Töchterchen.

Die einzige Unterbrechung war ein zweiter Schatzsucher: der Koch eines Holzfällerlagers, der zur Station gepilgert war und dem Geschwätz in der Bar Glauben geschenkt hatte. Wir wiesen darauf hin, daß man in steinhart gefrorenem und schneeverwehtem Boden nicht nach einem Schatz graben könne.

„Aber der Wächter der Goldgräbersiedlung hat sein unterirdisches Versteck im Winter angelegt", behauptete der Koch. Ebenso selbstsicher fühlte er sich als Fachmann für Fragen der Säuglingsernährung. Er war Vater von vier Kindern und hatte ein System ausgearbeitet. „Ich füge dem Schoppen einfach ein paar Teelöffel guten, starken Branntwein zu", erklärte er. „Meine Frau sagt, dann gibt's kein Geschrei mehr."

Bobs wachte in diesem Augenblick auf und verlangte brüllend nach ihrer Mahlzeit. Als ich ihre Flasche anwärmte, konnte unser Gast nur mit großer Mühe davon abgehalten werden, sein Rezept anzuwenden.

Robert bugsierte ihn schnell aus der Küche und murmelte etwas von meiner Nervosität und daß ich auf Versuche keinen Wert legte.

„Ich kenne das", stimmte der Mann zu. „Sie ist jung, und es ist ihr erstes Kind. Ich weiß, wie man mit kleinen Kindern umgeht. Und was ihre Ernährung anbelangt, so bin ich nicht umsonst Koch gewesen."

Früher Eisgang war in drohende Nähe gerückt, und in ihren Briefen wünschten unsere Familien zu erfahren, welches unsere Pläne für die Zeit des Eingeschlossenseins wären. Sie ärgerten Robert mehr als mich. Ein besonders heftiger Einspruch kam mit der nächsten Post, als Wasser das Flußeis überschwemmte – eine Warnung, daß es vielleicht keine Möglichkeit mehr gab, zur Station zu kommen.

„Bist du sicher, daß du hier drei Wochen mit Bobs riskieren kannst?" fragte Robert. „Ich kann euch beide noch fortbringen, wenn wir ganz früh am Morgen losfahren. Vielleicht ist es beruhigender für dich im Hotel bei Mrs. Dane. Ich bleibe inzwischen hier im Blockhaus."

Ich sah auf Bobs, die in der Wiege schlief, so gesund, so rund und so rosig; und ich dachte an eine Siedlung mit Bakterien, Lärm und Wirrwarr, an Hotelzimmer, in denen Gott weiß wer geschlafen hatte. „Ich finde es viel gefährlicher in der Station", sagte ich.

Robert vergisst einzukaufen

Ein paar Tage nachdem der Eisgang begonnen hatte, tauchte Ni-bo-bi-nis hoch bepackt auf dem Tragweg auf. Es war sein erster Transport von Frühlingspelzwerk. Er trug eine Dick-e-nag-gin. An dieser Rückentrage für Babys hatte die ganze Familie gearbeitet. Das kunstvolle Perlornament auf der blauen Überdecke hatte drei Frauen beschäftigt. Ni-bo-bi-nis erzählte uns stolz, daß er den Birkenrahmen selbst gemacht habe. Erst habe er das Holz gedämpft, dann u-förmig gebogen, damit der Kopf des Kindes im Fall eines Sturzes geschützt ist. *„Nish-i-shin! Nish-i-shin!"* wiederholte Robert unermüdlich.

Ni-bo-bi-nis fand den Ausdruck „sehr zufrieden" durchaus angemessen. Ich kümmerte mich um den Tee, aber schließlich riefen sie mich, und ich mußte die Trage auf den Rücken binden. Sie war sehr ordentlich mit Karibumoos ausgestopft. Wahrscheinlich hatte man sich in den Wigwams über unsere Wäscheleine voller Windeln ausgelassen, denn er meinte, ich müsse endlich lernen, wie ein Kind richtig behandelt werde, statt mir sinnlose Arbeit zu machen.

Wir bewunderten die Rückentrage mit dem ganzen Ojibwa-Wortschatz, der uns zur Verfügung stand. Ni-bo-bi-nis aß Brot und Gelee, trank mehrere Tassen Tee – aber er blieb sitzen. Er wartete auf die Generalprobe.

„Wecke Bobs auf, und leg sie in die Indianerwiege!" sagte Robert. „Der alte Knabe ist sonst enttäuscht."

Die Heiligkeit des Schlafes war meine Entschuldigung für eine nachdrückliche Weigerung, denn ich wußte im voraus, wie Bobs dieses Geschenk empfangen würde. Robert versicherte dem Indianer, daß weiße Säuglinge niemals aufgeweckt werden dürften, bat ihn, ein andermal wiederzukommen und Bobs zu besuchen. Dann begleitete er ihn ein Stück Weges.

Ein Probelauf im kleinen Familienkreis war dann auch wie erwartet erfolglos. Bobs schrie wie am Spieß. Wir gaben es auf, Robert hängte die Dick-e-nag-gin an die Wand und erklärte, daß Bobs anscheinend landesübliche Bräuche nicht billige.

Aber der Schutzrahmen der Rückentrage als Halterung für ein Moskitonetz – das war ein guter Einfall. Nach diesem Muster fertigte Robert einen zweiten an, der auf den Packsack paßte, und von dort oben schloß Bobs mit den Waldwegen Bekanntschaft.

Die Stechmückenzeit und Bobs' wachsender Tätigkeitsdrang führten zur Neumöblierung des Kinderzimmers. In den ersten Frühlingstagen bestand Bobs darauf, in ihrem Bettchen aufrecht zu sitzen. Eine Matratze auf dem Fußboden – ringsherum Segeltuch gespannt, darüber ein Moskitonetz – gab ihr Sicherheit und Bewegungsfreiheit. Sie kugelte umher, strampelte und schlief ganz nach ihrem Belieben, und wir konnten ihr zuschauen, während wir arbeiteten.

Wir schrieben einen neuen Roman, den ersten, den wir komplett als Gemeinschaftswerk angingen. Unsere Artikelreihen brachten uns knapp über den Sommer hinweg.

„Aber wenn uns der große Wurf gelingt, sind wir auch für den Winter gesichert", betonte Robert nachdrücklich. „Vielleicht haben wir Glück."

Mai und Juni waren arbeitsreiche Monate. Ein Baby, das ohne Fliegenschutz nicht ins Freie gebracht werden konnte, erschwerte die Arbeit in Garten und Hühnerhof. Bobs mußte zweimal wöchentlich einen halben Dotter in ihrer Milchflasche haben – also waren fünf Hennen in unser Leben getreten.

Das Kind, der Garten, die Hühner, Reparaturarbeiten am Motorboot, Umzug in die Sommerküche, Elchfleisch-Einpökeln, Wildbret-Dörren, ein Fischnetz für die Hunde-Ernährung in Betrieb halten – die Zeit, die uns für Schreibtischarbeiten blieb, betrug nicht mehr als vier Stunden am Tag. Erst im Juli schlossen wir den Roman ab.

Wir hatten wochenlang mit diesem Roman gelebt, bei den Mahlzeiten von ihm gesprochen, abends die Entwürfe gemacht und jede Stunde, die wir hatten erübrigen können, daran gearbeitet. Unsere Herbstvorräte standen und fielen damit. Ich war ganz feierlich gestimmt, als ich mit Bobs im Motorboot wartete, während Robert den Weg zur Post hinauflief, um das Manuskript abzuschicken.

Als es seine Reise in die Welt angetreten hatte, feierten wir das Ereignis mit einem Picknick. Bobs saß friedlich in ihrem Packsack, während wir Beeren für unser Wintergelee sammelten. Sie fand es herrlich, auf Roberts Rücken zu reisen; aber als kleine Mumie in einer Dick-e-nag-gin eingeschnürt zu sein – das hätte ihr ganz und gar nicht gepaßt.

Die Sommertage flogen vorbei. Rings um uns war junges Leben. Die Hunde wurden stark und breitschultrig. Unsere Küken wurden Hühner. Unser Zuhause war jetzt ein Mittelding zwischen einer Farm und einem Pelzjägerblockhaus.

In diesem Sommer konnten wir nicht in die Blaubeeren, denn wir mochten Bobs nicht im Kanu auf den Fluß mitnehmen. Ojibwa-Säuglinge waren sicher eingeschnürt in ihren Rückenwiegen und konnten in Birkenkanus aufgestellt oder flachgelegt fahren, aber Bobs war viel zu tatendurstig für ein Kanu mit niedrigem Bordrand. Es war kaum zu fassen, daß dieses sieben Monate alte Kind, das so lebhaft über den Boden rollte, strampelte und kroch, einst das ruhige kleine Bündel gewesen war, das wir ins Blockhaus mitgebracht hatten.

Mir war bekannt, daß der Benzintank keine großen Vorräte mehr enthielt; wie es aber wirklich um ihn stand, merkte ich erst, als Robert ankündigte, er werde im Kanu zur Station fahren und nach der Post sehen.

„Ist es sehr schlimm?" fragte ich.

„Das bißchen Betriebsstoff, das noch da ist, will ich für dringende Zwecke aufsparen", antwortete er. „Wir sind ja vorher auch ohne Motorboot ausgekommen."

„Ja, da haben wir beide gepaddelt", sagte ich.

„Vielleicht brauche ich nur diese eine Kanufahrt zu machen", meinte er.

Es war der 20. August, und unser Roman war seit einem Monat fort. Wenn wir noch einmal vier Wochen Rundreise für das Manuskript rechneten, so würde es Ende September – und die Frage der Herbstvorräte mußte dann entschieden werden. Robert steckte braune Briefumschläge in den Postsack.

Am späten Nachmittag klang Roberts Jubelgeschrei von der Landzunge zum Blockhaus herauf. Er rief mir die guten Nachrichten schon vom Wasser aus zu. „Angenommen!" schrie er. „Für sechshundertfünfzig Dollar! Der Verleger will gerne noch ein Manuskript!"

Erst als ich es schwarz auf weiß sah, glaubte ich es, aber ich brauchte eine Stunde, ehe ich die volle Bedeutung erfaßte. Alles, was wir für den Winter benötigten, vermochten wir jetzt zu kaufen und mit dem Motorboot heimzuschaffen. Der Verleger wollte sogar mehr haben! Das war das überwältigendste. Wir mußten uns erst daran gewöhnen, daß keine Manuskripte mehr zurückkamen – sondern Schecks.

Wir saßen auf der Veranda; große, eisgefüllte Gläser mit unserem Whiskeyrest standen vor uns. Robert ließ keinen Tropfen mehr in der Flasche.

Als ich mit der Zubereitung des Abendbrotes anfangen wollte, war die Zuckerbüchse leer. „Du hast vergessen, den Packsack vom Boot heraufzubringen", sagte ich.

Robert starrte mich an. „Heiliger Bimbam! Ich hab alles vergessen, ich hab überhaupt nichts eingekauft. Als ich den Brief gelesen hatte, bin ich den Weg hinuntergerannt und heimgepaddelt. Ich hatte bloß einen Wunsch: dir so schnell wie möglich alles zu erzählen!"

Die grosse Angst

UNVERZÜGLICH machten wir uns jetzt an die Winterausstattung. Wir besaßen ein Motorboot, ein Bankkonto und Zeit genug, um die schwere Arbeit des Heranschleppens der Wintervorräte ohne Hektik vorzunehmen. Drei Zentner Waren wurden aufgestapelt: unsere Nahrungsmittel sowie Hunde- und Hühnerfutter. Der große Vorratsraum war ganz gefüllt.

Unser größter Wunsch waren Seehundsfellschuhe aus Labrador. Jeden Winter hatten wir davon geträumt, denn Seehundsfell ist das einzige wasserdichte Leder. Wunderbar leicht sollten sie sein, weich und biegsam. Aber die vier steinharten Felldinger, die mit der Post ankamen, waren eine bittere Enttäuschung. Wahrhaft erschreckend aber klang die Gebrauchsanweisung: „Die Eskimofrauen kauen jeden Morgen die Stiefel ihrer Ehegatten, um sie weich zu machen." Ich muß gestehen, daß das leuchtende Beispiel der Eskimofrauen an mich verschwendet war. Wir entschlossen uns, Wasser anstelle von Speichel zu verwenden. Mit Wasser gefüllt, ließen wir die Schuhe über Nacht stehen. Und am Morgen waren sie weich, ein bißchen feucht innen, aber so biegsam wie Hirschledermokassins. Es war dann doch ein guter Kauf. Das Einfüllen des Wassers war jeden Abend unsere letzte Hausarbeit.

Wir brauchten auch neue Kindermöbel. Bobs kletterte über die Segeltuchumrandung ihres Ställchens. Sie bestand darauf, mindestens zweimal am Tag auf Entdeckungsreisen durch das Wohnzimmer zu kriechen. Robert zimmerte ein neues, noch höheres Ställchen, und ich änderte mein Tagesprogramm, um einige Stunden zum Spazierengehen mit dem Kind zu erübrigen.

Die letzten Oktobertage waren so warm, daß wir hofften, noch vor dem Frostwetter einen neuen Roman abschicken zu können, aber der jähe Wintereinbruch machte uns einen Strich durch die Rechnung. Zwei Tage wütete der Schneesturm und deckte das Land mit einer hohen Schneedecke zu. Jetzt war die schlechteste Reisezeit.

Und doch tauchte eines Tages ein Mensch in unserer Bucht auf. Er trug Schneeschuhe, zog einen kleinen Toboggan hinter sich her, auf dem etwas Proviant und eine Kaninchenfelldecke verstaut waren, und auf seinen Schultern schleppte er ein Birkenrindekanu. Robert ging hinaus, um ihn hereinzuholen.

Es war ein Indianer, ein Bursche von achtzehn Jahren, der jedoch schon Familienvater war; er lebte mit seiner sechzehnjährigen Frau und einem Kind abgeschieden inmitten eines großen Waldes.

Er erzählte seine Geschichte auf Ojibwa, und Robert verdolmetschte sie. Das Kind war erst eine Woche alt, und der jungen Mutter war die Milch ausgegangen. Zwei Tagesreisen von uns entfernt warteten Mutter und Kind in ihrem Wigwam, ob es dem Vater gelingen würde, unter Einsatz seines Lebens Hilfe von den Weißen an der Eisenbahnlinie zu holen. Der Bursche war in schrecklicher Angst. Nur selten können indianische Frauen ihre Kinder nicht stillen, und da die Milch plötzlich versiegt war, glaubte er, seine Frau sei verhext.

In der Küche führten wir dem jungen Vater die Sterilisation von Milchflaschen und Gummisaugern vor, zeigten ihm die Zubereitung der Kindernahrung und wiederholten die Erklärungen auf Ojibwa.

Wir packten ein Bündel, das Flaschen, Sauger und getragene Kleidungsstücke von Bobs enthielt, und sahen ihm nach, wie er seine rührende kleine Last über die weiße Bucht auf dem Tragweg in den Wald hineinzog. Wahrscheinlich würde er erst in zwei Tagen seinen Wigwam und die junge Mutter erreichen.

Zum erstenmal störte uns das Frostwetter, denn in wenigen Tagen würde unser Roman fertig und versandbereit sein. Nun mußten wir mehrere Wochen warten, bis wir ihn fortschicken konnten.

Die Eisbildung dauerte aber nur einen Tag, dann kam ein Nordoststurm auf. „Es ist möglich", sagte Robert, „daß der Winddruck bei den Stromschnellen von Big Falls unter das Eis gelangt und den See wieder aufreißt. Wenn das eintrifft, kann ich bis zu unserem Himbeerplatz fahren und durch den Wald zur Station gehen."

Der nächtliche Sturm fegte tatsächlich das Eis vom See. Robert beeilte sich, ins Kanu zu kommen. Es war eine schwere und gefährliche Reise. Ich erhob heftigen Einspruch dagegen.

„Keine Sorge", sagte Robert, „solange der Wind andauert, kann nichts geschehen."

Aber am Nachmittag legte sich der Wind plötzlich. Kein Luftzug rührte sich mehr. Nach einer Stunde zog ich Bobs warm an und packte sie gut in wollene Tücher; dann setzte ich sie in den Schlitten und fuhr mit ihr zur Landspitze.

Soweit das Auge reichte, dehnte sich eine einzige feste Eisplatte. Nur einer Stunde hatte es dazu bedurft. Wenn Robert sich während der Eisbildung auf dem Wasser befunden hatte – in diesem schwachen Fahrzeug eingeklemmt zwischen messerscharfen Eisrändern –, dann gab es keine Hoffnung mehr. Dann war das Kanu zerfetzt worden, und er hatte sich weder durch Schwimmen noch durch einen Sprung auf das unsichere Eis retten können. Wenn er aber am Ufer gewesen war, dann lagen der riesige See und der tief verschneite Wald jetzt zwischen ihm und uns. Und erst nach zwei Wochen durfte ich es wagen, Bobs auf dem Eis zur Station zu ziehen; früher war das Eis nicht an allen Stellen tragfest.

Lange stand ich da und starrte über den See. Dann kehrte ich den Schlitten um und zog ihn nach Hause.

In der Nacht ertappte ich mich immer wieder beim Hinaushorchen.

Gegen jede Vernunft hoffte ich noch immer auf Roberts Rückkehr. Am Morgen nahm mich Bobs in Anspruch, ich hatte draußen zu tun und mußte immer wieder ins Haus und nach ihr sehen. Doch ich fürchtete den Nachmittag, wenn die Hausarbeit getan sein würde und meine Unrast mich nur noch durchs Zimmer jagen konnte.

Der zweite Tag verging wie der erste, und am dritten wurde mir allmählich klar, was ein ganzer Monat Warten besagen wollte. So würde die Zeit des Hoffens und Bangens weitergehen in unabänderlicher Reihenfolge: Bobs, die Vielzahl der Pflichten und schlaflose Nächte.

Die Hunde vermißten Robert; sie heulten und jaulten in großer Unruhe. Am dritten Abend lärmten sie ganz besonders stark. Ich horchte hinaus – da hörte ich die Küchentür gehen. Und dann trat Robert ins Wohnzimmer. Sein Gesicht war hager, aber ein Lächeln lag darauf.

In dieser Nacht erzählte er mir nicht viel. Nach vier Tagen und drei Nächten im Freien – und nach einem tüchtigen Schluck Whiskey in dem warmen Raum – fiel er, wie mit der Streitaxt gefällt, auf den Teppich vor dem Kamin. Ich blieb bis zwei Uhr morgens auf und hielt das Feuer in Gang, dann deckte ich ihn warm zu, um endlich selbst auch Schlaf zu finden.

Erst am nächsten Morgen, bei Kaffee und Pfannkuchen, berichtete er. „In der ersten Nacht war ich viereinhalb Kilometer weit von hier. Ich steckte das Kanu in einen Busch."

Denn Robert sah, daß er weder zu Wasser noch übers Eis heimgelangen konnte, also war er während der Nacht durch den Wald zur Station gegangen. Dort hatte er sich Essen gekauft und war dann fünfzehn Kilometer weit den großen Strom entlanggestapft, bis er eine Stelle fand, wo das Eis zwischen den Stromschnellen fest genug war, um ihn zu tragen.

Viele Kilometer Wald, See, Fluß und Moor lagen zwischen ihm und „zu Hause", und er mußte sich durch fast kniehohen Schnee hindurchpflügen. Ich wußte genug vom Land, um beurteilen zu können, was solch eine Winterwanderung bedeutet – wie schwer der Weg zu bahnen ist, wie anstrengend die ständigen Hindernisse sind, wenn man auf offenes Wasser oder unsicheres Eis trifft und große Bogen schlagen muß, um weiterzukommen.

„Eine Nacht habe ich zu schlafen versucht", sagte Robert. „Ich setzte mich mit dem Rücken an einen Baum und machte mir ein Feuer. Aber gehen war leichter."

Die Marter dieser drei Tage war das Schlimmste, was wir in jenem Winter erlebten, doch es war nicht alles. Dieser Winter war der härteste.

An einem Montag schirrte Robert die Hunde an zur ersten Fahrt seit dem Einfrieren. An diesem Tag kam er nicht zur Station, auch nicht in den nächsten Tagen, obwohl er es jeden Morgen versuchte. Erst am Samstag erreichte er das Postamt. Er kehrte erst einige Stunden nach Einbruch der Nacht heim und erlöste mich von meiner Angst. Von den Hunden war er begeistert. Sie folgten auf jeden Wink.

Seit dem ersten Schnee gab es in der Lichtung und auf den geschützten Waldwegen herrliche Schlittenfahrten für Bobs. Die Hunde konnten zuerst diesen behaglichen Bummeldienst gar nicht begreifen, aber Bobs genoß ihre Rundreisen aus vollstem Herzen. Am Tag vor Weihnachten wollte Robert einen Tannenbaum über die Bucht holen, und da das Kind so gerne Schlitten fuhr, nahm er uns mit.

Es war lustig, den Baum zu holen und Tannenzweige zu schneiden. Aber auf der Rückfahrt blies uns ein scharfer Wind entgegen. Bobs war hochrot vor Kälte und brüllte wie besessen.

Das Weihnachtsgrün war Bobs gleichgültig. Am Christabend hatte sie nicht einmal einen Blick für den Baum. Sie saß zum erstenmal mit uns bei Tisch in ihrem hohen Stühlchen, das Robert für sie gebaut hatte.

Nach dem Essen durfte Robert sein Geschenk auspacken: zwei Hemden, die ich genäht hatte. Er war sichtlich angetan und fand genau die richtigen Worte: „Das sieht aber ganz anders aus als deine grüne Hose!“

Danach öffnete auch ich mein Paket. Das Album, das er mir schenkte, enthielt die ganze Geschichte unseres Blockhauslebens. Der Einband aus Birkenrinde wies keinen Titel auf, nur ein Bild: die Weißtannen über der Bucht. Das war En-dah’-win.

Da waren die ersten Fotografien aus unserer Ankunftszeit, Bilder von unseren Sommerwanderungen, von dem entstehenden Haus, von der Landzunge im Winter, vom Wasserfall, von der Fallenstrecke, vom Schlitten und unseren Hunden, von den Pfaden und Tragstrecken – da war Bobs. Auf vielen Seiten fand ich bebilderte Zitate aus Büchern, die wir beide liebten.

„Was für ein wunderbares Geschenk!“ rief ich, nachdem ich das Album durchgeblättert hatte.

Es war richtig Weihnachten. Wir saßen noch lange am Kaminfeuer, tranken ein Gläschen Whiskey, horchten auf das Donnern im See. Wir saßen warm, behaglich und sicher am Feuer und wußten, daß wir unseren glücklichsten Winter vor uns hatten. Wir hatten die ganze Zeit über aus eigenen Kräften gelebt; und wir hatten unser Heim vollendet. Wir hatten ein Kind, wir waren eine richtige Familie, der es an nichts mangelte; wir besaßen sogar Vorräte und ein Hundegespann! Und zum erstenmal verdienten wir deutlich mehr, als wir ausgaben.

„Ich wüßte mir nichts mehr zu wünschen", sagte Robert.

IM JANUAR sank das Thermometer in bisher ungekannte Tiefen. Als sich das Quecksilber der Zahl Sechzig näherte, machten wir Schluß mit der „frischen Nachtluft"; wir füllten die Öfen am Abend bis zum Bersten mit Holz und ließen die Tür zum Wohnraum offen. Bobs schlief in einem Eiderdaunensack, und nur ihr Näschen guckte heraus.

Wir brauchten jetzt Berge von Holz, um die vergrößerten Räume warm zu halten. Das Baumfällen, den Transport, das Sägen, Spalten und Hacken besorgte Robert allein. Es kostete ihn viel Zeit, die ihm an der Schreibmaschine verlorenging.

„Das ist teures Holz", sagte er. „Nicht sinnvoll, so zu wirtschaften. Aber wen könnten wir nur dafür anheuern?"

„Wie wäre es mit Steve? Er sucht doch Arbeit?"

Als Robert ihn bei der nächsten Gelegenheit aufsuchen wollte, stellte sich heraus, daß Steve nicht mehr da war. Das bedeutete eine Lücke in unserem Leben. Steve hatte zu unserem Blockhausdasein gehört. „Hätte er uns nicht wenigstens Lebewohl sagen können?"

„Diese Burschen machen es immer so", sagte Robert. „Wenn sie eine Arbeit finden, dann sind wenige Stunden später Frau, Kinder und ein paar Schachteln aufgeladen und die Zelte abgebrochen. Ich werde also weiterhin Holz hacken."

„Warum kann ich eigentlich nicht die Postfahrten übernehmen?" fragte ich.

„Es ist viel zu kalt für Bobs", antwortete Robert.

„Sie wird dich nicht stören, wenn sie daheim bleibt. Du brauchst nur hie und da einen Blick auf ihren Laufstall zu werfen."

Ich hatte mir vorgestellt, daß mir das Fahren so leicht von der Hand gehen würde wie früher, aber als Robert die Hunde in die Bucht gebracht hatte und „Marchons!" rief, schielte Omega zurück nach ihm. Schließlich brachten sie mich schlecht und recht zur Station und wieder heim, aber selbst Doc hatte vergessen, daß ich ihn einst geführt hatte.

Sooft es leichten Schnee gab, übernahm ich nun die Fahrten. Eines Morgens, als ich mit meinen Gedanken in weiter Ferne weilte, hörte ich plötzlich das scharfe Krachen des Eises; aufblickend sah ich, daß die Hunde mich auf die unsichere Seite der zweiten Enge gezogen hatten. Der Toboggan war im Begriff einzubrechen.

Auch im Winter blieben wir mobil. *<u>Kleines Bild:</u>* *Robert errichtet im tiefverschneiten Wald ein Camp.* *<u>Großes Bild:</u>* *Einer meiner Ausflüge mit den Schlittenhunden.*

Es hätte übel ausgehen können, wenn ich abgesprungen wäre. Nur eines blieb mir übrig: mein Gewicht über die ganze Länge des Schlittens zu verteilen und die Hunde anzustacheln, daß sie den Schlitten so schnell wie möglich weiterzogen. Ich rief Foley an; er hörte wohl die Angst in meiner Stimme – er verstand, daß etwas Großes von ihm gefordert wurde. Seine Pfoten stemmten sich gegen das Eis. Sein schrilles Gekläff elektrisierte das Gespann, und als das Wasser unter uns hervorbrach und die Pfoten der Hunde überschwemmte, da zogen sie an wie die Teufel; wir ließen die Gefahrenzone schnell hinter uns.

Als wir die sichere Seite der Engen erreicht hatten, sprang ich aus dem Gefährt und lobte die Hunde. An diesem Abend holte ich Foley ins Haus und fütterte ihn bis zum Platzen.

„Willst du denn wieder ein Schoßhündchen aus diesem Narren machen?“ fragte Robert. „Gerade ist er so weit, daß er gelernt hat, sich zu fügen.“

„Foley und ich, wir verstehen einander“, sagte ich und machte ihm Platz neben mir auf dem Teppich vor dem Kamin. Foley legte den Kopf auf meine Knie und sah mich anbetend an. Er wußte, daß er sich wie ein Held benommen hatte.

Die Pechsträhne

Der Juni ist im Norden voller Zauber. Über Nacht prangten die Laubbäume in grünem Blätterwerk, und Gräser und Ranken bedeckten den nackten Boden.

Das Werk des Frühlings war getan. Wir hatten unsere Schreibmaschinen zugedeckt und sie für die Zeit der Gartenbestellung unangetastet gelassen. Jetzt war der Boden umgegraben, gejätet und bestellt. Die Hennen hatten für drei Kükenscharen zu sorgen. Das große Reinemachen war auch schon vorbei. Die Kocherei fand in der Freiluftküche statt. Unser Motorboot war frisch überholt und lag am Landungssteg. Während des Frühstücks meinte Robert, daß wir nach dem Postgang wieder zu unseren Schreibmaschinen zurückkehren könnten.

Nach dem Abwaschen zog ich Bobs und mich für die Station um, und wir gingen zum Anlegesteg hinunter, wo Robert am Motor herumklopfte. Wir warteten eine halbe Stunde, bis er resignierte und sagte: „Ich nehme das Kanu. Kommt ihr mit?“ Ich verzichtete, denn das Paddeln selbst war zu anstrengend, wenn man gleichzeitig auf Bobs aufzupassen hatte.

Robert kam sehr ermutigt von der Station zurück. Der Mechaniker dort hatte die Vermutung ausgesprochen, daß vielleicht die Dichtung des Zylinderkopfes nicht mehr intakt sei. Die notwendige Reparatur kostete uns einen Tag. Schließlich hörte ich mit Erleichterung wieder das Tuckern des Motors und sah das Boot die Bucht umkreisen.

Robert nahm den verlorenen Tag gelassen hin. Als er zum Abendbrot zur Blockhütte heraufkam, sagte er: „Jetzt ist alles in Ordnung."

Jedenfalls schien es so. Als wir am nächsten Morgen den Deckel von der Schreibmaschine hoben, jagte uns ein wilder Aufruhr unter der Kükenschar hinaus. Ein Habicht saß auf einer Kiefer und hatte unsere beste Henne in den Fängen. Robert legte auf ihn an und holte den Räuber herunter. Dann fingen wir die Küken ein. Es war Nachmittag, als wir ein Waisenhaus für sie gebaut hatten, denn die Kükenmütter duldeten die kleinen Waisen nicht unter ihren Kindern.

„Es wäre wohl am vernünftigsten, wenn ich jetzt den Rest des Tages zum Holzmachen verwendete", sagte Robert. „Dann können wir morgen ungestört den ganzen Tag arbeiten."

Als wir am nächsten Morgen vors Haus traten, lag ein verwüsteter Garten vor uns. Ein mörderischer Frost hatte unsere Kartoffeln, die Radieschen, die keimenden Karotten, Erbsen und Salatpflanzen vernichtet. Wir mußten den ganzen Tag darauf verwenden, alles wieder neu zu pflanzen.

Ich war ganz unglücklich über die Nachricht, die ich Robert am nächsten Morgen nicht ersparen konnte: Fünf Hennen lagen mit durchbissener Kehle tot im Gehege. Ein Hermelin war eingebrochen. Die Küken rannten aufgeregt piepsend durcheinander, und die beiden letzten Hennen gackerten kläglich und sammelten ihre Brut.

„So ein blutdürstiger kleiner Satan!" grollte Robert, als wir vor dem Schaden standen. „Bestimmt kommt er heute nacht wieder. Wir müssen das Hühnerhaus gegen jeden Einbruch sichern."

Sechs Stunden später war kein Spalt und kein Riß mehr vorhanden, durch den der geschmeidige, schlanke Mörder hätte eindringen können. Robert spaltete Latten aus Zedernholz, und ich befestigte sie mit Nägeln. Dann häufte ich ringsum einen dichten Wall von Steinen und Erde auf.

Wir waren müde und erhitzt, dazu schwer geplagt von den Kriebelmücken, die uns am Saum des Waldes arg zusetzten. Robert war ein wenig entmutigt. „Das schlimmste sind die unerwarteten Ereignisse“, sagte er, als wir auf der Veranda saßen und uns bei einem Glas Whiskey zu erholen trachteten. „In den letzten fünf Tagen haben wir nicht mehr als eine Tagesarbeit an der Maschine geschafft.“

„Aber jetzt ist die Pechsträhne vorbei“, tröstete ich ihn.

Am nächsten Morgen saßen wir um sieben an den Schreibmaschinen, und Robert konnte am Nachmittag ungestört Überstunden machen.

Als ich am darauffolgenden Morgen zum Bad im See gehen wollte, fand ich dicht am Haus Elchspuren. Ich rief Robert, und wir folgten den Spuren bis zum Hundezwinger. Hier sah es aus, als ob eine Lokomotive hindurchgefahren wäre. Das Tor war niedergerissen, die Pfosten lagen am Boden, und die Hunde waren verschwunden. Offenbar war der Elch außen am Gitter entlanggelaufen, und die Hunde waren außer sich geraten. Danach mußte er in die Wildnis geflüchtet sein, und die Hunde hatten ihm nachgesetzt. Vom Felssattel her hörten wir ihr Gebell.

„Sie haben ihn gestellt“, schrie Robert. „Und er wird sie aufs Geweih nehmen und umbringen!“ Er stürzte ins Haus, packte sein Gewehr und rannte der Fährte nach.

Der Elch hatte sich vor den Hunden in einen Zedernsumpf geflüchtet und war umstellt. Robert konnte durch das Dickicht bis auf ein paar Meter heranschleichen, ehe der Bulle und die Hunde ihn bemerkten. Die Hunde ließen von dem Elch ab und sprangen Robert entgegen. Robert schoß aus der Hüfte und traf den Elch. Das gewaltige Tier stürzte in einen Bach, blieb aber mit dem Hals in einer gegabelten Erle hängen. Nur der Kopf und das samtige Geweih ragten aus dem Wasser.

Wir nahmen rasch unser Frühstück zu uns; dann ging Robert zurück, um den Elch zu holen. Er trug das Birkenrindekanu über den Felssattel und paddelte den Wasserlauf entlang. Es gelang ihm, an die Erle heranzukommen und den Elch herauszuziehen. Aber gerade als er soweit war, verfing sich das Kanu in dem dichten Gebüsch am Ufer, der Elch entglitt ihm und trieb bachabwärts. Er landete an einem alten Biberdamm, und nachdem Robert sich durch mehrere Windbrüche den Weg gebahnt hatte, konnte er sich endlich seine Beute sichern.

Er kam mit einer Keule und einer Schulter, die über Wasser gelegen hatten, nach Hause. Dann holte er das Kanu. Es wurde später

Nachmittag, bis wir das Fleisch im Haus hatten. Schließlich mußte noch der Zwinger wieder hergerichtet werden, und es galt, die Hunde einzufangen. Sie hatten sich um die Überreste des Elches gesammelt. Das Wasser stand nicht mehr so hoch im Bach, und Robert konnte noch große Teile abtrennen. Den Rest überließen wir den Hunden, sie fraßen sich rund und satt.

Nach dem Abendessen auf der Veranda waren wir beide etwas bedrückt. Wir überdachten die vergangene Woche.

„Immer ist etwas los", sagte Robert, „Küken, defekter Motor, ein verirrter Elch oder das Hermelin. In der Zeit, die wir mit diesen Dingen verloren haben, hätten wir allerhand schreiben können."

„Das gelungene Werk unserer Hände ruiniert uns", sagte ich halb lächelnd, halb traurig. „Alles, was wir aufgebaut und angeschafft haben, um behaglicher zu leben – der Garten, das Motorboot, das vergrößerte Haus, die Hunde und selbst die Küken –, alles wendet sich gegen uns und wird zum Stolperstein, wenn wir es am wenigsten erwarten."

„Es ist geradezu widersinnig", ergänzte Robert. „Wir verkaufen Erzählungen, um besser zu leben, und das bessere Leben läßt uns keine Zeit, um Erzählungen zu schreiben."

„Ob wir jemand für die schwere Arbeit anheuern sollten?" überlegte ich.

„Wen?" fragte Robert. „Einen Indianer mit ein paar Frauen? Dann brauchen wir ein neues Haus für sie und müssen für einen doppelten Haushalt sorgen. In der Wildnis muß man allein leben und alles selbst machen, sonst verliert dieser Lebensstil seinen größten Reiz und auch seinen Sinn."

Robert hatte recht. Was für Freude hätten wir noch an unserem Gemüse, den Beeren, am Wild und an den Küken, wenn andere Leute sich darum kümmerten oder sie herbeischafften? Nein, der Haushalt mußte unverändert weitergeführt werden, und mit dem Schreiben mußten wir auch vorankommen; nur wußte ich noch nicht, wie beides zu vereinbaren war.

Die ersten Jahre waren als Jahre des Aufbaus gut und richtig angewendet. Ihr Wert lag gerade im Kampf gegen die Widrigkeiten der Umwelt und in der Überwindung der Schwierigkeiten. Aber wir waren zu vernünftig, um ein spartanisches Leben fortzusetzen, das nicht mehr nötig war – nun, da Robert gesund geworden war und wir uns von hier aus eine Existenz geschaffen hatten.

Lebt wohl, ihr Wälder des Nordens!

Während der letzten Juniwochen und Anfang Juli änderte sich nichts in unserer Lebensweise: Der Morgen gehörte der Schreibmaschine, der Nachmittag den mannigfaltigen Tätigkeiten in Haus und Garten. Oder es gab ein Picknick im Freien. Zu dritt machten wir jeden Mittag unseren Inspektionsgang. Robert und ich schmiedeten Pläne für die Verbesserung des Gartenbodens, wir unterhielten uns mit den Hunden und versprachen Bobs herrliche Schlittenfahrten für den nächsten Winter. Wir merkten selbst nicht, daß wir alles schon von einem anderen Blickpunkt aus sahen.

Eines Tages, als ich am frühen Morgen das Fischnetz heraufholte, krachte eine Bootsplanke unter meinem Absatz. Wir wußten wohl, daß es der letzte Sommer des Kanus war, und hatten deshalb schon Kataloge studiert. Aber wir hatten über viertausendfünfhundert Kilometer in diesem Kanu zurückgelegt, und der Gedanke an sein Ende war uns schmerzlich.

Wir kehrten das alte Kanu um. Die dünne, gebrochene Planke fühlte sich ganz weich an, so morsch war sie. „Es war seit unserem ersten Tag im Norden bei uns“, sagte Robert.

Wir gingen zum Blockhaus zurück, aber wir nahmen den Katalog nicht zur Hand. Zum erstenmal geschah es, daß einer Lebensnotwendigkeit für En-dah'-win nicht sogleich Rechnung getragen wurde.

Bobs' Leidenschaft fürs Wasser hielt mich in Atem. Kaum kehrte ich ihr den Rücken, so zog sie sich die Kleider vom Leib und brach zum See auf. Jeden Morgen mußte ich ein halbes dutzendmal hinter ihr herrennen, den Abhang hinunter. Sie hatte die Entdeckung gemacht, daß sie auf der Oberfläche blieb, wenn sie nach Hundeart ganz schnelle Bewegungen machte und auf das Wasser schlug.

Mitte Juli fuhren wir zur Station, um die Post zu holen. Bobs und ich warteten im Motorboot. Robert kam vom Postamt zurück und legte mir einen Scheck in die Hand: Ich war starr. Zum erstenmal las ich eine vierstellige Zahl auf einem Scheck – tausendsechshundert Dollar! Robert fand sich viel schneller mit dieser Wirklichkeit ab als ich. „Wir müssen mehr Zeit zum Schreiben erübrigen“, sagte er.

Auf dem Heimweg machten wir einen Bogen in einen anderen Flußlauf, zum Himbeergestrüpp: Bobs durfte im Wasser planschen, während ich pflückte. Es war Zeit, ans Einmachen für den Winter zu denken. Aber ich füllte nur einen kleinen Eimer.

Als wir abends auf der Veranda saßen, gab es wieder ein langes Schweigen. Endlich brach Robert die Stille. „Entweder – oder“, sagte er. „Siedeln oder Schreiben. Beides verlangt den ganzen Menschen.“

Er sprach aus, was ich die ganze Zeit in Gedanken mit mir herumgetragen hatte. Ich hatte nur geschwiegen, weil ich nicht wagte, meinen Gedanken Worte zu verleihen. Eigentlich lag der Keim zu diesem Entschluß schon weit zurück; er wurzelte in jener Zeit, da die ersten Erzählungen akzeptiert worden waren. Das neue Kanu, das nicht bestellt, die Beeren, die nicht gepflückt wurden . . . Es waren die jüngsten Wegweiser auf dieser Spur.

„Du und ich – wir wußten es beide seit langem“, sagte ich.

„Was wir uns vorgenommen haben, das haben wir ausgeführt.“

Unsere Zeit war erfüllt. Unser Zuhause war gebaut. Alles Künftige wäre nur noch Wiederholung geworden. Der Norden hatte uns gegeben, was er zu geben hatte.

„Das Haus und die Hunde – was soll aus ihnen werden?“ Das war der Gedanke, der uns im Innern bewegte. Wir konnten die Hunde nicht mitnehmen, wir konnten sie auch nicht verkaufen. Als Arbeitstiere hatten sie beträchtlichen Wert; aber wenn sie in die Hände von gedungenen Treibern gerieten, dann würden sie bald so werden wie die aggressiven Tiere der Vermessungsexpedition.

„Ist es dir nicht aufgefallen, daß Ni-bo-bi-nis’ Hunde immer rund und gepflegt sind?“ fragte Robert eines Abends.

„Ja“, sagte ich, „ich glaube, er ist gut zu den Hunden.“

„Deshalb denke ich an ihn“, sagte Robert. „Er läßt sie nicht zu hart arbeiten. Im Winter schlafen sie mit den Kindern im Wigwam. Und wenn er verspricht, daß er sie nicht verkauft, darf man ihm trauen.“

Ich sah Robert an. Es fiel ihm noch viel schwerer als mir, sich von den Hunden zu trennen. Doch die Lösung mit Ni-bo-bi-nis erleichterte ihm das Herz.

„Aber unser Haus – das können wir doch nicht weggeben!“

Wir hatten das Haus mitten in der Wildnis aufgebaut. Keiner außer uns lebte außerhalb der Station. Steve war fort. Tom Colby hatte sein eigenes Fallengebiet. Ohne Pflege würde das geliebte Haus ein Ort des Zerfalls werden.

„Wir müssen ein für allemal ein Ende machen. Wir können auch nicht nur einen Teil des Jahres hier verbringen, dieses Land verlangt einen Menschen ganz, mit Haut und Haar.“

Die Tage vergingen, es wurde September, und wir waren noch immer nicht zu einem Entschluß gekommen.

Wir wurden immer unruhiger. Bis Oktober konnten wir unmöglich bleiben, ohne Vorkehrungen für den Frost getroffen zu haben. An einem der ersten kalten Abende zündeten wir den Holzstoß im Kamin an. Das war das erste Anzeichen des Winters, wenn wir die Veranda gegen das Wohnzimmer vertauschten.

„Nie ist das Haus so gemütlich, als wenn's im Kamin brennt", sagte ich. „Ich würde es gern so im Gedächtnis behalten, wie ...", etwas verschlug mir die Sprache.

Später wußten wir, daß uns der Gedanke gleichzeitig gekommen war: Wir wollen unser Haus verbrennen! Dann würde es nie alt und jämmerlich werden.

„An einem schönen, sonnigen Oktobertag ...", sagte ich.

„Wir müssen Regen oder Schnee abwarten, sonst gibt's einen Waldbrand", erklärte Robert.

Wenn En-dah'-win in seiner größten Anmut im Winterkleid dastand, in Weiß gehüllt – dann sollte es geschehen. Darauf wollten wir warten.

Die letzten Sommertage waren köstlich. Es war uns ungewohnt und befremdlich, daß wir nicht für den Holzvorrat für den Winter zu sorgen hatten. Es gab kein Einkochen und keinen Tauschhandel mit den Indianern um Reis und Blaubeeren. Aber dafür hatten wir Zeit zu vielen Ausflügen und Spaziergängen. Bobs thronte auf Roberts Schultern, und wir zogen durch die dunklen Moore und über die Höhenzüge.

DAS ERSTE wirkliche Gefühl der Trennung überkam uns, als Ni-bo-bi-nis die Hunde abholte. Wir brachten Hunde, Geschirr und Schlitten im Motorboot zur Landüberquerung; hier schirrte Robert sie zum letztenmal an und rief zum letztenmal sein: „Marchons!" Er gab Ni-bo-bi-nis das Seil in die Hand und wandte sich ab. Ich sah ihnen nach, bis sie verschwunden waren. Mir war elend zumute. Keiner von uns sprach ein Wort auf dem Heimweg.

Jetzt wurde es ernst mit unserer Abreise. Mir wurde angst und bange vor dem Tag, an dem unser Haus in Flammen aufgehen sollte. Wir hatten beschlossen, nichts davon in der Station verlauten zu lassen. Wir erklärten nur, daß wir im Sinn hatten fortzuziehen. Die Nachricht verbreitete sich wie ein Steppenbrand.

„Was machen wir nur mit den Hühnern?" fragte Robert.

Es war, als ob die Natur selbst uns necken wollte, weil wir fortstrebten: Noch nie war En-dah'-win um diese Zeit so reich gewesen. Wir hatten mehr Kartoffeln denn je, und dazu war jetzt die Zeit der Waldhühner.

„Wir wollen Gabriel fragen, was wir mit dem Überfluß anfangen sollen", meinte Robert.

Gabriel wußte schon von der Neuigkeit. „Donnerwetter, Leutchen, es tut mir arg leid, daß ihr fortwollt", sagte er, als wir in seine Werkstatt traten.

Ja, unseren Hühnerbestand würde er gern übernehmen. Am nächsten Tag kam Gabriel in die Bucht gepaddelt. Es sah ihm nicht ähnlich, ein angebotenes Geschenk so schnell in Besitz zu nehmen. Aber er kam nicht wegen der Hühner.

„Das Blockhaus . . .", sagte er plötzlich, nachdem er einen Schluck getrunken hatte. „Vielleicht würde ich glauben, ich hätte es selbst gebaut, wenn ich ein Weilchen hier drin gelebt hätte. Ich gehe weg von der Eisenbahn. Wollen Sie's mir verkaufen?"

Wir konnten zuerst gar nicht sprechen, und Gabriel befürchtete schon eine abschlägige Antwort. „Ich würde es gut behandeln", sagte er.

„So wie wir?" fragte ich.

„So gut ich nur kann", antwortete er.

„Dann ist der Kaufpreis abgeschlossen", sagte Robert. „Ihr Wort ist der Kaufpreis, Gabriel – wir hätten es sonst verbrannt. Und Sie müssen uns versprechen, daß Sie es verbrennen, wenn Sie es einmal verlassen."

Nach kurzem Nachdenken versprach er's.

Und so sahen wir En-dah'-win eines Morgens im ersten Winterschnee weiß vor dem schönen Dunkelgrün der Waldmauer stehen. Rauch kam aus dem Schornstein des Kamins. Gabriel trat nicht vor die Tür, um Lebewohl zu winken.

Wir sahen En-dah'-win beim Abschied so, wie es gewesen war, als es unser Zuhause gewesen war – unser En-dah'-win, wie es als Bild immerdar in uns fortleben wird.

Kathrene Pinkerton

Wie ging es mit den Pinkertons weiter, nachdem sie sich aus der kanadischen Wildnis verabschiedet hatten? Glücklicherweise ist von der 1967 verstorbenen Autorin – sie erlag einem Krebsleiden – ein Brief erhalten, in dem sie selbst die bewegten Jahre nach der Rückkehr in die Vereinigten Staaten schildert. „Wir fuhren damals westwärts durch Gegenden, wo es noch keine asphaltierten Straßen gab. Eine Zeitlang lebten wir hoch oben in den Rocky Mountains, dann in der Wüste, in den Bergen der Sierra Nevada und an der Pazifikküste. Unsere Arbeit als Schriftsteller erlaubte uns zu bleiben, wo immer es uns gefiel, sechs Monate konzentriert zu arbeiten und dann weiterzuziehen. 1924 kauften wir ein kleines Segelboot und kreuzten drei Monate lang vor der Küste Britisch-Kolumbiens. Dies begeisterte uns so, daß wir ein größeres Boot erwarben und während der nächsten sechs Jahre fast ununterbrochen darauf lebten. Wir segelten hinauf bis Alaska, und einmal schliefen wir 522 Nächte in Folge nicht an Land."

Die Pinkertons wählten später Kalifornien als Wohnort, kehrten aber nie ganz zu einem seßhaften Leben zurück. Im Lauf der Jahre verfaßte Kathrene Pinkerton zahllose Zeitschriftenartikel und mehrere Bücher, zweifellos aber markiert *Einsames Blockhaus,* das 1939 erschien, den Höhepunkt ihres Schaffens als Autorin.

Illustrationen
„McCreadys Doppelspiel": Bob Clark
„Geheimnisvolle Gäste": Gary Keane
„Die Lerche fliegt im Morgengrauen": Michael Herring
„Einsames Blockhaus": Titelfoto: MAURITIUS/Stock Market; alle übrigen
Fotos aus dem Besitz der Autorin

Die ungekürzten Ausgaben von
„McCreadys Doppelspiel" und „Die Lerche fliegt im Morgengrauen"
sind im Buchhandel erhältlich.